Emma

Jane Austen

PandorgA

Editora Pandorga
1ª Edição | 2025

Diretora Editorial Silvia Vasconcelos
Coordenador Editorial Equipe Pandorga
Capa Rafaela Villela
Projeto gráfico e Diagramação Rafaela Villela, Gabriela Maciel e Livros Design
Tradução Ivar Panazzolo Jr.
Revisão Novo Século Editora

PandorgA

Dados Internacionais de Catalogação na Publicação (CIP) de acordo com ISBD

A999o Austen, Jane

Emma / Jane Austen ; traduzido por Ivar Panazzolo Jr.; ilustrado por Hugh Thomson. - Cotia, SP : Pandorga, 2025.
526 p. : il. ; 14cm x 21cm.

Tradução de: Pride & Prejudice
Inclui índice.
ISBN: 978-65-5579-244-7

1. Literatura inglesa. 2. Romance. I. Mattoso, Giovana. II. Thomson, Hugh. III. Título.

2022-9999 CDD 999
CDU 999.999-99

Elaborado por Odilio Hilario Moreira Junior - CRB-8/9999
Índices para catálogo sistemático:
1. Literatura inglesa : Romance 999
2. Literatura inglesa : Romance 999.999-99

Parte 1

CAPÍTULO I

Emma Woodhouse, bela, inteligente e rica, com um lar confortável e uma disposição radiante, parecia unir algumas das maiores bênçãos da existência; e vivera quase 21 anos no mundo, com muito pouco que a deixasse irritada ou aborrecida.

Era a mais nova das duas filhas de um pai muito afetuoso e indulgente; e, por consequência do casamento da irmã, tornara-se efetivamente a pessoa de maior autoridade na casa da família desde muito cedo. A mãe morrera havia muito tempo, o bastante para que Emma tivesse mais do que algumas lembranças indistintas das suas carícias; e seu lugar havia sido tomado por uma mulher excelente, uma governanta, cujo afeto não ficava devendo em nada ao de uma mãe.

Por dezesseis anos, a Srta. Taylor estivera na família do Sr. Woodhouse, menos como governanta e mais como amiga, bastante afeiçoada às suas duas filhas, mas particularmente a Emma. Entre as duas, a intimidade mais parecia a de irmãs. Mesmo antes que a Srta. Taylor deixasse de ocupar o cargo nominal de governanta, a candura do seu temperamento raramente lhe permitia impor qualquer tipo de restrição; e, com a sombra da autoridade já desvanecida há muito tempo, elas viviam juntas como amigas, mutuamente muito ligadas, e Emma fazia somente o que gostava; estimava muito o juízo da Srta. Taylor, mas agia principalmente de acordo com o seu próprio desejo.

Os verdadeiros males, realmente, da situação de Emma eram o poder de fazer o que bem entendesse e uma disposição de ter uma opinião exagerada em relação a si mesma; essas eram as desvantagens que ameaçavam macular suas muitas diversões. O perigo, entretanto, era-lhe tão imperceptível no momento que nem sequer parecia um infortúnio.

A tristeza chegou — uma tristeza sutil —, mas não na forma de qualquer consciência indesejável. A Srta. Taylor se casou. Foi a perda da Srta. Taylor que causou o início da dor. Foi no dia do casamento da amada amiga que, pela primeira vez, Emma sentou-se, perdida entre pensamentos lamentosos sobre toda e qualquer continuidade. Depois que a cerimônia de casamento se encerrou, e que os convidados foram embora, ela e o pai foram deixados para jantar sozinhos, sem a possibilidade de ter uma terceira pessoa com quem celebrar uma longa noite. Seu pai se retirou para dormir após o jantar, como de costume, e restou a Emma apenas se sentar e pensar no que havia perdido.

O evento prometia muita felicidade para a amiga. O Sr. Weston era um homem de caráter impecável, bem afortunado, de idade adequada e modos agradáveis, e havia alguma satisfação em considerar a amizade generosa e desprendida com a qual ela incentivou a união, mas foi uma tarefa árdua para ela. A falta da Srta. Taylor era sentida a cada hora de cada dia. Ela se recordava das gentilezas passadas: a gentileza, a afeição de dezesseis anos; como ela havia lhe ensinado e como havia brincado consigo desde os cinco anos de idade; como havia dedicado todos os seus poderes para criar laços e diverti-la em tempos de saúde — e os cuidados que havia lhe prestado durante as várias enfermidades da infância. Tinha uma grande dívida de gratidão, mas, no decorrer dos últimos sete anos, a igualdade e a perfeita franqueza que logo se seguiu ao casamento de Isabella, deixando as duas sozinhas, eram uma lembrança ainda mais forte e estimada.

Fora uma amiga e companheira como poucas: inteligente, bem informada, eficiente, gentil, conhecedora de todas as características e maneirismos da família, interessada em todos os seus problemas e peculiarmente interessada em si mesma, em todos os seus prazeres, todos os seus planos — alguém a quem podia dizer qualquer pensamento assim que surgisse e com uma afeição tamanha por ela a ponto de nunca poder encontrar razão para repreendê-la.

Como ela poderia suportar a mudança? Era verdade que sua amiga iria se mudar para um lugar que ficava a menos de um quilômetro de distância, mas Emma sabia que seria enorme a diferença entre a Sra. Weston, a menos de um quilômetro de distância, e a Srta. Taylor, vivendo em sua casa, e, com todas as suas aptidões, naturais e domésticas, ela agora corria um enorme perigo de sofrer de solidão intelectual. Amava muito o seu pai, mas ele não era companhia adequada. Não conseguia acompanhá-la em conversas, fossem racionais ou despreocupadas.

O mal da disparidade de idade entre os dois (e o Sr. Woodhouse não havia se casado cedo) aumentava bastante pela sua constituição e hábitos; por ter sido valetudinário durante toda a sua vida, sem atividade para a mente e o corpo, era um homem muito mais velho no jeito de ser do que na idade e, embora fosse amplamente estimado pela amabilidade do seu coração e pelo temperamento tranquilo, seus talentos não lhe serviriam de respaldo em momento algum.

A irmã, embora comparativamente pouco afastada pelo matrimônio e estabelecida em Londres, a somente vinte quilômetros de distância, estava muito além do seu alcance diário, e muitas das longas noites de outubro e novembro teriam de ser atravessadas com dificuldade em Hartfield antes que o Natal trouxesse a próxima visita de Isabella e o marido, além de seus filhos pequenos, para encher a casa e lhe propiciar uma sociedade agradável outra vez.

Highbury, o amplo e populoso vilarejo, quase do tamanho de uma pequena cidade, ao qual Hartfield, apesar dos seus gramados, arbustos e nome diferenciado realmente pertence, não lhe dava ninguém que estivesse à sua altura. A família Woodhouse foi a primeira a ter importância ali. Todos os tinham como referência. Emma tinha muitos conhecidos no lugar, pois seu pai era universalmente querido, mas ninguém entre eles que pudesse ser aceito como substituto da Srta. Taylor, mesmo que por um dia. Era uma mudança melancólica e Emma não conseguia evitar suspirar por causa daquilo e desejar coisas impossíveis, até que seu pai despertasse e fosse necessário fazer-se alegre. O estado emocional do pai necessitava de apoio. Era um homem nervoso, que facilmente ficava deprimido; afeito a todos com quem estivesse acostumado, detestava separar-se deles; detestava a mudança, de qualquer natureza. O matrimônio, como origem de mudanças, sempre foi algo indesejado e ele ainda não havia se reconciliado com a ideia de que a filha havia se casado. Não era nem mesmo capaz de falar dela, a não ser com um tom de piedade, embora houvesse sido um enlace baseado inteiramente na afeição. E agora era obrigado a se desapegar da Srta. Taylor também e, com seus hábitos de egoísmo gentil, e por nunca conseguir supor que outras pessoas fossem capazes de sentir as coisas de maneira diferente da sua, tinha um pendor enorme de pensar que a Srta. Taylor fizera algo muito triste para si mesma e para eles, e que seria muito mais feliz se tivesse passado todo o resto da sua vida em Hartfield. Emma sorria e conversava de modo tão alegre quanto possível para mantê-lo longe de tais pensamentos, mas, quando o chá chegava, era impossível para o seu pai não repetir exatamente o que dissera durante o jantar.

— Pobre Srta. Taylor! Queria que ela estivesse aqui novamente. Uma pena que o Sr. Weston tenha se interessado por ela!

— Não posso concordar com o senhor, papai. Sabe que não posso. O Sr. Weston é um homem muito bem-humorado, agradável e de caráter excelente, totalmente merecedor de uma boa esposa, e o senhor não iria querer que a Srta. Taylor vivesse conosco para sempre, aguentando todos os meus caprichos estranhos, quando pode ter sua própria casa, não é?

— Sua própria casa! Mas qual é a vantagem de ter sua própria casa? Esta é três vezes maior. E você nunca tem caprichos estranhos, minha querida.

— Quantas vezes iremos visitá-los e quantas vezes eles virão até aqui? Vamos nos encontrar sempre! Devemos começar já. Devemos ir até lá e lhes fazer uma visita de cumprimentos pelo casamento, e logo.

— Minha querida, como vou conseguir ir até lá? Randalls fica muito longe. Não seria capaz de andar até a metade do caminho.

— Não, papai, ninguém pensou que você teria que andar. Devemos ir de carruagem, com certeza.

— A carruagem! Mas James não vai gostar de arrear os cavalos para um percurso tão curto. E onde os pobres cavalos vão ficar enquanto fazemos a nossa visita?

— Eles serão colocados no estábulo do Sr. Weston, papai. Você sabe que já temos tudo isso acordado. Discutimos toda a questão com o Sr. Weston ontem à noite. E em relação a James, você pode ter certeza de que ele sempre vai gostar de ir a Randalls, pois a filha dele trabalha como arrumadeira por lá. Eu só tenho dúvidas se ele nos levaria a algum outro lugar. Isso aconteceu por sua causa, papai. Foi você que conseguiu aquele bom lugar para Hannah. Ninguém havia pensado em Hannah até que você a mencionou. James ficou muito grato!

— Fico muito feliz por ter pensado nela. Foi muito fortuito, pois eu nunca iria querer que o pobre James se sentisse ofendido por qualquer coisa. E tenho certeza de que ela será uma boa criada; é uma garota respeitosa e de fala gentil. Tenho-a em grande conta. Sempre que a vejo, ela me cumprimenta com uma reverência e pergunta como estou indo, de uma maneira muito bonita, e, quando você a trazia aqui para bordar, eu observava que ela sempre girava a tranca da porta da maneira certa e nunca a batia. Tenho certeza de que ela será uma criada excelente. E será de muito conforto para a pobre Srta. Taylor ter consigo alguém que está acostumada a ver. Sempre que James for até lá para visitar sua filha, como sabe, ela terá notícias nossas. Poderá dizer a ela como estamos.

Emma não poupava esforços para manter esse fluxo feliz de ideias e esperava, com a ajuda do jogo de gamão, ajudar o pai a atravessar toleravelmente a noite, sendo atacada unicamente por seus próprios arrependimentos. A mesa de gamão fora preparada, mas, logo em seguida, um visitante entrou, tornando-a desnecessária.

O Sr. Knightley, um homem sensato com cerca de trinta e sete ou trinta e oito anos, não era apenas um velho e íntimo amigo da família, mas estava particularmente ligado a ela, já que era o irmão mais velho do marido de Isabella. Vivia a cerca de um quilômetro e meio de Highbury, era um visitante frequente e sempre bem-vindo, e, desta vez, mais bem-vindo do que de costume, já que chegava diretamente após estar com os contatos mútuos que todos tinham em Londres. Havia voltado para participar de um jantar tardio, após passar alguns dias ausente, e agora vinha até Hartfield para dizer que todos estavam bem em Brunswick Square. Era uma ocasião feliz e serviu para animar o Sr. Woodhouse por algum tempo. O Sr. Knightley tinha uma disposição alegre e isso sempre zfazia bem ao pai de Emma e suas muitas perguntas sobre a "pobre Isabella" e seus filhos eram sempre respondidas de maneira muito satisfatória. Quando tudo terminou, o Sr. Woodhouse observou com gratidão:

— É muita gentileza sua, Sr. Knightley, vir até aqui a esta hora para conversar conosco. Imagino que a caminhada deva ter sido excruciante.

— De maneira alguma, senhor. É uma bela noite enluarada, e tão agradável que preciso me afastar um pouco da sua enorme lareira.

— Mas deve ter achado o caminho muito úmido e sujo. Espero que não pegue um resfriado.

— Sujo, senhor! Olhe para os meus sapatos. Não há um grão de poeira neles.

— Ora! Isso é uma surpresa enorme, pois tivemos muita chuva por aqui. Choveu muito, e forte, enquanto estávamos tomando o desjejum. Eu quis até mesmo que eles adiassem o casamento.

— A propósito, eu não lhes dei os parabéns. Mesmo sabendo bem da alegria que vocês dois devem estar sentindo, não me apressei nem um pouco em lhes dar as minhas congratulações. Mas espero que tudo tenha acontecido de maneira bem tolerável. Como vocês se comportaram? Quem chorou mais?

— Ah! Pobre Srta. Taylor! Que ocasião mais triste.

— Pobres senhor e senhorita Woodhouse, se me permite. Não há a menor condição de que eu diga "pobre Srta. Taylor". Tenho grande estima pelo senhor e por Emma, mas quando é uma questão entre dependência e independência... De qualquer maneira, deve ser melhor ter somente uma pessoa para agradar do que duas.

— Especialmente quando uma dessas duas é uma criatura tão caprichosa e problemática! — disse Emma, em tom de brincadeira. — É isso que você tem na cabeça, eu sei. E certamente é o que diria se o meu pai não estivesse por perto.

— Acredito que isso seja verdade, minha querida, de fato — disse o Sr. Woodhouse com um suspiro. — Receio que, às vezes, eu seja muito caprichoso e problemático.

— Meu querido pai! Você não acha que eu estaria me referindo a você, ou supõe que o Sr. Knightley esteja insinuando algo a seu respeito. Que ideia horrível! Oh, não! Eu me referia apenas a mim mesma. O Sr. Knightley adora apontar os meus defeitos, você sabe. Em tom de piada. É tudo uma piada. Sempre dizemos o que bem entendemos um ao outro.

O Sr. Knightley, de fato, era uma das poucas pessoas capazes de enxergar defeitos em Emma Woodhouse, e o único que já lhe falara sobre todos eles. E, embora isso não fosse especialmente agradável para Emma, ela sabia que seria muito menos para o seu pai, e não queria que ele suspeitasse da possibilidade de que ela não fosse considerada perfeita por todas as pessoas.

— Emma sabe que eu nunca a bajulo — disse o Sr. Knightley. — Mas não me refiro a reflexões sobre ninguém. A Srta. Taylor estava acostumada a ter duas pessoas a quem agradar; agora, terá apenas uma. Eu diria que ela saiu ganhando.

— Bem... — disse Emma, querendo deixar aquilo passar. — Você queria saber sobre o casamento e eu ficarei feliz em lhe dizer, pois todos nós nos comportamos de maneira encantadora. Todos foram pontuais, todos muito elegantes. Nenhuma lágrima e nenhum rosto triste à vista. Oh, não! Todos sabíamos que a distância entre nós seria menor do que um quilômetro e tínhamos a certeza de que nos encontraríamos todos os dias.

— Minha querida Emma suporta tudo muito bem — disse o pai. — Mas, Sr. Knightley, ela realmente ficou muito triste por perder a pobre Srta. Taylor, e tenho certeza de que irá sentir ainda mais a falta dela do que imagina.

Emma virou o rosto para o outro lado, dividida entre lágrimas e sorriso. — É impossível que Emma não sinta a falta de uma companheira como ela — disse o Sr. Knightley. — Não gostaríamos dela tanto quanto gostamos, senhor, se pudéssemos imaginar algo assim. Mas ela sabe o quanto o casamento é vantajoso para a Srta. Taylor. Sabe o quanto é importante, a essa altura da vida da Srta. Taylor, poder se instalar em sua própria casa e o quanto é importante para ela estar segura em uma situação confortável. Portanto não pode se permitir sentir tanta dor ou prazer. Todos os amigos da Srta. Taylor devem estar felizes por vê-la casada com tanta felicidade.

— E você se esqueceu de uma questão de alegria para mim — disse Emma. — Algo que é muito considerável, pois eu mesma aproximei o casal. Eu os apresentei, como sabe, há quatro anos, e ver isso acontecer, provando que eu estava certa, quando tantas pessoas diziam que o Sr. Weston nunca se casaria outra vez, é o bastante para me reconfortar por qualquer coisa.

O Sr. Knightley meneou negativamente a cabeça para ela. Seu pai respondeu, afável:

— Ah! Minha querida, eu gostaria que você não juntasse casais ou fizesse previsões, pois tudo que você diz acaba acontecendo. Rogo-lhe que não apresente mais pessoas que possam se tornar um casal.

— Prometo-lhe não fazer nada disso para mim, papai, mas eu realmente devo agir assim para o bem de outras pessoas. É a coisa mais divertida do mundo! E, após um sucesso como esse, você sabe! Todos diziam que o Sr. Weston jamais voltaria a se casar. Oh, mas não! O Sr. Weston, que já era viúvo há tanto tempo, que parecia tão perfeitamente confortável sem uma esposa, tão constantemente ocupado com seus negócios na cidade ou entre seus amigos aqui, sempre aceitável onde quer que fosse, sempre alegre... O Sr. Weston não precisa passar uma única noite do ano sozinho se não quiser. Oh, não! O Sr. Weston certamente nunca se casaria outra vez. Algumas pessoas até mesmo falavam de uma promessa feita à esposa em seu leito de morte, e outras sobre o filho e o tio, que não permitiriam uma coisa dessas. Toda a sorte de bobagens solenes foi dita a respeito, mas eu não acreditei em nada daquilo.

— Desde aquele dia, há uns quatro anos, em que a Srta. Taylor e eu nos encontramos com ele em Broadway Lane, quando, por causa da garoa que começava a cair, ele saiu correndo daquela maneira muito galante e pegou emprestadas do fazendeiro Mitchell duas sombrinhas para nós, eu decidi que assim seria. Planejei a aproximação dos dois a partir daquela ocasião. E quando tamanho sucesso me abençoou nessa ocasião, querido papai, você não pode achar que eu vou simplesmente desistir de juntar casais.

— Não entendo o que você quer dizer com "sucesso" — disse o Sr. Knightley. — Sucesso pressupõe empenho. Seu tempo foi investido de maneira adequada e delicada, se você se empenhou nos últimos quatro anos para fazer com que esse casamento se realizasse. Uma ocupação valiosíssima para a mente de uma jovem dama! Mas se, como eu imagino, sua aproximação de pessoas que vão formar um casal, conforme você mesma descreve, resumir-se a planejar a ocasião, a dizer a si mesma num dia entediado, "Acho que seria muito bom para a Srta. Taylor se o Sr. Weston a desposasse", e repetir isso ocasionalmente para si mesma outras vezes, por que então fala em sucesso? Onde está o seu mérito? Do que você sente orgulho? Você simplesmente teve sorte ao prever o que aconteceria. E isso é tudo que se pode dizer.

— E você nunca sentiu o prazer e o triunfo de prever algo que acabou por se realizar? Sinto pena de você. Achei que fosse mais esperto, pois confiar em uma previsão acertada nunca é meramente sorte. Sempre há um pouco de talento envolvido. E, em relação à minha palavra infeliz, "sucesso", da qual você discorda, eu não creio que não tenha direito de usá-la. Você descreveu duas belas imagens, mas eu acredito que pode haver uma terceira, algo entre não fazer nada e fazer tudo. Se eu não houvesse estimulado as visitas do Sr. Weston a esta casa e feito muitos pequenos incentivos, e atenuado muitos problemas pequenos, poderia não ter dado em nada. Acho que você conhece Hartfield suficientemente bem para compreender isso.

— Um homem direto e de coração aberto como Weston e uma mulher racional e sincera como a Srta. Taylor podem seguramente cuidar sozinhos dos seus próprios interesses. É mais provável que você acabasse causando mal a si mesma do que bem a eles, pela interferência.

— Emma nunca pensa em si mesma se puder fazer o bem aos outros — comentou o Sr. Woodhouse, voltando a participar da conversa, compreendendo aquilo, embora apenas em parte. — Mas, minha querida, eu lhe rogo que não aproxime mais nenhum casal. Isso é uma tolice e acaba rompendo círculos familiares de maneira irreparável.

— Somente mais uma vez, papai. Somente para o Sr. Elton. Pobre Sr. Elton! Você gosta do Sr. Elton, papai. Preciso procurar uma esposa para ele. Não há ninguém em Highbury que o mereça, e ele já está aqui há um ano. Mobiliou a casa com tanto conforto que seria uma pena deixá-lo solteiro por mais tempo. E pensei, quando ele juntou as mãos dos noivos hoje, que ele parecia querer muito que a mesma coisa lhe acontecesse! Tenho o Sr. Elton em alta conta e essa é a única maneira que tenho de lhe fazer uma gentileza.

— O Sr. Elton é um belo rapaz, com certeza, e um ótimo rapaz; e lhe tenho muito apreço. Mas se quiser atrair a atenção dele, minha querida, peça-lhe que venha jantar conosco algum dia. Será bem melhor assim.

Ouso até mesmo dizer que o Sr. Knightley fará a gentileza de vir conhecê-lo.

— Com enorme prazer, senhor, a qualquer momento — disse o Sr. Knightley, rindo. — E concordo inteiramente com o senhor. Será bem melhor assim. Convide-o para jantar, Emma, e sirva-lhe o melhor do peixe e do frango, mas deixe que ele escolha a própria esposa. Pode confiar no que eu digo. Um homem de vinte e seis ou vinte e sete anos é capaz de cuidar de si mesmo.

II

O Sr. Weston era nativo de Highbury, nascido em uma família respeitável, que durante as últimas duas ou três gerações vinha ascendendo em termos de aristocracia e propriedade.

Recebera uma boa educação, mas, como teve sucesso ainda cedo na vida e isso lhe garantiu a independência, não teve disposição para as atividades mais caseiras com as quais seus irmãos se ocupavam e satisfizera uma mente ativa e alegre e um temperamento sociável ao se alistar na milícia do seu país, que na época em que estava ativa.

O Capitão Weston era muito benquisto. Quando as oportunidades da sua vida militar o apresentaram à Srta. Churchill, de uma importante família de Yorkshire, e a Srta. Churchill se apaixonou por ele, ninguém ficou surpreso, com exceção do irmão da moça e de sua esposa, que nunca o haviam visto e que eram cheios de orgulho e importância, aos quais a união ofenderia.

A Srta. Churchill, entretanto, já sendo de idade e com o controle completo sobre sua fortuna — embora não se pudesse comparar a fortuna com as propriedades da família —, não se deixou dissuadir do casamento e o evento aconteceu, para o desgosto imenso do senhor e da senhora Churchill, que a botaram para fora de casa com todo o decoro devido. Era uma união indesejável e não resultou em muita felicidade. A Srta. Weston deve ter encontrado algo a mais, pois tinha um marido cujo coração doce e temperamento suave o faziam pensar nela a todo momento, em retribuição pela grande dádiva de estar apaixonada por ele; mas, embora ela tivesse uma disposição de certo tipo, esta não era das melhores. Era resoluta o bastante para trilhar seus próprios caminhos, apesar do que seu irmão pensava, mas não o bastante para refrear arrependimentos desarrazoados por causa da raiva desarrazoada do irmão, nem por sentir falta dos luxos do seu lar anterior. Viviam acima das possibilidades das suas rendas, mas ainda assim aquilo não era nada se comparado a Enscombe. Ela não deixou de amar o marido, mas queria ser ao mesmo tempo a esposa do Capitão Weston e a Srta. Churchill, de Enscombe.

O Capitão Weston, que fora considerado, especialmente pela família Churchill, como uma pessoa que encontrou a sorte grande após tal casamento, revelou-se como aquele que ficou com a pior barganha, pois quando sua esposa morreu, após três anos de casamento, ele estava realmente mais pobre do que antes e com um filho para sustentar. Das despesas com a criança, entretanto, ele logo se viu livre. O garoto, com a consequência atenuante de uma doença crônica herdada da mãe, tornara-se o pivô de uma espécie de reconciliação. O senhor e a senhora Churchill, como não tinham filhos entre si e nenhuma outra criatura jovem de mesmo parentesco para cuidar, ofereceram-se para receber toda a responsabilidade sobre o pequeno Frank logo depois que a mãe morreu. Alguns escrupúlos e alguma relutância do pai-viúvo supostamente se fizeram sentir, mas, conforme estas foram superadas por outras considerações, a criança foi entregue aos cuidados e à riqueza dos Churchill, e Weston tinha somente seu próprio conforto para buscar agora e a sua própria situação para melhorar da melhor maneira possível.

Uma mudança completa de vida tornou-se desejável. Desligou-se da milícia e passou a trabalhar com o comércio, com irmãos que já estavam bem estabelecidos em Londres, o que lhe proporcionou um início favorável. Era uma preocupação que lhe trouxe ocupação suficiente. Ainda tinha uma casa pequena em Highbury, onde passava a maioria dos seus dias de lazer; e, entre ocupações úteis e os prazeres da sociedade, os dezoito ou vinte anos seguintes da sua vida passaram alegremente. Havia, àquela altura, dando-se conta de que tinha uma competência tranquila — o bastante para poder comprar uma pequena propriedade nas proximidades de Highbury, a qual sempre desejou possuir; o bastante para se casar com uma esposa sem quaisquer posses como a Srta. Taylor e viver de acordo com os desejos de sua própria disposição.

Já fazia algum tempo desde que a Srta. Taylor começara a influenciar seus planos; mas, como não era a influência tirânica da juventude sobre a juventude, não abalara a sua determinação de nunca se acomodar até poder comprar Randalls. A compra de Randalls já era esperada há tempos, mas ele prosseguiu firmemente com esses objetivos em vista até que pudesse realizá-los. Criara a própria fortuna, comprara a sua casa e conseguira sua esposa. Estava iniciando uma nova fase de sua vida, com toda a probabilidade de uma alegria maior do que qualquer outra que já houvesse sentido. Nunca chegou a ser um homem infeliz. Seu próprio temperamento o protegera disso, mesmo em seu primeiro casamento, mas o segundo devia lhe mostrar o quanto uma esposa de bom senso e verdadeiramente adorável podia ser encantadora e lhe dar as provas mais aprazíveis de que é muito melhor escolher do que ser escolhido, estimular a gratidão do que senti-la.

Ele precisava agradar apenas a si mesmo com aquela escolha: sua sorte pertencia-lhe inteiramente. Já no caso de Frank, a questão era mais de estar sendo tacitamente educado para se tornar o herdeiro do tio; a adoção aconteceu de tal modo que o rapaz assumiu o sobrenome Churchill quando chegou à maioridade. Era pouco provável, portanto, que ele viesse a desejar a assistência do pai. Seu pai não ficava apreensivo com aquilo. A tia era uma mulher caprichosa e dominava inteiramente o marido, mas não era da natureza do Sr. Weston imaginar que qualquer capricho pudesse ser forte o bastante para afetar alguém tão querido e, conforme ele mesmo acreditava, tão merecidamente querido. Encontrava-se com o filho todos os anos em Londres e sentia orgulho dele. Seus relatos afetuosos, que o descreviam como um belo rapaz, faziam com que Highbury sentisse uma espécie de orgulho dele também. Era visto como alguém que pertencia suficientemente àquele lugar para que seus méritos e prospectos se tornassem uma espécie de assunto comum.

O Sr. Frank Churchill era um dos motivos de orgulho de Highbury e havia uma grande curiosidade em vê-lo, embora o sentimento fosse tão pouco correspondido que ele nunca viera até ali durante toda a sua vida. Uma visita ao pai era algo sobre o qual frequentemente se falava, mas que nunca se realizou.

Agora, por ocasião do casamento de seu pai, propunha-se, geralmente, como questão de decoro, que essa visita deveria acontecer. Não havia uma única voz discordante sobre o assunto, nem quando a Sra. Perry tomava chá com a Sra. e a Srta. Bates, ou quando a Sra. e a Srta. Bates retribuíam a visita. Havia chegado a hora de receberem o Sr. Frank Churchill entre eles, e a esperança ganhou força quando se soube que ele escrevera à sua nova mãe sobre a ocasião. Durante alguns dias, todas as visitas matinais em Highbury incluíam alguma menção à elegante carta que a Sra. Weston havia recebido. "Creio que ouviu falar sobre a elegante carta que o Sr. Frank Churchill escreveu para a senhora Weston. Pelo que sei, é uma carta realmente muito elegante. O Sr. Woodhouse me falou a respeito. O Sr. Woodhouse viu a carta e disse que nunca vira uma carta tão elegante em toda sua vida."

Era realmente uma carta muito estimada. A Sra. Weston, é claro, concebera uma ideia muito favorável sobre o rapaz; e tamanho cuidado era uma prova irresistível do seu grande bom senso, além de ser um complemento muito bem-vindo a toda fonte e expressão de congratulações que seu casamento já recebera. Sentia que era uma mulher muito afortunada e vivera o bastante para saber que pensariam que ela era realmente muito afortunada, sendo a sua única decepção a separação parcial dos amigos, cuja amizade por ela nunca chegou a arrefecer e que não conseguiam se conformar com o afastamento.

Ela sabia que, às vezes, sentiam sua falta, e não conseguia pensar, sem que lhe doesse, em Emma perdendo um único prazer ou sofrendo o tédio das horas por querer sua companhia. Mas sua querida Emma não era uma pessoa de caráter frágil.

Tinha uma situação mais parecida com a sua do que a maioria das outras moças teria e tinha a sensatez, energia e ânimo que, esperava-se, poderiam lhe fazer bem e lhe trazer alegria durante suas poucas dificuldades e privações. E havia também tanto conforto na pouca distância entre Hartfield e Randalls, tão conveniente para caminhadas femininas tranquilas, e à disposição do Sr. Weston e nas circunstâncias, que não se tornariam dificuldades para que as duas passassem metade das noites da semana juntas durante a estação que se aproximava.

Sua situação era um motivo constante de gratidão à Sra. Weston, com apenas alguns momentos de arrependimento; e a sua satisfação — sua mais do que satisfação, sua disposição alegre — era tão justa e tão aparente que Emma, por melhor que conhecesse seu pai, ele, às vezes, surpreendia-se com o fato de que ele ainda era capaz de sentir pena da "pobre Srta. Taylor" quando a deixavam em Randalls, no centro de todos os confortos domésticos possíveis, ou a viam ir embora à noite, acompanhada por seu simpático marido até a carruagem do casal. Mas não havia uma única ocasião em que o Sr. Woodhouse não desse um suspiro gentil e dissesse:

— Ah, pobre Srta. Taylor! Ela seria muito feliz se pudesse ficar aqui.

Não havia como recuperar a Srta. Taylor, nem muita probabilidade de deixar de ter pena dela, mas algumas semanas trouxeram algum alívio ao Sr. Woodhouse. Os cumprimentos dos vizinhos haviam cessado; ele não era mais provocado a sentir alegria por causa de um evento tão triste; e o bolo de casamento, que tanto desgosto havia lhe causado, havia sido inteiramente comido. Seu próprio estômago não conseguia suportar nada muito gorduroso e ele nunca conseguiu acreditar que as outras pessoas fossem diferentes dele. O que lhe era indesejável, ele considerava ser inadequado para qualquer pessoa, e havia, portanto, tentado insistentemente dissuadi-los de fazer um bolo de casamento de qualquer maneira; e, quando viu que o esforço seria em vão, tentou impedir que qualquer pessoa o comesse. Chegou até mesmo a consultar o Sr. Perry, o boticário, sobre o assunto. O Sr. Perry era um homem inteligente e cavalheiresco, cujas visitas frequentes eram um dos confortos da vida do Sr. Woodhouse. Ao ser inquirido, ele não pôde deixar de reconhecer (embora lhe parecesse algo que ia contra o senso comum) que o bolo de casamento poderia causar mal a muitas pessoas, talvez à maioria delas, a menos que se comesse moderadamente. Com essa opinião, que confirmava a sua própria, o Sr. Woodhouse esperava influenciar todos os visitantes sobre os recém-casados, mas ainda assim o bolo foi comido e não houve descanso para os seus nervos benevolentes até que todo o doce desaparecesse.

Ouviu-se um estranho rumor em Highbury sobre todas as crianças da família Perry terem sido vistas com uma fatia do bolo de casamento da Sra. Weston nas mãos, mas o Sr. Woodhouse nunca acreditou naquilo.

III

O Sr. Woodhouse apreciava a sociedade à sua própria maneira. Ele gostava muito de receber visitas dos amigos, e, devido a vários interesses mútuos, ao longo período de residência em Hartfield, à sua boa índole, à sua fortuna, sua casa e sua filha, ele podia comandar as visitas do seu próprio círculo de pessoas, de maneira muito estruturada, como gostava. Ele não tinha muitas relações com quaisquer outras famílias fora desse círculo; o horror que sentia de ficar acordado até tarde e grandes jantares eram obstáculos para quaisquer conhecidos, exceto aqueles que vinham visitá-lo em seu próprio território. Felizmente para ele, Highbury, incluindo Randalls na mesma paróquia, e Donwell Abbey, na paróquia adjacente, o local de residência do Sr. Knightley, abrangiam muitas pessoas assim.

Não raro, por meio da persuasão de Emma, ele recebia alguns dos melhores e mais seletos amigos para jantar, mas as festas noturnas eram o que ele preferia. E, a menos que se declarasse indisposto para ter companhia, escassas eram as noites da semana nas quais Emma não conseguia reunir pessoas ao redor de uma mesa de carteado para ele.

Um respeito real e longevo trazia os Westons e o Sr. Knightley e com o Sr. Elton, um rapaz que vivia sozinho sem gostar dessa situação, o privilégio de trocar qualquer noite vazia de solidão pela elegância e o requinte da sala de jantar do Sr. Woodhouse, e os sorrisos da sua adorável filha, não corriam perigo de serem simplesmente descartados.

Depois desses vinha um segundo grupo. Entre os convidados mais frequentes estavam a Sra. e a Srta. Bates e a Sra. Goddard, três senhoras que estavam sempre dispostas a atender o convite de Hartfield e que eram trazidas e levadas de volta às suas casas com tanta frequência que o Sr. Woodhouse não achava aquilo qualquer incômodo para James e os cavalos. Se acontecesse apenas uma vez por ano, seria um infortúnio.

A Sra. Bates, viúva de um antigo vigário de Highbury, era uma senhora já bastante idosa e não se interessava por quase nada, exceto um bom chá e uma partida de quadrille. Vivia com sua única filha de maneira bastante modesta e era encarada com todo o respeito e consideração que uma velha e inofensiva senhora, de acordo com essas circunstâncias desagradáveis, é capaz de provocar. Sua filha desfrutava de uma popularidade bastante incomum para uma mulher que não era jovem, bonita, rica ou casada. Sra. Bates estava na pior situação possível para ter o favor público; e ela não possuía superioridade intelectual para compensar a si mesma, nem assustar aqueles que poderiam detestá-la para que a respeitassem externamente. Nunca se gabou de beleza ou inteligência. Sua juventude havia passado sem distinção e o meio da sua vida era dedicado a cuidar de uma mãe debilitada e ao esforço em fazer com que seus poucos proventos durassem tanto quanto fosse possível. E mesmo assim ela era uma mulher feliz, uma mulher cujo nome ninguém citava sem boas intenções. Eram a sua própria boa vontade universal e temperamento aprazível que proporcionavam tantas maravilhas. Ela amava todas as pessoas, interessava-se pela felicidade de todas as pessoas e reconhecia rapidamente os méritos de todas as pessoas. Pensava em si mesma como uma criatura muito afortunada, cercada de bênçãos tais como uma excelente mãe, muitos bons vizinhos e amigos e uma casa onde não faltava nada. A simplicidade e o contentamento da sua natureza, seu espírito risonho e grato, eram um alento para todos e uma mina de felicidade para si mesma. Falava muito sobre assuntos pequenos, algo que agradava muito ao Sr. Woodhouse, cheio de comunicações triviais e fofocas inofensivas.

A Sra. Goddard era a diretora de uma escola — não de um seminário, de um estabelecimento ou de qualquer coisa que professasse, em longas sentenças de nonsense refinado, combinar conhecimentos liberais com uma moralidade elegante, sobre novos princípios e novos sistemas — onde jovens moças, mediante pagamentos vultosos, poderiam ser prejudicadas em sua saúde e levadas à vaidade — mas um verdadeiro e honesto colégio interno à moda antiga, onde uma quantidade razoável de competências era vendida a um preço razoável e para onde as meninas podiam ser mandadas para não atrapalharem suas famílias e se esforçarem para obter um pouco de educação, sem qualquer perigo de voltarem transformadas em prodígios. A escola da Sra. Goddard era uma instituição de muito renome e tudo era bem merecido, pois Highbury era considerado um local particularmente saudável: ela tinha uma casa e um jardim amplos, dava bastante comida saudável para as crianças, deixava que corressem bastante pelo lugar no verão e fazia-lhes curativos nas frieiras com as próprias mãos durante o inverno. Não era de se espantar que uma fila de vinte jovens casais agora a seguissem até a igreja. Ela era uma mulher simples e maternal, que havia trabalhado muito durante a juventude, e hoje em dia se considerava merecedora de uma folga para visitar alguém para o chá; e, como devia muito à gentileza do Sr. Woodhouse, sentia a necessidade de atender ao seu chamado e deixar o salão de casa, todo decorado com obras elegantes, sempre que podia, para ir ganhar ou perder algumas moedas diante da lareira dele.

Essas eram as damas que Emma tinha bastante facilidade em reunir e ficava feliz, pensando no bem do seu pai, com o poder de fazer aquilo. Entretanto, pelo que sabia, nada daquilo remediava a ausência da Sra. Weston. Ficava exultante em ver que seu pai parecia estar confortável e muito contente consigo mesma por organizar as coisas tão bem, mas as conversas tranquilas daquelas três mulheres a faziam sentir como se cada noite que se passava dessa forma era, na realidade, uma das longas noites que ela temerosamente previra.

Certa manhã, quando estava sentada, ansiosa pelo fim do dia, uma mensagem da Sra. Goddard lhe foi entregue, pedindo, nos mais respeitosos termos, permissão para levar a Srta. Smith com ela. Um pedido muito bem-vindo, pois a Srta. Smith era uma garota de dezessete anos, a quem Emma conhecia muito bem de vista e por quem se interessava havia um bom tempo devido à sua beleza. Um convite muito gracioso foi enviado em resposta e a noite deixou de ser temida pela bela senhora da mansão.

Harriet Smith era a filha natural de alguém. Alguém a havia matriculado, vários anos antes, na escola da Sra. Goddard e alguém a elevara posteriormente da condição de estudante à de aluna interna. De maneira geral, isso era tudo que se sabia sobre a sua história. Não tinha amigos visíveis além daqueles que fizera em Highbury e havia acabado de retornar de uma longa temporada na região rural, onde visitara algumas moças que haviam frequentado o colégio com ela.

Era uma garota muito bonita e sua beleza era de um tipo que Emma particularmente admirava. Era baixa, gorducha e de pele clara, com um ar bastante jovial, olhos azuis, cabelos claros, feições regulares e uma aparência de muita doçura. E, antes do fim da noite, Emma estava muito contente com seus modos e com sua pessoa e bastante determinada a prosseguir com a amizade.

Não houve nada em particular que atraiu sua atenção na conversa da Srta. Smith, mas Emma a achou, de maneira geral, bastante envolvente— não era inconvenientemente tímida, nem arredia para conversar — e mesmo assim, longe de ser uma intrusa, mostrando tanta propriedade e deferência, parecendo estar agradavelmente grata por ser recebida em Hartfield, e tão ingenuamente impressionada pela aparência de tudo num estilo tão superior ao que ela estava acostumada, que devia ser uma pessoa de bom senso, alguém que merecia ser encorajada. O encorajamento devia ser feito. Aqueles olhos azuis suaves e todas as suas graças naturais não deveriam ser desperdiçados com a sociedade inferior de Highbury e adjacências. As pessoas que ela já havia conhecido não eram dignas de suas atenções. As amigas que visitara recentemente, embora fossem pessoas muito boas, deviam estar lhe fazendo mal. Era uma família de sobrenome Martin, cujo caráter Emma conhecia bem, pois eles alugavam uma grande fazenda que pertencia ao Sr. Knightley e residiam na paróquia de Donwell — algo bastante respeitável, ela acreditava —, e sabia que o Sr. Knightley os tinha em alta conta, mas deviam ser pessoas grosseiras e incultas, em nada adequadas para serem confidentes de uma garota que precisava de apenas um pouco mais de conhecimento e elegância para ser perfeita. Ela iria educá-la, iria aperfeiçoá-la, iria tirá-la de perto das más companhias e apresentá-la à parte boa da sociedade, iria dar forma às suas opiniões e maneirismos. Seria um empreendimento interessante e certamente muito gentil, certamente digno de sua própria situação na vida, seu lazer e seus poderes.

Emma ficou tão ocupada admirando aqueles olhos azuis suaves, conversando e escutando e formando todos esses planos e intermediações, que a noite acabou passando numa velocidade bastante incomum e a mesa da ceia, que sempre encerrava essas reuniões, e onde ela costumava se sentar e observar o tempo passar, estava toda posta e preparada diante da lareira antes que ela percebesse. Com uma ligeireza além do impulso comum de um espírito que nunca se mostrava indiferente ao crédito de fazer tudo com perfeição e atenção, com a verdadeira boa vontade de uma mente que se deleitava com as próprias ideias, ela fez todas as honras da refeição, servindo e recomendando o frango desfiado e o suflê de ostras, com um entusiasmo que sabia que seria aceitável àquelas altas horas e ao escrutínio civil das convidadas.

Em ocasiões como aquela, os sentimentos do pobre Sr. Woodhouse ficavam em conflito. Ele adorava ver a mesa posta, porque isso era a moda durante a sua juventude, mas sua convicção de que ceias eram ocasiões muito pouco saudáveis faziam com que ele se entristecesse muito ao ver qualquer coisa sobre a toalha e, embora sua hospitalidade oferecesse tudo que era possível aos visitantes, o interesse que tinha pela saúde destes o deixava agoniado ao ver que eles iriam comer.

Uma segunda tigela pequena de mingau ralo, como a sua própria, era tudo que ele podia, com toda a sinceridade, recomendar, mesmo assim, ele era capaz de se esforçar, enquanto as senhoras confortavelmente se refestelavam com os pratos mais elaborados, para dizer:

— Sra. Bates, permita-me propor que prove um desses ovos. Um ovo cozido com a gema bem mole não é algo que faça mal para a saúde. Serle sabe cozinhar um ovo melhor do que qualquer pessoa. Eu não recomendaria um ovo cozido por qualquer outra pessoa, mas a senhora não precisa ter medo, pois eles são muito pequenos, como pode ver; um dos nossos ovos pequenos não vai lhe fazer mal. Srta. Bates, deixe que Emma lhe sirva um pouco de torta, um pedaço bem pequeno. Nossas tortas são todas de maçã. Não precisa ter medo de conservas estragadas aqui. Não lhe recomendo o creme. Sra. Goddard, o que acha de meia taça de vinho? Meia taça, das pequenas, diluída em um copo de água? Não creio que isso lhe fará mal.

Emma deixava o pai falar, mas servia as convidadas de modo muito mais satisfatório e, na noite presente, teve o prazer particular de fazer com que fossem embora muito felizes. A felicidade da Srta. Smith era totalmente à altura de suas intenções. A Srta. Woodhouse era uma pessoa tão importante em Highbury que a possibilidade de uma apresentação pessoal causava tanto pânico quanto prazer, mas a humilde e grata jovem foi embora com um sentimento de bastante satisfação, feliz com a afabilidade com a qual a Srta. Woodhouse a tratara durante toda a noite, e chegou até mesmo a cumprimentá-la com um aperto de mão, finalmente!

IV

A aceitação de Harriet Smith em Hartfield logo se tornou algo consumado. Rápida e decidida em seu jeito de agir, Emma não desperdiçou tempo para convidar, encorajar e dizer a ela que viesse com frequência. E, conforme a amizade entre as duas crescia, o nível de satisfação mútua aumentava. Como companheira de caminhadas, Emma havia previsto bem cedo o quanto a garota lhe poderia ser útil. Nesse aspecto, a perda da Sra. Weston havia sido importante. Seu pai nunca ia até além dos arbustos, onde duas partes do terreno eram suficientes para suas longas caminhadas, ou das curtas, conforme o ano variava, e, desde o casamento da Sra. Weston, seus exercícios haviam ficado muito confinados. Havia se aventurado até Randalls sozinha certa vez, mas não foi uma experiência agradável, e Harriet Smith, portanto, uma pessoa que podia mandar chamar a qualquer momento para uma caminhada, seria um acréscimo valioso aos seus privilégios. Mas, de qualquer maneira, quanto mais conversava com ela, mais a garota conquistava a sua aprovação e se confirmava em todas as suas atitudes gentis.

Harriet certamente não era inteligente, mas tinha uma disposição meiga, dócil e amistosa, era totalmente livre de quaisquer conceitos e desejava apenas ser guiada por qualquer pessoa a quem admirasse. Sua ligação inicial com Emma era muito amigável, e o seu pendor para boa companhia e o poder de apreciar o que era elegante e engenhoso mostrava que não faltava bom gosto, embora não devesse se esperar um intelecto muito poderoso. De maneira geral, ela estava bem convencida de que Harriet Smith era exatamente a jovem amiga que queria — exatamente aquilo de que a sua casa precisava. Uma amiga como a Sra. Weston era algo que estava fora de cogitação. Seria impossível haver duas iguais. Duas iguais, Emma não queria. Era uma coisa bastante diferente, um sentimento distinto e independente. A Sra. Weston era merecedora de um respeito que tinha como base a gratidão e a estima. Harriet seria amada como alguém a quem Emma pudesse ser útil. Pela Srta. Weston não havia nada a fazer; por Harriet, havia tudo.

Suas primeiras tentativas de se mostrar útil foram um empenho para descobrir quem eram os pais de Harriet, mas não soube dizer. Estava pronta para falar sobre tudo que pudesse, mas, sobre esse assunto, as perguntas eram em vão. Emma foi obrigada a considerar o que ela gostava, mas nunca poderia acreditar que, na mesma situação, não acabaria descobrindo a verdade. Harriet não tinha curiosidade. Ficava satisfeita em ouvir e acreditar apenas naquilo que a Sra. Goddard decidia lhe contar e não procurava saber nada além.

A Sra. Goddard, e as professoras, e as outras garotas e os assuntos da escola em geral formavam naturalmente uma grande parte das conversas — e, se não fosse sua amizade com a família Martin, da fazenda de Abbey-Mill, seria a única. Mas a família Martin ocupava uma boa parte dos seus pensamentos; ela passara dois meses muito felizes com eles e agora adorava falar sobre os prazeres da visita e descrever os muitos confortos e atrativos do lugar. Emma estimulava seu pendor para falar, divertindo-se com esse retrato de outro conjunto de seres e desfrutando da simplicidade juvenil capaz de falar com tanto júbilo sobre a casa da Sra. Martin ter "duas salas de estar, duas salas de estar realmente muito boas; uma delas era quase tão grande quanto a sala de jantar da Sra. Goddard; e ela tinha uma arrumadeira que vivera vinte e cinco anos com ela; e a família tinha oito vacas, sendo que duas eram Alderneys e outra uma pequena Welch, uma Welch muito bonita e pequena, com certeza; e da Sra. Martin, dizendo que gostava tanto do animal que se devia dizer que aquela era a sua vaca; e que eles tinham uma bela casa de verão em miniatura no jardim, na qual todos iriam tomar chá em algum dia do ano seguinte. Uma casa em miniatura muito bonita, com espaço suficiente para doze pessoas".

Durante algum tempo ela se entreteve, sem pensar além da causa imediata. Mas, conforme ela veio a compreender melhor a família, outros sentimentos surgiram. Ela concebera aquilo do jeito errado, imaginando que havia uma mãe e uma filha, um filho e a esposa do filho, todos vivendo juntos. Mas quando ficou claro que o Sr. Martin, que se destacava nas narrativas e era sempre mencionado com apreço por sua impressionante boa natureza, por fazer isso ou aquilo, era um homem solteiro, que não havia nenhuma jovem Sra. Martin, ou uma esposa nesse caso, ela suspeitou do perigo para a sua pobre amiga que representava toda essa hospitalidade e gentileza e que, se não cuidasse dela, a garota poderia ser obrigada a naufragar para sempre.

Com essa noção inspiradora, suas perguntas aumentaram em número e importância e ela induziu Harriet a falar mais sobre o Sr. Martin, e não houve qualquer indisposição em relação a isso. Harriet sempre estava mais do que pronta a falar da importância que ele tivera em suas caminhadas ao luar e nos jogos e divertimentos noturnos e passava um bom tempo falando sobre ele ser muito bem-humorado e cortês. Ele fizera um percurso de cinco quilômetros certo dia para lhe buscar algumas nozes, porque ela havia mencionado o quanto gostava delas e, em todos os outros aspectos, por ser muito cortês. Mandou o filho do seu pastor ir até a sala de estar, certa noite, para que cantasse para ela. Ela gostava muito de canto. O próprio Sr. Martin sabia cantar um pouco. Harriet acreditava que ele era muito inteligente e que sabia de tudo. Tinha um belo rebanho e, enquanto estava hospedada com a família, ele recebeu por sua lã uma oferta maior do que qualquer outra pessoa na região. Acreditava que todos falavam bem dele. Sua mãe e irmãs o tinham em alta conta. A Sra. Martin lhe disse, certo dia (e até mesmo corou quando ela falou), que era impossível haver um filho melhor do que ele e por isso tinha certeza de que, quando ele se casasse, seria um bom marido. Não que ela quisesse vê-lo casado. Não tinha pressa alguma para isso.

"Muito bem, Sra. Martin!", pensou Emma. "Você sabe o que é melhor".

E, quando voltou, a Sra. Martin teve a gentileza de mandar um belo ganso para a Sra. Goddard, o melhor ganso que a Sra. Goddard já vira. A Sra. Goddard o preparou em um domingo e convidou todas as três professoras, a Srta. Nash, a Srta. Prince e a Srta. Richardson, para jantar com ela.

— O Sr. Martin, eu suponho, não é um homem com muita informação além daquilo que é pertinente aos seus negócios, não é? Ele não lê?

— Oh, sim! Quero dizer, não. Não sei. Mas acredito que ele já leu bastante. Mas não coisas pelas quais você se interessaria.

Ele lê os Relatórios Agrícolas e alguns outros livros que ficam em uma das poltronas, diante da janela — mas ele lê todos eles sozinho. E, às vezes, à noite, antes de irmos jogar cartas, ele lia algo em voz alta dos Extratos Elegantes, sempre muito divertido. E eu sei que ele leu o Vigário de Wakefield. Nunca leu o Romance da Floresta, nem As Crianças da Abadia. Ele nunca tinha ouvido falar desses livros antes de eu mencioná-los, mas agora está determinado a consegui-los assim que puder.

A pergunta seguinte foi...

— Como é a aparência do Sr. Martin?

— Oh! Não é bonito... Não é nem um pouco bonito. Pensei que ele não tivesse nenhum atrativo à primeira vista, mas não tenho mais essa opinião agora. É o que acontece, como sabe, depois de algum tempo. Mas você nunca o viu? Ele vem a Highbury de vez em quando e certamente passa por aqui a cavalo toda semana a caminho de Kingston. Ele já passou por você várias vezes.

— Pode ser que sim, e talvez eu já o tenha visto cinquenta vezes, mas sem fazer a menor ideia de qual seria o seu nome. Um jovem fazendeiro, a cavalo ou a pé, é o último tipo de pessoa que despertaria a minha curiosidade. Os agricultores são exatamente o tipo de pessoa com a qual eu sinto que jamais poderia me envolver. Alguém de posição um pouco mais baixa e com uma aparência agradável poderia me interessar; eu poderia querer ajudar suas famílias de uma forma ou outra. Mas um fazendeiro jamais poderá precisar da minha ajuda e, portanto, acaba passando longe dos meus interesses.

— Com toda certeza. Oh, sim! Não é provável que você já o tenha visto. Mas ele a conhece muito bem. De vista, digo.

— Não tenho dúvidas de que ele é um jovem muito respeitável. Sei, de fato, que ele é assim e, por isso, desejo-lhe o bem. Que idade você imagina que ele tem?

— Ele fez vinte e quatro no dia oito de junho passado, e o meu aniversário é no dia 23, com diferença de apenas uma quinzena, o que é muito estranho.

— Só vinte e quatro. É muito jovem para se casar. A mãe tem toda razão em não ter pressa. Parecem estar numa situação muito confortável e, se ela quisesse que ele se casasse logo, provavelmente se arrependeria. Daqui a seis anos, se conseguir encontrar uma boa moça que esteja no mesmo nível, com um pouco de dinheiro, a situação poderia ser muito mais desejável.

— Daqui a seis anos! Querida Sra. Woodhouse, ele teria trinta anos!

— Bem, essa é a idade em que a maioria dos homens pode se dar ao luxo de se casar, aqueles que não nasceram independentes. O Sr. Martin, imagino eu, precisa fazer toda a sua fortuna. Não se pode apressar as coisas neste mundo. Seja lá quanto dinheiro ele venha a ganhar quando seu pai morrer, seja lá qual for a sua parte nas propriedades da família, eu ousaria dizer que tudo estaria comprometido, tudo investido em seu gado, e assim por diante. Embora, com esforço e sorte, ele possa ficar rico daqui a algum tempo, é quase impossível que ele tenha realizado algo até agora.

— Com certeza, é isso mesmo. Mas eles vivem com bastante conforto. Não têm um mordomo na casa e, com exceção disso, não lhes falta nada. E a Sra. Martin fala em contratar um jovem para isso daqui a alguns anos.

— Espero que você não tenha problemas, Harriet, quando ele se casar. No caso de você fazer amizade com a esposa — pois, embora as irmãs dele, com uma educação superior, não tenham motivo para fazer objeções, não faz sentido que ele possa se casar com alguém em quem você possa reparar. O infortúnio do seu nascimento deveria servir para que você tome um cuidado especial com aqueles a quem se associa. Não há dúvida de que você é filha de um cavalheiro, e você deve sustentar sua posição social com tudo o que estiver ao seu alcance, caso contrário, haverá pessoas que terão prazer em degradá-la.

— Sim, com certeza, suponho que isso pode acontecer. Mas enquanto eu frequentar Hartfield e você for tão gentil comigo, Srta. Woodhouse, não tenho medo do que qualquer pessoa possa fazer.

— Você compreende a força da influência muito bem, Harriet, mas eu prefiro vê-la estabelecida com bastante firmeza na boa sociedade, para que possa ser independente até mesmo de Hartfield e da Srta. Woodhouse. Quero vê-la com conexões boas e permanentes. E, para esse fim, será recomendável ter alguns conhecidos, por mais estranhos que sejam. Portanto eu digo que, se você ainda estiver nesta região quando o Sr. Martin se casar, espero que não seja atraída pela intimidade que tem com as irmãs a fazer amizade com a esposa, que provavelmente será meramente a filha de algum fazendeiro, sem qualquer instrução.

— Com certeza. Sim. Não que eu creia que o Sr. Martin se casaria com qualquer pessoa, exceto alguém que tivesse educação e que teve uma criação exemplar. Entretanto, não quero colocar minha opinião contra a sua e tenho certeza de que não desejo fazer amizade com a esposa dele. Sempre terei um respeito enorme pelas Srtas. Martin, especialmente Elizabeth, e ficaria muito triste por me afastar delas, pois todas são tão bem-educadas quanto eu. Mas, se ele se casar com uma mulher muito ignorante e vulgar, certamente será melhor que eu não a visite, se puder evitar.

Emma a observava por entre as flutuações daquele diálogo e não via nenhum sintoma alarmante de amor. O rapaz fora seu primeiro admirador, mas ela confiava que não havia nenhuma outra amarra e que não haveria uma dificuldade séria, pelo lado de Harriet, de se opor a qualquer combinação amistosa que ela fizesse.

Elas se encontraram com o Sr. Martin no dia seguinte, enquanto caminhavam pela estrada de Donwell. Ele estava a pé e, depois de observá-la com todo o respeito, olhou com uma satisfação indisfarçável para a sua acompanhante. Emma não ficou triste por ter uma oportunidade como essa para avaliá-lo e, caminhando por mais alguns metros, enquanto conversavam juntas, não tardou em fazer com que seu olho clínico avaliasse suficientemente o Sr. Robert Martin. Sua aparência era muito bem-cuidada e ele parecia ser um rapaz sensato, mas sua pessoa não tinha qualquer outra vantagem. E, quando o comparou com outros cavalheiros, Emma se deu conta de que ele perderia qualquer trunfo que conquistara com Harriet. Harriet não era descuidada em relação aos bons modos; havia percebido voluntariamente o refinamento do pai de Emma com admiração e também com fascínio. O Sr. Martin parecia não saber o que eram bons modos.

Permaneceram juntos por alguns minutos, pois não se devia deixar a Srta. Woodhouse esperando, e Harriet voltou correndo até onde ela estava, com uma expressão sorridente e uma efervescência de espírito, que a Srta. Woodhouse esperava conseguir recompor muito rapidamente.

— Imagine só, a coincidência de encontrá-lo! Que inesperado! Foi realmente obra do acaso, ele disse, o fato de não ter ido pelo caminho que leva a Randalls. Ele não achava que caminhávamos por esta estrada. Pensou que fazíamos nosso passeio indo rumo a Randalls, geralmente. Ainda não conseguiu um exemplar do Romance da Floresta. Estava tão ocupado da última vez em que foi até Kingston que acabou se esquecendo, mas ele vai até lá outra vez amanhã. Que inesperado, esse encontro fortuito! Bem, Srta. Woodhouse, ele é como você esperava? O que acha dele? Acha que é pouco atraente?

— Muito pouco atraente, sem dúvida. Incrivelmente sem atrativos. Mas isso não é nada se comparado com a sua completa falta de fineza. Eu não tinha o direito de esperar muito, e não o estava, mas eu não fazia ideia de que ele era dado a tanta bufonice, ou toda aquela falta de estilo. Eu o imaginara, confesso, com um pouco mais de cavalheirismo.

— Com certeza — disse Harriet, com a voz angustiada. — Ele não é tão cavalheiro quanto os verdadeiros cavalheiros.

— Eu creio, Harriet, que, desde que começou a frequentar a nossa casa, você já esteve várias vezes na companhia de alguns verdadeiros cavalheiros e deve ter percebido a diferença no Sr. Martin. Em Hartfield você viu espécimes muito bons de homens bem-educados e de boa família. Eu ficaria surpresa se, após vê-los, você conseguisse ficar na companhia do Sr. Martin outra vez sem percebê-lo como uma criatura muito inferior e sem perguntar a si mesma por que chegou a considerá-lo alguém desejável antes. Não começa a sentir isso agora? Não ficou chocada? Tenho certeza de que deve ter ficado chocada com aquela aparência desajeitada e modos rústicos e a aspereza de uma voz que ouvi ser totalmente desafinada enquanto estava aqui.

— Certamente ele não é como o Sr. Knightley. Não tem um ar refinado e um jeito de caminhar como o Sr. Knightley. Eu percebo muito bem a diferença. Mas o Sr. Knightley é um homem muito charmoso!

— A aparência do Sr. Knightley é tão incrivelmente fina que não é justo comparar o Sr. Martin com ele. Pode ser que você não enxergue em um cavalheiro entre cem algo que é tão visível quanto no Sr. Knightley. Mas ele não é o único cavalheiro em cuja presença você esteve ultimamente. O que me diz do Sr. Weston e do Sr. Elton? Compare o Sr. Martin com qualquer um deles. Compare seu modo de se portar, de andar, de falar, de ficar em silêncio. Você deve ter percebido a diferença.

— Oh, sim! Há uma diferença enorme. Mas o Sr. Weston já é quase um velho. O Sr. Weston deve ter entre quarenta e cinquenta anos.

— O que torna seus bons modos ainda mais valiosos. Quanto mais velha é uma pessoa, Harriet, mais importante é que seus modos não sejam ruins; e mais escandalosos e repulsivos se tornam as falas descabidas, gritos ou o desengonço. O que é tolerável na juventude é detestável na velhice. O Sr. Martin já é desengonçado e abrupto. Como ele será quando tiver a idade do Sr. Weston?

— Não há como dizer, realmente — respondeu Harriet, de maneira solene.

— Mas se pode fazer uma tentativa de prever. Ele será um fazendeiro completamente grosseiro, vulgar, totalmente descuidado das aparências e não irá pensar em nada além de lucros e prejuízos.

— Irá mesmo? Isso será muito ruim.

— A importância exagerada que ele dá aos negócios é perceptível, pela própria circunstância de ter se esquecido de procurar o livro que você recomendou. Estava ocupado demais com o mercado para pensar em qualquer outra coisa. E é assim mesmo que deve ser, para um homem próspero. O que ele faria com livros? E eu não tenho dúvidas de que ele irá prosperar e que será um homem muito rico no futuro. E o fato de ser analfabeto e grosseiro não deve nos perturbar.

— Eu me perguntei por que ele não se lembrou do livro — foi tudo que Harriet respondeu, e o disse com uma nota grave de desgosto, algo que Emma pensou que podia seguramente fazer efeito por si só. Ela, dessa forma, não disse mais nada durante algum tempo. Sua argumentação seguinte começou:

— Em um aspecto, talvez, os modos do Sr. Elton são superiores aos do Sr. Knightley ou do Sr. Weston. Possuem uma gentileza mais evidente. Com efeito, pode-se perceber que eles estabelecem um padrão a ser seguido. Há uma franqueza, uma espontaneidade, quase uma falta de sutileza no Sr. Weston, o que agrada a todos devido ao seu grande senso de humor. Mas não seria possível copiar algo assim. Assim como os modos sinceros, decididos e autoritários do Sr. Knightley, embora isso combine muito bem com ele, sua postura, sua aparência e situação na vida o permitem. Mas, se algum rapaz se pusesse a copiá-lo, o resultado seria insuportável. Pelo contrário, eu acho que pode ser muito recomendável a um jovem que se mire no Sr. Elton como modelo. Parece-me que ele ficou particularmente mais cavalheiresco em tempos recentes. Não sei se ele tem a intenção de se aproximar ainda mais de uma de nós duas, Harriet, com uma maior delicadeza, mas percebo que ele está agindo de forma mais suave do que o habitual. Se ele tem alguma intenção, deve estar querendo lhe agradar. Não lhe contei o que ele disse a seu respeito noutro dia?

Ela, então, repetiu alguns carinhosos elogios pessoais que havia arrancado do Sr. Elton e fez justiça a eles; e Harriet enrubesceu e sorriu, dizendo que sempre achou que o Sr. Elton era muito simpático.

O Sr. Elton foi a primeira pessoa na qual Emma se concentrou para tirar o jovem fazendeiro da cabeça de Harriet. Achava que seria uma combinação excelente e, além disso, palpavelmente desejável, natural e provável para que conquistasse muito mérito ao planejá-la. Temia que fosse aquilo em que todas as pessoas iriam pensar e prever. Era improvável, entretanto, que alguém a vencesse na data do plano, pois a ideia entrou em seu cérebro logo na primeira noite em que Harriet veio a Hartfield. Quanto mais ela considerava, maior era a sua sensação de conveniência. A situação do Sr. Elton era bastante adequada, já que era um perfeito cavalheiro e sem conexões sociais inferiores; ao mesmo tempo, não era de uma família que poderia se opor com justa causa às origens duvidosas de Harriet. O Sr. Elton tinha um lar confortável para ela, e Emma imaginava haver renda mais do que suficiente, pois, embora o vicariato de Highbury não fosse muito grande, sabia-se que ele tinha algumas propriedades independentes; e ela lhe tinha muita estima, considerando-o um rapaz bem-humorado, bem-intencionado e respeitável, sem qualquer deficiência de intelectualidade ou de conhecimento acerca do mundo.

Já estava satisfeita consigo mesma porque o Sr. Elton considerava Harriet uma garota bonita, algo que acreditava que, com visitas tão frequentes a Hartfield, eram indícios sólidos pelo lado dele; e, pelo lado de Harriet, não havia muitas dúvidas sobre a ideia de que ser preferida por ele teria todo o peso e eficácia de sempre. E ele era realmente um jovem muito agradável, um jovem que qualquer mulher que não fosse fastidiosa poderia gostar. Era considerado muito bonito, sua pessoa, muito admirada de maneira geral, embora não por ela, pois havia uma carência de elegância de feições que ela não podia dispensar; mas a garota que se contentava com uma jornada de Robert Martin pelo campo para lhe trazer nozes podia muito bem ser conquistada pela admiração do Sr. Elton.

V

— Não sei qual seria a sua opinião, Sra. Weston — disse o Sr. Knightley — sobre essa grande intimidade entre Emma e Harriet Smith, mas acho que é algo ruim.

— Algo ruim! O senhor realmente acha que é ruim? Por quê?

— Acho que uma não vai fazer bem à outra.

— O senhor me surpreende! Emma deve fazer bem a Harriet e, dando-lhe um novo objeto de interesse, pode-se dizer que Harriet faz bem a Emma. Venho acompanhando a intimidade das duas com muito prazer. Que opiniões diferentes nós temos! Não acha que uma vai fazer bem à outra! Isso certamente será o começo de uma das nossas desavenças em relação à Emma, Sr. Knightley.

— Talvez você pense que eu vim aqui com o propósito de ter uma desavença com você, sabendo que Weston saiu e que você ainda precisa vencer suas próprias batalhas.

— O Sr. Weston me apoiaria sem qualquer reserva se estivesse aqui, pois pensa exatamente como eu sobre esse assunto. Ainda ontem estávamos falando a respeito disso e concordamos que é muita sorte para Emma haver uma garota como essa em Highbury, com quem ela pode se associar. Sr. Knightley, não permitirei que aja como juiz nesse caso. O senhor está muito acostumado a viver sozinho e não sabe o valor de ter uma companhia. E, talvez, nenhum homem possa julgar adequadamente o conforto que uma mulher sente na companhia de outra, depois de estar acostumada a isso durante toda a sua vida. Posso imaginar sua objeção a Harriet Smith. Ela não é a moça superior que uma amiga de Emma deveria ser. Mas, por outro lado, já que Emma quer vê-la mais informada, será um estímulo para que ela mesma leia mais. Elas vão ler juntas. Essa é a intenção dela, eu sei.

— Emma tem a intenção de ler mais desde os doze anos de idade. Eu vi muitas listas que ela escreveu de próprio punho, em vários momentos, com os livros que queria ler regularmente, e eram listas muito boas, livros muito bem escolhidos e muito bem organizados; às vezes, alfabeticamente e, às vezes, de acordo com alguma outra regra. A lista que ela elaborou quando tinha apenas quatorze anos... Lembro-me de pensar que respaldou sua capacidade de decisão de tal forma que a guardei por algum tempo e ouso dizer que ela pode ter composto uma lista muito boa agora. Mas já me fartei de esperar que Emma desenvolva um hábito regular de leitura. Ela nunca irá se submeter a qualquer coisa que requeira esforço, paciência e dedicação para compreender. Naquilo que a Srta. Taylor não conseguiu estimular, eu posso afirmar seguramente que Harriet Smith não fará nada. Você nunca conseguiu persuadi-la a ler a metade do quanto desejava. Você sabe disso.

— Ouso dizer — retrucou a Sra. Weston, sorrindo — que era assim que eu pensava. Mas, desde que nos separamos, não consigo me lembrar de nenhuma ocasião em que Emma se esquivou de fazer qualquer coisa que eu desejasse.

— Não é preciso reavivar uma memória como essa — disse o Sr. Knightley, sentimentalmente. E, por um momento ou dois, ele o fez. — Mas eu... — emendou ele em seguida. — ... que não tenho tais encantos lançados sobre meus sentidos, ainda devo perceber, ouvir e lembrar. Emma sofre por ser a mais inteligente entre seus familiares. Aos dez anos, ela sofria o infortúnio de saber responder perguntas que confundiam a irmã de dezessete. Sempre foi ligeira e autoconfiante; Isabella, lenta e hesitante. E, desde os doze anos, Emma sempre foi a dona de toda a casa e de todos vocês. Na mãe, perdeu a única pessoa que era capaz de lidar com ela. Ela herdou os talentos da mãe e tudo deve estar subordinado a ela.

— Eu me arrependeria, Sr. Knightley, se confiasse na sua recomendação de me demitir dos serviços à família do Sr. Woodhouse e buscado outra situação. Não creio que você diria uma palavra boa a meu respeito para qualquer pessoa. Estou convicta de que o senhor sempre pensou que eu não fosse uma pessoa adequada ao cargo que exercia.

— Sim — disse ele, sorrindo. — Você está num lugar melhor aqui, muito adequada para ser esposa, mas nem um pouco para o cargo de governanta. Mas estava se preparando para ser uma esposa excelente durante o tempo em que passou em Hartfield. Talvez não tenha dado a Emma uma educação tão completa quanto seus talentos pareciam prometer, mas estava recebendo dela uma educação muito boa, no aspecto matrimonial de submeter sua própria vontade e fazer o que lhe mandavam; e, se Weston me pedisse para recomendar uma esposa, eu certamente indicaria a Srta. Taylor.

— Obrigada. Haverá muito pouco mérito em ser uma boa esposa para um homem como o Sr. Weston.

— Ora, para dizer a verdade, receio que você acabe sendo desperdiçada e, com tanta disposição para servir, não haverá nada a servir. Não vamos nos precipitar, entretanto. Weston pode ficar enfastiado com a falta de conforto, ou seu filho pode acabar lhe irritando.

— Espero que não. Não é provável. Não, Sr. Knightley, não preveja aborrecimentos que venham daí.

— Não eu, com certeza. Apenas cito possibilidades. Não tenho a pretensão de dizer que a genialidade de Emma se deve a previsões fortuitas e adivinhações. Espero, de todo coração, que o jovem possa ser um Weston por méritos e um Churchill pela fortuna. Mas Harriet Smith... Ainda não falei a metade do que penso sobre Harriet Smith. Acho que ela é realmente o pior tipo de companhia que Emma pode ter. Não sabe de nada e admira Emma como se esta soubesse de tudo. É bajuladora em todas as suas ações e, se não fosse o bastante, faz isso sem querer. Sua ignorância é uma lisonja contínua. Como Emma pode imaginar que tem alguma coisa a aprender enquanto Harriet apresenta essa inferioridade tão encantadora? E, em relação a Harriet, aventuro-me a dizer que ela não tem nada a ganhar com essa amizade. Hartfield vai apenas afastá-la de todos os lugares aos quais ela pertence. Ela vai ficar suficientemente refinada para sentir-se desconfortável entre aqueles cuja estirpe e circunstâncias lhe deram um lar. Não estou certo de que as doutrinas de Emma concedem alguma espécie de resiliência mental ou se servem para fazer uma garota se adaptar racionalmente às variedades da sua situação na vida. Tudo que fazem é polir a superfície.

— Ou eu confio mais no bom senso de Emma do que você ou tenho maior anseio por seu conforto no momento, pois não posso lamentar essa amizade. Ela parecia estar ótima na noite de ontem!

— Oh! Prefere falar sobre a pessoa dela em vez de sua mente, não é? Muito bem. Não vou tentar negar que Emma é bonita.

— Bonita! Diga que ela é bela, em vez disso. Pode imaginar algo mais próximo da beleza perfeita do que Emma, em sua inteireza? Rosto e corpo?

— Não sei o que eu poderia imaginar, mas confesso que raramente vi um rosto ou uma figura que me agradasse mais do que os de Emma. Mas sou um amigo parcial, devo admitir.

— Que olhos! Olhos de um verdadeiro tom de avelã, e tão brilhantes! Feições regulares, uma expressão aberta, e que aparência! Oh! Um rubor de saúde perfeita, belo tamanho e altura, uma silhueta firme e empertigada! Há sinais de saúde, não somente no rubor da pele, mas ao seu redor, em sua cabeça, no olhar. Às vezes, diz-se que uma criança é "o retrato da saúde perfeita"; agora, Emma sempre me passa a impressão de ser o retrato perfeito da saúde adulta. Ela é a amabilidade em pessoa. Sr. Knightley, não concorda?

— Não encontro um único defeito na pessoa dela — respondeu ele. — Acho que ela é tudo que você descreve. Adoro olhar para ela; e acrescentarei um elogio: não acho que ela seja uma pessoa frívola. Considerando o quanto é bonita, parece se ocupar muito pouco da própria beleza; sua vaidade se externa de outra forma. Sra. Weston, não vou mudar minha opinião em relação ao desgosto que sinto por Harriet ou ao medo que tenho de que a relação cause mal às duas.

— E eu, Sr. Knightley, compartilho da mesma convicção de que isso não lhes causará mal algum. Mesmo com todos os pequenos defeitos da querida Emma, ela é uma criatura excelente. Onde encontraríamos uma filha melhor, ou uma irmã mais gentil, ou uma amiga mais sincera? Não, não. Ela tem qualidades nas quais se pode confiar. Nunca vai causar mal a ninguém. Não causará nenhum vexame duradouro. Para cada erro que Emma comete, ela acerta outras cem vezes.

— Muito bem. Não vou mais incomodá-la. Emma será um anjo, e vou guardar minhas queixas para mim mesmo até que o Natal traga John e Isabella. John ama Emma com um afeto razoável e, portanto, não cego, e Isabella sempre pensa como ele; exceto quando ele não está suficientemente preocupado com as crianças. Tenho certeza de que as opiniões deles serão como as minha.

— Sei que vocês todos a amam demais para serem injustos ou cruéis, mas perdoe-me, Sr. Knightley, se eu tomar a liberdade (considero-me, como sabe, como alguém que tem um pouco do privilégio da fala que a mãe de Emma talvez pudesse ter) de insinuar que não creio na possibilidade de que algo de bom possa surgir se a intimidade de Harriet Smith se tornar assunto de discussão entre vocês. Perdoe-me, mas supondo que qualquer pequena inconveniência possa ser depreendida dessa intimidade, não se pode esperar que Emma, que não deve satisfações a ninguém exceto ao seu pai, que aprova perfeitamente a amizade, dê um fim nela, desde que tal arranjo lhe seja uma fonte de prazer. Já faz tantos anos que minha função é dar conselhos que não deve ser surpresa para você, Sr. Knightley, ver esses pequenos vestígios do meu cargo.

— De maneira alguma — exclamou ele. — Agradeço-a muito por isso. São conselhos muito bons, e terá um destino melhor do que a maioria dos seus conselhos, pois será levado em conta.

— A Sra. John Knightley fica facilmente alarmada e pode ficar infeliz em relação à irmã.

— Fique sossegada — disse ele. — Não vou criar alarde. Vou guardar meu mau humor para mim. Tenho um interesse muito sincero por Emma. Isabella não parece mais minha irmã. Nunca demonstrou grande interesse. Talvez nunca tenha chegado a demonstrar interesse algum. Existe uma ansiedade, uma curiosidade em relação ao que alguém sente por Emma. Pergunto-me o que vai ser dela!

— Eu também — disse a Sra. Weston gentilmente. — Quero muito saber.

— Ela sempre declara que nunca irá se casar, o que, naturalmente, não significa absolutamente nada. Mas não creio que ela já tenha visto um homem por quem se interesse. Não seria ruim para ela se apaixonar por um sujeito apropriado. Gostaria de ver Emma apaixonada e com algumas dúvidas sobre se o sentimento é recíproco. Acho que lhe faria bem. Mas não há ninguém nas redondezas com quem ela possa se envolver e ela raramente vai para longe de casa.

— Parece, realmente, haver pouca coisa que possa quebrar sua resolução no momento — disse a Sra. Weston. — Por mais que possa haver. E, embora ela esteja muito feliz em Hartfield, não posso desejar que forme qualquer laço que crie dificuldades para o pobre Sr. Woodhouse. Não recomendo o matrimônio, no momento, para Emma, embora isso não signifique que eu a queira mal, garanto-lhe.

Uma parte das suas intenções era esconder alguns dos seus pensamentos favoritos de si mesma e do Sr. Weston sobre o assunto, o máximo que pudesse. Havia comentários em Randalls em relação ao destino de Emma, mas não era desejável que desconfiassem de sua existência, e a transição tranquila com a qual o Sr. Knightley logo mudou o assunto para "O que Weston está achando do tempo? Vamos ter chuva?" convenceu-a de que ele não tinha mais nada a dizer ou supor a respeito de Hartfield.

VI

Emma não conseguia sentir qualquer dúvida por ter dado uma direção adequada aos desejos de Harriet e elevado a gratidão da sua jovem vaidade a um propósito muito bom, percebendo que a garota estava decididamente mais sensata do que antes, ao dizer que o Sr. Elton era um homem incrivelmente atraente, de modos muito agradáveis; e, como não hesitou em garantir a admiração do cavalheiro por meio de insinuações agradáveis, não demorou a sentir-se bastante confiante para criar uma estima equivalente em Harriet, aproveitando qualquer ocasião.

Estava bastante convencida de que o Sr. Elton estava em vias de se apaixonar, se assim já não estivesse. Não tinha escrúpulos em relação a ele. O Sr. Elton falava sobre Harriet, elogiava-a de uma maneira tão carinhosa que Emma não conseguia supor que faltasse alguma coisa, algo que um pouco mais de tempo poderia acrescentar. A percepção dele sobre a melhora marcante dos modos de Harriet, desde que esta lhe fora apresentada em Hartfield, não era uma das provas menos desejáveis da atração crescente que ele sentia.

— Você deu à Srta. Smith tudo que ela precisava — disse ele. — Tornou-a graciosa e agradável. Ela era uma bela criatura quando veio até você, mas, em minha opinião, os atrativos que você acrescentou são infinitamente superiores aos que ela recebeu da natureza.

— Fico feliz por você pensar que eu fui útil a ela. Mas Harriet precisava apenas se desacanhar e receber algumas poucas, muito poucas, orientações. Ela tinha todas as graças naturais da doçura de temperamento e inocência em si mesma. Eu fiz muito pouco.

— Se fosse admissível contradizer uma dama... — disse o galante Sr. Elton.

— Talvez eu tenha lhe dado um pouco mais de determinação de caráter, ensinei-a a pensar sobre coisas que não lhe haviam ocorrido antes.

— É exatamente assim. Foi isso, principalmente, o que me chamou a atenção. Tanta determinação de caráter! Muito habilidosas foram as mãos que a moldaram.

— O prazer foi imenso, tenho certeza. Nunca vi uma disposição que fosse verdadeiramente mais afável.

— Não tenho a menor dúvida. — E a frase foi dita com uma espécie de animação suspirada, que trazia consigo uma vasta porção do amante. Não ficou satisfeita com a maneira pela qual ele externou um súbito desejo da própria Emma, o de ter um retrato de Harriet.

— Já teve a sua aparência retratada, Harriet? — disse ela. — Já se sentou para que a retratassem?

Harriet estava a ponto de sair da sala e parou apenas para dizer, com uma ingenuidade muito interessante:

— Oh! Por Deus, nunca.

Assim que ela estava fora do seu campo de visão, Emma exclamou:

— Que objeto primoroso um retrato dela seria! Eu pagaria qualquer preço. Quase sinto vontade de tentar retratá-la eu mesma. Você não sabe, arrisco-me a dizer, mas dois ou três anos atrás eu desenvolvi uma grande paixão por desenhar retratos e tentei fazê-lo com vários dos meus amigos, que pensaram que eu tinha um olho artístico tolerável de maneira geral. Mas, por algum motivo ou outro, eu desisti de fazer isso, desgostosa. Mesmo assim, poderia até me arriscar, se Harriet se sentasse comigo. Seria um prazer imenso ter um retrato dela!

— Permita que eu lhe implore — exclamou o Sr. Elton. — Seria realmente um prazer imenso! Permita que eu lhe implore, Srta. Woodhouse, que exerça um talento tão encantador em favor da sua amiga. Sei como são os seus desenhos. Como pode achar que sou ignorante? Esta mesma sala não exibe tantas das suas paisagens e flores e a Sra. Weston não tem alguns retratos coletivos em sua sala de jantar, em Randalls?

"Sim, bom homem!", pensou Emma. "Mas o que isso tem a ver com retratar uma pessoa? Você não sabe nada sobre desenho. Não finja estar encantado com os meus. Guarde seus encantos para o rosto de Harriet".

— Bem, se o senhor me encorajar desse jeito, Sr. Elton, vou tentar fazer o que puder. As feições de Harriet são muito delicadas, o que torna o retrato uma obra difícil de executar; e ainda assim há uma peculiaridade no formato dos olhos e das linhas da boca que é preciso capturar.

— Exatamente. O formato dos olhos e as linhas da boca... Não tenho dúvidas sobre o seu sucesso. Por favor, rogo-lhe que tente. Como você mesma o fará, o retrato será realmente, para usar suas próprias palavras, um objeto primoroso.

— Mas eu receio, Sr. Elton, que Harriet não gostaria de se sentar para ser retratada. Ela não tem uma opinião muito forte sobre a própria beleza. Não observou a maneira como ela me respondeu? Como ela quis dizer: "Por que o meu retrato deveria ser feito?".

— Oh! Sim, eu observei, garanto-lhe. Não me passou despercebido. Mas ainda não consigo imaginar que ela não possa ser convencida.

Harriet voltou logo em seguida, e a proposta foi feita quase imediatamente; e ela não teve os escrúpulos para resistir a tantos minutos de tamanha pressão e pedidos dos outros dois. Emma desejava começar a trabalhar imediatamente e, para tal, trouxe a pasta que continha suas várias tentativas de desenhar retratos, já que nenhuma delas havia sido finalizada, de modo que pudessem decidir juntos qual seria o melhor tamanho para Harriet. Seus vários esboços foram exibidos. Miniaturas, meias-folhas, folhas inteiras, a lápis, a giz pastel e aquarelas, tudo havia sido tentado pelo menos uma vez. Ela sempre quis fazer tudo, e fizera mais progressos, tanto nas artes plásticas quanto na música, do que muitos outros poderiam ter feito com tão pouco esforço quanto aquele que Emma empenhara. Ela tocava, cantava e desenhava em praticamente todos os estilos, mas a dedicação era algo que lhe faltava e em nenhuma área ela conseguiu se aproximar do grau de maestria que ficaria feliz em ter e não deveria deixar de alcançar. Não se enganava em relação à própria perícia como artista ou musicista, mas não desejava tirar essa ilusão das outras pessoas, nem se lamentava por saber que a reputação por suas conquistas frequentemente era maior do que merecia.

Havia méritos em todos os retratos; naqueles ainda longe de finalizar, talvez mais. Seu estilo era inspirado. Mas, se houvesse muito menos ou se houvesse dez vezes mais, o entusiasmo e admiração dos seus dois companheiros seriam os mesmos. Ambos estavam em êxtase. Um retrato agrada a todos e as demonstrações de talento da Srta. Woodhouse devem sempre ser memoráveis.

— Não há uma grande variedade de rostos para vocês — disse Emma. — Tive a oportunidade de estudar somente a minha família. Aqui está o meu pai... Outro do meu pai... Mas a ideia de se sentar para ser retratado o deixava tão nervoso que eu só conseguia fazer isso às escondidas. Nenhum deles é muito parecido, portanto. Aqui a Sra. Weston novamente, e outra vez, e mais uma vez, como podem ver. Querida Sra. Weston! Sempre foi a minha amiga mais gentil em todas as ocasiões. Sentava-se sempre que eu lhe pedia. Aqui está a minha irmã, e muito parecida com a sua própria silhueta elegante! E o rosto não está tão diferente. Eu faria um bom retrato, se ela ficasse sentada por mais tempo, mas ela tinha tanta pressa de que eu retratasse seus quatro filhos que não conseguia parar quieta. Depois, aqui estão todas as minhas tentativas de retratar três dos quatro filhos. Aqui estão Henry, John e Bella, de um lado da página até o outro, e qualquer um deles pode se passar por um dos outros. Ela estava tão ansiosa pelos desenhos que não pude recusar, mas não há como fazer com que crianças de três ou quatro anos fiquem sentadas e quietas, vocês sabem, e também não é muito fácil conseguir retratá-los além do porte e do rosto, a menos que eles tivessem feições menos refinadas do que quaisquer filhos que minha mãe teve. Aqui está o meu rascunho do quarto, que era bebê. Eu o retratei enquanto ele estava dormindo no sofá e há um detalhamento muito grande da touca com laços que ele usava, como podem ver. Estava com a cabeça aninhada de maneira bem conveniente. Isso está muito parecido. Tenho bastante orgulho do pequeno George. O canto do sofá está muito bom. E aqui está o meu último — disse ela, revelando um belo desenho de um cavalheiro em tamanho pequeno, de corpo inteiro. — Meu último e melhor trabalho. Meu cunhado, o Sr. John Knightley. — A este não faltava muito para estar terminado, quando eu o guardei e jurei a mim mesma que nunca mais faria outro retrato. Não consegui evitar a provocação, depois de todo o meu esforço, e quando eu realmente consegui produzir um retrato muito bom (tanto a Sra. Weston quanto eu concordamos ao considerar que estava muito parecido), apenas um pouco bonito demais, elogioso demais, com uma falha no lado direito. Após tudo isso, veio a aprovação fria da pobre Isabella. "Sim, está um pouco parecido. Mas, com certeza, não lhe faz jus". Tivemos muita dificuldade para convencê-lo a se sentar para ser retratado. Foi algo bastante desgastante e, de maneira geral, foi mais do que eu podia suportar. E assim, decidi nunca terminá-lo, para que alguém se desculpe por aquele retrato pouco lisonjeiro a qualquer visitante que chegue a Brunswick Square pela manhã. E, como eu disse, foi então que jurei nunca mais desenhar ninguém novamente. Mas, pelo bem de Harriet, ou melhor, pelo meu próprio bem, e como não há maridos ou esposas no caso presente, vou quebrar a minha promessa agora.

O Sr. Elton parecia estar bastante fascinado e contente com a ideia e repetia:

— Nada de maridos ou esposas no caso presente, como você observou. Exatamente assim. Nada de maridos ou esposas — com um acanhamento tão interessante que Emma começou a considerar se não seria melhor deixar os dois a sós imediatamente. Mas, como queria desenhar, a declaração deveria esperar mais um pouco.

Ela logo definiu o tamanho e o tipo de retrato. Seria de corpo inteiro em aquarela, como o do Sr. John Knightley, e estava destinado, se ela conseguisse se contentar, a ter um lugar de honra sobre a cornija.

A sessão começou e Harriet, sorrindo e enrubescendo, e receando não manter sua atitude e postura, exibia uma mistura muito doce da expressão juvenil aos olhos firmes da artista. Mas não havia como fazer nada com o Sr. Elton irrequieto atrás de si, observando cada toque. Ela lhe deu crédito por posicionar-se onde poderia observar e observar novamente por muito tempo, sem causar estranheza, mas teve realmente que dar um fim naquilo e pedir que ele se colocasse em outro lugar. Foi então que lhe ocorreu em colocá-lo para ler.

"Se ele pudesse fazer a gentileza de ler para nós, seria realmente uma gentileza! Isso aliviaria as suas dificuldades e amenizaria a irritação da Srta. Smith."

O Sr. Elton não poderia ficar feliz. Harriet escutava, e Emma desenhava em paz. Tinha que permitir que ele viesse frequentemente olhar o retrato, caso contrário, não seriam as intenções de um amante; e ele estava a postos, sempre que o lápis fazia os menores intervalos, para se levantar e examinar o progresso e dar-se por encantado. Não havia como ficar descontente com alguém tão encorajador, pois sua admiração o fez discernir um retrato quase antes de isso ser possível. Ela não podia respeitar seu olhar, mas seu amor e sua complacência eram irrepreensíveis.

A sessão, ao final, foi bastante satisfatória. Emma ficou suficientemente satisfeita com o progresso do primeiro dia para querer continuar. Não havia falta de similaridade, ela havia escolhido a postura correta, e, quando quis aperfeiçoar um pouco mais a silhueta, dando-lhe um pouco mais de altura e consideravelmente mais elegância, teve uma forte convicção de que esse seria um desenho muito bonito de todas as formas, finalmente, e que chegaria ao local ao qual fora destinado com créditos para as duas — um memorial perene à beleza de uma, à habilidade da outra e à amizade entre ambas, e com muitas outras associações desejáveis que a ligação bastante promissora do Sr. Elton provavelmente acrescentaria.

Harriet deveria sentar-se para ser retratada outra vez no dia seguinte e o Sr. Elton, exatamente como deveria, pediu permissão para estar presente e ler para elas novamente.

— Com toda certeza. Ficaremos muito felizes em considerar o senhor como parte do grupo.

As mesmas civilidades e cortesias, o mesmo sucesso e satisfação ocorreram no dia seguinte e acompanharam todo o progresso do retrato, que foi rápido e feliz. Todos que o viam ficavam satisfeitos, mas o Sr. Elton estava em êxtase contínuo e o defendia de toda e qualquer crítica.

— A Srta. Woodhouse deu à sua amiga a única beleza que lhe faltava — observou a Sra. Weston para ele, sem suspeitar por um momento que se dirigia a um amante. — A expressão do olhar está correta, mas a Srta. Smith não tem essas sobrancelhas ou cílios. É um problema que há na face dela, não tê-los.

— Você pensa assim? — retrucou ele. — Não posso concordar. Parece-me ser uma reprodução quase perfeita de todas as feições. Nunca vi um retrato assim em minha vida. Devemos considerar o efeito da sombra, como sabe.

— Você a fez alta demais, Emma — disse o Sr. Knightley.

Emma sabia que havia feito aquilo, mas não estava disposta a admitir. E o Sr. Elton emendou carinhosamente:

— Oh, não! Certamente não está alta demais. Nem um pouco alta. Veja, ela está sentada, o que naturalmente se apresenta de maneira diferente e, em resumo, dá exatamente essa ideia. E as proporções devem ser preservadas, como sabe. Proporções, perspectiva. Oh, não! O retrato dá a ideia exata de uma pessoa com a altura da Srta. Smith. Exatamente assim!

— Está muito bonito — disse o Sr. Woodhouse. — Tão lindamente feito! Assim como sempre são os seus desenhos, minha querida. Não conheço ninguém que desenhe tão bem quanto você. A única coisa que eu não gosto totalmente é que ela parece estar sentada ao ar livre e tem apenas um pequeno xale sobre os ombros. Isso dá a impressão de que ela pode se resfriar.

— Mas, meu querido papai, supõe-se que seja verão, um dia quente de verão. Veja a árvore.

— Mas nunca é seguro se sentar ao ar livre, minha querida.

— Senhor, você pode dizer qualquer coisa — exclamou o Sr. Elton. — Mas eu confesso que considero uma ideia muito feliz colocar a Srta. Smith ao ar livre, e a árvore é reproduzida com um espírito inimitável! Qualquer outra situação não seria tão adequada. A inocência dos modos da Srta. Smith e ao todo... Oh, é incrivelmente admirável! Não consigo tirar os olhos da obra. Nunca vi um retrato tão bom!

Em seguida, quiseram emoldurar o retrato, e aqui houve algumas dificuldades. O trabalho teria que ser feito diretamente; teria que ser feito em Londres; a encomenda deveria passar pelas mãos de uma pessoa inteligente, em cujo bom gosto se pudesse confiar; e Isabella, a pessoa geralmente encarregada de todas as contratações, não deveria ser considerada para a tarefa, porque era dezembro e o Sr. Woodhouse não conseguia suportar a ideia de que sua filha saísse de casa em meio às névoas de dezembro. Mas, assim que essas preocupações chegaram ao conhecimento do Sr. Elton, desvaneceram-se. Seu cavalheirismo estava sempre em alerta. — Se lhe for confiada a contratação do serviço, seria com infinito prazer que o faria! Poderia cavalgar até Londres a qualquer momento. Era impossível dizer o quanto ficaria grato por ser incumbido de uma tarefa como essa.

— Ele é bom demais! Ela não conseguiria suportar a ideia! Ela não o incomodaria com uma tarefa tão ingrata por nada deste mundo! — Tudo isso trouxe a desejada repetição de pedidos e garantias e bastaram uns poucos minutos para que tudo estivesse arranjado.

O Sr. Elton levaria o desenho até Londres, escolheria a moldura e daria as instruções; e Emma achou que poderia embalar a obra para garantir sua segurança sem que isso o incomodasse, enquanto ele parecia temer muito o fato de não ser suficientemente incomodado.

— Que depósito precioso! — disse ele com um suspiro carinhoso quando o recebeu.

"Este homem quase chega a ser galante demais para estar apaixonado", pensou Emma. "Eu devia dizer isso, mas creio que deve haver uma centena de maneiras diferentes de estar apaixonado. Ele é um jovem excelente e vai combinar muito bem com Harriet. Será um 'exatamente assim', como ele mesmo diz. Mas ele suspira e sofre, e faz mais elogios do que eu poderia aturar se fosse a principal recebedora. Recebo uma porção muito boa como a segunda. Mas assim é a sua gratidão por causa de Harriet".

VII

O dia em que o Sr. Elton viajaria a Londres trouxe uma nova ocasião para que Emma pudesse prestar seus serviços para a amiga. Harriet chegara a Hartfield, como de costume, logo após o desjejum e, após algum tempo, voltara para casa para retornar mais tarde, no jantar. Ela retornou, e antes do que havia sido acordado, e com uma expressão agitada e urgente que anunciava que algo extraordinário havia lhe acontecido e que queria muito contar. Meio minuto foi o bastante. Ela soube, assim que voltou à casa da Sra. Goddard, que o Sr. Martin estivera ali uma hora antes e, ao perceber que ela não estava em casa, algo que não era particularmente esperado, deixara um pequeno pacote para ela, enviado por uma das irmãs dele, indo embora em seguida. Ao abrir esse pacote, ela encontrou, entre as duas canções que emprestara para Elizabeth copiar, uma carta para si e essa carta viera dele, do Sr. Martin, e continha uma proposta direta de casamento. Quem poderia imaginar? Ela ficou tão surpresa que não sabia o que fazer. Sim, uma verdadeira proposta de casamento; e uma carta muito boa, ou pelo menos foi isso que pensou. E ele escreveu como se realmente a amasse muito — mas como se ela não soubesse — e, assim, Harriet teve que ir o mais rápido possível para poder perguntar à Srta.

Woodhouse o que deveria fazer. Emma sentiu um pouco de vergonha da amiga por parecer tão contente e tão confusa.

— Dou a minha palavra — disse ela. — O rapaz está determinado a não perder nada por falta de pedir. Fará ótimas conexões se conseguir.

— Pode ler a carta? - perguntou Harriet. — Por favor. Prefiro que você a leia.

Emma não ficou insatisfeita com aquela pressão. Ela leu e surpreendeu-se. O estilo da carta estava muito acima das suas expectativas. Não era meramente a ausência de erros gramaticais, mas uma redação que não envergonharia um cavalheiro; a linguagem, embora simples, era forte e natural, e os sentimentos que ela externava só faziam aumentar o crédito do escritor. Era curta, mas expressava bom senso, uma ligação carinhosa, liberalidade, propriedade, e até mesmo a delicadeza de sentimentos. Ela fez uma pausa ao terminar a leitura, enquanto Harriet a observava ansiosamente, esperando por sua opinião, com um "Bem, bem", e foi finalmente forçada a emendar:

— Essa é uma boa carta? Ou é curta demais?

— Sim, de fato, é uma carta muito boa — respondeu Emma, devagar. — É uma carta tão boa, Harriet, que, considerando tudo, eu acho que uma das irmãs do Sr. Martin deve tê-lo ajudado. Mal consigo imaginar que o rapaz com quem vi você conversar no outro dia seria capaz de se expressar tão bem se o fizesse sozinho, e ainda assim o estilo não é o de uma mulher; não, com certeza, é forte e conciso, não é suficientemente difuso como o de uma mulher. Não há dúvida de que ele é um homem sensato, e suponho que ele possa ter um talento natural para isso — pensa de maneira forte e clara — e, quando empunha uma pena, suas ideias naturalmente encontram as palavras adequadas. Assim é com alguns homens. Sim, eu compreendo o tipo de mentalidade. Vigoroso, decidido, com sentimentos até certo ponto, sem rudeza. Uma carta que está mais bem escrita, Harriet (devolvendo-a) do que eu esperava.

— Bem — disse Harriet, que continuava esperando. — Bem, e... e o que devo fazer?

— O que deve fazer! Em que respeito? Refere-se a essa carta?

— Sim.

— Mas que dúvidas você tem? Você deve respondê-la, é claro. E rapidamente.

— Sim. Mas o que devo dizer? Estimada Srta. Woodhouse, por favor, aconselhe-me.

— Oh, não, não! A carta deve ser toda sua. Você irá se expressar muito adequadamente, estou certa. Não há perigo de você não ser compreensível, isso é fundamental. Sua intenção deve ser inequívoca, nada de dúvidas ou vacilos, tenho certeza de que as expressões apropriadas de gratidão e preocupação pela dor que você está causando a ele surgirão naturalmente em sua mente, de acordo com as convenções sociais.. Não precisa se precipitar em escrever e dar a impressão de tristeza pela decepção que ele sentirá.

— Você pensa que eu devo rejeitá-lo, então — disse Harriet, baixando o olhar.

— Que deve rejeitá-lo! Minha querida Harriet, o que quer dizer? Tem alguma dúvida em relação a isso? Eu pensei... Mas me perdoe, talvez eu estivesse enganada. Certamente, venho me enganando a seu respeito, se você crê que tem dúvidas sobre o teor da sua resposta. Imaginei que estava me consultando somente em relação ao palavreado.

Harriet ficou em silêncio. Sem se importar muito com seus modos, Emma prosseguiu:

— Você quer dar uma resposta favorável, pelo que percebo.

— Não, não quero; isto é, eu não... O que devo fazer? O que me aconselharia a fazer? Rogo-lhe, querida Srta. Woodhouse. Diga-me o que eu devo fazer.

— Não lhe darei nenhum conselho, Harriet. Não terei nada a ver com isso. Isso é algo que você deve decidir com seus próprios sentimentos.

— Eu não tinha noção de que ele gostava tanto de mim — disse Harriet, contemplando a carta. Por um momento, Emma perseverou em seu silêncio, mas, começando a perceber que os elogios encantadores daquela carta poderiam ser muito poderosos, achou melhor dizer:

— Eu considero uma regra geral, Harriet, que, se uma mulher tem dúvidas se deve aceitar um homem ou não, certamente ela deveria rejeitá-lo. Se estiver hesitante em dizer "sim", deve dizer "não" diretamente. Não é uma condição em que se deve entrar com sentimentos dúbios, sem entusiasmo. Eu acho que é o meu dever como amiga, e por ser mais velha que você, dizer isso. Mas não imagine que eu queira influenciá-la.

— Oh! Não, estou certa de que você é gentil demais para... Mas se puder apenas me aconselhar sobre o que eu deveria... Não, não, não é isso que eu quero dizer... Como você diz, é preciso que uma pessoa esteja realmente convicta... Não se deve hesitar... É uma coisa muito séria. Será mais seguro dizer "não", talvez. Você acha que eu deveria dizer "não"?

— Por nada neste mundo — disse Emma, sorrindo graciosamente — eu a aconselharia a fazer uma coisa ou outra. Você é quem deve ser a juíza da própria felicidade. Se preferir o Sr. Martin em vez de todas as outras pessoas, se pensa que ele é o homem mais desejável em cuja companhia já esteve, por que hesitar? Você enrubesce, Harriet. Alguma outra pessoa lhe ocorre neste momento, com essa definição? Harriet, Harriet, não se engane, não se deixe levar pela gratidão e compaixão. Neste momento, em quem você está pensando?

Os sintomas eram favoráveis. Em vez de responder, Harriet lhe deu as costas, confusa, e postou-se diante da lareira, pensativamente. E, embora a carta ainda estivesse em sua mão, ela agora era mecanicamente torcida de um lado para outro, sem qualquer consideração. Emma esperou o resultado com impaciência, mas não sem fortes esperanças. Finalmente, com alguma hesitação, Harriet disse:

— Srta. Woodhouse, já que não vai me dar sua opinião, devo fazer o melhor que puder por meus próprios meios. E agora eu determinei com certeza e quase cheguei a uma conclusão. Devo rejeitar o Sr. Martin. A senhora acha que estou certa?

— Perfeitamente, perfeitamente certa, minha caríssima Harriet. Você está fazendo exatamente o que deveria. Enquanto estava naquele suspense, eu contive os meus sentimentos, mas agora que você está tão completamente decidida, não hesito em aprovar. Querida Harriet, isso só me traz alegria. Eu ficaria muito triste em perder a sua amizade, o que seria a consequência do seu casamento com o Sr. Martin. Enquanto você ainda estava indecisa, mesmo que infimamente, eu não disse nada a respeito porque não queria influenciar. Mas seria a perda de uma amiga para mim. Eu não poderia visitar a senhora Robert Martin, da fazenda de Abbey-Mill. Agora, tenho mais certeza sobre você do que jamais tive.

Harriet não havia percebido o perigo, mas a ideia a deixou chocada.

— Não poderia me visitar! — exclamou ela, com uma expressão de pavor. — Não, com certeza não poderia, mas eu nunca havia pensado nisso. Seria um horror! Que alívio! Querida Srta. Woodhouse, eu não abriria mão do prazer e da honra da intimidade que tenho com você por nada neste mundo.

— Com certeza, Harriet, seria uma dor imensa perdê-la, mas assim seria. Você iria se lançar para fora de toda a boa sociedade. Eu teria que me afastar de você.

— Santo Deus! Como pude considerar isso! Seria a morte não poder mais vir a Hartfield!

— Querida e afetuosa criatura! Você, banida para a fazenda de Abbey-Mill! Você, confinada à sociedade dos analfabetos e dos vulgares por toda a vida! Pergunto-me como aquele rapaz teve a ousadia de pedir uma coisa dessas. Ele deve ter uma opinião muito exagerada sobre si mesmo.

— Não acho que ele seja pretensioso, em geral — disse Harriet, com a consciência se opondo a tal censura. — Na verdade, ele é de muito boa índole, e eu sempre serei muito agradecida a ele. E tenho um enorme respeito por... embora seja uma coisa muito diferente, e você sabe, embora ele possa gostar de mim, não é certo que eu deva... E certamente eu devo confessar que desde que comecei a frequentar este lugar eu vi pessoas... E se alguém vier a compará-los, pessoas e modos, não há qualquer comparação, pois esse alguém é muito atraente e agradável. Entretanto, eu realmente acho que o Sr. Martin é um jovem muito afável e tenho uma ótima opinião a respeito dele. E o fato de que ele se sente muito ligado a mim, e o fato de escrever uma carta como esta... Mas deixar você, isso é uma coisa que eu não faria, sob hipótese alguma.

— Obrigada, obrigada, minha doce e pequena amiga. Não vamos nos separar. Uma mulher não deve se casar com um homem apenas porque ele pede, ou porque ele se sente atraído e sabe escrever uma carta tolerável.

— Oh, não. E é uma carta muito breve, também.

Emma sentiu o mau gosto da amiga, mas deixou passar com um "Muito bem". E seria de pouco consolo para ela, considerando os modos de bufão que possam ofendê-la a cada hora do dia, saber que seu marido é capaz de escrever uma boa carta.

— Oh! Sim, certamente. Ninguém se importa com uma carta. O importante é sempre estar feliz com companheiros agradáveis. Estou bastante determinada a rejeitá-lo. Mas como fazê-lo? O que devo dizer?

Emma lhe garantiu que não haveria dificuldade na resposta e aconselhou-a que fosse escrita de maneira direta, com a que Harriet concordou, na esperança de contar com sua assistência. E, embora Emma continuasse a protestar contra a necessidade de qualquer assistência, esta foi de fato dada na formação de cada sentença. A releitura da carta do Sr. Martin, ao respondê-la, provocou tamanha tendência de suavização que foi particularmente necessário ajudá-la com algumas expressões decisivas. E ela estava tão preocupada com a ideia de deixá-lo infeliz, e tão ansiosa para que não a considerassem ingrata, que Emma acreditou que, se o rapaz surgisse no caminho de Harriet naquele momento, seu pedido acabaria sendo aceito, apesar de tudo.

Essa carta, entretanto, foi escrita, selada e enviada. O assunto estava terminado e Harriet, segura. Ela passou a noite bastante desanimada, mas Emma podia lhe permitir que houvesse certo arrependimento e, às vezes, aliviava-os falando sobre sua própria afeição, e, outras vezes, mencionando a ideia do Sr. Elton.

— Nunca serei convidada à fazenda de Abbey-Mill outra vez — foi dito em uma voz bastante tristonha.

— Nem, se o fosse, eu conseguiria suportar a ideia de me separar de você, minha Harriet. Você é muito necessária em Hartfield para ser levada a Abbey-Mill.

— E tenho certeza de que nunca vou querer ir até lá, pois nunca estou feliz em nenhum outro lugar além de Hartfield.

Algum tempo depois, ela disse:

— Acho que a Sra. Goddard ficaria muito surpresa se soubesse o que aconteceu. Tenho certeza de que a Srta. Nash ficaria. A Srta. Nash acha que sua irmã é muito bem casada, mas seu marido é apenas um mercador de tecidos.

— É digno de pena ver um orgulho ou um refinamento tão grande numa professora escolar, Harriet. Atrevo-me a dizer que a Srta. Nash a invejaria pela oportunidade que teve de se casar. Até mesmo essa conquista pareceria valiosa aos olhos dela. Em relação a haver algo superior para você, eu suponho que ela não esteja vendo com clareza. As atenções de certa pessoa dificilmente estarão entre as bocas-pequenas de Highbury por ora. Assim, imagino que você e eu somos as únicas pessoas a quem a aparência e os modos do Sr. Martin se explicaram por si só.

Harriet enrubesceu e sorriu e disse algo sobre não saber por que as pessoas gostavam tanto dela. A ideia do Sr. Elton certamente era animadora; mesmo assim, após algum tempo, ela estava novamente amargurada por causa do rejeitado Sr. Martin.

— Agora que ele recebeu a minha carta — disse ela, suavemente — pergunto-me o que estarão fazendo. Se as irmãs dele já sabem. Se ele estiver infeliz, elas também estarão infelizes. Espero que ele não fique muito decepcionado.

— Vamos pensar naqueles entre nossos amigos ausentes que estão ocupados com coisas mais alegres — exclamou Emma. — Neste momento, talvez o Sr. Elton esteja mostrando o seu retrato à mãe dele e irmãs, dizendo-lhes que a original é muito mais bonita. E, depois de lhe inquirirem cinco ou seis vezes, permitirá que elas ouçam o seu nome, o seu lindo nome.

— Meu retrato! Mas ele deixou o meu retrato na rua Bond.

— Deixou? Então eu não sei nada sobre o Sr. Elton. Não, minha querida, pequena e modesta Harriet, pode confiar que o retrato não vai estar na rua Bond até pouco antes de ele montar em seu cavalo amanhã. O retrato é a companhia dele esta noite, seu refúgio, seu deleite. Abre os desejos dele para a família, apresenta-lhe a eles, dissemina entre as pessoas aqueles sentimentos mais agradáveis da nossa natureza, a curiosidade ávida e uma pré-possessão carinhosa. Quão alegres, quão animadas, quão desconfiadas, quão ocupadas estão as imaginações deles!

Harriet sorriu outra vez, e seus sorrisos ganharam força.

VIII

Harriet dormiu em Hartfield naquela noite. Nas últimas semanas, ela vinha passando mais da metade do seu tempo ali e gradualmente começou a ter um quarto apropriado para si. E Emma julgara que seria melhor, em todos os aspectos, mais seguro e mais gentil mantê-la com a família o máximo possível por ora. Ela teve que ir até a casa da Sra. Goddard na manhã seguinte por uma hora ou duas, mas ficou decidido que ela retornaria a Hartfield para uma visita mais prolongada, passando alguns dias lá.

Enquanto ela estava fora, o Sr. Knightley chegou e ficou na companhia do Sr. Woodhouse e Emma, até que o Sr. Woodhouse, que havia decidido fazer uma caminhada ao ar livre, foi convencido pela filha a não se demorar por ali e, estimulado pelas súplicas dos dois, embora contra os escrúpulos da própria civilidade, a não levar o Sr. Knightley consigo. O Sr. Knightley, que não era dado a fazer cerimônias, oferecia, por meio de suas respostas curtas e decididas, um contraste marcante entre os pedidos demorados de desculpas e hesitações civis do outro.

— Bem, eu acredito, se me der licença, Sr. Knightley, se não considerar que estou fazendo algo muito grosseiro, que vou aceitar o conselho de Emma e sair por um quarto de hora. Como o dia está claro, creio que é melhor dar as minhas três voltas enquanto ainda posso. Eu o trato sem cerimônias, Sr. Knightley. Nós, inválidos, cremos que somos pessoas privilegiadas.

— Meu caro senhor, por favor, não aja como se eu lhe fosse um estranho.

— Deixo-lhe uma excelente substituta na pessoa da minha filha. Emma ficará feliz em entretê-lo. E, dessa forma, creio que vou pedir licença e dar as minhas três voltas. Minha caminhada de inverno.

— Não há melhor coisa a fazer, senhor.

— Eu pediria a companhia do Sr. Knightley, mas sou alguém que caminha muito devagar e o meu passo lhe seria entediante. Além disso, o senhor tem outra longa caminhada diante de si, até Donwell Abbey.

— Obrigado, senhor, obrigado. Vou neste exato momento. E acho que, quanto mais cedo você for, melhor. Vou buscar o seu capote e abrir a porta do portão para o senhor.

O Sr. Woodhouse finalmente partiu, mas o Sr. Knightley, em vez de igualmente tomar o seu caminho, sentou-se novamente, aparentemente inclinado a continuar a conversa. Começou a falar sobre Harriet, e a falar dela com mais elogios espontâneos do que Emma já ouvira antes.

— Não consigo expressar a beleza dela como você o faz — disse ele. — Mas ela é uma bela criaturinha e estou inclinado a pensar muito bem sobre a sua disposição. Seu caráter depende daqueles com quem ela está, mas, em boas mãos, ela acabará se transformando numa mulher de valor.

— Fico feliz em saber que pensa assim, e as boas mãos, eu espero, não fracassarão.

— Vamos lá — disse ele. — Você está ansiosa para receber um elogio, então, vou lhe dizer que você a tornou alguém melhor. Você a curou das risadinhas típicas das colegiais. Ela realmente se beneficiou do que você ensinou.

— Obrigada. Eu ficaria realmente mortificada se não acreditasse que fui útil de algum modo. Mas não são todos que elogiam quando podem fazê-lo. Não é sempre que o senhor exagera nisso.

— Dizia que espera que ela retorne, ainda agora pela manhã?

— A qualquer momento. Ela já ficou fora por mais tempo do que pretendia.

— Alguma coisa aconteceu para atrasá-la. Algum visitante, talvez.

— Os fofoqueiros de Highbury! Tediosos infelizes!

— Harriet pode não considerar tediosos todos aqueles que você considera.

Emma sabia que aquilo era verdadeiro demais para retrucar e, por isso, não disse nada. Ele aproveitou e emendou com um sorriso:

— Não tenho a pretensão de estabelecer horários ou lugares, mas devo lhe dizer que tenho boas razões para acreditar que a sua pequena amiga logo vai ouvir algo que lhe será benéfico.

— É mesmo? Como assim? De que maneira?

— De maneira muito séria, eu lhe garanto. — E ainda sorrindo.

— Muito séria! Há somente uma coisa em que consigo pensar: quem está apaixonado por ela? Quem o fez de confidente?

Emma estava nutrindo as esperanças de que o Sr. Elton houvesse soltado alguma insinuação. O Sr. Knightley era considerado um amigo para todas as horas e confidente e ela sabia que o Sr. Elton o admirava.

— Tenho motivos para pensar — respondeu ele — que Harriet Smith logo receberá um pedido de casamento, e de um lugar bastante incomum: Robert Martin é o homem. Sua visita a Abbey-Mill, no verão, parece ter conquistado o coração dele. Está desesperadamente apaixonado e quer muito se casar com ela.

— Ele é muito gentil — disse Emma. — Mas ele tem certeza de que Harriet quer se casar com ele?

— Bem, bem, ele quer fazer o pedido. Será o suficiente? Ele veio à propriedade há dois dias para me consultar a respeito. Sabe que tenho muito respeito por ele e por sua família e, acredito, considera-me um de seus melhores amigos. Veio perguntar se eu achava que seria imprudente ele se casar tão cedo, se achava que ela era jovem demais; em resumo, se eu aprovava a sua escolha de maneira geral. E estava apreensivo, talvez, porque ela poderia ser considerada (especialmente agora que você está fazendo muito por ela) alguém de uma classe social superior à dele. Fiquei muito contente com tudo que ele disse. Nunca ouço qualquer outra pessoa dizer coisas tão sensatas quanto Robert Martin. Contou-me tudo, suas circunstâncias e planos e o que todos propunham fazer se o casamento se concretizasse. Ele é um jovem excelente, tanto como filho quanto como irmão. Não tive qualquer hesitação em aconselhá-lo que se casasse. Ele provou que tem condições de custear tudo e, sendo esse o caso, convenci-me de que não poderia haver melhor escolha.

Elogiei a bela senhorita também e, ao final, acompanhei-o até a porta e ele estava feliz da vida. Se nunca houvesse considerado minhas opiniões antes, ele faria um ótimo juízo ao meu respeito naquela ocasião. E ouso dizer que ele deixou a casa pensando que eu sou o melhor amigo e conselheiro que já teve. Isso aconteceu na noite de anteontem. Agora, como já podemos convenientemente supor, ele não deixaria passar muito tempo antes de falar com a moça. Como parece não ter falado com ela ontem, não é improvável que esteja na casa da Sra. Goddard hoje; e ela pode ter sido atrasada por um visitante, sem pensar que ele seja um tedioso infeliz.

— Diga, Sr. Knightley — falou Emma, que estava sorrindo consigo mesma durante a maior parte daquele discurso. — Como sabe que o Sr. Martin não lhe falou ontem?

— Com efeito — respondeu ele, surpreso — eu não tenho certeza. Mas é algo que pode ser inferido. Ela não passou o dia inteiro com você?

— Bem — disse ela. — Vou lhe dizer algo em retribuição ao que o senhor me contou. Ele falou ontem. Ou melhor, escreveu. E foi recusado.

Aquilo teve que ser repetido antes que ele pudesse acreditar. E o Sr. Knightley chegou até mesmo a ficar ruborizado com a surpresa e o desgosto, pois se levantou, completamente indignado e disse:

— Então ela é uma paspalha ainda maior do que eu imaginei que fosse. O que essa garota tola estava pensando?

— Oh! Com certeza — exclamou Emma. — É sempre incompreensível para um homem que uma mulher se atreva a recusar uma proposta de casamento. Um homem sempre imagina que uma mulher está pronta para qualquer um que peça sua mão.

— Que bobagem! Um homem não imagina esse tipo de coisa. Mas qual é o significado disso? Harriet Smith rejeitou o Sr. Martin? Loucura, se assim foi. Mas espero que esteja enganada.

— Eu vi a resposta dela! Nada poderia ser mais claro.

— Você viu a resposta dela! Você escreveu a resposta dela, também. Emma, isso é responsabilidade sua. Você a convenceu a rejeitá-lo.

— E se eu o fiz (o que, entretanto, estou longe de admitir), não deveria sentir que fizera algo de errado. O Sr. Martin é um rapaz muito respeitável, mas não posso admitir que ele seja uma pessoa do mesmo nível de Harriet; e digo que estou chocada, realmente, por ele ter ousado se dirigir a ela. Pelo que me diz, ele parece ter alguns escrúpulos. É uma pena que foram ignorados.

— Não do mesmo nível de Harriet! — exclamou o Sr. Knightley, ruidosa e irritadamente; e, com uma aspereza mais calma, acrescentou, alguns momentos depois:

— Não, ele certamente não é alguém que está no nível dela, pois lhe é muito superior em sensatez e situação. Emma, o encanto que sente por aquela garota a cegou. Que direito tem Harriet Smith, seja por nascimento, pela natureza ou educação, a qualquer ligação maior do que Robert Martin? Ela é a filha natural de alguém que ninguém conhece e provavelmente não tem nenhuma provisão sólida. E certamente não tem relações respeitáveis. É conhecida somente como uma garota que mora num colégio interno comum. Não é uma garota sensata, nem uma garota com qualquer informação relevante. Não lhe foi ensinado nada de útil e ela é jovem e simples demais para ter adquirido qualquer coisa por seus próprios meios. Na idade dela, ela não tem qualquer experiência e, com sua pouca inteligência, não é provável que algum dia haverá alguém que possa se utilizar dela. Harriet é bonita, tem um bom temperamento, e isso é tudo Meu único escrúpulo em aconselhar o casamento foi por causa dele, já que ela está abaixo do nível que ele merece e por ser-lhe uma conexão ruim. Sinto que, em relação à fortuna, há muita probabilidade de que ele fique numa situação muito melhor e que, em relação a ter uma companhia racional ou ajudante capaz, não poderia ser pior. Mas eu não podia dizer isso a um homem apaixonado. E estava disposto a crer que não haveria mal nela, que ela tivesse esse tipo de disposição, a qual, em boas mãos, como as dele, poderia facilmente ser moldada e ter um bom resultado. A vantagem do casamento, pelo que senti, seria inteiramente dela. E não tive a menor dúvida (assim como não tenho agora) de que haveria uma enorme euforia devido a tão extrema sorte. Até mesmo a sua satisfação eu garanti, Emma. Pensei imediatamente que você não ficaria triste por ver sua amiga sair de Highbury, já que estaria tão bem encaminhada. Lembro-me de dizer a mim mesmo: "Até mesmo Emma, com toda a parcialidade que tem por Harriet, pensará que esse é um bom casal".

— Não consigo evitar ficar intrigada por você conhecer tão pouco a respeito de Emma para dizer tal coisa. O quê! Pensar que um fazendeiro (e, com toda a sua sensatez e todo seu mérito, o Sr. Martin não é nada além disso) é um bom marido para a minha amiga íntima! Não lamentar que ela saia de Highbury para se casar com um homem que eu jamais poderia admitir como amigo! Pergunto-me como você acha que é possível eu ter tais sentimentos. Garanto-lhe que os meus são muito diferentes. Devo considerar que a sua declaração não é nem um pouco acertada. Você não faz justiça aos direitos de Harriet. Estes seriam estimados de maneira muito diferente por outras pessoas e também por mim. O Sr. Martin pode ser o homem mais rico dos dois, mas é indubitavelmente inferior a ela em termos de nível social. Os círculos que ela frequenta são muito superiores aos dele. Seria uma degradação.

— Uma degradação à ilegitimidade e ignorância, casar-se com um cavalheiro-fazendeiro, respeitável e inteligente!

— Em relação às circunstâncias do seu nascimento, embora em termos legais ela possa ser chamada de Ninguém, isso não se sustenta no senso comum. Ela não deve pagar pelos crimes dos outros, relegada abaixo do nível social daqueles com quem convive. Não pode haver a menor dúvida de que seu pai é um cavalheiro, e um cavalheiro de fortuna. Seus rendimentos são bastante liberais, nunca se restringiu nada em prol de seu aperfeiçoamento ou conforto. Que ela é filha de um cavalheiro, é indubitável para mim; que ela se associa com filhas de cavalheiros, ninguém, eu creio, irá negar. Ela é superior ao Sr. Robert Martin.

— Seja lá quem forem seus pais — disse o Sr. Knightley —, qualquer que seja a pessoa responsável por sua guarda, não parece ser parte de seu plano apresentá-la ao que você chama de boa sociedade. Depois de receber uma educação muito medíocre, ela está nas mãos da Sra. Goddard para que esta faça o que desejar, para seguir, resumindo, o caminho da Sra. Goddard, para ter o conhecimento da Sra. Goddard. Suas amigas evidentemente achavam que isso era suficientemente bom para ela, e era mesmo. Não desejava nada melhor para si. Até você decidir transformá-la em amiga, sua mente não nutria qualquer desgosto pela condição que tinha e nenhuma ambição que fosse além. Sentiu-se muito feliz na companhia da família Martin, no verão. Não tinha nenhum senso de superioridade até então. Se ela o tem agora, foi você quem deu. Você não agiu como amiga de Harriet Smith, Emma. Robert Martin nunca teria ido tão longe se não estivesse convencido de que ela não o desejava. Eu o conheço bem. Ele tem sentimentos muito verdadeiros para abordar qualquer mulher sob o pretexto de uma paixão egoísta. E, em relação à presunção, ele é o homem que menos tem isso, entre todos que conheço. Pode acreditar que alguém o encorajou.

Era muito conveniente a Emma que não respondesse diretamente a essa asserção. Ela decidiu levar a conversa por sua própria trilha outra vez.

— Você é um amigo muito querido para o Sr. Martin, mas, como eu disse antes, é injusto em relação a Harriet. A intenção de Harriet de se casar bem não é tão desprezível quanto você declara. Ela não é uma garota inteligente, mas tem mais bom senso do que você imagina e não merece que falem de seu intelecto de maneira tão insultuosa. Mesmo que assim fosse, entretanto, e supondo que ela seja, como você a descreve, apenas bonita e de boa índole, permita que eu lhe diga que, no grau em que ela as possui, não são recomendações triviais para o mundo em geral, pois ela de fato é uma bela garota e com certeza é considerada como tal por noventa e nove em cada cem pessoas. E até que seja aparente que os homens são muito mais filosóficos sobre os assuntos da beleza do que geralmente se supõe, até que se apaixonem por mentes bem-informadas em vez de rostos bonitos, uma garota com uma beleza como a de Harriet tem a certeza de ser admirada e cortejada, de ter o poder de escolher entre muitos e, consequentemente, o direito de ser boa. Sua boa índole também não é uma característica ruim, pois compreende, de fato, uma meiguice sincera e completa de temperamento e modos, uma opinião muito humilde sobre si mesma e uma prontidão enorme para ficar contente em companhia de outras pessoas. Estou muito enganada se o seu sexo, em geral, não acharia que essa beleza e esse temperamento são as mais desejáveis características que uma mulher possa querer ter.

— Dou-lhe minha palavra, Emma, de que ouvi-la abusar da razão que tem é quase o bastante para me fazer pensar da mesma forma. É melhor não ter qualquer juízo do que usá-lo de maneira errada, como você faz.

— Com certeza! — exclamou ela em tom de brincadeira. — Sei que esse é o efeito em todos vocês. Sei que uma garota como Harriet é exatamente aquilo com que todo homem se deleita, ao mesmo tempo em que encanta seus sentidos e satisfaz seu discernimento. Oh! Harriet pode escolher quem quiser. Se você, por acaso, decidisse se casar, ela lhe seria a esposa perfeita. E ela, aos dezessete anos, está apenas começando a vida, apenas começando a ser conhecida, a ser objeto de curiosidade, por que aceitar a primeira oferta que recebe? Não. Que ela tenha tempo para olhar ao redor.

— Eu sempre pensei que essa amizade era uma tolice — disse o Sr. Knightley. — Embora houvesse guardado meus pensamentos apenas para mim. Mas agora percebo que será muito prejudicial para Harriet. Você vai enchê-la com ideias sobre a própria beleza e as coisas as quais ela tem direito de querer, até que, em pouco tempo, ninguém que esteja ao seu alcance lhe será bom o suficiente. Quando a vaidade age em uma cabeça fraca, produz todo tipo de alvoroço. Nada é tão fácil para uma jovem dama quanto alimentar expectativas muito irreais. A Srta. Harriet Smith pode não receber outras ofertas de casamento tão rapidamente, embora seja uma garota muito bonita. Homens de bom senso, independentemente do que você diga, não querem esposas tolas. Homens de família não gostariam muito de se ligar a uma garota de tamanha obscuridade — e a maioria dos homens prudentes teria receio da inconveniência e a desgraça nas quais podem acabar se envolvendo quando o mistério sobre sua paternidade for revelado. Deixe que se case com Robert Martin, e ela estará segura, será respeitada e feliz para sempre; mas, se você a estimular a esperar um casamento grandioso e ensiná-la a não se satisfazer com nada além de um homem de importância e grande fortuna, ela pode acabar vivendo no colégio interno da Sra. Goddard pelo resto da vida; ou, pelo menos (pois Harriet Smith é uma garota que irá se casar com um ou outro homem), até que sinta o desespero lhe acossar e se der por feliz em agarrar o filho do velho professor de caligrafia.

— Pensamos de maneira tão distinta sobre esse assunto, Sr. Knightley, que não faz sentido debater. Vamos apenas irritar um ao outro cada vez mais. Mas, em relação a permitir que ela se case com Robert Martin, isso é impossível. Ela o rejeitou, e tão decididamente, eu creio, que isso impedirá uma segunda tentativa. Ela deve enfrentar o mal que causou ao rejeitá-lo, seja qual for, e, em relação à recusa em si, não tenho a pretensão de dizer que eu não a tenha influenciado um pouco, mas lhe garanto que havia muito pouco que eu ou qualquer pessoa pudesse fazer. A aparência do Sr. Martin depõe contra ele de maneira tão intensa e seus modos são tão crassos que, se ela alguma vez já o considerou uma pessoa adequada, agora já não pensa assim. Posso imaginar que, antes de ver alguém de nível superior, ela talvez conseguisse tolerá-lo. Era o irmão de suas amigas e ele se esforçou para agradá-la; e, de maneira geral, como não havia ninguém melhor (isso deve ter sido sua maior vantagem), ela não poderia, enquanto estava em Abbey-Mill, achá-lo desagradável. Mas a situação está alterada agora. Ela sabe agora o que são cavalheiros, e ninguém além de um cavalheiro com educação e bons modos tem qualquer chance com Harriet.

— Bobagem, uma bobagem total, a maior que já se disse! — exclamou o Sr. Knightley. — Os modos de Robert Martin têm bom senso, sinceridade e bom humor para recomendá-los, e sua mente tem um cavalheirismo mais verdadeiro do que Harriet Smith poderia compreender.

Emma não deu uma resposta e tentou parecer alegremente despreocupada, mas, na realidade, sentia-se desconfortável e queria muito que o Sr. Knightley fosse embora. Não se arrependia do que fizera. Ainda se considerava uma pessoa capaz de julgar melhor as questões de direito e refinamento feminino do que ele. Mesmo assim, tinha uma espécie de respeito habitual pelo julgamento do Sr. Knightley de maneira geral, o que a fez detestar ouvi-lo falando de maneira tão loquaz contra si; e vê-lo sentado bem à sua frente, em um estado de irritação, era muito desagradável. Alguns minutos se passaram nesse silêncio incômodo, com somente uma tentativa pelo lado de Emma de falar sobre o tempo, mas ele não fez menção de responder. Estava pensando. O resultado dos seus pensamentos finalmente apareceu nestas palavras:

— Robert Martin não perdeu grande coisa, se conseguir se dar conta disso. E espero que não demore muito para que consiga. Só você conhece seus planos para Harriet, entretanto, como você não faz segredo sobre seu interesse em aproximar casais, é justo supor quais perspectivas, planos e projetos você tem; e, como amigo, é melhor que eu lhe diga que, se Elton for o homem escolhido, penso que todo esse trabalho será em vão.

Emma riu e recusou-se a acreditar. Ele prosseguiu.

— Pode acreditar no que eu digo. Elton não vai servir. Elton é um homem muito bom, um vigário muito respeitável de Highbury, mas não tem a menor probabilidade de se enlaçar num casamento de maneira tão imprudente. Ele conhece o valor de uma boa renda assim como qualquer pessoa. Elton pode falar de maneira sentimental, mas agirá racionalmente. Ele conhece bem as suas próprias reivindicações, assim como você conhece as de Harriet. Ele sabe que é um jovem muito atraente e favorito entre as moças onde quer que vá; e, pela sua maneira geral de conversar em momentos pouco reservados, onde há somente homens presentes, estou convencido de que ele não tem a intenção de se deixar jogar fora. Já o ouvi falar com grande empolgação sobre uma grande família de jovens moças com as quais as irmãs dele têm intimidade, e cada uma delas tem um dote de vinte mil libras.

— Agradeço-lhe muito — disse Emma, rindo outra vez. — Se eu houvesse decidido fazer com que o Sr. Elton se casasse com Harriet, seria muita gentileza abrir os meus olhos, mas, no momento, quero somente manter Harriet perto de mim. Não me interesso mais em juntar casais, realmente. Jamais conseguiria repetir meu próprio feito em Randalls. É melhor deixar isso de lado enquanto ainda estou bem.

— Um bom dia para você — disse ele, levantando-se e retirando-se abruptamente. Estava bastante consternado. Sentia a decepção do jovem fazendeiro e ficou mortificado por ter ajudado a estimular aquilo, pela aprovação que expressara; e a participação que, estava convencido, Emma tivera na trama, irritava-o enormemente.

Emma continuou num estado de consternação também, mas havia uma indistinção maior na causa da consternação dela do que na do Sr. Knightley. Ela nem sempre se sentia tão absolutamente satisfeita consigo mesma, tão inteiramente convencida de que suas opiniões estavam certas e que as do seu adversário estavam erradas, assim como o Sr. Knightley. Ele se foi em meio a uma determinação mais forte do que aquela em que Emma se encontrava. Não estava tão materialmente desmoralizada, entretanto, mas algum tempo e o retorno de Harriet iriam reanimá-la muito adequadamente. A ausência tão longa de Harriet começava a deixá-la inquieta. A possibilidade de que o rapaz fosse à casa da Sra. Goddard naquela manhã e se encontrasse com Harriet para lhe implorar que reconsiderasse causava ideias alarmantes. O pavor de tal fracasso depois de tudo se tornou uma preocupação proeminente; e, quando Harriet apareceu, bastante sorridente e sem qualquer motivo para justificar a longa ausência, Emma sentiu uma satisfação que fez sua mente se acalmar e a convenceu de que o Sr. Knightley poderia pensar ou dizer o que quisesse; ela não fizera nada que a amizade entre as mulheres e os sentimentos das mulheres não justificariam.

Ele a assustara um pouco a respeito do Sr. Elton, mas considerava que o Sr. Knightley não poderia tê-lo observado como ela o fizera, nem com o interesse, nem (ela tinha que poder dizer aquilo a si mesma, apesar das pretensões do Sr. Knightley) com a habilidade de uma observadora tão perspicaz em um assunto tão delicado quanto ela tinha, que dissera aquilo de uma maneira precipitada e enraivecida; e ela acreditava que, na verdade, ele dissera o que desejava despeitadamente que fosse verdade, em vez do que realmente sabia. Certamente, podia ter ouvido o Sr. Elton falar com menos reservas do que ela jamais ouvira, e o Sr. Elton talvez não tivesse uma disposição imprudente e desconsiderada em relação a questões de dinheiro. Poderia, naturalmente, ser mais atento do que contrário a elas; ainda assim, o Sr. Knightley não se permitiu enxergar a influência de uma forte paixão em guerra com todos os interesses mais mundanos. O Sr. Knightley não via essa paixão e, é claro, não fazia ideia de seus efeitos, mas ela a via muito bem para duvidar que acabaria por sobrepujar quaisquer hesitações que uma prudência razoável poderia originalmente sugerir; e, mais do que um grau razoável e modesto de prudência, ela tinha muita certeza de que o Sr. Elton não possuía.

A aparência e os modos contentes de Harriet estabilizaram os de Emma: ela voltou, não para pensar no Sr. Martin, mas para falar do Sr. Elton. A Srta. Nash lhe dissera uma coisa, que Harriet repetiu imediatamente com muita alegria. O Sr. Perry estivera na casa da Sra. Goddard para cuidar de uma criança doente. A Srta. Nash o viu e ele disse a ela que, ao voltar de Clayton Park no dia anterior, havia encontrado o Sr. Elton e descobrira, para sua enorme surpresa, que ele estava, na verdade, a caminho de Londres e não retornaria até a manhã seguinte, embora aquela fosse a noite do clube de uíste e ele nunca deixara de comparecer a uma das reuniões antes. O Sr. Perry o lembrou disso e lhe disse o quão deselegante seria se ele, o melhor dos jogadores, se ausentasse e tentou muito persuadi-lo a adiar a jornada, apenas por um dia, mas sem efeito. O Sr. Elton estava determinado a partir e disse de uma maneira muito particular, realmente, que iria tratar de negócios tais que não os adiaria por qualquer recompensa no mundo; e disse algo também sobre uma encomenda bastante invejável e ser o portador de algo excessivamente precioso. O Sr. Perry não conseguiu entendê-lo inteiramente, mas estava convicto de que devia haver uma dama envolvida na situação e disse-lhe isso.

E o Sr. Elton apenas o olhou de maneira cúmplice e sorridente e partiu a cavalo com bastante empolgação. A Srta. Nash lhe contara tudo isso e lhe falara muito mais sobre o Sr. Elton; e disse, olhando-a de maneira muito expressiva, "que não tinha a pretensão de compreender que negócios ele tinha a tratar, mas sabia somente que qualquer mulher que o Sr. Elton viesse a preferir, ela consideraria a mulher mais bem-afortunada do mundo, pois, sem dúvida, o Sr. Elton não tem iguais em termos de beleza e simpatia".

IX

O Sr. Knightley podia discutir com ela, mas Emma não podia discutir consigo mesma. Ele ficou tão indignado que demorou mais tempo do que o habitual até voltar a Hartfield outra vez e, quando se encontraram, sua expressão sisuda mostrava que ela não estava perdoada. Ela lamentava, mas não era capaz de demonstrar arrependimento. Pelo contrário, seus planos e esquemas estavam cada vez mais justificados e preciosos para ela, pelas aparências gerais dos dias que se seguiram.

O retrato, elegantemente emoldurado, chegou em segurança às suas mãos logo após o retorno do Sr. Elton. E, ao ser pendurado sobre a cornija da sala de estar, ele se levantou para olhar para a obra e suspirou suas meias-sentenças de admiração, como era de se esperar; e, em relação aos sentimentos de Harriet, eles estavam visivelmente se moldando em uma ligação forte e firme, como sua juventude e espécie de mente admitiam. Emma logo ficou perfeitamente satisfeita pelo Sr. Martin não ser mais lembrado, exceto para servir de contraste ao Sr. Elton, com a total vantagem deste último.

Seus planos de melhorar a cabeça da pequena amiga, por meio de muitas leituras e conversas úteis, nunca a levaram além dos primeiros capítulos e da intenção de continuar no dia seguinte. Era muito mais fácil conversar do que estudar; muito mais agradável deixar que sua imaginação se expandisse e trabalhasse a serviço da fortuna de Harriet do que para ampliar sua compreensão ou exercitá-la com fatos sóbrios; e o único interesse literário com o qual Harriet se envolvia no momento, a única provisão mental que ela estava criando para aquela etapa da vida, era reunir e transcrever todo tipo de charada que conseguisse obter em um caderno delgado de papel prensado a quente, feito a mão pela amiga e ornamentado com cifras e troféus.

Nessa era da literatura, tais coleções, mesmo que em grande escala, não são incomuns. A Srta. Nash, a professora-chefe da escola da Sra. Goddard, transcrevera pelo menos três centenas; e Harriet, que havia adquirido o interesse dela, esperava, com a ajuda da Srta. Woodhouse, angariar muitas mais. Emma a auxiliava com a invenção, memórias e bom gosto; e, como Harriet escrevia com uma letra muito bonita, aquele era provavelmente um arranjo de suma importância, em forma e também em quantidade.

O Sr. Woodhouse era quase tão interessado no assunto quanto as garotas e tentava, com bastante frequência, recordar-se de algo que valesse a pena ser registrado. — Costumavam haver tantas charadas sagazes quando ele era jovem. Perguntava-se por que não conseguia se lembrar delas! Mas esperava consegui-lo com o tempo. — E sempre terminava em "Kitty, uma bela, porém gélida, donzela".

Seu bom amigo Perry, com quem também conversava sobre o assunto, não se recordava no momento de nada que estivesse relacionado a charadas, mas ele queria que Perry estivesse por perto e, enquanto conversava sobre o assunto, alguma coisa, pensava, poderia surgir por ali.

Não era, de maneira alguma, do desejo de sua filha que os intelectos de Highbury fossem requisitados a trabalhar. O Sr. Elton foi o único cuja assistência ela pediu. Ele foi convidado a contribuir com quaisquer bons enigmas, charadas ou dilemas dos quais pudesse se lembrar; e ela teve o prazer de vê-lo trabalhar intensamente com suas recordações. E, ao mesmo tempo, como ela pôde perceber, tomando sinceramente todo o cuidado para que nada de grosseiro, nada que não transpirasse um elogio ao sexo oposto passasse por seus lábios. Elas deveram a ele seus dois ou três enigmas mais corteses e a alegria e o júbilo com os quais ele se lembrou, e muito sentimentalmente recitou, aquela famosa charada:

Minha primeira denota aflição, à qual a minha segunda é destinada a sentir. E o meu todo é o melhor antídoto para a aflição curar e reduzir.

Causou-lhe tristeza perceber que elas já a haviam transcrito algumas páginas antes.

— Por que o senhor mesmo não escreve uma para nós, Sr. Elton? — perguntou ela. — É a única garantia do seu frescor; e nada lhe seria mais fácil.

— Oh, não! Ele nunca escrevera, com efeito, nada dessa espécie em sua vida. Que homem mais estúpido! Receava que nem mesmo a Srta. Woodhouse — e deteve-se por um momento — ou a Srta. Smith poderiam inspirá-lo.

O dia seguinte, entretanto, produziu alguma prova de inspiração. Foi até a casa apenas por alguns momentos, somente para deixar uma folha de papel sobre a mesa, contendo, como disse, uma charada, a qual fora recitada por um amigo a uma jovem dama, objeto de sua admiração, mas que, pelos maneirismos que exibia, Emma imediatamente se convenceu de que era de sua própria autoria.

— Não a ofereço para a coleção da Srta. Smith — disse ele. — Sendo de autoria do meu amigo, não tenho o direito de expô-la em qualquer porção ao escrutínio público, mas talvez você não se incomode em vê-la.

A frase foi dita mais para Emma do que para Harriet, algo que Emma podia compreender. O Sr. Elton tinha um forte acanhamento e achava mais fácil encarar o olhar dela do que o da amiga. No momento seguinte, já havia ido embora. E depois de um momento de pausa...

— Pegue-a — disse Emma, sorrindo e empurrando o papel para perto de Harriet. — É para você. Pegue o que é seu.

Mas Harriet estava tomada por tremores e não conseguiu tocá-la; e Emma, que relutava em ser a primeira, foi obrigada a examiná-la com os próprios olhos.

À Srta. _ _ _ _ _
CHARADA
Minha primeira ostenta a riqueza e a pompa dos reis,
Senhores da terra! Seu luxo e seu vagar.
Outra visão dos homens a minha segunda traz.
Observe-o agora, o monarca de todo o mar!

Mas ah! Unidas, que reverso temos!
O poder e liberdade do homem, tudo se perderá;
Senhor da terra e do mar, curva-se como escravo,
E a mulher, a desejada mulher, sozinha reinará.

Tua sagaz inteligência a palavra logo irá desvelar
Que possa a tua aprovação nesses olhos suaves brilhar!

Ela passou os olhos sobre a charada, ponderou, percebeu o significado, releu-a completamente mais uma vez para ter certeza e para tornar-se a dona daquelas linhas. E em seguida, passando-a para Harriet, sentou-se, sorrindo alegremente e dizendo a si mesma, enquanto Harriet se ocupava com o papel em meio a toda a confusão de esperança e embotamento: "Muito bem, Sr. Elton, muito bem mesmo. Já li charadas piores. Um cortejo, uma ótima insinuação. Dou-lhe o crédito por isso. Está dizendo muito claramente: 'Rogo-lhe, Srta. Smith, permita que eu me declare a você. Aprove a minha charada e minhas intenções com o mesmo olhar'".

Que possa a tua aprovação nesses olhos suaves brilhar!

Harriet, exatamente. Suave é a palavra exata para os seus olhos. De todos os epítetos, o mais justo que poderia lhe ser dado.

Tua sagaz inteligência a palavra logo irá desvelar.

Humpf. A sagaz inteligência de Harriet! Tanto melhor. Um homem tem que estar muito apaixonado, realmente, para descrevê-la assim. Ah! Sr. Knightley, queria que você tivesse o benefício de ouvir isso; creio que o convenceria. Uma vez na vida você seria obrigado a se admitir errado. Uma excelente charada, com efeito! E muito bem propositada. Não demora até que tudo progrida para uma crise, agora.

Ela foi obrigada a suspender aquelas observações tão agradáveis, que, de outra forma, poderiam acabar por se estender demasiado, pela avidez das perguntas de Harriet.

— O que pode ser, Srta. Woodhouse? O que pode ser? Não faço ideia. Não consigo adivinhar. O que poderia ser? Tente descobrir, Srta. Woodhouse. Por favor, ajude-me. Nunca vi nada tão difícil. É um reino? Imagino quem seria o amigo e quem poderia ser a jovem dama. Acha que essa resposta é boa? Pode ser mulher?

E a mulher, desejada mulher, sozinha reinará.

— Poderia ser Netuno?

Observe-o ali, o monarca de todo o mar!

— Ou um tridente? Ou uma sereia? Ou um tubarão? Oh, não! Tubarão tem três sílabas. Deve ser algo muito inteligente ou ele não a traria para cá. Oh! Srta. Woodhouse, acha que vamos conseguir descobrir?

— Sereias e tubarões! Que bobagem! Minha querida Harriet, no que está pensando? Que sentido haveria em nos trazer uma charada escrita por um amigo sobre uma sereia ou um tubarão? Dê-me o papel e escute.

— Para a Srta. _ _ _ _ _, leia-se Srta. Smith.

Minha primeira ostenta a riqueza e a pompa dos reis,
Senhores da terra! Seu luxo e seu vagar.

— Isto é "corte".

Outra visão dos homens a minha segunda traz.
Observe-o agora, o monarca de todo o mar!

— O agora significa "já". Está mais do que claro. Corteja, cortejar. Agora, a cereja do bolo.

Mas ah! Unidas (cortejar, como sabe), que reverso temos!
O poder e liberdade do homem, tudo se perderá.
Senhor da terra e do mar, curva-se como escravo.
E a mulher, a desejada mulher, sozinha reinará.

— Um elogio muito apropriado! E, em seguida, segue a aplicação, a qual eu creio, minha querida Harriet, que você não terá muita dificuldade em compreender. Leia tranquilamente para si. Não pode haver dúvida de que ela foi escrita para você, e somente a você.

Harriet não conseguiu resistir a um chamado tão encantador. Leu as linhas conclusivas e era só suspiros e felicidade.

Não conseguia falar. Mas não se queria que ela falasse. Era suficiente que sentisse. Emma falou em lugar dela.

— Há um sentido muito incisivo, e muito particular, nesse elogio — disse ela — que eu não consigo ter qualquer dúvida sobre as intenções do Sr. Elton. Você é o que ele almeja, e logo receberá a prova mais completa disso. Eu pensava que assim seria. Pensei que não poderia estar tão enganada, mas agora está claro; o estado da mente dele é tão claro e decidido quanto os meus desejos em relação a esse assunto foram desde que eu a conheci. Sim, Harriet, há muito tempo eu espero acontecer a exata circunstância que aconteceu. Nunca consegui saber se uma ligação entre você e o Sr. Elton seria tão desejável ou tão natural. Sua probabilidade e elegibilidade realmente se igualaram! Estou muito feliz. Dou-lhe os parabéns, minha querida Harriet, de todo o coração. Essa é uma aproximação que uma mulher pode sentir orgulho de haver criado. Essa é uma conexão que não traz nada além de coisas boas. Vai lhe dar tudo que você quiser — consideração, independência, um bom lar. Vai colocá-la no centro de todos os seus bons amigos, perto de Hartfield e de mim, e confirmar a nossa intimidade para sempre. Essa, Harriet, é uma aliança que nunca poderá nos fazer corar de vergonha.

— Querida Sra. Woodhouse! — e "Querida Sra. Woodhouse" foi tudo que Harriet, com muitos abraços carinhosos, foi capaz de articular a princípio, mas, quando chegaram a algo mais parecido com uma conversa, ficou suficientemente claro para a amiga que ela via, sentia, previa e lembrava-se exatamente como deveria. A superioridade do Sr. Elton tinha um reconhecimento muito amplo.

— Tudo que você diz está sempre certo! — exclamou Harriet. — E, portanto, eu suponho, e acredito, e espero que assim seja, mas eu nunca conseguiria imaginar algo assim. É algo que está tão além de qualquer coisa que eu mereço. O Sr. Elton, que poderia se casar com quem quisesse! Não pode haver duas opiniões a seu respeito. Ele é tão superior. Pense naqueles doces versos: "Para a Srta. _ _ _ _". Por Deus, que inteligência! Será que realmente foram escritos para mim?

— Não posso questionar nem ouvir uma pergunta a esse respeito. É uma certeza. Receba-a como eu a julgo. É uma espécie de prólogo para o espetáculo, o lema de um capítulo, e logo será seguido por uma prosa natural.

— É o tipo de coisa que ninguém poderia esperar. Tenho certeza. Há um mês, eu não fazia a menor ideia! As coisas mais estranhas realmente acontecem!

— Quando Srtas. Smiths e Srs. Eltons se encontram, e isso geralmente acontece, realmente é estranho; não é comum perceber que aquilo que é tão evidente, tão palpavelmente desejável, que flerta com os pré-contatos das outras pessoas, acabaria se moldando tão imediatamente na forma adequada. Você e o Sr. Elton são chamados à união pela situação; vocês pertencem um ao outro por conta da circunstância de seus respectivos lares. O seu casamento será igual ao que aconteceu em Randalls. Parece realmente haver algo no ar de Hartfield que mostra ao amor exatamente qual é a direção certa e o envia para o próprio canal por onde deve fluir.

O rumo do verdadeiro amor nunca é uma trilha fácil...

Uma obra de Shakespeare editada em Hartfield traria uma longa nota sobre essa passagem.

— O Sr. Elton está realmente apaixonado por mim... Eu, de todas as pessoas, que não o conhecia, falar com ele, e bem no Natal! E ele, o homem mais belo que já existiu, e um homem a quem todos admiram, assim como o Sr. Knightley! Anseiam por sua companhia de tal modo que todos dizem que ele não precisaria fazer uma única refeição a sós, se não quiser, que recebe mais convites do que há dias na semana. E é tão excelente na igreja! A Srta. Nash reuniu todos os textos que ele pregou desde que chegou a Highbury. Por Deus! Quando penso na primeira vez em que o vi! Quão pouco pensei! Os dois abades, e eu corri pela sala e espiei pelas persianas quando soubemos que ele estava passando, e a Srta. Nash veio e nos espantou para longe, ficando ali em nosso lugar para poder vê-lo. Mesmo assim, ela me chamou de volta e permitiu que eu espiasse também, o que foi um ato de boa vontade. E pensamos que ele era um homem tão bonito quando olhamos! Estava andando de braços dados com o Sr. Cole.

— Esta é uma aliança que, independentemente de quem ou o do que suas amigas sejam, deve ser agradável a elas, desde que, ao menos, tenham bom senso; e não devemos dar satisfações sobre a nossa conduta a pessoas tolas. Se estiverem ansiosas para vê-la casada e feliz, aqui está um homem cujo caráter afável pode garantir que isso aconteça; se quiserem vê-la acomodada no mesmo país e círculo que elas escolheram para você, é aqui que isso acontecerá; e, se sua única preocupação é que você deva, como se diz comumente, estar bem casada, aqui estará a fortuna confortável, o estabelecimento respeitável, a elevação que deverá satisfazê-las.

— Sim, isso é verdade. Como você fala bem, adoro ouvi-la. Compreende tudo. Você e o Sr. Elton são muito inteligentes. Essa charada! Se eu a houvesse estudado por um ano inteiro, nunca conseguiria decifrá-la desse jeito.

— Pensei que ele realmente estava disposto a testar seus talentos, pela maneira que recusou ontem.

— Eu realmente creio, sem exceção, que essa é a melhor charada que já li.

— Nunca li outra que tivesse um propósito tão preciso, certamente.

— É quase duas vezes mais longa do que todas as que vimos antes.

— Não considero que a extensão lhe seja algo particularmente favorável. Em geral, coisas assim não podem ser curtas demais.

Harriet estava absorta demais naqueles versos para ouvir. As comparações mais satisfatórias cresciam em sua mente.

— É uma coisa — disse ela, no momento, com as bochechas se ruborizando — ter bom senso da maneira comum, como todas as outras pessoas e, se houver algo a dizer, você se senta e escreve uma carta e diz exatamente o que deve, de maneira sucinta. Outra coisa é escrever versos e charadas como esta.

Emma não poderia ter desejado uma rejeição mais inspirada da prosa do Sr. Martin.

— Que versos tão doces! — continuou Harriet. — Estes dois últimos! Mas como vou poder devolver a folha ou dizer que a encontrei? Oh! Srta. Woodhouse, o que podemos fazer?

— Deixe por minha conta. Não faça nada. Ele estará aqui hoje à noite, atrevo-me a dizer, e vou entregá-la a ele. Alguma bobagem ou outra vai passar entre nós e você não terá que se envolver. Seus olhos suaves devem escolher o momento certo para sorrir. Confie em mim.

— Oh! Srta. Woodhouse, que lástima eu não poder copiar esta bela charada no meu livro! Tenho certeza de que não consegui uma que chegue aos pés desta.

— Retire os dois últimos versos e não haverá razão para não incluí-la em seu livro.

— Oh! Mas esses dois versos são...

— ... os melhores de todos. Com certeza. Para uma apreciação privada; e, para uma apreciação privada, guarde-os. Mesmo se não forem compartilhados, não estão menos escritos; os versos não deixam de existir e seu significado não muda. Mas os retire e toda a apropriação cessa, e resta uma charada muito elegante, boa para qualquer coleção. Confie no que digo, ele não gostaria que essa charada fosse desprezada, assim como sua paixão. Um poeta apaixonado deve ser estimulado nas duas capacidades, ou em nenhuma. Dê-me o livro e eu vou transcrevê-la. Assim, não haverá nenhum indício de que você o fez.

Harriet concordou, embora fosse impossível para sua mente separar as partes, para ter certeza de que sua amiga não estava transcrevendo uma declaração de amor. Parecia precioso demais para ser tornado público.

— Jamais deixarei esse livro sair das minhas mãos — disse ela.

— Muito bem — respondeu Emma. — Um sentimento bastante natural. E, quanto mais tempo durar, mais contente eu ficarei. Mas meu pai está chegando; você não vai se opor se eu quiser ler a charada para ele. Vai lhe dar muito prazer! Ele adora coisas desse tipo, especialmente algo que seja elogioso a uma mulher. E tem um carinho muito gentil e galante por todas nós. Você precisa permitir que eu a leia para ele.

Harriet estava com o semblante grave.

— Minha querida Harriet, você não deve se apegar demais a essa charada. Vai acabar traindo seus sentimentos de maneira inapropriada, se agir de modo intencional e rápido demais. E vai parecer que dá uma importância maior, ou mesmo toda a importância que está associada a ela. Não se deixe sobrepujar por um tributo de admiração tão pequeno. Se ele estivesse ansioso pelo sigilo, não teria deixado o papel enquanto eu estava por perto, mas ele o empurrou para perto de mim, em vez de para perto de você. Não vamos ser tão solenes em relação a isso. Ele está suficientemente encorajado para prosseguir, sem que fiquemos suspirando o tempo todo por essa charada.

— Oh! Não... espero não agir de forma ridícula por causa disso. Faça como desejar.

O Sr. Woodhouse entrou e logo tocou no assunto outra vez, pela recorrência da indagação muito frequente que fazia:

— Bem, minhas queridas, como está indo o seu livro? Conseguiram algo novo?

— Sim, papai, temos algo para ler para o senhor, algo bem novo. Uma folha de papel foi encontrada na mesa esta manhã (deixada ali, supomos, por alguma fada), que trazia uma charada muito bonita e acabamos de copiá-la para o livro.

Ela a leu em voz alta, assim como ele gostava de que lhe lessem qualquer coisa, lenta e distintamente, e com duas ou três repetições, com explicação de cada parte conforme o fazia. O Sr. Woodhouse ficou muito contente e, como ela previra, especialmente maravilhado com a conclusão elogiosa.

— Sim, é muito justo, realmente, e dito muito apropriadamente. Muito verdadeiro. "Mulher, a desejada mulher". É uma charada tão bonita, minha querida, que posso facilmente adivinhar qual fada a trouxe para cá. Ninguém poderia escrever algo tão bonito quanto você, Emma.

Emma apenas assentiu e sorriu. Após pensar um pouco, e com um suspiro carinhoso, ele prosseguiu:

— Ah! Não é difícil ver a quem você puxou! Sua querida mãe era muito inteligente em todas essas coisas! Se eu ao menos tivesse a sua memória! Mas não consigo me lembrar de nada, nem mesmo daquela charada em particular, que vocês me ouviram mencionar; só consigo me lembrar da primeira estrofe, e há várias outras.

Kitty, uma bela, porém gélida, donzela,
Acendeu uma chama e ainda assim eu deploro,
O rapaz ingênuo que chamei a ajudar
Embora receoso da sua chegada
Tão fatal para o meu traje ele foi.

— E isso é tudo que consigo me recordar a respeito — mas é muito inteligente por toda sua extensão. Mas eu acho, minha querida, que você disse que já a tem.

— Sim, papai. Está escrita na nossa segunda página. Nós a copiamos dos Extratos Elegantes. Foi elaborada por Garrick, você sabe.

— Sim, é verdade. Gostaria de poder me lembrar mais partes.

Kitty, uma bela, porém gélida, donzela

O nome me faz pensar na pobre Isabella, pois ela quase foi batizada como Catherine em homenagem à sua avó. Espero que possamos recebê-la aqui na próxima semana. Já pensou, querida, onde vamos alojá-la? E em qual quarto ficarão as crianças?

— Oh! Sim. Ela ainda ficará em seu próprio quarto, é claro; o quarto que sempre ocupa. E temos também o quarto para crianças. O de sempre, como sabe. Por que haveria de ser diferente?

— Não sei, minha querida. Faz tanto tempo desde a última vez que ela veio! Desde a Páscoa. E, mesmo assim, ficaram só por alguns dias. O fato de o Sr. John Knightley ser advogado é muito inconveniente. Pobre Isabella! É tão triste que ela já tenha sido tirada de nós! E vai ficar muito triste quando vier, por não ter a Srta. Taylor aqui.

— Ela não vai ficar surpresa, papai. Nem um pouco.

— Não sei, minha querida. Eu certamente fiquei muito surpreso quando soube que ela ia se casar.

— Precisamos convidar o Sr. e a Sra. Weston para que venham jantar conosco quando Isabella estiver aqui.

— É uma pena que eles não possam ficar mais tempo, mas parece ser um caso de necessidade. O Sr. John Knightley deve voltar à cidade no dia 28 e devemos ser gratos, papai, que temos todo o tempo que eles podem dedicar ao campo, que dois ou três dias não sejam reservados para a abadia. O Sr. Knightley prometeu que não exigiria a presença deles neste Natal, embora você saiba que já faz mais tempo desde que estiveram com ele do que conosco.

— Seria muito duro, realmente, minha querida, se a pobre Isabella tivesse que estar em qualquer outro lugar que não fosse Hartfield.

O Sr. Woodhouse nunca permitiria que o Sr. Knightley reclamasse a presença do seu irmão, ou que qualquer pessoa reclamasse a presença de Isabella, exceto ele mesmo. Ficou sentado por algum tempo, ruminando pensamentos, e, em seguida, disse:

— Mas eu não vejo motivos para que a pobre Isabella tenha que voltar à cidade tão brevemente, embora ele tenha. Eu penso, Emma, que vou tentar persuadi-la a ficar mais tempo conosco. Ela e as crianças podem muito bem ficar aqui.

— Ah, papai! Isso é algo que você nunca conseguiu fazer. E eu não creio que algum dia conseguirá. Isabella não suporta ficar longe do marido.

Aquilo era algo verdadeiro demais para ser rebatido. Por mais inconveniente que fosse, o Sr. Woodhouse só conseguiu soltar um suspiro resignado; e, quando Emma viu sua disposição afetada pela ideia de que sua filha estava ligada demais ao marido, imediatamente mudou o assunto para algo que pudesse animá-lo.

— Harriet deve nos agraciar com sua companhia o máximo que puder enquanto meu cunhado e irmã estiverem aqui. Tenho certeza de que ela vai ficar muito feliz com as crianças. Temos muito orgulho das crianças, não é mesmo, papai? Imagino quem ela vai achar que é o mais bonito: Henry ou John?

— Sim, pergunto-me o mesmo. Coitados, vão ficar muito felizes por virem para cá. Gostam muito de estar em Hartfield, Harriet.

— Atrevo-me a dizer que gostam, senhor. Tenho certeza de que não conheço alguém que não goste.

— Henry é um belo garoto, mas John é muito parecido com sua mãe. Henry é o mais velho e recebeu o meu nome, não o de seu pai. John, o segundo, recebeu o nome do pai. Algumas pessoas ficam surpresas, eu acredito, que o primogênito não tenha o nome do pai, mas Isabella insistiu que ele fosse chamado de Henry, algo que achei muito honroso de sua parte. E é um garoto muito esperto, com certeza. São todos incrivelmente inteligentes e fazem muitas coisas bonitas. Eles vêm até onde eu estou e dizem: "Vovô, pode me dar um pedaço de barbante?". E Henry, certa vez, pediu-me uma faca, mas eu lhe disse que facas são apenas para uso dos vovôs. Acho que o pai deles é rígido demais com as crianças, com frequência.

— Ele lhe parece rígido — disse Emma — porque o senhor é muito gentil, mas, se puder compará-lo com outros pais, não o acharia rígido. Ele quer que seus meninos sejam ativos e resilientes; e, se não se portarem bem, pode lhes dizer palavras ríspidas aqui e ali. Mas ele é um pai afetuoso; certamente, o Sr. John Knightley é um pai carinhoso. Todas as crianças gostam dele.

— E, em seguida, o tio das crianças chega e as joga para o alto de uma maneira muito assustadora!

— Mas eles gostam disso, papai. Não há nada que gostem mais. É algo que lhes traz tanta alegria que, se o tio não estabelecesse a regra de fazer isso com um de cada vez, aquele que começasse a brincar disso jamais daria vez ao outro.

— Bem, eu não consigo entender.

— É assim com todos nós, papai. Uma metade do mundo não consegue entender os prazeres da outra metade.

Algum tempo depois, naquela manhã, e logo quando as moças estavam prestes a se despedir em preparação para a refeição habitual às quatro da tarde, o herói daquela inimitável charada chegou à casa outra vez. Harriet lhe deu as costas, mas Emma podia recebê-lo com o sorriso habitual, e seu olhar ligeiro rapidamente discerniu no dele a intenção de haver tomado uma atitude, de haver lançado um dado e ela imaginou que ele fora até ali para ver o resultado. A razão aparente, entretanto, era perguntar se o grupo de jogo do Sr. Woodhouse naquela noite poderia ocorrer sem sua presença, ou se haveria necessidade de estar presente em Hartfield. Se aquele fosse o caso, todo o resto deveria esperar; caso contrário, seu amigo Cole vinha falando tanto sobre jantar com ele, e havia insistido tanto, que lhe prometera aceitar seu convite condicionalmente.

Emma o agradeceu, mas não poderia permitir que desapontasse o amigo por causa delas; seu pai tinha certeza de que teria parceiros. Ele voltou a insistir, ela voltou a declinar. E ele parecia prestes a curvar-se em despedida quando, recolhendo a folha de papel da mesa, ela a devolveu.

— Oh! Aqui está a charada que você foi tão gentil em nos entregar. Obrigada por nos dar a oportunidade de lê-la. Nós a admiramos tanto que eu me aventurei a copiá-la na coleção da Srta. Smith. Seu amigo não gostaria que ela sumisse, espero. É claro que não transcrevi além das oito primeiras linhas.

O Sr. Elton certamente não soube muito bem o que dizer. Parecia estar intrigado, até mesmo confuso. Disse algo sobre "honra"; olhou para Emma e Harriet, e depois, ao ver o livro aberto sobre a mesa, tomou-o nas mãos e examinou-o muito atentamente. Percebendo a possibilidade de se livrar de um momento desconcertante, Emma disse, sorridente:

— Por favor, peça desculpas em meu nome ao seu amigo, mas uma charada tão boa não pode ficar confinada a uma ou duas pessoas. Ele pode estar certo da aprovação de todas as mulheres por escrever com tanto galanteio.

— Não hesito em dizer... — respondeu o Sr. Elton, embora hesitasse bastante enquanto falava. — Não hesito em dizer, pelo menos se os sentimentos do meu amigo forem iguais aos meus, que não tenho a menor dúvida de que, se pudesse ver sua pequena efusão condecorada como eu a vejo (olhando para o livro novamente, e voltando a pousá-lo na mesa), ele consideraria que este é o momento de maior orgulho em toda sua vida.

Depois desse pronunciamento ele se foi embora o mais rápido possível. Emma não conseguiu evitar pensar que ele se retirara cedo demais; por todas as suas qualidades boas e desejáveis, havia uma espécie de canastrice em seus discursos, que tinham uma grande propensão de lhe causar risos. Ela saiu correndo para ceder à propensão, deixando o carinho e o sublime do prazer para Harriet desfrutar.

Embora já houvesse transcorrido metade do mês de dezembro, o tempo ainda não havia impedido que as moças praticassem seus exercícios com uma regularidade tolerável. E, pela manhã, Emma foi fazer uma visita de caridade para uma família pobre e adoentada que morava um pouco além de Highbury.

X

O caminho até aquele chalé isolado passava por Vicarage Lane, uma alameda que se destacava em um ângulo reto da larga, embora irregular, avenida principal do lugar e, conforme se pode imaginar, abrigava a abençoada propriedade do Sr. Elton. Era preciso passar primeiro por algumas residências de classe baixa e, em seguida, a pouco menos de meio quilômetro, por aquela via se erguia o Presbitério, uma velha e não muito boa casa, quase tão perto da rua quanto podia estar. Não era uma situação muito privilegiada, mas havia sido muito bem cuidada pelo proprietário atual; e, sendo assim, não havia a possibilidade de que as duas amigas passassem por ela sem que o passo diminuísse e os olhos se aguçassem. O comentário de Emma foi:

— Ali está. Para ali irão você e o seu livro de charadas algum dia desses.

O de Harriet foi:

— Oh, que bela casa! Que linda! Ali estão as cortinas amarelas que tanto a Srta. Nash admira.

— Eu não caminho mais por aqui tanto quanto antigamente — disse Emma enquanto elas prosseguiam. — Mas logo haverá um motivo, e gradualmente eu vou conhecer intimamente todas as cercas-vivas, os portões, as fontes e árvores podadas dessa parte de Highbury.

Harriet, pelo que ela percebeu, nunca em sua vida estivera nas redondezas do Presbitério e sua curiosidade em vê-lo era tão extrema que, considerando os exteriores e as possibilidades, Emma poderia somente classificar aquilo como uma prova de amor, já que o Sr. Elton vira um intelecto arguto nela.

— Gostaria que pudéssemos encontrar um pretexto — disse ela. — Mas não consigo pensar em nada que seja tolerável para entrar, nenhum criado a quem eu queira perguntar sobre o dono da casa e nenhuma mensagem do meu pai.

Ela ponderou, mas não conseguiu pensar em nada. Após um silêncio mútuo de alguns minutos, Harriet começou outra vez.

— Eu me pergunto, Srta. Woodhouse, por que a senhora não pretende se casar ou não quer se casar. É tão encantadora!

Emma riu e respondeu:

— Ser encantadora, Harriet, não é o bastante para me induzir a me casar; preciso achar que outras pessoas são encantadoras — uma outra pessoa, pelo menos. E não estou apenas disposta, por ora, a não me casar, mas não tenho nenhuma intenção de me casar, jamais.

— Ah! É o que você diz. Mas não acredito nisso.

— Preciso conhecer alguém muito superior a qualquer outro que já tenha conhecido para me sentir tentada. O Sr. Elton, você sabe (recompondo-se), está fora de questão e não desejo me envolver com nenhuma pessoa desse jeito. Prefiro não me sentir tentada. Eu realmente não posso mudar para melhor. Se eu me casasse, certamente acabaria por me arrepender.

— Por Deus! É tão estranho ouvir uma mulher falar assim!

— Não tenho nenhuma das induções habituais das mulheres para me casar. Se eu me apaixonasse, com certeza, seria diferente! Mas eu nunca me apaixonei. Não é assim que as coisas acontecem comigo, nem da minha natureza; e não creio que isso algum dia acontecerá. E, sem amor, tenho certeza de que seria tolice querer mudar a minha situação. Fortuna, não quero; ocupação, não quero; poder, não quero. Acredito que poucas mulheres casadas chegam a ser as donas das casas dos seus maridos como eu sou a dona de Hartfield; e nunca, nunca eu poderia esperar ser tão verdadeiramente amada e importante, sempre em primeiro lugar, o tempo todo, aos olhos de qualquer homem, assim como sou aos olhos do meu pai.

— Mas então... ser uma velha solteirona, como a Srta. Bates!

— Essa é uma das imagens mais formidáveis que você poderia conceber, Harriet; e se eu pensasse que algum dia poderei ficar igual à Srta. Bates! Tão tola, tão satisfeita, tão sorridente, tão prosaica, tão distinta e indescritível, e tão capaz de falar sobre tudo ao meu respeito para todas as pessoas, eu me casaria amanhã mesmo. Mas, cá entre nós, estou convencida de que nunca poderia haver qualquer semelhança, exceto pelo fato de não ser casada.

— Mas ainda assim, você será uma velha solteirona! E isso é tão horrível!

— Não se preocupe, Harriet, eu não serei uma pobre velha solteirona; e a pobreza é a única coisa que torna o celibato desprezível aos olhos do público! Uma mulher solteira, com uma renda muito pequena, deve ser uma velha solteirona ridícula e desagradável! O alvo preferido de meninos e meninas. Mas uma mulher solteira, de boa fortuna, é sempre respeitável e pode ser tão sensível e agradável quanto qualquer outra pessoa. E a distinção não é tão contrária ao candor e ao bom senso do mundo como parece, a princípio, pois uma renda pequena tem a tendência de encolher a mente e azedar o temperamento. Aqueles que mal conseguem viver, e que, por conseguinte, vivem em uma sociedade muito pequena e geralmente muito inferior, podem muito bem ser mesquinhos e irritadiços. Isso não se aplica, entretanto, à Srta. Bates; ela simplesmente tem uma índole boa demais e é tola demais para o meu gosto. Mas, em geral, é uma pessoa muito agradável a todos, embora seja solteira e embora seja pobre. A pobreza certamente não lhe encolheu a mente; eu realmente acredito que, se a única coisa que ela tivesse no mundo fosse um xelim, distribuiria seis pence a outras pessoas. E ninguém tem medo dela. Isso é um grande encanto.

— Valha-me Deus! Mas o que vai fazer? Como vai se ocupar quando estiver velha?

— Se bem me conheço, Harriet, a minha mente é ativa e movimentada, com uma quantidade enorme de recursos independentes; e não imagino que vou querer uma ocupação aos quarenta ou cinquenta, assim como aos 21. As ocupações habituais das mulheres, para as mãos ou para a mente, estarão tão abertas para mim quanto agora; ou sem nenhuma variação importante. Se eu desenhar menos, lerei mais; se eu me desinteressar da música, vou tecer tapetes. E, em relação a objetos de interesse ou objetos de afeição, que, na verdade, são o grande segredo da inferioridade, a falta destes é o grande mal que se evita ao não se casar. Terei uma vida muito boa, com todos os filhos de uma irmã que tanto amo, para cuidar. Haverá muitos deles, com toda a probabilidade, para aliviar toda sorte de sensação que o fim da vida possa proporcionar. Haverá o bastante para toda esperança e todo medo; e, embora a minha ligação jamais possa ser igual à de uma mãe, é mais adequada à minha ideia de conforto do que aquilo que é mais carinhoso e mais cego. Meus sobrinhos e sobrinhas! Sempre terei uma sobrinha comigo.

— Você conhece a sobrinha da Srta. Bates? Digo, eu sei que deve tê-la visto uma centena de vezes. Mas já foram apresentadas?

— Oh, sim. Sempre somos forçadas a conversar quando ela vem a Highbury. Em geral, isso quase chega a ser o bastante para fazer com que eu não deseje ter uma sobrinha. Que Deus proíba! Pelo menos, que eu aborreça tanto as pessoas quando falo de toda a família Knightley, como acontece quando ela fala de Jane Fairfax. Chega-se a enjoar até do nome de Jane Fairfax. Toda carta que ela envia é lida e relida quarenta vezes; seus elogios a todos os amigos são repetidos várias e várias vezes; e, se ela meramente enviar o molde de um adereço para vestido à sua tia, ou se bordar um par de meias para a avó, é só disso que se ouve falar por um mês. Desejo tudo de bom a Jane Fairfax, mas ela me mata de tédio.

Elas agora estavam se aproximando do chalé e todos os assuntos mais indolentes foram deixados de lado. Emma era muito compassiva e as aflições dos pobres certamente ficavam aliviadas por meio de sua atenção pessoal e gentileza, seus conselhos e sua paciência, assim como da sua carteira. Ela os entendia, era capaz de tolerar sua ignorância e tentações, não nutria nenhuma expectativa romântica de que houvesse virtudes extraordinárias naqueles por quem a educação fizera tão pouco. Imiscuía-se em seus problemas com pronta simpatia e sempre dava sua assistência com toda a inteligência e boa vontade. E, depois de continuar por ali tanto quanto podia para reconfortar e aconselhar, ela saiu do chalé com uma impressão tão marcante sobre a cena que a fez dizer a Harriet:

— Assim, Harriet, é fazer o bem a alguém. Quão insignificante eles fazem com que todo o resto pareça! Sinto-me como se não fosse capaz de pensar em mais nada além dessas pobres criaturas pelo resto do dia, e mesmo assim, quem saberá dizer quando tudo isso vai desaparecer da minha mente?

— É verdade — disse Harriet. — Pobres criaturas! Não se consegue pensar em nenhuma outra coisa.

— E realmente eu não creio que essa impressão vá passar logo — disse Emma enquanto passou pela cerca-viva baixa, num passo recalcitrante que venceu o caminho estreito e escorregadio que levava para fora do jardim do chalé e chegava outra vez na alameda. — Não creio que irá — disse ela, parando para olhar mais uma vez para toda a miséria aparente do lugar e lembrar que esta era ainda maior do lado de dentro.

— Oh! Por Deus, não — disse sua acompanhante.

Elas voltaram a caminhar. A alameda fazia uma curva suave e, quando a curva terminou, o Sr. Elton estava imediatamente à vista e tão próximo que Emma só teve o tempo de dizer, sem que ele a ouvisse:

— Ah! Harriet, aí vem uma prova muito súbita da nossa estabilidade em boa temperança. Bem (sorrindo), espero que seja admissível, caso a compaixão tenha produzido exaustão e alívio aos sofredores, que tudo de verdadeiramente fora feito. Se nos apiedamos dos miseráveis, o bastante para fazer tudo que podemos por eles, o resto não passa de empatia vazia, incômoda apenas para nós duas.

Harriet só conseguiu responder: "Oh! Por Deus, sim", antes que o cavalheiro se juntasse a elas. As carências e o sofrimento da pobre família, entretanto, foram o primeiro assunto do encontro. Ele estava a caminho da residência. Sua visita, agora, seria adiada, mas eles tiveram um diálogo muito interessante sobre o que poderia ser feito e o que deveria ser feito. O Sr. Elton, então, deu meia-volta para acompanhá-las.

"Esbarrarmo-nos em meio a uma empreitada como esta", pensou Emma. "Encontrarmo-nos em meio em uma atividade de caridade, isso vai fazer aumentar muito o amor em ambos os lados. Não é de se espantar se essa fosse a ocasião que vai trazer a declaração. Certamente que traria, se eu não estivesse aqui. Queria poder estar em qualquer outro lugar."

Ansiosa em se distanciar deles o máximo possível, ela logo tomou um caminho estreito, um pouco elevado, na lateral da alameda, deixando os dois juntos na via principal. Mas não passou dois minutos ali até descobrir que os hábitos de dependência e imitação de Harriet a estavam trazendo para perto também e que, em pouco tempo, os dois estariam logo atrás dela. Isso não seria bom. Ela imediatamente parou, sob o pretexto de precisar alterar alguma coisa nos cadarços da sua bota e, curvando-se de modo a ocupar totalmente a largura do caminho, rogou-lhes que tivessem a bondade de continuar andando, que os alcançaria em meio minuto. Fizeram conforme ela pediu e, quando ela julgou ter se ocupado por um tempo razoável com a bota, teve o conforto de poder se atrasar ainda mais, abordada por uma criança do chalé que havia saído, de acordo com suas ordens, com uma jarra para enchê-la com caldo de carne em Hartfield. Caminhar ao lado dessa criança, conversar e fazer-lhe perguntas eram a coisa mais natural do mundo, ou seria a coisa mais natural do mundo, se ela estivesse simplesmente agindo sem qualquer outro propósito; e, por causa disso, os outros ainda puderam continuar à frente, sem qualquer obrigação de esperar por ela. Ela os alcançou, entretanto, de maneira involuntária; o passo da criança era ligeiro e o dos outros era relativamente vagaroso. E ela ficou ainda mais preocupada com aquilo, pois os dois estavam evidentemente em um diálogo que os interessava. O Sr. Elton falava com animação, Harriet escutava com atenção, tomada pelo contentamento. E Emma, após mandar que a criança fosse em frente, estava começando a pensar como poderia ficar um pouco mais para trás, quando os dois olharam ao redor e ela foi obrigada a se juntar a eles.

O Sr. Elton ainda estava falando, ainda empolgado com algum detalhe interessante e Emma sentiu uma certa decepção quando descobriu que ele estava apenas fazendo um relato à sua bela acompanhante sobre a festa da noite anterior na casa do amigo Cole e que ela deveria provar por si mesma o queijo Stilton, o Wiltshire do norte, a manteiga, o aipo, as beterrabas e todas as sobremesas.

"Isso logo desembocaria em algo melhor, é claro", foi sua reflexão consoladora; "Qualquer coisa é de interesse entre aqueles que se amam, e qualquer coisa servirá de introdução àquilo que está perto do coração. Se eu pudesse ao menos ter ficado mais distante!"

Eles agora caminhavam juntos em silêncio, ainda com as cercas do presbitério à vista, quando uma decisão súbita, de pelo menos fazer com que Harriet entrasse na casa, fez com que ela encontrasse novamente algo de errado com sua bota, e ficou para trás para verificá-la mais uma vez. Em seguida, arrebentou um pedaço do cadarço e, lançando-o com destreza em uma vala, foi obrigada a pedir que parassem e reconheceu sua incapacidade de recompor o calçado para conseguir caminhar de volta para casa num conforto tolerável.

— Uma parte do meu cadarço desapareceu — disse ela. — E não sei como posso resolver isso. Eu realmente sou uma companhia muito inconveniente para vocês, mas espero não estar tão despreparada com frequência. Sr. Elton, preciso lhe rogar a permissão para parar em sua casa e pedir à sua governanta um pedaço de fita ou um cordão, ou qualquer coisa que possa usar para atar minha bota.

O Sr. Elton ficou todo feliz com esse pedido e nada poderia exceder sua prontidão e atenção em conduzi-las até sua casa e o esforço para fazer com que tudo fosse confortável. A sala para onde elas foram levadas era uma que ele geralmente ocupava e dava para a frente da casa; logo atrás havia outra com a qual ela imediatamente se comunicava. A porta entre as duas estava aberta, e Emma passou por ela com a governanta para receber sua ajuda da maneira mais confortável possível. Foi obrigada a deixar a porta entreaberta, como a encontrou, mas desejava muito que o Sr. Elton a fechasse. A porta não foi fechada, entretanto; mas, aproveitando para manter a governanta consigo com uma conversa incessante, ela esperava fazer com que fosse oportuno para que o Sr. Elton escolhesse seu próprio assunto na sala adjacente. Por dez minutos, não conseguiu ouvir nada além da própria voz. Não poderia retardar ainda mais. Acabou sendo obrigada a terminar sua tarefa e aparecer.

Os amantes estavam juntos, diante de uma janela. A imagem tinha um aspecto muito favorável; e, por meio minuto, Emma sentiu a glória de ter planejado tudo com sucesso. Mas não foi o bastante; ele não havia chegado ao ponto. Fora muito agradável, muito encantador. Disse a Harriet que vira as duas passarem por ali e que as seguiu propositadamente. Outros pequenos galanteios e alusões foram insinuados, mas nada mais sério.

"Cauteloso, muito cauteloso", pensou Emma; "Ele avança pé ante pé e não arrisca nada se não se sentir seguro".

Mesmo assim, embora nem tudo houvesse ocorrido de acordo com seu plano genial, ela não conseguiu evitar se congratular pelo fato de que a ocasião trouxera muita alegria aos dois e que os conduzia rumo ao grande evento.

Agora Mr. Elton deve ser deixado sozinho. Emma não tinha mais o poder de supervisionar sua felicidade ou acelerar seus planos. A chegada da família da sua irmã estava tão próxima de acontecer que, primeiramente em antecipação, e posteriormente em realidade, tornou-se assim o objeto principal de seu

XI

interesse; e durante os dez dias de sua estadia em Hartfield não era de se esperar — ela mesma não esperava — que pudesse conceder qualquer coisa além de uma assistência ocasional e fortuita aos amantes. Poderiam progredir rapidamente se assim o quisessem, entretanto, deveriam progredir de um modo ou de outro, quisessem ou não. Ela quase desejava não ter mais tempo para eles. Há pessoas que, quanto mais se faz por elas, menos elas fazem por si mesmas.

O Sr. e a Sra. John Knightley, por estarem há mais tempo longe de Surry do que o habitual, estavam causando, é claro, mais do que o interesse habitual. Até este ano, todas as longas férias desde que se casaram haviam sido divididas entre Hartfield e Donwell Abbey, mas todos os feriados deste outono foram usados para dar banhos de mar nas crianças e, assim, já havia muitos meses desde que haviam sido vistos regularmente por seus contatos em Surry, ou vistos pelo Sr. Woodhouse, que jamais se deixava convencer a fazer a viagem a Londres, mesmo que fosse para o bem de Isabella, e que, consequentemente, estava agora nervosamente e apreensivamente feliz em antecipação por essa tão breve visita.

Preocupava-se demais com os males da jornada para ela, nem um pouco com a fadiga dos próprios cavalos e do cocheiro que trariam uma parte do grupo pela segunda metade do percurso, mas suas preocupações eram desnecessárias. Os vinte e cinco quilômetros foram alegremente percorridos e o Sr. e a Sra. Knightley, seus cinco filhos e um número suficiente de amas-secas chegaram a Hartfield em segurança. A movimentação e a alegria de tal chegada, as muitas pessoas para se conversar, dar as boas-vindas, encorajar e, ao mesmo tempo, dispersar e dispor produziram um ruído e confusão que seus nervos não seriam capazes de suportar sob qualquer outra justificativa, ou aguentar por muito mais tempo do que esse. Mas as tradições de Hartfield e os sentimentos do pai eram tão respeitados pela Sra. Knightley que, apesar das preocupações maternais com o contentamento imediato dos seus pequeninos, e para que tivessem instantaneamente toda a liberdade e cuidados, toda a comida e bebida, e todos os períodos de sono e brincadeiras que pudessem desejar, sem o menor atraso, nunca se permitia que as crianças fossem um incômodo longo demais ao Sr. Woodhouse, tanto por si mesmas quanto por qualquer cuidado de que necessitassem.

A Sra. John Knightley era uma mulher bela, elegante e pequena, de modos gentis e discretos e uma disposição notadamente sociável e afetuosa; envolvida com a família, esposa devota, mãe dedicada e tão carinhosamente ligada ao pai e à irmã que, não fossem por esses laços mais fortes, um amor mais intenso pareceria impossível. Não conseguia ver defeitos em nenhum deles. Não era uma mulher de grande intelecto ou vivacidade e, lembrando assim o próprio pai, também herdara muito da sua constituição: sua própria saúde era delicada; superprotetora em relação a essa característica e aos filhos, tinha muitos medos e nervos muito sensíveis e também gostava de ter o seu próprio Sr. Wingfield na cidade, assim como seu pai gostava do Sr. Perry. Eram parecidos, também, na benevolência geral de temperamento e um forte hábito de respeito direcionado a todos os velhos conhecidos.

O Sr. John Knightley era um homem alto, de maneiras cavalheirescas e muito inteligente; em ascensão em sua profissão, doméstico e respeitável em seu caráter privado, mas com modos reservados que o impediam de ser geralmente agradável, e, às vezes, era acometido pelo mau humor. Não era um homem de temperamento ruim, nem tão frequentemente irritadiço para merecer tal reprimenda, mas o temperamento não era sua maior qualidade e, com efeito, com uma esposa tão devota, era praticamente impossível que quaisquer defeitos naturais não fossem exacerbados. A doçura extrema do temperamento da esposa devia ofender o seu. O marido tinha toda a clareza e rapidez de raciocínio que nela faltavam e ele ocasionalmente podia agir de maneira pouco graciosa ou dizer algo severo.

Ele não era também uma das pessoas favoritas da sua cunhada. Nada que ele fazia de errado escapava a Emma. Ela rapidamente percebia as pequenas injúrias causadas a Isabella, as quais a própria Isabella jamais sentia. Talvez ela pudesse ter ignorado um pouco mais se os modos dele fossem mais elogiosos à irmã de Isabella, mas eram apenas aqueles de um irmão e amigo calmamente gentil, sem elogios e sem cegueira, mas dificilmente qualquer elogio pessoal que ele pudesse lhe fazer suplantaria o maior defeito de todos, aos olhos de Emma, que ele, às vezes, cometia: a falta de uma tolerância respeitosa pelo Sr. Woodhouse. Ele nem sempre tinha a paciência desejável. As peculiaridades e manias do Sr. Woodhouse o provocavam, às vezes, a fazer protestos racionais ou respostas incisivas que eram cruelmente expressadas. Não era sempre que isso acontecia, pois o Sr. John Knightley tinha um respeito considerável pelo sogro e geralmente um forte senso do que lhe era devido, mas aquilo acontecia com uma frequência relativamente alta na opinião de Emma, especialmente com toda a dor da apreensão que frequentemente devia ser suportada, mesmo que a ofensa não viesse. O início, entretanto, de cada visita não mostrava nada além dos sentimentos mais apropriados, e, pela necessidade de que essa visita fosse curta, seria possível esperar que a ocasião passasse em um espírito incólume de cordialidade. Estavam sentados e recompostos há pouco tempo quando o Sr. Woodhouse, com um meneio melancólico de cabeça e um suspiro, chamou a atenção da filha para a mudança triste que ocorreu em Hartfield desde a última vez em que ela estivera ali.

— Ah, minha querida — disse ele. — Pobre Sra. Taylor. É uma situação muito penosa.

— Oh, sim, senhor — exclamou ela, com pronta simpatia. — Deve sentir muito a falta dela! E a querida Emma, também! Que perda mais dolorosa para vocês dois! Fiquei muito entristecida por vocês. Não consigo imaginar como vocês conseguem viver sem ela. É uma mudança muito triste, realmente. Mas espero que ela esteja muito bem, senhor.

— Muito bem, minha querida, eu espero. Muito bem. Não sei se aquele lugar a agrada de maneira tolerável.

O Sr. John Knightley aqui perguntou a Emma, discretamente, se havia alguma dúvida sobre o ar de Randalls.

— Oh! Não, nenhuma. Nunca vi a Sra. Weston em melhor estado de saúde em toda a minha vida. Nunca esteve tão bem. Papai está apenas verbalizando seu próprio pesar.

— Algo que honra a ambos — foi a resposta gentil.

— E você a visita, senhor, com uma frequência tolerável? — perguntou Isabella, com o tom lamurioso que tanto agradava ao seu pai.

O Sr. Woodhouse hesitou. — Não chega nem perto de ser com frequência suficiente, minha querida, como eu gostaria.

— Oh! Papai, nós só deixamos de vê-los por um único dia inteiro desde que se casaram. Pela manhã ou à noite em cada dia, exceto um deles, nós encontramos o Sr. Weston ou a Sra.

Weston, e geralmente ambos, em Randalls ou aqui; e, como pode supor, Isabella, com mais frequência aqui. Eles são muito, muito gentis em suas visitas. O Sr. Weston realmente é tão gentil quanto ela. Papai, se conversar dessa maneira melancólica, acabará por dar a Isabella uma falsa ideia a nosso respeito. Todos devem saber que sentimos muito a falta da Srta. Taylor, mas todos também deveriam ter a noção de que o Sr. e a Sra. Weston fazem de tudo para que não sintamos a falta dela de qualquer maneira, assim como nós mesmos antecipamos. O que é exatamente a verdade.

— Exatamente como deve ser — disse o Sr. John Knightley. — E exatamente como eu esperava que fosse, de acordo com suas cartas. Não se pode duvidar do desejo que ela tem de lhe dedicar atenção; e ele, sendo um homem desembaraçado e sociável, faz com que tudo seja mais fácil. Eu venho lhe dizendo desde sempre, meu amor, que não fazia ideia de que a mudança fora tão significativa para Hartfield quanto você a compreendia, e agora que tem o relato de Emma. Espero que esteja satisfeita.

— Ora, com certeza — disse o Sr. Woodhouse. — Sim, certamente. Não posso negar que a Sra. Weston, a pobre Sra. Weston, vem nos visitar com frequência. Ainda assim, ela sempre é obrigada a ir embora outra vez.

— Seria muito ruim para o Sr. Weston se ela não fosse, papai. Você se esquece do pobre Sr. Weston.

— Eu creio, realmente — disse John Knightley, cordialmente — que o Sr. Weston tem prioridade. Você e eu, Emma, vamos nos aventurar a assumir o papel do pobre marido. Eu, sendo um marido, e você, não sendo uma esposa, a prioridade do homem muito provavelmente recai sobre nós com a mesma força. No caso de Isabella, ela está casada há tempo suficiente para perceber a conveniência de deixar todos os srs. Westons de lado, o máximo que puder.

— Eu, meu amor? — perguntou sua esposa, ouvindo e compreendendo apenas em parte. — Está falando sobre mim? Tenho certeza de que ninguém deve ser, ou pode ser, um defensor mais ferrenho do matrimônio do que eu; e, se não fosse pelo infortúnio de sua saída de Hartfield, eu nunca imaginaria a Srta. Taylor como qualquer outra coisa que não fosse a mulher mais afortunada do mundo. E em relação a ofender o Sr. Weston, o excelente Sr. Weston, creio que não há nada que ele não mereça. Acredito que ele é um dos homens de melhor temperamento que já existiu. Com exceção de você e do seu irmão, não conheço ninguém cujo temperamento se iguale ao dele. Nunca vou me esquecer de quando ele empinou a pipa de Henry naquele dia de vento forte na Páscoa passada e de quando fez uma gentileza particular, em setembro do ano passado, ao escrever aquele bilhete, à meia-noite, com o propósito de me garantir que não havia febre escarlate em Cobham. Estou convencida de que não há um coração mais amoroso ou melhor homem em toda a existência. Se alguém o merece, certamente é a Srta. Taylor.

— Onde está o jovem? — disse John Knightley. Ele esteve aqui para a ocasião? Ou não?

— Ele ainda não veio até aqui — respondeu Emma. — Havia uma forte expectativa para a sua visita logo depois do casamento, mas não deu em nada. E não ouvi menção ao nome dele ultimamente.

— Você deve lhes contar sobre a carta, minha querida — disse seu pai. — Ele escreveu uma carta à pobre Sra. Weston para congratulá-la, uma carta muito apropriada e elegante. Ela me mostrou. Penso que ele havia agido muito bem. Se ele mesmo teve essa ideia, é impossível saber. Ele é muito jovem, e seu tio, talvez...

— Meu querido papai, ele tem vinte e três anos. Você se esquece de como o tempo passa.

— Vinte e três! Ele já tem essa idade? Bem, eu jamais poderia imaginar... Ele tinha somente dois anos quando perdeu a pobre mãe! Ora, mas o tempo voa, realmente! E a minha memória está muito ruim. Mesmo assim, foi uma carta incrivelmente boa e bela e trouxe muito prazer ao Sr. e à Sra. Weston. Lembro-me de que foi enviada de Weymouth, datada de 28 de setembro, e começava assim: "Minha estimada senhora", mas me esqueço de como continuava. E estava assinada "F. C. Weston Churchill". Lembro-me disso perfeitamente.

— Que agradável e apropriado da parte dele! — exclamou a Sra. John Knightley, com seu bom coração. — Não tenho dúvidas de que deve ser um rapaz muito amável. Mas é muito triste ele não morar na casa do pai! Há algo de muito chocante em ter uma criança tirada dos pais e do lar natural! Eu nunca consegui entender como o Sr. Weston conseguiu se separar dele. Entregar um filho para outra família! Eu nunca conseguiria pensar bem de alguém que propusesse tal coisa a outra pessoa.

— Ninguém nunca teve uma opinião muito boa sobre a família Churchill, eu imagino — observou o Sr. John Knightley friamente. — Mas você não precisa imaginar que o Sr. Weston sentiu o que você sentiria se tivesse que entregar Henry ou John para outra família. O Sr. Weston é mais um homem tranquilo e de temperamento amistoso do que alguém de sentimentos intensos; ele enfrenta as coisas conforme as encontra e nelas consegue encontrar alguma alegria, de uma forma ou de outra, dependendo, suspeito, muito mais daquilo que é chamado de sociedade para ter seus confortos, ou seja, do poder de comer e beber, e de jogar uíste com seus vizinhos cinco vezes por semana, do que da afeição familiar ou qualquer coisa que o lar lhe proveja.

Emma não conseguia gostar de tal reflexão sobre o Sr. Weston e chegou a pensar em externar sua objeção, mas se conteve e deixou passar. Iria manter a paz, se possível. E havia algo honrado e valioso nos fortes hábitos domésticos, na toda-suficiência da casa para si mesmo, de onde resultava a disposição do cunhado para desprezar o ritmo comum das interações sociais e aqueles que as consideravam importantes. Era preciso ter muita paciência.

O Sr. Knightley iria jantar com eles — algo que não agradava muito ao Sr. Woodhouse, que não gostava que ninguém dividisse com ele o primeiro dia com Isabella. O senso do que é certo de Emma, entretanto, decidiu a questão; e, além da consideração que se devia a cada irmão, ela teve o prazer particular,

XII

devido à circunstância do recente desentendimento entre ela e o Sr. Knightley, de ir lhe fazer o convite, como exigia o decoro.

Esperava que pudessem voltar a ser amigos. Pensou que já era hora de fazerem as pazes. Fazer as pazes, na realidade, não seria o ideal. Ela, certamente, não estava errada, e ele nunca admitiria que estivera. Concessões estavam fora de questão, mas era hora de parecer que haviam esquecido a discussão que tiveram. E ela esperava que ajudaria a restaurar a amizade se, quando ele entrasse na sala, Emma estivesse acompanhada por uma das crianças — a mais nova, uma bela menininha de oito meses, que fazia sua primeira visita a Hartfield e que parecia muito feliz em dançar nos braços da sua tia. Aquilo ajudou; embora ele houvesse começado com uma aparência sisuda e perguntas sucintas, logo se sentiu à vontade de falar sobre todos da maneira habitual e a pegar a criança dos seus braços sem qualquer cerimônia, em perfeita harmonia. Emma sentiu que já eram amigos outra vez e a convicção lhe deu inicialmente uma grande satisfação e, em seguida, um pouco de ousadia, pois não conseguiu evitar dizer, enquanto ele admirava o bebê:

— Que conforto saber que temos o mesmo apreço por nossos sobrinhos e sobrinhas. Sobre homens e mulheres, nossas opiniões são, por vezes, muito diferentes, mas, em relação a essas crianças, eu observo que nunca discordamos.

— Se você seguisse mais a orientação da natureza na sua estimativa sobre homens e mulheres, e menos o poder dos seus desejos e caprichos ao lidar com eles, assim como faz em relação às crianças, acabaríamos por concordar sempre.

— Com certeza. Nossas discordâncias sempre surgem porque eu estou errada.

— Sim — disse ele, sorrindo. — E há boas razões para isso. Eu tinha dezesseis anos quando você nasceu.

— Uma diferença considerável, então — respondeu ela. — E, sem dúvida, seu julgamento era muito superior naquele período das nossas vidas. Mas o lapso de vinte e um anos não aproxima bastante as nossas perspectivas?

— Sim. Aproxima bastante.

— Mas, ainda assim, não o bastante para me dar uma chance de estar certa, se pensarmos de maneira diferente.

— Eu ainda tenho a vantagem de dezesseis anos de experiência a mais que você, além de não ser uma bela e jovem moça ou uma filha mimada. Venha, minha cara Emma, vamos ser amigos e não voltemos a falar a respeito. Diga à sua tia, pequena Emma, que ela deveria lhe dar exemplos melhores do que simplesmente renovar velhas rixas e que, se não estava errada antes, ela está agora.

— Isso é verdade — exclamou ela. — Totalmente verdade. Pequena Emma, cresça e torne-se uma mulher melhor do que sua tia. Seja infinitamente mais inteligente e nem um pouco arrogante. Agora, Sr. Knightley, mais uma ou duas palavras e eu estarei satisfeita. Considerando as boas intenções, nós dois estávamos certos, e devo dizer que nenhum efeito do meu lado da discussão se mostrou errado. Quero apenas saber que o Sr. Martin não está muito, muito amargamente decepcionado.

— É impossível para um homem estar pior — foi sua resposta curta e definitiva.

— Ah! Realmente, eu sinto muito. Venha, vamos trocar um aperto de mãos.

Isso acabara de acontecer e com grande cordialidade quando John Knightley fez sua entrada e — Como está, George? — e — John, como vai? — se sucederam no verdadeiro estilo inglês, enterrando sob uma tranquilidade que parecia ser totalmente indiferente a verdadeira ligação que levaria qualquer um deles, se preciso, a fazer qualquer coisa pelo bem do outro.

A noite foi tranquila e sociável, pois o Sr. Woodhouse declinou o jogo de cartas para poder conversar confortavelmente com sua querida Isabella, e o pequeno grupo criou duas divisões naturais: em um lado estavam ele e a filha; do outro, os dois senhores Knightley e seus assuntos totalmente distintos, que raramente se misturavam; e Emma apenas ocasionalmente participando de um diálogo ou de outro.

Os irmãos conversavam sobre suas próprias preocupações e interesses, mas principalmente aquelas do mais velho, cujo temperamento era bem mais comunicativo e que sempre foi o mais falante. Sendo um magistrado, ele geralmente tinha algum aspecto da lei sobre o qual desejava consultar John ou, pelo menos, alguma anedota curiosa para compartilhar; e, sendo fazendeiro, cuidando da propriedade rural em Donwell, tinha que dizer o que cada campo iria produzir no ano seguinte e dar todas as informações locais que não deixariam de ser interessantes a um irmão que viveu naquele lar durante a maior parte de sua vida e com o qual tinha fortes ligações. O planejamento de uma vala de drenagem, a troca de uma cerca, a derrubada de uma árvore, o destino de cada hectare para trigo, rabanetes ou milho eram comentados com o mesmo interesse por John, conforme seus modos mais reservados permitiam. E, se o seu irmão lhe deixasse espaço para perguntar sobre alguma coisa, suas indagações sempre tinham um tom de avidez.

Enquanto estavam assim, confortavelmente ocupados, o Sr. Woodhouse desfrutava de um fluxo enorme de lamúrias felizes e uma afeição temerosa com a filha.

— Minha querida, minha pobre Isabella — disse ele, tomando-lhe carinhosamente as mãos e interrompendo, por alguns momentos, as preocupações da moça com algum de seus cinco filhos. — Já faz muito, muito tempo desde que você esteve aqui! E tão cansada deve estar depois dessa jornada! Deve ir para a cama cedo, minha querida. E eu recomendo um pouco de mingau de aveia antes de se recolher. Você e eu vamos dividir uma bela tigela de mingau juntos. Minha querida Emma, suponho que todos nós vamos querer um pouco de mingau.

Emma não conseguia supor tal coisa, pois sabia que os dois senhores Knightley seriam tão avessos àquela ideia quanto ela; e apenas duas tigelas foram pedidas. Após mais algum tempo discursando elogiosamente sobre o mingau, chegando até mesmo a se indagar por que nem todos os presentes o comeriam, ele pronunciou, com um ar grave de reflexão:

— Foi uma decisão desastrada, minha querida, você passar o outono em South End em vez de vir para cá. Eu nunca tive uma opinião muito boa a respeito do ar marítimo.

— O Sr. Wingfield recomendou fortemente que eu fizesse isso, senhor; caso contrário, não teríamos ido. Recomendou-o para todas as crianças, mas particularmente pela debilidade na garganta da pequena Bella. Tanto banhos de mar quanto a brisa.

— Ah! Minha querida, mas Perry tinha muitas dúvidas sobre se o ar iria lhe fazer bem e, em minha opinião, já há tempos estou perfeitamente convencido, embora talvez nunca tenha lhe dito antes, de que o mar raramente faz bem a qualquer pessoa. Tenho certeza de que o mar quase me matou certa vez.

— Ora, ora — exclamou Emma, sentindo que esse era um assunto perigoso. — Preciso pedir-lhe que não fale sobre o mar. Causa-me inveja e tristeza. Eu, que nunca o vi! South End é um assunto proibido, se não se importa. Querida Isabella, não ouvi você fazer uma pergunta sequer sobre o Sr. Perry e ele nunca se esquece de você.

— Oh! O bom senhor Perry. Como ele está, senhor?

— Ora, está muito bem, mas nem tão bem assim. O pobre Perry está bilioso e não tem tempo de cuidar de si — disse-me que não tem tempo de cuidar de si —, o que é muito triste, mas é sempre requisitado em toda parte. Suponho que não haja um único homem com o mesmo ofício em qualquer outro lugar. Por conseguinte, não há um homem tão sábio em qualquer outro lugar.

— E a Sra. Perry e as crianças, como estão? Elas crescem? Tenho grande apreço pelo Sr. Perry. Espero que ele venha visitar logo. Vai ficar muito contente em ver os meus pequenos.

— Espero que ele esteja aqui amanhã, pois tenho uma ou duas coisas a lhe perguntar sobre mim, de certa importância. E, minha querida, quando ele vier, você deveria pedir-lhe que olhe a garganta da pequena Bella.

— Oh! Meu senhor, a garganta da menina está num estado tão bom que eu mal me preocupo com isso. Ou os banhos de mar lhe foram de grande valia ou então a melhora se deve ao excelente unguento do Sr. Wingfield, que estamos aplicando com frequência desde agosto.

— Não é muito provável, minha querida, que tais banhos fariam bem a ela. E se eu soubesse que você queria um unguento, haveria de falar com...

— Vocês parecem ter se esquecido da Sra. e da Srta. Bates — disse Emma. — Não ouvi nenhuma pergunta sobre elas.

— Oh! As boas mulheres da família Bates. Sinto-me envergonhado, agora. Mas você as menciona em quase todas as suas cartas. Espero que estejam muito bem. A boa e velha Sra. Bates. Vou visitá-la amanhã e levarei os meus filhos. Elas sempre ficam muito contentes em ver os meus filhos. E a excelente Srta. Bates! Pessoas tão dignas! Como elas estão, senhor?

— Ora, estão muito bem, minha querida, de maneira geral. Mas a pobre Sra. Bates teve um forte resfriado há cerca de um mês.

— Que tristeza! Mas resfriados nunca foram tão comuns quanto neste outono. O Sr. Wingfield me disse que nunca os viu tão disseminados ou fortes, exceto quando o caso era de gripe.

— Foi um caso como esse, minha querida, mas não tão intenso como o que mencionou. Perry diz que resfriados foram bem comuns, mas não tão fortes como aqueles que via com frequência em novembro. Perry não crê que essa seja realmente uma época de doenças.

— Não, eu não sei o que o Sr. Wingfield considera ser uma doença séria, exceto...

— Ah! Minha pobre e querida criança, a verdade é que, em Londres, há doenças o tempo todo. Ninguém é saudável em Londres, ninguém pode ser. É horrível que você seja forçada a viver lá! Tão longe! E o ar é tão ruim!

— Não, de forma alguma. Não estamos num lugar com o ar ruim. Nossa parte de Londres é muito superior a quase todas as outras! Não deve confundir nossa morada com o resto de Londres, meu senhor. A vizinhança de Brunswick Square é muito diferente de quase todo o restante de Londres. Um lugar bastante arejado! Eu não estaria disposta, de modo algum, a viver em qualquer outra parte da cidade; dificilmente haveria outro local onde eu ficasse satisfeita em criar meus filhos. Mas o lugar é tão incrivelmente arejado! O Sr. Wingfield acha que a região de Brunswick Square é decididamente a mais favorável em termos de ar fresco.

— Ah! Minha querida, mas não é como Hartfield. Você fala muito bem de lá, mas depois de passarem uma semana em Hartfield, vocês, todos vocês, são criaturas diferentes. Até sua aparência muda. Não posso dizer, agora, que creio que qualquer um de vocês pareça estar bem, no momento.

— Lamento ouvi-lo dizer isso, senhor, mas lhe garanto que, com exceção daquelas pequenas dores de cabeça e palpitações nervosas das quais eu nunca estou completamente livre em qualquer lugar, agora eu estou muito bem; e, se meus filhos estavam um pouco pálidos antes de irem para a cama, isso se deve apenas por estarem um pouco mais cansados do que o habitual, devido à jornada e à alegria de estarem aqui. Espero que tenha uma opinião melhor sobre a aparência deles amanhã, pois lhe garanto que, como me disse o Sr. Wingfield, não acreditava que já havia visto todos nós em tão boa saúde. Confio, pelo menos, que você não ache que o Sr. Knightley parece doente — disse, voltando os olhos com uma ansiedade afetuosa para o marido.

— Razoavelmente, minha querida. Não posso respaldá-la. Acho que o Sr. John Knightley está longe de parecer bem.

— Qual é o problema, senhor? Falou a meu respeito? — exclamou o Sr. John Knightley, ao ouvir o próprio nome.

— Lamento descobrir, meu amor, que meu pai não crê que você pareça estar bem. Mas espero que isso se deva somente a estar um pouco fatigado. Eu gostaria, entretanto, e como sabe, que você houvesse conversado com o Sr. Wingfield antes de sair de casa.

— Minha querida Isabella... — exclamou ele apressadamente. — Não precisa se preocupar com a minha aparência. Satisfaça-se mimando e cuidando de si mesma e das crianças e deixe-me cuidar da minha própria aparência.

— Eu não entendi completamente o que você dizia ao seu irmão — disse Emma — sobre os planos do seu amigo, o Sr. Graham, de contratar um advogado escocês para cuidar da sua nova propriedade. Qual será a resposta? O velho preconceito não será forte demais?

E ela falou sobre aquilo por tanto tempo e com tanto sucesso que, quando foi forçada a dar novamente atenção ao seu pai e à irmã, não houve nada pior a ouvir do que as perguntas gentis de Isabella sobre Jane Fairfax; e, embora Jane Fairfax não fosse um de seus assuntos favoritos, ela ficou muito feliz em fazer-lhe elogios naquele momento.

— A doce e adorável Jane Fairfax! — disse a Sra. John Knightley. — Faz muito tempo desde que a vi, com exceção de uma ou outra ocasião fortuita na cidade! Que ocasião feliz deve ser para a sua boa e velha avó e sua excelente tia quando ela vem visitá-las! Sempre me lamento excessivamente por causa de Emma por ela não poder vir a Highbury com mais frequência. Mas, agora que sua filha está casada, suponho que o Coronel e a Sra. Campbell não conseguirão se separar dela. Seria uma companhia extremamente agradável para Emma.

O Sr. Woodhouse concordou com tudo aquilo, mas acrescentou:

— Nossa pequena amiga Harriet Smith, entretanto, é exatamente uma jovem desse tipo. Você vai gostar de Harriet. Emma não poderia ter uma companheira melhor do que Harriet.

— Fico muito feliz em sabê-lo. Mas se sabe que somente Jane Fairfax é alguém tão competente e superior! E tem exatamente a idade de Emma.

Esse tópico foi discutido muito alegremente e outros sucederam com um ânimo similar e foram repassados com a mesma harmonia, mas a noite não findou sem um ligeiro retorno à agitação. O mingau chegou e trouxe muito a ser dito — muitos elogios e muitos comentários —, decisões indubitáveis sobre o quanto era saudável para todas as constituições, e filípicas severas contra as muitas casas onde não se encontrava de maneira tolerável. Mas, infelizmente, entre os defeitos que a filha teve que encarar, o mais recente, e, portanto, o mais proeminente, foi com sua própria cozinheira em South End, uma jovem contratada para a ocasião que nunca conseguiu entender o que ela queria dizer ao referir-se a uma tigela de mingau suave, ralo, mas não ralo demais. Por mais que o desejasse e pedisse, nunca conseguiu uma tigela que lhe fosse tolerável. Havia aqui uma abertura perigosa.

— Ah! — disse o Sr. Woodhouse, balançando negativamente a cabeça e fixando-lhe os olhos com uma preocupação afetuosa.

A exclamação, aos ouvidos de Emma, expressava "Ah! Não há fim para as tristes consequências da sua viagem até South End. Não faz bem falar sobre isso". E por algum tempo ela nutriu esperanças de que ele não falasse a respeito e que uma ruminação silenciosa fosse o suficiente para que voltasse a se deliciar com o mingau. Após o intervalo de alguns minutos, ele começou com:

— Sempre ficarei muito triste por vocês terem ido ao litoral neste outono, em vez de virem até aqui.

— Mas por que ficar triste, senhor? Garanto-lhe, a viagem fez muito bem às crianças.

— E, além disso, se tivessem que ir até o litoral, seria melhor não irem até South End. South End é um lugar insalubre. Perry ficou surpreso em saber que você se fixara em South End.

— Sei que essa ideia é comum a muitas pessoas, mas é realmente errônea, senhor. Todos nós estivemos com a saúde perfeitamente bem lá e nunca sentimos a menor inconveniência com a lama; e o Sr. Wingfield diz ser um erro atroz supor que o lugar é insalubre. E tenho certeza de que se pode acreditar nele, pois ele entende completamente a natureza do ar e seu próprio irmão e a família já estiveram lá repetidamente.

— Devia ter ido a Cromer, minha querida, se desejasse ir a algum lugar. Perry esteve por uma semana em Cromer e diz que esse é o melhor entre todos os lugares para banhos de mar. Um belo mar aberto, diz ele, e com ar muito puro. E, pelo que consegui compreender, é possível encontrar locais para se hospedar que ficam bem distantes do mar, a quase meio quilômetro de distância e muito confortáveis. Você devia ter consultado Perry.

— Mas, meu caro senhor, a diferença da jornada! Considere apenas a enormidade que haveria de ser. Mais de cento e cinquenta quilômetros, talvez, em vez de sessenta.

— Ah! Minha querida. Como diz Perry, quando a saúde está em jogo, nada mais deveria ser considerado; e, se alguém tiver que viajar, não há muita diferença entre sessenta e cento e cinquenta quilômetros. É melhor não sair do lugar; melhor ficar em Londres do que viajar sessenta quilômetros rumo a um lugar onde o ar é pior. Isso é exatamente o que disse Perry. Pareceu-lhe uma atitude desmesurada.

As tentativas de Emma de conter seu pai foram em vão. E, quando ele chegou a tal ponto em suas lamúrias, ela não conseguiu se espantar com a rispidez do cunhado.

— O Sr. Perry — disse ele, com uma voz de intenso desprazer — deveria por bem guardar a opinião dele para ele, até que lhe fosse pedida. Por que motivo ele acha que é da conta dele querer saber o que eu faço? Se levo a minha família a um lugar ou a outro no litoral? Eu posso, espero, usar o meu próprio discernimento, assim como o Sr. Perry. Não preciso das instruções dele, assim como não preciso dos remédios dele. — Ele fez uma pausa e, ficando mais calmo após um momento, acrescentou com uma secura sarcástica: — Se o Sr. Perry souber me dizer como levar uma esposa e cinco filhos por um percurso de duzentos quilômetros com as mesmas despesas ou a inconveniência de fazê-lo num percurso de sessenta, eu teria a mesma inclinação de preferir Cromer a South End, como ele.

— É verdade, é verdade — exclamou o Sr. Knightley, prontamente interpondo-se. — Muito verdadeiro. Isso é realmente algo a considerar. Mas John, em relação ao que eu lhe dizia sobre mover a trilha para Langham, fazendo-o virar mais para a direita de modo que não atravesse as campinas, não prevejo qualquer dificuldade. Eu não tentaria fazer isso se causasse alguma inconveniência ao povo de Highbury, mas se você pensar exatamente a linha atual da trilha... A única maneira de comprovar isso, entretanto, será recorrendo aos nossos mapas. Conversaremos no Presbitério amanhã de manhã, eu espero, e vamos então examiná-los e você dará sua opinião.

O Sr. Woodhouse ficou bastante agitado com aquelas reflexões tão incisivas sobre o seu amigo Perry, a quem ele vinha, de fato, embora inconscientemente, atribuindo muitas das suas próprias impressões e expressões. Mas as atenções tranquilizadoras das suas filhas gradualmente removeram o mal que estava presente e a prontidão imediata de um dos irmãos e memórias mais agradáveis do outro impediram que a situação voltasse a se renovar.

Seria impossível haver uma criatura mais feliz no mundo do que a Sra. John Knightley, nessa breve visita a Hartfield, saindo todas as manhãs com os cinco filhos para encontrar seus velhos conhecidos e conversando sobre o que fizera todas

XIII

as noites com seu pai e sua irmã. Não desejava nada além de que os dias não passassem tão rapidamente. Era uma visita deliciosa, perfeita, embora breve demais.

Em geral, suas noites eram compartilhadas com menos amigos do que suas manhãs, mas um compromisso formal para jantar, fora de casa, não se pôde evitar, embora ocorresse no Natal. O Sr. Weston não aceitaria uma negativa; todos teriam que jantar em Randalls um dia. Até mesmo o Sr. Woodhouse foi convencido a pensar que aquilo seria algo preferencial a dividir o grupo.

Sobre a maneira pela qual todos seriam levados até lá, ele a transformaria em uma dificuldade se pudesse, mas, como a carruagem e os cavalos do seu genro e da filha já estavam em Hartfield, não foi capaz de elaborar nada além de uma pergunta simples sobre o assunto. Mal chegava a ser uma dúvida e não ocupou Emma por tempo suficiente para convencê-lo de que poderiam, em uma das carruagens, encontrar espaço para Harriet também.

Harriet, o Sr. Elton e o Sr. Knightley, seu próprio grupo especial, foram as únicas pessoas convidadas a vir encontrá-los. A ocasião ocorreria cedo, assim como o número de pessoas seria pequeno. Os hábitos e a inclinação do Sr. Woodhouse eram consultados em relação a cada detalhe.

Na noite anterior a esse grande evento (pois o fato de que o Sr. Woodhouse iria jantar fora era um grande evento, no dia 24 de dezembro), Harriet esteve em Hartfield e voltou para casa tão indisposta, com um resfriado, que, não fosse por seu forte desejo de receber os cuidados da Sra. Goddard, Emma não lhe permitiria que deixasse Hartfield. Emma pediu notícias dela no dia seguinte e descobriu que seu destino já fora selado em relação a Randalls. Estava muito febril e com forte dor de garganta. A Sra. Goddard lhe dava muitos cuidados e afeição; falou-se sobre o Sr. Perry e a própria Harriet estava fraca e doente demais para resistir à autoridade que a excluía daquele delicioso compromisso, embora não pudesse falar sobre a sua perda sem muitas lágrimas.

Emma ficou sentada ao seu lado pelo máximo de tempo que pôde, para cuidar dela nas inevitáveis ausências da Sra. Goddard e animá-la dizendo o quanto o Sr. Elton ficaria deprimido quando soubesse do seu estado; e deixou-a finalmente, toleravelmente confortável, com a doce crença de que ele teria uma noite desconfortada e que todos sentiriam muito a sua ausência. Não se havia afastado muitos metros da porta da Sra. Goddard quando foi abordada pelo próprio Sr. Elton, que evidentemente vinha em direção contrária. E, enquanto caminharam lentamente juntos, conversando sobre a inválida — sobre quem ele, ao ouvir o rumor de uma doença considerável, viera perguntar a respeito, para poder levar notícias dela a Hartfield —, foram alcançados pelo Sr. John Knightley, que retornava da visita diária a Donwell, com seus dois meninos mais velhos, cujas faces saudáveis e brilhantes exibiam todos os benefícios de um passeio pelo campo e que pareciam ansiosos por uma rápida refeição de carneiro assado e pudim de arroz, dada a rapidez com que voltavam para casa. Juntaram-se ao grupo e continuaram juntos. Emma estava acabando de descrever a natureza das queixas da amiga:

— Uma garganta por demais inflamada, com uma febre muito acalorada, a pulsação rápida e débil; e que havia ficado triste ao descobrir pela Sra. Goddard que Harriet era dada a dores de garganta muito fortes, que frequentemente causavam alarme. — O Sr. Elton pareceu ficar bastante alarmado pela ocasião, pois exclamou:

— Uma dor de garganta! Espero que não seja infecciosa. Espero que não seja do tipo infeccioso e pútrido. Perry já foi examiná-la? Realmente, você deveria cuidar de si, assim como da sua amiga. Permita-lhe rogar que não se coloque em risco. Por que Perry não vai vê-la?

Emma, que não estava tão assustada, tranquilizou aquele excesso de apreensão garantindo-lhe a experiência e os cuidados da Sra. Goddard, mas, como ainda devia haver um certo grau de inquietação que ela não podia nem desejava dissipar com argumentos, o qual ela preferia alimentar e ampliar em vez de fazer o oposto, Emma acrescentou logo em seguida, como se o assunto fosse completamente diferente:

— Está tão frio, tão intensamente frio... E parece tanto que vai nevar que, se o jantar de hoje fosse em qualquer outro lugar ou com qualquer outro grupo, eu tentaria não sair de casa e dissuadiria meu pai de se aventurar. Porém, como ele já tomou sua decisão e parece não sentir o frio, não quero interferir, pois sei que seria uma decepção muito grande para o Sr. e a Sra. Weston. Mas tem a minha palavra, Sr. Elton; no seu lugar, eu certamente me desculparia por não estar presente. O senhor me parece já estar um pouco rouco e, quando considera as demandas da voz e a fadiga que o dia de amanhã trará, creio que não seria mais que um ato de prudência ficar em casa e cuidar de si esta noite.

O Sr. Elton parecia não saber muito bem como responder àquilo, e era exatamente esse o caso. Pois, embora muito grato pela atenção gentil dada por tão bela dama e não estando disposto a resistir a qualquer conselho que ela lhe desse, não tinha a menor inclinação a desistir da visita. Mas Emma, ansiosa e ocupada demais em suas próprias maquinações e planos para ouvi-lo imparcialmente, ou vê-lo com uma visão desanuviada, ficou muito satisfeita com os murmúrios dele, que reconheciam estar "muito frio, certamente muito frio", e foi em frente, regozijando-se em havê-lo afastado de Randalls e lhe dado o poder de mandar que lhe dessem informações sobre Harriet a cada hora da noite.

— Faz muito bem — disse ela. — Vamos transmitir suas desculpas ao Sr. e à Sra. Weston.

Mas nem sequer ela terminara de dizer essas palavras quando percebeu que o cunhado oferecia de maneira bastante cortês um assento em sua carruagem, se o mau tempo fosse a única objeção do Sr. Elton, e que o Sr. Elton aceitava a oferta com pronta satisfação. Estava decidido. O Sr. Elton iria até Randalls e jamais o seu rosto largo e belo expressou tanto prazer quanto nesse momento; nunca antes seu sorriso fora tão forte, nem seus olhos tão exultantes, do que quando a encarou a seguir.

— Bem — disse ela para si mesma. — Isso é muito estranho! Depois de eu o desincumbir tão bem, decidir aceitar a companhia e deixar Harriet, doente, para trás! Mas há, eu creio, em muitos homens, especialmente nos solteiros, tal inclinação, tal paixão por jantar fora. Um compromisso para jantar tem uma prioridade tão alta na classe dos seus prazeres, de suas ocupações, suas dignidades, e quase em seus deveres, que qualquer outra coisa perde importância, e esse deve ser o caso com o Sr. Elton; um jovem bastante valioso, afável e agradável, sem dúvida, e muito apaixonado por Harriet, mas, ainda assim, não é capaz de recusar um convite. Deve jantar fora onde quer que seja convidado. Que coisa estranha é o amor! Ele é capaz de perceber uma inteligência sagaz em Harriet, mas não jantará sozinho por ela.

Logo em seguida, o Sr. Elton os deixou e ela não pôde evitar lhe fazer a justiça de sentir que havia uma grande emotividade em sua maneira de dizer o nome de Harriet, ao partir; no tom de sua voz ao garantir-lhe que pediria notícias à Sra. Goddard sobre sua bela amiga, a última coisa antes de se preparar para a felicidade de encontrá-la outra vez, quando esperava poder lhe relatar uma melhora da condição. E ele suspirou e sorriu ao partir, de uma forma que fazia a balança da aprovação pender a seu favor.

Após alguns minutos de completo silêncio entre os dois, John Knightley começou com:

— Nunca em minha vida eu vi um homem mais decidido a ser agradável como o Sr. Elton. É bastante forçoso para ele no que tange às damas. Com homens ele é capaz de ser racional e natural, mas, quando tem damas para agradar, cada característica é posta para trabalhar.

— Os modos do Sr. Elton não são perfeitos — respondeu Emma. — Mas onde houver o desejo de agradar é preciso relevar, e relevar bastante. Onde um homem faz o melhor que pode com poderes apenas moderados, terá vantagens sobre uma superioridade negligente. Há um bom temperamento e boa vontade tão perfeitos no Sr. Elton que é impossível não valorizar.

— Sim — disse o Sr. John Knightley agora, com um pouco de dissimulação. — Ele parece ter uma enorme boa vontade em relação a você.

— A mim? — respondeu ela, com um sorriso de espanto. — Está imaginando que eu sou o objeto da afeição do Sr. Elton?

— Tal imaginação passou pela minha mente, admito, Emma. E, se nunca lhe ocorreu antes, você pode levá-la em consideração agora.

— O Sr. Elton apaixonado por mim! Que ideia!

— Não digo que seja assim, mas seria bom considerar se assim é ou não e regular seu comportamento de acordo. Acho que os seus modos em relação a ele são encorajadores. Falo-lhe como amigo, Emma. É melhor cuidar de si mesma e ter certeza do que faz e do que tenciona fazer.

— Agradeço-lhe. Mas garanto que está muito enganado. O Sr. Elton e eu somos muito bons amigos e nada mais. — E ela continuou andando, divertindo-se ao considerar os disparates que sempre surgiam de um conhecimento parcial sobre as circunstâncias, dos erros que as pessoas com muita pretensão em julgar sempre acabam cometendo; e não muito contente com o cunhado por imaginá-la cega e ignorante, alguém que necessitava de conselhos. Ele não disse mais nada.

O Sr. Woodhouse estava tão completamente decidido a fazer a visita que, apesar do frio cada vez mais intenso, parecia não lhe ocorrer a ideia de recusar o convite; e partiu pontualmente com a filha mais velha em sua própria carruagem, aparentemente menos cioso sobre o tempo do que qualquer um dos outros, tomado demais pelo espanto de empreender a jornada e dos prazeres que a visita a Randalls lhe proporcionaria para ver que estava frio, e muito bem agasalhado para senti-lo. O frio, entretanto, era severo; e, quando a segunda carruagem estava em movimento, alguns flocos de neve já caíam e o céu dava a impressão de estar tão sobrecarregado que não faltaria muito para criar um mundo muito branco, muito brevemente.

Emma logo viu que seu acompanhante não estava no melhor dos humores. A preparação e a saída da casa sob aquele tempo, com o sacrifício dos filhos após o jantar, eram infortúnios, eram desagradáveis, para dizer o mínimo, que o Sr. John Knightley não gostava nem um pouco. Não antecipava nada na visita que pudesse valer todo o esforço e foi por todo o percurso até o presbitério expressando seu descontentamento.

— Um homem — disse ele — deve ter uma opinião muito elevada sobre si mesmo quando pede às pessoas para deixarem suas lareiras e enfrentarem um dia como estes para visitá-lo. Deve achar-se um homem muito agradável; eu não seria capaz de fazer tal coisa. É o maior dos absurdos. E está nevando neste momento! A loucura de não permitir que as pessoas fiquem confortáveis em suas casas e a loucura das pessoas em não ficarem confortavelmente em casa quando podem! Se fôssemos forçados a sair em uma noite como esta, por qualquer motivo, dever ou pretexto, que miséria nos seria; e aqui estamos, provavelmente com roupas mais finas do que o habitual, saindo de casa voluntariamente, sem qualquer desculpa, desafiando a voz da natureza, que diz ao homem, em tudo que é dado à sua perspectiva ou sentimentos, para ficar em casa e manter abrigados todos a quem puder. E aqui estamos nós, saindo para passar quatro horas enfadonhas na casa de outro homem, sem nada para dizer ou ouvir que não fora dito e ouvido ontem e que não possa ser dito e ouvido outra vez amanhã. Indo sob um tempo inclemente para retornar sob condições ainda piores. Quatro cavalos e quatro criados tirados de casa para nada além de levar cinco criaturas ociosas e trêmulas rumo a salas mais frias e companhias piores do que poderiam ter em suas casas.

Emma não se viu disposta a dar a confirmação satisfeita, que sem dúvida ele tinha o hábito de receber, para emular o "É verdade, meu amor" que geralmente seria administrado por sua companheira de viagem, mas estava suficientemente resoluta para resistir a dar qualquer resposta. Não queria se envolver; tinha horror a entrar em discussões. Seu heroísmo alcançou apenas o silêncio. Permitiu que ele falasse, ajustou os vidros da janela e encapotou-se, sem abrir os lábios.

Eles chegaram, a carruagem deu a volta, o degrau foi baixado e o Sr. Elton, elegante, vestido de preto e sorridente, instantaneamente estava com eles. Emma pensou com prazer em alguma mudança de assunto. O Sr. Elton era todo gentileza e alegria; estava tão alegre em suas civilidades, de fato, que Emma começou a pensar que ele devia ter recebido um relato diferente sobre Harriet daquele que havia chegado às suas mãos. Ela mandou buscar notícias enquanto se vestia e a resposta fora: "Sem mudanças. Não melhorou".

— As notícias que recebi da Sra. Goddard — dizia ela agora — não foram tão agradáveis quanto eu esperava. "Não melhorou" foi a minha resposta.

O rosto dele ficou mais sério imediatamente e sua voz era a voz do sentimento quando respondeu.

— Oh, não! Dói-me saber disso. Eu estava prestes a lhe dizer que, quando estive na porta da Srta. Goddard, que foi a última coisa que fiz antes de voltar para me vestir, falaram-me que a Srta. Smith não estava melhor, nada melhor; na verdade, que havia piorado um pouco. Fiquei muito sentido e preocupado. Imaginara que ela devia estar melhor após um tônico que eu conhecia lhe fora dado pela manhã.

Emma sorriu e respondeu:

— Minha visita serviu para atenuar a parte nervosa das queixas dela, espero, mas nem mesmo eu sou capaz de curar uma dor de garganta apenas com meu charme. Ela está com um resfriado severo, realmente. O Sr. Perry esteve com ela, como você provavelmente soube.

— Sim, eu imaginei… isto é… eu não…

— Ele está acostumado a ouvi-la queixar-se de problemas como esse e eu espero que a manhã de amanhã nos traga notícias mais confortadoras. Mas é impossível não sentir uma inquietação. Uma perda muito triste para o nosso grupo hoje!

— Terrível! Exatamente assim, com efeito. Sentiremos a falta dela a todo momento.

Isso era muito apropriado. O suspiro que acompanhou o comentário foi realmente estimável, mas deveria ter durado mais tempo. Emma sentiu um desalento quando, apenas meio minuto depois, o Sr. Elton começou a falar de outras coisas, e com a voz tomada por bastante alacridade e satisfação.

— Que ideia excelente — disse ele — usar pele de carneiro nas carruagens. Quão confortáveis ficam! É impossível sentir frio com tais precauções. Os inventos dos tempos modernos realmente fizeram com que a carruagem de um cavalheiro fique perfeitamente completa. Um passageiro fica tão protegido e resguardado do mau tempo que nem um suspiro consegue entrar sem que ele o permita. O mau tempo se transforma em algo de absolutamente nenhuma consequência. É uma tarde muito fria, mas nessa carruagem quase não percebemos. Ah! Está nevando um pouco, pelo que vejo.

— Sim — disse John Knightley. — E creio que vamos ter um bocado de neve.

— É o clima do Natal — observou o Sr. Elton. — Bastante típico. E podemos nos considerar muito afortunados por não ter começado ontem e impedir a festa deste dia, o que muito possivelmente teria acontecido, pois o Sr. Woodhouse dificilmente se aventuraria a sair caso houvesse muita neve no chão, mas, agora, isso não tem importância. Esta é a época perfeita para reuniões entre amigos. No Natal todos convidam seus amigos para estarem consigo e as pessoas não dão muita importância mesmo à pior das condições do tempo. Fiquei preso na casa de um amigo certa vez devido a uma nevasca. Nada poderia ser mais agradável. Fui até lá para passar apenas uma noite e só consegui sair de lá após uma semana.

O Sr. John Knightley não parecia compreender o prazer que havia naquilo, mas disse apenas e friamente:

— Não consigo ansiar por ficar isolado em Randalls durante uma semana devido à neve.

Em outras épocas, Emma talvez se divertisse, mas, naquele momento, estava espantada demais com a animação do Sr. Elton para sentir outra coisa. Harriet parecia ter sido completamente esquecida em meio à expectativa de um festejo agradável.

— Certamente, teremos lareiras excelentes — prosseguiu ele — e tudo no maior conforto. Pessoas encantadoras, o Sr. e a Sra. Weston. A Sra. Weston realmente está além de qualquer elogio e ele é exatamente o tipo de pessoa que os outros valorizam: muito hospitaleiro, muito afeito à sociedade. Será uma festa pequena, mas, embora as festas pequenas sejam seletas, talvez sejam as mais agradáveis de todas. A sala de jantar do Sr. Weston não acomoda mais de dez pessoas confortavelmente e, de minha parte, prefiro, em tais circunstâncias, ter dois convidados a menos do que dois a mais. Creio que concordará comigo (virando-se com um ar suave para Emma). Creio que certamente terei sua aprovação, embora o Sr. Knightley, talvez, por estar acostumado às grandes festas de Londres, não compartilhe dos nossos sentimentos.

— Não sei nada sobre as grandes festas de Londres, senhor. Nunca janto na companhia de alguém.

— Realmente? (em tom de surpresa e piedade). Eu não fazia ideia de que o campo do direito era uma escravidão tão grande. Bem, senhor, chegará o tempo em que você será recompensado por tudo isso, quando terá pouco trabalho e muito contentamento.

— Meu maior contentamento — respondeu John Knightley quando passaram pelos portões — será estar em segurança dentro de Hartfield novamente.

Uma certa mudança de feições fez-se necessária para cada um dos cavalheiros enquanto entraram na sala de jantar da Sra. Weston: o Sr. Elton precisou recompor sua expressão de contentamento e o Sr. John Knightley teve que dispersar seu mau

XIV

humor. O Sr. Elton teve que sorrir menos e o Sr. John Knightley mais, para que se encaixassem melhor no lugar. Emma poderia estar exatamente como a natureza lhe fizera e mostrou-se exatamente tão alegre quanto sempre. Para ela, era uma verdadeira alegria estar com o casal Weston. O Sr. Weston era um de seus favoritos e não havia uma criatura no mundo com quem ela conversasse com tão pouca reserva quanto a sua esposa; não havia ninguém a quem ela relatasse com tanta convicção de ser ouvida e compreendida, de sempre ser interessante e sempre inteligível, os pequenos assuntos, acordos, perplexidades e prazeres de seu pai e de si mesma. Não podia falar sobre nada de Hartfield sobre o qual a Sra. Weston não tivesse um interesse vivaz; e meia hora de comunicação ininterrupta sobre todas aquelas pequenas questões sobre as quais a felicidade diária da vida privada depende era uma das principais gratificações de cada uma.

Esse era um prazer que talvez uma visita que durasse um dia inteiro poderia não conceder, e que certamente não tinha lugar na meia hora presente, mas a própria visão da Sra. Weston, do seu sorriso, do seu toque, da sua voz, eram gratificantes a Emma e ela se determinou a pensar o mínimo possível sobre as estranhezas do Sr. Elton ou qualquer outra coisa desagradável e apreciar ao máximo tudo que era apreciável.

O infortúnio do resfriado de Harriet havia sido muito bem superado antes da sua chegada. O Sr. Woodhouse já estava sentado em segurança há tempo o bastante para relatar a história, além de suas próprias histórias e da chegada de Isabella, e havia realmente acabado de concluí-las com a satisfação de que James deveria ir até ali para visitar a filha quando os outros apareceram e a Sra. Weston, que estava quase completamente absorta pelas atenções a ele, foi capaz de se virar e dar as boas-vindas à sua querida Emma.

O projeto de Emma, de esquecer-se do Sr. Elton por algum tempo, deixou-a triste em descobrir, quando todos haviam tomado seus lugares, que ele havia se sentado nas proximidades. A dificuldade era grande de tirar toda aquela insensibilidade para com Harriet da sua mente, pois ele não somente estava sentado imediatamente ao seu lado, mas interpunha continuamente o seu semblante sorridente aos olhos dela e dirigia-se solicitamente a ela em todas as ocasiões. Em vez de esquecê-lo, seu comportamento era tal que ela não conseguiu evitar a sugestão interior de "Será que realmente é como meu cunhado imaginou? Seria possível que esse homem está começando a transferir suas afeições de Harriet para mim? Absurdo e insuportável!". Mesmo assim, ele estava ansioso demais para que ela se sentisse perfeitamente aquecida, muito interessado em seu pai e bastante encantado com a Sra. Weston; e, finalmente, começara a admirar seus desenhos com tanto zelo e tão pouco conhecimento que parecia terrivelmente um candidato a amante, e foi necessário que Emma se esforçasse para preservar seus bons modos. Por si mesma, não podia ser grosseira e, por Harriet, na esperança de que tudo acabasse por se endireitar, agiu até mesmo de forma positivamente civil. Mas foi um suplício, especialmente porque algo se passava entre os outros, durante as mais acachapantes tolices do Sr. Elton, que ela particularmente desejava escutar com atenção. Ouvira o bastante para saber que o Sr. Weston estava dando algumas informações sobre seu filho; ela ouviu as palavras "meu filho" e "Frank" e "meu filho" repetidas várias e várias vezes e, com algumas outras meias-sílabas, suspeitou que ele estivesse anunciando uma visita do filho para breve. Mas, antes que pudesse aquietar o Sr. Elton, o assunto já estava tão completamente terminado que qualquer pergunta que fizesse para reavivá-lo seria inadequada.

Agora, acontecia que, apesar da resolução de Emma de jamais se casar, havia algo no nome, na ideia do Sr. Frank Churchill, que sempre a interessara. Ela frequentemente pensava — especialmente desde o casamento entre seu pai e a Srta. Taylor — que, se porventura decidisse se casar, ele seria a pessoa que se adequaria a ela em idade, caráter e condição. Parecia, por sua conexão entre as famílias, realmente estar destinado a ela. Não podia evitar supor que seria um casamento que todos que os conheciam deviam considerar. Que o Sr. e a Sra. Weston pensavam naquilo, ela estava muito convencida, e, embora não tivesse a intenção de ser induzida por ele, ou por qualquer outra pessoa, a desistir de uma situação que acreditava estar mais repleta de coisas boas do que qualquer outra pela qual pudesse trocá-la, tinha uma grande curiosidade em vê-lo, uma intenção decidida de achá-lo encantador, de ser apreciada por ele até certo ponto, e uma espécie de prazer na ideia de que os dois formavam um casal nas imaginações dos seus amigos.

Com tais sensações, as civilidades do Sr. Elton eram pavorosamente inadequadas. Mas ela tinha o conforto de demonstrar muita cortesia enquanto se sentia muito incomodada e de pensar que o resto da visita não poderia passar, sob hipótese alguma, sem que a mesma informação fosse mencionada outra vez, ou pelo menos sua substância, e de coração aberto, pelo Sr. Weston. E assim ocorreu, pois, quando se afastou alegremente do Sr. Elton e sentou-se ao lado do Sr. Weston no jantar, usou o primeiro intervalo entre as cerimônias da hospitalidade, a primeira pausa dos pedaços de carne de carneiro, para lhe dizer:

— Faltam-nos apenas mais duas pessoas para termos o número exato de convidados. Eu adoraria ver mais duas pessoas aqui: a sua bela e pequena amiga, a Srta. Harriet, e o meu filho. E então eu diria que estamos completos. Acredito que você não me ouviu dizer aos outros na sala de jantar que estamos esperando por Frank. Recebi uma carta dele esta manhã e ele estará conosco dentro de uma quinzena.

Emma falava com um grau muito apropriado de prazer e assentiu completamente com a proposta de que o Sr. Frank Churchill e a Srta. Smith deixariam o grupo completo.

— Ele está querendo vir nos ver — continuou o Sr. Weston — desde setembro; todas as cartas mencionam isso, mas ele não pode comandar seu próprio tempo. Tem pessoas a agradar que precisam ser agradadas e que (cá entre nós), às vezes, só são agradadas por uma boa quantidade de sacrifícios. Mas agora eu não tenho dúvidas de vê-lo aqui por volta da segunda semana de janeiro.

— Que grande prazer isso lhes trará! E a Sra. Weston está tão ansiosa para conhecê-lo que deve estar quase tão feliz quanto o senhor.

— Sim, ela deveria estar, mas acredita que haverá mais um adiamento. Não confia que ele virá tanto quanto eu, mas ela não conhece as partes tão bem quanto eu conheço. O caso, veja bem, é que... (mas que isso fique apenas entre nós; não falei uma única sílaba a esse respeito na outra sala. Há segredos em todas as famílias, você sabe). O caso é que um grupo de amigos foi convidado a fazer uma visita a Enscombe em janeiro, e a vinda de Frank depende de que adiem essa viagem. Se não adiarem, ele não poderá recusar. Mas eu sei que irão, porque é uma família pela qual uma certa dama, de certa importância, em Enscombe, sente um desgosto particular. E embora se pense que é necessário convidá-los para irem até lá a cada dois ou três anos, eles sempre acabam protelando a viagem quando chega a esse ponto. Não tenho a menor dúvida nesse caso. Tenho tanta confiança de que Frank estará aqui antes de meados de janeiro quanto de estar eu mesmo aqui, agora; mas sua boa amiga ali adiante (indicando com um meneio de cabeça na direção da extremidade da mesa) tem tão poucos caprichos, e estava tão pouco acostumada a eles em Hartfield, que não é capaz de calcular seus efeitos, como eu venho fazendo há tanto tempo.

— Lamento que haja qualquer tipo de dúvida sobre o caso — respondeu Emma. — Mas estou disposta a concordar com você, Sr. Weston. Se pensa que ele virá, então vou pensar da mesma forma. Pois você conhece Enscombe.

— Sim. Tenho algum direito a esse conhecimento, embora nunca tenha estado no lugar em toda a minha vida. Ela é uma mulher estranha! Mas nunca me permito falar mal dela, por consideração a Frank, pois acredito que ela lhe tem muito apreço. Eu pensava que ela não era capaz de ter apreço por ninguém, exceto por si mesma, mas ela sempre foi gentil para com ele (a seu próprio modo, permitindo pequenos caprichos e extravagâncias, e esperando que tudo ocorresse da maneira que ela gosta). E não é pouco, para ele, em minha opinião, encorajar tal afeição; embora eu não diga isso para ninguém, ela não tem mais coração do que uma pedra para as pessoas em geral e um temperamento infernal.

Emma gostou tanto do assunto que começou a comentar a respeito, com a Sra. Weston, logo depois de voltarem à sala de jantar; desejando-lhe alegrias, mas ainda assim observando que o primeiro encontro devia ser algo alarmante. A Sra. Weston concordou, mas acrescentou que ficaria muito feliz em passar pela ansiedade de um primeiro encontro no momento que se falava:

— Pois não consigo acreditar que ele virá. Não consigo ser tão otimista quanto o Sr. Weston. Receio muito que não dará em nada. O Sr. Weston, ouso dizer, estava lhe falando exatamente como está a situação?

— Sim. Parece não depender de nada além do humor amargo da Sra. Churchill, que eu imagino ser a coisa mais certa do mundo.

— Minha Emma! — respondeu a Sra. Weston, sorrindo. — Qual é a certeza do capricho? — Em seguida, virando-se para Isabella, que não estava por perto antes: — Você deve saber, minha querida Sra. Knightley, que não temos realmente a certeza de que vamos ver o Sr. Frank Churchill, em minha opinião, assim como pensa o pai dele. Depende inteiramente do ânimo e da vontade de sua tia, em resumo, de seu temperamento. Para vocês, para as minhas duas filhas, eu posso arriscar contar a verdade. A Sra. Churchill é quem governa Enscombe e ela é uma mulher de temperamento muito ruim; e a vinda do Sr. Frank Churchill para cá depende de ela estar disposta a cedê-lo.

— Oh, a Sra. Churchill... Todos conhecem a Sra. Churchill — respondeu Isabella. — E estou convicta de que nunca penso naquele pobre rapaz sem a mais profunda compaixão. Viver constantemente com uma pessoa de temperamento tão ruim deve ser um horror. É algo que, por sorte, nunca conhecemos nada a respeito, mas deve ser uma vida de angústia. Que bênção ela nunca ter tido filhos! Pobres criaturinhas! Ela os deixaria tão infelizes!

Emma desejava estar a sós com a Sra. Weston. Assim, ouviria mais; a Sra. Weston lhe falaria sem qualquer reserva, algo que não arriscaria perto de Isabella. E realmente acreditava que ela dificilmente tentaria lhe ocultar qualquer cosia relacionada à família Churchill, exceto as perspectivas sobre o rapaz, as quais sua própria imaginação já lhe dera um conhecimento instintivo. Mas, no momento, não havia mais nada a ser dito. O Sr. Woodhouse logo as seguiu para a sala de jantar. Ficar sentado por muito tempo após o jantar era um confinamento que ele não conseguia suportar. Nem vinho, nem conversas eram algo que ele estimava e, muito contente, ele foi até aqueles com quem sempre se sentia confortável.

Enquanto ele conversava com Isabella, entretanto, Emma encontrou uma oportunidade de dizer:

— E assim você não considera que essa visita do seu enteado seja certa. Lamento por isso. A apresentação deve ser desagradável, seja lá onde aconteça, e, quanto mais rápido puder ocorrer, melhor.

— Sim. E cada atraso deixa uma pessoa mais apreensiva por outros atrasos. Mesmo se a visita a essa família, os Braithwaites, for protelada, eu ainda receio que alguma desculpa pode ser encontrada para nos decepcionar. Não consigo imaginar qualquer relutância pelo lado dele, mas estou certa de que há um grande desejo da parte dos Churchills em mantê-lo com eles. Há inveja. Eles têm inveja do respeito que ele nutre pelo pai. Em resumo, não sinto qualquer convicção de que ele virá e queria que o Sr. Weston fosse menos otimista.

— Ele deveria vir — disse Emma. — Se pudesse ficar apenas por alguns dias, deveria vir; e é muito difícil conceber que um rapaz não tenha o poder de fazer algo tão simples. Uma mulher jovem, se cair em mãos erradas, pode ser importunada e mantida longe daqueles com quem deseja estar, mas não se pode entender como um rapaz pode estar sob tais restrições, sem poder passar uma semana com o próprio pai, se assim quiser.

— É preciso estar em Enscombe e conhecer os maneirismos da família antes de decidir o que se pode fazer — respondeu a Sra. Weston. — Deve-se ter a mesma cautela, talvez, ao julgar a conduta de qualquer indivíduo que pertença a qualquer família, mas Enscombe, eu creio, certamente não deve ser julgado de acordo com as regras gerais. Ela é uma mulher desarrazoada e tudo deve ocorrer como ela quer.

— Mas ela tem muito apreço pelo sobrinho; é um de seus favoritos. Agora, de acordo com a ideia que tenho da Sra. Churchill, seria muito natural que, embora não faça qualquer sacrifício pelo conforto do marido, a quem deve tudo, enquanto exerce seus caprichos incessantes por ele, deveria frequentemente ser governada pelo sobrinho, alguém a quem não deve nada.

— Minha querida Emma, não finja, com seu temperamento doce, compreender outro que é ruim ou estabelecer-lhe regras. Você deve deixar que siga seu próprio caminho. Não tenho dúvidas de que ele tem, às vezes, considerável influência, mas pode ser perfeitamente impossível para ele saber de antemão quando isso ocorrerá.

Emma escutou e, em seguida, disse friamente:

— Não vou me dar por satisfeita, a menos que ele venha.

— Ele pode ter muita influência em alguns aspectos — prosseguiu a Sra. Weston. — E em outras, muito pouca; e entre estas, nas quais ela está além do seu alcance, é incrivelmente provável que esteja a própria circunstância de poder se afastar deles para vir nos visitar.

O Sr. Woodhouse logo estava pronto para tomar o seu chá; e quando terminou o chá, estava pronto para voltar para casa e tudo que seus três outros companheiros puderam fazer foi distraí-lo da percepção sobre o adiantado da hora, antes que os outros cavalheiros aparecessem. O Sr. Weston era sociável e

XV

dado a longas conversas e não gostava de separações precoces de qualquer tipo, mas, finalmente, o grupo da sala de jantar recebeu mais pessoas. O Sr. Elton, com uma disposição muito animada, foi um dos primeiros a entrar. A Sra. Weston e Emma estavam sentadas lado a lado em um sofá. Ele se juntou imediatamente às duas e, quase sem que o convidassem, sentou-se entre elas.

Emma, também com bom humor, devido ao divertimento com o qual sua mente se ocupava pela expectativa sobre o Sr. Frank Churchill, estava disposta a esquecer-se das recentes impropriedades do Sr. Elton e ficar tão satisfeita em sua companhia quanto anteriormente. E, quando ele citou Harriet como o primeiro assunto, prontificou-se a ouvi-lo com o mais amistoso dos sorrisos.

Ele se declarou extremamente ansioso em relação à bela amiga de Emma — sua bela, adorável e afável amiga. Ela sabia? Ouvira alguma outra coisa a seu respeito, desde que chegara a Randalls? Ele sentia muita ansiedade. E devia confessar que a natureza das queixas da moça o alarmou consideravelmente. E, nesse estilo, ele continuou a falar por algum tempo, muito apropriadamente, não se atentando muito a qualquer resposta, mas suficientemente atento ao terror de uma forte dor de garganta; e Emma compartilhava daquelas preocupações.

Até que, finalmente, pareceu haver uma guinada perversa; pareceu-lhe, em certo momento, como se ele estivesse mais receoso de que Emma fosse afetada pela dor de garganta do que Harriet — mais ansioso para que ela escapasse da infecção do que por não haver uma infecção na queixa. Começou, com bastante seriedade, a implorar-lhe que não mais fosse visitar o quarto da doente outra vez, por ora; a implorar-lhe que prometesse não se aventurar a correr tal risco até que ele conversasse com o Sr. Perry e pedisse sua opinião. E, embora ela tentasse rir daquilo e trazer o assunto de volta ao seu decurso apropriado, não havia como dar fim à extrema solicitude do Sr. Elton a seu respeito. Ficou irritada. Parecia-lhe — e não havia como esconder — exatamente a pretensão de estar apaixonado por ela, ao invés de Harriet; uma inconstância que, se verdadeira, seria incrivelmente desprezível e abominável! E ela teve dificuldade de se comportar com temperança. Ele se voltou para a Sra. Weston para implorar por sua ajuda. — Não lhe daria seu apoio? — Não acrescentaria suas persuasões às dele para induzir a Srta. Woodhouse a não ir até a casa da Sra. Goddard até haver a certeza de que a doença da Srta. Smith não era infecciosa? Ele não se daria por satisfeito sem uma promessa. Ela não poderia usar sua influência para consegui-la?

— Muito escrupulosa pelos outros — prosseguiu ele. — E, ainda assim, tão descuidada em relação a si mesma! Quis que eu cuidasse do meu resfriado permanecendo em casa hoje, mas ainda assim não promete evitar o perigo de pegar uma dor de garganta ulcerosa. Isso é justo, Sra. Weston? Julgue entre nós. Não tenho o direito de reclamar? Estou certo de que terei seu apoio e ajuda.

Emma percebeu a surpresa da Sra. Weston e sentiu que devia ser enorme quanto a um discurso no qual, tanto em palavras quanto em modos, o Sr. Elton presumia ter o direito de se interessar por ela; e, pelo seu lado, sentia-se bastante provocada e ofendida para ter o poder de dizer qualquer coisa àquele respeito. Tudo que pôde fazer foi lhe dar um olhar expressivo, mas pensava ser um olhar que devia fazê-lo recobrar a sensatez. Em seguida, levantou-se do sofá, indo até uma poltrona ao lado da irmã e dando-lhe toda a sua atenção.

Não teve tempo para saber como o Sr. Elton assimilou aquela censura, dada a rapidez com que outro assunto se sucedeu. O Sr. John Knightley, agora, entrava na sala após haver saído para examinar o tempo e divulgou a todos a informação de que o chão estava coberto de neve e que ainda nevava muito, com um forte vento de través; e concluiu com estas palavras para o Sr. Woodhouse:

— Este vai ser um início muito animado para os seus compromissos de inverno, senhor. Será uma novidade para o seu cocheiro e cavalos terem que atravessar uma tempestade de neve.

O pobre Sr. Woodhouse ficou em um silêncio consternado, mas todos os outros tinham algo a dizer. Alguns estavam surpresos e outros não. E tinham alguma pergunta a fazer ou algum conforto a oferecer. A Sra. Weston e Emma tentaram insistentemente alegrá-lo e desviar suas atenções do genro, que comemorava seu triunfo de maneira pouco sensível.

— Admirei muito a sua determinação, meu senhor — disse ele — de se aventurar em tal tempo, pois é claro que vira que nevaria em breve. Todos devem ter visto a neve chegar. Admirei seu espírito e ouso dizer que voltaremos para casa muito bem. Mais uma hora ou duas de neve dificilmente deixarão a estrada intransitável e temos duas carruagens. Se uma delas tombar na parte mais escura dos campos, haverá outra de prontidão. Ouso dizer que todos chegaremos de volta a Hartfield em segurança antes da meia-noite.

O Sr. Weston, com uma espécie diferente de triunfo, estava confessando que sabia que nevaria há algum tempo, mas não dissera uma única palavra a respeito para não causar desconforto ao Sr. Woodhouse e para que aquilo fosse uma justificativa para que ele saísse de casa. Em relação a haver qualquer quantidade de neve cobrindo o chão ou prestes a cair que pudesse impedir seu regresso, aquilo era meramente uma piada; receava que não encontrariam dificuldade. Desejou que a estrada estivesse intransitável para que pudesse mantê-los em Randalls e, com grande boa vontade, tinha a certeza de que encontraria acomodações para todos, pedindo à esposa que concordasse consigo, e que, com alguns pequenos arranjos, todos poderiam ser alojados, algo que ela dificilmente saberia como fazer, pois sabia que havia apenas dois quartos de hóspedes na casa.

— O que faremos, minha querida Emma? O que faremos? — foi a primeira exclamação do Sr. Woodhouse, e foi tudo que conseguiu dizer por algum tempo. Nela, procurava por conforto. E suas garantias de segurança, sua argumentação sobre a excelência dos cavalos e de James, e de terem tantos amigos consigo, aliviaram-no um pouco.

O sentimento de alarme da sua filha mais velha era igual ao que ele sentia. O horror de ficar presa em Randalls, enquanto seus filhos estavam em Hartfield, dominava sua imaginação e, pensando que a estrada, agora, seria passável apenas por pessoas mais aventureiras, mas em um estado que não admitia atrasos, estava ansiosa para decidir a questão. Queria que seu pai e Emma ficassem em Randalls enquanto ela e o marido partissem instantaneamente, passando por todos os possíveis acúmulos de neve que podiam impedi-los.

— É melhor chamar a carruagem agora, meu amor — disse ela. — Ouso dizer que conseguiremos chegar até lá se partirmos agora; e, se qualquer coisa ruim ocorrer, posso sair da carruagem e andar. Não tenho medo. Não me importaria em percorrer metade do caminho a pé. Posso trocar os sapatos, como sabe, no momento em que chegar em casa. E isso não é o tipo de coisa que me causaria um resfriado.

— De fato? — respondeu ele. — Então, minha querida Isabella, isso é a coisa mais extraordinária do mundo, pois, em geral, qualquer coisa lhe causa resfriados. Voltar para casa a pé! Você tem sapatos delicados demais para voltar andando, ouso dizer. Já será suficientemente ruim para os cavalos.

Isabella virou-se para a Sra. Weston, buscando sua aprovação para o plano. A Sra. Weston só pôde aprová-lo. Isabella, então, foi até Emma, mas Emma não conseguia afastar a esperança de que todos conseguiriam ir embora. E ainda estavam discutindo a questão quando o Sr. Knightley, que deixara a sala imediatamente depois das primeiras notícias que seu irmão lhes trouxera sobre a neve, voltou novamente e disse-lhes que havia saído da casa para examinar e podia afirmar que não haveria a menor dificuldade de voltar para casa quando quisessem, fosse agora ou dali a uma hora. Havia passado das cercas, percorrido um trecho da estrada de Highbury — a camada de neve tinha pouco mais de um centímetro de profundidade, e em vários lugares nem sequer havia o bastante para embranquecer o chão; alguns poucos flocos caíam no momento, mas as nuvens estavam se abrindo e parecia que aquilo logo passaria. Havia conversado com os cocheiros e ambos concordavam com ele de que não havia nada com que se preocupar.

Para Isabella, o alívio dessas notícias foi enorme, e não foram pouco menos aceitáveis para Emma, pensando no bem do seu pai, que imediatamente ficou muito mais tranquilo em relação ao assunto do que sua constituição nervosa permitia, mas o alarme que havia sido criado não conseguia arrefecer com a admissão de qualquer conforto para ele enquanto continuasse em Randalls. Estava satisfeito em não haver qualquer perigo em voltar para casa, mas nada era capaz de convencê-lo de que era mais seguro ficar ali. E, enquanto os outros estavam, ao mesmo tempo, incitando e recomendando, o Sr. Knightley e Emma fecharam a questão com algumas breves sentenças.

— Seu pai não vai conseguir ficar tranquilo. Por que não partem?

— Estou pronta, se os outros estiverem.

— Quer que eu toque a sineta?

— Sim, faça-o.

E a sineta foi tocada, e as carruagens, chamadas. Mais alguns minutos e Emma esperava ver um dos companheiros mais incomodado sendo deixado em sua própria casa, para se acalmar e se despreocupar, e o outro recuperando o bom temperamento e a alegria quando essa visita tão penosa houvesse terminado.

A carruagem chegou. E o Sr. Woodhouse, sempre o primeiro a receber as atenções nessas ocasiões, foi cuidadosamente ajudado a embarcar pelo Sr. Knightley e pelo Sr. Weston, mas não havia nada que os dois cavalheiros pudessem dizer que impedisse a renovação do sentimento de alarme ao avistar a neve que já havia caído e a descoberta de uma noite muito mais escura do que aquela para qual ele havia se preparado — Ele teme que o trajeto estará muito ruim; teme que a pobre Isabella não irá gostar; e a pobre Emma estará na carruagem que vem logo atrás. Não sabia o que seria o melhor a fazer. Deviam ficar bem próximos, o máximo possível. — E James foi chamado e instruído a ir bem devagar e esperar pela outra carruagem.

Isabella embarcou depois do pai; John Knightley, esquecendo-se de que não fazia parte daquele grupo, entrou após a esposa com toda naturalidade, de modo que Emma descobriu, ao ser escoltada e seguida até a segunda carruagem pelo Sr. Elton, que a porta seria obedientemente fechada após os dois estarem ali dentro e que teriam um tête-à-tête durante o percurso. Não seria o constrangimento de um momento; poderia ser, na verdade, um prazer, se anterior às suspeitas desse dia. Poderia ter falado a ele sobre Harriet, e a distância de cerca de um quilômetro pareceria bem menor. Mas, agora, preferiria que aquilo não houvesse acontecido. Acreditava que ele havia bebido demais do bom vinho do Sr. Weston e estava certa de que ele falaria bobagens.

Para contê-lo ao máximo que pudesse, pelos seus próprios modos, Emma preparava-se imediatamente para falar com uma tranquilidade e gravidade bastante elegantes sobre o tempo e a noite; entretanto, mal havia começado e nem sequer haviam passado pelos portões e se juntado à outra carruagem, e o assunto foi bruscamente interrompido. Sua mão foi tomada, sua atenção foi exigida, e o Sr. Elton começou violentamente a declarar seu amor por ela, aproveitando-se da preciosa oportunidade, declarando sentimentos que já deviam ser bem conhecidos, esperando – temendo – adorando – pronto para morrer se ela o rejeitasse, mas sabendo que essa atração ardente e inigualável amor e paixão sem precedentes não poderiam deixar de ter algum efeito, e, em resumo, estava muito resoluto em ser seriamente aceito assim que possível. Era realmente assim. Sem escrúpulos, sem justificativa, sem muito acanhamento aparente, o Sr. Elton, o amante de Harriet, estava se professando como o amante de Emma. Ela tentou impedi-lo, mas foi em vão; ele continuou e disse-lhe tudo. Furiosa como estava, a ideia daquele momento a fez decidir que iria se conter quando falasse. Sentia que metade daquela pataquada se devia à embriaguez e, portanto, podia esperar que durasse apenas ao passar daquelas horas. Agindo de acordo, com uma mistura de seriedade e brincadeira, a qual ela esperava poder saciar cada metade do estado dele, Emma respondeu:

— Estou muito espantada, Sr. Elton. Isso, para mim! O senhor está fora de si. Confunde-me com a minha amiga. Qualquer mensagem para a Srta. Smith ficarei feliz em transmitir. Mas não quero mais nada disso para mim, se me faz o favor.

— Srta. Smith! Mensagem para Srta. Smith! O que quer dizer com isso? — E ele repetiu as palavras dela com a mesma intensidade, e fingindo estar espantado de forma tão pretensa, que ela não conseguiu evitar retrucar em seguida:

— Sr. Elton, essa é uma conduta muito extraordinária! E só posso imaginar que se deva a uma única coisa. O senhor não está agindo como sempre age, ou não poderia falar, nem comigo nem sobre Harriet, de tal maneira. Componha-se e não diga mais nada e eu me esforçarei para esquecer de tudo.

Mas o Sr. Elton havia somente bebido vinho suficiente para alegrar seu espírito e não para confundir seu intelecto. Sabia perfeitamente o que queria dizer e, após protestar ardentemente contra as suspeitas de Emma, declarando-as como sumamente injuriosas, e ligeiramente ofendido em seu respeito pela Srta. Smith quanto ela ficou —, mas reconhecendo seu espanto pelo fato de que a Srta. Smith chegou a ser mencionada —, ele prosseguiu no assunto da sua própria paixão e estava muito ansioso por uma resposta favorável.

Quanto menos pensava na sua embriaguez, mais ela pensava em sua inconstância e presunção e, esforçando-se menos para exibir cortesia, respondeu:

— É impossível para mim duvidar por mais tempo. O senhor agiu de maneira muito clara. Sr. Elton, meu espanto está muito além de qualquer coisa que eu possa expressar depois do seu comportamento, como venho testemunhando durante este último mês, em relação à Srta. Smith, tais foram as atenções que observei diariamente. Dirigir-se a mim dessa maneira, nessa inconstância de caráter, realmente, que eu jamais supusera ser possível! Creia-me, senhor, estou muito, muito longe de sentir-me gratificada em ser o objeto de tais asserções.

— Céus! — exclamou o Sr. Elton. — Qual é o significado disso? A Srta. Smith! Eu nunca pensei na Srta. Smith em toda a minha existência. Nunca lhe dei quaisquer atenções, além de considerá-la sua amiga; nunca me importou que ela estivesse viva ou morta; era apenas sua amiga. Se ela pensou de outra forma, seus próprios desejos a confundiram e eu lamento muito; lamento extremamente. Mas a Srta. Smith! Oh! Srta. Woodhouse! Quem pode pensar na Srta. Smith quando a Srta. Woodhouse está por perto? Não, por minha honra, não há qualquer inconstância de caráter. Penso somente em você. Protesto contra a declaração de que prestei atenção em qualquer outra pessoa. Tudo o que disse ou fiz, durante as muitas semanas recentes, foram com o intuito único de ressaltar minha adoração por você! Não pode realmente, seriamente, duvidar disso. Não! (com um tom de voz que almejava ser insinuante) — Tenho certeza de que viu e que compreendeu o que eu fazia.

Seria impossível dizer o que Emma sentiu ao ouvir aquilo: que todas as sensações mais desagradáveis a dominavam. Sentia-se escandalizada demais para conseguir responder prontamente. E dois momentos de silêncio eram um estímulo amplo ao estado mental otimista do Sr. Elton, e ele tentou tomar-lhe a mão novamente, enquanto exclamava, exultante:

— Encantadora Srta. Woodhouse! Permita-me interpretar esse interessante silêncio. Ele confessa que você me compreende há tempos.

— Não, senhor — exclamou Emma. — Não confessa tal coisa. Longe de compreendê-lo há tempos, eu estava completamente enganada em relação aos seus desejos até este momento. Em relação a mim, lamento que o senhor venha alimentando tais sentimentos. Nada poderia estar mais distante dos meus desejos. Sua atração à minha amiga Harriet, seu interesse por ela (um interesse aparente) me dava grande prazer, e eu sinceramente lhe desejava sucesso, mas, se eu supusesse que ela não era o que o atraía a Hartfield, certamente não pensaria ser de bom tom que as suas visitas fossem tão frequentes. Devo acreditar que você nunca buscou se aproximar particularmente da Srta. Smith? Que nunca pensou seriamente a respeito dela?

— Nunca, senhora — exclamou ele, afrontado. — Jamais, garanto-lhe. Eu, pensar seriamente a respeito da Srta. Smith! A Srta. Smith é uma espécie muito boa de moça e eu ficaria feliz em vê-la casada de maneira confortável. Desejo que fique muito bem e, sem dúvida, há homens que não se oporiam a isso. Todos têm o seu nível social, mas, falando por mim, não estou, creio, em uma situação tão desesperada. Não preciso abandonar uma aliança que esteja no meu nível, para me insinuar para a Srta. Smith! Não, senhora. Minhas visitas a Hartfield foram por sua causa, somente. E o encorajamento que recebi...

— Encorajamento! Eu lhe dei encorajamento? Senhor, estava completamente enganado ao supor isso. Eu o via apenas como o admirador da minha amiga. Sob nenhuma outra égide o senhor poderia ser mais para mim do que um conhecido comum. Lamento muitíssimo, mas é bom que o erro termine onde está. Se o mesmo comportamento continuasse, a Srta.

Smith poderia ser levada a uma má interpretação sobre seus desejos, sem se dar conta, provavelmente, mais do que eu, sobre a grande desigualdade sobre a qual o senhor é tão sensato. Mas, da maneira que está, a decepção é singular e, acredito, não será duradoura. Não tenho quaisquer pensamentos sobre matrimônio no momento.

Ele ficou irritado demais para dizer qualquer outra palavra. Os modos dela eram decididos demais para que ele suplicasse; e, nesse estado de ressentimento crescente e profunda mortificação mútua, eles tiveram que continuar juntos por mais alguns minutos, pois os temores do Sr. Woodhouse os confinaram a um passo letárgico. Se não houvesse tanta fúria, haveria um constrangimento desesperado, mas as emoções diretas não deixavam espaço para os pequenos ziguezagues do constrangimento. Sem saber quando a carruagem entraria em Vicarage Lane, ou quando pararia, os dois se viram, de uma só vez, diante da porta da casa dele; e ele saiu antes que outra sílaba fosse trocada. Emma sentiu, então, que era indispensável desejar-lhe boa noite. A gentileza foi retribuída, fria e orgulhosamente. E, sob uma irritação indescritível, ela foi então levada a Hartfield.

Lá ela foi recebida, com a maior das alegrias, pelo seu pai, que tremia pelo receio dos perigos de um trajeto solitário vindo de Vicarage Lane — virando uma curva na qual ele jamais poderia suportar pensar, e em mãos estranhas: um mero cocheiro comum, e não James; e ali, parecia que o seu retorno era a única coisa que faltava para fazer com que tudo ficasse bem. O Sr. John Knightley, envergonhado de seu mau humor, era agora todo gentilezas e atenção e tão particularmente solícito pelo conforto do pai de Emma que parecia — embora não a ponto de acompanhá-lo em uma tigela de mingau de aveia — perfeitamente de acordo em relação ao prato ser muitíssimo saudável. E o dia estava se concluindo em paz e conforto para todo o grupo, exceto para a própria Emma. Mas sua mente nunca estivera tão perturbada e foi necessário um esforço intenso para parecer sociável e alegre, até que a hora habitual de recolher-se permitiu-lhe o alívio de uma reflexão tranquila.

Os cabelos estavam cacheados, a arrumadeira foi dispensada e Emma sentou-se para pensar e sentir-se miserável. Que situação mais desgraçada! Um desperdício de tudo que ela vinha desejando! Um resultado muito indesejado depois de tudo! Que golpe para Harriet! Isso era o pior de tudo. Cada parte daquilo trazia dor e humilhação de um tipo ou de outro, mas,

XVI

comparado com o mal causado a Harriet, tudo perdia a importância, e ela se submeteria de bom grado a sentir-se ainda mais enganada, mais errada, mais desgraçada pelo julgamento errado do que como se sentia agora, se os efeitos de seus erros pudessem ser confinados apenas para si.

— Se não houvesse persuadido Harriet a gostar do homem, eu poderia suportar qualquer coisa. Ele poderia ter o dobro da sua presunção em relação a mim. Mas a pobre Harriet!

Como ela pôde se enganar tanto? Ele protestou, dizendo que jamais pensara seriamente sobre Harriet — jamais! Ela recordou da melhor maneira que conseguiu, mas era tudo confusão. Havia criado a ideia, supunha, e fez tudo se curvar a ela. Os maneirismos dele, entretanto, deviam ser dissimulados, incertos, dúbios; caso contrário, não poderia ter sido enganada dessa maneira.

O retrato! Ele ficou tão ansioso por causa do retrato! E a charada! E uma centena de outras circunstâncias; quão claramente todas pareciam apontar para Harriet. Certamente, a charada, com sua menção à "sagaz inteligência"... mas em seguida, os "olhos suaves"... Na verdade, nada daquilo se adequava. Eram apenas um emaranhado, sem qualquer bom gosto ou sinceridade. Quem poderia haver enxergado através daquele monte de bobagens patéticas?

Certamente, e com frequência, especialmente em dias recentes, ela pensou que os modos do Sr. Elton em relação a si eram desnecessariamente galantes, mas havia lhe passado como o seu jeito de ser, como um mero erro de julgamento, de conhecimento, de bom gosto, como uma prova entre outras de que ele nem sempre vivera entre a nata da sociedade, de que, com toda a gentileza do seu palavreado, a verdadeira elegância às vezes lhe faltava, mas, até esse dia, nunca, mesmo que por um instante, suspeitara que aquilo indicaria qualquer outra coisa além de um respeito gracioso por ela, como amiga de Harriet.

Ao Sr. John Knightley, ela devia a primeira ideia sobre o assunto, o início da sua possibilidade. Não havia como negar que os irmãos tinham perspicácia. Ela se lembrou do que o Sr. Knightley lhe dissera certa vez sobre o Sr. Elton, a cautela que ele recomendara, a convicção com a qual professou que o Sr. Elton nunca se casaria de maneira indiscreta; e ruborizou-se ao pensar que um conhecimento muito mais profundo a respeito do seu caráter foi ali demonstrado do que qualquer nível a que ela pudesse ter alcançado por seus próprios meios. Era terrivelmente mortificante, mas o Sr. Elton estava provando ser, de várias maneiras, o exato reverso do que ela havia imaginado e acreditado ser: orgulhoso, presunçoso, arrogante; muito inflado por suas próprias alegações e pouco preocupado com os sentimentos dos outros.

De maneira contrária ao decurso natural das coisas, a intenção do Sr. Elton de cortejá-la o fez afundar aos olhos de Emma. Suas alegações e propostas não lhe tiveram qualquer valia. Ela não se importava com a atração que ele sentia e sentia-se insultada por seus desejos. Ele queria se casar bem, e, tendo a arrogância de fixar seus olhos nela, fingia estar apaixonado, mas ela estava perfeitamente tranquila, pois sabia que ele não teria qualquer decepção que precisasse ser curada. Não havia verdadeira afeição em sua linguagem ou em seus modos. Suspiros e palavras elegantes foram dados em abundância, mas ela não conseguiu perceber qualquer conjunto de expressão ou lembrar-se de qualquer tom de voz que estivesse menos aliado com o verdadeiro amor. Não precisava se incomodar em sentir pena dele. Queria apenas engrandecer e enriquecer a si mesmo e, se a Srta. Woodhouse de Hartfield, a herdeira de trinta mil libras, não fosse obtida com a facilidade que ele imaginara, ele logo tentaria o mesmo com a Srta. Outra Pessoa, com vinte ou dez.

Mas... o fato de que ele mencionara encorajamento, que a considerara sabedora de seus desejos, que aceitara suas atenções e que desejava (em resumo) casar-se com ele! Que se supunha ser seu igual, em contatos ou em intelecto! Que desprezava sua amiga, que compreendia muito bem as gradações sociais abaixo dele, e ser cego àquelas que se erguiam acima, e de achar que não era nem um pouco presunçoso ao se dirigir assim a ela! Era extremamente ultrajante.

Talvez não fosse justo esperar que ele soubesse o quanto era inferior a Emma em talento e em todas as elegâncias da mente. A própria inexistência de tal igualdade poderia impedir tal percepção, mas ele deveria saber que, em fortuna e consequência, Emma lhe era muito superior. Deveria saber que a família Woodhouse estava aquartelada há várias gerações em Hartfield, o ramo mais jovem de uma família muito antiga — e que os Eltons não eram ninguém. As terras de Hartfield certamente não eram consideráveis, pois compunham apenas uma pequena fatia do território de Donwell Abbey, ao qual o restante de Highbury pertencia, mas sua fortuna, advinda de outras fontes, era tamanha que quase os igualava à própria Donwell Abbey em qualquer outro tipo de consequência; e os Woodhouses, há muito, gozavam de uma consideração muito alta da vizinhança para onde o Sr. Elton havia se mudado há menos de dois anos, para encontrar sua fortuna da maneira que pudesse, sem quaisquer alianças exceto no comércio, ou qualquer coisa com a qual se pudesse fazer notar que não fossem a sua situação e sua civilidade. Mas imaginara que Emma estivesse apaixonada por ele; isso, evidentemente, devia ser o que acreditava. Depois de delirar um pouco sobre a aparente incongruência de modos gentis e uma cabeça presunçosa, Emma foi obrigada, com toda a honestidade, a parar e admitir que seu próprio comportamento em relação a ele foi tão complacente e amistoso, tão cheio de cortesia e atenção, que (supondo que seu real motivo não fora descoberto) chegou a fazer um homem de observação e delicadeza ordinárias, como o Sr. Elton, considerar-se, decididamente, um de seus favoritos. Se interpretara tão erroneamente os seus sentimentos, não tinha realmente o direito de se espantar por ele, com seus próprios interesses mesquinhos para cegá-lo, houvesse se confundido em relação aos dela.

O primeiro e pior erro estava em sua própria porta. Era tolice, era errado, tomar uma parte tão ativa em aproximar duas pessoas. Era aventurar-se em lugares muito distantes, presumir demais, desmerecer o que devia ser sério, complicar o que devia ser simples. Estava bastante preocupada e envergonhada e resolveu não se ocupar mais com tais coisas.

— E eu — disse ela — que convenci a pobre Harriet a se sentir atraída por esse homem. Talvez nunca houvesse pensado nele se não fosse por mim; e certamente nunca haveria de pensar nele com esperanças, se eu não lhe garantisse que ele se sentia atraído, pois ela é tão modesta e humilde quanto eu costumava pensar que ele era. Oh! E ficar satisfeita em convencê-la a não aceitar o jovem Martin. Sobre isso eu estava certa. Isso foi bem feito por mim, mas ali eu devia ter parado e deixado o restante ao encargo do tempo e do acaso. Eu a estava apresentando a boas companhias e dando-lhe a oportunidade de atrair alguém que lhe faria bem. Não devia ter tentado mais. Mas agora, pobre menina, sua paz ficará estraçalhada por algum tempo. Fui apenas meio-amiga para ela; e, se ela não sentir tanto essa decepção, estou certa de que não tenho a menor ideia de alguém que lhe seria desejável. William Coxe... Oh, não! Eu não poderia suportar William Coxe. Um advogado jovem e insolente.

Ela parou para enrubescer e rir da própria recaída e, em seguida, recobrou uma cogitação mais séria e mais desalentadora sobre o que havia acontecido, o que poderia acontecer e o que haveria de acontecer. A explicação incômoda que ela teria que dar a Harriet e tudo que a pobre Harriet estivesse sofrendo, com o constrangimento de futuros encontros, as dificuldades de continuar ou descontinuar a amizade, de reprimir sentimentos, disfarçar ressentimentos e evitar a notoriedade, foram o bastante para ocupá-la com reflexões muito deprimentes por mais algum tempo e ela foi para a cama finalmente, sem que nada estivesse decidido além da convicção de ter cometido um erro pavoroso.

Para uma juventude e um bom humor natural como o de Emma, embora sob um acabrunhamento temporário à noite, o retorno do dia dificilmente deixará de lhe trazer o entusiasmo outra vez. A juventude e o bom humor da manhã são uma alegre analogia com uma cirurgia poderosa; e, se os dissabores não forem suficientemente pujantes para manter os olhos abertos, estes certamente se abrirão a sensações de dor arrefecida e maiores esperanças.

Emma levantou-se pela manhã mais disposta a buscar conforto do que quando se deitara, mais preparada para buscar alívios para o mal que tinha diante de si e para confiar que conseguiria sair daquela situação de maneira tolerável.

Era um grande consolo que o Sr. Elton não estivesse realmente apaixonado por ela ou que não fosse tão particularmente afável, de modo que desapontá-lo fosse algo chocante, que a natureza de Harriet não fosse de uma estirpe superior na qual os sentimentos são muito agudos e retentivos e que não houvesse a necessidade de que qualquer pessoa soubesse do que se passara exceto pelos três principais, especialmente que seu pai não fosse tomado por um momento de desconforto por causa de tudo.

Aqueles eram pensamentos animadores; e a visão de uma grande quantidade de neve cobrindo o chão alegrou-a ainda mais, pois qualquer coisa que pudesse justificar o fato de que os três estavam bastante distantes uns dos outros no momento seria muito bem-vinda.

O tempo estava muito favorável a ela; embora fosse o dia de Natal, não poderia ir à igreja. O Sr. Woodhouse ficaria num estado miserável se a sua filha tentasse fazê-lo e, dessa forma, ela estava a salvo de causar ou receber ideias desagradáveis e muito inadequadas. O chão coberto de neve e a atmosfera naquele estado inconstante entre o gelo e o degelo, que, entre todos os outros, é o menos indicado para exercícios, e com todas as manhãs começando com chuva ou neve, e todas as noites frias a ponto de congelar, ela foi, durante muitos dias, uma prisioneira muito honorável. Nenhum contato com Harriet foi possível, exceto por meio de bilhetes. Nada de ir à igreja no domingo, assim como no dia de Natal; e nada de precisar encontrar justificativas para a ausência do Sr. Elton.

Aquele era o tempo que poderia justamente confinar todas as pessoas às suas casas; e, embora esperasse e acreditasse que ele realmente estivesse encontrando algum conforto em uma sociedade ou outra, era muito agradável ter seu pai tão satisfeito, sozinho em sua própria casa, sábio demais para sair, e ouvi-lo dizer ao Sr. Knightley, alguém que nenhum mau tempo podia impedir inteiramente de estar com eles:

— Ah! Sr. Knightley, por que não fica em casa, como o pobre Sr. Elton?

Aqueles dias de confinamento seriam, se não fosse por suas perplexidades privadas, incrivelmente confortáveis, pois tal reclusão agradava muito ao seu cunhado, cujos sentimentos sempre eram de grande importância aos seus amigos; e, além disso, ele se livrara tão completamente do seu mau humor em

Randalls que sua afabilidade jamais voltou a lhe faltar durante o restante da sua estadia em Hartfield. Sempre era agradável, solícito e falava elogiosamente sobre todo mundo. Mas, com todos os desejos de alegria e todo o conforto causado pela demora, ainda havia um mal muito grande sobre Emma, sobre a hora de sua explicação com Harriet, o que impossibilitava para Emma se sentir perfeitamente em paz.

O Sr. e a Sra. John Knightley não ficaram detidos em Hartfield por muito tempo. O tempo logo melhorou o bastante para que aqueles que tivessem que partir, partissem; e o Sr. Woodhouse, tendo, como de costume, tentado persuadir sua filha a ficar na casa com todas as crianças, foi obrigado a observar

XVII

o grupo inteiro ir-se embora e retornar às suas lamentações sobre o destino da pobre Isabella — e que a pobre Isabella, que passava a vida com aqueles a quem amava, fartando-se de seus méritos, cega aos seus defeitos, e sempre inocentemente ocupada, poderia ser um modelo da justa felicidade feminina.

Na noite daquele mesmo dia, receberam uma mensagem do Sr. Elton para o Sr. Woodhouse, uma mensagem longa, civil e cerimoniosa, com os mais sinceros cumprimentos do Sr. Elton, "que propunha deixar Highbury na manhã seguinte e partir a caminho de Bath, onde, para atender aos pedidos urgentes de alguns amigos, havia concordado em passar algumas semanas, e lamentava muito a impossibilidade, devido a várias circunstâncias do tempo e dos negócios, de pedir uma licença pessoal ao Sr. Woodhouse, de cujas civilidades amigáveis ele sempre se lembraria de maneira muito grata. E que, se o Sr. Woodhouse tivesse quaisquer ordens, ele ficaria feliz em cumpri-las".

Emma sentiu-se surpresa de maneira muito agradável. A ausência do Sr. Elton, nesse exato momento, era a coisa que mais podia desejar. Ela o admirou por criar aquela situação, embora não fosse capaz de lhe dar muito crédito pela maneira como foi anunciada. O ressentimento não poderia ser expresso de maneira mais clara do que numa civilidade para o seu pai, da qual ela estava tão explicitamente excluída. Não recebeu nem mesmo uma palavra nas saudações de abertura; seu nome não fora sequer mencionado. E havia uma mudança tão marcante nisso tudo, e uma solenidade tão desconsiderada de despedida em seus graciosos agradecimentos, que ela pensou, inicialmente, que não escaparia à desconfiança de seu pai.

Mas, mesmo assim, escapou. O pai ficou tão tomado pela surpresa de uma jornada tão repentina, e pelos seus temores de que o Sr. Elton jamais chegaria em segurança ao seu fim, que não notou nada de extraordinário em sua linguagem. Foi uma mensagem muito útil, pois lhes deu assuntos novos para ponderação e diálogo durante o restante de sua noite solitária. O Sr. Woodhouse falou sobre seus alarmes e Emma teve o ânimo para afastá-los com toda a sua disposição habitual.

Estava agora decidida a não mais manter Harriet no escuro. Tinha razões para acreditar que ela já estivesse quase recuperada de seu resfriado e era desejável que tivesse tanto tempo quanto possível para melhorar da sua outra queixa antes que o cavalheiro retornasse. Foi até a casa da Sra. Goddard de acordo no dia seguinte para passar pela necessária penitência da comunicação; e esta lhe foi bastante severa. Teve que destruir todas as esperanças que viera alimentando tão habilmente: assumir o papel infeliz da preferida — e reconhecer que estava completamente enganada e equivocada em todas as ideias que tivera sobre o assunto, todas as suas observações, todas as suas convicções, todas as suas profecias das últimas seis semanas.

A confissão renovou completamente sua primeira vergonha e a visão das lágrimas de Harriet a fez pensar que nunca conseguiria estar em paz consigo outra vez.

Harriet suportou a revelação muito bem — sem culpar ninguém —, em todos os aspectos, demonstrando uma disposição ingênua e uma opinião pouco elogiosa sobre si mesma, o que chegou a parecer uma vantagem particular naquele momento para a amiga.

Emma estava disposta a valorizar a simplicidade e a modéstia ao máximo; e tudo que fosse afável, tudo que deveria ser importante, parecia estar do lado de Harriet, não do seu. Harriet não considerava que tinha qualquer coisa a reclamar. A afeição de um homem como o Sr. Elton seria uma distinção grande demais. Nunca poderia merecê-lo; e ninguém, além de uma amiga tão parcial e gentil quanto a Srta. Woodhouse, pensaria que tal coisa seria possível.

Suas lágrimas caíam abundantemente — mas a sua tristeza era tão verdadeiramente carente de estilo que nenhuma dignidade seria capaz de torná-la mais respeitável aos olhos de Emma; e ela a escutava e tentava consolá-la com todo o seu coração e compreensão, chegando até mesmo a se convencer de que Harriet era a criatura superior entre as duas — e que agir assim faria mais pelo bem-estar e felicidade da amiga do que qualquer genialidade e inteligência jamais conseguiriam.

Já era tarde naquele dia para agir de maneira simplória e ignorante, mas ela a deixou com todas as resoluções prévias a respeito confirmadas, de ser humilde e discreta, e reprimindo a imaginação pelo resto da vida. Seu segundo dever agora, inferior apenas aos argumentos de seu pai, era promover o conforto de Harriet e esforçar-se para provar sua própria afeição de alguma maneira melhor do que o ato de aproximar casais. Ela a levou para Hartfield e demonstrou-lhe a mais impávida gentileza, esforçando-se para ocupá-la e diverti-la e, por meio de livros e conversas, afastar o Sr. Elton de seus pensamentos.

Era preciso, sabia, dar tempo para que isso se fizesse de maneira completa; e podia apenas supor-se uma juíza indiferente a tais questões em gerais, e bastante inadequada para simpatizar com uma ligação com o Sr. Elton em particular, mas lhe parecia razoável que, na idade de Harriet, e com a extinção inteira de toda esperança, tal progresso poderia ocorrer rumo a um estado de compostura quando o Sr. Elton retornasse, de modo a permitir que todos se encontrassem novamente numa rotina comum de conhecidos, sem qualquer perigo de trair sentimentos ou de aumentá-los.

Harriet realmente pensava que ele fosse todo perfeição e manteve a não existência de qualquer outro ser que lhe fosse igual em pessoa ou em bondade — e, em verdade, provou-se estar mais resolutamente apaixonada do que Emma previra, mas ainda assim lhe parecia tão natural, tão inevitável lutar contra uma inclinação que não lhe era correspondida, que não conseguia compreender por que deveria continuar por tanto tempo com a mesma força.

Se o Sr. Elton, quando de seu retorno, manifestasse sua própria indiferença de forma tão evidente e indubitável quanto sem dúvida o faria, ela não conseguia imaginar Harriet insistindo em associar sua felicidade à visão ou à lembrança dele.

Estarem fixados, tão absolutamente fixados, no mesmo lugar era algo ruim para todos os três. Nenhum deles tinha o poder de se mudar ou de efetuar qualquer mudança material de sociedade. Deviam se encontrar uns com os outros e conseguir extrair o melhor da situação.

Harriet era bastante desafortunada, nas palavras de suas companheiras na casa da Sra. Goddard. O Sr. Elton era a adoração de todas as professoras e moças mais velhas da escola, e seria apenas em Hartfield que ela teria qualquer oportunidade de ouvir falarem dele com uma moderação reconfortante ou uma verdade repelente. Onde o ferimento fora causado, deveria haver a cura, dentre todos os lugares; e Emma sentia que, até que a colocasse no caminho da cura, não haveria paz verdadeira para si.

XVIII

O Sr. Frank Churchill não veio. Quando a época proposta se aproximou, os temores da Sra. Weston foram justificados com a chegada de uma carta de desculpas. No momento presente, ele não poderia ser dispensado, para sua "enorme mortificação e arrependimento, mas ainda ansiava, com esperança, poder ir a Randalls em um período não muito distante".

A Sra. Weston estava excessivamente decepcionada — muito mais decepcionada, na verdade, do que o seu marido, embora sua confiança em ver o jovem fosse de uma natureza muito mais sóbria, mas um temperamento otimista, embora sempre espere mais coisas boas do que as que realmente ocorrem, nem sempre retribui tais esperanças com uma depressão proporcional. Logo ele supera os fracassos presentes e começa a nutrir esperanças outra vez. Durante meia hora, o Sr. Weston ficou surpreso e entristecido, mas, em seguida, começou a imaginar que, se Frank viesse dois ou três meses mais tarde, tal plano seria muito melhor. A época do ano seria melhor, o clima estaria melhor e ele poderia, sem qualquer dúvida, ficar por um tempo consideravelmente maior do que se houvesse vindo antes.

Esses sentimentos rapidamente recobraram o seu conforto, enquanto a Sra. Weston, com uma disposição mais apreensiva, não previa nada além de uma repetição de desculpas e adiamentos; e, além de toda a sua preocupação pelo que o marido viria a sofrer, sofria muito mais por si mesma.

Emma, nesse momento, não estava em um estado de espírito que lhe permitisse se importar com o fato de que o Sr. Frank Churchill não viria, exceto pela decepção em Randalls. Ela queria, em vez disso, ficar em paz e longe de tentações; mas, mesmo assim, como era desejável que agisse, em geral, da maneira habitual, tomou o cuidado de expressar bastante interesse pela circunstância e participar carinhosamente da decepção do Sr. e da Sra. Weston, como naturalmente era de se esperar que acontecesse em sua amizade.

Ela foi a primeira a anunciar tal coisa ao Sr. Knightley e exclamou, tanto quanto se fez necessário (ou, já que estava fingindo, talvez um pouco mais) sobre a conduta dos Churchills, que o mantinham longe. Em seguida, passou a falar muito mais do que sentia, sobre a vantagem de um acréscimo como aquele à sua sociedade, confinada em Surry; o prazer de olhar para uma pessoa nova; o dia de gala para toda a Highbury, que seria ocasionado pela chegada dele; e terminou com reflexões sobre a família Churchill outra vez, encontrando-se diretamente envolvida em uma discórdia com o Sr. Knightley. E, para sua grande diversão, percebeu que estava tomando o lado oposto da questão em relação à sua própria opinião, fazendo uso dos argumentos da Sra. Weston contra si mesma.

— Os Churchills provavelmente são os responsáveis por isso — disse o Sr. Knightley, friamente. — Mas me atrevo a dizer que ele poderia vir, se quisesse.

— Não vejo motivos para dizer isso. Ele deseja excessivamente vir, mas seu tio e sua tia não o permitem.

— Não consigo acreditar que ele não teria o poder de vir, se insistisse. É improvável demais para que acredite nisso sem provas.

— Que estranho é você! O que o Sr. Frank Churchill fez para que você o considere uma criatura tão incomum?

- Não estou supondo que ele seja uma criatura incomum, ao suspeitar que tenha aprendido a pensar que está acima de seus contatos e a se importar muito pouco com qualquer coisa que não sejam seus próprios prazeres, após viver com aqueles que sempre lhe deram o exemplo de tudo isso. É muito mais natural que alguém queira desejar que um jovem como esse, criado por pessoas que são orgulhosas, sofisticadas e egoístas, seja orgulhoso, sofisticado e egoísta também. Se Frank Churchill quisesse visitar o seu pai, teria engendrado esforços para fazê-lo entre setembro e janeiro. Um homem da sua idade... Quantos anos ele tem? Vinte e três ou vinte e quatro, não pode ser alguém sem os meios de fazer isso. É impossível.

— É mais fácil que isso seja dito e sentido por você, que sempre foi dono das próprias ações. Você é o pior juiz do mundo, Sr. Knightley, em relação às dificuldades da dependência. Não sabe o que é ter temperamentos ruins com os quais lidar.

— É inconcebível que um homem de vinte e três ou vinte e quatro anos não tenha liberdade de mente e corpo como essas. Não lhe falta dinheiro. Não lhe falta tempo livre. Nós sabemos, pelo contrário, que ele tem tanto de um e de outro que ficaria feliz em esbanjá-los nos locais de ócio mais notórios do reino. Ouvimos a seu respeito em alguns dos lugares onde servem bebidas. Há pouco tempo, ele esteve em Weymouth. Isso prova que ele pode se afastar dos Churchills.

— Sim, às vezes ele pode.

— E isso acontece sempre que ele acha que vale a pena, sempre que há qualquer tentação do prazer.

— É muito injusto julgar a conduta de alguém sem um conhecimento íntimo de sua situação. Ninguém que não esteve no âmago de uma família pode dizer quais podem ser as dificuldades de qualquer indivíduo dessa família. Deveríamos ter um maior contato com Enscombe, e com o temperamento da Sra. Churchill, antes de termos a pretensão de decidir o que o seu sobrinho pode fazer. Talvez, em determinados momentos, ele possa fazer muito mais do que pode em outros momentos.

— Há uma coisa, Emma, que um homem sempre pode fazer, se assim o quiser, e essa coisa é o seu dever. Não por meio de manobras ou refinamento, e sim por seu vigor e caráter resoluto. É o dever de Frank Churchill dar atenção ao pai dele. Ele demonstra que sabe disso, por suas promessas e mensagens, mas, se desejasse fazê-lo, poderia fazê-lo. Um homem que sentisse que deve fazer o que é certo diria imediatamente, de maneira simples e resoluta, à Sra. Churchill: "Todo sacrifício de meros prazeres eu sempre estaria pronto a fazer pela sua conveniência, mas devo partir e ver meu pai imediatamente. Sei que ele ficaria magoado se eu lhe falhasse com essa marca de respeito na presente ocasião. Irei, portanto, partir amanhã". Se dissesse isso a ela de uma vez, no tom de decisão que é apropriado para um homem, não haveria oposição à sua partida.

— Não — disse Emma, rindo. — Mas talvez pudesse haver alguma oposição ao seu retorno. Que linguagem para um homem totalmente dependente usar! Ninguém além de você, Sr. Knightley, imaginaria que algo assim fosse possível. Mas você não tem ideia do que se requer em situações diretamente opostas às suas. O Sr. Frank Churchill, fazendo um pronunciamento como esse ao tio e à tia que o criaram, e que lhe dão seu sustento! Levantando-se no meio da sala, eu creio, e falando tão alto quanto pudesse! Como pode imaginar que tal conduta é praticável?

— Confie no que digo, Emma. Um homem sensato não teria dificuldade em fazê-lo. Sentir-se-ia no direito; e a declaração — feita, é claro, como um homem sensato a faria, de maneira apropriada — lhe faria mais bem, iria elevá-lo, fixaria seu interesse mais fortemente com as pessoas das quais depende do que toda uma sequência de mudanças e expedientes jamais poderia. O respeito seria acrescentado à afeição. Eles sentiriam que podem confiar nele, que o sobrinho que fez o que é certo pelo seu pai faria o que é certo por eles, pois sabem, tanto quanto ele, e da mesma forma que o mundo deve saber, que o rapaz deve fazer essa visita ao seu pai. E, enquanto exercem mesquinhamente o seu poder de atrasá-lo, não estão, em seus corações, pensando-o uma boa pessoa por se submeter aos seus caprichos. O respeito pela conduta certa é sentido por todos. Se ele agisse dessa maneira, por princípio, consistentemente, regularmente, suas mentes pequenas se curvariam à dele.

— Duvido disso. Você é muito afeito a curvar mentes pequenas, mas, embora mentes pequenas estejam associadas a pessoas que são ricas em autoridade, eu creio que elas têm o talento de inchar, até que sejam quase tão incontroláveis quanto às grandes. Posso imaginar que, se você, como é, Sr. Knightley, fosse levado e colocado imediatamente na situação do Sr. Frank Churchill, poderia dizer e fazer exatamente o que está recomendando a ele; e isso poderia ter um efeito muito bom. Os Churchills poderiam não ter uma palavra a dizer em retribuição, mas, nesse caso, você não teria os hábitos de obediência incutidos desde cedo e uma longa observância para romper. Para ele, que os têm, não seria tão fácil explodir imediatamente em perfeita independência e reduzir todas as pretensões dos tios em relação à sua independência e respeito a nada. Ele pode ter um forte senso sobre o que seria a coisa certa, como você pode ter, sem ser capaz, sob circunstâncias particulares, de agir como se espera.

— Então não seria um senso tão forte. Se fracassou em produzir igual empenho, não pode advir de igual convicção.

— Oh, a diferença entre situação e hábito! Gostaria que você tentasse entender o que um jovem afável poderia sentir ao se opor diretamente àqueles a que, como criança e jovem, ele teve como modelos durante toda a sua vida.

— Nosso afável jovem é um jovem muito fraco, se essa for a primeira ocasião em que ele tiver que executar a resolução de fazer o que é certo contra a vontade de outrem. Já deveria ser-lhe um hábito, neste momento, de seguir com suas tarefas em vez de consultar a expediência. Posso tolerar os temores da criança, mas não os do homem. Conforme ele se tornou racional, deveria ter se levantado e afastado tudo que não fosse digno da autoridade deles. Deveria ter se oposto à primeira tentativa dos Churchill em fazê-lo ofender o pai. Se houvesse começado a agir como deveria, não haveria dificuldade agora.

— Nunca vamos concordar em relação a ele — exclamou Emma. — Mas isso não é nada de extraordinário. Não tenho a menor convicção de que ele seja um rapaz fraco; receio, com certeza, que não seja. O Sr. Weston não seria cego a tolices, mesmo com seu próprio filho, mas ele tem uma probabilidade muito maior de ter uma disposição mais relaxada, complacente e suave que se adequariam às suas noções sobre a perfeição de um homem. Ouso dizer que as têm; e, embora isso possa lhe excluir de algumas vantagens, dá-lhe muitas outras.

— Sim, todas as vantagens de ficar sentado e imóvel, quando deveria agir, e de levar uma vida de meros prazeres indolentes e considerar-se extremamente arguto para encontrar justificativas para isso. Ele pode se sentar e escrever uma carta bela e floreada, cheia de argumentos e falsidades, e convencer-se de que encontrou o melhor método do mundo para preservar a paz em casa e impedir que seu pai tenha qualquer direito de reclamar. As cartas dele me enojam.

— Seus sentimentos são singulares. As cartas parecem satisfazer a todos.

— Suspeito que não satisfaçam a Sra. Weston. Dificilmente poderiam satisfazer uma mulher com o seu bom senso e raciocínio rápido: colocando-se no lugar de uma mãe, mas sem a afeição de uma mãe para cegá-la. É por sua causa que a atenção a Randalls já é devida em dobro, e ela deve sentir duplamente a omissão. Se ela fosse uma pessoa de importância, ele viria, atrevo-me a dizer, e não faria diferença se ele viesse ou não. Pode imaginar que sua amiga ainda não tenha feito esse tipo de consideração? Supõe que ela não diga tudo isso a si mesma com frequência? Não, Emma. Seu jovem afável pode ser afável apenas em francês, não em inglês. Pode muito bem ser "amável", ter muito bons modos e ser muito agradável, mas não tem a delicadeza inglesa em relação aos sentimentos de outras pessoas. Não há nada que realmente seja afável nele.

— Você parece estar muito determinado a pensar mal dele.

— Eu! De maneira alguma — respondeu o Sr. Knightley, um pouco contrariado. — Não quero pensar mal dele. Estou pronto a considerar seus méritos como qualquer outro homem, mas não ouço falar de nenhum, exceto aqueles que são meramente pessoais: que ele é um rapaz bem-criado e de boa aparência, com modos suaves e plausíveis.

— Bem, se não temos mais nada com o que recomendá-lo, ele será um tesouro em Highbury. Não é sempre que vemos rapazes jovens, de boa família e agradáveis. Não devemos ser agradáveis e pedir que todas as suas virtudes sejam expostas. Não consegue imaginar, Sr. Knightley, a sensação que a sua chegada vai produzir? Haverá somente um único assunto por todas as paróquias de Donwell e Highbury, apenas um único interesse, um único objeto de curiosidade. Tudo será o Sr. Frank Churchill. Não pensaremos nem falaremos sobre qualquer outra pessoa.

— Perdoe-me por ter uma opinião tão forte. Se eu o considerar uma pessoa com quem se pode conversar, ficarei feliz em tê-lo como conhecido. Mas se ele for meramente um almofadinha tagarela, não irá ocupar muito do meu tempo ou dos meus pensamentos.

— Minha ideia sobre ele é que o Sr. Frank Churchill é capaz de adaptar sua conversa ao gosto de todas as pessoas e tem o poder, assim como o desejo, de ser universalmente agradável. Com você, irá conversar sobre fazendas; comigo, sobre desenho ou música; e assim por diante com todas as pessoas, tendo uma informação geral sobre todos aqueles com os quais ele pode seguir o rumo da conversa, ou ditar o rumo da conversa, como o decoro possa exigir, e falar extremamente bem sobre cada um. Essa é a ideia que tenho a respeito dele.

— E a minha — disse o Sr. Knightley, amistosamente — é que, se ele fizer qualquer coisa do tipo, será o camarada mais insuportável entre todos os que respiram! O quê? Aos vinte e três, ser o rei da sua companhia, o grande homem, o político experiente, que sabe perceber o caráter de todas as pessoas, e fazer com que os talentos de todos conduzam à exaltação da sua própria superioridade! Dispensar lisonjas ao seu redor para que possa fazer com que todos pareçam ser tolos, se comparados a ele! Minha querida Emma, seu bom senso não seria capaz de suportar tal cachorrinho, se isso viesse à baila.

— Não direi mais nada sobre ele — exclamou Emma. — Você perverte tudo para o mal. Nós dois temos nossos preconceitos; você contra ele e eu a favor. E não teremos oportunidade de concordar até que ele esteja aqui.

— Preconceitos! Não sou preconceituoso.

— Mas eu sou, e muito, e não tenho vergonha disso. Meu amor pelo Sr. e pela Sra. Weston faz com que eu tenha um preconceito decidido em favor dele.

— Ele é uma pessoa em quem eu nunca penso do final de um mês até o final do seguinte — disse o Sr. Knightley, com um toque de irritação, que fez com que Emma imediatamente falasse de outra coisa, embora não conseguisse compreender por que motivo ele estava zangado.

Sentir repulsa a um rapaz somente porque ele parecia ter uma disposição diferente da sua era algo indigno da verdadeira liberalidade de mente com a qual ela sempre costumou ver nele, pois, mesmo com toda a opinião elevada que ele tinha de si mesmo, com a qual ela frequentemente concordava, Emma nunca, mesmo que por um momento, supôs que isso poderia fazê-lo agir de forma injusta em relação ao mérito de outra pessoa.

Parte 2

CAPÍTULO I

Certa manhã, Emma e Harriet caminhavam juntas e, na opinião de Emma, já haviam conversado o suficiente sobre o Sr. Elton para o dia. Não conseguia pensar que a penitência que Harriet pagava pelos pecados que a própria Emma havia cometido exigiam mais; assim, estava diligentemente se livrando do assunto enquanto retornavam, mas ele voltou à tona quando pensou que já alcançara o sucesso. E, após falar por algum tempo sobre o quanto os pobres deviam sofrer no inverno, e sem receber qualquer outra resposta além de um muito lamurioso "O Sr. Elton é tão bom para com os pobres!", decidiu que alguma outra coisa deveria ser feita.

Elas estavam se aproximando da casa onde moravam a Sra. e a Srta. Bates. Emma determinou-se a chamá-las e buscar a segurança em um contingente maior. Sempre havia razão suficiente para tal atenção; a Sra. e a Srta. Bates adoravam que fossem visitá-las, e Emma sabia que era considerada pelos poucos que tinham a audácia de ver alguma imperfeição nela como alguém relativamente negligente nesse respeito, como se não contribuísse o quanto devia para com seus escassos confortos.

Havia recebido vários indícios do Sr. Knightley e do próprio coração sobre tal deficiência, mas nenhuma era igual a contradizer a noção de que aquilo era algo muito desagradável; um desperdício de tempo; mulheres enfadonhas; e todo o horror do perigo de se envolver com os cidadãos de segunda e terceira classe de Highbury que vinham conversar com elas frequentemente; por isso, era muito raro aproximar-se delas. Mas agora ela tomava a decisão súbita de não passar por sua porta sem entrar — observando, como propôs a Harriet, que, pelo que podia calcular, as duas não correriam o risco de esbarrar em nenhuma carta enviada por Jane Fairfax.

A casa pertencia a pessoas de negócios. A Sra. e a Srta. Bates ocupavam o pavimento da sala de jantar, em um apartamento de tamanho muito moderado, que era tudo para elas. As visitantes foram muito cordialmente e até graciosamente recebidas; a senhora idosa, reservada e aprumada, que, com seu tricô, estava sentada no canto mais quente da casa, disposta até mesmo a ceder seu lugar à Srta. Woodhouse, e a sua filha mais ativa e falante, quase pronta para esmagá-las com cuidados e gentilezas, agradecimentos por sua visita, solicitude por seus sapatos, perguntas ansiosas sobre a saúde do Sr. Woodhouse, comunicações alegres sobre sua mãe, e um pão doce que estava sobre o aparador. — Cole acabou de sair. Ficaria por dez minutos, fez a gentileza de passar uma hora e levou um pedaço do bolo e foi muito gentil a ponto de dizer que havia gostado muito; e, portanto, esperava que a Srta. Woodhouse e a Srta. Smith lhe fizessem o favor de comer um pedaço também.

A menção aos Coles certamente seria seguida por outra menção ao Sr. Elton. Havia intimidade entre as duas partes e o Sr. Cole recebera notícias do Sr. Elton depois de ele haver partido. Emma sabia o que estava por vir. Elas teriam que pegar a carta mais uma vez e calcular há quanto tempo ele estava fora, e o quanto estava envolvido com suas companhias, e que era um favorito em todo lugar que fosse, e o quão cheio estava o baile do Mestre de Cerimônias. E ela passou por tudo aquilo muito bem, com todo o interesse e as comendas necessárias, e sempre se pronunciando para impedir que Harriet fosse obrigada a dizer uma palavra que fosse.

Para isso ela se preparara assim que entrara na casa, mas com intento, depois de haver conversado elegantemente sobre ele, de não ser mais incomodada por qualquer outro tópico desconfortável e de passar longe de todas as senhoras e senhoritas de Highbury e de suas reuniões de carteado. Não se preparara para que Jane Fairfax sucedesse o Sr. Elton, mas ele foi afastado rapidamente pela Srta. Bates e ela, finalmente, abruptamente, mudou de assunto para falar dos Coles e pegar uma carta da sua sobrinha.

— Oh! Sim. O Sr. Elton, parece que foi visto dançando — a Sra. Cole me falava que dançar nos salões em Bath era... A Sra. Cole foi muito gentil de passar algum tempo conosco, falando sobre Jane; assim que entrou, começou a perguntar a seu respeito, já que Jane é uma das pessoas favoritas por lá. Sempre que está conosco, a Sra. Cole não faz ideia de como demonstrar suficientemente a sua gentileza e devo dizer que Jane a merece tanto quanto qualquer pessoa. E, assim, começou a perguntar por ela diretamente, dizendo: "Sei que vocês não devem ter recebido notícias de Jane recentemente, porque não é a época em que ela escreve", e, quando eu imediatamente respondi: "Mas a verdade é que recebemos, uma carta chegou exatamente hoje, pela manhã", não sei se já vi alguém mais surpreso na vida. "Recebeu mesmo? Jura por sua honra?", disse ela. "Bem, isso é algo bastante inesperado. Diga-me o que ela falou".

A polidez de Emma estava diretamente à mão, para dizer, com um interesse sorridente:

— Teve notícias da Srta. Fairfax recentemente? Estou extremamente feliz. Creio que esteja bem?

— Obrigada. Você é tão gentil! — respondeu a tia alegremente enganada, enquanto caçava ansiosamente pela carta. — Oh! Aqui está. Eu tinha certeza de que não podia estar muito longe, mas havia deixado minha bolsa de costura sobre ela, veja só, sem me dar conta, e por isso estava bem escondida, mas eu a tinha em minha mão agora há pouco, então tinha quase certeza de que devia estar sobre a mesa. Eu a estava lendo para a Sra. Cole e, como ela foi embora, eu a estava lendo novamente para a minha mãe, pois lhe é um prazer tão grande — uma carta de Jane — que ela não consegue se fartar de ouvi-la. Por isso, eu sabia que não podia estar muito longe, e aqui está, bem embaixo da minha bolsa de costura. E como você é tão gentil em querer ouvir o que ela diz.... Mas, antes de tudo, eu realmente devo, em justiça a Jane, desculpar-me por ela ter escrito uma carta tão curta — apenas duas páginas, como pode ver; mal chega a duas delas — e, em geral, ela enche a folha inteira, gira-a e continua a escrever por cima do original por mais meia página. Minha mãe frequentemente se pergunta como consigo entender tudo tão bem. Ela sempre diz, logo que a carta é aberta: "Bem, Hetty, agora eu acho que você vai ter que se esforçar para compreender todo esse emaranhado", não é mesmo, senhora? E então eu lhe digo que tenho certeza de que ela se esforçaria para entender por si só, se não tivesse ninguém que pudesse fazê-lo por ela, cada uma de suas palavras. Tenho certeza de que ela se esmeraria até que houvesse compreendido cada palavra. E, realmente, embora os olhos da minha mãe não sejam tão bons quanto antigamente, ela ainda consegue ver espantosamente bem, graças a Deus! Com a ajuda de óculos. É uma bênção! Os da minha mãe são muito bons, realmente. Jane diz com frequência, quando está aqui: "Tenho certeza, vovó. Você deve ter olhos muito fortes para enxergar desse jeito. E trabalhos muito delicados você fez, também! Desejo apenas que os meus olhos sejam igualmente bons, também".

Tudo isso, dito extremamente rápido, obrigou a Srta. Bates a parar para respirar; e Emma disse algo bastante delicado sobre a excelência da caligrafia da Srta. Fairfax.

— Você é extremamente gentil — respondeu a Srta. Bates, muito agradecida — Uma pessoa tão feliz em seus julgamentos e que escreve de maneira tão bonita. Tenho certeza de que não há ninguém cujos elogios poderiam nos dar tanto prazer quanto a Srta. Woodhouse. Minha mãe não ouve; é um pouco surda, como sabe. "Senhora — disse ela, dirigindo-se à mãe. — Ouviu o que Srta. Woodhouse tão gentilmente disse sobre a caligrafia de Jane?".

E Emma teve a vantagem de ouvir seu próprio elogio tolo repetido duas vezes antes que a boa senhora conseguisse compreendê-lo. Ponderava, nesse meio tempo, sobre a possibilidade, sem parecer muito grosseira, de conseguir escapar da carta de Jane Fairfax e havia quase decidido sair às pressas, com alguma justificativa qualquer, quando a Srta. Bates voltou-se novamente para ela e atraiu sua atenção.

— A surdez da minha mãe é bastante sutil, quase não existe. Basta elevar a minha voz e dizer qualquer coisa duas ou três vezes para que ela consiga ouvir, mas isso porque ela já está acostumada à minha voz. Mas é notável que ela sempre consiga ouvir Jane melhor do que a mim. Jane fala de maneira tão distinta! Mesmo assim, ela não vai encontrar sua avó muito mais surda do que já estava há dois anos; e isso é dizer muito sobre o tempo de vida da minha mãe. E já se passaram dois anos inteiros, como sabe, desde que ela esteve aqui. Nunca ficamos tanto tempo sem vê-la antes e, como eu estava dizendo à Sra. Cole, mal vamos conseguir nos conter para aproveitar bastante a sua presença agora.

— Estão aguardando a Srta. Fairfax aqui agora?

— Oh, sim. Na próxima semana.

— Realmente! Deve ser-lhes um grande prazer.

— Obrigada! Você é muito gentil.

— Obrigada. Sim, na próxima semana. Todos ficaram muito surpresos; e todos dizem as mesmas coisas gentis. Tenho certeza de que ela ficará muito feliz em ver seus amigos em Highbury, assim como eles ficarão em vê-la. Sim, na sexta-feira ou no sábado; ela não sabe quando, porque o Coronel Campbell precisará da carruagem para si, em um desses dias. É muito gentil deles mandarem-na até aqui! Mas eles sempre o fazem, como sabe. Oh, sim, na sexta-feira ou no sábado próximo. É sobre isso que ela escreve. Essa é a razão de escrever fora do habitual, como dizemos, pois, de maneira mais comum, não receberíamos notícias dela antes da próxima terça ou quarta-feira.

— Sim, foi o que imaginei. Receava que haveria pouca oportunidade de eu ouvir notícias da Srta. Fairfax hoje.

— Tão gentil de sua parte! Não, não teríamos recebido notícias dela se não fosse por essa circunstância particular, de sua vinda para cá tão brevemente. Minha mãe está tão encantada! Pois ela deve passar três meses conosco, pelo menos. Três meses, diz ela, positivamente, como terei o prazer de ler para você. O caso, como vê, é que os Campbells irão para a Irlanda. A Sra. Dixon persuadiu seu pai e sua mãe para que fossem vê-la diretamente. Não pretendiam viajar até que chegasse o verão, mas ela está tão impaciente em vê-los outra vez... Pois desde que se casou, em outubro passado, nunca passou mais do que uma semana longe deles, o que deve tornar muito estranho estarem em reinos diferentes, eu diria, países diferentes, e assim ela escreveu uma carta muito urgente à sua mãe, ou ao seu pai, eu declaro que não sei a qual deles foi, mas veremos em breve na carta de Jane. Ela escreveu em nome do Sr. Dixon, assim como em seu próprio, para pressioná-los a viajarem diretamente e eles os encontrariam em Dublin e os levariam de volta à sua residência no campo, Baly-craig, um lugar bonito, eu creio. Jane ouviu falar muito sobre sua beleza; por meio do Sr. Dixon, digo. Não sei se ela já ouviu falar desse lugar por outra pessoa, mas é muito natural, como sabe, que ele gostasse de falar sobre sua própria residência enquanto fazia seus discursos, e como Jane costumava fazer caminhadas frequentes com eles — pois o Coronel e a Sra. Campbell eram bem exigentes sobre não querer que sua filha caminhasse a sós com o Sr. Dixon com tanta frequência, algo pelo qual eu não os culpo de forma alguma;

é claro que ela ouviu tudo que ele poderia estar dizendo à Sra. Campbell sobre sua própria casa na Irlanda; e eu creio que ela nos escreveu dizendo que ele havia lhes mostrado alguns desenhos que retratavam o lugar, perspectivas que ele mesmo havia traçado. É um rapaz muito afável e encantador, eu creio. Jane estava bastante desejosa de ir à Irlanda, de acordo com os relatos dele.

Nesse momento, uma suspeita engenhosa e animadora penetrou no cérebro de Emma em relação à Jane Fairfax, esse encantador Sr. Dixon e o fato de não ir à Irlanda, disse ela, com o desígnio insidioso de descobrir mais a respeito:

— Vocês devem achar bastante afortunado que a Srta. Fairfax tenha permissão de vir visitá-las nesta época. Considerando a amizade muito particular entre ela e a Sra. Dixon, creio que mal podiam imaginar que ela fosse desobrigada de acompanhar o Coronel e a Sra. Campbell.

— É verdade, é verdade, com certeza. É exatamente aquilo do qual sempre tivemos muito receio, pois não gostaríamos de tê-la a uma distância tão grande de nós, durante tantos meses, e impossibilitada de vir para cá, se qualquer coisa acontecesse. Mas, como vê, tudo sempre acaba da melhor maneira. Eles querem excessivamente (o Sr. e a Sra. Dixon) que venha para cá com o Coronel e a Sra. Campbell; pode acreditar nisso. Nada pode ser mais gentil ou urgente do que esse convite em conjunto, diz Jane, como ouvirá agora. O Sr. Dixon não parece nem um pouco contrário a toda essa atenção; é um rapaz muito encantador. Desde os serviços que prestou a Jane em Weymouth, quando estavam naquela festa em uma embarcação, e ela, por causa do giro súbito de alguma coisa ou outra entre as velas, quase foi lançada de pronto ao mar, e realmente acabaria desaparecendo, se ele, com grande destreza, não a houvesse agarrado pelo hábito (e nunca consigo pensar nisso sem estremecer!). Mas, desde que ouvimos a história sobre aquele dia, fiquei muito afeita ao Sr. Dixon!

— Mas, apesar de toda a urgência de sua amiga, e de seu próprio desejo de ver a Irlanda, a Srta. Fairfax prefere devotar o tempo a você e à Sra. Bates?

— Sim. Isso é inteiramente do feitio dela, inteiramente de suas próprias escolhas; e o Coronel e a Sra. Campbell acham que ela está fazendo a coisa certa, exatamente o que recomendariam. E, realmente, eles desejam particularmente que ela experimente o ar de sua terra nativa, já que ela não esteve muito bem ultimamente.

— Fico preocupada ao ouvir isso. Acho que o julgamento deles é sábio. Mas a Sra. Dixon deve estar muito decepcionada. A Sra. Dixon, pelo que entendo, não tem um grau muito elevado de beleza pessoal; não deve, sob qualquer circunstância, ser comparada à Srta. Fairfax.

— Oh! Não. É muito gentil de sua parte dizer tais coisas. Mas certamente não. Não há comparação entre elas. A Srta. Campbell sempre foi absolutamente pouco atraente, mas extremamente elegante e afável.

— Sim. Com certeza, foi.

— Jane pegou um forte resfriado, coitada! Há tempos, em 7 de novembro (como vou ler para você), e não voltou a ficar bem desde então. Um tempo muito longo, não é mesmo, para que um resfriado a acometa? Ela nunca chegou a mencioná-lo antes porque não queria nos alarmar. Típico dela! É muita consideração. Mas, mesmo assim, ela está tão longe de estar bem que seus gentis amigos, os Campbells, acham que o melhor é que ela volte para casa e experimente um ar que sempre lhe faz bem; e eles não têm dúvidas de que três ou quatro meses em Highbury acabarão por curá-la inteiramente. E, certamente, é muito melhor que ela venha para cá em vez de ir à Irlanda, se está doente. Ninguém poderia cuidar dela como nós o faremos.

— Parece-me ser o acordo mais desejável no mundo.

— E, assim, ela deve vir a nós na próxima sexta-feira ou sábado, e os Campbells sairão da cidade rumo a Holyhead na segunda-feira seguinte, como saberá pela carta de Jane. Foi tão súbito! Você pode imaginar, cara Srta. Woodhouse, o turbilhão no qual isso me envolveu! Se não fosse pelo transtorno da sua doença... Mas receio que devemos esperar vê-la emagrecida e com uma aparência muito debilitada. Preciso lhe falar de uma coisa muito penosa que me aconteceu em relação a isso. Sempre faço questão de ler as cartas de Jane do começo ao fim, para mim mesma, antes de lê-las em voz alta para a minha mãe, como sabe, por medo de que possa haver qualquer coisa nelas que possa afligi-la. Jane quer que eu aja assim, então é o que sempre faço; e assim eu comecei o dia com a minha cautela habitual. Mas, assim que cheguei à menção em que ela diz que não está bem, eu explodi, muito assustada, dizendo: "Deus me abençoe! A pobre Jane está enferma!", e minha mãe, que me observava, ouviu distintamente e ficou tristemente alarmada. Entretanto, conforme prossegui com a leitura descobri que não era nem um pouco tão ruim quanto eu imaginara no início; e falo com tanta leveza sobre isso agora que ela não pensa muito a respeito. Mas não consigo imaginar como pude ser pega tão desprevenida. Se Jane não melhorar logo, mandaremos chamar o Sr. Perry. A despesa não será levada em conta; e, embora ele seja tão liberal e tão afeito a Jane que ouso dizer que ele não faria menção de cobrar nada pela consulta, não poderíamos admitir uma coisa dessas, como sabe. Ele tem esposa e família para manter e não deve empregar seu tempo a troco de nada. Bem, agora que eu lhe dei um prefácio do que Jane escreveu, vamos passar para a carta, e tenho certeza de que ela conta sua própria história de uma maneira muito melhor do que eu posso contá-la em seu lugar.

— Receio que temos que ir embora — disse Emma, olhando rapidamente para Harriet e começando a se levantar. — Meu pai estará à nossa espera. Eu não tinha a intenção, pensei que não ficaria por mais do que cinco minutos quando entrei na casa. Vim até aqui porque jamais passaria pela porta sem perguntar sobre a Sra. Bates, mas fiquei tão agradavelmente ocupada! Agora, entretanto, devemos desejar a você e à Sra. Bates um bom dia.

E nada que pudesse detê-la ali por mais tempo teve êxito. Ela voltou à rua — feliz com isso, pois, embora muito lhe tenha sido forçado contra a sua vontade, embora houvesse de fato ouvido toda a essência da carta de Jane Fairfax, conseguira escapar da carta em si.

II

Jane Fairfax era órfã, a filha única da filha mais nova da Sra. Bates.

O casamento do Tenente Fairfax do regimento de infantaria e da Srta. Jane Bates teve seu dia de fama e prazer, esperança e interesse, mas nada agora restava dele, salvo a recordação melancólica da morte do oficial em ação no estrangeiro, da esposa consumida pela tuberculose e pelo luto que se seguiu, e essa garota.

Por nascimento, ela pertencia a Highbury; e quando, aos três anos de idade, ao perder sua mãe, tornou-se a propriedade, a responsabilidade, o consolo e o acalento da sua avó e da tia, parecia haver toda a probabilidade de que ela acabaria por se fixar ali, de que aprenderia apenas o que uma renda muito limitada poderia custear, e que cresceria sem quaisquer vantagens em termos de contatos ou educação, para que se lhe enxertasse o que a natureza lhe dera em uma pessoa agradável, uma boa compreensão e parentes amáveis, com boas intenções.

Mas os sentimentos compassivos de um amigo de seu pai provocaram uma mudança em seu destino. Assim foi com o Coronel Campbell, que muito respeitava Fairfax como um excelente oficial e um rapaz cheio de méritos; e, mais do que isso, estava em débito com ele pelas atenções que recebera durante uma febre severa contraída em campanha, pois acreditava que o rapaz salvara sua vida. Essas eram as alegações que ele não deixava passar despercebidas, embora alguns anos houvessem se passado desde a morte do pobre Fairfax, antes que o seu próprio retorno à Inglaterra colocasse qualquer coisa em seu poder. Quando voltou, procurou a criança e reparou nela. Era um homem casado, com apenas uma filha ainda viva, uma menina, da mesma idade de Jane; e Jane tornou-se sua convidada, fazendo-lhe longas visitas e crescendo como uma favorita dentre todos. E, antes que completasse nove anos, o grande apreço da sua filha por ela e seu próprio desejo de ser um verdadeiro amigo se uniram para produzir uma oferta do Coronel Campbell, de se responsabilizar completamente por sua educação. Foi aceita, e daquele período em diante, Jane passou a pertencer à família do Coronel Campbell, vivendo inteiramente com eles, visitando a avó apenas de tempos em tempos.

O plano era que ela seria criada para educar outras pessoas; as poucas centenas de libras que herdara do pai tornavam sua independência impossível. Sustentá-la de outra forma era algo que estava além dos poderes do Coronel Campbell; embora sua renda, por meio de pagamentos e provimentos fosse considerável, tal fortuna era moderada e deveria ser toda repassada à filha, mas, ao lhe dar uma educação formal, esperava complementar os meios para uma subsistência respeitável posteriormente.

Essa era a história de Jane Fairfax. Caíra em boas mãos, nunca conheceu nada que não fosse gentileza com os Campbells e recebera uma excelente educação. Vivendo constantemente com pessoas de bom caráter e bem informadas, seu coração e sua inteligência receberam todas as vantagens da disciplina e da cultura; e, como a residência do Coronel Campbell ficava em Londres, todo e qualquer talento que apresentasse recebeu a justiça devida, com a atenção de mestres de primeira categoria. Sua disposição e talento eram igualmente dignos de tudo que a amizade podia fazer e, aos dezoito ou dezenove anos, ela era, considerando que tão tenra idade possa ser qualificada pelo cuidado com crianças, totalmente competente no ofício e instrução. Mas era querida demais para que suportassem separar-se dela. Nem o pai nem a mãe podiam estimular isso e a filha não podia suportar. O dia maligno era adiado. Era fácil decidir que ela ainda era jovem demais, e Jane continuava com eles, compartilhando, como outra filha, de todos os prazeres racionais de uma sociedade elegante e uma mistura judiciosa de lar e diversão, com o único obstáculo do futuro: as sugestões reconfortantes sobre sua própria boa inteligência para lembrá-la de que tudo isso logo poderia terminar.

A afeição de toda a família e a proximidade carinhosa da Srta. Campbell em particular eram o mais honroso em cada um dos grupos, devido à circunstância da superioridade decisiva tanto em beleza quanto em conhecimentos. O que a natureza lhe dera em característica não poderia passar despercebido pela jovem, nem o poder superior da sua mente ser ignorado pelos pais. Elas continuaram juntas com um respeito irrestrito, entretanto, até o casamento da Srta. Campbell, que, por esse acaso, a sorte que tão frequentemente afronta qualquer expectativa nos assuntos matrimoniais, dando atração ao que é moderado em vez do que é superior, engajou as afeições do Sr. Dixon, um homem jovem rico e simpático, quase tão logo foram apresentados. E tudo foi decidido e alegremente acordado, enquanto Jane Fairfax ainda precisava batalhar para conseguir o seu pão.

Esse evento ocorrera muito recentemente; muito recentemente para que qualquer coisa fosse tentada por sua amiga menos afortunada que adentrava na trilha do dever, embora ela houvesse agora alcançado a idade na qual seu próprio julgamento havia se fixado para começar. Decidira há tempos que vinte e um deveria ser a época. Com a firmeza de uma noviça dedicada, resolvera aos vinte e um anos completar o sacrifício e retirar-se de todos os prazeres da vida, de conversas racionais, da sociedade em seu nível, paz e esperança, em troca de penitência e mortificação eternas.

O bom senso do Coronel e da Sra. Campbell não poderia se opor a tal resolução, embora suas emoções o fizessem. Enquanto vivessem, nenhum esforço exagerado seria necessário; sua casa poderia pertencer-lhe para sempre e, para seu próprio conforto, eles a manteriam por perto completamente, mas isso seria um ato egoísta. O que deveria acontecer no final, melhor seria se acontecesse logo. Talvez eles tenham começado a sentir que teria sido melhor e mais sábio haver resistido à tentação de provocar mais atrasos e pouparam-na do gosto de deleites tais como a tranquilidade e o lazer, que agora deveriam ser abandonados. Ainda assim, entretanto, a afeição era tal que eles se apegavam a qualquer desculpa razoável para não precipitar o momento infeliz. Ela nunca esteve muito bem desde a época em que a filha dos Campbells se casou; e, até que houvesse recuperado completamente suas forças habituais, eles deviam proibi-la de se envolver em tarefas que, longe de serem compatíveis com uma compleição enfraquecida e humores instáveis, parecia-lhes, sob as mais favoráveis circunstâncias, requerer algo além de que a perfeição humana de corpo e mente fosse desincumbida com tolerável conforto.

Em relação ao fato de que não os acompanharia até a Irlanda, o relato que fez à tia não continha nada além da verdade, embora algumas verdades pudessem não estar explicitadas. Foi sua própria escolha dar o tempo em que eles estariam ausentes a Highbury; passar, talvez, seus últimos meses de perfeita liberdade com as parentes gentis a quem ela era muito querida; e os Campbells, qualquer que fosse seu motivo — ou motivos, fossem estes simples, duplos ou triplos, deram à ideia sua pronta sanção, e disseram que confiavam mais em alguns meses passados em seu ar nativo, para que sua saúde se recuperasse, do que em qualquer outra coisa. Certo era que ela faria a viagem e que Highbury, em vez de dar as boas-vindas à perfeita novidade que lhe era há tanto tempo prometida — o Sr. Frank Churchill —, teria que se contentar, no momento, com Jane Fairfax, que poderia somente trazer o frescor de uma ausência de dois anos.

Emma lamentava. Ter que agir com civilidade com uma pessoa da qual não gostava durante três longos meses! Fazer sempre mais do que desejava e menos do que deveria! Por que ela não gostava de Jane Fairfax podia ser uma pergunta difícil de responder. O Sr. Knightley certa vez lhe dissera que era porque Emma via nela a mulher verdadeiramente realizada, o que ela mesma queria que os outros pensassem a seu respeito; e, embora a acusação houvesse sido veementemente refutada na ocasião, havia momentos de autorreflexão em que sua consciência não era capaz de absolvê-la totalmente. Mas Emma "nunca poderia se associar a ela; não sabia o porquê, mas havia tanta frieza e reservas, uma indiferença tão aparente, quisesse ela ou não; e também sua tia, que era uma eterna falastrona! E era o objeto de tanta preocupação entre todas as pessoas! E sempre se imaginava que elas eram tão íntimas. Como suas idades eram iguais, todos supunham que eram muito afeitas uma à outra". Essas eram suas razões; não tinha nenhuma melhor.

Era uma antipatia muito pouco justa. Cada defeito imputado era bastante magnificado pelos seus próprios caprichos, já que ela nunca reencontrara Jane Fairfax após qualquer ausência considerável, sem sentir que ela a houvesse ofendido; e agora, quando a devida visita estivesse feita, quando da sua chegada, após um intervalo de dois anos, ela ficou particularmente embasbacada com a própria aparência e os modos, os quais, durante aqueles dois anos inteiros, ela vinha depreciando. Jane Fairfax era muito elegante, notadamente elegante, e ela mesma valorizava imensamente a elegância. Sua altura era bonita, de tal forma que quase todas as pessoas a considerariam alta e ninguém diria que era alta demais; sua silhueta era particularmente graciosa; seu tamanho, um médio bastante atraente, um meio termo entre gorda e magra, embora uma aparência prejudicada pela saúde ruim parecia apontar o mais provável dos males entre os dois. Emma não conseguia evitar sentir tudo isso; e também, seu rosto — suas feições — havia mais beleza nele, ao todo, do que ela se lembrava; não era regular, mas era agradavelmente belo. Aos olhos, de um cinzento profundo, com cílios e sobrancelhas escuros, nunca foi negado nenhum elogio, mas a pele, da qual ela se acostumou a reclamar por faltar cor, tinha tal clareza e delicadeza que não necessitava realmente de um rubor mais intenso. Era um estilo de beleza na qual a elegância era a característica predominante e, assim, ela deveria, em honra, e por todos os seus princípios, admirá-la; uma elegância que, fosse de pessoa ou de mente, via tão pouco em Highbury. Ali, sem que fosse vulgar, havia distinção e mérito.

Em resumo, ela sentou-se, durante a primeira visita, olhando para Jane Fairfax com uma dupla complacência; o sentido de prazer e o senso de fazer justiça, e determinou que não iria mais lhe nutrir antipatia. Quando pensava em sua história, de fato, e em sua situação, assim como em sua beleza; quando considerava a que toda essa elegância se destinava, o que ela iria ter que enfrentar, como iria viver, parecia-lhe impossível sentir qualquer coisa exceto compaixão e respeito, especialmente se, a todas as particularidades conhecidas que eram de seu interesse, fosse acrescentada a circunstância muito provável de uma ligação com o Sr. Dixon, a qual ela havia muito naturalmente considerado consigo mesma. Nesse caso, nada poderia ser mais desprezível ou mais honroso do que os sacrifícios que ela decidira a fazer. Emma estava muito disposta, agora, a absolvê-la de haver seduzido as condutas do Sr. Dixon, da esposa dele ou de qualquer coisa malévola que sua imaginação sugerira a princípio. Se fosse amor, seria um simples, singular e malsucedido amor, do lado dela, apenas. Poderia ter sugado inconscientemente o veneno da tristeza enquanto compartilhava conversas com sua amiga; e, pelos melhores e mais puros dos motivos, poderia estar agora se negando essa visita à Irlanda e decidindo afastar-se efetivamente dele e de suas conexões ao dar início brevemente à sua carreira de trabalho árduo.

Ao todo, Emma a deixou com sentimentos muito suavizados e caridosos, o que a fez olhar à sua volta no regresso para casa e lamentar que Highbury não oferecia nenhum rapaz digno de lhe garantir a independência, ninguém com quem ela desejasse arquitetar planos para Jane Fairfax.

Esses eram sentimentos encantadores — mas não duradouros. Antes que houvesse se comprometido a qualquer afirmação pública de amizade eterna com Jane Fairfax, ou feito mais para retratar-se de erros e preconceitos passados do que dizer ao Sr. Knightley "Ela certamente é bela; é mais do que bela!", Jane visitou Hartfield no início de uma noite com a avó e a tia e tudo acabou voltando ao seu estado habitual. Antigas provocações ressurgiram. A tia estava tão irritante quanto sempre foi; ainda mais irritante porque a ansiedade sobre sua saúde agora estava acrescida da admiração pelos seus poderes. E eles tiveram que escutar a descrição exata de quão pouco pão e manteiga ela comera no café da manhã, e a pequenez da fatia de carne de carneiro no jantar, assim como a exibição de novas toucas e bolsas de trabalho que fizera para a mãe e para si; e as ofensas de Jane cresceram novamente. Ouviram música e Emma sentiu-se na obrigação de tocar; e os agradecimentos e elogios que necessariamente se seguiram pareceram-lhe apenas uma afetação de candor, um ar de grandeza, cujo único objetivo era declarar, num estilo mais alto, sua já muito superior apresentação. Ela foi, além disso, o que foi o pior de tudo, tão fria, tão cautelosa! Não havia como conseguir sua verdadeira opinião. Envolta num manto de cortesias, parecia determinada a não causar nenhuma ofensa. Era odiosamente, suspeitamente, reservada.

Se pudesse haver algo mais, em que tudo era mais, ela foi mais reservada em relação ao assunto de Weymouth e dos Dixons do que qualquer outro. Parecia estar decidida a não dar nenhum detalhe verdadeiro sobre o caráter do Sr. Dixon, ou de seu próprio valor à companhia dele, ou uma opinião sobre o quanto uma aproximação entre os dois seria adequada. Tudo era uma aprovação e suavidade geral; nada delineado ou distinto. Aquilo não lhe servia, entretanto. Sua cautela foi jogada fora. Emma percebeu esse artifício e voltou às suas conjecturas iniciais. Provavelmente, havia mais a disfarçar do que suas próprias preferências; o Sr. Dixon, talvez, estivera muito próximo de trocar uma amiga pela outra, ou fixou-se somente à Srta. Campbell, pensando nas futuras doze mil libras.

A mesma reserva prevalecia em outros tópicos. Ela e o Sr. Frank Churchill estiveram em Weymouth na mesma época. Sabia-se que os dois já haviam sido apresentados, mas nenhuma sílaba de informação verdadeira Emma conseguiu arrancar em relação ao que ele realmente era. "Era bonito?"; "Ela acreditava que ele tinha a fama de ser um belo rapaz"; "Era agradável?"; "Pensava-se, de maneira geral, que sim". "Parecia ser um homem sensato? Um jovem bem instruído?"; "Em uma das hospedarias no litoral, ou em um lugar comum em Londres, era difícil ter certeza sobre tais características. Modos que podem ser julgados com segurança, com um conhecimento muito mais amplo do que elas tinham sobre o Sr. Churchill. Acreditava que todos acharam seus modos muito agradáveis". Emma não conseguiu perdoá-la.

III

Emma não conseguiu perdoá-la, mas nem provocação nem ressentimento foram discernidos pelo Sr. Knightley, que estava com o grupo e vira apenas atenção apropriada e comportamento agradável de ambos os lados. Estava expressando na manhã seguinte, por estar em Hartfield novamente para tratar de assuntos com o Sr. Woodhouse, sua aprovação por tudo; não tão abertamente quanto poderia ter feito caso seu pai estivesse fora da sala, mas falando de maneira suficientemente franca para ser bastante inteligível a Emma. Acostumara-se a pensar que ela agia de forma injusta com Jane e agora tinha grande prazer em testemunhar tal melhora.

— Uma noite muito agradável — começou ele, assim que o Sr. Woodhouse recebeu as explicações sobre o que era necessário, disse-lhe que entendera e recolheu os papéis. — Particularmente agradável. Você e a Srta. Fairfax nos agraciaram com uma bela música. Não conheço um estado mais sofisticado, senhor, do que se sentar tranquilamente para ser entretido durante uma noite toda por duas moças tão jovens; às vezes, com música; às vezes, com conversa. Tenho certeza de que a Srta. Fairfax deve ter achado a noite agradável, Emma. Você não deixou nada por fazer. Fiquei feliz por você tê-la feito tocar tanto, pois, como não tem nenhum instrumento na casa da avó, deve ter sido uma verdadeira indulgência.

— Fico feliz que tenha aprovado — disse Emma, sorrindo. — Mas espero que eu não seja deficiente com frequência em relação ao que se deve aos convidados em Hartfield.

— Não, minha querida — disse seu pai instantaneamente. Tenho certeza de que não é. Não há ninguém que seja tão hospitaleira e civil como você. Se houver algo a criticar, você é hospitaleira demais. O muffin da noite passada, se houvesse sido servido apenas uma vez, creio que teria sido o bastante.

— Não — disse o Sr. Knightley, quase ao mesmo tempo. — Você não é deficiente com frequência, não é deficiente em seus modos ou compreensão. Creio que me entende, portanto.

Um olhar arqueado expressou: "Entendo-o suficientemente bem", mas ela disse apenas:

— A Srta. Fairfax é reservada.

— Eu sempre lhe disse que ela era, um pouco, mas você logo vai superar essa parte da reserva dela, que deve acabar e que está totalmente alicerçada no acanhamento. O que brota da discrição deve ser honrado.

— Você crê que ela é acanhada. Não vejo isso.

— Minha querida Emma — disse ele, movendo-se da sua cadeira em direção a outra que estava perto dela. — Não vá me dizer, espero, que não teve uma noite agradável.

— Oh! Não. Fiquei contente com a minha própria perseverança em fazer perguntas e diverti-me com a pouca informação que consegui.

— Estou decepcionado — foi a única resposta que ele ofereceu.

— Espero que todos tenham tido uma noite agradável — disse o Sr. Woodhouse, à sua própria maneira discreta. — Eu tive. Em dado momento, achei que o fogo estava forte demais, mas então afastei um pouco a minha cadeira, bem pouco, e ele não me perturbou. A Srta. Bates estava muito falante e bem-humorada, como sempre está, embora fale um pouco rápido demais. Entretanto, ela é uma pessoa muito agradável, e a Sra. Bates também, de maneira diferente. Eu gosto de velhos amigos. E a Srta. Jane Fairfax é uma jovem de um tipo muito bonito, uma jovem muito bonita e muito bem-comportada, com certeza. Deve ter achado que a noite foi agradável, Sr. Knightley, porque ela estava com Emma.

— É verdade, senhor. E Emma também, pois estava com a Srta. Fairfax.

Emma viu sua ansiedade e desejando apaziguá-la, pelo menos no momento, disse, e com uma sinceridade que ninguém poderia questionar:

— Ela é uma espécie elegante de criatura, da qual ninguém consegue desviar os olhos. Eu sempre a observo para admirar e apiedo-me dela, do fundo do meu coração.

O Sr. Knightley parecia que estava mais grato do que se importava em expressar e, antes que pudesse expressar qualquer resposta, o Sr. Woodhouse, cujos pensamentos estavam concentrados nas Bates, disse:

— É uma grande pena que suas circunstâncias sejam tão confinadas. Uma grande pena, realmente! E eu sempre desejei — mas há tão pouco que alguém possa se aventurar a fazer — pequenos e triviais presentes, de qualquer coisa incomum. Bem, nós matamos um porco e Emma pensa em mandar-lhes um pedaço de lombo ou um pernil; é algo muito pequeno e delicado. A carne de porco de Hartfield não é como a carne de qualquer outro lugar, mas, ainda assim, é carne de porco. E, minha querida Emma, a menos que tenhamos certeza de que vão cortá-los em filés, deliciosamente fritos, já que os nossos são fritos, sem a menor quantidade de gordura, e não assá-los, pois nenhum estômago é capaz de suportar a carne de porco assada, acho que devemos lhes mandar o pernil, não acha, minha querida?

— Meu querido papai, eu enviei todo o quarto traseiro. Sabia que seria do seu desejo. Terão o pernil para salgar, como sabe, já que fica muito bom, e o lombo para ser temperado diretamente da maneira que quiserem.

— Está certo, minha querida, muito certo. Não havia pensado nisso antes, mas é a melhor maneira. Elas não devem salgar demais o pernil; e, assim, se não estiver salgado em excesso e se for muito bem cozido, assim como Serle cozinha o nosso, e comido com muita moderação, com um nabo aferventado e uma pequena cenoura ou uma cherivia, não considero que fará mal a alguém.

— Emma — disse o Sr. Knightley. — Tenho uma notícia para você. Você gosta de notícias e eu soube de um artigo quando estava vindo para cá que creio que vá lhe interessar.

— Uma notícia? Oh! Sim, eu sempre gosto de notícias. O que é? Por que está sorrindo assim? Onde a ouviu? Em Randalls?

Ele só teve tempo de dizer:

— Não, não em Randalls. Não estive nas proximidades de Randalls — quando a porta se abriu de supetão e a Srta. Bates e a Srta. Fairfax entraram na sala. Cheia de agradecimentos e cheia de notícias, a Srta. Bates não sabia quais expressar primeiro. O Sr. Knightley logo percebeu que havia perdido o seu momento e nenhuma outra sílaba de comunicação poderia lhe restar.

— Oh! Meu caro senhor, como está na manhã de hoje? Minha cara Srta. Woodhouse, venho aqui quase sobrepujada. Que belo quarto traseiro de porco! Você é tão generosa! Ficou sabendo da notícia? O Sr. Elton vai se casar.

Emma mal tivera tempo de pensar no Sr. Elton e estava tão completamente surpresa que não conseguiu evitar um pequeno sobressalto, e um leve enrubescer, ao ouvir a notícia.

— Aí está a minha notícia. Achei que isso lhe interessaria — disse o Sr. Knightley, com um sorriso que deixava implícita uma convicção de alguma parte do que havia se passado entre eles.

— Mas onde o senhor poderia ter ouvido isso? — exclamou a Srta. Bates. — Onde o senhor poderia ter ouvido isso, Sr. Knightley? Pois não faz cinco minutos desde que recebi o bilhete da Srta. Cole. Não, não pode ser mais do que cinco, ou talvez dez, pois eu havia vestido a minha touca e o casaco, pronta para sair. Apenas desci para conversar com Patty outra vez sobre o quarto de porco. Jane estava esperando no corredor — não estava, Jane? Pois minha mãe receava muito que não tivéssemos uma frigideira de salgar que fosse grande o bastante. Então eu disse que desceria para ver e Jane disse: "Devo descer em seu lugar? Porque acho que você está um pouco resfriada e Patty estava lavando a cozinha". "Oh, por Deus", eu disse; bem, e foi nesse momento que o bilhete chegou. Uma certa Srta. Hawkins, isso é tudo que sei. Srta. Hawkins, de Bath. Mas, Sr. Knightley, como o senhor poderia saber a respeito? Pois, no exato momento em que o Sr. Cole contou à Sra. Cole a respeito, ela se sentou e escreveu para mim. Uma certa Srta. Hawkins...

— Eu estava tratando de negócios com o Sr. Cole há uma hora e meia. Ele acabara de ler a carta do Sr. Elton, enquanto eu entrava, e entregou-a diretamente a mim.

— Ora! Isso é bastante... Creio que jamais houve uma notícia tão interessante de maneira geral. Meu caro senhor, é realmente muito generoso. Minha mãe lhe deseja tudo de melhor e envia seus respeitos e milhares de agradecimentos e diz que o senhor realmente a faz sentir-se humilde.

— Consideramos a carne de porco de Hartfield — respondeu o Sr. Woodhouse —, pois certamente o é, tão superior a todas outras carnes de porco, que Emma e eu não poderíamos ter prazer maior do que...

— Oh! Meu caro senhor! Como a minha mãe diz, nossos amigos são bons demais para conosco. Se há pessoas que, sem ter grande riqueza, têm tudo que poderiam desejar, tenho certeza de que somos nós. Podemos até mesmo dizer que "a nós coube uma formosa herança". Bem, Sr. Knightley, então o senhor realmente viu a carta. Bem...

— Foi breve, apenas para fazer o anúncio, mas alegre, exultante, é claro. — Aqui, houve um olhar maroto para Emma. — Dizia-se afortunado para... bem, esqueci-me das palavras exatas. Não seria elegante lembrar-me delas. A informação era, como a senhora declara, que ele iria se casar com uma certa Srta. Hawkins. Pelo estilo dele, devo imaginar que já está tudo acertado.

— O Sr. Elton vai se casar! — disse Emma, assim que teve condições de falar. — Vai receber os desejos de todos pela sua felicidade.

— Ele é jovem demais para se casar — foi a observação do Sr. Woodhouse. — Seria melhor não ter pressa. Parecia-me estar muito bem do jeito que estava. Sempre ficávamos contentes ao vê-lo em Hartfield.

— Uma nova vizinha para todos nós, Srta. Woodhouse! — disse a Srta. Bates, alegremente. — Minha mãe está tão contente! Diz que não consegue conceber o pobre e velho presbitério sem uma mulher. Isso é uma grande notícia, realmente. Jane, você nunca viu o Sr. Elton! Não é de se espantar que você tenha tanta curiosidade em vê-lo.

A curiosidade de Jane não parecia ser de uma natureza tão absorvente a ponto de ocupá-la por completo.

— Não, nunca vi o Sr. Elton — respondeu ela, enveredando pelo assunto. — Ele... Ele é um homem alto?

— Quem deve responder essa pergunta? — interpelou Emma. — Meu pai diria "sim", o Sr. Knightely "não" e a Srta. Bates e eu diríamos que ele fica num apropriado meio-termo. Depois que passar algum tempo por aqui, Srta. Fairfax, vai compreender que o Sr. Elton é o padrão da perfeição em Highbury, tanto em pessoa quanto em mente.

— É bem verdade, Srta. Woodhouse. Assim será. Ele é o melhor dentre os homens jovens. Mas, minha querida Jane, se você se lembra, eu lhe disse ontem que ele tinha precisamente a mesma altura do Sr. Perry. A Srta. Hawkins, eu ouso dizer, é uma jovem excelente. Sua atenção extrema para com a minha mãe — querendo que se sentasse no banco do presbitério para que pudesse ouvir melhor, pois minha mãe é um pouco surda, como sabe — não muito, mas ela não ouve tão bem. Jane diz que o Coronel Campbell é um pouco surdo. Achava que banhos de imersão poderiam lhe fazer bem, banhos mornos, mas ela disse que isso não trouxe nenhum benefício duradouro a ele. O Coronel Campbell, como sabe, é realmente o nosso anjo. E o Sr. Dixon parece ser um rapaz encantador, muito digno dele. É uma felicidade enorme quando pessoas boas se juntam, e elas sempre o fazem. Agora, aqui estarão o Sr. Elton e a Srta. Hawkins; e há os Coles, pessoas tão boas; e os Perrys; suponho que jamais houve um casal mais feliz ou melhor do que o Sr. e a Sra. Perry. Digo-lhe, senhor — voltando-se para o Sr. Woodhouse — que creio que há poucos lugares com uma sociedade tal qual a de Highbury. Sempre digo que somos abençoados com nossos vizinhos. Meu caro senhor, se há uma coisa que a minha mãe ama mais do que qualquer coisa, é carne de porco; um lombo de porco assado...

— Em relação a quem ou o que a Srta. Hawkins é, ou há quanto tempo ele a conhece — disse Emma —, nada, eu suponho, pode-se saber. Não é possível imaginar que se conheçam há muito tempo. Ele está fora há apenas quatro semanas.

Ninguém tinha qualquer informação a dar e, após mais algumas ruminações, Emma disse:

— Você está em silêncio, Srta. Fairfax, mas espero que queira se interessar por essa notícia. Você, que vem ouvindo e vendo tanta coisa ultimamente sobre esses assuntos, que deve estar tão imersa nos assuntos da conta da Sra. Campbell, não vamos permitir que fique indiferente em relação ao Sr. Elton e a Srta. Hawkins.

— Quando eu vir o Sr. Elton — respondeu Jane — ouso dizer que ficarei interessada, mas acredito que é preciso que isso aconteça antes. E, como já faz alguns meses desde que a Srta. Campbell se casou, a impressão pode estar um pouco envelhecida.

— Sim, ele está fora há apenas quatro semanas, conforme você observa, Srta. Woodhouse — disse a Srta. Bates. — Completou quatro semanas ontem. Uma certa Srta. Hawkins! Bem, eu sempre imaginei que haveria alguma jovem em algum lugar; não que eu já o tenha feito. A Srta. Cole certa vez sussurrou-o para mim, mas eu imediatamente disse: "Não, o Sr. Elton é um jovem muito digno". Mas... em resumo, não creio que eu seja particularmente astuta em relação a esse tipo de descobertas. Não tenho a pretensão de sê-lo. O que está diante de mim, eu vejo. Ao mesmo tempo, ninguém imaginaria que o Sr. Elton iria aspirar... A Srta. Woodhouse me deixa tagarelar, tão bem-humorada. Sabe que eu não ofenderia ninguém, jamais. Como está a Srta. Smith? Parece estar bastante recuperada agora. Teve notícias da Sra. John Knightley recentemente?

Oh! Aquelas belas criancinhas. Jane, você sabe que eu sempre imagino o Sr. Dixon como o Sr. John Knightley. Digo, em pessoa; alto e com aquela aparência, e não muito falante.

— Está errada, minha querida tia. Não há semelhança alguma.

— Muito estranho! Mas ninguém forma uma ideia justa sobre qualquer pessoa de antemão. Cria-se uma noção e parte-se desse ponto. O Sr. Dixon, você diz, não é, falando estritamente, bonito?

— Bonito! Oh! Não. Longe disso; certamente, não é atraente. Eu lhe disse que ele não era atraente.

— Minha querida, você disse que a Srta. Campbell não permitiria que ele não fosse atraente e que você mesma...

— Oh! Pelo que me diz respeito, meu julgamento não vale nada. Onde tenho algum respeito a prestar, sempre penso que a pessoa tem boa aparência. Mas dei o que acreditava ser a opinião geral quando disse que ele não era atraente.

— Bem, minha querida Jane, acredito que está na hora de irmos. O tempo não parece estar bom e vovó vai ficar preocupada. Você é gentil demais, querida Srta. Woodhouse, mas realmente precisamos ir. Essa foi uma notícia muito agradável, com certeza. Vou passar pela casa da Sra. Cole, mas não devo ficar lá por três minutos. E, Jane, é melhor que você vá diretamente para casa. Não quero que você fique sob a chuva! Achamos que ela está melhor por estar em Highbury. Obrigada, realmente achamos. Não vou tentar falar com a Sra. Goddard, pois realmente não creio que ela se importa com nada além de carne de porco cozida; quando temperarmos o pernil, o assunto será outro. Um bom dia, meu caro senhor. Oh! O Sr. Knightley virá também. Bem, isso é demais! Tenho certeza de que, se Jane estiver cansada, o senhor fará a gentileza de lhe dar o braço. Sr. Elton e Srta. Hawkins! Um bom dia a vocês.

Emma, sozinha com o pai, dava-lhe metade da atenção que ele queria enquanto se lamentava sobre as pessoas jovens que tinham tanta pressa em se casar — e em se casar com estranhos, também; e a outra metade, podia dar a sua própria perspectiva sobre o assunto. Para ele, era uma notícia divertida e muito bem-vinda, pois provava que o Sr. Elton não podia ter sofrido por tanto tempo, mas lamentava por Harriet. Harriet devia sentir aquilo e tudo que ela podia esperar era que, se fosse a primeira pessoa a lhe dar a informação, iria poupá-la de ouvi-la abruptamente por meio de outras pessoas. Agora era o momento em que ela provavelmente chegaria para visitar. Se esbarrasse na Srta. Bates enquanto ia! E, como estava começando a chover, Emma foi obrigada a esperar que o tempo a detivesse na casa da Sra. Goddard e que a informação indubitavelmente se precipitaria sobre ela sem qualquer preparação.

A chuva foi forte, mas curta, e não havia terminado havia mais de cinco minutos quando Harriet entrou, com a aparência agitada e acalorada, provavelmente o resultado de chegar correndo de lá com o coração cheio; e o "Oh! Srta. Woodhouse, o que você acha que aconteceu?" que explodiu instantaneamente trazia toda a evidência de uma perturbação correspondente. Com o golpe desferido, Emma sentiu que não podia agora demonstrar gentileza maior do que escutar; e Harriet, sem qualquer reserva, aligeirou-se ansiosamente pelo que tinha a dizer. — Saíra da casa da Sra. Goddard havia meia hora; temia que fosse chover; receava que o céu fosse se abrir a qualquer momento, mas pensou que conseguiria alcançar Hartfield antes; apressara-se para chegar o mais rápido possível, mas então, enquanto passava pela casa onde uma jovem estava lhe fazendo um vestido, pensou que poderia rapidamente entrar para ver seu progresso; e embora, não parecesse ter ficado meio momento por ali, logo depois que saiu, começou a chover, e ela não sabia o que fazer; assim, correu diretamente em frente e abrigou-se na Ford's. — A Ford's era a principal loja onde se vendiam tecidos de lã, tecidos de linho e armarinhos em um mesmo local; a principal loja em tamanho e elegância do lugar. — E então, lá estava ela, sem ideia sobre qualquer coisa no mundo, durante dez minutos inteiros, talvez; quando, subitamente, quem entra na loja? Certamente foi muito estranho! Mas eles sempre compram na Ford's. Quem mais, se não Elizabeth Martin e seu irmão! Querida Srta. Woodhouse! Pense, apenas. Achei que fosse desmaiar. Não sabia o que fazer. Eu estava sentada perto da porta. Elizabeth me viu diretamente, mas ele não viu; estava ocupado demais com o guarda-chuva. Tenho certeza de que ela me viu, mas desviou o olhar imediatamente e não fez qualquer menção; e os dois foram até o lado mais distante da loja; e eu continuei sentada perto da porta! Oh! Deus, senti-me tão abalada! Tenho certeza de que fiquei tão branca quanto o meu vestido. Eu não podia ir embora, como sabe, por causa da chuva, mas desejei comigo mesma estar em qualquer lugar do mundo que não fosse aquele. Oh! Querida Srta. Woodhouse... Bem, finalmente, eu creio, ele olhou para trás e me viu, mas, em vez de continuarem com suas compras, eles começaram a sussurrar um com o outro. Tenho certeza de que estavam falando sobre mim e não consegui evitar pensar que ele a estava persuadindo a falar comigo (acha que estava, Srta. Woodhouse?), pois ela veio de pronto em minha direção, veio até onde eu estava e perguntou-me como eu estava e pareceu estar pronta para me cumprimentar com um aperto de mão se eu estivesse disposta. Não o fez da mesma maneira que costumava fazer; pude perceber que ela estava alterada, mas, entretanto, ela pareceu tentar ser bastante amigável e nós trocamos um aperto de mãos e ficamos conversando por algum tempo. Mas não me lembro mais do que disse; eu estava tão trêmula! Lembro-me de que ela disse que lamentava por não nos encontrarmos mais agora, o que quase achei ser gentil demais! Por Deus, Srta. Woodhouse, senti-me absolutamente miserável! Nesse momento, começava a estiar e eu estava determinada a não deixar que nada me impedisse de sair dali, e então — apenas imagine! — percebi que ele estava vindo em minha direção também. Lentamente, como deve saber, como se não soubesse realmente o que devia fazer; e assim ele veio e falou-me, e eu respondi; e fiquei ali por um minuto, sentindo algo horrível, como sabe, impossível de descrever; e então eu tomei coragem e disse que não chovia, e que tinha que ir; e assim, pus-me a caminho; e não havia me afastado três metros da porta quando ele veio atrás de mim, apenas para dizer que, se eu estivesse vindo a Hartfield, pensava que seria muito melhor dar a volta pelos estábulos do Sr. Cole, pois eu iria encontrar o caminho mais próximo muito alagado por essa chuva. Oh! Deus, achei que isso seria a morte para mim! E então eu disse que lhe era muito agradecida; você sabe que eu não poderia fazer menos do que isso; e ele voltou para junto de Elizabeth e eu vim para cá, dando a volta pelos estábulos — acredito que o fiz —, mas eu mal sabia onde estava, nem qualquer outra coisa. Oh! Srta. Woodhouse, eu desejaria ter feito qualquer outra coisa do que passar por isso; e, mesmo assim, sabe, houve uma espécie de satisfação em vê-lo se portar de maneira tão agradável e tão gentil. E Elizabeth, também. Oh! Srta. Woodhouse, por favor, converse comigo e faça com que eu me sinta confortável outra vez.

Muito sinceramente, Emma desejava fazer aquilo, mas não era algo que estivesse imediatamente em seu poder. Sentiu-se obrigada a parar e pensar. Ela mesma não se sentia totalmente confortável. A conduta do rapaz, e a da sua irmã, parecia ser o resultado de sentimentos verdadeiros e ela não conseguiu evitar sentir pena por eles. Conforme Harriet descrevia, houve uma mistura interessante de afeição ferida e delicadeza genuína no comportamento dos irmãos. Mas ela acreditara que eles eram pessoas de boa índole e dignas antes; e que diferença isso fazia nos males daquele contato? Era tolice ficar incomodada com aquilo. Claro, ele devia lamentar tê-la perdido — deviam todos lamentar. A ambição, assim como o amor, provavelmente ficou mortificada. Talvez todos esperassem ascender por meio da amizade com Harriet; e, além disso, qual era o valor da descrição de Harriet? Tão facilmente contentada, tão pouco perspicaz. O que significavam seus elogios?

Ela se esforçou e tentou reconfortá-la, considerando tudo que se passara como uma mera insignificância, algo realmente indigno de se continuar pensando a respeito.

— Pode ser incômodo, por ora — disse ela. — Mas você parece haver se portado extremamente bem. Está terminado — e pode jamais — jamais poderá, como um primeiro encontro, ocorrer outra vez. Portanto não precisa pensar nisso.

Harriet disse: "Sim, isso é verdade", e que não pensaria naquilo, mas ainda falava sobre a ocasião, ainda era incapaz de falar sobre qualquer outra coisa. E Emma, finalmente, para tirar os Martins da cabeça dela, foi obrigada a apressar a notícia que pensara em dar com uma cautela muito maior, sem saber se deveria se regozijar ou ficar irritada, envergonhada ou simplesmente divertir-se com o estado em que se encontrava a mente da pobre Harriet, tal era a conclusão da importância do Sr. Elton para ela.

Os direitos do Sr. Elton, entretanto, gradualmente se reavivaram. Embora não sentisse aquela informação da maneira que poderia ter sentido no dia anterior, ou uma hora antes, seu interesse logo cresceu e, antes que a primeira conversa estivesse terminada, ela já havia se deixado falar sobre todas as sensações de curiosidade, espanto e arrependimento, dor e prazer, em relação a essa afortunada Srta. Hawkins, que poderia levar a colocar a família Martin sob uma subordinação adequada em seus devaneios.

Emma decidiu se dar por feliz pela ocorrência de tal encontro. Fora útil para atenuar o primeiro choque, sem reter qualquer influência em alarmar. Da maneira que Harriet vivia agora, os Martins não podiam chegar até ela sem procurá-la, já que até esse momento lhes faltava a coragem ou a condescendência de procurá-la, porque, desde a sua rejeição ao irmão, as irmãs não retornaram à casa da Sra. Goddard; e um ano inteiro poderia se passar sem que eles voltassem a se reunir outra vez, sem necessidade alguma, ou mesmo a possibilidade de falar.

IV

A natureza humana é tão bem-disposta em relação àqueles que estão em situações interessantes, que uma pessoa jovem, que se case ou que morra, tem a certeza de que falarão com gentileza a seu respeito.

Não se passara uma semana desde a primeira ocasião em que o nome da Srta. Hawkins fora mencionado em Highbury, antes que se descobrisse, por algum meio ou outro, que ela tinha toda a recomendação em termos de pessoa e mente, que era bela, elegante, bastante talentosa e perfeitamente afável; e, quando o Sr. Elton chegou em pessoa para triunfar em seus prospectos favoráveis e circular a fama dos méritos da Srta. Hawkins, houve pouco mais a fazer do que falar qual era o seu nome cristão e dizer que tipo de música ela tocava com mais frequência.

O Sr. Elton retornou um homem muito feliz. Havia partido rejeitado e mortificado — decepcionado em uma esperança muito otimista, após uma série do que lhe pareceu serem fortes sinais de encorajamento; e não somente perdeu a dama certa, mas se viu relegado ao nível de outra, muito errada. Partira profundamente ofendido; voltou noivo de outra — e outra tão superior, é claro, quanto a primeira, já que em tais circunstâncias o que se conquista sempre é igual ao que se perde. Voltara alegre e satisfeito, ansioso e ocupado, sem dar nenhuma importância à Srta. Woodhouse e afrontando a Srta. Smith.

A encantadora Augusta Hawkins, além de todas as vantagens habituais de mérito e beleza perfeitos, tinha a posse de uma fortuna independente, de tantos milhares que seriam chamados de dez, uma marca de certa dignidade, assim como de conveniência. A história se contava bem; ele não havia se jogado fora, havia ganhado uma mulher de 10 mil libras, ou perto disso; e a ganhara com uma rapidez impressionante — a primeira hora de apresentações fora logo seguida por um interesse distinto; a história que ele teve que relatar à Sra. Cole, sobre o início e progresso do relacionamento, foi tão gloriosa — os passos tão rápidos, desde o encontro acidental até o jantar na casa do Sr. Green, e a festa na casa da Sra. Brown — sorrisos e rubores crescendo em importância —, com a timidez e a consciência ricamente espalhados, a jovem dama fora tão facilmente impressionada, tão docemente disposta — estava, em resumo, para usar uma frase bastante inteligível, tão disposta a tê-lo, que a vaidade e a prudência foram igualmente contentadas.

Apanhara tanto a substância quanto a sombra, tanto a fortuna quanto a afeição, e era exatamente o homem feliz que deveria ser, falando somente sobre si mesmo e seus próprios interesses, esperando ser parabenizado, preparado para ser motivo de riso para outras pessoas; e, com sorrisos cordiais e destemidos, agora se dirigia a todas as jovens damas do lugar, com quem, algumas semanas antes, ele teria agido de maneira bem mais cautelosa e galante.

O casamento não era um evento que estava distante, já que ambas as partes tinham apenas a si mesmas para contentar e nada por aguardar além dos preparativos necessários; e, quando ele partiu rumo a Bath outra vez, houve uma expectativa geral, com certo olhar, que a Sra. Cole não pareceu contradizer, de que, na próxima vez em que ele entrasse em Highbury, traria a noiva consigo.

Durante sua curta estadia presente, Emma nem sequer o viu; apenas o bastante para sentir que o primeiro encontro estava terminado e dar-lhe a impressão de que ele não havia melhorado, pela mistura de ressentimento e pretensão que agora se espalhava ao seu redor. Ela estava, de fato, começando a se perguntar por que o havia achado tão agradável à primeira vista; e sua imagem estava tão inseparavelmente conectada com algumas sensações bastante desagradáveis que, exceto sob uma luz moral, como uma penitência, uma lição, uma fonte de humilhação proveitosa para a sua própria mente, Emma ficaria agradecida pela garantia de jamais voltar a vê-lo. Desejava-lhe felicidades, mas ele lhe causara dor e, se ele estivesse vivendo bem a trinta quilômetros de distância, isso daria a Emma bastante satisfação.

A dor por ele continuar a residir em Highbury, entretanto, certamente seria atenuada pelo seu casamento. Muitas solicitudes vãs seriam prevenidas; muitos embaraços seriam suavizados. Uma Sra. Elton seria uma justificativa para qualquer mudança de conversa; uma antiga intimidade poderia desaparecer sem qualquer comentário. Seria quase como começar sua vida de civilidade outra vez.

Sobre a dama, individualmente, Emma não pensava muito. Era boa o bastante para o Sr. Elton, sem dúvida; suficientemente talentosa para Highbury; suficientemente bonita para não parecer bela, provavelmente, ao lado de Harriet. Em relação aos contatos, Emma estava perfeitamente tranquila, persuadida de que, depois de todas as alegações e o desdém alardeado sobre Harriet, ele não fizera nada. Nesse aspecto, a verdade parecia ser alcançável. O que ela era, parecia incerto, mas quem ela era poderia ser descoberto; e, desconsiderando-se as 10 mil libras, não chegava a parecer que fosse superior a Harriet. Não trazia nenhum nome, nenhuma relação de sangue, nenhuma aliança. A Srta. Hawkins era a mais nova das duas filhas de um mercador de Bristol, certamente, como deveria ser chamado, mas, como o total dos lucros da sua vida mercantil parecia ser tão moderado, não seria injusto supor que a dignidade da sua linha de comércio fora bastante moderada, também. Parte de cada inverno ela costumava passar em Bath, mas Bristol era o seu lar, exatamente o coração de Bristol, pois, embora o pai e a mãe houvessem morrido havia alguns anos, um tio restava — na carreira do direito — e nada mais distintamente honroso se arriscava dizer dele, além de que tinha uma carreira no direito; e com ele a filha vivera. Emma imaginava que ele fosse o burro de carga de algum advogado, bronco demais para ascender. E todo o grandeur daquela conexão parecia depender da irmã mais velha, que era muito bem casada, com um cavalheiro de grande importância, nas proximidades de Bristol, que tinha duas carruagens! Esse era o resumo da história; essa era a glória da Srta. Hawkins.

Se pudesse ter dado a Harriet suas impressões sobre tudo aquilo! Convencera-a a amar, mas, oh! Não era fácil desconvencê-la disso. Os encantos de um objeto que ocupasse os muitos vazios da mente de Harriet não seriam removidos com conversas. Ele poderia ser substituído por outro; e certamente o seria. Nada podia ser mais claro; até mesmo um Robert Martin seria suficiente, mas nenhuma outra coisa, temia ela, a curaria. Harriet era uma daquelas que, após haver começado, sempre estaria apaixonada. E agora, pobre garota! Estava consideravelmente pior após esse reaparecimento do Sr. Elton. Sempre conseguia vislumbrá-lo em um ou outro lugar. Emma o viu apenas uma vez, mas duas ou três vezes por dia. Harriet sempre acabava por encontrá-lo, ou por deixar de encontrá-lo por causa de instantes, por ouvir sua voz ou ver seus ombros, para que algo ocorresse para preservá-lo em suas fantasias, em todo o calor comezinho de surpresa e conjectura. Além disso, ouvia perpetuamente a seu respeito, pois, exceto quando estava em Hartfield, sempre se encontrava entre aqueles que não viam qualquer defeito no Sr. Elton e que não pensavam que nada era tão interessante quanto discutir os interesses dele; e, em todos os relatos, portanto — todos que já haviam ocorrido e todos que haveriam de ocorrer sobre os arranjos dos assuntos concernentes a ele, compreendendo sua renda, criados e mobília, estavam continuamente agitados ao seu redor. Sua consideração ganhava força pelos invariáveis elogios feitos a ele e seus arrependimentos eram mantidos vivos e os sentimentos eram irritados pelas incessantes repetições sobre a felicidade da Srta. Hawkins e a observação contínua do quanto ele parecia estar ligado a ela! Seu ar, quando passava pela casa, o próprio jeito de usar o chapéu, tudo era prova do quanto ele estava apaixonado!

Se aquilo fosse um entretenimento permissível, se não houvesse dor à sua amiga ou remorso a si mesma nos devaneios da mente de Harriet, Emma acabaria por se divertir com essas variações. Às vezes, o Sr. Elton predominava outras vezes, os Martins; e cada um deles era ocasionalmente útil como um anteparo para o outro. O noivado do Sr. Elton foi a cura da agitação causada pelo encontro com o Sr. Martin; a infelicidade produzida pelo conhecimento desse noivado fora um pouco atenuada pela visita de Elizabeth Martin à casa da Sra. Goddard alguns dias depois. Harriet não estava em casa, mas uma mensagem havia sido preparada e deixada para ela, escrita com estilo próprio para tocar, uma pequena mistura de remorso com uma quantidade enorme de gentileza; e, até que o Sr. Elton aparecesse em pessoa, ela ficou muito ocupada com aquilo, continuamente ponderando sobre o que poderia ser feito para retribuí-la, e desejando fazer mais do que se atrevia a confessar. Mas o Sr. Elton, em pessoa, afastou todas essas preocupações. Enquanto ele estava ali, os Martins eram esquecidos; e, na manhã em que ele partiu para Bath novamente, Emma, para dissipar um pouco do incômodo que aquilo ocasionou, julgou que o melhor para ela seria retribuir a visita de Elizabeth Martin.

Como essa visita seria recebida — o que seria necessário — e o que seria o mais seguro foram o motivo de duvidosa consideração. A negligência absoluta pela mãe e as irmãs, quando convidada a vir, seria uma ingratidão. Não poderia sê-lo; e, ainda assim, o perigo de uma renovação da amizade!

Depois de muito pensar, não conseguiu determinar nada melhor do que em Harriet retribuindo a visita, mas de modo que, se conseguissem compreender, deveria convencê-los de que aquilo devia ser apenas uma ocasião formal. Dispôs-se a levá-la na carruagem, deixá-la em Abbey Mill, enquanto seguia o caminho por mais algum tempo, e chamá-la de volta tão brevemente que não haveria tempo para quaisquer aplicações insidiosas ou recorrências perigosas do passado e exibir as provas mais decididas sobre o grau de intimidade que fora escolhido para o futuro.

Não conseguiu pensar em nada melhor e, embora houvesse algo que seu próprio coração não conseguia aprovar — uma espécie de ingratidão, meramente disfarçada —, aquilo deveria ser feito. Senão, o que seria de Harriet?

V

Harriet não estava com muita disposição para fazer a visita. Apenas meia hora antes que sua amiga viesse vê-la na casa da Srta. Goddard, suas estrelas cruéis já a haviam levado até o local exato no qual, naquele momento, um baú, endereçado ao Reverendo Philip Elton, White-Hart, Bath, foi avistado no procedimento de ser colocado na carroça do açougueiro, que devia levá-la até onde as carruagens passavam; e tudo neste mundo, com exceção daquele baú e da sua direção, tornou-se consequentemente vazio.

Mesmo assim, ela foi e, quando chegaram à fazenda, e ela devia desembarcar, ao final da larga e distinta trilha de cascalhos, que levava por entre macieiras cuidadosamente podadas até a porta principal, a visão de todas as coisas que lhe causaram tanto prazer no outono anterior estava começando a lhe dar uma pequena agitação; e, quando se despediram, Emma observou que ela olhava ao redor com uma espécie de curiosidade temerosa, o que a deixou determinada a não permitir que a visita excedesse o quarto de hora proposto. Ela seguiu em frente para conceder aquela porção de seu tempo a uma velha criada que havia se casado e que agora morava em Donwell.

O quarto de hora a trouxe pontualmente ao portão branco outra vez e a Srta. Smith, atendendo ao seu chamado, estava com ela sem atrasos, sem a companhia de nenhum rapaz alarmante. Veio solitariamente pela trilha de cascalhos; uma das Srtas. Martin apareceu na porta e despediu-se dela aparentemente com uma civilidade cerimoniosa.

Harriet não foi capaz de fazer um relato muito inteligível tão brevemente. Estava sentindo demais, mas finalmente Emma conseguiu apreender o bastante para entender o tipo de encontro e o tipo da dor que a ocasião criava. Havia visto somente a Sra. Martin e as duas garotas. Elas a receberam de maneira duvidosa, senão fria, e nada além das mais meras trivialidades foi conversado durante quase todo o tempo, até quase o final, quando a Sra. Martin disse, subitamente, que achava que a Srta. Smith havia crescido, trouxe um assunto mais interessante e modos mais amistosos. Naquela mesma sala ela fora avaliada em setembro passado, com suas duas amigas. Ali estavam as marcas a lápis e os memorandos no lambril da janela. Ele havia feito aquilo. Todos pareciam se lembrar do dia, da hora, da festa, da ocasião, sentir o mesmo acanhamento, os mesmos arrependimentos, estarem prontos para voltar à boa compreensão de antes e estavam começando a agir como eles mesmos novamente (Harriet, como Emma devia suspeitar, tão disposta quanto o melhor entre eles para ser cordial e feliz) quando a carruagem reapareceu e tudo terminou. Sentiu-se que o estilo da visita e sua brevidade seriam decisivos. Quatorze minutos a serem dados àqueles com quem ela graciosamente passara seis semanas havia menos de seis meses! Emma não conseguia evitar visualizar tudo aquilo e imaginava o quão justamente a família ficara ressentida, o quão naturalmente Harriet devia sofrer. Era uma situação ruim. Ela teria que fazer muito, ou suportar muitas coisas, para que os Martins estivessem num nível superior de vida. Eram tão merecedores que uma leve ascensão devia ser o suficiente, mas, da maneira em que se encontrava, como ela poderia agir de outra forma? Impossível! Não podia ceder. Eles tinham que ser afastados, mas havia uma dor muito grande naquele processo e muita em relação a ela mesma, nesse momento, que logo sentiu a necessidade de algum consolo e resolveu, ao voltar para casa, ir até Randalls para consegui-lo. Sua mente estava farta do Sr. Elton e dos Martins. O frescor de Randalls era absolutamente necessário.

Foi um bom plano, mas, ao chegar até a porta, ouviram que "nem o senhor nem a senhora estavam em casa". Ambos haviam saído havia algum tempo; o homem acreditava que os dois haviam ido a Hartfield.

— Isso é muito ruim — exclamou Emma, enquanto retornavam. — E agora não vamos encontrá-los em Hartfield. É provocante demais! Não me lembro de quando fiquei tão decepcionada. — E ela se recostou no canto para se perder em seus murmúrios, ou para tentar afastá-los; provavelmente, um pouco de cada, tal era o processo mais comum de uma mente de boa disposição. Dentro em pouco, a carruagem parou; ela ergueu os olhos. O veículo foi parado pelo Sr. e pela Sra. Weston, que aguardavam para lhe falar. Houve um prazer instantâneo em vê-los e um prazer ainda maior foi transmitido pelo som, pois o Sr. Weston imediatamente a abordou com:

— Como está? Como está? Estávamos conversando com o seu pai, felizes em vê-lo tão bem. Frank chega amanhã. Recebi uma carta na manhã de hoje. Nós o veremos amanhã até a hora do jantar, com certeza. Ele está em Oxford hoje e vem passar uma quinzena inteira; eu sabia que seria assim. Se tivesse vindo no Natal, não poderia ter ficado três dias; sempre fiquei feliz por ele não ter vindo no Natal. Agora teremos o tempo adequado para ele, um tempo agradável, seco e estável. Desfrutaremos dele por completo; tudo aconteceu exatamente como podíamos desejar.

Não havia como resistir a tal notícia, nenhuma possibilidade de evitar a influência de um rosto tão feliz quanto o do Sr. Weston, confirmado como foi pelas palavras e o semblante da sua esposa, em menor quantidade e mais discretas, mas não menos objetivas. Saber que ela pensava que a vinda do rapaz era certa era o suficiente para fazer com que Emma considerasse o mesmo, e sinceramente ela se regozijou pela alegria do casal. Era uma reanimação bastante agradável para ânimos exaustos. O passado roto desaparecia em meio ao frescor do que estava por vir; e na rapidez de pensar por meio momento, esperava que não se voltaria a falar do Sr. Elton.

O Sr. Weston lhe deu a história dos compromissos em Enscombe que permitiram ao seu filho aceitar passar uma quinzena inteira ao seu comando, assim como o itinerário e o método da jornada. E ela escutou, e sorriu, e congratulou.

— Hei de levá-lo brevemente a Hartfield — disse ele, quando da conclusão.

Emma imaginou ver um toque da esposa em seu braço ao final desse pronunciamento.

— É melhor irmos, Sr. Weston — disse ela. — Estamos retendo as moças.

— Bem, bem. Estou pronto. — E voltando-se novamente para Emma:

— Mas você não deve esperar um rapaz muito refinado; teve apenas o meu relato a seu respeito, como sabe. Ouso dizer que ele não é realmente nada de extraordinário — embora seus próprios olhos brilhantes no momento dissessem algo de uma convicção totalmente diferente.

Emma foi capaz de manter uma expressão perfeitamente ignorante e inocente e responder de uma maneira que não apropriava nada.

— Pense em mim amanhã, minha querida Emma, por volta das quatro horas — foi o comentário de despedida da Sra.

Weston, falado com certa ansiedade e destinado apenas para ela.

— Quatro horas! Pode confiar que ele estará aqui antes das três — foi a rápida emenda do Sr. Weston; e assim encerrou-se um encontro muito satisfatório.

Os ânimos de Emma haviam se elevado quase até a felicidade; todo o resto tinha um ar diferente; James e seus cavalos pareciam não estar mais tão modorrentos quanto antes. Quando olhava para as cercas-vivas, pensou que o mais velho logo deveria sair e, quando se voltou para Harriet, viu algo que se parecia com uma expressão primaveril, um sorriso carinhoso até mesmo ali.

— O Sr. Frank Churchill vai passar por Bath, assim como por Oxford? — foi uma pergunta, entretanto, que não augurou muito.

Mas nem a geografia nem a tranquilidade podiam surgir de uma só vez e Emma estava agora com o humor adequado para decidir que as duas deveriam chegar em tempo.

A manhã do dia interessante chegou e a fiel pupila da Sra. Weston não se esqueceu, nem às dez, nem às onze, nem às doze horas de que devia pensar nela às quatro.

— Minha querida, querida e ansiosa amiga — disse ela num solilóquio mental enquanto descia as escadas, saindo de seu quarto. — Sempre tão cuidadosa com o conforto de todos, menos com o seu próprio. Vejo-a agora em todas as suas pequenas aflições, indo várias vezes até o quarto dele para ter certeza de que tudo está correto. — O relógio bateu as doze quando ela passava pelo salão. — São doze; não vou me esquecer de pensar em você daqui a quatro horas e, a essa hora, amanhã, talvez, ou um pouco mais tarde, posso estar pensando na possibilidade de que todos estarão batendo à minha porta. Tenho certeza de que irão trazê-lo em breve.

Ela abriu a porta da sala de estar e viu dois cavalheiros sentados com seu pai, o Sr. Weston e seu filho. Haviam chegado havia poucos minutos e o Sr. Weston mal terminara a sua explicação sobre Frank haver chegado um dia antes do previsto e seu pai ainda estava no meio de suas boas-vindas e congratulações muito civilizadas, quando ela apareceu, para ter sua própria porção de surpresa, apresentações e prazer.

O Frank Churchill de quem há tanto tempo se falava, tão elevado em interesse, estava realmente diante dela; foi-lhe apresentado e ela não pensou que coisas demais haviam sido ditas em seu louvor. Era um jovem de muito boa aparência, altura, porte e linguajar, todos eram irrepreensíveis, e seu semblante tinha uma grande porção do ânimo e da vivacidade da expressão do seu pai; parecia arguto e sensato. Sentiu imediatamente que deveria gostar dele e havia uma naturalidade bem-criada de modos e uma prontidão para falar que a convenceu de que ele viera com a intenção de se familiarizar com ela, e que familiarizados eles em breve estariam.

Chegara a Randalls na noite anterior. Ela ficou tão contente com a ânsia em chegar que o fez alterar seu plano e viajar mais cedo, e até mais tarde, e mais rápido, de modo a poder ganhar mais meio dia.

— Eu lhe disse ontem — anunciou o Sr. Weston com júbilo. — Eu disse a vocês que ele estaria aqui antes do horário marcado. Lembrei-me do que eu mesmo costumava fazer. Não se pode demorar numa jornada; não se pode evitar avançar mais rapidamente do que se havia planejado e o prazer de surgir diante de amigos antes que as preocupações comecem vale muito mais do que qualquer exaustão que seja necessária.

— É um grande prazer quando alguém pode dele se favorecer — disse o rapaz —, embora não haja muitas casas que eu devo presumir serem assim. Mas, ao chegar ao meu lar, senti que poderia fazer qualquer coisa.

A palavra lar fez com que seu pai o observasse com uma complacência renovada. Emma sentiu uma certeza total de que ele sabia como se tornar agradável e a convicção foi reforçada pelo que se seguiu. Ele ficou muito contente com Randalls, pensava que era uma casa admiravelmente bem organizada, nem sequer se permitiria pensar que fosse pequena; admirava a situação, a caminhada até Highbury, a própria Highbury, e Hartfield ainda mais, e professou que sempre sentira uma espécie de interesse pelo campo que nenhum lugar além do campo próprio de cada um causa e uma curiosidade enorme em visitá-lo. O fato de que ele nunca fora capaz de satisfazer um sentimento tão afável antes passou, desconfiadamente, pelo cérebro de Emma, mas, mesmo assim, se fosse uma falsidade, era uma falsidade agradável e agradavelmente externada. Seus maneirismos não tinham nenhum ar estudado ou exagerado. Realmente parecia e falava como se estivesse num estado incomum de prazer.

Os assuntos em gerais foram do tipo que pertencia ao início de uma amizade. Pelo lado dele havia perguntas: "Ela era amazona? Cavalgadas agradáveis? Caminhadas agradáveis? Tinham uma vizinhança ampla? Highbury, talvez, oferecia sociedade suficiente? Havia várias casas muito bonitas dentro e ao redor da cidade. Bailes, tinham bailes? Era uma sociedade musical?".

E quando se deu por satisfeito em todas aquelas questões e com a amizade já proporcionalmente avançada, ele fez menção de encontrar uma oportunidade, enquanto seus dois pais estavam engajados em um diálogo, de tocar no assunto da sua madrasta e de falar dela com elogios tão encantadores, uma admiração tão afetuosa, tanta gratidão pela felicidade que ela trazia ao seu pai, e por havê-lo recebido de maneira tão gentil, como uma prova adicional de que ele sabia agradar — e de que certamente pensava que valia a pena tentar agradá-la. Não exagerou uma única palavra elogiosa além do que ela sabia ser completamente merecido pela Sra. Weston, mas, indubitavelmente, não poderia saber muito a respeito. Sabia que seria bem recebido, não podia ter certeza de muito mais. — O casamento do seu pai — disse ele — foi um ato muito sábio e todos os seus amigos deveriam se sentir felizes e a família da qual ele havia recebido tal bênção deveria eternamente ser considerada como aquela que a maior das gentilezas lhe concedera.

Ele chegou o mais perto que pôde de agradecê-la pelos méritos da Srta. Taylor, sem parecer se esquecer que, pelo decurso normal das coisas, o correto seria supor que a Srta. Taylor havia moldado o caráter da Srta. Woodhouse, ao invés da Srta. Woodhouse tê-lo feito pela Srta. Taylor. E, finalmente, como se decidido a qualificar completamente a sua opinião voltando ao objeto inicial, ele amarrou tudo com admiração pela juventude e beleza da sua pessoa.

— Para modos elegantes e agradáveis, eu estava preparado — disse ele. — Mas confesso que, considerando todas as coisas, não esperava mais do que uma mulher de aparência bastante tolerável e de certa idade; não sabia que encontraria uma mulher jovem e bonita na Sra. Weston.

— Não se pode ver perfeição demais na Sra. Weston para o meu gosto — disse Emma. — Se acreditasse que ela tinha dezoito anos, eu escutaria com prazer, mas ela estaria pronta para discordar de você por usar tais palavras. Não permita que ela imagine que você a descreveu como uma mulher jovem e bonita.

— Imagino que eu já devesse saber — respondeu ele. — Não, pode confiar (curvando-se de maneira galante) que, ao me dirigir à Sra. Weston, compreendo a quem devo elogiar sem qualquer perigo de que pensem que sou extravagante em meus termos.

Emma imaginou se a mesma suspeita do que poderia se esperar quando os dois se conhecessem, que havia fortemente tomado conta de sua mente, havia cruzado a dele e se esses elogios deveriam ser considerados como marcas de aquiescência ou evidência de provocação. Devia vê-lo mais vezes para compreender sua índole; no momento, sentia apenas que ele era agradável.

Ela não tinha dúvidas do que o Sr. Weston sempre cogitava. Seu olhar ligeiro ela detectou várias e várias vezes olhando na direção dos dois, com uma expressão alegre; e, mesmo, quando talvez houvesse determinado que não olharia, ela estava confiante de que, frequentemente, ele os escutava.

A isenção perfeita do seu próprio pai de qualquer pensamento do tipo, a completa deficiência que tinha de tal perspicácia ou suspeita, era uma circunstância bastante reconfortante. Felizmente, ele não estava mais distante de aprovar um matrimônio do que de prevê-lo. Embora sempre se opusesse a todo casamento que fosse acertado, ele nunca sofreu de antemão pela apreensão em relação a um enlace; parecia não ser capaz de pensar algo de ruim sobre a inteligência de duas pessoas para supor que desejavam se casar, até que lhes fosse provado o contrário. Ela agradecia por aquela cegueira que a favorecia. Ele poderia agora, sem o obstáculo de uma simples conjectura desagradável, ceder a toda a sua civilidade natural e o coração aberto fazendo perguntas solícitas sobre as acomodações do Sr. Frank Churchill em sua viagem, pelos males tristonhos de ter que dormir duas noites na estrada, e expressar uma ansiedade muito genuína e pura em saber que ele certamente escapara de pegar um resfriado — o qual, entretanto, ele não conseguia ter tanta certeza sobre si mesmo até mais uma noite passar.

Após ficar um tempo razoável, o Sr. Weston começou a se levantar. — Ele precisa ir. Tinha assuntos a tratar no Crown pelo seu feno e muitas coisas a resolver para a Srta. Weston na Ford's, mas não precisava apressar ninguém. — Seu filho, demasiadamente bem-criado para ouvir a insinuação, levantou-se imediatamente, dizendo:

— Como você vai continuar fora a negócios, senhor, vou aproveitar a oportunidade para fazer uma visita, que deve ser feita algum dia ou outro e, portanto, poderia ser feita agora. Tenho a honra de ter a amizade de uma vizinha sua (voltando-se para Emma), uma dama que reside em, ou perto, de Highbury; uma família de nome Fairfax. Não terei dificuldade, suponho, em encontrar a casa; embora Fairfax não seja, como acredito, o nome apropriado; eu deveria dizer Barnes ou Bates. Você conhece alguma família com esse nome?

— Certamente conhecemos — exclamou o seu pai. — A Sra. Bates. Nós passamos pela casa dela. Eu vi a Srta. Bates na janela. É verdade, é verdade, você já foi apresentado à Srta. Fairfax; lembro-me que você a conheceu em Weymouth, e ela é uma bela moça. Vá visitá-la, certamente.

— Não há necessidade de que eu a visite na manhã de hoje — disse o jovem. — Outro dia seria tão bom quanto. Mas houve aquela ocasião em que fomos apresentados em Weymouth que...

— Oh! Vá hoje, vá hoje. Não adie. O que é certo a fazer não deve tardar a ser feito. E, além disso, preciso lhe dizer algo, Frank: qualquer falta de atenção a ela aqui deve ser cuidadosamente evitada. Você a viu com os Campbells, quando ela estava no mesmo nível de todas as pessoas que a cercavam, mas aqui ela está com uma pobre e velha avó, que mal tem o suficiente para se sustentar. Se não visitá-las logo, será uma ofensa.

O filho pareceu se convencer.

— Já a ouvi comentar sobre essa amizade — disse Emma. — Ela é uma jovem muito elegante.

Ele concordou, mas com um "sim" muito discreto, como se a inclinasse a quase duvidar de sua verdadeira concordância; e, mesmo assim, devia haver uma espécie muito distinta de elegância para o mundo mais sofisticado, se fosse possível pensar que Jane Fairfax fosse agraciada apenas de forma comum com ela.

— Se você nunca ficou particularmente encantado com os modos dela antes — disse Emma — creio que ficará hoje. Terá a vantagem de vê-la; vê-la e ouvi-la... Não, receio que não irá ouvi-la, pois ela tem uma tia que nunca para de tagarelar.

— Você já foi apresentado à Srta. Fairfax, senhor? — disse o Sr. Woodhouse, sempre o último a entrar nos diálogos. — Então, conceda-me a licença de garantir que irá achar que ela é uma moça muito agradável. Está aqui na cidade em visita à sua avó e tia, pessoas muito dignas; eu as conheço desde sempre. Ficarão extremamente felizes em vê-lo, estou certo, e um dos meus criados irá com você para lhe mostrar o caminho.

— Meu caro senhor, por nada neste mundo. Meu pai pode me dizer onde é.

— Mas seu pai não vai até tão longe; vai somente até o Crown, que é quase do outro lado da rua, e há muitas e muitas casas. Você pode acabar se perdendo, e o caminho é muito sujo, a menos que se mantenha na calçada, mas meu cocheiro pode lhe dizer onde é o melhor lugar para atravessar a rua.

O Sr. Frank Churchill ainda assim recusou, com o semblante tão sério quanto podia, e seu pai lhe deu um apoio firme ao dizer:

— Meu bom amigo, isso é deveras desnecessário. Frank sabe identificar uma poça de água quando a vê; e, em relação à casa da Sra. Bates, ele pode sair do Crown e chegar até lá com um salto, um passo e um pulo.

Permitiram então que seguissem sozinhos; e com um aceno cordial de um, e uma reverência graciosa do outro, os dois cavalheiros se foram. Emma ficou muito contente com esse início de amizade e agora poderia começar a pensar em ter todos eles em Randalls a qualquer hora do dia, com total confiança sobre seu conforto.

VI

A manhã seguinte trouxe o Sr. Frank Churchill outra vez. Ele viera com a Sra. Weston, a quem e ao qual Highbury pareceu receber muito cordialmente. Estava conversando com ela, parecia, de maneira bastante amistosa em casa, até chegar a sua hora habitual de exercitar-se; e, desejoso de decidir a caminhada, imediatamente escolheu Highbury. — Ele não duvidava de que deveria haver caminhadas muito agradáveis em todas as direções, mas, se a decisão fosse deixada a cargo dele, sempre acabaria por escolher o mesmo caminho. Highbury, a arejada, alegre e galharda Highbury, era sua atração constante. Highbury, com a Sra. Weston, significava Hartfield; e ela confiava que o mesmo se construía com ele. Caminharam até lá diretamente.

Emma sequer os esperava, pois o Sr. Weston, que acabara de ficar por meio minuto, para ouvir que seu filho era muito bonito, não sabia nada de seus planos e foi uma agradável surpresa para ela, desta forma, percebê-los caminhando até a casa juntos, de braços dados. Queria vê-lo de novo, e especialmente vê-lo na companhia da Sra. Weston, portando-se de modo que sua opinião a respeito dele dependeria. Se fosse deficiente ali, nada haveria de ser perdoado. Mas, ao vê-los juntos, Emma ficou perfeitamente satisfeita. Não era somente em palavras refinadas ou elogios hiperbólicos que ele demonstrava seu respeito; nada poderia ser mais apropriado ou agradável do que seus modos em relação a ela; nada poderia denotar de maneira mais agradável o seu desejo de considerá-la como uma amiga e garantir sua afeição. E houve tempo suficiente para que Emma formasse um juízo razoável, já que sua visita tomou todo o restante da manhã. Os três estavam caminhando juntos por uma hora ou duas — primeiro ao redor dos arbustos de Hartfield, e posteriormente em Highbury. Ele ficava encantado com todas as coisas, admirava Hartfield suficientemente para os ouvidos do Sr. Woodhouse e, quando se decidiram a andar até mais adiante, confessou seu desejo de ser apresentado a todo o vilarejo, e encontrou assuntos dignos de elogios e interesse com uma frequência muito maior do que Emma podia supor.

Alguns dos objetos de sua curiosidade demonstravam sentimentos muito afáveis. Implorou para que lhe fosse mostrada a casa onde seu pai morara durante tanto tempo e que fora o lar do pai de seu pai; e, ao saber que uma velha senhora que o amamentara ainda era viva, caminhou à procura de sua casa de uma extremidade da rua até a outra e, embora em alguns locais de busca ou observação não houvesse qualquer mérito positivo, elas mostravam, no todo, boa vontade em relação a Highbury de maneira geral, o que seria muito similar a um mérito para aqueles em cuja companhia ele estava.

Emma observou e decidiu que, com sentimentos tais como os que agora eram demonstrados, não se podia supor de maneira justa que ele havia se ausentado voluntariamente, que não estivera fingindo ou desfiando um rosário de declarações insinceras e que o Sr. Knightley certamente não lhe havia feito justiça.

Sua primeira parada foi na hospedaria Crown, uma casa insignificante, embora fosse a principal de seu tipo, onde duas parelhas de cavalos de correios eram mantidas, mais para a conveniência da vizinhança do que para qualquer corrida pela estrada; e suas acompanhantes não esperavam ficar retidas por qualquer interesse despertado ali. Mas, ao passarem pelo lugar, deram a história sobre o grande salão que fora visivelmente acrescentado, construído havia muitos anos para ser um salão de bailes, e enquanto a vizinhança estava em um estado particularmente populoso de dança, ocasionalmente foi usado para esse fim, mas tais dias brilhantes haviam terminado havia tempos e agora o maior propósito para o qual o local era desejado era acomodar um clube de uíste, estabelecido entre os cavalheiros e os meio-cavalheiros das redondezas. Ele ficou imediatamente interessado. O caráter de salão de baile o atraiu e, em vez de continuar andando, ele parou por vários minutos diante das duas janelas drapeadas superiores que estavam abertas, para olhar o interior e contemplar suas capacidades e lamentar que seu propósito original houvesse cessado. Não viu nenhum defeito no salão e não reconheceria qualquer um que elas sugerissem. Não, era longo o bastante, largo o bastante, bonito o bastante. Abrigaria o número certo de pessoas para que fosse confortável. Deviam fazer bailes ali pelo menos a cada quinzena durante o inverno. Por que a Srta. Woodhouse não revivera os bons e velhos dias do salão? Ela podia fazer qualquer coisa em Highbury! A falta de famílias certas no lugar e a convicção de que ninguém da cidade e suas adjacências teria o desejo de comparecer foram mencionadas, mas ele não se deu por satisfeito. Não conseguia se convencer de que tantas boas casas como as que via ao seu redor não pudessem prover uma quantidade suficiente de pessoas para tal evento e, mesmo quando os detalhes foram dados e as famílias descritas, ele ainda não estava disposto a admitir que a inconveniência de tal mistura seria algo sério, ou que haveria a menor dificuldade de que todos retornassem aos seus próprios lares na manhã seguinte. Discutiu como um rapaz que muito apreciava dançar e Emma ficou surpresa ao ver a constituição dos Westons prevalecer tão decididamente contra os hábitos dos Churchills. Ele parecia ter toda a vivacidade e o espírito, os sentimentos alegres e inclinações sociais de seu pai, e nada do orgulho ou das reservas de Enscombe. Do orgulho, realmente, havia, talvez, apenas um mínimo suficiente; sua indiferença a uma confusão de níveis sociais chegava às raias da inelegância da mente. Não era capaz de julgar, entretanto, o mal ao qual se apegava. Era somente uma efusão de ânimos vivazes.

Finalmente, ele foi persuadido a sair da frente do Crown e, estando agora quase diante da casa onde as Bates moravam, Emma recordou-se da visita que ele pretendia fazer no dia anterior e perguntou-lhe se a fizera.

— Sim, oh! Sim — respondeu ele. — Eu ia mencioná-la. Uma visita muito bem-sucedida. Vi todas as três damas e senti-me muito agradecido a você pela orientação preparatória. Se a tia falastrona houvesse me pegado de surpresa, seria a morte para mim. Do jeito que aconteceu, eu fui apenas traído a fazer uma visita muito pouco arrazoada. Dez minutos seriam todo o necessário, talvez tudo que fosse apropriado, e eu dissera a meu pai que certamente estaria em casa antes dele. Mas não houve como escapar, não houve pausas; e, para meu completo espanto, descobri, quando ele (pois não me encontrava em lugar nenhum) se juntou a mim ali, finalmente, que eu já havia passado quase três quartos de uma hora com ela. A boa senhora não me deu qualquer possibilidade de escapar antes.

— E o que achou da aparência da Srta. Fairfax?

— Doente, muito doente; isto é, se algum dia uma moça se permitir ver doente. Mas a expressão dificilmente seria admissível, não é, Sra. Weston? As damas nunca podem aparentar estar doentes. E, seriamente, a Srta. Fairfax é naturalmente tão pálida que quase sempre dá a impressão de estar com má saúde. Uma falta bastante deplorável de compleição.

Emma não concordava com isso e começou uma defesa afetuosa sobre a compleição da Srta. Fairfax: "Certamente nunca foi brilhante, mas ela não se permitiria ter um tom adoentado, de maneira geral, e havia uma suavidade e delicadeza em sua pele que dava uma elegância peculiar ao caráter do seu rosto". — Ele escutou com toda a devida deferência, reconheceu que ouvira muitas pessoas dizerem o mesmo, mas, mesmo assim, devia confessar que, para ele, nada poderia compensar a falta do belo brilho da saúde. Onde as feições eram indiferentes, uma bela compleição conferia beleza a todas elas; e onde eram boas, o efeito era... Felizmente, ele não precisou tentar descrever o que seria o efeito.

— Bem — disse Emma. — Não há o que se disputar em termos de gosto. Pelo menos você a admira, exceto por sua compleição.

Ele balançou negativamente a cabeça e riu.

— Não consigo separar a Srta. Fairfax de sua compleição.

— Você a via com frequência em Weymouth? Estavam sempre na mesma sociedade?

Nesse momento eles estavam se aproximando da Ford's e ele apressadamente exclamou:

— Ah! Essa deve ser a loja que todos frequentam em todos os dias de suas vidas, como meu pai me informou. Ele vem a Highbury, de acordo com suas palavras, em seis de cada sete dias, e sempre trata de negócios na Ford's. Se não for inconveniente, peço-lhes que entremos para que eu possa provar que faço parte do lugar, para ser um verdadeiro cidadão de Highbury. Devo comprar algo na Ford's. Vai ser como remover a minha liberdade. Atrevo-me a dizer que vendem luvas.

— Oh! Sim, luvas e todo tipo de coisas. Realmente admiro seu patriotismo. Você será adorado em Highbury. Já era muito popular antes de chegar, pois era o filho do Sr. Weston, mas deixe meio guinéu na Ford's e a sua popularidade vai ultrapassar as suas próprias virtudes.

Eles entraram e, enquanto os elegantes e bem embrulhados pacotes de "Men's Beavers" e "York Tan" eram desempilhados e dispostos no balcão, ele disse:

— Mas, com sua licença, Srta. Woodhouse, você estava falando comigo; dizia algo no momento desse repente sobre o meu amor patriae. Não deixe que eu o perca. Garanto-lhe que mesmo a maior quantidade de fama em público não me compensaria a falta de qualquer felicidade na vida privada.

— Eu meramente perguntei se você conheceu bastante a respeito da Srta. Fairfax e seu grupo em Weymouth.

— E agora que compreendo sua pergunta, devo dizer que ela é bastante injusta. Sempre o direito de decidir o grau de proximidade pertence à dama. A Srta. Fairfax já deve lhe ter feito seu relato. Não vou me comprometer a dizer mais do que ela possa ter decidido permitir.

— Tem a minha palavra! Você responde tão discretamente quanto ela o faria. Mas o relato que ela fez deixa muito a descobrir; ela é tão reservada, tão pouco disposta a dar o mínimo de informação sobre qualquer pessoa que eu realmente creio que você pode dizer o que quiser sobre sua proximidade com ela.

— Posso, realmente? Então vou dizer a verdade, pois nada além disso seria apropriado. Eu a encontrei com frequência em Weymouth. Eu havia conhecido os Campbells na cidade, um pouco, e, em Weymouth, estávamos praticamente no mesmo grupo. O Coronel Campbell é um homem muito agradável e a Sra. Campbell é uma mulher amigável e amável. Gosto de todos eles.

— Você conhece a situação da Srta. Fairfax na vida, eu concluo; o que ela está destinada a ser?

— Sim (de maneira um pouco hesitante). Acredito que conheço.

— Você toca em assuntos delicados, Emma — disse a Sra. Weston, sorrindo. — Lembre-se de que eu estou aqui. O Sr. Frank Churchill mal sabe o que dizer quando você fala da situação da Srta. Fairfax na vida. Vou me afastar um pouco.

— Eu certamente me esqueço de pensar nela — disse Emma — como alguém que já foi qualquer outra coisa além de minha amiga, e minha amiga mais querida.

Ele pareceu entender e honrar completamente tal sentimento.

Quando as luvas foram compradas e eles haviam saído da loja outra vez:

— Já ouviu a jovem de quem estávamos falando tocar? — disse Frank Churchill.

— Se já ouvi! — repetiu Emma. — Você se esquece o quanto ela pertence a Highbury. Eu a ouvi tocar todos os anos das nossas vidas desde que nós duas começamos. Ela toca de maneira encantadora.

— Você acha mesmo? Eu queria a opinião de alguém que pudesse realmente avaliar. Ela me pareceu tocar bem, isto é, com um bom gosto considerável, mas eu mesmo não conheço nada sobre o assunto. Sou excessivamente afeito à música, mas sem o menor talento ou direito de julgar uma apresentação. Eu estava acostumado a ouvir que as dela eram admiradas e lembro-me de uma prova de que se pensava que ela tocava bem: um homem, um homem muito musical, e apaixonado por outra mulher — noivo dela — a ponto de se casar — que ainda assim nunca pedia que outra mulher se sentasse ao instrumento, se a jovem em questão pudesse fazê-lo, e nunca pareceu gostar de ouvir uma se pudesse ouvir a outra. Isso, eu creio, em um homem de sabido talento musical, foi uma boa prova.

— Uma boa prova, certamente! — disse Emma, divertindo-se. — O Sr. Dixon é bastante musical, então? Saberemos mais sobre eles todos, em meia hora, por meio de você, do que aquilo que a Srta. Fairfax poderia revelar voluntariamente em meio ano.

— Sim, o Sr. Dixon e a Srta. Campbell eram essas pessoas. E eu pensei que foi uma prova muito forte.

— Certamente, e muito forte foi. Para dizer a verdade, muito mais forte do que, se eu fosse a Srta. Campbell, pensaria ser agradável para mim. Eu não poderia aceitar que um homem tivesse mais música do que amor — mais ouvidos do que olhos — e uma sensibilidade mais aguda a belos sons do que aos meus sentimentos. Como a Srta. Campbell se portou a respeito?

— Ela era sua amiga muito particular, como sabe.

— Que pobre conforto! — disse Emma, rindo. — Alguém que prefira uma estranha a uma amiga muito particular. Com uma estranha, isso poderia não se repetir outra vez, mas a miséria de ter uma amiga muito particular sempre à mão, que faz tudo melhor do que a própria pessoa faz! Pobre Sra. Dixon! Bem, fico feliz que ela tenha se mudado para a Irlanda.

— Você está certa. Não foi muito lisonjeiro à Srta. Campbell. Mas ela realmente não pareceu sentir dessa maneira.

— Muito melhor assim, ou muito pior. Não sei qual. Mas seja por sua doçura ou por sua estupidez, a rapidez em fazer amizades ou pelo embotamento dos sentimentos, houve uma pessoa, eu creio, que deve ter sentido: a própria Srta. Fairfax. Deve ter sentido a distinção imprópria e perigosa.

— Sobre isso... eu não...

— Oh! Não imagine que eu deseje de você um relato das sensações da Srta. Fairfax ou de qualquer outra pessoa. Não são conhecidas por nenhum ser humano, imagino, além dela mesma. Mas se ela continuasse a tocar sempre que lhe fosse pedido pelo Sr. Dixon, alguém poderia acreditar no que quisesse.

— Parecia haver um entendimento perfeitamente bom entre todos — começou ele rapidamente, mas, dando-se conta de si mesmo, emendou: — entretanto, é impossível para mim dizer em que termos eles realmente estavam, como as coisas podiam ser nos bastidores. Posso apenas dizer que havia uma suavidade aparente. Mas você, que conhece a Srta. Fairfax desde criança, deve ser uma juíza melhor de seu caráter e de como ela provavelmente se porta em situações críticas do que eu.

— Eu a conheço desde criança, indubitavelmente. Fomos crianças e mulheres, juntas, e é natural supor que devemos ser íntimas, que devíamos ser levadas juntas sempre que ela visitava suas amigas. Mas nunca fomos. Eu mal sei como isso aconteceu; um pouco, talvez, devido àquela maldade da minha parte que estava propensa a sentir desgosto em relação a uma garota tão idolatrada e tão falada como ela sempre foi, por sua tia e a avó, e por todo o seu grupo. E depois, sua reserva; nunca consegui me ligar a alguém tão completamente reservada.

— É uma qualidade bastante repulsiva, com certeza — disse ele. — Às vezes é muito conveniente, sem dúvida, mas nunca agradável. Há segurança na reserva, mas nunca atração. É impossível amar uma pessoa reservada.

— Não até que a reserva cesse em relação a alguém; e assim a atração pode ser maior. Mas eu devo estar mais na falta de uma amiga, ou de uma companhia agradável, do que já estive, para me ocupar em conquistar a reserva de alguém para conseguir tal pessoa. Intimidade entre mim e a Srta. Fairfax é algo que está totalmente fora de questão. Não tenho razão para querer-lhe mal — nem um pouco —, exceto pelo fato de que uma cautela tão extrema e perpétua de palavras e modos, tal pavor em dar uma ideia distinta sobre qualquer pessoa, pode vir a sugerir suspeitas de que há algo a esconder.

Ele concordava perfeitamente com ela e, depois de caminharem juntos por tanto tempo e de pensarem muito de maneira parecida, Emma sentia-se tão confortável com ele que mal podia acreditar que aquele era apenas seu segundo encontro. Ele não era exatamente o que ela esperava; menos o homem do mundo em algumas de suas noções, menos a criança mimada pela fortuna e, portanto, melhor do que ela esperava. Suas ideias pareciam mais moderadas; seus sentimentos, mais afetuosos. Ela ficou particularmente impressionada pela maneira como ele considerou a casa do Sr. Elton, a qual, assim como a igreja, ele foi observar, e não voltou para perto delas achando haver muitos defeitos. Não, ele não conseguia acreditar que aquela era uma casa ruim; nem a casa nem o homem deveriam ser motivo de pena por possuí-la. Se tivesse que ser compartilhada com a mulher que ele amava, não conseguia pensar que qualquer homem seria considerado digno de pena por ter essa casa. Deveria haver bastante espaço ali dentro para todos os verdadeiros confortos. Um homem que quisesse mais realmente seria um palerma.

A Sra. Weston riu e disse que ele não sabia do que estava falando. Acostumado apenas a ter uma casa grande toda para si e sem jamais pensar em quantas vantagens e acomodações estavam anexas ao seu tamanho, não poderia julgar as privações que inevitavelmente haveria em uma casa pequena. Mas Emma, em sua própria mente, determinou que ele sabia bem do que estava falando e que demonstrava uma inclinação muito amável de se acomodar cedo na vida e se casar, por motivos dignos. Podia não estar ciente dos meandros da vida doméstica que fossem ocasionados por não haver um quarto para a governanta, ou uma despensa ruim, mas, sem dúvida, ele sentia perfeitamente que Enscombe não podia fazê-lo feliz e que, quando estivesse ligado a alguém, abriria mão de muito da sua fortuna para que lhe fosse permitido estabelecer-se precocemente.

VII

A opinião de Emma sobre Frank Churchill ficou um pouco abalada no dia seguinte, ao saber que ele havia viajado a Londres apenas para cortar os cabelos. Um impulso súbito pareceu tê-lo tomado durante o desjejum e ele mandou chamar um cabriolé e se foi, com a intenção de retornar para o jantar, mas sem qualquer assunto mais importante do que aparentemente cortar os cabelos. Certamente, não havia nada de mal em percorrer vinte e cinco quilômetros, duas vezes, para tal propósito, mas havia também um ar de frivolidade e futilidade naquilo que ela não conseguia aprovar. Não estava em acordo com a racionalidade de um plano, a moderação de despesas, ou até mesmo um carinho desapegado do coração, o qual ela acreditara ter discernido nele no dia anterior. Vaidade, extravagância, amor pela mudança, inquietação de temperamento, que devia estar fazendo alguma coisa, boa ou ruim; descaso pelo prazer do seu pai e da Sra. Weston, indiferente sobre a impressão que sua conduta poderia causar de maneira geral; tornou-se suscetível de todas essas acusações. Seu pai apenas o chamou de almofadinha e achou que aquela seria uma história muito boa, mas a Sra. Weston não gostou daquilo, como ficou bem claro, por mencionar o assunto o mais rapidamente possível e não fazer nenhum outro comentário além de "todos os jovens têm seus pequenos caprichos".

Com exceção dessa pequena mácula, Emma tinha a impressão de que sua visita, até o momento, havia dado à sua amiga apenas boas ideias a respeito do rapaz. A Sra. Weston estava pronta para falar que ele era uma companhia muito cuidadosa e agradável e o quanto gostava de sua disposição de maneira geral. Parecia ter um temperamento muito aberto — certamente muito alegre e vivaz; não conseguia observar nada de errado em suas noções, muitas delas decididamente corretas, falava de seu tio com um respeito carinhoso, era afeito a falar dele, disse que seria o melhor homem do mundo se o deixassem a sós e, embora não houvesse como se sentir ligado à tia, reconheceu sua gentileza com gratidão e pareceu-lhe sempre falar dela com respeito. Tudo isso era muito promissor e, se não fosse por um capricho muito infeliz de cortar os cabelos, não havia nada que o denotasse como indigno da honra distinta que a imaginação de Emma lhe conferia; a honra, senão de estar realmente apaixonado por ela, de estar pelo menos muito próximo disso, e, salvo apenas pela própria indiferença da moça (pois sua resolução de jamais se casar ainda era sólida) — a honra, em resumo, de ser considerado como aquele que estava destinado a ela por todos os seus conhecidos em comum.

O Sr. Weston, por sua parte, acrescentava uma virtude ao relato que devia ter algum peso. Dava-lhe a entender que Frank a admirava extremamente; pensava-lhe muito bonita e muito encantadora e, podendo o mesmo ser dito igualmente sobre ele, ela acreditava que não deveria julgá-lo severamente. Conforme a Sra. Weston observou, "todos os jovens têm seus pequenos caprichos".

Havia uma pessoa entre os novos conhecidos do Sr. Frank Churchill em Surry que não era tão condescendente. Em geral, ele era julgado, por todas as paróquias de Donwell e Highbury, com grande sinceridade; eram feitas concessões generosas para os pequenos excessos de um jovem tão bonito, alguém que sorria com tanta frequência e fazia reverências tão bem; mas havia um espírito entre eles que não seria suavizado, pelo seu poder de censura, por reverências ou por sorrisos: o Sr. Knightley. A circunstância lhe foi dita em Hartfield. Por um momento, ele ficou em silêncio, mas Emma o ouviu quase imediatamente dizendo a si mesmo em seguida, por cima de um jornal que tinha na mão: "Hum! Exatamente o sujeito fútil e tolo que eu o imaginava ser". Emma tinha motivos para se ressentir um pouco, mas sua observação por um instante a convenceu de que aquilo realmente foi dito apenas para aliviar-lhe os próprios sentimentos e não em tom de provocação; assim, ela deixou passar.

Embora sendo portadores de notícias não muito boas, a visita do Sr. e da Sra. Weston nessa manhã foi, de outra forma, particularmente oportuna. Algo ocorreu enquanto estavam em Hartfield para fazer com que Emma quisesse seus conselhos; e, num sinal de mais sorte ainda, ela queria exatamente os conselhos que eles deram.

Esta foi a ocorrência: os Coles haviam se estabelecido havia alguns anos em Highbury e eram muito boas pessoas — amigáveis, liberais e despretensiosos; mas, por outro lado, eram de origem pobre, no comércio, e apenas moderadamente refinados. Na primeira vez em que chegaram à região, viveram em proporção à sua renda, discretamente, sem procurar muitas companhias e incorrendo em poucas despesas. Mas os últimos anos havia lhes trazido um aumento considerável nas rendas: a casa na cidade havia gerado lucros maiores e a fortuna de maneira geral lhes havia sorrido. Com sua riqueza, suas ambições aumentaram; seu desejo por uma casa maior, sua inclinação a ter mais companhia. Ampliaram sua casa, o número de criados e as despesas de todo tipo e, na época atual, eram, em fortuna e estilo de vida, atrás somente da família em Hartfield. Seu amor pela sociedade, sua nova sala de jantar preparavam a todos para lhes servirem de companhia para o jantar e algumas festas, especialmente entre os homens solteiros, já haviam ocorrido. As melhores e mais regulares famílias, Emma mal podia supor que eles intencionariam convidar — nem Donwell, nem Hartfield, nem Randalls. Nada lhe despertaria a tentação de ir, se os outros fossem, e ela lamentava que os hábitos já conhecidos do seu pai dariam à sua recusa um significado menor do que poderia desejar. Os Coles eram muito respeitáveis à sua própria maneira, mas deviam aprender que não tinham o direito de decidir os termos nos quais as famílias superiores os visitariam. Essa lição, ela muito receava, seria ensinada apenas por ela própria; tinha pouca esperança de que isso acontecesse por meio do Sr. Knightley e nenhuma de que ocorresse por meio do Sr. Weston.

Mas ela havia decidido como encarar essa presunção muitas semanas antes que ela surgisse; e, quando o insulto finalmente chegou, afetou-a de maneira muito diferente. Donwell e Randalls haviam recebido o convite dos Coles, e nenhum havia chegado para seu pai e para ela; e a explicação da Sra. Weston, emendando "suponho que eles não tomarão essa liberdade com vocês, pois sabem que vocês não jantam fora" não foi o suficiente. Sentia que gostaria de ter o poder da recusa e, em seguida, com a ideia do grupo que seria reunido ali, consistindo precisamente daqueles cuja sociedade lhe era mais querida, ocorrendo-lhe várias e várias vezes, ela não sabia se não se sentiria tentada a aceitar. Harriet estaria ali ao cair da noite, e também as Bates. Falavam a respeito enquanto caminhavam por Highbury no dia anterior, e Frank Churchill lamentara bastante sua ausência. A noite não poderia terminar com uma dança? Foi uma das perguntas que fez. A remota possibilidade de que aquilo ocorresse agiu como uma irritação ainda maior em seu ânimo; e ser deixada em um grandeur solitário, supondo até mesmo que a omissão ocorrera como uma forma de elogio, não lhe era muito reconfortante.

Foi a chegada desse mesmo convite, enquanto os Westons estavam em Hartfield, que tornou sua presença tão aceitável, pois, embora seu primeiro comentário, ao lê-lo, fosse de que "certamente deve ser recusado", ela logo procedeu a perguntar-lhes o que a aconselhariam a fazer, e o conselho deles para que fosse até lá foi pronto e exitoso.

Ela admitiu que, considerando todas as coisas, não estava absolutamente desinclinada de ir à festa. Os Coles se expressavam de maneira tão apropriada — havia um cuidado enorme e sincero na maneira como foi feito; muita consideração por seu pai. — Teriam requerido a honra antes, mas estavam esperando a chegada de um biombo de Londres, com o qual esperavam impedir que o Sr. Woodhouse fosse acometido por qualquer corrente de ar e assim convencê-lo mais prontamente a lhes dar a honra de sua companhia. — De maneira geral, ela estava bastante persuadível; e após estabelecerem entre si como aquilo poderia ser feito sem negligenciar o conforto do Sr. Woodhouse — e como certamente poderiam contar com a Sra. Goddard, ou mesmo a Sra. Bates, para lhe fazer companhia. O Sr. Woodhouse teria que ser convencido a aquiescer que sua filha saísse para jantar em um dia que estava bem próximo e que passasse todo o início da noite longe dele. Sobre ele ir em pessoa, Emma não desejou que seu pai pensasse que seria possível. O horário seria muito avançado, o grupo seria muito numeroso. Ele logo acabou se resignando.

— Não sou afeito a visitas para jantar — disse ele. — Nunca fui. Emma tampouco. Horários tardios não nos fazem bem. Lamento que o Sr. e a Sra. Cole tenham decidido assim. Creio que seria muito melhor se eles viessem numa tarde no próximo verão e tomassem o chá conosco; que nos acompanhassem em sua caminhada da tarde, o que podem acabar fazendo, já que nossos horários são bem razoáveis, e ainda assim conseguiriam voltar para casa sem enfrentarem a umidade da noite. Os orvalhos de uma noite de verão são algo ao qual eu não exporia ninguém. Entretanto, como são muito desejosos de receber Emma para jantar com eles, e como vocês dois estarão lá, e o Sr. Knightley também, para tomarem conta dela, não desejo impedir que isso aconteça, desde que o tempo esteja como deveria, nem úmido, nem frio, nem com muito vento. — Em seguida, voltando-se para a Sra. Weston, com um olhar de reprovação gentil: — Ah! Srta. Taylor, se não se houvesse casado, você ficaria em casa comigo.

— Bem, senhor — exclamou o Sr. Weston. — Como eu lhe tirei a Srta. Taylor, cabe a mim encontrar alguém para tomar o seu lugar, se puder, e irei até a casa da Sra. Goddard em um momento, se o desejar.

Mas a ideia de que qualquer coisa fosse feita no momento estava aumentando, em vez de diminuir, a agitação do Sr. Woodhouse. As damas sabiam como melhor aliviar a situação. O Sr. Weston deveria ficar quieto e tudo seria deliberadamente organizado.

Com esse tratamento, o Sr. Woodhouse logo estava suficientemente composto para falar. — Ele vai ficar feliz em ver a Sra. Goddard. Tem grande respeito pela Sra. Goddard; e Emma deveria escrever uma linha e convidá-la. James pode levar a mensagem. Mas, antes de mais nada, deve haver uma resposta escrita para a Sra. Cole.

— Você transmitirá as minhas desculpas, minha querida, tão cortês quanto possível. Dirá que estou inválido, que não vou a lugar algum e que, portanto, devo recusar seu amável convite; começando com os meus cumprimentos, é claro. Mas você fará tudo da maneira certa. Não preciso lhe dizer o que há de ser feito. Devemos lembrar-nos de avisar James que precisaremos da carruagem na terça-feira. Não terei preocupações se você estiver com ele. Nunca estivemos lá mais de uma vez desde que a nova aproximação foi feita, mas mesmo assim não tenho dúvidas de que James a levará até lá com toda a segurança. E, quando chegar lá, deve dizer-lhe a que horas gostaria que vá buscá-la. E é melhor você escolher uma hora mais cedo. Não gostará de ficar até tarde. Vai sentir-se cansada quando o chá estiver terminado.

— Mas não deseja que eu venha embora antes de me sentir cansada, papai?

— Oh! Não, meu amor, mas você logo estará cansada. Haverá muitas pessoas conversando de uma vez. Não irá gostar do ruído.

— Mas, meu caro senhor — exclamou o Sr. Weston. — Se Emma vier embora cedo, isso vai dispersar a festa.

— E não haverá qualquer mal se isso ocorrer — disse o Sr. Woodhouse. — Quanto mais cedo uma festa se dispersar, melhor.

— Mas o senhor não considera a impressão que causará aos Coles. Se Emma vier embora logo depois do chá, pode provocar uma ofensa. Eles são pessoas de boa índole e não fazem valer muito suas reivindicações, mas ainda assim vão sentir que, se alguém sair às pressas, isso não lhes seria elogioso; e se a Srta. Woodhouse assim o fizer, causará uma má impressão maior do que se isso ocorresse por meio de qualquer outra pessoa na sala. O senhor não gostaria de desapontar e mortificar os Coles, tenho certeza; pessoas boas e amistosas como poucas, e que são seus vizinhos há dez anos.

— Não, de modo algum neste mundo, Sr. Weston; sou-lhe muito grato por me lembrar. Eu lamentaria muito se lhes causasse qualquer dor. Sei que são pessoas muito dignas. Perry me diz que o Sr. Cole nunca toca em bebidas feitas com malte. Você jamais diria isso se simplesmente o visse, mas ele é bilioso; o Sr. Cole é muito bilioso. Não, eu não seria o responsável por lhes causar qualquer dor. Minha querida Emma, devemos considerar isso. Tenho certeza de que, em vez de correr o risco de ofender o Sr. e a Sra. Cole, você deveria ficar algum tempo além do que gostaria. Não vai perceber que está cansada. Estará perfeitamente a salvo, como sabe, entre seus amigos.

— Oh, sim, papai. E não tenho escrúpulos em ficar até tão tarde quanto a Sra. Weston, mas somente pensando no seu bem. Receio apenas que o senhor fique à minha espera. Não receio que o senhor se sentirá totalmente confortável com a Sra. Goddard. Ela adora jogar piquet, como sabe, mas, quando ela for embora para sua casa, receio que o senhor vai ficar sozinho, em vez de ir para a cama em seu horário usual; e essa ideia acabaria por destruir inteiramente o meu conforto. Você deve prometer que não ficará à minha espera.

Ele o fez, sob a condição de que ela fizesse algumas promessas também; por exemplo, se chegasse em casa com frio, deveria se aquecer completamente; se chegasse com fome, que buscaria algo para comer; que sua própria arrumadeira deveria ficar à sua espera e que Serle e o mordomo deveriam garantir que tudo estivesse seguro na casa, como de costume.

VIII

Frank Churchill voltou novamente e, se deixou o jantar de seu pai esperando, ninguém veio a saber disso em Hartfield, pois a Sra. Weston estava ansiosa demais por ele ser um dos favoritos do Sr. Woodhouse para trair qualquer imperfeição que pudesse ser disfarçada.

Ele voltou, seus cabelos foram cortados e ele riu de si mesmo com muita elegância, mas sem parecer estar realmente constrangido pelo que fizera. Não tinha motivos para desejar que seus cabelos fossem mais longos, de modo a disfarçar qualquer confusão no rosto; nenhuma razão para desejar que o dinheiro não fosse gasto, para melhorar seu ânimo. Estava tão audaz e tão álacre quanto sempre esteve e, depois de vê-lo, Emma acabou por moralizar-se:

— Não sei se deveria ser assim, mas certamente coisas tolas deixam de ser tolas se feitas por pessoas sensatas de maneira impudente. Perversidade sempre será perversidade, mas tolice nem sempre é tolice; depende do caráter de quem a comanda. O Sr. Knightley, este não é um jovem fútil ou tolo. Se fosse, teria feito isso de maneira diferente. Ou exultaria na realização, ou ficaria constrangido. Ou haveria a ostentação de um almofadinha, ou as evasões de uma mente fraca demais para defender suas vaidades. Não, estou perfeitamente convicta de que ele não é frívolo ou tolo.

Com a terça veio a perspectiva agradável de vê-lo novamente, e por mais tempo do que até então; de julgar seus modos gerais e, por inferência, do significado dos seus modos em relação a ela; de julgar o quão breve seria necessário que ela lançasse sua frieza no ar; e de imaginar quais poderiam ser as observações de todas as pessoas, que agora os veriam juntos pela primeira vez.

Tinha a intenção de ser muito feliz, apesar da cena que estava sendo preparada na casa do Sr. Cole; e, sem conseguir esquecer que entre os defeitos do Sr. Elton, mesmo nos dias em que o tinha em alta conta, nenhum a havia perturbado mais do que sua disposição em jantar com o Sr. Cole.

O conforto do seu pai estava totalmente assegurado e tanto a Sra. Bates quanto a Sra. Goddard poderiam ir; e sua última tarefa agradável, antes de sair de casa, foi prestar seus respeitos a elas enquanto se sentavam juntas após o jantar; e enquanto seu pai afetuosamente notava a beleza do seu vestido, para compensar as duas damas de todas as maneiras que pudesse, servindo-lhes grandes fatias de bolo e taças cheias de vinho, devido a qualquer restrição que os cuidados do Sr. Woodhouse por elas pudesse lhes ter imposto durante a refeição. Oferecera-lhes um lauto jantar; desejava que soubessem que tinham permissão para comê-lo.

Emma seguiu outra carruagem até a porta do Sr. Cole e ficou contente em ver que era a do Sr. Knightley, pois o Sr. Knightley, por não ter cavalos e, e por ter pouco dinheiro extra e muita saúde, atividade e independência, era capaz, na opinião de Emma, de se movimentar da maneira que pudesse, e não usar sua carruagem tão frequentemente como era o direito do proprietário de Donwell Abbey. Ela tinha agora uma oportunidade de expressar sua aprovação enquanto ainda estava fresca em seu coração, pois ele parou para lhe dar a mão e ajudá-la a descer.

— Isso é vir como se deveria — disse ela. — Como um cavalheiro. Estou muito contente em vê-lo.

Ele a agradeceu, observando:

— Que fortuito termos chegado no mesmo momento! Pois, se houvéssemos nos encontrado na sala de jantar, duvido que você teria me discernido como um homem mais cavalheiresco do que o habitual. Você talvez não soubesse como eu vim, pela minha aparência ou meus modos.

— Sim, eu deveria. Tenho certeza de que deveria. Sempre há uma imagem de acanhamento ou alvoroço quando as pessoas chegam de maneira na qual sabem estar abaixo de si. Você acha que consegue lidar muito bem com isso, atrevo-me a dizer, mas com você é uma espécie de bravata, um ar de despreocupação ensaiada; sempre procuro observar quando eu o encontro sob essas circunstâncias. Agora você não tem nada pelo qual se esforçar. Não receia que o suponham constrangido. Não está tentando parecer mais importante do que qualquer outra pessoa. Agora eu realmente ficarei muito feliz em entrar na mesma sala com você.

— Garota disparatada! — foi a resposta dele, mas não totalmente com um tom de raiva.

Emma tinha tantos motivos para ficar satisfeita com o restante da festa quanto com o Sr. Knightley. Foi recebida com um respeito cordial que não a desagradou e recebeu toda a consideração que poderia desejar. Quando os Westons chegaram, os olhares mais gentis de amor, a mais forte admiração foi direcionada a ela, tanto do marido quanto da esposa; o filho se aproximou com uma avidez alegre que a marcou como o seu objeto peculiar e no jantar ela o percebeu sentado ao seu lado — e, conforme ela firmemente acreditava, não sem alguma destreza da parte dele.

O grupo era relativamente grande, pois incluía outra família, uma família rural apropriadamente irrepreensível, a quem os Coles tinham a vantagem de incluir entre seus amigos, e a parte masculina da família do Sr. Cox, o advogado de Highbury. As mulheres menos dignas chegariam ao cair da noite, com a Srta. Bates, a Srta. Fairfax e a Srta. Smith, mas já, no jantar, eram numerosos demais para que qualquer tópico de conversação fosse geral. E, enquanto se falava sobre política e o Sr. Elton, Emma conseguia sem embaraços dedicar toda a sua atenção à suavidade do seu vizinho. O primeiro som remoto ao qual ela sentiu-se obrigada a prestar atenção foi o nome de Jane Fairfax. A Sra. Cole parecia estar lhe relatando algo a respeito da moça que se esperava ser muito interessante. Ela escutou e achou que valia muito a pena escutá-la. Essa parte muito querida de Emma, sua simpatia, recebia uma provisão bem divertida. A Sra. Cole dizia que fora visitar a Srta. Bates e, assim que entrou na sala, ficou impressionada ao ver um piano — um instrumento muito elegante; não um piano de cauda, mas um piano grande, de formato quadrado; e a substância da história, o fim de todo o diálogo que surgiu da surpresa, e as perguntas, e as congratulações de sua parte, e as explicações da Srta. Bates foram de que esse piano chegara de Broadwood no dia anterior, para o grande espanto tanto da tia quanto da sobrinha, algo inteiramente inesperado; e que, no momento, de acordo com o relato da Srta. Bates, a própria Jane ficou sem palavras, totalmente chocada em pensar quem poderia havê-lo comprado; mas, agora, elas estavam perfeitamente satisfeitas em saber que só poderia haver uma origem; certamente, devia ter sido enviado pelo Coronel Campbell.

— Não se pode supor qualquer outra coisa — emendou a Sra. Cole. — E eu só fiquei surpresa por haver dúvida. Mas Jane, aparentemente, recebeu uma carta deles bem recentemente e nenhuma palavra foi dita a respeito. Ela os conhece muito bem, mas eu não consideraria que seu silêncio é uma razão para não quererem anunciar o presente. Podem ter decidido surpreendê-la.

A Sra. Cole tinha muitos que concordavam com ela; todos que falavam sobre o assunto estavam igualmente convencidos de que o piano devia ter vindo do Coronel Campbell e regozijavam-se igualmente de que tal presente fora dado e estavam bastante dispostos a falar para permitir que Emma conseguisse pensar da maneira que quisesse e ainda escutar à Sra. Cole.

— Eu declaro, não sei quando ouvi algo que me causou mais satisfação! Sempre me entristeceu o fato de que Jane Fairfax, que toca tão admiravelmente, não tivesse um instrumento. Parecia ser uma pena, especialmente considerando em quantas casas há instrumentos magníficos que são absolutamente desprezados. Isso é como nos dar um tapa, com certeza! E ontem mesmo eu estava dizendo ao Sr. Cole que sentia vergonha de olhar para o nosso novo piano de cauda na sala de jantar, quando não sei diferenciar uma nota de outra, e nossas garotinhas, que estão apenas começando, talvez nunca conseguirão fazer coisa alguma com ele; e a pobre Jane Fairfax, que é senhora da música, não tem nada da natureza de um instrumento, nem mesmo a mais velha e modesta espineta do mundo, com a qual se divertir. Eu dizia isso ao Sr. Cole ainda ontem, e ele concordou inteiramente comigo, mas ele é tão particularmente afeito à música que não conseguiu evitar dar-se ao luxo de comprá-lo, esperando que nossos bons vizinhos possam ser ter tão gentis a ponto de ocasionalmente lhe dar um uso melhor do que nós mesmos poderíamos dar. E essa realmente é a razão pela qual o instrumento foi comprado; caso contrário, tenho certeza de que sentiríamos vergonha dele. Temos uma grande esperança de que a Srta. Woodhouse possa estar disposta a experimentá-lo esta noite.

A Srta. Woodhouse aquiesceu apropriadamente e, não encontrando nada mais que prendesse sua atenção em qualquer comunicação da Sra. Cole, voltou-se para Frank Churchill.

— Por que está sorrindo? — disse ela.

— Por nada. Por que você o faz?

— Eu? Suponho que sorrio de prazer pelo Coronel Campbell ser tão rico e tão liberal. É um lindo presente.

— Deveras.

— Fico me perguntando por que nunca foi entregue antes.

— Talvez porque a Srta. Fairfax nunca ficou hospedada aqui por tanto tempo.

— Ou porque ele não permitia que ela usasse o instrumento da família, que agora deve estar guardado em Londres, intocado por qualquer pessoa.

— Aquele é um piano de cauda e ele deve achar que é grande demais para a casa da Sra. Bates.

— Você pode dizer o que quiser, mas seu semblante acusa que seus pensamentos sobre o assunto são muito parecidos com os meus.

— Não sei. Creio que você esteja me dando mais crédito pela exatidão do que mereço. Eu sorrio porque você sorri e provavelmente suspeita de qualquer coisa que eu ache que você suspeita, mas, no momento, não vejo o que se há de questionar. Se o Coronel Campbell não é a pessoa, quem pode ser?

— O que me diz da Sra. Dixon?

— Sra. Dixon! É verdade, certamente. Eu não havia pensado na Sra. Dixon. Ela deve saber, assim como seu pai, o quanto um instrumento seria aceitável; e talvez o modo, o mistério, a surpresa, sejam mais parecidos com a tramoia de uma mulher jovem do que a de um homem idoso. É a Sra. Dixon, ouso dizer. Eu disse que as suas suspeitas guiariam as minhas.

— Se for esse o caso, você deve ampliar suas suspeitas e incluir o Sr. Dixon nelas.

— O Sr. Dixon. Muito bem. Sim, percebo imediatamente que deve ter sido um presente dado em conjunto pelo Sr. e a Sra. Dixon. Estávamos falando há alguns dias, como sabe, sobre como ele é um admirador tão fiel dos talentos da Srta. Fairfax.

— Sim, e o que você me disse a respeito confirmou uma ideia que eu havia considerado antes. Não me atrevo a refletir sobre as boas intenções nem do Sr. Dixon ou da Srta. Fairfax, mas não posso deixar de suspeitar que, após fazer suas propostas à amiga, ele teve o infortúnio de se apaixonar pela primeira, ou que se deu por consciente de uma pequena atração vinda dela. Podem-se supor vinte coisas sem saber exatamente qual é a correta, mas tenho certeza de que deve haver uma causa particular para que ela tenha escolhido vir a Highbury em vez de ir com os Campbells para a Irlanda. Aqui, ela deve estar levando uma vida de privações e penitências; lá, tudo seria alegria. Sobre a pretensão de precisar do ar nativo, creio que isso seja uma mera desculpa. No verão, poderia passar por verdade, mas o que o ar nativo de uma pessoa pode fazer por ela nos meses de janeiro, fevereiro e março? Boas lareiras e carruagens seriam muito mais adequadas na maioria dos casos de saúde delicada e, ouso dizer, no caso dela. Não espero que adote todas as minhas suspeitas, Embora você faça uma profissão tão nobre disso, mas honestamente eu lhe digo quais são.

— E, sob minha palavra, elas têm um ar de grande probabilidade. A preferência do Sr. Dixon pela música da Srta. Fairfax à da amiga, posso afirmar que é bastante decidida.

— Além disso, ele lhe salvou a vida. Já ouviu falar disso? Uma festa numa embarcação. E por algum acidente, ela estava caindo por sobre a amurada. Ele a pegou.

— Sim, ele o fez. Eu estava lá. Estava com o grupo.

— Estava mesmo? Bem! Mas você não observou nada, é claro, pois isso lhe parece ser uma ideia nova. Se eu estivesse lá, creio que teria feito algumas descobertas.

— Ouso dizer que faria, mas eu, simplesmente, não vi nada além do fato de que a Srta. Fax quase foi lançada da embarcação e que o Sr. Dixon a agarrou. Foi a obra de um momento. E, embora os consequentes choque e alarme fossem muito grandes e muito mais duradouros — em verdade, eu realmente creio que levou quase meia hora até que qualquer um de nós se sentisse confortável outra vez —, mesmo assim também havia uma sensação muito generalizada para que qualquer coisa além de uma ansiedade peculiar fosse observável. Não faço menção de dizer, entretanto, que você não conseguiria fazer algumas descobertas.

A conversa foi aqui interrompida. Eles foram chamados para compartilhar do embaraço de um relativamente longo intervalo entre os pratos do jantar e compelidos a agir de maneira tão formal e ordeira quanto os outros, mas quando a mesa estava seguramente coberta outra vez, quando cada pires foi colocado exatamente da maneira correta e a ocupação e a tranquilidade foram restauradas pela sala, Emma disse:

— A chegada desse piano é decisiva para mim. Eu queria saber um pouco mais, e isso me diz o bastante. Pode confiar, logo ouviremos dizer que foi um presente do Sr. e da Sra. Dixon.

— E se os Dixons negarem absolutamente qualquer conhecimento a respeito, devemos concluir que ele veio dos Campbells.

— Não, tenho certeza de que não veio dos Campbells. A Srta. Fairfax sabe que ele não foi mandado pelos Campbells, ou iria supô-lo de início. Não ficaria confusa se ousasse fixar-se neles. Posso não ter convencido a você, talvez, mas estou perfeitamente convicto de que o Sr. Dixon é um dos principais personagens da trama.

— Realmente você me ofende se supõe que não estou convencido. Seu raciocínio leva consigo todo o meu julgamento. No início, quando eu a supunha satisfeita que o Coronel Campbell fosse o responsável, vi isso apenas como uma gentileza paternal e pensei que seria a coisa mais natural do mundo. Mas, quando você mencionou a Sra. Dixon, senti que seria muito mais provável que o presente fosse o tributo de uma carinhosa amizade feminina. E agora não consigo vê-lo sob qualquer outra luz, a não ser o de uma oferta de amor.

Não havia motivo para continuar a insistir no assunto. A convicção parecia real; ele parecia que a sentia. Ela não disse mais nada, outros assuntos tiveram sua vez e o restante do jantar transcorreu; a sobremesa chegou, as crianças entraram, e foram admiradas e chamadas para conversar em meio ao ritmo habitual dos diálogos; algumas coisas inteligentes ditas, algumas bastante tolas, mas nenhuma dessas em proporção muito superior à outra; nada pior do que comentários do dia a dia, repetições embotadas, velhas notícias e piadas pesadas.

As damas não estavam há muito tempo na sala de jantar quando as outras damas, em suas diferentes divisões, chegaram. Emma observou a entrada de sua pequena amiga em particular e, embora não pudesse exultar em sua dignidade e graça, era incapaz de amar apenas a doçura florescente e os modos ingênuos, mas ela poderia regozijar-se de todo o coração naquela disposição leve, alegre e pouco sentimental que lhe permitia tantos alívios de prazer em meio às dores excruciantes de afeição decepcionada. Ali ela se sentou; e quem poderia saber quantas lágrimas ela havia vertido recentemente? Estar em companhia, vestida elegantemente e vendo outras pessoas vestidas elegantemente, sentar-se e sorrir e ser bonita e não dizer nada era o bastante para a felicidade da hora presente. Jane Fairfax parecia e se movia de maneira superior, mas Emma suspeitou que ela ficaria feliz em trocar seus sentimentos pelos de Harriet, muito feliz em adquirir a mortificação de haver amado — sim, de haver amado até mesmo o Sr. Elton, em vão — em troca de todo o perigoso prazer de saber-se amada pelo marido da amiga.

Em grupo tão grande, não seria necessário que Emma se aproximasse dela. Não desejava falar sobre o piano; sentia-se sabedora demais do segredo para pensar que a aparência de curiosidade ou interesse seria justa e, assim, manteve-se propositalmente à distância, mas, por meio dos outros, o assunto quase sempre era abordado e ela percebia o rubor de acanhamento com o que as congratulações eram recebidas, o rubor de culpa que acompanhava o nome "do meu excelente amigo, o Coronel Campbell".

A Sra. Weston, gentil e musical, ficou particularmente interessada na circunstância e Emma não conseguiu evitar se divertir com sua perseverança em comentar o assunto; e, tendo muito a perguntar e dizer em relação ao tom, ao toque, aos pedais, e sem qualquer desconfiança do desejo daquela em falar o mínimo a respeito sobre tal, que ela percebeu claramente no semblante da bela heroína.

A elas, logo se uniram alguns dos cavalheiros; e o primeiro dos que chegaram foi Frank Churchill. Ele entrou, o primeiro e mais belo, e, depois de fazer seus cumprimentos en passant à Srta. Bates e sua sobrinha, foi diretamente até o lado oposto do círculo, onde estava sentada a Srta. Woodhouse; e até conseguir encontrar um assento ao seu lado, não se sentou. Emma imaginou o que todos os presentes deviam estar pensando. Ela era o seu objeto de afeição, e todos deveriam percebê-lo. Ela o apresentou à sua amiga, a Srta. Smith, e, em momentos convenientes, posteriormente, ouviu o que um pensava sobre o outro. "Ele nunca vira um rosto tão adorável, e ficou encantado com sua ingenuidade". E ela, "apenas para ter a certeza de que estava lhe fazendo um grande elogio, mas acreditava que havia alguns aspectos nos quais ele se parecia um pouco com o Sr. Elton". Emma restringiu sua indignação e apenas desviou sua atenção dela em silêncio.

Sorrisos de cumplicidade passaram entre ela e o cavalheiro na primeira olhada para a Srta. Fairfax, mas era mais prudente evitar falar. Ele lhe disse que estava impaciente em deixar a sala de jantar — detestava ficar sentado por muito tempo — e sempre era o primeiro a se mover quando podia; que o seu pai, o Sr. Knightley, o Sr. Cox e o Sr. Cole, estavam bastante ocupados comentando assuntos da paróquia; e que, pelo tempo que ficou com eles, entretanto, fora suficientemente agradável, e ele os percebeu de maneira geral como um grupo de homens cavalheirescos e sensatos; e falaram tão bem de Highbury — pensavam-na ser muito abundante com famílias agradáveis — que Emma começou a sentir que havia se acostumado a desprezar demais o lugar. Ela o questionou sobre a sociedade em Yorkshire, a extensão da vizinhança ao redor de Enscombe, e coisas do tipo; e conseguiu perceber, pelas suas respostas, que, em relação a Enscombe, havia muito poucas coisas acontecendo, que suas vistas se restringiam a um grupo de grandes famílias, nenhuma delas muito próxima; e que, mesmo quando os dias eram fixados e os convites aceitos, havia uma boa chance de que a Sra. Churchill não estivesse com a saúde ou o ânimo para ir; que faziam questão de não visitar nenhuma pessoa recém-chegada; e que, embora ele tivesse seus próprios compromissos, não era sem dificuldade, sem consideráveis conversas às vezes, que ele conseguia escapar ou levar algum conhecido por uma noite.

Ela via que Enscombe não era capaz de satisfazê-lo e que Highbury, tomada em seu melhor, podia razoavelmente agradar a um jovem que ficava mais isolado em casa do que gostaria. Sua importância em Enscombe era muito evidente. Não se vangloriava, mas naturalmente se percebia que ele havia persuadido sua tia em que o tio não podia fazer mais nada, e que ela riu e o percebeu; e ele admitiu que acreditava (com exceção de um ou dois aspectos) que era capaz, com tempo, de persuadi-la a qualquer coisa. Um desses aspectos nos quais sua influência havia falhado ele então mencionou. Queria muito viajar ao estrangeiro — estava bastante ansioso em receber permissão para viajar —, mas ela não o admitia. Isso acontecera no ano anterior. Agora, disse ele, ela estava começando a não ter mais o mesmo desejo.

O aspecto inegociável, que ele não mencionou, Emma supôs ser o bom comportamento do seu pai.

— Fiz uma descoberta demasiadamente infeliz — disse ele, após curta pausa. — Amanhã já terei ficado aqui há uma semana; a metade do meu tempo. Nunca imaginei que os dias voassem tão rapidamente. Uma semana, amanhã! E eu mal comecei a me divertir. Mal criei amizade com a Sra. Weston e os outros! Detesto essa lembrança.

— Talvez você possa agora começar a se arrepender de ter usado um dia inteiro, dentre tão poucos, para cortar os cabelos.

— Não — disse ele, sorrindo. — Isso não é motivo para arrependimento algum. Não tenho prazer em ver meus amigos, a menos que consiga acreditar que estou em condições de ser visto.

O restante dos cavalheiros tendo voltado à sala, Emma sentiu-se obrigada a desviar sua atenção dele por alguns minutos e escutar o que dizia o Sr. Cole. Quando o Sr. Cole se afastou e sua atenção podia ser restaurada a como estava antes, ela viu Frank Churchill olhando intensamente para o outro lado da sala, para a Srta. Fairfax, que estava sentada exatamente defronte a ele.

— Qual é o problema? — disse ela.

Ele se sobressaltou. — Obrigado por me despertar — respondeu ele. — Creio que fui muito grosseiro, mas, realmente, a Srta. Fairfax arrumou os cabelos de uma maneira muito diferente, tão diferente que não consigo tirar os olhos dela. Nunca vi nada tão inusitado! Que cachos! Deve ser uma criação dela mesma. Não vejo ninguém mais que se parece com ela! Devo ir e perguntar se isso é alguma moda irlandesa. Mas devo? Sim, irei. Declaro que irei. E você verá como ela recebe a pergunta, se ela enrubesce.

Ele se foi imediatamente e Emma logo o viu em pé, diante da Srta. Fairfax, e conversando com ela, mas, em relação ao efeito sobre a jovem moça, como ele havia improvidentemente se colocado exatamente entre as duas, exatamente diante da Srta. Fairfax, Emma não conseguiu distinguir absolutamente nada.

Antes que ele pudesse retornar à sua cadeira, ela foi tomada pela Sra. Weston.

— Esta é a vantagem de uma festa grande — disse ela. — É possível se aproximar de todos e dizer tudo. Minha querida Emma, sinto vontade de lhe falar. Venho fazendo descobertas e formando planos, assim como você, e devo lhe contar a respeito enquanto a ideia ainda está fresca. Sabe como a Srta. Bates e sua sobrinha vieram aqui?

— Como? Elas foram convidadas, não foram?

— Oh! Sim. Mas como elas foram trazidas até cá? De que modo vieram?

— Elas caminharam, eu concluo. De que outra maneira poderiam vir?

— Sim, é bem verdade. Bem, há algum tempo ocorreu-me o quão triste seria se Jane voltasse a pé para casa outra vez, tarde da noite, com as noites frias que temos agora. E, quando olhei para ela, embora nunca a vi com uma aparência tão boa, tive a impressão de que ela estava aquecida, e assim estaria particularmente em risco de pegar um resfriado. Pobre garota! Eu não podia suportar a ideia. Portanto assim que o Sr. Weston entrou na sala e eu pude me aproximar dele, falei-lhe sobre a carruagem. Você pode adivinhar o quão prontamente ele cedeu aos meus desejos; e, com a aprovação dele, fui diretamente até a Srta. Bates, para garantir-lhe que a carruagem estaria a seu serviço antes de nos levar para casa, pois pensei que isso a reconfortaria imediatamente. Que boa alma! Ela ficou tão grata quanto possível, tenha certeza. "Ninguém jamais foi tão afortunada quanto ela!", mas com muitos, muitos agradecimentos, "não havia necessidade de nos incomodar, pois a carruagem do Sr. Knightley as trouxera e as levaria para casa outra vez". Fiquei bastante surpresa; muito feliz, com certeza, mas realmente muito surpresa. Um cuidado tão gentil e tão caridoso! O tipo de coisa na qual poucos homens pensariam. E, em resumo, por conhecer seus maneirismos usuais, estou muito inclinada a pensar que foi para a acomodação delas que a carruagem foi usada, se tanto. Suspeito que ele não usaria uma parelha de cavalos para si e que isso foi feito apenas como uma justificativa para lhes prestar assistência.

— Muito provável — disse Emma. — Nada mais provável. Não conheço homem mais propenso do que o Sr. Knightley a fazer esse tipo de coisa, a fazer qualquer coisa realmente de boa índole, útil, caridosa ou benevolente. Ele não é um homem galante, mas é muito humano e isso, considerando a má saúde de Jane Fairfax, aparenta ser um caso de humanidade de sua parte; e, por um ato de gentileza modesta, não há ninguém em quem eu confiaria mais do que o Sr. Knightley. Sei que ele tinha cavalos para hoje, pois chegamos juntos e eu ri dele por causa disso, mas ele não disse uma palavra que pudesse trair suas intenções.

— Bem — disse a Sra. Weston, sorrindo. — Você lhe dá crédito por uma benevolência mais simples e desinteressada nesse exemplo do que eu. Enquanto a Srta. Bates falava, uma suspeita entrou como um dardo na minha cabeça e não consegui mais arrancá-la. Quanto mais eu penso nisso, mais provável me parece. Em resumo, imagino que o Sr. Knightley e Jane Fairfax poderiam formar um casal. Percebe a consequência de andar em sua companhia? O que me diz disso?

— Sr. Knightley e Jane Fairfax! — exclamou Emma. — Querida Sra. Weston, como é capaz de pensar em tal coisa? O Sr. Knightley! O Sr. Knightley não deve se casar. Não faria com que o pequeno Henry fosse excluído de Donwell? Oh! Não, não, Henry deve ficar com Donwell. Não posso consentir que o Sr. Knightley se case e tenho certeza de que isso não é provável. Estou abismada por você ter pensado em tal coisa!

— Minha querida Emma, eu lhe disse o que me levou a pensar nisso. Não quero que eles se casem; não quero magoar o pequeno Henry, mas a ideia me foi dada pelas circunstâncias. E se o Sr. Knightley realmente desejasse se casar, não preferiria que ele se abstivesse em favor de Henry, um garoto de seis anos, que não sabe nada a respeito?

— Sim, eu preferiria. Não suportaria a ideia de que Henry fosse suplantado. O Sr. Knightley, casando-se! Não, jamais tive tal ideia e não posso aceitá-la agora. E com Jane Fairfax, dentre todas as mulheres!

— Não, ela sempre foi uma das favoritas com ele, como você muito bem sabe.

— Mas a imprudência de tal associação!

— Não estou falando de sua prudência; meramente de sua probabilidade.

— Não vejo nenhuma probabilidade disso, a menos que tenha indícios melhores do que os que menciona. Sua boa índole, sua humanidade, como eu lhe disse, seriam o bastante para justificar os cavalos. Ele tem grande respeito pelas Bates, você sabe, independentemente de Jane Fairfax, e sempre fica feliz em lhes dar atenção. Minha querida Sra. Weston, não queira aproximar casais; teria péssimos resultados. Jane Fairfax, senhora do presbitério! Oh! Não, não; todas as sensações são de repulsa. Pelo próprio bem dele, eu não o deixaria fazer algo tão absurdo.

— Imprudente, talvez, mas não absurdo. Exceto pela desigualdade de fortunas, e talvez certa disparidade de idade, não vejo nada que seja inadequado.

— Mas o Sr. Knightley não quer se casar. Tenho certeza de que ele não tem o menor desejo de fazer isso. Não lhe ponha isso na cabeça. Por que ele deveria se casar? Está muito feliz sozinho, com sua fazenda, suas ovelhas, sua biblioteca e toda a paróquia para administrar, e é extremamente afeito aos filhos do irmão. Não tem motivo para se casar, seja para preencher seu tempo ou o seu coração.

— Minha querida Emma, desde que ele pense dessa forma, assim será, mas se ele realmente ama Jane Fairfax...

— Absurdo! Ele não se importa com Jane Fairfax. Em termos de amor, tenho certeza de que isso não acontece. Não lhe faria qualquer bem, ou à sua família. Mas...

— Bem — disse a Sra. Weston, rindo. — Talvez o maior bem que ele possa lhes fazer seria dar a Jane um lar tão respeitável.

— Se fosse bom para ela, tenho certeza de que seria ruim para ele; uma ligação muito vergonhosa e degradante. Como ele suportaria ter a Srta. Bates como parente? Vê-la assombrando o presbitério e agradecendo-lhe o dia inteiro por sua enorme gentileza em desposar Jane? "Tão gentil e obsequioso! Mas ele sempre foi um vizinho tão gentil!". E, em seguida, começar a tagarelar, na metade de uma sentença, sobre o velho casaco de sua mãe. "Não que fosse um casaco tão velho, também, pois ainda perduraria por muito tempo; e realmente, ela devia dizer, com toda a gratidão, que seus casacos eram todos muito fortes!".

— Que vergonha, Emma! Não a imite. Você me faz agir contra a minha consciência. E tem minha palavra, não creio que o Sr. Knightley ficaria muito incomodado com a Srta. Bates. Coisas pequenas não o irritam. Ela pode falar bastante; e, se ele quisesse dizer alguma coisa por si mesmo, simplesmente falaria mais alto e suplantaria a voz dela. Mas a questão não é se isso seria uma conexão ruim para ele, e sim se ele a deseja; e eu creio que deseje. Eu o ouvi falar, e você deve tê-lo feito também, muito elogiosamente de Jane Fairfax! O interesse que tem por ela, a ansiedade que sente a respeito de sua saúde; sua preocupação por ela não tem uma perspectiva mais feliz! Ouvi quando ele se expressou muito carinhosamente sobre esses aspectos! Um grande admirador de sua performance no piano e de sua voz! Ouvi quando ele disse que poderia escutá-la para todo o sempre. Oh! E havia quase me esquecido de uma ideia que me ocorreu. Esse piano que foi mandado para cá por alguém; embora todos estejamos muito satisfeitos em considerá-lo um presente dos Campbells, não poderia ter sido dado pelo Sr. Knightley? Não consigo evitar suspeitar dele. Creio que ele seria a exata pessoa que faria isso, mesmo sem estar apaixonado.

— Então não pode haver argumentos para provar que ele está apaixonado. Mas não creio que seja provável que ele fizesse tal coisa. O Sr. Knightley não faz nada misteriosamente.

— Ouvi o Sr. Knightley se lamentar repetidamente por ela não ter um instrumento; com mais frequência do que eu me atreveria a supor que tal circunstância poderia, no decurso natural das coisas, ocorrer-lhe.

— Muito bem; e, se ele tivesse a intenção de presenteá-la com um, iria dizê-lo.

— Talvez haja escrúpulos de delicadeza, minha querida Emma. Tenho uma noção muito forte de que isso vem dele. Tenho certeza de que ele ficou especialmente silencioso quando a Sra. Cole nos falou a respeito durante o jantar.

— Quando você tem uma ideia, Sra. Weston, jamais abre mão dela; como muitas vezes me repreendeu por fazer o mesmo. Não vejo nenhum indício de atração e não creio que o piano o seja. E somente provas irão me convencer de que o Sr. Knightley tem qualquer plano de se casar com Jane Fairfax.

Elas debateram a questão por mais algum tempo da mesma maneira; Emma, ganhando alguma vantagem sobre a concepção da amiga, pois a Sra. Weston, das duas, era a que estava mais acostumada a ceder, até que um pequeno alvoroço na sala indicou-lhes que o chá estava encerrado e o instrumento em preparação e no mesmo momento, o Sr. Cole se aproximava para suplicar à Srta. Woodhouse que lhes honrasse, experimentando-o. Frank Churchill, a quem, na ânsia da conversa com a Sra. Weston, ela não mais viu, exceto pelo fato de haver encontrado um assento ao lado da Srta. Fairfax, seguiu o Sr. Cole para aumentar suas súplicas ainda mais intensas; e como, em todos os aspectos, Emma gostava de liderar, ela concordou de maneira muito apropriada.

Ela conhecia muito bem as limitações de seus próprios poderes para tentar mais do que seria capaz de apresentar com crédito; não queria nem o gosto nem o espírito das pequenas coisas que geralmente são aceitáveis e era capaz de acompanhar a própria voz muito bem. Um acompanhamento à sua canção lhe causou uma surpresa bastante agradável — uma segunda voz, ligeira, mas corretamente emendada por Frank Churchill. Seu perdão foi obedientemente pedido ao final da canção e todas as coisas usuais se seguiram. Ele foi acusado de ter uma voz encantadora e um conhecimento perfeito sobre música, o que foi adequadamente negado; e o fato de que ele não conhecia nada sobre o assunto e que não tinha voz para tal, veementemente afirmado. Cantaram juntos mais uma vez e Emma então cedeu o lugar à Srta. Fairfax, cujos talentos, tanto vocal quanto instrumental, ela jamais poderia tentar esconder de si mesma, eram infinitamente superiores aos seus próprios.

Com sentimentos contraditórios, ela sentou-se a alguma distância das pessoas que estavam ao redor do instrumento, para escutar. Frank Churchill cantou outra vez. Os dois haviam cantado juntos uma ou duas outras vezes, aparentemente, em Weymouth. Mas a imagem do Sr. Knightley entre os que prestavam mais atenção logo atraiu metade da atenção de Emma; e ela se viu pensando nas suspeitas das Sra. Weston, aos quais os sons doces das vozes unidas causavam apenas interrupções momentâneas. Suas objeções a que o Sr. Knightley se casasse não arrefeceram nem um pouco. Não conseguia ver nada além do mal nisso. Seria uma enorme decepção para o Sr. John Knightley e, consequentemente, para Isabella. Uma verdadeira injúria para as crianças; uma mudança das mais mortificantes, e uma perda material para todos eles; uma enorme dedução do conforto diário de seu pai; e, por seu próprio lado, ela não conseguia suportar a ideia de Jane Fairfax em Donwell Abbey. Uma Sra. Knightley a quem todos eles deviam dar passagem! Não. O Sr. Knightley jamais poderia se casar. O pequeno Henry deveria continuar a ser o herdeiro de Donwell.

Nesse momento, o Sr. Knightley olhou para trás e veio sentar-se ao seu lado. Conversaram primeiramente apenas sobre a apresentação. Sua admiração certamente era bastante afetuosa; mesmo assim, ela pensou que, se não fosse pela Sra. Weston, tal pensamento não lhe teria ocorrido. Para estabelecer uma espécie de critério, entretanto, Emma começou a falar sobre a gentileza dele em fornecer o transporte à tia e à sobrinha; e, embora a resposta tivesse o intuito de encerrar a questão rapidamente, ela acreditou que aquilo indicava somente o seu desejo de não comentar sobre qualquer gentileza de sua parte.

— Eu frequentemente sinto a preocupação — disse ela — de que não ouso fazer com que nossa carruagem seja mais útil em ocasiões como esta. Não que eu não tenha o desejo, mas você sabe o quão impossível meu pai consideraria que James devesse ser usado para tal propósito.

— Completamente fora de questão, completamente fora de questão — respondeu ele — Mas você deve desejar sempre algo assim, tenho certeza. — E sorriu com um prazer tão aparente a essa convicção que ela teve que dar mais um passo.

— Esse presente dos Campbells — disse ela. — O piano foi algo dado com muita estima.

— Sim — respondeu ele, e sem o menor constrangimento aparente. — Mas eles o fariam melhor se a houvessem avisado com antecedência. Surpresas são coisas tolas. O prazer não é aumentado e a inconveniência frequentemente é considerável. Eu esperava um juízo melhor do Coronel Campbell.

Daquele momento em diante, Emma seria capaz de jurar que o Sr. Knightley não tivera nenhuma intenção em dar o instrumento. Mas, se ele estivesse livre de qualquer atração — se não houvesse uma preferência verdadeira —, isso continuou a ser um ponto duvidoso por mais algum tempo. Mais perto do final da segunda música de Jane, sua voz ficou rouca.

— Isso é o bastante — disse ele, quando a canção estava concluída, pensando alto. — Você já cantou o bastante por uma noite. Agora, fique quieta.

Outra canção, entretanto, logo foi requisitada. — Mais uma; não iriam fatigar a Srta. Fairfax sob qualquer pretexto, e pediriam apenas por mais uma. — E ouviu-se Frank Churchill dizer:

"Creio que você consegue tocar essa sem esforço. A primeira parte é bem trivial. A força da canção recai na segunda".

O Sr. Knightley ficou irritado.

— Aquele sujeito — disse ele, indignado — não pensa em nada além de exibir a própria voz. Isso não pode acontecer. — E tocando a Srta. Bates, que naquele momento passava por perto:

— Srta. Bates, está louca? Deixar sua sobrinha cantar até ficar rouca dessa maneira? Vá até lá e interfira. Eles não têm piedade dela.

A Srta. Bates, em sua verdadeira ansiedade por Jane, mal conseguiu ficar para demonstrar sua gratidão antes de seguir em frente e dar um fim a qualquer cantoria posterior. Aqui cessou a parte de concertos da noite, pois a Srta. Woodhouse e a Srta. Fairfax eram as únicas musicistas presentes, mas logo (em menos de cinco minutos) a proposta de dançar — que se originou sem que ninguém soubesse exatamente de onde — foi tão efetivamente promovida pelo Sr. e a Sra. Cole que tudo estava sendo rapidamente afastado para que houvesse espaço o bastante. A Sra. Weston, autoridade em danças campestres, sentou-se e deu início a uma valsa irresistível; e o Sr. Frank Churchill, aproximando-se de uma maneira intensamente galante de Emma, tomou-lhe a mão e levou-a até o espaço aberto.

Enquanto esperavam que os outros jovens formassem seus pares, Emma encontrou tempo, apesar dos elogios que estava recebendo por causa de sua voz e bom gosto, para olhar ao redor e ver o que havia acontecido com o Sr. Knightley. Isso seria um teste. Não era um bom dançarino, de maneira geral. Se estivesse muito alerta, tentando se aproximar de Jane Fairfax agora, isso poderia indicar alguma coisa. Não houve nenhuma mudança imediata. Não; ele estava conversando com a Sra. Cole — parecia estar despreocupado. Jane foi convidada por outro a dançar, e ele ainda continuava a conversar com a Sra. Cole.

Emma não estava mais alarmada por causa de Henry; seu interesse continuava resguardado, e ela deu início à dança com um ânimo e um envolvimento genuínos. Não foi possível formar mais do que cinco pares, mas a raridade e o caráter súbito da situação a tornaram agradabilíssima e ela se viu com um par que tinha uma aptidão equivalente à sua. Eram um casal que valia a pena ser admirado.

Duas danças, infelizmente, foi tudo que se podia permitir. Estava ficando tarde e a Srta. Bates estava ansiosa em voltar para casa por causa de sua mãe. Após algumas tentativas, portanto, de que se permitisse começar outra vez, foram obrigados a agradecer à Sra. Weston, demonstrar sua tristeza e encerrar os festejos.

— Talvez seja melhor assim — disse Frank Churchill, enquanto acompanhava Emma até a sua carruagem. — Eu devia ter pedido à Srta. Fairfax, mas seu bailado lânguido não combinaria com o meu, depois do seu.

IX

Emma não se arrependeu da gentileza em ir à residência dos Coles. A visita lhe trouxe muitas recordações agradáveis no dia seguinte; e tudo que ela supostamente pudesse haver perdido em termos de um isolamento dignificado foi amplamente retribuído pelo esplendor da popularidade. Deve ter deixado os Coles muito felizes; pessoas dignas, que mereciam que os fizessem felizes! E deixou um nome marcado, que não se desvaneceria tão cedo.

A felicidade perfeita, mesmo em memórias, não é algo comum; e havia dois aspectos nos quais ela não estava completamente tranquila. Duvidava se não havia transgredido os deveres de uma mulher em relação a outra mulher, traindo suas suspeitas sobre os sentimentos de Jane Fairfax para Frank Churchill. Não era algo direito, mas fora uma ideia tão forte que lhe escapou, e a sua submissão a tudo que ela contou era um elogio à sua perspicácia, o que fazia com que fosse difícil ter certeza de que devia ter segurado a língua.

A outra circunstância de arrependimento estava também relacionada a Jane Fairfax; e quanto a esta, não tinha dúvidas. Lamentava sem qualquer modéstia e inequivocamente a inferioridade da sua habilidade de tocar um instrumento musical e cantar. Lamentou-se copiosamente sobre a ociosidade da sua infância e, assim, sentou-se e praticou vigorosamente por uma hora e meia.

Foi então interrompida pela entrada de Harriet; e, se os elogios de Harriet a pudessem satisfazer, poderia logo ser reconfortada.

— Oh! Se eu pudesse ao menos tocar tão bem quanto você e a Srta. Fairfax!

— Não considere que somos iguais, Harriet. Minha habilidade não é igual à dela, assim como um abajur não é igual ao brilho do sol.

— Oh! Querida... eu acho que você é quem toca melhor, dentre as duas. Acho que você toca tão bem quanto ela. Tenho certeza de que prefiro muito mais ouvir você. Todas as pessoas, ontem à noite, falaram sobre quão bem você tocou.

— Aqueles que conhecem alguma coisa a respeito devem ter sentido a diferença. A verdade, Harriet, é que a minha habilidade de tocar é apenas boa o suficiente para ser elogiada, mas a de Jane Fairfax vai muito além disso.

— Bem, eu sempre pensarei que você toca tão bem quanto ela, ou que, se houver alguma diferença, ninguém jamais perceberia. O Sr. Cole falou do seu bom gosto; e o Sr. Frank Churchill falou muito sobre o seu bom gosto, que valorizava o bom gosto muito mais do que a execução.

— Ah! Mas Jane Fairfax tem ambos, Harriet.

— Tem certeza? Eu vi que ela tinha habilidade técnica, mas não sabia que ela tinha bom gosto. Ninguém falou sobre isso. E eu odeio música cantada em italiano; não se consegue entender uma palavra. Além disso, se ela toca tão bem, como sabe, não é mais do que sua obrigação que o faça, porque terá que ensinar. As Coxes estavam se perguntando ontem à noite se ela seria acolhida por alguma família importante. O que achou da aparência das Coxes?

— O de sempre: muito vulgares.

— Elas me disseram uma coisa — falou Harriet, hesitantemente. — Mas não é nada que tenha importância.

Emma foi obrigada a perguntar o que lhe haviam contado, embora temesse que isso trouxesse o Sr. Elton.

— Elas disseram... que o Sr. Martin jantou com elas no sábado passado.

— Oh!

— Ele foi conversar com o pai delas sobre algum negócio e ele pediu que ficasse para o jantar.

— Oh!

— Falaram muito sobre ele, especialmente Anne Cox. Não sei o que ela queria dizer, mas me perguntou se eu achava que deveria ficar hospedada lá novamente no próximo verão.

— Anne quis ser impertinentemente curiosa, como sempre.

— Ela disse que ele foi muito agradável no dia em que jantou lá. Sentou-se ao seu lado durante o jantar. A Srta. Nash acha que qualquer uma das Coxes ficaria muito feliz em se casar com ele.

— Muito típico. Creio que elas são, sem exceção, as moças mais vulgares em Highbury.

Harriet tinha compras a fazer na Ford's. Emma achou que seria muito prudente ir com ela. Outro encontro acidental com os Martins era possível e, em seu estado atual, seria perigoso.

Harriet, tentada por todas as coisas e convencida por qualquer meia palavra, sempre se demorava muito com cada compra; e, enquanto ainda estava debruçada sobre musselines e mudando de ideia, Emma foi até a porta para se divertir. Não se podia esperar muito do trânsito, mesmo na parte mais movimentada de Highbury: o Sr. Perry passando por ali apressado, o Sr. William Cox adentrando a porta do seu escritório, os cavalos que puxavam a carruagem do Sr. Cole voltando de seus exercícios, ou um garoto-mensageiro solto montado em uma mula obstinada eram as coisas mais vivazes que ela presumia esperar; e, quando seus olhos se depararam somente com o açougueiro e sua bandeja, uma velha senhora voltando para casa com a cesta cheia após as compras, dois vira-latas brigando por um osso sujo e uma fileira de crianças desocupadas diante da pequena janela recurva do confeiteiro olhando os biscoitos de gengibre, ela sabia que não tinha razão para reclamar, e divertiu-se o bastante; o bastante para continuar diante da porta. Uma mente vivaz e tranquila pode se ocupar sem ver nada, e não consegue ver nada que não lhe apraz.

Ela olhou para a estrada que levava a Randalls. A cena se ampliou; duas pessoas apareceram: a Sra. Weston e seu genro. Estavam chegando a Highbury, indo para Hartfield, certamente. Pararam, entretanto, primeiramente na casa da Sra. Bates, localizada um pouco mais perto de Randalls do que da Ford's; e mal haviam batido na porta quando Emma atraiu-lhes a atenção. Imediatamente, eles atravessaram a rua e vieram em sua direção e o bem-estar causado pelo encontro de ontem pareceu renovar o prazer do encontro presente. A Sra. Weston informou-a de que ia visitar as Bates para ouvir o novo instrumento.

— Pois o meu acompanhante me diz — contou ela — que eu absolutamente prometi à Srta. Bates, ontem à noite, que viria hoje pela manhã. Não me atentei disso. Não sabia que havia fixado um dia para a visita, mas, como ele diz que eu o fiz, então vou até lá.

— E, enquanto a Sra. Weston faz sua visita, talvez eu possa ter a permissão, espero — disse Frank Churchill — de me juntar ao seu grupo e esperar por ela em Hartfield. Se estiver indo para casa.

A Sra. Weston ficou decepcionada.

— Pensei que você estivesse disposto a vir comigo. Elas ficariam muito contentes.

— Eu? Certamente, acabaria atrapalhando. Mas, talvez, possa acabar igualmente atrapalhando aqui. A Srta. Woodhouse parece não querer a minha presença. Minha tia sempre me manda para casa quando está fazendo compras. Diz que eu a aflijo demais; e a Srta. Woodhouse dá a impressão de que diria o mesmo. O que hei de fazer?

— Não estou aqui por quaisquer assuntos de meu próprio interesse — disse Emma. — Apenas espero pela minha amiga. Ela provavelmente logo vai se dar por satisfeita e poderemos ir para casa. Mas você deveria ir com a Sra. Weston e ouvir o instrumento.

— Bem, se é o que aconselha. Mas (com um sorriso) se o Coronel Campbell utilizou-se de um amigo descuidado, e se o instrumento tiver um tom indiferente, o que devo dizer? Eu não teria como dar qualquer apoio à Sra. Weston. Ela pode muito bem ir sozinha. Uma verdade desagradável seria palatável se passasse por seus lábios, mas eu sou o ser mais desgraçado do mundo para expressar falsidades corteses.

— Não acredito em tal coisa — respondeu Emma. — Estou convencida de que você sabe ser tão insincero quanto seus vizinhos, quando necessário, mas não há razão para supor que o instrumento seja indiferente. Exatamente o oposto, realmente, se entendi a opinião da Srta. Fairfax ontem à noite.

— Por favor, venha comigo — disse a Sra. Weston —, se não lhe for desconfortável. Não precisamos nos deter por muito tempo. Iremos para Hartfield em seguida. Nós as seguiremos para Hartfield. Realmente, desejo que você venha fazer a visita comigo. Será considerada uma grande prova de atenção! E eu sempre pensei que era o que você queria.

Ele não pôde dizer mais nada e, com a esperança de Hartfield para recompensá-lo, retornou com a Sra. Weston à porta da Sra. Bates. Emma os observou entrando e depois se juntou a Harriet diante do balcão de mercadorias, tentando, com toda a força da própria mente, convencê-la de que, se queria musseline lisa, não fazia sentido olhar as estampadas e que uma fita azul, por mais bonita que fosse, não combinaria com sua estampa amarela. Finalmente, tudo ficou acertado, inclusive o destino do pacote.

— Devo enviá-la à casa da Sra. Goddard, senhora? — perguntou a Sra. Ford. — Sim. Não. Sim, para a casa da Sra. Goddard. Embora o meu vestido estampado esteja em Hartfield. Não, envie-o a Hartfield, por favor. Mas, nesse caso, a Sra. Goddard vai querer vê-lo. E eu posso levar o vestido estampado para casa qualquer outro dia. Mas vou querer a fita imediatamente; então é melhor mandá-la para Hartfield. Pelo menos a fita. Você pode separar as compras em dois embrulhos, Sra. Ford, não pode?

— Não vale a pena, Harriet, o incômodo de pedir dois embrulhos à Sra. Ford.

— Com toda a certeza.

— Não é incômodo algum, senhora — disse a obsequiosa Sra. Ford.

— Oh! Mas eu realmente prefiro que tudo esteja no mesmo embrulho. Depois, por gentileza, envie tudo à casa da Sra. Goddard... não sei... não, eu creio, Srta. Woodhouse, que o melhor é enviá-lo direto a Hartfield e levá-lo comigo para casa à noite. O que aconselha?

— Que você não gaste nem mais meio segundo com esse assunto. Para Hartfield, por gentileza, Sra. Ford.

— Sim, isso será muito melhor — disse Harriet, dando-se por satisfeita. — Acho que não iria querer que as compras fossem enviadas à casa da Sra. Goddard.

Vozes se aproximavam da loja, ou melhor, uma voz e duas senhoras: a Sra. Weston e a Srta. Bates as encontraram na porta.

— Minha querida Srta. Woodhouse — disse a última. — Acabei de atravessar a rua correndo para pedir-lhe o favor de vir sentar-se conosco um pouco e dar-nos sua opinião sobre nosso novo instrumento; você e a Srta. Smith. Como vai, Srta.

Smith? — Muito obrigada, agradeço-lhe. — E supliquei à Sra. Weston que viesse comigo, para que eu tivesse a certeza de que conseguiria.

— Espero que a Sra. Bates e a Srta. Fairfax estejam...

— Muito bem, sou-lhe muito grata. Minha mãe está maravilhosamente bem e Jane não pegou um resfriado ontem à noite. Como está o Sr. Woodhouse? — Fico muito feliz em ouvir notícias tão boas. A Sra. Weston disse-me que vocês estavam aqui. — Oh! Então, eu disse, tenho que correr até lá; estou certa de que a Srta. Woodhouse irá permitir que eu corra até lá para rogar-lhe que entre conosco; minha mãe ficará muito feliz em vê-la. E agora que formamos um grupo tão encantador, ela não poderá recusar. — "Sim, faça tal coisa", disse o Sr. Frank Churchill, "a opinião da Srta. Woodhouse sobre o instrumento será importante". Mas, disse eu então, creio que teremos uma chance maior de sucesso se um de vocês for comigo. — "Oh", disse ele, "espere meio minuto até que eu termine o meu trabalho". Pois, acreditaria se eu dissesse, Srta. Woodhouse, lá está ele, com os modos mais gentis do mundo, apertando o pino dos óculos da minha mãe. O pino caiu, sabiam, esta manhã. Tão gentil! Pois minha mãe não dava uso para seus óculos, não conseguia colocá-los no rosto. E, já que falamos nisso, todas as pessoas deveriam ter dois pares de óculos; realmente deveriam. Jane o disse. Eu queria levá-los para John Saunders assim que fosse possível, mas sempre houve uma coisa ou outra para me ocupar durante toda a manhã; primeiro uma coisa, depois outra, não há como prever, você sabe. Em dado momento, Patty veio dizer que achava que a chaminé da cozinha precisava ser limpa. Oh, eu disse, Patty, não venha me trazer suas más notícias. Aqui está o pino que caiu dos óculos da sua senhora. Em seguida, as maçãs assadas chegaram em casa, a Sra. Wallis as enviou por meio do seu garoto; eles são extremamente civis e gentis conosco, os Wallises, sempre. Ouvi algumas pessoas dizerem que a Sra. Wallis pode ser ríspida e dar respostas muito grosseiras, mas nunca recebi nada a não ser as maiores atenções deles. E não pode ser pelo valor do nosso costume agora, pelo que é o nosso consumo de pão, sabia? Somente nós três, além da querida Jane, no momento, mas ela realmente não come nada, temos um desjejum chocante, e você ficaria muito assustada se o visse. Não ouso deixar que a minha mãe saiba o quão pouco ela come; então eu digo uma coisa, e depois digo outra, e tudo acaba passando. Mas por volta do meio do dia ela sente fome, e não há nada que goste tanto quanto essas maçãs assadas, e elas são extremamente saudáveis, pelo que tive a oportunidade de perguntar noutro dia ao Sr. Perry; encontrei-o por acaso na rua. Não que tivesse qualquer dúvida antes; tantas vezes ouvi o Sr. Woodhouse recomendar uma maçã assada. Acredito que essa é a única forma pela qual o Sr. Woodhouse pensa que a fruta é totalmente saudável. Comemos bolinhos de maçã, entretanto, com frequência. Patty faz bolinhos de maçã excelentes. Bem, Sra. Weston, você tinha razão, eu espero, e essas senhoras nos farão a gentileza.

Emma ficaria muito feliz em visitar a Sra. Bates, e elas finalmente saíram da loja, sem que a Srta. Bates provocasse mais atrasos do que...

— Como vai, Sra. Ford? Perdoe-me. Não a vi antes. Ouvi dizer que a senhora tem uma coleção encantadora de novas fitas que chegaram da cidade. Jane voltou para casa encantada ontem. Obrigada, as luvas servem muito bem; um pouco largas ao redor dos pulsos, mas Jane vai ficar com elas.

— Do que eu estava falando? — disse ela, começando novamente quando todas estavam na rua.

Emma perguntava-se em que assunto, de todos os que havia, ela se fixaria.

— Declaro que não consigo me lembrar do que estava falando. Oh! Os óculos da minha mãe. Tão gentil da parte do Sr. Frank Churchill! "Oh!", disse ele. "Acho que consigo recolocar o pino; adoro excessivamente esse tipo de trabalho". O que, como sabem, mostrou que ele é muito... Realmente, devo dizer que, por mais que ouvisse a seu respeito e por mais que esperasse, ele excede sobremaneira qualquer coisa... Eu a congratulo, Sra. Weston, muito carinhosamente. Ele parece ser tudo que o pai mais afável pudesse... "Oh!", disse ele. "Posso recolocar o pino. Gosto excessivamente desse tipo de trabalho". Jamais vou esquecer seus modos. E quando tirei as maçãs assadas do armário e esperei que nossos amigos muito gentilmente aceitassem algumas, "Oh!", disse ele diretamente, "Não há nada entre as frutas que seja tão bom, e estas são as maçãs assadas caseiras mais bonitas que já vi em minha vida". Isso, como é, sabe, foi tão... E tenho certeza, pelos seus modos, que não era apenas um elogio. Realmente, as maçãs eram deliciosas, e a Sra. Wallis lhes faz toda a justiça — com a diferença de que nós não as assamos mais do que duas vezes, e o Sr. Woodhouse nos fez prometer que o faríamos três vezes, mas a Srta. Woodhouse nos fará a gentileza de não mencionar isso. As maçãs são do melhor tipo para assar, sem dúvida; todas de Donwell, e algumas do estoque mais liberal do Sr. Knightley. Ele nos envia um saco todos os anos; e certamente jamais houve uma macieira tão duradoura quanto uma das suas árvores; acredito que ele tem duas dessas. Minha mãe diz que o pomar sempre foi famoso quando ela era mais jovem. Mas eu fiquei bastante chocada há alguns dias, pois o Sr. Knightley veio nos visitar pela manhã e Jane estava comendo essas maçãs, e nós falamos a respeito e dissemos-lhe o quanto gostávamos delas, e ele perguntou se não havíamos chegado ao fim do nosso estoque. "Tenho certeza de que devem ter", disse ele, "e vou enviar-lhes mais um lote, pois tenho muito mais do que posso usar. William Larkins permitiu que eu guardasse uma quantidade maior do que o habitual este ano. Vou lhes mandar mais algumas, antes que elas não sirvam para mais nada. Implorei-lhe para que não o fizesse — pois, realmente, eu não podia dizer, com certeza, que nos restavam muitas, mas todas deviam ficar para Jane; e eu não podia suportar que ele nos enviasse mais, pois já havia sido tão liberal conosco; e Jane disse o mesmo. E quando ele se foi, ela quase brigou comigo; não, eu não deveria dizer que brigou, pois nunca tivemos uma briga em todas as nossas vidas, mas ela ficou muito incomodada por eu haver admitido que estávamos quase sem maçãs; desejava que eu o fizesse acreditar que ainda tínhamos muitas mais. Oh, eu disse, minha querida, eu disse o máximo que pude. Entretanto, naquela mesma noite, William Larkins chegou com uma grande cesta de maçãs, a mesma espécie de maçãs, uma saca, ao menos, e eu fiquei muito agradecida, e desci e conversei com William Larkins e disse-lhe tudo, como deve supor. William Larkins é um conhecido de tanto tempo! Sempre fico feliz em vê-lo. Mas, todavia, descobri posteriormente, por meio de Patty, que William disse que eram todas as maçãs daquela espécie que seu mestre tinha, que trouxera todas, e agora seu mestre não tinha nenhuma para assar ou ferver. William parecia não se importar muito com aquilo, estava contente em pensar que seu mestre havia vendido tantas, mas a Sra. Hodges, disse ele, ficou muito infeliz ao saber que todas foram enviadas. Não suportava a ideia de que seu mestre não poderia desfrutar de outra torta de maçã nesta primavera. Isso ele disse a Patty, mas lhe pediu que não desse importância, e que não nos dissesse nada a respeito, pois a Sra. Hodges às vezes fica contrariada, e desde que tantas sacas fossem vendidas, não importava quem comia as que restassem. E assim Patty me disse, e eu fiquei excessivamente chocada, realmente! Não gostaria que o Sr. Knightley soubesse sobre isso por nada deste mundo! Ele ficaria tão... Eu queria impedir que Jane soubesse, mas, por azar, comentei a respeito antes de perceber.

A Srta. Bates acabara de falar quando Patty abriu a porta; e suas visitantes subiram as escadas sem qualquer narrativa regular para dar atenção, seguidas apenas pelos sons da sua boa-vontade desconexa.

— Peço-lhe que tome cuidado, Sra. Weston, há um degrau na curva. Peço-lhe que tome cuidado, Srta. Woodhouse, pois nossa escada é um pouco escura; mais escura e estreita do que alguém poderia querer. Srta. Smith, por favor, tome cuidado. Srta. Woodhouse, estou muito preocupada. Tenho certeza de que bateu o seu pé. Srta. Smith, cuidado com o degrau na curva.

X

A aparência da pequena sala de estar, quando elas entraram, era de tranquilidade; a Sra. Bates, privada de sua ocupação habitual, dormia em um dos lados da lareira; Frank Churchill, em uma mesa perto dela, profundamente ocupado com os óculos da senhora, e Jane Fairfax, em pé, de costas para ele, atenta ao seu piano.

Por mais que estivesse ocupado, entretanto, o rapaz ainda assim foi capaz de demonstrar um semblante feliz ao ver Emma outra vez.

— Isto é um prazer — disse ele, com uma voz relativamente grave. — Chegou dez minutos mais cedo do que eu calculara. Você me encontrou tentando ser útil; diga-me se acha que conseguirei.

— O quê? — disse a Sra. Weston. — Ainda não terminou? Você não conseguiria ganhar a vida como ourives nesse ritmo.

— Não fiquei trabalhando ininterruptamente — respondeu ele. — Estive auxiliando a Srta. Fairfax, tentando fazer com que seu instrumento fique estável, pois não estava muito firme; uma imperfeição no chão, eu suponho. Como vê, tentamos calçar uma das pernas com papel. Foi muito gentil se deixarem persuadir a vir para cá. Quase cheguei a temer que vocês voltassem correndo para casa.

Ele aceitou que ela se sentasse ao seu lado; e estava suficientemente ocupado em procurar a melhor maçã assada para ela, e tentando fazer com que ela o ajudasse ou o aconselhasse em seu trabalho, até que Jane Fairfax estivesse pronta para sentar-se diante do piano outra vez. O fato de não estar imediatamente pronta, Emma suspeitou que se devesse ao seu estado de nervos; ela ainda não possuía o instrumento há tempo o bastante para tocá-lo sem emoção; precisava convencer-se de que tinha o poder de apresentar-se; e Emma não conseguia evitar sentir pena daquelas sensações, quaisquer que fossem sua origem, e não podia evitar decidir nunca expô-los à sua vizinha outra vez.

Finalmente Jane começou, e, embora os primeiros compassos fossem tocados de maneira débil, os poderes do instrumento gradualmente receberam todo o merecido reconhecimento. A Sra. Weston ficara encantada antes, e estava encantada de novo. Emma se juntou a ela em seus elogios; e o piano, com toda a discriminação adequada, foi pronunciado como sendo incrivelmente promissor.

— Seja quem for a pessoa que o Coronel Campbell empregou — disse Frank Churchill, com um sorriso para Emma — tal pessoa não foi escolhida sem critério. Ouvi falar muito sobre o bom gosto do Coronel Campbell em Weymouth; e a suavidade das notas mais altas, tenho certeza que é exatamente o que ele e todos naquele grupo particularmente estimariam. Ouso dizer, Srta. Fairfax, que ele deu ao seu amigo instruções bastante precisas, ou escreveu diretamente para Broadwood. Não acha?

Jane não se virou para olhar. Não era obrigada a ouvir aquilo. A Sra. Weston estava lhe falando no mesmo momento.

— Não é justo — disse Emma, em um sussurro. — O meu foi apenas uma obra do acaso. Não a incomode.

Ele meneou negativamente a cabeça com um sorriso, parecendo como se tivesse muito pouca dúvida e muito pouca misericórdia. Logo em seguida, começou novamente:

— Seus amigos na Irlanda devem estar adorando sobremaneira o seu prazer nesta ocasião, Srta. Fairfax. Ouso dizer que eles pensam com frequência em você, e se perguntam qual será o dia, o dia exato, em que o instrumento chegará às suas mãos. Você acha que o Coronel Campbell sabe que o negócio está acontecendo exatamente neste momento?? Imagina que é a consequência de uma encomenda imediata dele, ou será que ele enviou apenas algumas instruções gerais, um pedido indefinido em relação ao tempo, a depender de contingências e conveniências?

Ele fez uma pausa. Ela não pôde evitar ouvir aquilo; não podia se esquivar de responder.

— Até que eu receba uma carta do Coronel Campbell — disse ela, numa voz de tranquilidade forçada — não posso imaginar nada com qualquer grau de certeza. Tudo deve ser conjecturas.

— Conjecturas. Sim, às vezes alguém conjectura corretamente, e outras vezes as conjecturas estão erradas. Gostaria de poder conjecturar o quão logo conseguirei fazer com que este pino fique firme. Quanta bobagem alguém diz, Srta. Woodhouse, quando está trabalhando duro, isso se chegar a falar qualquer coisa; os verdadeiros trabalhadores, eu suponho, silenciam as línguas. Mas nós, os cavalheiros que laboram, se conseguimos uma palavra... e a Srta. Fairfax disse algo sobre conjecturas. Pronto, está feito. Tenho o prazer, senhora (dirigindo-se à Sra. Bates), de devolver seus óculos, curados por ora.

Ele foi muito carinhosamente agradecido tanto pela mãe, quanto pela filha. Para escapar um pouco desta última, ele foi até o piano e implorou à Srta. Fairfax, que ainda estava sentada diante do instrumento, que tocasse mais alguma coisa.

— Se fizer a gentileza — disse ele. — Será uma das valsas que dançamos ontem à noite. Permita-me revivê-la outra vez. Você não gostou delas como eu gostei; parecia estar cansada durante o tempo todo. Acredito que ficou feliz por não dançarmos mais, mas eu daria mundos — todos os mundos que alguém poderia dar — por mais meia hora.

Ela tocou.

— Que felicidade é ouvir novamente uma música que fez uma pessoa feliz! Se não me engano, essa foi dançada em Weymouth.

Ela o fitou por um momento, enrubesceu profundamente, e tocou outra música. Ele escutou um pouco da música sentado em uma cadeira perto do piano e, virando-se para Emma, disse:

— Aqui está algo que é novidade para mim. Conhece? Cramer. E aqui está um novo conjunto de melodias irlandesas. Vindo de onde vêm, é de se esperar. Tudo foi enviado com o instrumento. Muito prestativo da parte do Coronel Campbell, não foi? Ele sabia que a Srta. Fairfax não teria partituras por aqui. Louvo essa parte do cuidado, particularmente; mostra que foi algo que veio tão completamente do coração. Nada foi feito apressadamente; nada incompleto. Somente a verdadeira afeição poderia fazê-lo.

Emma desejava que ele fosse menos incisivo, mas mesmo assim não conseguia evitar se divertir com a situação; e, quando olhava de soslaio para Jane Fairfax, percebeu os resquícios de um sorriso. Quando viu que, com todo o rubor profundo da timidez, havia um sorriso de felicidade secreta, Emma teve menos escrúpulos em sentir que se divertira, e muito menos compunção em relação a ela. Essa afável, decente, perfeita Jane Fairfax, aparentemente acalentava sentimentos muito repreensíveis.

Ele levou todas as partituras para ela e os dois as repassaram juntos. Emma aproveitou a oportunidade para sussurrar.

— Você fala abertamente demais. Ela deve entendê-lo.

— Espero que sim. Eu gostaria que ela me entendesse. Não estou nem um pouco acanhado sobre as minhas insinuações.

— Mas, na realidade, eu estou um pouco acanhada e desejando nunca ter pensado nessa ideia.

— Estou muito feliz por havê-lo feito, e por tê-la comunicado a mim. Agora eu tenho uma chave para todas as expressões e gestos dela. Deixe que ela se envergonhe. Se fez algo de errado, deve senti-la.

— Ela não é uma pessoa que carece inteiramente disso, eu creio.

— Não vi muitos sinais. Ela está tocando Robin Adair no momento. A favorita do Coronel.

Logo em seguida, a Srta. Bates, passando perto da janela, divisou o Sr. Knightley a cavalo, não muito longe.

— Sr. Knightley, eu declaro! Devo ir lhe falar, se possível, apenas para agradecê-lo. Não vou abrir a janela aqui; vocês todos ficariam resfriados. Mas posso ir até o quarto da minha mãe, como sabem. Atrevo-me a dizer que ele entrará quando souber quem está aqui. Que encantador fazer com que todos vocês se encontrem! Nossa pequena sala, tão honrada!

Ela estava no aposento adjacente enquanto ainda falava, e, ao abrir o batente da janela, imediatamente chamou a atenção do Sr. Knightley; e cada sílaba da conversa entre os dois foi ouvida distintamente pelos outros, como se houvesse acontecido dentro do mesmo cômodo.

— Como vai? — Como vai? — Muito bem, agradeço-lhe. Muito agradecida ao senhor pela carruagem, ontem à noite. Chegamos bem em tempo; minha mãe já estava à nossa espera. Por favor, entre, entre. Encontrará alguns amigos aqui.

Assim começou a Srta. Bates; e o Sr. Knightley parecia determinado a ser ouvido, por sua vez, pois, bastante resoluto e imperativo, ele disse:

— Como está sua sobrinha, Srta. Bates? Quero saber de todas vocês, mas particularmente da sua sobrinha. Como está a Srta. Fairfax? Espero que não tenha pegado um resfriado ontem à noite. Como ela está hoje? Diga-me como está a Srta. Fairfax.

— Muito agradecida ao senhor! Muito grata ao senhor pela carruagem — continuou a Srta. Bates.

Ele a interrompeu com:

— Estou a caminho de Kingston. Há algo que eu possa fazer pela senhora?

— Oh! Por Deus, Kingston. Vai mesmo? A Sra. Cole dizia noutro dia que queria algo de Kingston.

— A Sra. Cole tem criados para enviar até lá. Posso fazer alguma coisa pela senhora?

— Não, obrigada. Mas, por favor, entre. Quem o senhor acha que está aqui? A Srta. Woodhouse e a Srta. Smith; tão gentis em nos visitar para ouvir o novo piano. Por favor, deixe o seu cavalo no Crown e entre.

— Bem — disse ele, de maneira pensativa. — Por cinco minutos, talvez.

— E aqui estão a Sra. Weston e o Sr. Frank Churchill também! Que encantador! Tantos amigos!

— Não, não agora, obrigado. Eu não poderia ficar nem por dois minutos. Preciso pegar a estrada de Kingston o mais rápido que puder.

— Oh! Por favor, entre. Eles ficarão muito felizes em vê-lo.

— Não, não; sua sala já está suficientemente cheia. Virei visitá-la outro dia e ouvirei o piano.

— Bem, é uma pena! Oh! Sr. Knightley, que festa encantadora a de ontem à noite; extremamente agradável. Já vira danças como aquelas? Não foi encantador? A Srta. Woodhouse e o Sr. Frank Churchill; nunca vi nada igual.

— Oh! Muito encantador, com certeza; não posso dizer nada menos, pois suponho que a Srta. Woodhouse e o Sr. Frank Churchill estão ouvindo cada palavra que passa. E (elevando ainda mais a voz) não vejo motivos para que não se mencione a Srta. Fairfax também. Creio que a Srta. Fairfax dança muito bem; e a Srta. Weston é a melhor musicista de canções rurais, sem exceção, em toda a Inglaterra. Agora, se seus amigos têm alguma gratidão, dirão algo em voz alta sobre a senhora e sobre mim, em retribuição, mas não posso ficar para ouvi-los.

— Oh! Sr. Knightley, apenas mais um momento. É algo de importância. Tão chocadas! Jane e eu ficamos muito chocadas com as maçãs.

— Qual é o problema agora?

— E pensar que o senhor nos enviou todas as maçãs que tinha. Disse que tinha muitas delas, e agora não tem mais nenhuma. Ficamos realmente muito chocadas. A Sra. Hodges deve estar irritada. William Larkins o disse, aqui. Você não devia ter feito isso, certamente que não devia. Ah! Ele já se foi. Jamais tolera ser agradecido. Mas eu pensei que ele iria ficar agora, e seria uma pena não haver mencionado... Bem (retornando à sala), não tive sucesso. O Sr. Knightley não pôde parar. Está indo a Kingston. Perguntou-me se poderia fazer alguma coisa...

— Sim — disse Jane. — Ouvimos suas gentis ofertas, ouvimos tudo.

— Oh! Sim, minha querida, atrevo-me a dizer que podem ter ouvido, porque, como sabe, a porta estava aberta, e a janela estava aberta, e o Sr. Knightley falou muito alto. Devem ter ouvido tudo, com certeza. "Posso fazer algo pela senhora em Kingston?", disse ele... E então eu apenas mencionei... Oh! Srta. Woodhouse, precisa ir? Parece-me que acabou de chegar. Muita gentileza da sua parte.

Emma achava que realmente era hora de estar em casa; a visita já havia durado bastante; e, ao examinarem seus relógios, perceberam que tanto da manhã já havia se passado, que a Sra. Weston e seu acompanhante também pediram licença para sair, e só podiam se permitir a caminhar com as duas moças até os portões de Hartfield, antes de partirem rumo a Randalls.

XI

Pode ser possível viver inteiramente sem dançar. Existem casos conhecidos de jovens passando muitos e muitos meses consecutivos sem ir a nenhum baile de qualquer tipo, e nenhum dano material ocorre nem ao corpo nem à mente; mas, quando se inicia — quando as felicidades do movimento lépido foram, mesmo que ligeiramente, sentidas —, é impossível não se pedir por mais.

Frank Churchill dançara uma vez em Highbury e desejava muito poder dançar novamente; e a última meia hora de uma noite na qual o Sr. Woodhouse foi persuadido em passar com sua filha em Randalls foi usada pelos dois jovens para fazer planos a respeito. Frank foi o primeiro a ter a ideia e o mais solícito pela acomodação e aparências. Mas ele ainda tinha inclinação suficiente para demonstrar às pessoas novamente o quão encantadoramente o Sr. Frank Churchill e a Srta. Woodhouse dançavam — por fazer aquilo que ela não precisava enrubescer ao se comparar com Jane Fairfax — e mesmo pelo simples ato de dançar, sem quaisquer dos auxílios perversos da vaidade — para ajudá-lo, primeiramente, a medir a sala em que estavam para saber o que poderia abrigar, e depois verificando as dimensões do outro salão, na esperança de descobrir, apesar de tudo que o Sr. Weston pudesse dizer sobre terem o mesmo tamanho, que era um pouco maior.

A primeira proposta do Sr. Frank Churchill, de que a dança iniciada na casa do Sr. Cole deveria ser concluída ali, que o mesmo grupo de pessoas deveria ser reunido e que a mesma musicista deveria ser convidada, encontrou pronta aquiescência. O Sr. Weston entrou na ideia com uma alegria indisfarçável e a Sra. Weston mostrou-se bastante disposta a tocar, desde que eles desejassem dançar; e uma interessante ocupação se seguiu, de imaginar exatamente quem viria ali, e proporcionar a indispensável divisão de espaços para cada casal.

— Você e a Srta. Smith e a Srta. Fairfax serão três, e as duas senhoritas Coxes, cinco — repetiu-se muitas e muitas vezes. — E haverá também as duas Gilberts, a jovem Cox, meu pai e eu, além do Sr. Knightley. Sim, isso será o bastante para ser agradável. Você e a Srta. Smith e a Srta. Fairfax serão três, e as duas senhoritas Coxes, cinco; e, para cinco casais, haverá bastante espaço.

Mas logo veio de um lado:

— Mas haverá um bom espaço para cinco casais? Eu realmente não acho que haverá.

E de outro:

— E, afinal de contas, cinco casais não são o suficiente para que valha a pena se levantar. Cinco casais não são nada quando se pensa seriamente a respeito. Não será bom convidar cinco casais. Só pode ser permissível como um pensamento de momento.

Alguém disse que a Srta. Gilbert era esperada na casa do seu irmão e que deveria ser convidada com o restante. Outra pessoa acreditava que a Sra. Gilbert teria dançado na noite anterior, se alguém a houvesse convidado. Uma menção foi feita para uma segunda jovem Cox; e, finalmente, após o Sr. Weston indicar uma família de primos que teriam que ser incluídos e outra de quem era conhecido há muito tempo e que não poderia ser deixada de fora, teve-se a certeza de que os cinco casais seriam pelo menos dez, e uma especulação muito interessante sobre de que maneira eles poderiam ser dispostos.

As portas das duas salas ficavam opostas uma à outra. — Não seria possível usarem as duas salas e dançar através da passagem? — Parecia ser o melhor plano; e, mesmo assim, não era tão bom, pois muitos deles queriam algo melhor. Emma disse que seria desajeitado; a Sra. Weston estava preocupada com a refeição; e o Sr. Woodhouse se opôs inteiramente, ansioso pela sua preocupação com a saúde. Ficou muito infeliz, realmente, porque isso não estava sendo levado em conta.

— Oh! Não — disse ele. — Seria o cúmulo da imprudência. Eu não conseguiria suportar que Emma passasse por isso! Emma não é forte. Pegaria um resfriado pavoroso. O mesmo aconteceria com a pobre e pequena Harriet. E com todos vocês. Sra. Weston, a senhora ficaria acamada; não deixe que falem dessa coisa tão despropositada. Rogo-lhe que não deixe que falem sobre isso. Aquele rapaz (falando mais baixo) é muito imprudente. Não diga ao pai dele, mas o rapaz não é exatamente um modelo. Ele está abrindo as portas com muita frequência esta noite, e mantendo-as abertas, sem qualquer consideração. Não pensa na corrente de ar. Não tenho a intenção de colocá-la contra ele, mas ele realmente não é um modelo de comportamento!

A Sra. Weston lamentou tal acusação. Sabia a importância daquilo e disse tudo que podia para aliviá-la. Todas as portas agora estavam fechadas, o plano de utilizar a passagem deixado de lado, e o primeiro esquema de dançarem somente na sala em que estavam era considerado novamente; e, com toda a boa vontade da parte de Frank Churchill, o espaço que há um quarto de hora nem sequer fora considerado suficiente para cinco casais, agora era elogiado como suficiente para dez.

— Fomos magnânimos demais — disse ele. — Consideramos um espaço desnecessário. Dez casais podem muito bem ficar aqui.

Emma reclamou:

— Seria uma multidão; uma multidão tristonha. E o que poderia ser pior do que dançar sem espaço para girar?

— É verdade — respondeu ele, gravemente. — Seria muito ruim. — Mesmo assim, continuou a fazer medições, e ainda terminou com:

— Acho que haveria um espaço bastante tolerável para dez casais.

— Não, não —. disse ela. — Você está sendo desarrazoado. Seria pavoroso suportar tal proximidade! Nada pode causar mais desprazer do que dançar em meio a uma multidão. E uma multidão numa sala pequena!

— Não há como negar — respondeu ele. — Concordo inteiramente com você. Uma multidão em uma sala pequena... Srta. Woodhouse, você tem o dom de expressar imagens com poucas palavras. Primoroso, muito primoroso! Mesmo assim, entretanto, após progredir tanto, não se está disposto a abandonar a questão. Seria uma decepção para o meu pai e, além de tudo... não sei exatamente... mas sou da opinião de que dez casais podem muito bem caber aqui.

Emma percebeu que a natureza daquele galanteio era um pouco obstinada, e que ele preferia antagonizá-la a perder o prazer de dançar com ela, mas ela aceitou o elogio e perdoou o restante. Se algum dia tivesse a intenção de se casar com ele, poderia valer a pena fazer uma pausa e considerar e tentar compreender o valor da sua preferência e o caráter do seu temperamento; mas, para todos os fins do contato entre os dois, ele até que era suficientemente afável.

Antes do meio do dia seguinte, ele estava em Hartfield; e entrou na sala com um sorriso tão agradável que certificou a continuação dos planos. Logo ficou aparente que viera para anunciar um avanço.

— Bem, Srta. Woodhouse — começou ele, quase imediatamente. — Sua inclinação para dançar não foi afastada, eu espero, pelos terrores das salas pequenas do meu pai. Trago uma nova proposta sobre o assunto: uma ideia do meu pai que aguarda somente a sua aprovação para que se tomem providências a respeito. Posso ter esperanças de que a honra da sua mão para as duas primeiras danças desse pequeno projeto de baile me será concedida, não em Randalls, mas na hospedaria Crown?

— O Crown!

— Sim; se você e o Sr. Woodhouse não tiverem objeções, e confio que não terão, meu pai espera que seus amigos façam a gentileza de visitá-lo lá. Melhores acomodações, como ele pode garantir, e uma recepção não menos graciosa do que em Randalls. Foi ideia dele. A Sra. Weston não faz objeção, desde que você esteja satisfeita. É o que sentimos. Oh! Você estava perfeitamente certa! Dez casais, em qualquer das salas de Randalls, seria insuportável! Pavoroso! Eu senti o tempo todo que você tinha razão, mas estava ansioso demais para levar a ideia adiante em vez de ceder. Não é uma boa troca? Você consente? Espero que consinta.

— Parece-me ser um plano ao qual ninguém pode se opor, se o Sr. e a Sra. Weston não o fazem. Acho-o admirável; e, pelo que posso dizer por mim, ficarei muito feliz. Parece ser a única melhoria que pode ser feita. Papai, não acha que é uma excelente melhoria?

Ela foi obrigada a repetir e explicá-la, antes que fosse inteiramente compreendida; e então, sendo algo bastante novo, representações mais amplas eram necessárias para torná-la aceitável.

— Não — ele pensou que aquilo passava longe de ser uma melhoria; um plano muito ruim, muito pior do que o outro. Um salão em uma hospedaria é sempre úmido e perigoso; nunca adequadamente arejado ou apropriado para ser habitado. Se tivessem que dançar, que o fizessem em Randalls. Ele nunca estivera no salão do Crown em toda a sua vida; e não conhecia de vista as pessoas que cuidavam do lugar. — Oh! Não. Um plano muito ruim! Pegariam resfriados piores no Crown do que em qualquer outro lugar.

— Eu ia observar, senhor — disse Frank Churchill —, que uma das maiores recomendações sobre essa mudança seria o pouco perigo de que qualquer pessoa pegasse um resfriado. Há um perigo muito menor em Crown do que em Randalls! O Sr. Perry pode ter motivos para lamentar essa alteração, mas ninguém mais os teria.

— Senhor — disse o Sr. Woodhouse, amistosamente — Você está muito enganado se supõe que o Sr. Perry tem esse tipo de caráter. O Sr. Perry fica extremamente preocupado quando qualquer um de nós cai doente. Mas eu não compreendo como o salão do Crown pode ser mais seguro para você do que a casa do seu pai.

— Pela própria circunstância de ser maior, senhor. Não teremos motivo para abrir as janelas, nem uma única vez durante toda a noite; e é esse hábito horrendo de abrir as janelas, de deixar entrar o ar frio sobre corpos quentes, que (como o senhor bem sabe) causa o mal.

— Abrir as janelas! Mas, certamente, Sr. Churchill, ninguém pensaria em abrir as janelas em Randalls. Ninguém poderia ser tão imprudente! Nunca ouvi tal coisa. Dançar com as janelas abertas! Tenho certeza de que nem o seu pai, nem a Sra. Weston (a pobre Srta. Taylor que era) o suportaria.

— Ah! Senhor, mas uma pessoa jovem e imprudente às vezes entra atrás de uma cortina e abre uma vidraça sem que ninguém suspeite. Eu mesmo já fiz isso muitas vezes.

— De fato fez, senhor? Que Deus me abençoe! Jamais poderia imaginá-lo. Mas eu vivo à parte do mundo e sempre fico espantado com o que ouço. Entretanto, isso faz diferença e, talvez, quando discutirmos a questão... Mas esse tipo de coisa requer bastante consideração. Não se pode resolvê-la apressadamente. Se o Sr. e a Sra. Weston fizerem a gentileza de virem até aqui alguma manhã, poderemos conversar a respeito e ver o que pode ser feito.

— Mas, infelizmente, senhor, meu tempo é muito limitado...

— Oh! — interrompeu Emma. — Haverá muito tempo para conversar a respeito de tudo. Não há pressa alguma. Se pudermos concordar em ficar no Crown, papai, será muito conveniente para os cavalos. Ficarão muito perto de seu próprio estábulo.

— Certamente que ficarão, minha querida. Isso é ótimo. Não que James reclame, mas é bom pouparmos nossos cavalos quando podemos. Se eu pudesse ter a certeza de que os quartos serão bastante arejados... mas se pode confiar na Sra. Stokes? Duvido. Não a conheço, nem mesmo de vista.

— Não posso responder por tudo que seja dessa natureza, senhor, porque estarão sob os cuidados da Sra. Weston. A Sra. Weston se comprometeu a coordenar todo o evento.

— Pronto, papai! Agora você deve estar satisfeito. A nossa própria e querida Sra. Weston, que é o cuidado em pessoa. Não se lembra do que o Sr. Perry disse, há tantos anos, quando eu tive sarampo? "Se a Srta. Taylor tomar o cuidado de deixar a Srta. Emma bem abrigada, não precisa temer nada, senhor". Quantas vezes eu o ouvi falar nisso como um grande elogio a ela!

— Sim, é bem verdade. O Sr. Perry realmente disse isso. Jamais esquecerei. Pobre, pequena Emma! Você ficou muito mal com o sarampo; ou melhor, ficaria muito mal, se não fosse pelos excelentes cuidados do Sr. Perry. Ele veio quatro vezes por dia, durante uma semana. Disse, desde a primeira, que era de um tipo benigno, o que foi um grande conforto para nós, mas o sarampo é uma queixa horrível. Espero que, quando os pequeninos da pobre Isabella tiverem sarampo, ela mande chamar o Sr. Perry.

— Meu pai e a Sra. Weston estão no Crown neste instante — disse Frank Churchill —, examinando as capacidades da casa. Deixei-os lá e vim a Hartfield, impaciente por sua opinião e esperando que você possa ser persuadida a se juntar a eles e dar seus conselhos no próprio local. Ambos desejavam que eu o dissesse. Seria um grande prazer para eles se você permitisse que eu a acompanhe até lá. Eles não conseguem fazer nada satisfatoriamente sem você.

Emma ficou muito contente em ser chamada para tal conselho; e seu pai, disposto a refletir sobre toda a questão enquanto ela estivesse fora. Os dois jovens saíram juntos sem demora, rumo ao Crown. Lá estavam o Sr. e a Sra. Weston, encantados em vê-la e receber sua aprovação, muito ocupados e muito felizes à sua própria maneira; ela, com algum incômodo, e ele, achando tudo perfeito.

— Emma — disse ela. — Este papel de parede é pior do que eu esperava. Olhe! Em alguns lugares, você vê que ele está horrivelmente sujo; e os lambris estão mais amarelados e abandonados do que qualquer coisa que eu pudesse haver imaginado.

— Minha querida, você é detalhista demais — disse seu marido. — O que significa isto tudo? Não se verá nada disso à luz das velas. Estará tão limpo quanto Randalls à luz das velas. Nunca vemos nada disso nas noites do clube.

Aqui, as damas provavelmente trocaram um olhar que significava "Homens nunca sabem se as coisas estão sujas ou não"; e os cavalheiros talvez pensaram consigo mesmos: "Mulheres sempre terão suas pequenas bobagens e cuidados desnecessários".

Uma perplexidade, entretanto, surgiu, da qual os cavalheiros não desdenharam. Tinha a ver com uma sala de jantar. Na época em que o salão de bailes estava sendo construído, não se fazia questão de jantares; e uma pequena sala de carteado adjacente foi o único cômodo adicionado. O que se haveria de fazer? Essa sala de carteado seria usada como sala de carteado agora; ou, se os jogos de cartas fossem convenientemente votados como desnecessários pelas quatro pessoas presentes, ainda assim não seria pequena demais para um jantar confortável? Outra sala de tamanho muito melhor poderia ser requisitada para o propósito, mas ficava do outro lado da casa, e uma longa e desajeitada passagem devia ser vencida para se chegar até lá. Isso criava uma dificuldade. A Sra. Weston tinha o receio de correntes de ar para as pessoas jovens naquela passagem; nem Emma nem os cavalheiros conseguiam tolerar a perspectiva de ficarem miseravelmente apinhados numa multidão durante o jantar.

A Sra. Weston propôs que não fizessem um jantar regular; apenas sanduíches, dispostos na saleta, mas isso foi rejeitado como uma sugestão infeliz. Um baile privado, sem que houvesse lugares para se sentarem para o jantar, foi declarado como uma infame afronta aos direitos dos homens e das mulheres; e a Sra. Weston não deveria tornar a falar sobre isso. Ela, então, escolheu outra linha de expediência e, olhando para a sala dúbia, observou:

— Não creio que seja tão pequena. Não seremos em muitos, como sabem.

E o Sr. Weston, ao mesmo tempo, caminhando rapidamente com passos longos pela passagem, estava dizendo:

— Você fala muito sobre o comprimento desta passagem, minha querida. Não é nada demais, afinal de contas; e não há a menor corrente de ar vinda das escadas.

— Desejo — disse a Sra. Weston — que alguém soubesse dizer qual disposição os nossos convidados, em geral, mais gostariam. Fazer o que seria mais agradável em geral deve ser o nosso objetivo, se alguém souber dizer qual é.

— Sim, é bem verdade — exclamou Frank. — É bem verdade. Você quer a opinião dos vizinhos. Não a censuro. Se puder ter certeza do que os principais entre eles... os Coles, por exemplo. Não estão longe. Gostaria que eu os chamasse? Ou a Srta. Bates? Ela está ainda mais perto. E não sei dizer se a Srta. Bates não é capaz de compreender as inclinações do restante das pessoas, assim como os outros. Acho que precisamos de um grupo maior. Que tal se eu for e convidar a Srta. Bates para se juntar a nós?

— Bem... faça o favor — disse a Sra. Weston, um pouco hesitante. — Se pensar que será de algum proveito.

— Você não vai conseguir nada que seja objetivo da Srta. Bates — disse Emma. — Ela vai se mostrar toda encantada e agradecida, mas não vai lhe dizer nada. Não vai nem mesmo dar ouvidos às suas perguntas. Não vejo vantagem em consultar a Srta. Bates.

— Mas ela é tão divertida, tão extremamente divertida! Sou muito afeito a ouvir a Srta. Bates falar. E não preciso trazer toda a família, você sabe.

— Sim, Frank. Vá e traga a Srta. Bates, e vamos dar um fim nessa questão de uma vez. Ela vai gostar do plano, tenho certeza; e não conheço uma pessoa mais adequada para nos mostrar como afastar as dificuldades. Traga a Srta. Bates. Estamos ficando um pouco complacentes demais. Ela é um exemplo vivo de como ser feliz. Mas traga as duas. Convide as duas.

— As duas, senhor! E a velha senhora...

— A velha senhora! Não, a jovem dama, com certeza. Vou crer que você é um grande palerma, Frank, se trouxer a tia sem a sobrinha.

— Oh! Com o seu perdão, senhor. Não me lembrei imediatamente. Indubitavelmente, se assim o desejar, vou me esforçar para persuadir as duas. — E, com isso, ele saiu apressadamente.

Não demorou muito até que ele reaparecesse, acompanhado pela tia baixa, bem arrumada e de movimentos ligeiros, e sua sobrinha elegante — a Sra. Weston, como uma mulher de temperamento doce e boa esposa que era, havia examinado a passagem outra vez e descobriu que seus males eram muito menores do que supusera antes — realmente, bastante triviais. E aqui acabaram-se as dificuldades da decisão. O restante, em especulação, pelo menos, era perfeitamente aceitável. Todos os preparativos menores de mesas e cadeiras, luzes e música, chá e jantar fizeram-se ou foram considerados meras trivialidades para serem acertados a qualquer momento entre a Sra. Weston e a Sra. Stokes. Todos os que foram convidados certamente iriam; Frank já havia escrito a Enscombe para propor que continuasse ali por mais alguns dias, o que não poderia lhe ser recusado. E um baile encantador seria.

Muito cordialmente, quando a Srta. Bates chegou, ela concordou que seria. Como conselheira, sua presença não era desejada; mas, como aprovadora (uma função muito mais segura), foi verdadeiramente bem-vinda. Sua aprovação, imediatamente geral e detalhada, amistosa e incessante, a todos agradou; e, por mais meia hora, todos ficaram andando de um canto a outro, pelas diferentes salas, alguns sugerindo, alguns acompanhando e todos antevendo alegremente o futuro. A festa não terminou sem que Emma estivesse positivamente assegurada para as duas primeiras danças pelo herói da noite, nem sem que ela ouvisse o Sr. Weston sussurrar à sua esposa:

— Ele pediu a ela, minha querida. Está certo. Eu sabia que ele o faria!

XII

Uma coisa era querer fazer com que a perspectiva do baile fosse completamente satisfeita para Emma — e a data foi fixada para um dia antes do fim do tempo dado a Frank Churchill para que ficasse em Surry, pois, apesar da confiança do Sr. Weston, ela não conseguiu se convencer de que seria tão impossível que os Churchills pudessem não permitir que seu sobrinho permanecesse ali por um dia além da quinzena. Mas isso não foi considerado viável. As preparações levariam tempo e nada poderia estar adequadamente pronto até que a terceira semana começasse; e por alguns dias eles deveriam estar planejando, executando e esperando na incerteza — e no risco — na sua opinião, o grande risco, de que tudo aquilo seria em vão.

Enscombe, entretanto, foi graciosa; graciosa em fato, senão em palavra. Seu desejo de ficar mais tempo evidentemente não agradou, mas não foi contrariado. Tudo estava seguro e próspero; e, como a remoção de uma preocupação geralmente abre caminho para outra, Emma, que agora estava certa da realização de seu baile, começou a adotar como próxima vexação a indiferença provocante do Sr. Knightley pela ocasião. Ou porque ele mesmo não dançava, ou porque o plano fora formado sem que ele fosse consultado; parecia resolvido a não deixar que aquilo o interessasse, determinado a não demonstrar qualquer curiosidade presente ou conceder-lhe qualquer divertimento futuro. Às suas comunicações voluntárias, Emma não conseguiu uma resposta em aprovação além de:

— Muito bem. Se os Westons acham que valerá a pena ter todo esse trabalho em troca de algumas horas de diversão ruidosa, não tenho nada a dizer contra o caso, mas eles não obterão qualquer prazer de minha parte. Oh! Sim, devo estar lá; não poderia recusar. E vou ficar tão desperto quanto conseguir, mas preferia estar em casa, repassando a contabilidade semanal de William Larkins; muito mais, confesso. Prazer em ver dançar! Não eu, com certeza. Nunca olho para isso, e não conheço quem o faça. Boas danças, eu acredito, assim como a virtude, devem ser sua própria recompensa. Aqueles que estão ao redor geralmente estão pensando em algo muito diferente.

Isto, Emma sentiu que era direcionado a ela; e deixou-a bastante irritada. Não foi num elogio a Jane Fairfax, entretanto, que ele se mostrou tão indiferente, ou tão indignado; ele não era guiado pelos sentimentos dela em reprovar o baile, pois ela se aprazia da ideia num grau extraordinário. A ocasião a deixava entusiasmada. De coração aberto, ela voluntariamente disse:

— Oh! Srta. Woodhouse, espero que nada aconteça para impedir o baile. Que decepção seria! Estou ansiosa por ele, admito, com grande prazer.

Não foi para agradar Jane Fairfax, portanto, que ele teria preferido a sociedade de William Larkins. Não! Emma estava cada vez mais convencida de que a Sra. Weston se enganara bastante nessa suposição. Havia uma grande quantidade de amizade e de uma ligação compassiva pelo lado dele, mas não havia amor.

Ah! Logo não haveria mais o lazer de discutir com o Sr. Knightley. Dois dias de uma alegre segurança foram imediatamente seguidos por uma total reviravolta. Uma carta do Sr. Churchill chegou para urgir o retorno imediato do sobrinho. A Sra. Churchill estava doente; doente demais para conseguir ficar sem sua presença; estava num estado de muito sofrimento (foi o que disse o seu marido) enquanto escrevia ao sobrinho dois dias antes, embora, devido à sua habitual falta de vontade em admitir dores e o constante hábito de jamais pensar em si mesma, não o mencionara, mas agora ela estava enferma demais para deixar aquilo passar e precisava rogar-lhe que partisse para Enscombe sem qualquer demora.

A essência dessa carta foi enviada a Emma, por meio de uma mensagem da Sra. Weston, instantaneamente. A partida de Frank Churchill foi inevitável. Ele devia partir dentro de algumas horas, embora sem qualquer sentimento real de alarme pela sua tia, para atenuar sua repugnância. Conhecia as doenças dela; nunca ocorriam, exceto para sua própria conveniência.

A Sra. Weston emendou: "que ele pudesse apenas se permitir tempo para correr a Highbury, após o desjejum, para se despedir dos poucos amigos ali que supunha sentirem qualquer interesse por ele; e que sua chegada seja aguardada em Hartfield muito brevemente".

Essa mensagem amaldiçoada foi o final do desjejum de Emma. Quando terminou sua leitura, não havia mais nada a fazer além de lamentar e exclamar. A perda do baile — a perda do rapaz — e tudo que o rapaz podia estar sentindo! Um infortúnio só! Que noite encantadora seria aquela! Todos tão felizes! E ela e seu par, os mais felizes de todos! "Eu disse que seria assim", foi o único consolo.

Os sentimentos do seu pai eram bem distintos. Preocupava-se principalmente com a saúde da Sra. Churchill, e queria saber como ela era tratada; e, em relação ao baile, era chocante ver sua querida Emma decepcionada, mas todos estariam mais seguros em suas próprias casas.

Emma já estava preparada para seu visitante algum tempo antes que ele aparecesse; mas, se isso chegou a refletir em sua impaciência, sua aparência tristonha e a total falta de ânimo quando chegou talvez pudessem redimi-lo. Sentia a partida com uma intensidade quase atroz para falar a respeito. O abatimento era totalmente evidente. Ficou sentado e realmente perdeu-se em pensamento durante os primeiros minutos; e, quando se levantou, foi apenas para dizer:

— De todas as coisas horrendas, despedidas são as piores.

— Mas você voltará novamente — disse Emma. — Esta não será sua única visita a Randalls.

— Ah! (meneando a cabeça negativamente). A incerteza de quando poderei retornar! Vou me esforçar com afinco! Será o objeto de todos os meus pensamentos e ações! E se meu tio e tia forem para a cidade nesta primavera — embora eu receie, pois mal se mexeram no ano passado; receio que seja um costume abandonado para sempre.

— Nosso pobre baile deve, então, ser esquecido.

— Ah! Esse baile. Por que esperamos por qualquer coisa? Por que não aproveitarmos o prazer de uma vez? Com que frequência a felicidade é destruída pela preparação, essa tola preparação! Você nos disse que assim seria. Oh! Srta. Woodhouse, por que você está sempre tão certa?

— De fato, lamento muito estar certa nesta ocasião. Preferia muito mais ser feliz a ser sábia.

— Se eu puder vir novamente, ainda teremos o nosso baile. Meu pai confia que isso aconteça. Não se esqueça do seu compromisso.

Emma o encarou graciosamente.

— Que quinzena foi essa! — continuou ele. — Cada dia mais precioso e mais encantador do que o dia anterior! Cada dia fazendo com que eu me sentisse menos disposto a suportar qualquer outro lugar. Feliz daqueles que podem continuar em Highbury!

Já que nos faz tanta justiça agora — disse Emma, rindo — vou me aventurar a perguntar: você não veio um pouco duvidoso no início? Não superamos as suas expectativas? Tenho certeza que sim. Estou certa de que você não esperava gostar muito de nós. Não demoraria tanto a vir se tivesse uma ideia agradável sobre Highbury.

Ele riu com um pouco de acanhamento; e, embora negasse o sentimento, Emma estava convencida de que assim era.

— E você precisa ir embora nesta exata manhã?

— Sim; meu pai virá me encontrar aqui; voltaremos para casa juntos e eu partirei imediatamente. Quase chego a recear que cada momento o traga aqui.

— Nem cinco minutos para dedicar às suas amigas, a Srta. Fairfax e a Srta. Bates? Que azar! A mente argumentativa e poderosa da Srta. Bates poderia reforçar a sua.

— Sim. Eu fui até lá; passando pela porta, pensei que seria melhor. Era a coisa certa a fazer. Entrei por três minutos e detive-me pela ausência da Srta. Bates. Havia saído e achei impossível não esperar até que ela entrasse. Ela é uma mulher de quem se pode, de quem se deve, rir, mas não alguém que se queira ofender. Foi melhor fazer a minha visita, então...

Ele hesitou; levantou-se e foi até uma janela.

— Em resumo — disse ele — talvez, Srta. Woodhouse, eu creio que você provavelmente não tenha suspeitas...

Ele a fitou como se quisesse ler seus pensamentos. Emma mal sabia o que dizer. Parecia o prenúncio de alguma coisa absolutamente séria, algo que ela não desejava. Forçando-se a falar, portanto, na esperança de deixar isso de lado, ela calmamente disse:

— Você tem toda razão. Foi muito natural fazer essa visita, então...

Ele ficou em silêncio. Ela acreditava que ele a observava; provavelmente refletindo no que ela dissera e tentando compreender a situação. Ela o ouviu suspirar. Era natural para ele sentir que tinha motivos para suspirar. Não conseguia acreditar que ela o estava encorajando. Alguns momentos embaraçosos se passaram, e ele voltou a se sentar; e, de uma maneira mais determinada, disse:

— Foi intenso sentir que o restante do meu tempo poderia ser dado a Hartfield; meu respeito por Hartfield é bastante afetuoso...

Ele parou, levantou-se outra vez, e pareceu estar bastante constrangido. Estava mais apaixonado por ela do que Emma supusera; e quem poderia dizer como poderia terminar, se seu pai não aparecesse? O Sr. Woodhouse logo chegou; e a necessidade do esforço fez com que ele se recompusesse.

Alguns minutos mais, entretanto, completaram o presente calvário. O Sr. Weston, sempre alerta quando era hora de fazer negócios, e tão incapaz de procrastinar qualquer mal que fosse inevitável quanto de antever qualquer outro que fosse dúbio, disse: — Era hora de ir. — E o jovem, embora pudesse e realmente suspirasse, não conseguiu evitar concordar em se despedir.

— Vou querer saber notícias de todos vocês — disse ele — Será meu principal consolo. Quero notícias de tudo que ocorrer entre vocês. Consegui a promessa da Sra. Weston de se corresponder comigo. Ela foi muito gentil em prometê-lo. Oh! A bênção de uma mulher correspondente, quando o que interessa é a ausência! Ela me contará sobre todas as coisas. Em suas cartas, eu estarei na querida Highbury outra vez.

Um aperto de mão muito amistoso e um "adeus" cheio de ansiedade fecharam o discurso, e a porta logo se fechou por trás de Frank Churchill. Breve havia sido o aviso, e breve o seu encontro; ele fora embora; e Emma sentiu-se muito infeliz por se separar, e anteviu uma grande perda para a sua pequena sociedade, a ponto de começar a temer sentir-se tão infeliz e sentir tudo demasiadamente.

Foi uma mudança triste. Encontravam-se quase todos os dias desde que ele chegara. Certamente, sua estadia em Randalls trouxera muito ânimo às últimas duas semanas — um ânimo indescritível; a ideia, a expectativa em vê-lo que cada manhã trazia, a garantia de suas atenções, sua vivacidade, seus modos! Foi uma quinzena feliz, e o desamparo deveria ser a falta que isso faria no decurso comum dos dias de Hartfield. Para completar todas as outras recomendações, ele quase lhe contara que a amava. A que força, a que consistência de afeição ele devia estar sujeito, era outra questão, mas no momento ela não podia duvidar de que ele tinha decididamente uma admiração afetuosa, uma preferência consciente por ela; e essa convicção, juntada com todo o resto, a fez pensar que devia estar um pouco apaixonada por ele também, apesar de toda a determinação prévia em contrário.

— Certamente devo estar — disse ela. — Esta sensação de torpor, fadiga, estupidez, esta falta de inclinação em me sentar e me ocupar, esta sensação de que tudo é fastidioso e insípido nesta casa! Devo estar apaixonada; e seria a criatura mais estranha do mundo se não estiver; por algumas semanas, pelo menos. Bem! O mal para alguns é sempre o bem para outros. Terei muitos companheiros para lamentar pelo baile, se não por Frank Churchill, mas o Sr. Knightley ficará feliz. Ele pode passar a noite com seu caro William Larkins agora, se quiser.

O Sr. Knightley, entretanto, não demonstrou nenhuma felicidade triunfante. Não podia dizer que lamentava, de modo algum; seu semblante bastante alegre o contradiria se o fizesse, mas ele disse, e muito firmemente, que lamentava pela decepção dos outros, e, com uma gentileza considerável, acrescentou:

— Você, Emma, que tem tão poucas oportunidades de dançar, está realmente sem sorte. Está incrivelmente sem sorte!

Levou alguns dias até que ela visse Jane Fairfax, para julgar se seu arrependimento era honesto nessa mudança lamentável. Mas, quando elas se encontraram, a compostura de Jane foi odiosa. Estivera particularmente adoentada, entretanto, sofrendo de dores de cabeça de certa intensidade, o que fez sua tia declarar que, se o baile houvesse acontecido, imaginava que Jane não poderia comparecer; e foi muito caridoso imputar um pouco da sua indiferença indecorosa ao langor de uma saúde frágil.

XIII

Emma continuou a não ter dúvidas de que estava apaixonada. Suas ideias variavam apenas em relação a quanto tempo. No início, achou que aquilo era bom; e depois, um pouco menos.

Tinha grande prazer em ouvir as pessoas falarem sobre Frank Churchill; e um prazer ainda maior do que antes ao ver o Sr. e a Sra. Weston; pensava nele com frequência e sentia-se sempre impaciente à espera de uma carta, para que pudesse saber como ele estava, qual o seu estado de espírito, como estava sua tia e quais seriam as chances de que ele viesse a Randalls novamente nessa primavera. Mas, por outro lado, não conseguia admitir que estivesse infeliz; nem, após a primeira manhã, que estivesse menos disposta para os seus afazeres do que o habitual. Ainda estava atarefada e feliz; e, por mais agradável que ele fosse, Emma ainda conseguia imaginar que ele tivesse seus defeitos; além disso, embora pensasse muito nele e, enquanto estava sentada, desenhando ou trabalhando, formasse milhares de planos divertidos para o progresso e conclusão da sua ligação, imaginando diálogos interessantes e inventando cartas elegantes, a conclusão de cada declaração imaginária que viesse dele era que ela o rejeitaria. Sua afeição sempre se transformava em amizade. Tudo que houvesse de carinhoso e encantador estava ali para marcar a separação; mas, ainda assim, eles deviam se separar. Quando se deu conta disso, percebeu que não podia estar tão apaixonada, pois, apesar de sua prévia e inabalável determinação em nunca abandonar o pai, em nunca se casar, uma forte atração deveria certamente produzir um conflito maior do que aquele que podia antever em seus próprios sentimentos.

— Não me vejo fazendo qualquer uso da palavra sacrifício — disse ela. — Em nenhuma dentre todas as minhas respostas inteligentes, minhas negativas delicadas, há qualquer alusão a fazer um sacrifício. Suspeito que ele não seja realmente necessário à minha felicidade. Melhor assim. Certamente, não vou me persuadir a sentir mais do que já sinto. Estou suficientemente apaixonada. Lamentaria se estivesse mais.

Ao todo, ela estava igualmente contente com a perspectiva que tinha sobre os sentimentos dele.

— Ele está, sem qualquer dúvida, muito apaixonado; tudo demonstra isso. Muito apaixonado, com certeza! E, quando ele voltar novamente, se essa afeição continuar, devo ficar alerta para não estimulá-lo. Seria imperdoável agir de outra forma, pois minha decisão já está tomada. Não que eu imagine que ele possa pensar que eu o estimulei até esse ponto. Não, se ele acreditasse que eu compartilho seus sentimentos, não ficaria num estado tão lastimável. Se imaginasse que estava estimulado, sua aparência e linguajar ao nos separarmos seriam diferentes. Ainda assim, entretanto, devo ficar alerta. Isso, supondo que a sua atração continue a ser como é; mas não sei se espero que continue; não posso me fiar em sua previsibilidade ou consistência. Seus sentimentos são afetuosos, mas posso imaginar que sejam mutáveis. Toda consideração sobre o assunto, em resumo, deixa-me grata porque a minha felicidade não está envolvida mais profundamente. Ficarei muito bem novamente em pouco tempo. E, depois, estará terminado, pois dizem que todas as pessoas se apaixonam uma vez em suas vidas, e eu consegui me livrar disso sem dificuldades.

Quando a carta que ele escreveu à Sra. Weston chegou, Emma pôde lê-la; e leu-a com um grau de prazer e admiração que a fez, no início, balançar negativamente a cabeça devido às próprias sensações e pensar que havia subestimado sua força. Era uma carta longa e bem redigida, descrevendo os detalhes sobre sua jornada e seus sentimentos, expressando toda a afeição, gratidão e respeito que era natural e honrosa, e descrevendo tudo que fosse exterior e local que pudesse ser supostamente atraente, com maestria e precisão. Nada de floreios suspeitos em forma de pedidos de desculpas ou preocupação; era a linguagem dos sentimentos verdadeiros que ele nutria pela Sra. Weston; e a transição de Highbury para Enscombe, o contraste entre as localidades em algumas das primeiras bênçãos da vida social foi muito brevemente mencionado para demonstrar a intensidade com que era sentido e o quanto mais poderia ser dito se não fosse pelas restrições do decoro. O encanto de seu próprio nome não faltava. A Srta. Woodhouse era mencionada mais de uma vez, e nunca sem um toque de um contato agradável, um elogio ao seu bom gosto ou uma lembrança do que dissera em certa ocasião; e na última vez em que passou os olhos pela carta, sem qualquer adorno advindo de tanto galanteio, ela ainda conseguiu discernir o efeito de toda a sua influência e reconhecer o maior elogio dentre todos os que foram feitos. Comprimidas num espaço livre no canto inferior estavam estas palavras: "Não tive um único momento livre na terça-feira, como sabe, para a bela e pequena amiga da Srta. Woodhouse. Rogo-lhe que transmita as minhas desculpas e meus adieus a ela". Isso, Emma não teve como duvidar, era dirigido inteiramente a ela. Harriet era lembrada apenas por ser sua amiga. Sua informação e prospectos em relação a Enscombe não eram nem piores nem melhores do que se antecipara; a Sra. Churchill estava se recuperando e ele ainda não ousava, nem mesmo em sua própria imaginação, fixar uma data para voltar a Randalls outra vez.

Por mais gratificante e estimulante que fosse a carta em seu conteúdo material, ela descobriu, ao dobrá-la e devolvê-la à Sra. Weston, que os sentimentos expressos não acrescentavam nenhum carinho mais duradouro, revelando que ela ainda era capaz de viver sem o remetente e que ele deveria aprender a viver sem ela. As intenções de Emma não haviam mudado. Sua decisão de rejeitá-lo apenas ficou mais interessante com a adição de um plano para consolar e trazer felicidade posteriormente a a Churchill. A lembrança que ele guardava de Harriet e as palavras que a envolviam, "bela e pequena amiga", sugeriram-lhe a ideia de que Harriet a sucedera nas afeições dele. Seria impossível? Não. Harriet, sem dúvida, era-lhe muito inferior em inteligência; mas ele ficara muito abalado pela beleza de sua face e a adorável simplicidade de seus modos; e todas as probabilidades de circunstância e atração estavam em favor da amiga. Para Harriet, seria muito vantajoso e encantador, com certeza.

— Não devo divagar a respeito — disse ela. — Não devo pensar nisso. Conheço o perigo de me render a tais especulações. Mas coisas mais estranhas aconteceram; e, quando deixarmos de nos preocupar um com o outro, como fazemos agora, será a maneira de confirmar que temos aquela espécie de verdadeira amizade desinteressada, pela qual já posso ansiar com prazer.

Era bom ter um conforto em reserva para Harriet, embora talvez fosse mais sábio deixar que a imaginação raramente o tocasse, pois o mal nesse assunto estava à mão. Como a chegada de Frank Churchill sucedera o noivado do Sr. Elton nas conversas de Highbury, e o interesse mais recente se retraíra inteiramente de volta ao primeiro, agora, com o desaparecimento de Frank Churchill, os assuntos referentes ao Sr. Elton estavam assumindo a forma mais irresistível. O dia do seu casamento fora anunciado. Logo estaria entre eles outra vez; o Sr. Elton e sua noiva. Mal houve tempo de discutir a respeito da primeira carta de Enscombe antes que "o Sr. Elton e sua noiva" estivessem na boca de todos e Frank Churchill fosse esquecido. Emma sentiu-se enjoada ao ouvir. Tivera três semanas de uma feliz isenção em relação ao Sr. Elton; e a mente de Harriet, pelo que Emma estava disposta a crer, vinha ganhando força recentemente. Com o baile do Sr. Weston à vista, pelo menos houve muita insensatez por outras coisas, mas agora era bastante evidente que ela não alcançara tal estado de compostura que pudesse resistir à aproximação de fato — a nova carruagem, os sinos dobrando e todo o resto.

A pobre Harriet estava com os ânimos agitados, o que requereu as atenções, conselhos e cuidados de toda espécie que Emma pudesse lhe dar. Emma sentia que não podia fazer muito por ela, que Harriet tinha direito a toda a sua engenhosidade e toda a sua paciência, mas lhe era trabalhoso demais ser convincente sem produzir qualquer efeito, ouvi-la sempre concordando com as suas ideias, sem ser capaz de fazer com que suas opiniões fossem as mesmas. Harriet escutava submissamente e dizia: "É bem verdade. Exatamente como a Srta. Woodhouse descreveu. Não valia a pena pensar neles; e não mais pensaria naquelas pessoas", mas nenhuma mudança de assunto funcionava, e a próxima meia hora viu-a tão ansiosa e desassossegada em relação aos Eltons quanto antes. Finalmente, Emma atacou-a por outro flanco.

— Permitir-se ficar tão abalada e tão infeliz com o casamento do Sr. Elton, Harriet, é a mais forte reprimenda que você pode me causar. Você não poderia me reprovar de maneira mais intensa pelo erro que cometi. Tudo ocorreu por minha culpa, eu sei. Não me esqueci disso, garanto-lhe. Enganei a mim mesma, e muito miseravelmente enganei você. E será uma dolorosa reflexão para mim, por todo o sempre. Não imagine que eu corro o risco de me esquecer disso.

Harriet sentiu demais o argumento para exprimir mais do que algumas palavras de exclamação ansiosa. Emma continuou.

— Eu não disse para ter força, Harriet, pensando apenas em mim mesma; pense menos, fale menos sobre o Sr. Elton apenas por minha causa; porque, pelo seu bem, eu desejaria que isso fosse feito, pelo bem daquilo que é mais importante que o meu conforto, um hábito de autocontrole em você, uma consideração de qual é o seu dever, uma atenção ao decoro, um esforço para evitar as suspeitas de outros, para poupar sua saúde e reputação e restaurar sua tranquilidade. Esses são os motivos com os quais eu a venho pressionando. São muito importantes; e lamento eu por você não conseguir senti-los suficientemente para agir de acordo com eles. Que eu seja poupada da dor é uma consideração bastante secundária. Quero que você poupe a si mesma de uma dor maior. Talvez, às vezes, eu possa ter sentido que Harriet não se esqueceria do que é devido, ou melhor, do que seria gentil de minha parte.

Esse apelo às suas afeições fez mais do que todo o resto. A ideia de que faltava gratidão e consideração pela Srta. Woodhouse, a quem ela realmente amava ao extremo, deixou-a num estado lastimável por algum tempo. E, quando a violência da dor foi reconfortada, ainda continuou a ter força suficiente para trazer o que era certo e apoiá-la nisso de maneira bastante tolerável.

— Você, que foi a melhor amiga que já tive em toda a minha vida! Faltar-lhe gratidão! Ninguém é igual a você! Não me importo com ninguém como me importo com você! Oh! Srta. Woodhouse, como fui ingrata!

Tais expressões, apoiadas como foram por tudo que a aparência e os maneirismos podiam fazer, fizeram com que Emma sentisse que nunca amara Harriet tão bem, nem valorizado tanto a sua afeição antes.

— Não há encanto igual à ternura do coração — disse ela posteriormente para si mesma. — Não há nada que se compare a isso. Carinho e ternura no coração, com modos abertos e afetuosos, derrotarão toda a clareza de pensamento no mundo em troca da atração, tenho certeza. É a ternura do coração que faz com que meu querido pai seja tão amplamente benquisto, e o que dá a Isabella toda a sua popularidade. Não a tenho, mas sei como prezá-la e respeitá-la. Harriet é superior a mim em todos os encantos e toda a felicidade que isso lhe dá. Querida Harriet! Eu não a trocaria pela mulher mais lúcida, perspicaz ou discriminatória viva! Oh! A frieza de uma Jane Fairfax! Harriet vale por cem delas. E para uma esposa — a esposa de um homem sensato — isso é muito valioso. Não menciono nenhum nome, mas feliz será o homem que trocar Emma por Harriet!

XIV

A Sra. Elton foi vista pela primeira vez na igreja; mas, embora a devoção pudesse ser interrompida, a curiosidade não poderia ser satisfeita por uma noiva sentada em um banco e deveria ser deixada para as visitas formais que seriam feitas posteriormente, para decidir se ela era realmente bonita, ou apenas um pouco bonita, ou se não fosse de todo bonita.

Emma sentiu o desejo, menos por curiosidade do que por orgulho ou propriedade, de não ser a última a lhe prestar respeitos; e fez questão de que Harriet a acompanhasse, de modo que a pior parte daquele martírio pudesse ser atravessada o mais brevemente possível.

Não podia entrar na casa de novo, não podia estar no mesmo cômodo onde, por meio de tão vão artifício, refugiara-se três meses antes para atar sua bota, sem recordar. Mil pensamentos vexatórios ocorreram. Elogios, charadas e erros terríveis, e era impossível não supor que a pobre Harriet não se recordaria daquilo também, mas ela se comportou muito bem e ficou apenas um pouco pálida e silenciosa. A visita, é claro, foi curta; e havia tantos constrangimentos e preocupações da mente para encurtá-la que Emma não se permitiu formar inteiramente uma opinião sobre a dama e sob hipótese alguma externá-la, além de termos sem qualquer conotação, dizendo que ela era "elegantemente vestida e muito agradável".

Não gostou verdadeiramente dela. Não se apressaria a encontrar-lhe defeitos, mas suspeitou de que não havia elegância; tranquilidade, mas não elegância. Quase teve a certeza de que, para uma mulher jovem, uma estranha, uma noiva, havia tranquilidade demais. Sua pessoa não era de todo má; seu rosto não carecia de beleza; mas nem as feições, nem o ar, nem a voz, nem os seus modos eram elegantes. Emma pensou que pelo menos isso se confirmaria.

Em relação ao Sr. Elton, seus modos não pareciam... Mas não, ela não se permitiria dizer uma palavra apressada ou petulante a respeito dos seus modos. Era uma cerimônia bastante desajeitada receber visitas de casamento a qualquer momento, e um homem precisava ser inteiramente gracioso para agir corretamente durante cada uma delas. A mulher tinha melhores condições; poderia ter o auxílio de boas roupas e o privilégio da timidez, mas o homem podia depender somente de seu bom-senso. E, quando ela considerou o quão peculiarmente azarado o senhor Elton era ao estar na mesma sala com a mulher que acabara de desposar e a mulher que ele esperara poder desposar, ela devia permitir-lhe o direito de parecer um pouco mais sábio, e agir de forma tão afetada e tão pouco tranquila quanto podia.

— Bem, Srta. Woodhouse — disse Harriet, quando elas saíram da casa, e depois de esperar em vão para que a amiga comentasse. — Bem, Srta. Woodhouse (com um suspiro gentil), o que acha dela? Não é muito encantadora?

Houve certa hesitação na resposta de Emma.

— Oh! Sim, muito. Uma jovem muito agradável.

— Acho que ela é bonita, muito bonita.

— Muito bem-vestida, realmente; um vestido incrivelmente elegante.

— Não estou surpresa por ele haver se apaixonado.

— Oh! Não, não há nada que cause surpresa. Uma bela fortuna; e ela surgiu no caminho dele.

— Ouso dizer — retrucou Harriet, suspirando outra vez. — Ouso dizer que ela se sentiu muito atraída por ele.

— Talvez ela se sinta, mas não é o destino de todo homem casar-se com a mulher que mais o ama. A Srta. Hawkins talvez quisesse um lar e pensou que essa seria a melhor oferta que poderia receber.

— Sim — disse Harriet ansiosamente. — Pode ser que o quisesse, e ninguém conseguiria algo tão bom. Bem, desejo-lhes tudo de melhor, de todo coração. E agora, Srta. Woodhouse, não creio que eu vá me importar em vê-los novamente. Ele é tão superior quanto sempre foi, mas, sendo casado, como sabe, é algo bem diferente. Não, realmente, Srta. Woodhouse, não precisa temer; posso me sentar e admirá-lo agora, sem grandes lamúrias. Saber que ele não se jogou fora é tão reconfortante! Ela realmente parece ser uma jovem fascinante, exatamente o que ele merece. Criatura feliz! Ele a chamou de "Augusta". Que encantador!

Quando a visita foi retribuída, Emma tirou suas conclusões. Pôde, então, ver mais e julgar melhor. Como Harriet não se encontrava em Hartfield, e com o seu pai presente para entreter o Sr. Elton, ela teve um quarto de hora de conversações com a dama apenas para si, e conseguiu atendê-la de maneira bastante composta; e o quarto de hora a convenceu de que a Sra. Elton era uma mulher vã, extremamente satisfeita consigo mesma e que pensava que tinha muita importância; que tinha a intenção de brilhar e ser muito superior, mas com modos que foram formados em uma escola ruim, insolentes e familiares; que todas as suas noções advinham de um único grupo de pessoas e um único estilo de vida; que, se não era tola, certamente era ignorante, e sua sociedade não faria bem algum ao Sr. Elton.

Harriet seria uma combinação melhor. Embora não fosse sabida ou refinada, ela o teria conectado àqueles que o eram; mas a Srta. Hawkins, como seria razoavelmente possível supor devido à sua presunção tranquila, fora a melhor entre os seus. O cunhado rico nas proximidades de Bristol era o orgulho da aliança, e sua residência e suas carruagens eram o seu orgulho.

O primeiro assunto quando se sentaram foi Maple Grove, "A morada do meu cunhado, o Sr. Suckling"; uma comparação entre Hartfield e Maple Grove. Os terrenos de Hartfield eram pequenas, mas belas e organizadas; e a casa era moderna e bem construída. A Sra. Elton parecia estar muito favoravelmente impressionada pelo tamanho da sala, a entrada, e tudo que podia ver ou imaginar. — Muito parecida com Maple Grove, certamente! Estava tão chocada com a similaridade! Aquela sala era do mesmo formato e tamanho da sala matinal de estar em Maple Grove; a sala favorita de sua irmã. — O Sr. Elton foi chamado. — Não era espantosamente similar? — Ela podia realmente quase imaginar que estava em Maple Grove.

— E a escadaria. Sabe, quando entrei, observei o quão similar a escadaria era; colocada exatamente na mesma parte da casa. Eu realmente não consegui evitar exclamar! Garanto-lhe, Srta. Woodhouse, é-me muito encantador recordar de um lugar ao qual sou extremamente afeita, Maple Grove. Passei tantos meses felizes lá! (com um pequeno suspiro de sentimento). Um lugar encantador, indubitavelmente. Todos que a veem ficam chocados por sua beleza, mas, para mim, é realmente um lar. Sempre que é transplantada, como eu, Srta. Woodhouse, você compreende o quanto é encantador se defrontar com qualquer coisa que fora deixada para trás. Sempre digo que esse é um dos piores males do matrimônio.

Emma deu uma resposta tão sutil quanto pôde, mas foi totalmente suficiente para a Sra. Elton, que queria simplesmente ser a única a falar.

— Tão extremamente similar a Maple Grove! E não é meramente a casa; o terreno, garanto-lhe, até onde pude observar, é impressionantemente parecido. Os louros em Maple Grove crescem tão profusamente quanto aqui e erguem-se da mesma maneira, logo do outro lado do gramado; e eu vislumbrei uma bela e enorme árvore, com um banco construído ao seu redor, que tanto me trouxe à mente! Meu irmão e minha irmã ficarão encantados com este lugar. Pessoas que têm terrenos amplos em suas propriedades sempre ficam contentes com qualquer coisa que tenha o mesmo estilo.

Emma duvidava da veracidade daquele sentimento. Tinha uma excelente ideia de que as pessoas que tinham terrenos amplos em suas propriedades pouco se importavam com os terrenos extensos de qualquer outra pessoa, mas não valia a pena atacar um erro tão crasso e, portanto, apenas disse em resposta:

— Quando vir mais desses campos, receio que irá pensar que superestimou Hartfield. Surry é cheia de belezas.

— Oh! Sim, bem o sei. É o jardim da Inglaterra, como sabe. Surry é o jardim da Inglaterra.

— Sim, mas não podemos relaxar nas nossas alegações sobre essa distinção. Muitos condados, eu creio, são chamados de jardim da Inglaterra, assim como Surry.

— Não, eu diria que não — respondeu a Sra. Elton, com um sorriso muito satisfeito. — Jamais ouvi qualquer outro condado além de Surry ser chamado assim.

Emma ficou em silêncio.

— Meu cunhado e minha irmã prometeram-nos uma visita na primavera, ou no verão, no mais tardar — continuou a Sra. Elton. — E esse será o nosso momento de explorar. Enquanto estiverem conosco, vamos explorar bastante, atrevo-me a dizer. Eles virão em seu barouche-landau, é claro, que abriga quatro pessoas perfeitamente; e, portanto, sem dizer qualquer coisa a respeito da nossa própria carruagem, poderemos explorar as diferentes belezas extremamente bem. Dificilmente viriam em seu cabriolé, eu creio, nessa estação do ano. De fato, quando a época se aproximar, eu decididamente recomendarei que tragam o barouche-landau; será muito preferível. Quando as pessoas vêm a uma bela região como esta, como sabe, Srta. Woodhouse, naturalmente desejam ver tanto quanto possível; e o Sr. Suckling é extremamente dado a explorar. Exploramos King's-Weston duas vezes no ano passado dessa forma, deliciosamente, logo depois que eles adquiriram o barouche-landau. Vocês têm muitas excursões desse tipo por aqui, eu suponho, Srta. Woodhouse, todo verão?

— Não, não imediatamente aqui. Estamos um pouco longe das belezas incríveis que atraem o tipo de festas das quais você fala; e somos um grupo muito pacato de pessoas, eu creio; mais dispostos a ficar em casa do que nos engajarmos em eventos de prazer.

— Ah! Não há nada como ficar em casa para ter um verdadeiro conforto. Ninguém pode ser mais devotado ao lar do que eu. Eu era um verdadeiro provérbio em relação a isso, em Maple Grove. Muitas vezes Selina disse, quando ia a Bristol: "Não consigo fazer com que essa garota saia de casa. Devo absolutamente ir sozinha, embora deteste ficar enfurnada no barouche-landau sem companhia; mas Augusta, eu acredito, com sua própria boa vontade, nunca iria além das cercas do parque". Muitas foram as vezes em que ela disse isso; e mesmo assim eu não sou do tipo que prega a clausura completa. Penso, pelo contrário, que, quando as pessoas se isolam inteiramente da sociedade, isso é uma coisa muito ruim; e que é muito mais aconselhável se misturar ao mundo até certo ponto, sem nele viver demais ou de menos. Compreendo perfeitamente a sua situação, entretanto, Srta. Woodhouse — (olhando para o Sr. Woodhouse). O estado de saúde do seu pai deve ser um grande fardo. Por que ele não experimenta ir a Bath? Realmente deveria fazê-lo. Deixe-me recomendar Bath a vocês. Garanto-lhe de que não tenho dúvidas de que fará bem ao Sr. Woodhouse.

— Meu pai tentou-o mais de uma vez, há tempos, mas sem receber qualquer benefício. E o Sr. Perry, cujo nome eu ouso dizer que não é desconhecido a você, não crê que isso seria útil a essa altura.

— Ah! Isso é uma grande pena; pois eu lhe asseguro, Srta. Woodhouse, onde as águas são saudáveis, é maravilhoso o alívio que causam. Na minha vida em Bath, vi tantos exemplos disso! E é um lugar tão alegre que dificilmente deixaria de elevar os ânimos do Sr. Woodhouse, os quais, pelo que entendo, são por vezes muito deprimidos. Quanto às recomendações a vocês, creio que não preciso me alongar a respeito. Os benefícios de Bath aos jovens são conhecidos, de maneira geral. Seria uma apresentação encantadora para você, que vive uma vida de tanta clausura; e eu poderia imediatamente lhe garantir um pouco da melhor sociedade do lugar. Uma única linha que eu envie lhe traria uma hoste de pessoas a conhecer; e a minha amiga em particular, a Sra. Partridge, a dama com quem sempre residi quando estava em Bath, ficaria muito feliz em lhe dar todas as atenções e seria a pessoa certa com quem sair em público.

Aquilo era o máximo que Emma conseguia suportar sem ser grosseira. A ideia de ficar em dívida com a Sra. Elton pelo que foi chamado de uma apresentação — andar em público sob os auspícios de uma amiga da Sra. Elton — provavelmente alguma viúva vulgar e espalhafatosa, que, com a ajuda de uma pensionista, mal ganhava o suficiente para viver! — A dignidade da Srta. Woodhouse, de Hartfield, certamente iria a pique.

Ela se conteve, entretanto, de qualquer reprovação que pudesse ser feita, e simplesmente agradeceu friamente a Sra. Elton, mas sua ida a Bath estava totalmente fora de questão; e não estava perfeitamente convencida de que o lugar poderia lhe servir melhor do que ao seu pai. E então, para impedir maior ultraje e indignação, ela mudou diretamente o assunto.

— Não lhe pergunto se é uma pessoa musical, Sra. Elton. Em ocasiões como estas, o caráter de uma dama geralmente a precede; e Highbury sabe há tempos que você é uma musicista de talento superior.

— Oh! Não, realmente; devo protestar contra tal ideia. Uma musicista de talento superior! Muito longe disso, garanto-lhe. Sou bastante afeita à música, apaixonadamente afeita. E meus amigos dizem que não me falta bom gosto, mas, em relação a todo o resto, por minha honra, meus talentos são medíocres até as últimas consequências. Você, Srta. Woodhouse, eu bem sei que toca encantadoramente. Garanto-lhe que foi a maior satisfação, conforto e encanto, para mim, saber da sociedade musical na qual entrei. Não consigo, absolutamente, viver sem música. É uma necessidade de vida para mim; e, sendo sempre acostumada a uma sociedade muito musical, tanto em Maple Grove quanto em Bath, seria um sacrifício muito sério. Eu disse isso honestamente ao Sr. E. quando ele falava do meu futuro lar e expressava seus temores de que tal retirada seria desagradável; e a inferioridade da casa também, sabendo ao que eu estava acostumada; é claro que ele não ficou totalmente livre de apreensão. Quando falava a respeito naquela maneira, eu honestamente disse que podia abrir mão do mundo — festas, bailes, teatro —, pois não temia o afastamento. Sou abençoada com tantos talentos em mim mesma que o mundo não era necessário para mim. Eu poderia muito bem viver sem ele. Àqueles que não têm recursos, seria diferente, mas meus recursos me fizeram bastante independente. E, em relação às salas de menor tamanho do que aquelas às quais eu me acostumara, eu realmente não podia dar tanta importância. Esperava que fosse perfeitamente igual a qualquer sacrifício dessa descrição. Certamente eu estava acostumada a todos os luxos de Maple Grove, mas garanti a ele que duas carruagens não eram necessárias à minha felicidade, assim como não o eram apartamentos espaçosos. "Mas", eu disse, "para ser honesta, não creio que possa viver sem algo próximo de uma sociedade musical. Não estabeleço nenhuma outra condição; mas, sem música, a vida seria vazia para mim".

— É impossível supor — disse Emma, sorrindo — que o Sr. Elton hesitaria em lhe garantir que há uma sociedade muito musical em Highbury; e espero que você não ache que ele estendeu a verdade mais do que possa lhe ser perdoado, em consideração ao motivo.

— Não, realmente, não tenho qualquer dúvida a esse respeito. Estou encantada por me encontrar em tal círculo. Espero que tenhamos muitos pequenos e doces concertos juntas. Creio, Srta. Woodhouse, que você e eu devemos estabelecer um clube musical e ter encontros semanais regulares em sua casa, ou na nossa. Não seria um bom plano? Se nos esforçarmos, creio que não levaremos muito tempo para conquistar aliados. Algo dessa natureza me seria particularmente desejável, como uma indução para me manter praticando, pois mulheres casadas, você sabe... — Há uma triste história contra elas, em geral. São aptas demais para desistirem da música.

— Mas você, que é tão extremamente afeita à música... não pode haver perigo, certamente?

— Espero que não, mas realmente, quando observo minhas conhecidas, eu estremeço. Selina afastou-se completamente da música, não encosta mais um dedo em seu instrumento, embora tocasse muito docemente. E o mesmo pode ser dito da Sra. Jeffereys — Carla Partridge, chamava-se. E das duas Milmans, agora Sra. Bird e Sra. James Cooper; e mais do que sou capaz de enumerar. Juro-lhe que é o bastante para assustar. Eu costumava ficar muito irritada com Selina, mas, realmente, começo a compreender agora que uma mulher casada tem muitas coisas a atrair sua atenção. Acredito que fiquei meia hora, nesta manhã, enfurnada com minha governanta.

— Mas todas as coisas dessa espécie — disse Emma — logo estarão assimiladas regularmente...

— Bem... — disse a Sra. Elton, rindo. — Veremos.

Emma, percebendo-a tão determinada em negligenciar sua música, não tinha mais nada a dizer; e, após uma pausa momentânea, a Sra. Elton escolheu outro assunto.

— Estivemos em visita em Randalls — disse ela. — E encontramos os dois em casa; pessoas muito agradáveis parecem ser. Gostei extremamente deles. O Sr. Weston parece ser uma excelente criatura; já é um favorito de primeira grandeza comigo, garanto-lhe. E ela parece ser verdadeiramente boa; há algo muito maternal e gentil nela, que conquista as pessoas diretamente. Ela era a sua governanta, eu creio?

Emma ficou quase atordoada demais para responder; mas a Sra. Elton mal esperou pela afirmativa antes de continuar.

— Sabendo disso, fiquei muito atordoada ao percebê-la tão refinada! Mas ela é realmente uma dama de fino trato.

— Os modos da Sra. Weston — disse Emma — sempre foram particularmente bons. Sua propriedade, simplicidade e elegância, certamente seriam o modelo mais seguro a ser seguido por qualquer moça.

— E quem você acha que chegou enquanto estávamos lá?

Emma ficou perdida. O tom de voz da Sra. Elton insinuava algum velho conhecido. E como ela poderia adivinhar?

— Knightley! — continuou a Sra. Elton. — Knightley em pessoa! Não foi muita sorte? Pois, como não estava em casa quando ele veio visitar noutro dia, não o havia visto antes; e, é claro, como é um amigo tão querido do Sr. E., eu tinha uma enorme curiosidade a seu respeito. "Meu amigo Knightley" fora mencionado com tanta frequência que eu estava realmente impaciente para vê-lo; e devo fazer justiça ao meu caro sposo em dizer que ele não precisava sentir vergonha do amigo. Knightley é um verdadeiro cavalheiro. Gostei muito dele. Decididamente, creio, um homem muito cavalheiresco.

Felizmente, chegou a hora de irem embora. Eles se foram; e Emma conseguiu respirar.

— Que mulher insuportável! — Foi sua imediata exclamação. — Pior do que eu supusera. Absolutamente insuportável! Knightley! Não consegui acreditar. Knightley! Nunca o vira em sua vida antes e o chama de Knightley! E descobre que ele é um cavalheiro! Aquela pequena insolente, aquele ser vulgar, com o seu "Sr. E." e o seu caro sposo, e seus recursos, e todos os seus ares de pretensão petulante e refinamento malnascido. Descobrir que o Sr. Knightley é um cavalheiro! Duvido que ele retribuirá o elogio e descobrirá que ela é uma dama. Não consegui acreditar! E propor que ela e eu devemos nos unir para formar um clube musical! Pensariam que somos amigas do peito! E a Sra. Weston! Espantada em perceber que a pessoa que me criou é uma mulher refinada! Cada vez pior. Nunca encontrei alguém igual. Muito além das minhas esperanças. Harriet ficaria desgraçada com qualquer comparação. Oh! O que Frank Churchill diria a ela, se estivesse aqui? Furioso e repugnado ele ficaria! Ah! Aqui estou eu. Pensando diretamente nele. Sempre a primeira pessoa em quem pensar. Como me apanho! Frank Churchill vem regularmente à minha mente!

Tudo isso correu tão ferozmente por entre seus pensamentos que, quando seu pai conseguiu se acomodar, após a movimentação da partida dos Eltons, e estava pronto para falar, Emma já estava muito toleravelmente em condições de conversar.

— Bem, minha querida — Começou ele, deliberadamente. — Considerando que nunca a vimos antes, ela parece uma espécie muito bonita de moça; e ouso dizer que ela ficou muito contente com você. Fala um pouco rápido demais. Uma ligeireza de voz que machuca um pouco a orelha. Mas eu acredito que estou bem; não gosto de vozes estranhas, e ninguém fala como você e a pobre Srta. Taylor. Entretanto, ela parece ser uma jovem muito agradável e de bons modos, e sem dúvida lhe será uma esposa muito boa. Embora eu pense que melhor seria se ele não se casasse. Dei as melhores justificativas que podia por não poder visitar o Sr. e a Sra. Elton nessa ocasião tão feliz; disse que esperava que pudesse fazê-lo durante o verão. Mas devia ter ido antes. Não visitar uma noiva é algo muito negligente. Ah! Isso mostra que triste inválido eu sou! Mas não gosto da esquina que leva até Vicarage Lane.

— Ouso dizer que suas desculpas foram aceitas, senhor. O Sr. Elton o conhece.

— Sim, mas uma moça... uma noiva... eu devia ter lhe prestado meus respeitos, se possível. Foi uma falha da minha parte.

— Mas, meu querido papai, você não é afeito a matrimônios; e assim, por que deveria estar tão ansioso em prestar seus respeitos a uma noiva? Não lhe seria recomendável. Isso encorajaria as pessoas a se casarem, se o fizer com tanta frequência.

— Não, minha querida, eu nunca encorajei ninguém a se casar, mas sempre desejo dar toda a devida atenção a uma dama — e uma noiva, especialmente, jamais deve ser negligenciada. Deve-se mais a ela, com certeza. Uma noiva, como sabe, minha querida, é sempre a primeira em companhia, e que os outros sejam quem forem.

— Bem, papai, se isso não é um encorajamento ao casamento, não sei o que é. E nunca esperaria que você desse a sua sanção a tais chamarizes à vaidade para as pobres moças.

— Minha querida, você não me entende. Essa é uma questão de mera polidez e bom berço e não tem nada a ver com qualquer encorajamento a que as pessoas se casem.

Emma estava farta. Seu pai estava ficando nervoso e não a compreendia. Sua mente voltou a se concentrar nas ofensas da Sra. Elton, e por muito, muito tempo, elas a ocuparam.

XV

Emma não sentiu a necessidade, devido a qualquer descoberta subsequente, de retratar sua opinião sobre a Sra. Elton. Sua observação fora bem acertada. Assim a Sra. Elton lhe pareceu nessa segunda entrevista, e assim parecia sempre que voltavam a se encontrar — arrogante, presunçosa, familiar, ignorante e malnascida. Tinha um pouco de beleza e um pouco de talento, mas tão pouco juízo que se pensava dona de um conhecimento superior sobre o mundo, para avivar e aprimorar uma vizinhança campestre e conceber que a Srta. Hawkins teve tal lugar na sociedade que somente a importância da Sra. Elton seria capaz de superar.

Não havia motivos para supor que o Sr. Elton pensasse de maneira diferente da esposa. Parecia não estar meramente feliz com ela, mas orgulhoso. Tinha um ar como se congratulasse a si mesmo por trazer tal mulher a Highbury, a quem nem mesmo a Sra. Woodhouse poderia se equiparar; e a maior parte da sua nova amizade, disposta a elogiar, ou sem o hábito de julgar, seguindo a boa vontade da Srta. Bates, ou presumindo que a noiva deveria ser tão inteligente e agradável quanto ela mesma dizia ser, era suficientemente satisfeita; de modo que os elogios da Sra. Elton passavam de uma boca a outra como deveria acontecer, sem impedimento da parte da Srta. Woodhouse, que prontamente continuava com sua primeira contribuição e falava com boa graça sobre ela ser "muito agradável e elegantemente vestida".

Em certo aspecto, a Sra. Elton mostrou-se ainda pior do que parecera a princípio. Seus sentimentos se alteraram em relação a Emma — ofendida, provavelmente, pelo pouco encorajamento que suas propostas de maior intimidade receberam, ela acabou se afastando e gradualmente tornou-se muito mais fria e distante; e, embora o efeito fosse agradável, a má vontade o que produziu estava necessariamente aumentando a repulsa de Emma. Seus modos, também — e os do Sr. Elton —, eram desagradáveis em relação a Harriet. Zombeteiros e negligentes. Emma esperava que isso fosse servir para curar Harriet com ligeireza, mas as sensações que poderia provocar tal comportamento fizeram com que ambos se desgraçassem muito. Não se deveria duvidar de que a atração da pobre Harriet fora uma oferenda à franqueza conjugal, e sua própria participação na história, sob um tom que não era nada favorável a ela, mas muito tranquilizadora para ele, provavelmente fora dada também. Ela era, é claro, o objeto da repulsa mútua do casal. Quando não tinham mais nada a dizer, era sempre fácil começar a abusar da Srta. Woodhouse; e a inimizade que não se atreviam a demonstrar por meio de um desrespeito explícito em relação a ela era aliviada mais amplamente pelo tratamento desdenhoso dispensado a Harriet.

A Sra. Elton demonstrou um grande apreço por Jane Fairfax desde o início. Não meramente quando um estado de guerra com uma jovem poderia supostamente recomendar a outra, mas desde o início de tudo; e não ficou satisfeita em expressar uma admiração natural e razoável; mas, sem qualquer solicitação, pedido ou privilégio, ela devia estar querendo ajudar e fazer amizade com ela. Antes que Emma houvesse recusado suas confidências, e por volta da terceira vez em que se encontraram, ela ouviu toda a pretensão de heroísmo da Sra. Elton em relação ao assunto.

— Jane Fairfax é absolutamente encantadora, Srta. Woodhouse. Faço elogios rasgados a Jane Fairfax. Uma criatura doce e interessante. Tão branda e refinada, e com tantos talentos! Garanto-lhe que creio que ela tem talentos extraordinários. Não hesito em dizer que ela toca extremamente bem. Conheço o bastante sobre música para falar decididamente sobre isso. Oh! Ela é absolutamente encantadora! Você vai rir da minha afeição, mas lhe dou a minha palavra de que não falo de nada além de Jane Fairfax. E sua situação é tão calculada para afetar as pessoas! Srta. Woodhouse, devemos nos esforçar e trabalhar para fazer algo por ela. Devemos ajudá-la a progredir. Um talento tal como o dela não deve ser relegado ao desconhecimento. Ouso dizer que você já ouviu estes encantadores versos do poeta:

Pois muitas flores nascem para desabrochar ocultas, e desperdiçam sua fragrância no ar do deserto.

Não devemos permitir que se tornem verdade no caso da doce Jane Fairfax.

— Não consigo pensar que haja qualquer perigo de isso ocorrer — foi a resposta calma de Emma. — E quando você estiver mais familiarizada com a situação da Srta. Fairfax e compreender como é o seu lar, com o Coronel e a Sra. Campbell, duvido que irá supor que seus talentos sejam desconhecidos.

— Oh! Mas, querida Srta. Woodhouse, ela agora está tão afastada, em tamanha obscuridade, e tão desperdiçada. Quaisquer vantagens que ela possa ter desfrutado com os Campbells estão tão palpavelmente acabadas! E creio que ela o sente. Tenho certeza disso. Ela é muito tímida e silenciosa. É visível que ela sente a falta de mais encorajamento. Gosto ainda mais dela por isso. Devo confessar que é uma recomendação, para mim. Sou uma grande proponente da timidez, e tenho certeza de que não é sempre que alguém a encontra. Mas, naqueles que são de todo inferiores, é algo extremamente cativante. Oh! Garanto-lhe, Jane Fairfax é uma figura encantadora e me interessa mais do que consigo expressar.

— Você parece sentir bastante, mas não atino como você ou qualquer outro conhecido da Srta. Fairfax aqui, qualquer pessoa dentre as que a conhecem há mais tempo do que você, podem lhe demonstrar mais atenção do que...

— Minha querida Srta. Woodhouse, coisas muito mais amplas podem ser feitas por aqueles que ousam agir. Você e eu não precisamos temer. Se nós dermos o exemplo, muitos o seguirão até onde puderem; embora nem todos tenham a nossa situação. Nós temos carruagens para trazer e levá-la para casa e nós vivemos com um estilo que não faria com que a agregação de Jane Fairfax, a qualquer momento, fosse minimamente inconveniente. Eu ficaria extremamente contrariada se Wright nos enviasse um jantar que fizesse com que eu me arrependesse de haver chamado mais pessoas além de Jane Fairfax para compartilhá-lo. Não faço ideia sobre esse tipo de coisa. Não é provável que eu venha a entendê-lo, considerando aquilo a que estou acostumada. Meu maior perigo, talvez, na governança, pode ser exatamente o oposto, nos excessos, e ser muito descuidada em relação às despesas. Maple Grove provavelmente será meu modelo mais do que deveria ser, pois nem todos podemos nos equiparar ao meu cunhado, o Sr. Suckling, em renda. Mesmo assim, minha resolução em notar Jane Fairfax está feita. Certamente, pretendo tê-la com frequência em minha casa, apresentá-la sempre que puder, organizar festas musicais para estimular seus talentos, e ficarei constantemente alerta para qualquer boa situação que se apresente. Meu círculo de relações é muito extenso e não tenho dúvidas de que logo ouvirei algo que lhe será adequado. Irei apresentá-la, é claro, muito particularmente ao meu cunhado e à minha irmã quando eles vierem até nós. Tenho certeza de que vão gostar extremamente dela;

e, quando ela estiver um pouco mais familiarizada com eles, seus medos irão se desvanecer por completo, pois realmente não há nada nos modos de ambos além daquilo que é altamente conciliador. Vou tê-la comigo com bastante frequência, realmente, quando eles estiverem comigo, e ouso dizer que, às vezes, iremos encontrar um lugar para ela no barouche-landau, em alguns dos nossos grupos de exploração.

"Pobre Jane Fairfax!", pensou Emma. "Você não merecia isso. Pode ter agido errado em relação ao Sr. Dixon, mas esse é um castigo pior do que você devia receber! A gentileza e a proteção da Sra. Elton! 'Jane Fairfax e Jane Fairfax', céus! Espero supor que ela não ouse sair por aí falando da vida de Emma Woodhouse! Mas, por minha honra, parece não haver limite para a licenciosidade da língua dessa mulher!"

Emma não teve que escutar tais disparates outra vez — ou qualquer outro direcionado exclusivamente a ela —, tão abjetamente decorado com um "querida Srta. Woodhouse". A mudança na Sra. Elton ficou aparente pouco tempo depois, e ela foi deixada em paz; nem forçada a ser a amiga particular da Sra. Elton nem, sob a batuta da Sra. Elton, a mecenas bastante ativa de Jane Fairfax, e somente compartilhando com os outros, de maneira bastante geral, o conhecimento do que se sentia, sobre o que se meditava e o que se fazia.

Ela observava tudo, divertindo-se. A gratidão da Srta. Bates pelas atenções dispensadas pela Sra. Elton a Jane se dava no principal estilo de simplicidade e carinho ingênuos. Era uma das mais dignas — a mulher mais amável, afável, encantadora —, tão talentosa e condescendente quanto a Sra. Elton desejava ser considerada. A única surpresa de Emma foi que Jane Fairfax aceitasse essa atenção e tolerasse a Sra. Elton como parecia fazer. Ouviu dizer que ela caminhava com os Eltons, que visitava os Eltons, que passava um dia inteiro com os Eltons! Era espantador! Não podia acreditar que seria possível que o bom gosto ou o orgulho da Srta. Fairfax pudesse suportar uma sociedade e amizade como aquela que o Presbitério tinha a oferecer.

— Ela é um enigma, um verdadeiro enigma! — disse ela. — Decidir continuar aqui, mês após mês, sob privações de todo tipo! E agora escolher a mortificação das atenções da Sra. Elton e a penúria de suas conversações em vez de retornar aos companheiros superiores que sempre a amaram com uma afeição tão real e generosa.

Jane viera a Highbury, declaradamente, para passar três meses; os Campbells estariam em viagem pela Irlanda por três meses; mas agora os Campbells haviam prometido à filha que ficariam pelo menos até o meio do verão, e novos convites chegaram para convidá-la a se juntar a eles lá. De acordo com a Srta. Bates — todas as notícias vieram por meio dela —, a Sra. Dixon escrevera de maneira bastante imperiosa. Jane deveria simplesmente ir, os meios seriam encontrados, criados seriam enviados, amigos seriam convencidos; não se permitiria existir nenhuma dificuldade em viajar, mas ainda assim ela recusou!

— Ela deve ter algum motivo, mais poderoso do que aparenta, para recusar esse convite — foi a conclusão de Emma. — Deve estar sob alguma espécie de penitência, infligida pelos Campbells ou por ela mesma. Há muito medo, muita cautela, muita dedicação em algum outro lugar. Ela não deve ficar na companhia dos Dixons. O decreto foi emitido por outra pessoa. Mas por que ela se sujeita a ficar com os Eltons? Eis aqui uma questão bastante diversa.

Ao externar sua questão em voz alta sobre aquele assunto diante dos poucos que conheciam sua opinião sobre a Sra. Elton, a Sra. Weston arriscou um pedido de desculpas em nome de Jane.

— Não podemos supor que ela encontre qualquer diversão no Presbitério, minha querida Emma — mas é melhor do que estar sempre em casa. Sua tia é uma boa criatura, mas, como companhia constante, deve ser muito enfadonha. Devemos considerar do que a Srta. Fairfax abdica antes de condenar seu gosto por aquilo que aceita.

— Você tem razão, Sra. Weston — disse o Sr. Knightley, carinhosamente. — A Srta. Fairfax é tão capaz quanto qualquer um de nós de formar uma opinião justa a respeito da Sra. Elton. Se pudesse escolher com quem iria se associar, não a teria escolhido. Mas (abrindo um sorriso reprovador para Emma) ela recebe da Sra. Elton as atenções que ninguém mais lhe dá.

Emma sentiu que a Sra. Weston lhe deu uma olhada momentânea; e ela mesma ficou abalada com o carinho que veio dele. Com um leve ruborizar, ela respondeu imediatamente:

— Atenções como as da Sra. Elton, eu devia ter imaginado, iriam repelir ao invés de agradar a Srta. Fairfax. Jamais imaginaria que os convites da Sra. Elton fossem realmente convidativos.

— Não me espantaria — disse a Sra. Weston — se a Srta. Fairfax houvesse sido pressionada, além de sua própria vontade, pela ansiedade da tia em aceitar as civilidades da Sra. Elton por ela. A pobre Srta. Bates muito provavelmente deve ter comprometido sua sobrinha e precipitou-a a demonstrar uma aparência muito maior de intimidade do que seu próprio bom-senso haveria de ditar, apesar do desejo muito natural de um pouco de mudança.

As duas estavam muito ansiosas em ouvi-lo falar outra vez; e, após alguns minutos de silêncio, ele disse:

— Outra coisa deve ser levada em consideração também: a Sra. Elton não fala com a Srta. Fairfax da maneira que fala dela. Todos nós conhecemos a diferença entre os pronomes "ele" ou "ela" e "vós", aqueles falados mais costumeiramente entre nós; todos sentimos a influência de algo que vai além da civilidade comum em nossos diálogos pessoais uns com os outros, algo que nos foi implantado anteriormente. Não podemos dar a ninguém indícios desagradáveis de que possamos estar fartos antes da hora. Sentimos as coisas de maneira diferente. E, além de assim operarmos, como um princípio geral, vocês podem ter certeza de que a Srta. Fairfax encanta a Sra. Elton com sua superioridade, tanto de mente quanto de modos; e que, cara a cara, a Sra. Elton a trata com todo o respeito que ela tem direito. Uma mulher como Jane Fairfax provavelmente nunca surgiu diante da Sra. Elton antes, e nenhum grau de vaidade pode impedi-la de reconhecer sua própria pequenez ao comparar-se em ações, se não em consciência.

— Sei que você tem Jane Fairfax em alta conta — disse Emma. O pequeno Henry estava em seus pensamentos, e uma mistura de alarme e deleite a deixou irresoluta sobre o que dizer a seguir.

— Sim — respondeu ele. — Qualquer pessoa pode saber em quão alta conta eu a tenho.

— E mesmo assim — disse Emma, começando apressadamente e com uma expressão astuciosa, mas logo se detendo — foi melhor, entretanto, saber o pior, imediatamente — apressou-se ela. — E mesmo assim, talvez, você dificilmente poderia saber o quão alta é. A extensão da sua admiração pode acabar por surpreendê-lo algum dia desses.

O Sr. Knightley estava bastante ocupado com os botões inferiores das suas grossas galochas de couro, e o esforço de prendê-los direito, ou alguma outra causa, trouxe a cor de volta ao seu rosto quando respondeu:

— Oh! Você está aí? Mas está miseravelmente atrasada. O Sr. Cole me deu alguns indícios disso há seis semanas.

Ele parou. Emma sentiu seu pé sendo pressionado pela Sra. Weston e não soube o que pensar. Em um momento, ele prosseguiu.

— Mas isso jamais acontecerá, entretanto, eu lhe garanto. A Srta. Fairfax, eu ouso dizer, não aceitaria se eu a pedisse. E eu tenho certeza de que jamais a pediria.

Emma retribuiu a pressão da amiga com interesse e ficou suficientemente contente para exclamar:

— Você não é vaidoso, Sr. Knightley. Posso afirmar isso em relação ao senhor.

Pareceu que ele mal lhe ouvira; estava pensativo — e de uma maneira que demonstrava que não estava satisfeito. Disse logo em seguida.

— Então você vem pensando que eu deveria me casar com Jane Fairfax?

— Não, de maneira alguma. Você já ralhou demais comigo por meu interesse em formar casais para que eu tenha a presunção de tomar tal liberdade. O que eu acabei de dizer não significou nada. Uma pessoa diz esse tipo de coisa, com certeza, sem qualquer intenção de que seu significado seja levado a sério. Oh! Não. Tem a minha palavra de que eu não tenho o menor desejo de que você se case com Jane Fairfax ou Jane Qualquer Pessoa. Não viria nos visitar e sentar-se conosco dessa maneira confortável, se fosse casado.

O Sr. Knightley ficou pensativo outra vez. O resultado de seu devaneio foi:

— Não, Emma, não creio que a extensão da minha admiração por ela chegará algum dia a me causar surpresa. Nunca cheguei a pensar nela dessa forma, garanto-lhe. — E logo em seguida: — Jane Fairfax é uma moça muito encantadora, mas nem mesmo Jane Fairfax é perfeita. Ela tem um defeito. Não tem o temperamento aberto que um homem desejaria em uma esposa.

Emma não conseguiu evitar um sentimento de regozijo ao ouvir que ela tinha um defeito.

— Bem — disse ela. — E você logo silenciou o Sr. Cole, suponho.

— Sim, logo. Ele fez uma insinuação discreta; eu disse que ele estava enganado; ele pediu desculpas e não disse mais nada. Cole não quer ser mais sábio ou mais inteligente do que seus vizinhos.

— Nesse aspecto, é muito diferente da estimada Sra. Elton, que quer ser mais sábia e mais inteligente do que o mundo inteiro! Pergunto-me como ela fala dos Coles, do que os chama! Como ela consegue encontrar um nominativo para eles, suficientemente profundo na vulgaridade familiar? Ela o chama de Knightley; o que fará em relação ao Sr. Cole? E, assim, não me surpreende que Jane Fairfax aceite suas civilidades e consinta em estar com ela. Sra. Weston, seu argumento é o que tem mais peso comigo. Posso sentir muito mais prontamente a tentação de escapar da Srta. Bates do que acreditar no triunfo da mente da Srta. Fairfax sobre a da Sra. Elton. Não tenho fé que a Sra. Elton reconheça que é inferior em pensamentos, palavras ou atos; ou que tenha qualquer pudor além de sua própria regra parca de boa família. Não consigo imaginar que ela não vá insultar continuamente sua visitante com elogios, encorajamento e ofertas de gentileza; que não irá detalhar continuamente suas intenções magnânimas, desde procurar-lhe uma situação permanente até incluí-la naquelas encantadoras excursões de exploração que ocorrerão no barouche-landau.

— Jane Fairfax tem sensibilidade — disse o Sr. Knightley. — Não a acuso de carecer de sensibilidade. Sua sensatez, eu suspeito, é forte; e seu temperamento é excelente em seu poder de indulgência, paciência e autocontrole, mas lhe falta franqueza. Ela é reservada; mais reservada, eu creio, do que costumava ser. E eu adoro um temperamento aberto. Não. Até Cole aludir à minha suposta atração, isso jamais havia entrado em minha cabeça. Eu vi Jane Fairfax e conversei com ela com admiração e prazer, sempre, mas sem nenhum pensamento que fosse além.

— Bem, Sra. Weston — disse Emma triunfantemente quando ele as deixou. — O que me diz agora do Sr. Knightley casando-se com Jane Fairfax?

— Ora, realmente, querida Emma, digo que ele está tão ocupado com a ideia de não estar apaixonado por ela que eu não me espantaria se, ao final das contas, ele assim o estivesse. Não me dou por vencida.

XVI

Todas as pessoas em Highbury que já haviam visitado o Sr. Elton estavam dispostas a dar atenção ao seu casamento. Jantares e até mesmo reuniões ao cair da noite foram feitas para ele e para a sua senhora; os convites chegavam tão rapidamente que ela logo teve o prazer de perceber que os dois jamais teriam um dia sem compromissos.

— Eu percebo como as coisas são — disse ela. — Percebo a vida que terei entre vocês. Tem a minha palavra de que vamos nos dissipar absolutamente. Realmente, parecemos ser quem dita a moda. Se isso é viver no campo, não é nada de muito formidável. Da segunda-feira até o sábado, garanto-lhe que não temos um único dia sem compromissos! Uma mulher com menos recursos do que eu tenho não precisaria ficar perplexa.

Nenhum convite lhe passava despercebido. Seus hábitos adquiridos em Bath tornavam as festas noturnas perfeitamente naturais para ela, e Maple Grove lhe dera um gosto por jantares. Ficara um pouco chocada com a simplicidade das duas salas de jantar, dos arremedos ruins de bolinhos doces, e por não haver gelo nas reuniões de carteado de Highbury. A Sra. Bates, a Sra. Perry, a Sra. Goddard e outras estavam bastante defasadas em termos de conhecimento sobre o mundo, mas ela logo lhes mostraria como tudo devia ser organizado. No decorrer da primavera ela devia retribuir as civilidades que lhe foram demonstradas com uma festa muito superior — na qual as mesas de carteado deveriam ser arrumadas com suas velas em separado e maços novos e lacrados, no verdadeiro estilo; e mais garçons deviam estar envolvidos na noite do que seus próprios estabelecimentos podiam empregar, para servir os aperitivos exatamente na hora adequada, e na ordem correta.

Emma, nesse ínterim, não conseguia ficar satisfeita em Hartfield sem oferecer um jantar para os Eltons. Não deviam fazer menos que os outros, ou ela acabaria sendo exposta a uma desconfiança odiosa, e imaginar-se-ia que ela fosse capaz de um ressentimento digno de pena. Um jantar, então, deveria ocorrer. Depois que Emma falou a respeito durante dez minutos, o Sr. Woodhouse não sentiu qualquer indisposição e fez apenas a estipulação habitual de não se sentar na cabeceira oposta da mesa, com a habitual dificuldade de decidir quem o faria em seu lugar.

Não foi necessário pensar muito para que se decidisse quais pessoas seriam convidadas. Além dos Eltons, viriam os Westons e o Sr. Knightley; até o momento tudo corria bem; nem sequer era inevitável que a pobre e pequena Harriet fosse convidada ao oitavo lugar, mas esse convite não foi feito com igual satisfação e, em muitos aspectos, Emma ficou particularmente feliz por Harriet implorar sua permissão para recusar. "Preferia não estar na companhia dele, se pudesse evitar. Ainda não estava em condições de vê-lo junto de sua encantadora e feliz esposa sem se sentir desconfortável. Se a Srta. Woodhouse não se desagradasse, ela preferia ficar em casa". Era precisamente o que Emma desejaria, se considerasse a questão suficientemente possível para desejar. Ficou encantada com a força da amiga, pois sabia que era preciso força para abrir mão de estar em companhia e ficar em casa; e ela agora podia convidar exatamente a pessoa que realmente queria para o oitavo assento: Jane Fairfax. Desde sua última conversa com a Sra. Weston e o Sr. Knightley, sua consciência estava mais alerta em relação a Jane Fairfax do que jamais estivera antes. As palavras do Sr. Knightley continuavam com ela. Dissera que Jane Fairfax recebia da Sra. Elton as atenções que ninguém mais lhe dava.

— Isso é bem verdade — disse ela. — Pelo menos, até onde me diz respeito, que é o que foi mencionado; e isso é muito vergonhoso. Sendo da mesma idade, e como a conheço desde sempre, devia ser mais amiga. Ela jamais vai gostar de mim agora. Eu a ignorei por tempo demais. Mas vou lhe demonstrar mais atenção do que jamais demonstrei antes.

Todos os convites foram aceitos. Nenhum dos convidados tinha compromisso prévio e todos ficaram felizes. O interesse preparatório desse jantar, entretanto, não estava terminado. Uma circunstância pouco fortuita acabou por ocorrer. Os dois Knightleys mais velhos viriam fazer uma visita de algumas semanas ao avô e à tia na primavera, e seu pai agora propunha trazê-los, devendo ficar um dia inteiro em Hartfield — que seria exatamente o dia dessa festa. Seus compromissos profissionais não permitiam que a data fosse adiada, mas tanto o pai quanto a filha ficaram incomodados com os acontecimentos. O Sr. Woodhouse considerava que oito pessoas à mesa de jantar, juntas, eram o máximo que seus nervos conseguiriam suportar; e agora haveria um nono. E Emma imaginava que esse nono ficaria bastante mal-humorado por não conseguir passar quarenta e oito horas em Hartfield sem participar de um jantar festivo.

Ela confortou seu pai mais do que pôde confortar a si mesma, argumentando que, embora ele certamente seria a nona pessoa da mesa, ele geralmente falava tão pouco que o aumento do ruído seria bastante irrelevante. Na realidade, pensava que seria uma troca ruim para si, pois o teria diante de si, com sua aparência sisuda e conversas relutantes, em vez de seu irmão.

O evento foi mais favorável ao Sr. Woodhouse do que a Emma. John Knightley foi, mas o Sr. Weston fora chamado inesperadamente à cidade e teve que se ausentar no dia da festa. Talvez conseguisse se juntar a eles à noite, mas certamente não para o jantar. O Sr. Woodhouse estava bastante tranquilo; e vê-lo assim, com a chegada dos garotos e da compostura filosófica do cunhado ao saber do seu destino, removeu a maior parte até mesmo da vexação de Emma.

O dia chegou, o grupo fora pontualmente reunido, e o Sr. John Knightley parecia ansioso em se esforçar para ser agradável. Em vez de arrastar o irmão até uma janela enquanto esperavam pelo jantar, ele estava conversando com a Srta. Fairfax. A Sra. Elton, tão elegante quanto a renda e as pérolas conseguiam deixá-la, ele observava em silêncio — querendo apenas observar o bastante para levar a informação a Isabella, mas a Srta. Fairfax era uma velha amiga e uma garota discreta, então poderia conversar com ela. Ele a encontrara antes do desjejum enquanto retornava de um passeio com seus meninos, logo quando estava começando a chover. Era natural que falasse sobre o assunto, e ele disse:

— Espero que não tenha se aventurado até muito longe, Srta. Fairfax, na manhã de hoje. Caso contrário, tenho certeza de que acabou se molhando. Nós mal conseguimos chegar em casa a tempo. Espero que tenha voltado imediatamente.

— Fui somente até o correio — disse ela. — E cheguei em casa antes que a chuva ficasse forte. É a minha tarefa diária. Sempre busco as cartas quando estou aqui. Facilita as coisas e é algo que me faz sair de casa. Uma caminhada antes do desjejum me faz bem.

— Não um passeio na chuva, eu imagino.

— Não, mas absolutamente não estava chovendo na hora em que saí.

O Sr. John Knightley sorriu e respondeu:

— Ou seja, você decidiu fazer sua caminhada, pois não estava a seis metros da própria porta quando tive o prazer de encontrá-la. E Henry e John viram mais pingos do que poderiam contar muito antes. O correio tem um grande encanto em certo período das nossas vidas. Quando você tiver vivido até a minha idade, começará a pensar que nenhuma carta vale atravessar a chuva.

Houve um discreto rubor, e, em seguida, esta resposta:

— Não espero jamais chegar na situação em que o senhor se encontra, no meio de todos os meus mais queridos contatos; e, assim, não posso esperar que simplesmente envelhecer me tornaria indiferente em relação às cartas.

— Indiferente! Oh, não; nunca concebi que você pudesse se tornar indiferente. Cartas não são sinal de indiferença; geralmente são uma maldição muito positiva.

— Você está falando sobre cartas de negócios. As minhas são cartas de amizade.

— Sempre pensei que essas fossem as piores das duas — respondeu ele, friamente. — Negócios, como sabe, podem trazer dinheiro, mas a amizade raramente o faz.

— Ah! Não está falando sério agora. Eu conheço o Sr. John Knightley muito bem. Estou muito certa de que ele compreende o valor da amizade tão bem quanto qualquer outra pessoa. Posso facilmente acreditar que cartas são muito pouco para você, muito menos do que para mim, mas não é por você ter dez anos a mais do que eu que isso faz diferença; não é a idade, mas a situação. Você tem todos que lhe são queridos sempre à mão; eu, provavelmente, jamais os terei novamente. E assim, até ter vivido além de todas as minhas afeições, o correio, eu penso, sempre terá o poder para me tirar de casa, mesmo quando o clima estiver pior do que o de hoje.

— Quando falei sobre ser mudada pelo tempo, pelo progresso dos anos — disse John Knightley — desejava referir-me à mudança de situação que o tempo geralmente traz. Considero que uma inclui a outra. O tempo geralmente diminui o interesse de todas as relações que não estão no círculo do dia a dia, mas não foi essa mudança que vi em você. Como um velho amigo, permita-me esperar, Srta. Fairfax, que daqui a dez anos você tenha tantas afeições quanto eu as tenho.

Foi dito de maneira gentil, e muito longe de causar qualquer ofensa. Um simples "obrigada" parecia ser o bastante para dispensar o comentário com uma risada, mas um rubor, um lábio trêmulo, uma lágrima no olho mostraram que fora sentido mais do que uma simples risada. Sua atenção agora estava tomada pelo Sr. Woodhouse, que estava, de acordo com seu costume em tais ocasiões, passando por todos os seus convidados, fazendo seus elogios particulares às damas, e terminando com ela — e, com sua mais suave urbanidade, disse:

— Lamento muito ouvir, Srta. Fairfax, que você pegou chuva esta manhã. Moças jovens devem cuidar de si mesmas. Moças jovens são plantas delicadas. Devem cuidar bem de sua saúde e sua aparência. Minha querida, trocou as meias?

— Sim, senhor; troquei sim. Sou muito agradecida pela gentileza da sua solicitude em relação a mim.

— Minha querida Srta. Fairfax, moças jovens certamente devem receber cuidados. Espero que a sua boa vovó e tia estejam bem. São algumas das minhas amigas de mais longa data. Gostaria que minha saúde me permitisse ser um vizinho melhor. Você nos proporciona uma honra imensa hoje, tenho certeza. Minha filha e eu estamos muito cientes da sua bondade e temos imensa satisfação em vê-la em Hartfield.

O velho senhor, cortês e gentil, pôde finalmente sentar-se e sentir que cumprira com sua tarefa, fazendo com que cada bela dama se sentisse bem-vinda e tranquila.

Nesse momento, a caminhada sob a chuva havia alcançado a Sra. Elton, e seus protestos agora se abriam sobre Jane.

— Minha querida Jane, o que significa isso que ouvi? Ir ao correio debaixo de chuva!

Jane, muito pacientemente, garantiu-lhe que não havia pegado nenhum resfriado.

— Oh! Não me diga. Você realmente é uma garota muito triste e não sabe como cuidar de si. Ao correio, francamente! Sra. Weston, já ouviu algo assim? Você e eu devemos positivamente fazer valer nossa autoridade.

— Meu conselho — disse a Sra. Weston, gentil e persuasivamente —, eu certamente me sinto tentada a dar. Srta. Fairfax, você não deve correr tais riscos. Propensa como esteve a pegar resfriados severos, realmente você deveria ser particularmente cuidadosa, especialmente nesta época do ano. A primavera, como sempre penso, requer mais do que cuidados comuns. É melhor esperar uma hora ou duas, ou mesmo a metade de um dia por suas cartas, do que correr o risco de provocar a sua tosse outra vez. Agora, não crê que o fez? Sim, tenho certeza de que você é muito razoável. Parece que não vai fazer tal coisa outra vez.

— Oh! Ela certamente não fará tal coisa outra vez — emendou animadamente a Sra. Elton. — Não permitiremos que faça tal coisa outra vez. — E, assentindo significativamente: — É preciso que haja algum acerto, realmente é preciso. Vou falar com o Sr. E. O homem que traz nossas cartas todas as manhãs (um de nossos homens; esqueço-me do seu nome agora) irá pedir as suas também e levá-las até você. Isso porá fim em todas as dificuldades, como sabe; e de nós, eu realmente creio, minha querida Jane, que você não terá nenhum escrúpulo em aceitar tal comodidade.

— Vocês são extremamente gentis — disse Jane. — Mas não posso abdicar da minha caminhada matinal. Fui aconselhada a ficar ao ar livre o máximo que puder; preciso caminhar até algum lugar, e o correio é um bom lugar; e dou-lhes a minha palavra, não tive quase nenhuma manhã ruim antes.

— Minha querida Jane, não diga mais nada. Isso está decidido, ou seja (rindo de forma bastante afetada), até onde eu possa presumir que posso decidir qualquer coisa sem a concordância do meu mestre e senhor. Sabe, Sra. Weston, você e eu devemos tomar cuidado em como nos expressamos. Mas é lisonjeiro, minha querida Jane, saber que a minha influência não é inteiramente inútil. Se eu não tiver quaisquer dificuldades insuperáveis, portanto, considere que essa questão está resolvida.

— Perdoe-me — disse Jane sinceramente. — Não posso, sob qualquer justificativa, consentir com tal plano, tão desnecessariamente trabalhoso para o seu criado. Se a tarefa não me fosse prazerosa, poderia ser feita, como sempre ocorre quando não estou aqui, pela minha vovó.

— Oh! Minha querida. Mas Patty tem tantas coisas a fazer! E é uma gentileza poder ocupar nossos empregados.

Jane parecia não estar disposta a dar o braço a torcer, mas, em vez de responder, ela começou novamente a falar com o Sr. John Knightley.

— O correio é um estabelecimento maravilhoso! — disse ela. — Sua regularidade e sua presteza! Se pensarmos em tudo que eles têm de fazer, e tudo que fazem tão bem, realmente é surpreendente!

— Certamente, é um estabelecimento muito bem administrado.

— É tão raro acontecer qualquer negligência ou erro! É tão raro que uma carta, entre as milhares que passam constantemente pelo reino, seja levada ao lugar errado — nem mesmo uma em um milhão, eu suponho, é perdida! E quando se considera a variedade de caligrafias, e de caligrafias ruins também, que têm que ser decifradas, o espanto aumenta ainda mais.

— Os balconistas se tornam especialistas com o tempo. Devem começar com alguma destreza de visão e mão, e o exercício faz com que melhorem. Se quiser mais explicações — continuou ele, sorrindo — eles são pagos para isso. Essa é a chave para grande parte da capacidade. O público paga e deve ser bem servido.

As variedades de caligrafias continuaram a ser comentadas por mais algum tempo, e as observações habituais, feitas.

— Ouvi dizer por certo — disse John Knightley — que a mesma espécie de caligrafia frequentemente prevalece em uma mesma família; e, onde o mesmo mestre a ensina, é bastante natural. Mas, por essa razão, devo imaginar que a semelhança deve estar predominantemente confinada às mulheres, pois os garotos recebem muito pouca instrução depois de certa idade e escrevem com qualquer letra que tiverem. Isabella e Emma, eu creio, escrevem de maneira muito parecida. Nem sempre consigo diferenciar a letra de cada uma.

— Sim — disse o irmão, hesitantemente. — Há uma semelhança. Sei o que você quer dizer, mas a letra de Emma é a mais forte.

— Isabella e Emma escrevem, ambas, de maneira muito bonita — disse o Sr. Woodhouse. — E sempre o fizeram. E digo o mesmo da pobre Sra. Weston — soltando um meio suspiro e abrindo um meio sorriso ao olhar para ela.

— Nunca vi a caligrafia de um cavalheiro — começou Emma, também olhando para a Sra. Weston, mas parou, ao perceber que a Sra. Weston conversava com outra pessoa; e a pausa lhe deu tempo para refletir. "E agora, como vou apresentá-lo? Estou no mesmo nível para dizer seu nome de uma vez, diante de todas essas pessoas? Seria necessário usar alguma expressão eufemística? Seu amigo de Yorkshire; seu correspondente de Yorkshire; essa seria a maneira perfeita, suponho, se eu fosse uma pessoa ruim. Não, não posso pronunciar seu nome sem causar o menor incômodo. Certamente, eu fico cada vez melhor. Agora, vamos".

A Sra. Weston terminou o assunto e Emma começou outra vez:

— O Sr. Frank Churchill escreve com uma das melhores letras de cavalheiro que já vi.

— Eu não a admiro — disse o Sr. Knightley. — É muito pequena. Falta-lhe força. É como a caligrafia de uma mulher.

Isso não foi aceito por nenhuma das duas damas. Elas o defenderam contra aquela aspersão baixa.

— Não, de maneira alguma lhe falta força. Não é uma letra grande, mas é muito clara e certamente é forte. A Sra. Weston não teria uma carta consigo para mostrar? — Não, ela recebera notícias dele muito recentemente, mas, após responder a carta, guardou-a.

— Se estivéssemos na outra sala — disse Emma. — Se eu tivesse a minha escrivaninha por perto, tenho certeza de que poderia encontrar uma amostra. Tenho um bilhete dele. Não se lembra, Sra. Weston, de pedir-lhe que escrevesse um em seu lugar, certo dia?

— Ele disse que estava ocupado...

— Bem, bem, eu tenho o bilhete, e posso mostrá-lo após o jantar para convencer o Sr. Knightley.

— Oh! Quando um jovem tão galante quando o Sr. Frank Churchill — disse o Sr. Knightley, secamente — escreve para uma bela moça como a Srta. Woodhouse, é claro, ele se esforçará para fazer o melhor.

O jantar foi servido. A Sra. Elton, antes que pudesse ser abordada, estava preparada; e, antes que o Sr. Woodhouse a alcançasse com seu pedido para que lhe cedesse a mão e fosse levada até a sala de jantar, dizia:

— Devo ir primeiro? Eu realmente fico constrangida por sempre tomar a dianteira.

A insistência de Jane em buscar suas próprias cartas não escapou a Emma. Ela ouvira e vira tudo e sentiu alguma curiosidade em saber se o passeio sob chuva dessa manhã havia resultado em alguma carta. Suspeitava que sim; que não foi feita com nada menos do que uma enorme expectativa em receber notícias de alguém muito querido, e que não fora em vão. Pensou que havia um ar de felicidade maior do que o habitual; um brilho perceptível tanto em suas feições quanto em sua disposição.

Podia ter feito uma pergunta ou duas em relação à expedição e aos custos de postagem irlandesa — algo que estava na ponta da língua —, mas se conteve. Estava muito determinada a não proferir qualquer palavra que pudesse ofender os sentimentos de Jane Fairfax; e elas seguiram as outras damas para fora da sala, de braços dados, com uma aparência de boa vontade que era muito apropriada à beleza e à graça de cada uma.

XVII

Quando as damas retornaram à sala de estar após o jantar, Emma percebeu que dificilmente seria possível impedir que elas se dividissem em dois grupos distintos; com tanta perseverança em julgar e se portar mal, a Sra. Elton monopolizou a atenção de Jane Fairfax e ofendeu a anfitriã. Ela e a Sra. Weston foram obrigadas a ficar quase sempre juntas conversando, ou juntas em silêncio. A Sra. Elton não lhes deu escolha. Se Jane conseguisse se livrar por algum tempo, ela logo começava novamente; e, embora muito do que se passava entre elas fosse meiosussurro, especialmente do lado da Sra. Elton, não havia como evitar saber dos principais assuntos: o correio, pegar resfriados, buscar cartas e amizade, tudo isso ficou muito tempo em discussão; e a esses sucedeu-se um, que devia ser igualmente desagradável para Jane: perguntas sobre se ela já recebera notícias de qualquer situação à qual pudesse se acomodar, e afirmações sobre as atividades meditadas da Sra. Elton.

— Abril está quase chegando! — disse ela. — Estou muito ansiosa por sua causa. Junho logo estará aqui.

— Mas eu nunca fixei nada para ocorrer em junho ou qualquer outro mês. Meramente ansiava pelo verão, em geral.

— Mas você realmente não soube de nada?

— Não cheguei nem mesmo a pesquisar a respeito; e não desejo fazer isso ainda.

— Oh! Minha querida, nunca é cedo demais para começarmos. Você não faz ideia da dificuldade em se encontrar exatamente a coisa certa.

— Não faço ideia! — disse Jane, balançando negativamente a cabeça. — Querida Sra. Elton, quem poderia ter pensado a respeito como eu fiz?

— Mas você não viu grande parte do mundo como eu vi. Não sabe quantos candidatos sempre há para as melhores situações. Vi uma quantidade enorme disso na vizinhança ao redor de Maple Grove. Uma prima do Sr. Suckling, a Sra. Bragge, recebeu uma infinidade de pedidos; todos estavam ansiosos para estar em sua família, pois ela frequenta os principais círculos. Velas de cera na sala de aula! Imagine o quanto isso é desejável! De todas as casas do reino, a da Sra. Bragge é aquela em que eu mais desejo ver você.

— O coronel e a Sra. Campbell estarão na cidade novamente em meados do verão — disse Jane. — Devo passar algum tempo com eles; tenho certeza de que é isso que vão querer. Depois, provavelmente eu ficarei feliz em cuidar de mim mesma. Mas não gostaria que você se incomodasse em fazer qualquer pedido por ora.

— Incomodar! Sim, conheço seus escrúpulos. Você receia me causar incômodo, mas lhe garanto, minha querida Jane, que os Campbells dificilmente podem ter um interesse maior por você do que eu. Vou escrever à Sra. Partridge dentro de um ou dois dias e lhe darei uma ordem direta para ficar atenta a qualquer coisa que possa ser desejável.

— Obrigada, mas prefiro que não mencione o assunto a ela; até que a época esteja mais próxima, não desejo criar incômodos a ninguém.

— Mas, minha querida criança, a época está se aproximando; logo estaremos em abril, e junho, ou digamos até mesmo julho, estão muito perto, com tal assunto a resolver diante de nós. Sua inexperiência realmente me diverte! Uma situação tal como a que você merece, e que seus amigos procurariam para você, não é uma ocorrência do dia a dia, não é conseguida de uma hora para outra; realmente, realmente, devemos começar a prospectar diretamente.

— Perdoe-me, senhora, mas isso não é, de maneira alguma, a minha intenção. Não fiz qualquer pesquisa pessoalmente e lamentaria se algum de meus amigos o fizesse por mim. Quando estiver realmente determinada em relação ao tempo, não tenho receio ficar desempregada por muito tempo. Há lugares na cidade, escritórios, onde uma prospecção logo resultaria em alguma coisa. Escritórios para a venda, não exatamente de carne humana, mas de intelecto humano.

— Oh! Minha querida... Carne humana! Você me escandaliza; se está se referindo a um período no comércio de escravos, garanto-lhe que o Sr. Suckling sempre foi mais amigo da abolição.

— Não me referi, e não estava pensando no comércio de escravos — respondeu Jane. — Na contratação de governantas. Garanto-lhe que é tudo que tenho em vista; muito diferente, certamente, em relação à culpa daqueles que a executam. Mas, em relação à grande miséria das vítimas, não sei onde esta se encontra. Só quis dizer que há escritórios de propaganda e que, se pedir emprego neles, não tenho dúvidas de que logo encontrarei algo bastante adequado.

— Algo bastante adequado! — repetiu a Sra. Elton. — Sim, que possa se adequar às suas ideias humildes sobre si mesma; conheço a criatura modesta que você é. Mas seus amigos não ficarão satisfeitos se você aceitar qualquer coisa que lhe ofereçam, qualquer situação inferior ou lugar-comum, em uma família que não tenha influência em certos círculos, ou capaz de comandar as elegâncias da vida.

— Você é muito gentil, mas, em relação a isso, sou bastante indiferente; estar com os ricos não é algo que almejo; minhas mortificações, eu creio, só ficariam maiores; e eu sofreria mais com as comparações. A família de um cavalheiro é tudo com o que eu desejaria me associar.

— Eu a conheço, eu a conheço; você aceitaria qualquer coisa. Mas serei um pouco mais gentil, e tenho certeza de que os Campbells concordarão comigo; com seus talentos superiores, você tem o direito de frequentar os círculos mais requintados. Seu conhecimento musical, por si só, dar-lhe-ia o direito de estabelecer suas próprias condições, de ter quantos quartos quisesse e de se misturar à família tanto quanto quisesse; isto é, e eu não sei, se você souber tocar harpa, pode fazer tudo isso, tenho toda certeza, mas você canta tão bem quanto toca. Sim, eu realmente acredito que você possa, mesmo sem a harpa, estipular o que desejar; e deverá e estará encantadoramente, honrosamente e confortavelmente acomodada antes que os Campbells ou eu possamos descansar.

Você pode muito bem agrupar o encanto, a honra e o conforto de uma situação como essas — disse Jane. — Certamente que serão iguais; entretanto, falo sério quando digo que não desejo que qualquer coisa seja tentada em meu nome, no momento. Sou bastante agradecida a você, Sra. Elton; sou agradecida a qualquer pessoa que tenha sentimentos por mim, mas estou muito decidida em que nada seja feito até o verão. Durante dois ou mais três meses eu continuarei onde estou, e como estou.

— E eu falo muito sério, também, garanto-lhe — respondeu a Sra. Elton, alegremente — em decidir estar sempre alerta, e avisar meus amigos para que fiquem em alerta também, de modo que nenhuma oportunidade passe despercebida.

Nesse mesmo estilo, ela continuou a insistir; nunca se detinha completamente por qualquer motivo, até que o Sr. Woodhouse entrou na sala; sua vaidade então teve uma mudança de foco, e Emma a ouviu dizer no mesmo tom de meio--sussurro para Jane:

— Aí vem o meu velho admirador, eu declaro! Pense só no quanto ele é galante, vindo antes dos outros homens! Que criatura mais querida ele é. Garanto-lhe que gosto excessivamente dele. Admiro toda essa sua polidez pitoresca, à moda antiga;

muito mais ao meu gosto do que a fluidez moderna; a fluidez moderna frequentemente me causa asco. Mas esse bom e velho Sr. Woodhouse, eu gostaria que você tivesse ouvido seus comentários galantes direcionados a mim durante o jantar. Oh! Garanto-lhe que comecei a pensar que meu caro sposo ficaria absolutamente enciumado. Imagino que eu seja uma espécie de favorita; ele comentou sobre o meu vestido. O que acha dele? Foi Selina quem o escolheu. Lindo, eu acho, mas não sei se tem babados demais; não gosto nada da ideia de haver babados demais, é um horror de ornamento. Preciso acrescentar alguns ornamentos porque é isso que se espera de mim. Uma noiva, como sabe, deve parecer-se com uma noiva, mas meu gosto natural é todo pela simplicidade; um estilo simples de vestir é infinitamente preferível à ornamentação. Mas faço parte de uma minoria, eu creio; poucas pessoas parecem valorizar a simplicidade de se vestir. A ostentação e a ornamentação são tudo. Tenho alguma noção sobre como colocar alguns babados como estes no meu vestido de popeline branco e prateado. Acha que vai cair bem?

O grupo inteiro acabava de se reunir outra vez na sala de estar quando o Sr. Weston apareceu entre eles. Havia voltado para um jantar tardio e caminhou até Hartfield assim que se encerrara. Sua chegada era bastante aguardada para causar qualquer surpresa, mas houve bastante alegria. O Sr. Woodhouse ficou quase tão feliz ao vê-lo agora quanto ficaria sentido se o visse antes. John Knightley ficou simplesmente mudo, tomado pelo espanto. Pensar que um homem que poderia ter passado sua noite tranquilamente em casa após um dia inteiro tratando de negócios em Londres decidiria sair novamente e caminhar quase um quilômetro até a casa de outro homem, apenas para estar em companhia de outras pessoas até a hora de dormir; que terminasse seu dia com os esforços da civilidade e o ruído de gente, era uma circunstância que o deixava profundamente chocado. Um homem que estivera em movimento desde as oito horas da manhã e que ainda poderia estar assim, que passara muito tempo conversando e que poderia agora estar em silêncio, que se misturara a mais de uma multidão, e que agora poderia estar sozinho! Tal homem, disposto a abrir mão da tranquilidade e independência da própria lareira, numa noite fria e propensa ao granizo de abril, para se precipitar novamente sobre o mundo! Se ele, com um toque do próprio dedo, pudesse instantaneamente trazer de volta a esposa, haveria um motivo, mas sua vinda provavelmente prolongaria a festa, ao invés de dissolvê-la. John Knightley o fitou com espanto e, em seguida, deu de ombros, dizendo:

— Eu jamais acreditaria nisso, mesmo que viesse da parte dele.

O Sr. Weston, enquanto isso, perfeitamente ignorante da indignação que estava causando, feliz e sorridente como habitualmente, e com todo o direito de ser a pessoa que mais falava, conferido por haver passado um dia inteiro longe de casa, ocupava-se sendo agradável com o restante dos convidados; e, após satisfazer as perguntas da esposa em relação ao seu jantar, convencendo-a de que nenhuma das suas instruções cuidadosas para os criados havia sido esquecida, e compartilhando as notícias públicas que ouvira, passou a relatar uma comunicação familiar, a qual, embora direcionada principalmente à Sra. Weston, ele não tinha a menor dúvida de que seria muito interessante também a todos na sala. Ele lhe entregou uma carta; fora-lhe enviada por Frank. Ele a recebera no caminho e havia tomado a liberdade de abri-la.

— Leia, leia — disse ele. — Vai lhe causar prazer; apenas algumas linhas. Não vai lhe tomar muito tempo. Leia-a para Emma.

As duas damas estudaram a carta juntas; e ele sentou-se, sorrindo e conversando com elas durante o tempo inteiro, com a voz um pouco discreta, mas audível para todos.

— Bem, ele está a caminho, como veem. Boas notícias, eu creio. Bem, o que me dizem? Eu sempre afirmei que ele estaria aqui novamente, não foi? Anne, minha querida, eu não lhe disse sempre isso, e você não acreditava em mim? Chegará na cidade na próxima semana, como podem ver; no máximo, atrevo-me a dizer. Pois ela é tão impaciente quanto o diabo quando algo tem que ser feito; muito provavelmente, estarão aqui amanhã ou no sábado. Em relação à sua doença, tudo aquilo não era nada, é claro. Mas é excelente podermos ter Frank entre nós outra vez, tão perto da cidade. Eles ficarão por um bom tempo quando vierem, e ele passará metade do seu tempo conosco. Isso é precisamente o que eu queria. Bem, são notícias muito boas, não é mesmo? Já terminou? Emma já leu tudo? Guardem-na, guardem-na. Teremos uma boa conversa a respeito em algum outro momento, mas não agora. Vou apenas mencionar a circunstância aos outros de maneira mais resumida.

A Sra. Weston era a pessoa mais contente na ocasião. Sua aparência e palavreado não apresentavam nada que os coibisse. Estava feliz, sabia que estava feliz, e sabia que devia estar feliz. Suas congratulações eram afetuosas e francas, mas Emma não conseguia falar com a mesma fluência. Ela estava um pouco ocupada ponderando seus próprios sentimentos e tentando compreender seu grau de agitação, que pensou ser bastante considerável.

O Sr. Weston, entretanto, ansioso demais para ser observador, comunicativo demais para permitir que os outros falassem, ficou muito satisfeito com o que ela disse e logo se afastou para alegrar o restante dos seus amigos com uma comunicação parcial sobre aquilo que toda a sala já devia ter ouvido.

Sabia-se bem que ele superestimava a alegria de todos, ou não pensaria que o Sr. Woodhouse nem o Sr. Knightley estavam particularmente felizes. Eram eles que tinham o direito, depois da Sra. Weston e de Emma, de serem alegrados; depois, ele teria ido até a Srta. Fairfax, mas ela estava tão envolvida em sua conversa com o Sr. John Knightley que a interrupção não seria algo desejável; e, percebendo-se próximo à Sra. Elton, e vendo que ela não estava envolvida com nenhuma conversa em particular, ele começou a tratar do assunto com ela.

XVIII

— Espero que eu logo possa ter o prazer de apresentá-la ao meu filho — disse o Sr. Weston.

A Sra. Elton, muito disposta a supor que havia um elogio em particular implícito em tal esperança, sorriu de maneira muito graciosa.

— Você ouviu falar de certo Frank Churchill, eu presumo — continuou ele. — E sabe que ele é o meu filho, embora não tenha o meu nome.

— Oh! Sim, e ficarei muito feliz em fazer amizade com ele. Tenho certeza de que o Sr. Elton não demorará muito em visitá-lo; e será um enorme prazer recebê-lo no Presbitério.

— Você é muito gentil. Frank ficará extremamente feliz, tenho certeza. Ele deve estar na cidade na próxima semana, senão antes. Recebemos a notícia em uma carta, hoje. Recebi as cartas enquanto voltava, esta manhã, e, ao ver a caligrafia do meu filho, presumi-me no direito de abri-la — embora não fosse direcionada a mim, e sim à Sra. Weston. Ela é a sua principal correspondente, garanto-lhe. Eu raramente recebo uma carta.

— E assim você absolutamente abriu a que veio endereçada a ela! Oh! Sr. Weston (rindo de maneira afetada). Devo protestar contra isso; é um precedente muito perigoso, com certeza! Rogo-lhe que não deixe seus vizinhos seguirem esse exemplo. Tem a minha palavra de que, se é isso que devo esperar, nós, mulheres casadas, devemos começar a nos esforçar! Oh! Sr. Weston, eu jamais acreditaria que o senhor seria capaz disso!

— Sim, nós, os homens, somos criaturas tristes. Você precisa tomar cuidado, Sra. Elton. Esta carta nos diz — é uma carta breve, escrita às pressas, apenas para nos avisar. Ela nos diz que todos eles estão vindo à cidade diretamente, sob as ordens da Sra. Churchill. Ela passou o inverno inteiro enferma e acha que Enscombe é fria demais. Assim, todos devem vir para o sul, sem demora.

— De fato! De Yorkshire, eu creio. Enscombe fica em Yorkshire?

— Sim. Estão a cerca de trezentos quilômetros de Londres. Uma jornada considerável.

— Sim, com toda certeza, muito considerável. Cem quilômetros além da distância entre Maple Grove e Londres. Mas o que é a distância, Sr. Weston, para pessoas de grande fortuna? Você ficaria espantado se soubesse as distâncias que o meu cunhado, o Sr. Suckling, viaja. Dificilmente me acreditará, mas duas vezes em uma mesma semana, ele e o Sr. Bragge foram a Londres e voltaram, com quatro cavalos.

— O problema da distância de Enscombe — disse o Sr. Weston — é que a Sra. Churchill, pelo que nós entendemos, não foi capaz de se levantar do sofá durante uma semana inteira. Na última carta de Frank ela reclamava, como ele disse, que estava fraca demais para ir até o seu solário sem que tivesse o braço do rapaz e o do seu tio para ampará-la! Isso, você sabe, fala muito sobre a fraqueza. Mas agora ela está tão impaciente para chegar à cidade que deseja dormir apenas por duas noites na estrada. Assim, Frank nos escreve. Certamente, senhoras delicadas têm constituições extraordinárias, Sra. Elton. A senhora há de concordar comigo.

— Não; não hei de concordar com nada. Sempre tomo partido daquelas do mesmo sexo que eu. É o que faço. Descobrirá que sou uma antagonista formidável nesse ponto. Sempre defendo as mulheres — e lhe garanto, se você soubesse a opinião de Selina em relação a dormir em hospedarias, não ficaria espantado aos incríveis esforços da Sra. Churchill em evitar tal coisa. Selina diz que isso lhe causa horror, e eu acredito que absorvi um pouco dos seus sentimentos. Ela sempre leva seus próprios lençóis quando viaja; uma excelente precaução. A Sra. Churchill faz o mesmo?

— Pode acreditar, a Sra. Churchill faz tudo que qualquer outra senhora já fez. A Sra. Churchill não se deixará ficar para trás em relação a qualquer outra dama do país por...

A Sra. Elton rapidamente se interpôs com:

— Oh! Sr. Weston, não me entenda mal. Selina não é uma dama de fino trato, garanto-lhe. Não se deixe levar por tal ideia.

— Não é? Então ela não serve como regra para a Sra. Churchill, que é uma das damas mais refinadas que o mundo já viu.

A Sra. Elton começou a pensar que havia cometido um engano em desmentir a situação de maneira tão polida. Não era sua intenção fazer com que os outros acreditassem que sua irmã não era uma dama de fino trato; talvez houvesse uma falta de ânimo naquela pretensão. E ela agora estava considerando qual seria a melhor maneira de se retratar, quando o Sr. Weston prosseguiu.

— A Sra. Churchill não está tanto em minhas boas graças, como você deve suspeitar, mas isso fica somente entre nós. Ela é muito afeita a Frank e, portanto, não desejo falar mal dela. Além disso, ela está enferma agora, mas isso, realmente, de acordo com a própria, sempre foi assim. Eu não diria isso a todo mundo, Sra. Elton, mas não tenho muita crença na doença da Sra. Churchill.

— Se ela está realmente doente, por que não vai a Bath, Sr. Weston? A Bath, ou a Clifton? Ela colocou na cabeça que Enscombe é fria demais para si. O fato, eu suponho, é que ela está cansada de Enscombe. Está estagnada lá há mais tempo do que jamais esteve antes e começa a desejar uma mudança. É um lugar afastado. Um lugar bonito, mas muito afastado.

— Sim. Como Maple Grove, ouso dizer. Nada pode ser mais afastado e isolado da estrada do que Maple Grove. Uma plantação imensa ao redor da propriedade! Tem-se a sensação de se estar afastado de tudo, o mais completo afastamento. E a Sra. Churchill provavelmente não tem saúde ou ânimo como Selina para desfrutar desse tipo de isolamento. Ou então, talvez ela não tenha recursos suficientes em si mesma para uma vida no campo. Eu sempre digo que uma mulher nunca pode ter recursos demais; e dou graças por ter tantos recursos e ser tão independente da sociedade.

— Frank esteve aqui durante uma quinzena em fevereiro.

— Assim me lembro de haver ouvido. Ele encontrará novas pessoas na sociedade de Highbury quando retornar; isso, é claro, se eu puder presumir que devo me considerar uma dessas novas pessoas. Mas talvez ele jamais tenha ouvido falar sobre tal criatura no mundo.

Esse foi um chamado muito estrondoso para que um elogio fosse feito, e o Sr. Weston, com boas graças, imediatamente exclamou:

— Minha cara senhora! Ninguém além de você seria capaz de imaginar que algo assim fosse possível. Se não ouviu a seu respeito! Acredito que as cartas mais recentes da Sra. Weston partiram cheias de pouca coisa além de menções à Sra. Elton.

Ele cumprira com o seu dever e agora podia voltar a falar do filho.

— Quando Frank nos deixou — prosseguiu ele —, houve muita incerteza se o veríamos novamente, o que torna este dia duplamente fortuito. Foi totalmente inesperado. Eu sempre tive uma forte impressão de que ele logo estaria aqui novamente, e estava certo de que alguma coisa favorável acabaria por acontecer, mas ninguém acreditava em mim. Tanto ele quanto a Sra. Weston ficaram terrivelmente abatidos. "Como ele poderia voltar? E como é possível supor que seu tio e sua tia lhe dariam permissão para viajar outra vez?". E assim por diante. Sempre senti que algo aconteceria em nosso favor; e foi o que aconteceu, como vê. Eu observei, Sra. Elton, no decurso da minha vida, que, se as coisas acontecem de maneira desfavorável em um mês, certamente elas vão se ajustar no seguinte.

— Isso é bem verdade, Sr. Weston; perfeitamente verdadeiro. É exatamente o que eu costumava dizer a certo cavalheiro ao qual fazia companhia nos dias de corte, quando, devido às coisas não irem muito bem, não acontecerem com a rapidez adequada à sua vontade, acabou cedendo à aflição, e exclamou que tinha certeza de que, naquele ritmo, o mês de maio chegaria antes que o manto da cor de açafrão de Himeneu fosse colocado sobre nós. Oh! Como sofri para dissipar essas ideias tristonhas e lhe dar perspectivas mais alegres! A carruagem; sofremos decepções com a carruagem; certa manhã, eu me lembro, ele veio até mim, muito aflito.

Ela foi interrompida por um breve acesso de tosse, e o Sr. Weston imediatamente aproveitou a oportunidade de continuar.

— Você falava sobre maio. Maio é exatamente o mês no qual a Sra. Churchill recebeu ordens, ou ordenou a si mesma, de ficar em um local mais quente do que Enscombe; em resumo, passar o mês em Londres. Assim, temos a agradável perspectiva de receber visitas frequentes de Frank durante toda a primavera — precisamente a estação do ano que alguém deveria escolher para tal: dias de muito sol; tempo adequado e aprazível, sempre convidando as pessoas a saírem de suas casas, e nunca quente demais para se fazer exercício. Quando ele esteve aqui anteriormente, aproveitamos tudo ao máximo, mas houve um bocado de tempo úmido, encharcado e tristonho; sempre é assim em fevereiro, como sabe, e não pudemos fazer metade do que pretendíamos. Agora será o tempo certo. Será uma alegria completa; e não sei, Sra. Elton, se a incerteza dos nossos encontros, a espécie de expectativa constante que haverá sobre se ele chegará hoje ou amanhã, e a qualquer hora, pode não ser mais amistosa à felicidade do que verdadeiramente tê-lo em casa. Creio que assim será. Creio que é o estado de espírito que traz maior ânimo e prazer. Espero que meu filho a agrade, mas não deve esperar que ele seja um prodígio. Ele é considerado um bom rapaz, mas não espere um prodígio. A parcialidade da Sra. Weston em relação a ele é muito grande e, como deve imaginar, muito gratificante para mim. Ela pensa que não há ninguém igual a ele.

— E eu lhe garanto, Sr. Weston, que tenho pouca dúvida de que a minha opinião lhe será decididamente favorável. Ouvi coisas muito elogiosas sobre o Sr. Frank Churchill. Ao mesmo tempo, é justo observar que eu sou o tipo de pessoa que sempre julga por meus próprios critérios, e que jamais sou guiada implicitamente por outros. Já lhe aviso que, da maneira que notar o seu filho, assim o julgarei. Não sou dada a lisonjas.

O Sr. Weston estava pensativo.

— Espero — disse ele nesse momento — que não tenha sido muito severo para com a pobre Sra. Churchill. Se ela estiver doente, lamentarei ter cometido tamanha injustiça, mas há alguns traços em seu caráter que fazem com que seja difícil, para mim, falar a seu respeito com a paciência que desejaria ter. Duvido que desconheça, Sra. Elton, a minha ligação com a família, ou o tratamento que recebi; e, cá entre nós, toda a culpa sobre o que aconteceu recai sobre ela. Ela foi a instigadora. A mãe de Frank jamais seria ofendida senão por ela. O Sr. Churchill tem orgulho, mas seu orgulho não é nada em relação ao da esposa; o dele é um orgulho discreto, indolente e cavalheiresco que não faria mal a ninguém, e o tornaria apenas um pouco indefeso e fastidioso, mas o orgulho dela é todo arrogância e insolência! E o que a torna menos suportável é o fato de não ter um justo direito a família ou a sangue nobre. Não era ninguém quando ele a desposou; meramente a filha de um cavalheiro. Mas, desde que se transformou numa Churchill, ela se tornou a Churchill mais proeminente entre todos os outros, com as alegações mais disparatadas e descabidas; mas, em si mesma, eu lhe garanto que ela não passa de uma oportunista.

— Imagine só! Bem, isso deve ser infinitamente provocador. Tenho verdadeiro horror a pessoas oportunistas. Maple Grove me deu um asco completo por pessoas desse tipo, pois há uma família naquela vizinhança que é muito irritante para o meu cunhado e minha irmã, apenas pelos ares que dão a si mesmos! Sua descrição da Sra. Churchill me fez pensar imediatamente neles. Pessoas de sobrenome Tupman, que se estabeleceram ali muito recentemente, sobrecarregadas com muitos contatos inferiores, mas que se dão ares muito refinados e esperam estar em pé de igualdade com as famílias mais velhas e enraizadas. Um ano e meio é o tempo máximo em que estão vivendo em West Hall; e, como conseguiram sua fortuna, ninguém sabe. Vieram de Birmingham, um lugar que não é muito promissor, como sabe, Sr. Weston. Ninguém nutre muitas esperanças por Birmingham. Sempre digo que há algo medonho no som, mas não se sabe positivamente mais nada a respeito dos Tupmans, embora uma boa quantidade de coisas, garanto-lhe, é motivo de suspeita. E mesmo assim, por seus modos, eles evidentemente se consideram em pé de igualdade com o meu cunhado, o Sr. Suckling, que é um de seus vizinhos mais próximos. É algo infinitamente ruim. O Sr. Suckling, que reside há onze anos em Maple Grove, assim como seu pai antes dele — é o que acredito, pelo menos. Tenho quase certeza de que o velho Sr. Suckling havia completado a compra antes de morrer.

Eles foram interrompidos. O chá estava sendo servido, e o Sr. Weston, após ter dito tudo o que queria, logo aproveitou a oportunidade para se afastar.

Após o chá, o Sr. e a Sra. Weston, e também o Sr. Elton, sentaram-se com o Sr. Woodhouse para jogar cartas. Os cinco remanescentes foram deixados aos próprios desígnios, e Emma duvidava de que a conversa continuaria de maneira agradável; o Sr. Knightley não parecia muito disposto a conversar; a Sra.

Elton queria bajulação, coisa que ninguém estava inclinado a lhe dar, e assim se viu em uma situação preocupante, o que a fez preferir ficar em silêncio.

O Sr. John Knightley mostrou-se mais falante do que o irmão. Teria que deixá-los ainda cedo na manhã seguinte, e logo começou com:

— Bem, Emma, não creio que tenho mais qualquer coisa a falar sobre os meninos, mas você tem a carta da sua irmã, e tudo está descrito por extenso nela, tenho certeza. Meu texto seria muito mais conciso do que o dela, e provavelmente não teria o mesmo espírito; tudo que eu tenho a recomendar se resume a não mimá-los e não lhes dar remédios.

— Espero realmente poder satisfazer vocês dois — disse Emma. — Farei tudo que estiver ao meu alcance para que fiquem felizes, o que será o bastante para Isabella; e a felicidade deve estar acima de falsas indulgências e medicamentos.

— E, se eles lhe causarem problemas, deve enviá-los para casa novamente.

— Isso é muito provável. Você crê que é o que vai acontecer, não é?

— Estou ciente de que eles podem ser ruidosos demais para o seu pai, ou até mesmo serem um fardo para você, se seus compromissos e visitas continuarem a aumentar tanto quanto o fizeram ultimamente.

— Aumentar!

— Certamente; você deve saber que o último semestre fez uma grande diferença no seu modo de vida.

— Diferença! Não, realmente não percebi.

— Não há dúvida de que você está muito mais envolvida com suas companhias do que jamais esteve. Perceba neste exato momento. Aqui estou eu; vim passar apenas um dia, e você está envolvida com um jantar social! Quando isso aconteceu antes, ou qualquer coisa do tipo? Sua vizinhança está crescendo, e você se mistura mais com ela. Há pouco tempo, cada carta enviada a Isabella trazia um relato de novos prazeres; jantares na casa do Sr. Cole ou bailes no Crown. A diferença que Randalls, e apenas Randalls, faz em sua rotina é muito grande.

— Sim — disse o seu irmão rapidamente. — É Randalls que causa tudo isso.

— Muito bem; e como Randalls, eu suponho, provavelmente não tem menos influência do que o que vi até o momento, eu tenho a impressão de que é possível, Emma, que Henry e John possam às vezes lhe atrapalhar. E, se isso acontecer, apenas lhe rogo que os mande de volta para casa.

— Não — exclamou o Sr. Knightley. — Isso não precisa ser a consequência. Que sejam enviados a Donwell. Eu certamente estarei ao seu dispor.

— Dou-lhe a minha palavra — exclamou Emma. — Você me diverte! Eu gostaria de saber quantos dos meus numerosos compromissos ocorrem sem que você esteja presente; e por que eu supostamente estou em risco de abrir mão do lazer para cuidar dos pequenos. Esses meus compromissos maravilhosos; o que foram? Jantar uma vez com os Coles, e falar sobre um baile, que nunca chegou a acontecer. Posso entendê-lo (indicando o Sr. John Knightley com um meneio de cabeça). Sua boa fortuna em encontrar-se com tantos de seus amigos aqui, de uma vez só, encanta-o demais para passar despercebida. Mas você (virando-se para o Sr. Knightley), que bem sabe que eu raramente fico duas horas fora de Hartfield, o motivo pelo qual prevê tal série de esbanjamento por minha parte, não consigo imaginar. E em relação aos meus queridos garotos, devo dizer que, se a tia Emma não tem tempo para eles, duvido que estariam numa situação melhor com o tio Knightley, que se ausenta de casa por cinco horas enquanto ela se ausenta apenas uma — e que, quando está em casa, ocupa-se com leituras ou com o cálculo de suas despesas.

O Sr. Knightley parecia estar tentando não rir; e conseguiu sem dificuldade, quando a Sra. Elton começou a lhe falar.

Parte 3

CAPÍTULO I

Uma reflexão bastante sutil foi o suficiente para satisfazer Emma em relação à natureza de sua própria agitação ao ouvir a notícia sobre Frank Churchill. Logo se convenceu de que não era por si mesma que se sentia tão apreensiva ou embaraçada, e sim por ele. Sua própria atração havia arrefecido e se tornado um mero nada; não valia a pena pensar a respeito. Mas se ele, que indubitavelmente sempre fora a pessoa que estava muito mais apaixonada dos dois, retornasse com a mesma intensidade de sentimentos que havia levado embora, a situação seria muito perturbadora. Se uma separação de dois meses não o acalmara, haveria perigos e problemas diante de Emma; cautela para ele e para ela seria algo necessário. Não desejava ver suas próprias afeições emaranhadas outra vez, e seria preciso que ela evitasse dar qualquer tipo de encorajamento a ele.

Ela desejava poder impedi-lo de fazer uma declaração absoluta. Seria uma conclusão muito dolorosa à amizade atual! E, mesmo assim, ela não podia evitar antever algo decisivo. Sentia que a primavera não passaria sem trazer uma crise, um evento, alguma coisa que pudesse alterar seu estado presente, composto e tranquilo.

Não demorou tanto, embora tenha demorado mais do que o Sr. Weston previra, até que ela tivesse a capacidade de formar alguma opinião sobre os sentimentos de Frank Churchill. A família de Enscombe não chegou à cidade tão brevemente quanto se imaginara, mas ele estava em Highbury pouco tempo depois. Viera cavalgando durante algumas horas; ainda não podia fazer mais; mas, como viera de Randalls imediatamente a Hartfield, ela pôde então exercitar toda a sua rápida observação e rapidamente determinar como ele estava influenciado e como ela devia agir. Os dois se encontraram com uma enorme afetuosidade. Não havia dúvida do grande prazer que ele sentiu ao vê-la. Mas Emma quase sentiu uma dúvida instantânea sobre se o interesse que ele tinha por ela era o mesmo de antes, se seus sentimentos tinham a mesma ternura na mesma medida. Ela o observou cuidadosamente. Ficou claro que ele estava menos apaixonado do que antes. A ausência, com a provável convicção de que ela era indiferente, havia produzido esse efeito muito natural e muito desejável.

Ele estava bastante embevecido, tão disposto a conversar e rir como sempre, e parecia encantado em falar sobre sua visita anterior e recordar-se de histórias antigas; e não se encontrava sem agitação. Não foi em sua tranquilidade que ela percebeu aquela diferença comparativa. Ele não estava calmo; seu ânimo estava evidentemente jubiloso; havia certa inquietação nele. Vivaz como estava, parecia ser uma vivacidade que não o satisfazia; mas o que fez Emma se decidir definitivamente sobre a questão foi o fato de ele haver ficado somente por um quarto de hora, saindo rapidamente para fazer outras visitas em Highbury. Havia visto um grupo de velhos conhecidos na rua quando passou; não parou, e não pararia para mais do que uma palavra. Mas teve a vaidade de pensar que eles ficariam decepcionados se ele não os chamasse, e, por mais que desejasse permanecer por mais tempo em Hartfield, tinha que se apressar. Ela não teve dúvidas de que ele estava menos apaixonado, mas nem o seu humor agitado nem a sua pressa ao ir embora pareciam uma cura perfeita; e ela estava mais inclinada a pensar que aquilo trazia consigo um pavor de que o poder de Emma retornasse, e uma resolução discreta de não confiar em si mesmo quando na presença dela por muito tempo.

Essa foi a única visita de Frank Churchill no decorrer de dez dias. Ele sempre desejava, pretendia vir — mas sempre havia algo que o impedia. Sua tia não conseguia suportar a ideia de que ele a deixasse. Foi isso que ele relatou em Randalls. Com toda a sinceridade, se ele realmente tentasse vir, seria correto inferir que a mudança da Sra. Churchill para Londres não fora benéfica para a parte geniosa ou nervosa de sua enfermidade. Que estava realmente doente, isso era certo; ele declarara que estava convencido disso, em Randalls. Embora muito se devesse à imaginação, ele não conseguia duvidar, quando se recordava, de que ela estava em um estado mais fraco de saúde do que estivera um semestre antes. Não acreditava que isso procedesse de qualquer coisa que cuidados e medicamentos não pudessem remover, ou pelo menos que ela não tivesse muitos anos de existência diante de si, mas não conseguia se convencer, mesmo com todas as dúvidas de seu pai, que as queixas da velha senhora eram meramente imaginárias, ou que ela ainda era tão forte quanto antes.

Logo se percebeu que Londres não era lugar para ela. Não conseguia suportar o barulho. Seus nervos estavam sob irritação e sofrimento contínuos; e, ao final de dez dias, a carta de seu sobrinho a Randalls comunicou uma mudança de planos. Iriam viajar imediatamente para Richmond. A Sra. Churchill recebera a recomendação de se submeter às habilidades médicas de uma pessoa eminente dali, e, além disso, tinha certa curiosidade pelo lugar. Uma casa já mobiliada em um local favorito foi requisitada, e esperava-se que a mudança fosse deveras benéfica.

Emma soube que Frank escrevera bastante empolgado com esses preparativos, e parecia apreciar totalmente a possibilidade de ter dois meses à sua disposição em tal vizinhança, perto de muito bons amigos, pois a casa foi reservada para os meses de maio e junho. Foi informada agora de que ele escreveu com grande confiança de poder estar frequentemente com eles, quase tão frequentemente quanto poderia desejar.

Emma viu como o Sr. Weston compreendeu essas alegres possibilidades. Ele a considerava a origem de toda a felicidade que ofereciam. Ela esperava que não fosse assim. Dois meses iriam colocar tudo à prova.

A própria felicidade do Sr. Weston era indisputável. Estava muito feliz. Era exatamente a circunstância que ele desejara. Agora, realmente seria como se Frank estivesse na vizinhança. O que eram quinze quilômetros para um rapaz? Uma hora a cavalo. Sempre poderia vir até ali. A diferença, nesse aspecto, entre Richmond e Londres era o suficiente para fazer toda a diferença entre sempre vê-lo e nunca vê-lo. Vinte e cinco quilômetros — não, vinte e oito. Devia haver vinte e oito quilômetros até a Rua Manchester — eram um obstáculo mais sério. Se ele conseguisse se evadir, levaria um dia apenas para vir e retornar. Não havia conforto em tê-lo em Londres, seria como se estivesse em Enscombe, mas Richmond era a distância exata para uma convivência agradável. Melhor do que se estivesse mais próximo!

Uma boa coisa foi imediatamente transformada em certeza por essa mudança: o baile no Crown. Não havia sido esquecido antes, mas logo se reconheceu que seria em vão tentar fixar uma data. Agora, entretanto, certamente iria se realizar; todos os preparativos seriam retomados, e, logo depois que os Churchills se mudaram para Richmond, algumas linhas enviadas por Frank para dizer que sua tia se sentia muito melhor com a mudança, e que ele não tinha dúvida de que poderia ficar com eles por vinte e quatro horas a qualquer momento, induziu-os a decidir a data do evento assim que fosse possível.

O baile do Sr. Weston se tornaria realidade. Uns poucos amanhãs se colocavam entre as pessoas jovens de Highbury e a felicidade.

O Sr. Woodhouse havia se resignado. A época do ano aliviava o mal para ele. Maio era melhor para tudo em relação a fevereiro. A Sra. Bates foi convidada a passar a noite em Hartfield, James recebeu instruções com antecedência e ele ansiosamente esperava que nem o seu querido e pequeno Henry, nem o querido e pequeno John, teriam qualquer problema com eles enquanto a querida Emma estivesse fora.

II

Nenhum infortúnio voltou a ocorrer que impedisse o baile. O dia se aproximou, o dia chegou; e, após uma manhã de espera ansiosa, Frank Churchill, com toda a confiança que tinha em si, chegou a Randalls antes do jantar, e tudo ficou seguro.

Um segundo encontro ainda não ocorrera entre ele e Emma. O salão do Crown iria testemunhar a ocasião, mas seria melhor do que um encontro comum em meio a uma multidão. O Sr. Weston estava tão sério em seus pedidos para que ela chegasse ali assim que possível, logo depois deles, com o propósito de pedir sua opinião sobre a adequação e o conforto das salas antes que qualquer outra pessoa chegasse, que ela não foi capaz de recusar; e, desta forma, teria que passar algum tempo mais tranquilo em companhia do rapaz. Teve que ir buscar Harriet e as duas chegaram ao Crown em tempo, com o grupo de Randalls chegando logo antes delas.

Frank Churchill parecia estar à sua espera; e, embora não dissesse o quanto, seus olhos declaravam que ele desejava ter uma noite esplêndida. Todos caminharam pelo lugar juntos para se certificarem de que tudo estava como deveria; e, após uns poucos minutos, juntaram-se a eles as pessoas que vieram em outra carruagem, que Emma não conseguiu ouvir a princípio, sem grande surpresa. "Tão desarrazoadamente adiantados!", ela iria exclamar; mas, naquele momento, descobriu que era uma família de velhos amigos, que vinham, assim como ela mesma, por vontade própria, ajudar na avaliação do Sr. Weston; e sua chegada foi seguida quase imediatamente por outra carruagem de primos, a quem fora pedido que viessem cedo com a mesma seriedade distinta, na mesma incumbência, a ponto de parecer como se metade de todo o grupo logo seria reunido para o propósito de uma inspeção preparatória.

Emma percebeu que o seu bom gosto não era o único gosto no qual o Sr. Weston confiava, e sentiu que ser uma pessoa favorita e íntima de um homem que considerava tantas pessoas como íntimas e confidentes não era a principal distinção na escala da vaidade. Ela gostava dos seus modos francos, mas um coração um pouco menos aberto lhe daria um caráter mais sofisticado. Uma benevolência generalizada, mas não uma amizade generalizada, fazia com que um homem se tornasse o que deveria ser. Ela poderia imaginar tal homem. O grupo inteiro andou pelo lugar, observou e elogiou novamente; em seguida, não tendo mais nada a fazer, formou uma espécie de semicírculo ao redor da lareira, para fazer as mais diversas observações, até que outros assuntos foram iniciados. Embora já estivessem em maio, uma lareira acesa no início da noite ainda era algo bastante agradável.

Emma descobriu que o Sr. Weston não tinha culpa pelo número de conselheiros particulares não ser ainda maior. Eles haviam parado diante da porta da Sra. Bates para lhe oferecer o uso da sua carruagem, mas a tia e a sobrinha seriam trazidas pelos Eltons.

Frank estava ao seu lado, mas não com tanta firmeza; havia uma inquietação que indicava uma mente que não estava tranquila. Ele olhava ao redor, ia até a porta, ficava atento ao som das outras carruagens. Impaciente para começar, ou temeroso de estar sempre perto dela.

Comentou-se sobre a Sra. Elton. — Acho que ela logo estará aqui — disse ele. — Tenho uma enorme curiosidade em ver a Sra. Elton. Ouvi muito a seu respeito. Não vai demorar muito, eu creio, até que ela chegue.

Ouviu-se uma carruagem. Ele logo se pôs em ação, mas, voltando, disse:

— Esqueço-me de que não fui apresentado a ela. Jamais vi o Sr. ou a Sra. Elton. Não tenho qualquer motivo para me precipitar.

O Sr. e a Sra. Elton apareceram; e todos os sorrisos e as apresentações apropriadas foram feitos.

— Mas a Srta. Bates e a Srta. Fairfax! — disse o Sr. Weston, olhando ao redor. — Achamos que vocês as trariam.

O engano fora pequeno. A carruagem foi enviada para buscá-las. Emma desejava saber qual seria a primeira opinião de Frank sobre a Sra. Elton; como ele foi afetado pela elegância estudada de seu vestido e seus sorrisos de graciosidade. Estava imediatamente se qualificando para formar uma opinião, dando-lhe a atenção adequada, após a apresentação ter sido feita.

Em alguns minutos a carruagem retornou. Alguém falou sobre chuva. — Providenciarei para que haja guarda-chuvas, senhor — disse Frank ao seu pai. — Não devemos nos esquecer da Srta. Bates. — E assim ele o fez. O Sr. Weston foi a reboque, mas a Sra. Elton o deteve, para cumprimentá-lo por suas opiniões sobre o filho, e tão intensamente ela começou que o próprio jovem, embora não estivesse andando lentamente, não pôde deixar de ouvi-la.

— Um rapaz muito belo, com certeza, Sr. Weston. Você sabe que eu lhe disse candidamente que deveria formar minha própria opinião; e fico feliz em dizer que fiquei extremamente contente com ele. Pode acreditar em mim. Nunca faço elogios vazios. Penso que ele é um rapaz muito charmoso, e seus modos são precisamente o que gosto e aprovo; verdadeiramente um cavalheiro, sem a menor presunção ou fatuidade. Você deve saber que tenho uma enorme repulsa por presunçosos; um verdadeiro horror a eles. Nunca foram tolerados em Maple Grove. Nem o Sr. Suckling nem eu jamais tivemos paciência alguma com eles. E, por vezes, dizíamos coisas muito cortantes! Selina, que é quase impecavelmente suave, suportava-os com muito mais facilidade.

Enquanto falava do filho dele, a atenção do Sr. Weston estava acorrentada, mas, quando tocou no assunto de Maple Grove, ele conseguiu se recordar que havia damas que acabavam de chegar e às quais precisava dar atenção e afastou-se rapidamente com sorrisos alegres.

A Sra. Elton voltou-se para a Sra. Weston:

— Não tenho dúvida de que será a nossa carruagem com a Srta. Bates e Jane. Nosso cocheiro e cavalos são tão extremamente eficientes! Acredito que rodamos mais rápido do que qualquer pessoa. É um prazer poder enviar uma carruagem para buscar amigos! Entendo que vocês fizeram a gentileza de oferecer, mas, outra vez, será totalmente desnecessário. Pode ter a certeza de que sempre vou cuidar muito bem delas.

A Srta. Bates e a Srta. Fairfax, escoltadas pelos dois cavalheiros, entraram no salão; e a Sra. Elton parecia pensar que o dever de recepcioná-las era algo que competia a ela, tanto quanto à própria Sra. Eston. Seus gestos e movimentos poderiam ser compreendidos por qualquer pessoa que a observasse, como Emma, mas suas palavras, as palavras de todas as pessoas, logo se perderam sob o fluxo incessante da Srta. Bates, que entrou falando e não terminou seu monólogo até vários minutos haverem se passado, após ser admitida no círculo que estava diante da lareira. Quando a porta se abriu, ouviu-se de sua parte:

— Tão gentil de sua parte! Não pegamos chuva. Nada de importância. Não dou importância a isso. Sapatos bem grossos.

E Jane declara... Bem! (assim que entrou pela porta). Bem! Isso é realmente brilhante! É admirável! Excelentemente planejado, tem a minha palavra. Não há nada que falte. Jamais poderia imaginar. Tão bem iluminado! Jane, Jane, olhe! Já viu algo assim? Oh! Sr. Weston, você realmente deve ter a lâmpada de Aladim. A gentil Sra. Stokes jamais reconheceria seu próprio salão outra vez. Eu a vi quando entrei; ela estava na entrada. "Oh! Sra. Stokes!", eu disse, mas não tive tempo para dizer mais. — Ela agora era recebida pela Sra. Weston. — Muito bem, muito obrigada, senhora. Espero que esteja muito bem. Muito feliz em saber. Receava que você estivesse com dor de cabeça! Eu a vi passar com muita frequência e sabendo o quanto esteve ocupada. Encantada em sabê-lo, realmente. Ah! Querida Sra. Elton, muito obrigada a você pela carruagem! O horário foi excelente. Jane e eu estávamos prontas. Não deixamos os cavalos esperando nem um momento. Muito confortável a sua carruagem. Oh! E tenho certeza de que devemos nossos agradecimentos a você, Sra. Weston, por isso. A Sra. Elton muito gentilmente enviou um bilhete a Jane, caso contrário teríamos aceitado. Mas duas ofertas em um único dia! Nunca com tais vizinhos. Eu disse à minha mãe: "Dou-lhe minha palavra, senhora". Obrigada, minha mãe está muito bem. Foi para a casa do Sr. Woodhouse. Fiz com que levasse seu xale, pois as noites não são quentes; o xale novo e grande, um presente de casamento da Sra. Dixon. Tão gentil da parte dela, pensar em minha mãe! Comprado em Weymouth, como sabe; a Sra. Dixon o escolheu. Havia três outros, diz Jane, sobre os quais elas hesitaram por algum tempo. O coronel Campbell preferiu um verde-oliva. Minha estimada Jane, tem certeza de que não molhou os pés? Foram apenas uma gota ou duas, mas estou muito receosa; mas o Sr. Frank Churchill foi tão extremamente... E havia um capacho para pisarmos... Jamais vou me esquecer de sua extrema polidez. Oh! Sr. Frank Churchill, preciso lhe dizer que os óculos da minha mãe nunca mais tiveram qualquer defeito; o pino não voltou a cair. Minha mãe sempre fala sobre a sua boa índole, não é mesmo, Jane? Não falamos com frequência sobre o Sr. Frank Churchill? Ah! Aqui está a Sra. Woodhouse. Querida Sra. Woodhouse, como está? Muito obrigada, agradeço-lhe, muito bem. Este encontro realmente ocorre em uma terra de contos de fadas! Que transformação! Não devo elogiar, eu sei (observando Emma de maneira muito complacente). Isso seria grosseiro; mas dou-lhe minha palavra, Srta. Woodhouse, você parece... O que achou do cabelo de Jane? Você é boa para julgar. Ela arrumou os cabelos sozinha. É maravilhosa a maneira com que arruma os cabelos! Nenhum cabeleireiro de Londres, eu creio, conseguiria fazer o mesmo. Ah! Dr. Hughes, eu declaro; e a Sra. Hughes. Preciso ir e conversar com o doutor e a Sra. Hughes por um momento. Como vai? Como vai? Muito bem, obrigada. É encantador, não é? Onde está o querido Sr. Richard? Oh! Lá está ele. Não o perturbe. Está muito melhor conversando com as moças. Como está, Sr. Richard? Eu o vi outro dia, quando passou pela cidade a cavalo. Sra. Otway, que surpresa! E o bom Sr. Otway, e a Srta. Otway e a Srta. Caroline. Que miríade de amigos! E o Sr. George e o Sr. Arthur! Como vai? Como vão todos vocês? Muito bem, muito obrigada. Jamais estive melhor. Não estou ouvindo outra carruagem? Quem pode ser? Provavelmente são os bons Coles. Dou-lhe minha palavra, é encantador estar entre tantos amigos! E uma lareira tão elegante! Estou abismada. Nada de café, obrigada, para mim. Nunca tomo café. Um pouco de chá, por gentileza, senhor, e obrigada. Não se apresse. Oh! Ali está. Tudo é tão bom!

Frank Churchill retornou ao seu posto ao lado de Emma; e, assim que a Srta. Bates ficou em silêncio, ela se apanhou prestando atenção na conversa entre a Sra. Elton e a Srta. Fairfax, que estavam um pouco atrás dela. Ele estava pensativo; se estava prestando atenção à conversa, ela não conseguiu determinar. Depois de muitos elogios a Jane sobre seu vestido e aparência, elogios aceitos de maneira bastante discreta e apropriada, a Sra. Elton evidentemente também queria receber elogios, e assim o fez. — O que achou do meu vestido? O que achou dos meus babados? Wright arrumou bem o meu cabelo? — com muitas outras questões relativas, todas respondidas com cortesia e paciência. A Sra. Elton, então, disse:

— Ninguém é tão despojado para se vestir quanto eu; mas, em ocasiões como esta, quando os olhos de todos estão sobre mim, e em honra aos Westons, que, não tenho dúvida, estão oferecendo esse baile principalmente em minha honra, eu não gostaria de parecer inferior aos outros. E vejo muito poucas pérolas no salão, além das minhas. Então Frank Churchill é um ótimo dançarino, pelo que entendo. Veremos se nossos estilos combinam. Um belo rapaz, certamente, é o Sr. Frank Churchill. Gosto bastante dele.

Neste momento, Frank começou a falar tão vigorosamente que Emma não conseguiu evitar imaginar que ele havia escutado os próprios elogios que fizera, e não queria ouvir mais; e as vozes das damas foram sobrepujadas por algum tempo, até que outra suspensão trouxe novamente o timbre da Sra. Elton para o primeiro plano. O Sr. Elton havia acabado de se juntar a eles, e sua esposa exclamava:

— Oh! Finalmente você nos encontrou, não foi, em nosso isolamento? Eu estava, neste exato momento, dizendo a Jane. Achei que começaria a ficar impaciente por notícias sobre nós.

— Jane! — repetiu Frank Churchill, com uma expressão de surpresa e desgosto. — Isso é fácil. Mas a Srta. Fairfax não desaprova, eu suponho.

— Gostou da Sra. Elton? — disse Emma com um sussurro.

— Nem um pouco.

— Você é um ingrato.

— Ingrato! O que quer dizer com isso? — Em seguida, a sisudez se transformou em um sorriso. — Não, não me diga. Não quero saber o que você quis dizer. Onde está o meu pai? Quando devemos começar a dançar?

Emma mal conseguiu entendê-lo; ele parecia estar com um humor estranho. Afastou-se para procurar seu pai, mas rapidamente voltou com o Sr. e a Sra. Weston. Encontrara-os com um pouco de perplexidade, que devia ser exposta a Emma. Acabava de ocorrer à Sra. Weston que devia pedir à Sra. Elton que desse início ao baile; era o que ela esperava; e isso interferiu com todos os desejos que eles tinham de conferir a Emma essa distinção. Emma ouviu a triste verdade com firmeza.

— E o que faremos para encontrar um par apropriado para ela? — disse o Sr. Weston. — Ela pensará que Frank é quem deveria tirá-la para dançar.

Frank virou-se imediatamente para Emma, para reclamar sua promessa anterior, e declarou-se um homem já comprometido, algo que fez com que seu pai projetasse uma imagem da mais perfeita aprovação; e então pareceu que a Sra. Weston queria que ele dançasse com a própria Sra. Elton e que ambos teriam que ajudar a persuadi-lo a fazer tal coisa, o que foi concluído rapidamente. O Sr. Weston e a Sra. Elton tomaram a dianteira; o Sr. Frank Churchill e a Srta. Woodhouse os seguiram. Emma deveria se submeter a ficar abaixo da Sra. Elton, embora ela sempre considerara o baile muito peculiarmente. Era quase o bastante para fazê-la pensar em se casar. A Sra. Elton, indubitavelmente, estava em vantagem, e sua vaidade era completamente gratificada; pois, embora tivesse a intenção de começar com Frank Churchill, não podia perdê-lo com aquela mudança. O Sr. Weston podia ser aquele que estava em uma posição superior à do filho. Apesar dessa pequena rusga, Emma estava sorrindo com satisfação, encantada em ver a respeitável extensão do grupo conforme ela se formava e sentir que tinha tantas horas de festividade incomum diante de si. Ficou mais incomodada pelo Sr. Knightley não dançar do que por qualquer outra coisa. Ali estava ele, entre os espectadores, onde não deveria estar; devia estar dançando, e não socializando com os maridos, os pais e os jogadores de uíste, que fingiam ter algum interesse pelas danças até que seus próprios pares estivessem formados. Parecia tão jovem! Não podia parecer ter uma vantagem maior em qualquer outro lugar do que aquele onde havia se postado. Sua silhueta alta, firme, ereta, entre as formas corpulentas e ombros recurvados dos homens idosos, era tal que Emma sentiu que devia atrair os olhos de todos; e, com exceção de seu próprio par, não havia ninguém entre todo o grupo de rapazes que podia ser comparado com ele. Ele veio alguns passos mais para perto, e esses poucos passos foram o bastante para demonstrar a maneira cavalheiresca, a graça natural com a qual dançaria, caso se desse ao trabalho. Sempre que ele a notava, ela o forçava a sorrir, mas, em geral, ele estava com uma aparência grave. Emma desejava que ele tivesse mais amor por um salão de baile, e que pudesse ser mais parecido com Frank Churchill. Ele parecia observá-la com frequência. Ela não devia se animar com o fato de que ele pensava na maneira em que dançava, mas, se ele estivesse criticando o seu comportamento, ela não sentia receio. Não havia nada parecido com um flerte entre ela e seu par. Pareciam-se mais com um par de amigos alegres e despreocupados do que com amantes. Que Frank Churchill pensava menos nela do que antes, era indubitável.

O baile procedeu agradavelmente. Os olhares ansiosos, as incessantes atenções da Sra. Weston, não foram desperdiçados. Todos pareciam felizes; e os elogios por aquele ser um baile esplêndido, que raramente são expressos até que um baile deixe de sê-lo, foram repetidamente proferidos desde o início da sua existência. Entre muito importantes e muito renomados eventos, este não era mais produtivo do que tais encontros geralmente são. Havia um, entretanto, sobre o qual Emma tinha opinião. As duas últimas danças antes do jantar começaram, e Harriet não tinha um par; era a única moça que continuava sentada; e tão igual era até o momento o número de dançarinos que o fato de haver alguém sem par era espantador! Mas o espanto de Emma diminuiu logo depois, ao ver que o Sr. Elton caminhava pelo recinto. Não tiraria Harriet para dançar se pudesse evitá-lo; ela tinha certeza de que ele não o faria, e esperava que ele escapasse para a sala de carteado a qualquer momento.

Escapar, entretanto, não era seu plano. Ele voltou até a parte da sala onde os espectadores estavam reunidos, falou com alguns e andou diante de alguns deles, como se desejasse mostrar sua liberdade e sua resolução em mantê-la. Não evitou ficar, às vezes, diretamente diante da Srta. Smith, ou conversar com pessoas que estavam perto dela. Emma viu aquilo. Ainda não estava dançando; estava começando a cruzar o salão, e assim tinha a possibilidade de olhar ao redor, e com um simples virar de cabeça viu tudo. Quando estava na metade do percurso, o grupo inteiro estava atrás dela, e Emma não permitiu que seus olhos continuassem observando; mas o Sr. Elton estava tão perto que ela ouviu cada sílaba de um diálogo que naquele momento ocorreu entre ele e a Sra. Weston; e ela percebeu que a sua esposa, que estava em pé, logo à sua frente, não somente também escutava, como o encorajava com olhares significativos. A amável e gentil Sra. Weston deixara seu assento para se juntar a ele e dizer:

— Não dança, Sr. Elton?

E a pergunta foi prontamente respondida:

— Muito prontamente, Sra. Weston, se aceitar dançar comigo.

— Eu! Oh, não. Eu lhe encontraria um par melhor do que a mim. Não sou dada a dançar.

— Se a Sra. Gilbert desejar dançar — disse ele —, eu terei um grande prazer, com certeza; pois, embora esteja começando a me sentir como um velho casado, e que meus dias de baile estejam terminados, eu teria um enorme prazer a qualquer momento de me levantar e fazer par com uma velha amiga como a Sra. Gilbert.

— A Sra. Gilbert não deseja dançar, mas há uma jovem sem par que eu ficaria muito feliz em ver dançando: a Srta. Smith.

— A Srta. Smith! Oh! Eu não havia observado. A senhora é extremamente gentil. E se eu não fosse um velho casado... Mas meus dias de baile estão terminados, Sra. Weston. Perdoe-me. Qualquer outra coisa, eu ficaria muito feliz em fazê-lo, ao seu comando. Mas meus dias de baile estão terminados.

A Sra. Weston não disse mais nada; e Emma foi capaz de imaginar a surpresa e a mortificação com as quais ela voltou ao seu assento. Aquele era o Sr. Elton! O afável, gentil e caridoso Sr. Elton. Ela olhou à sua volta por um momento; ele havia se juntado ao Sr. Knightley, nas proximidades, e preparava-se para entabular uma conversa tranquila, enquanto sorrisos de enorme alegria passavam entre ele e a esposa.

Ela não voltaria a olhar. Seu coração ardia, e ela temia que o seu rosto estivesse tão quente quanto.

Em outro momento, uma imagem mais feliz a alcançou: o Sr. Knightley levando Harriet até o meio do salão! Jamais ela se sentiu mais surpresa, raramente mais deslumbrada do que naquele instante. Estava totalmente tomada pelo prazer e pela gratidão, tanto por Harriet quanto por si mesma, e desejava muito agradecê-lo; e, embora distante demais para conversar, seu semblante dizia muito, assim que ela conseguiu atrair os olhares dele outra vez.

Seu modo de dançar provou ser exatamente o que ela imaginava, extremamente bom; e Harriet pareceria uma moça de muita sorte, não fosse pelo estado cruel das coisas antes, e pelo pleno entusiasmo e grande senso de distinção que suas feições, agora alegres, anunciavam. Ela não deixou que a dança fosse desperdiçada, saltitando mais alto do que jamais o fizera, voando pelo meio do salão, com uma torrente contínua de sorrisos.

O Sr. Elton se retirara para a sala de carteado, com uma expressão (que Emma acreditava ser) muito tola. Não pensou que ele fosse tão empedernido quanto a esposa, embora estivesse ficando muito parecido com ela. Ela falava de alguns de seus sentimentos, fazendo observações bastante audíveis para o seu par:

— Knightley se apiedou da pobre e pequena Srta. Smith! Uma índole muito boa, eu declaro.

O jantar foi anunciado. A movimentação começou; e a Srta. Bates pôde ser ouvida já naquele momento, sem interrupção, até sentar-se à mesa e pegar a sua colher.

— Jane, Jane, minha querida Jane, onde está você? Aqui está a sua estola. A Sra. Weston lhe roga que ponha a estola. Diz que receia que haverá correntes de vento na passagem, embora tudo tenha sido providenciado; uma das portas foi barrada, as frestas foram preenchidas. Minha querida Jane, você tem que colocá-la. Sr. Churchill, oh! O senhor é gentil demais! Colocou a estola tão bem! Tão agradecida! As danças foram realmente excelentes! Sim, minha querida, eu corri para casa, como disse que faria, para ajudar a vovó a se deitar, e voltei novamente, e ninguém sentiu a minha falta. Saí sem dizer uma palavra, exatamente como lhe disse. A vovó está muito bem. Teve uma noite encantadora com o Sr. Woodhouse, muitas conversas, e jogaram gamão. O chá foi servido no andar de baixo, com biscoitos e maçãs assadas e vinho antes que ela viesse embora. Teve uma sorte imensa em algumas de suas jogadas; e perguntou muito sobre você, se estava se divertindo, e quem eram os seus pares. "Oh!", eu disse. "Não vou tentar prever o que vai ocorrer com Jane; deixei-a dançando com o Sr. George Otway; ela vai adorar lhe contar tudo em pessoa amanhã; seu primeiro par foi o Sr. Elton, e não sei quem vai tirá-la para dançar em seguida, talvez o Sr. William Cox". Meu caro senhor, você é gentil demais. Não há ninguém que prefira ajudar? Não sou inválida. Senhor, você é muito gentil. Dou-lhe minha palavra; dando um braço a Jane e outro a mim! Pare, pare, vamos ficar um pouco para trás, a Sra. Elton está passando. Estimada Sra. Elton, que elegante está! Que belas rendas! Agora, todos nós devemos segui-la. É a rainha da noite! Bem, aqui estamos, na passagem. Dois degraus, Jane, cuidado com os dois degraus. Oh! Não, há somente um. Bem, eu estava convencida de que havia dois. Que estranho! Eu estava convicta de que havia dois, e há somente um. Nunca vi nada igual a todo esse conforto e estilo; velas por toda parte. Eu estava lhe falando sobre a sua vovó, Jane. Houve uma pequena decepção. As maçãs assadas e os biscoitos estavam excelentes, você sabe, mas um delicado fricassê de pão doce e aspargos foi trazido em certo momento, e o bom Sr. Woodhouse, pensando que os aspargos não estavam suficientemente cozidos, mandou que os levassem de volta. Ora, não há nada que a vovó goste mais do que pão doce e aspargos; por isso, ela ficou um pouco decepcionada, mas concordamos que não falaríamos sobre isso a ninguém, por recearmos que a querida Srta. Woodhouse acabasse ouvindo algum comentário, e ela ficaria muito preocupada! Bem, isso é brilhante! Sou toda estupefação! Jamais poderia supor qualquer coisa do tipo! Tanta elegância e profusão! Não vejo nada igual desde... Bem, onde vamos nos sentar? Onde nós vamos nos sentar? Em qualquer lugar, desde que Jane não pegue uma corrente de vento. O lugar onde eu me sento não tem importância. Oh! Recomenda este lado? Bem, tenho certeza, Sr. Churchill. Mas parece bom demais. Que seja como o senhor quiser. O que disser nesta casa não pode estar errado. Querida Jane, como poderemos nos recordar de metade dos pratos que foram servidos para a vovó? Sopa também! Que Deus me abençoe! Não vou me servir tão logo, mas o cheiro é excelente, e não consigo evitar já ir começando.

Emma não teve oportunidade de conversar com o Sr. Knightley até o jantar estar terminado; mas, quando todos estavam no salão de baile novamente, seus olhos o convidaram de maneira irresistível para vir até onde ela estava e receber os agradecimentos. Ele estava convicto de sua reprovação em relação à conduta do Sr. Elton; foi uma grosseria imperdoável. E os olhares da Sra. Elton também receberam a devida dose de censura.

— Eles desejavam ferir mais do que somente Harriet — disse ele. — Emma, por que eles são seus inimigos?

Ele a olhava com uma perspicácia sorridente; e, como não recebeu resposta, acrescentou:

— Ela não devia estar irritada com você, eu suspeito, independentemente de quem ele seja. Sobre isso, você não diz nada, é claro. Mas confesse, Emma, que você realmente quis que ele se casasse com Harriet.

— Quis, sim — respondeu Emma. — E eles não conseguem me perdoar.

Ele balançou a cabeça negativamente, mas havia um sorriso de indulgência ali, e ele simplesmente disse:

— Não vou ralhar com você. Vou deixá-la com suas próprias reflexões.

— Pode confiar em mim com tantos bajuladores? O meu espírito vaidoso já me disse que estou errada?

— Não o seu espírito vaidoso, mas o seu espírito sério. Se um a induz ao erro, tenho certeza de que o outro a avisa a respeito.

— Devo a mim mesma enganar-me completamente a respeito do Sr. Elton. Há uma mesquinhez nele que você descobriu, e eu não; e fiquei totalmente convencida de que ele estava apaixonado por Harriet. Foi uma série de equívocos estranhos!

— E, em retribuição por você reconhecer tudo isso, vou lhe fazer a justiça de dizer que a escolha que você fez para ele seria melhor do que aquela que ele mesmo fez. Harriet Smith tem algumas qualidades de primeira linha, das quais a Sra. Elton carece totalmente. Uma garota despretensiosa, simples e ingênua; infinitamente mais preferível por qualquer homem de bom senso e bom gosto a uma mulher como a Sra. Elton. Achei que Harriet é mais conversável do que eu imaginava.

Emma sentiu-se extremamente gratificada. Foram interrompidos pela empolgação do Sr. Weston, convidando a todos para começarem a dançar novamente.

— Venham, Srta. Woodhouse, Srta. Otway, Srta. Fairfax, o que estão fazendo? Venha, Emma, dê o exemplo às suas companheiras. Todos vocês são preguiçosos! Todos estão dormindo!

— Estou pronta — disse Emma. — Assim que for requisitada.

— Com quem você vai dançar? — perguntou o Sr. Knightley.

Ela hesitou por um momento e, em seguida, respondeu:

— Com você, se pedir que eu o faça.

— Aceita? — disse ele, oferecendo sua mão.

— Certamente. Você mostrou que sabe dançar, e sabe que não somos realmente como irmão e irmã para que vejam isso como algo impróprio.

— Irmão e irmã! Não, de modo algum.

III

Essa pequena explicação com o Sr. Knightley trouxe um prazer considerável a Emma. Foi uma das recordações agradáveis do baile, a qual ela caminhou pelo gramado no dia seguinte para desfrutar. Estava extremamente feliz por haverem chegado a um entendimento tão bom a respeito dos Eltons, e que suas opiniões sobre o marido e a esposa eram tão parecidas; e os elogios que ele fizera a Harriet, sua concessão em favor da moça, foi peculiarmente gratificante. A impertinência dos Eltons, que por alguns minutos ameaçou arruinar o restante da noite, foi a ocasião de algumas de suas maiores satisfações; ela ansiava por outro resultado feliz: a cura da paixão de Harriet. Pelo modo como Harriet falou sobre a circunstância antes de deixarem o salão de baile, ela tinha fortes esperanças. Parecia que seus olhos subitamente se abriram e ela conseguiu ver que o Sr. Elton não era a criatura superior que ela acreditara que fosse. A febre havia cedido, e Emma abrigava consigo poucos receios de que a pulsação fosse novamente acelerada por uma cortesia injuriosa. Confiava nos sentimentos malignos dos Eltons para fazer valer toda a disciplina de forte negligência que poderia ser um requisito adicional. Harriet racional, Frank Churchill não tão apaixonado, e o Sr. Knightley que não tencionava discordar dela; o verão que tinha diante de si parecia-lhe muito feliz!

Não veria Frank Churchill nesta manhã. Ele lhe dissera que não poderia se permitir o prazer de parar em Hartfield, pois deveria estar em casa na metade do dia. Ela não lamentou.

Após organizar todas essas questões, analisá-las cuidadosamente e colocar todas em seus devidos lugares, ela estava retornando para casa com os ânimos renovados para as demandas dos garotinhos, assim como aquelas do vovô dos meninos, quando o grande portão de ferro se abriu e duas pessoas que ela jamais imaginou ver juntas entraram por ele — Frank Churchill, de braço dado com Harriet. Harriet, verdadeiramente! Um momento foi o suficiente para convencê-la de que algo extraordinário havia acontecido. Harriet parecia estar pálida e assustada, e ele estava tentando alegrá-la. Os portões de ferro e a porta da frente não estavam separados por nem vinte metros; logo, os três estavam no vestíbulo, e Harriet imediatamente afundou em uma cadeira e desmaiou.

Uma jovem que desmaia deve poder se recuperar; perguntas devem ser respondidas, e surpresas devem ser explicadas. Tais eventos são muito interessantes, mas o suspense não pode durar tanto. Alguns minutos fizeram com que Emma se inteirasse da história.

A Srta. Smith e a Srta. Bickerton, outra pensionista na casa da Sra. Goddard, que também estivera no baile, saíram juntas e tomaram uma estrada, a estrada de Richmond, que, embora fosse aparentemente pública o bastante para ser segura, causou-lhes alarme. A menos de um quilômetro de Highbury, ao se fazer uma curva súbita e bastante escondida por olmos de ambos os lados, tornava-se um local bastante ermo, por uma extensão considerável; e, quando as jovens já haviam avançado um pouco por ela, subitamente perceberam, a pouca distância diante delas, em uma área gramada mais ampla ao lado, um bando de ciganos. Uma criança que estava de sentinelas veio até elas para pedir esmolas; e a Srta. Bickerton, excessivamente assustada, deu um enorme grito, e, chamando Harriet para que a seguisse, subiu correndo por um barranco, passou por algumas sebes e correu por um atalho até estar de volta em Highbury. Mas a pobre Harriet não conseguiu segui-la. Estava sofrendo demais com câimbras depois de dançar, e sua primeira tentativa de subir pela encosta fez com que as dores voltassem, deixando-a absolutamente indefesa; e nesse estado, e bastante amedrontada, ela foi obrigada a permanecer.

Como os mendigos poderiam ter se portado, se as moças fossem mais corajosas, era algo bastante dúbio; mas foi impossível resistir a tal convite para um ataque, e Harriet logo foi acossada por meia dúzia de crianças, lideradas por uma mulher corpulenta e um rapaz grande, todos clamorosos e impertinentes em aparência, embora não absolutamente em palavra. Cada vez mais assustada, ela imediatamente lhes prometeu dinheiro e, segurando a bolsa, deu-lhes um xelim e implorou que não pedissem mais, ou que lhe fizessem mal. Ela então conseguiu andar, embora lentamente, e estava se afastando — mas seu terror e sua bolsa eram uma tentação muito grande, e ela foi seguida, ou melhor, cercada, por toda a turba, que exigia mais.

Neste estado, Frank Churchill a encontrara. Ela, trêmula e amedrontada, e eles, gritalhões e insolentes. Por um acaso muito fortuito, sua saída de Highbury fora atrasada, de modo a trazê-lo para acudi-la nesse momento crítico. A tranquilidade da manhã o levou a caminhar e deixar que seus cavalos o encontrassem em outra estrada, dois ou três quilômetros além de Highbury — e, como havia pedido emprestada uma tesoura na noite anterior à Srta. Bates, e por conseguinte se esquecido de devolvê-la, foi obrigado a parar em sua porta e entrar por alguns minutos. Assim, ficou lá até mais tarde do que pretendia; e, como estava a pé, não foi notado pelo grupo até estar quase sobre eles. O terror que a mulher e o garoto estavam criando em Harriet foi então retribuído. Ele os deixou completamente aterrorizados; e Harriet, segurando-se ansiosamente nele, quase incapaz de falar, teve forças suficientes apenas para alcançar Hartfield antes de ficar totalmente sobrepujada. Foi ideia dele levá-la a Hartfield; não conseguira pensar em nenhum outro lugar.

Esse foi o relato de toda a história, feito por ele e depois por Harriet, assim que ela conseguiu recuperar os sentidos e a fala. Não ousou permanecer ali por mais tempo para vê-la bem; tantos atrasos não lhe deixavam mais nenhum minuto a perder; e como Emma se comprometeu em levá-la em segurança até a Sra. Goddard, e a avisar que havia tal grupo de pessoas nas redondezas ao Sr. Knightley, ele partiu, com todas as bênçãos e agradecimentos que ela foi capaz de proferir por si mesma e pela amiga.

Uma aventura como essa — um belo rapaz e uma linda jovem reunidos de tal maneira — dificilmente deixaria de sugerir certas ideias ao coração mais gelado e ao cérebro mais poderoso. Foi o que Emma pensou, pelo menos. Um linguista, um gramático, ou até mesmo um matemático seriam capazes de ter visto o que ela viu, de testemunharem a aparição dos dois juntos, e ouvido sua história, sem sentir que as circunstâncias estavam agindo para fazer com que um parecesse interessante aos olhos do outro, e vice-versa? Quanto mais uma imaginista como ela deveria estar em chamas com especulações e previsões! Especialmente com tal alicerce de antecipação que sua mente já havia construído.

Era algo extraordinário! Nada do tipo jamais ocorrera antes a qualquer moça da região, pelo que se lembrava; nenhum encontro, nenhum alarme como esse; e agora isso acontecia exatamente com uma pessoa, exatamente naquela hora, em que a outra pessoa passava exatamente por aquele lugar para socorrê-la! Certamente, era muito extraordinário! E sabendo, como ela sabia, o estado mental favorável de cada um deles nesse período, a situação a intrigou ainda mais. Ele, desejando trazer a melhor parte daquela atração para si; ela, ainda se recuperando da obsessão pelo Sr. Elton. Parecia que tudo se unia para prometer as mais interessantes consequências. Não era possível que aquela ocorrência não recomendasse fortemente um ao outro.

Nos poucos minutos de conversa que ela ainda teve com Frank, enquanto Harriet estava parcialmente desacordada, ele falara sobre o terror, a ingenuidade e o fervor com os quais ela havia pegado e segurado em seu braço, com um humor ao mesmo tempo divertido e encantado; até que, finalmente, depois que o relato da própria Harriet foi dado, ele expressou sua indignação pela tolice abominável da Srta. Bickerton, em termos muito brandos. Tudo deveria tomar seu curso natural, entretanto, sem que fosse necessário forçar ou auxiliar. Não iria dar qualquer passo ou fazer qualquer insinuação. Não, ela havia interferido o suficiente. Não podia haver mal em um plano, um plano meramente passivo. Não era nada além de um desejo. Além disso, ela não agiria de maneira alguma.

A primeira resolução de Emma foi impedir que seu pai soubesse do que havia transcorrido; ela sabia o que a sua ansiedade e pavor ocasionariam, mas logo sentiu que esconder tal fato seria impossível. Dentro de meia hora a ocasião já era conhecida por toda a Highbury. Era exatamente o tipo de evento que atrairia a atenção daqueles que mais falavam, os jovens e os de nível inferior; e toda a juventude e os criados do lugar estavam logo imersos na alegria daquela notícia assombrosa. O baile da noite anterior parecia perdido devido aos ciganos. O pobre Sr. Woodhouse tremia enquanto escutava, sentado, e, como Emma previra, nem sequer ficaria satisfeito sem que prometessem nunca passar dos arbustos outra vez. Foi-lhe um pouco reconfortante saber que muitas pessoas perguntaram por ele e pela Srta. Woodhouse (pois seus vizinhos sabiam que ele adorava que perguntassem por ele), assim como a Srta. Smith, durante o restante do dia; e teve o prazer de dar como resposta que todos estavam muito indiferentes —, embora não fosse exatamente verdade, pois ela estava perfeitamente bem, e Harriet não estava tão diferente, mas Emma não desejava interferir. Tinha um estado de saúde infeliz, de maneira geral, por ser a filha de tal homem, pois dificilmente sabia o que era estar indisposta; e, se ele não inventasse doenças para ela, Emma não seria capaz de descrever os sintomas em uma mensagem.

Os ciganos não esperaram pela ação da justiça; simplesmente se evadiram do local às pressas. As moças de Highbury já podiam caminhar em segurança novamente antes que o pânico começasse, e toda a história acabou arrefecendo em uma questão de pouca importância, exceto para Emma e seus sobrinhos: a imaginação deles mantinha a história firme dentro deles, e Henry e John ainda pediam todo dia que lhes contasse a história de Harriet e os ciganos, e ainda a corrigiam tenazmente se ela variasse o menor detalhe do recital original.

IV

Muitos poucos dias haviam se passado após essa aventura quando Harriet veio, certa manhã, até Emma, com um pequeno embrulho na mão, e, depois de sentar-se e hesitar um pouco, começou:

— Srta. Woodhouse... Se estiver desocupada... tenho algo que gostaria de lhe falar a respeito. Uma espécie de confissão a fazer. E depois, como sabe, estará terminado.

Emma ficou bastante surpresa, mas lhe rogou que falasse. Havia uma seriedade nos maneirismos de Harriet que a preparou, tanto quanto suas palavras, para algo além do comum.

— É o meu dever, e estou certa de que é o meu desejo — continuou ela — de não ter reservas com você nesse tipo de assunto. Como sou felizmente uma criatura bastante alterada em certo aspecto, é muito adequado que você tenha a satisfação de sabê-lo. Não quero dizer mais do que seja necessário; estou muito envergonhada por haver cedido da maneira que fiz, e ouso dizer que você me entende.

— Sim — disse Emma. — Espero entender.

— Como pude passar tanto tempo me enganando... — exclamou Harriet, carinhosamente. — Parece loucura! Não consigo ver nada de extraordinário nele agora. Não me importo se estiver na presença dele ou não; na verdade, entre essas duas coisas, prefiro não vê-lo. E realmente daria a volta, por maior que fosse a distância, para evitá-lo, mas não invejo sua esposa, nem um pouco; não a admiro nem a invejo, como fiz; ela é muito encantadora, ouso dizer, e tudo mais, mas penso que ela é desagradável e tem um temperamento muito ruim. Jamais esquecerei os olhares dela naquela noite! Entretanto, garanto-lhe, Srta. Woodhouse, não a quero mal. Não, espero que sejam muito felizes juntos, e isso não me causará qualquer momento de dor; e, para convencê-la de que estou falando a verdade, eu agora hei de destruir o que devia ter destruído há muito tempo, o que nunca deveria ter guardado. Sei disso muito bem (enrubescendo enquanto falava). Entretanto, agora vou destruir tudo; e é o meu desejo particular fazê-lo em sua presença, de modo que você possa ver que me tornei uma pessoa muito racional. Não consegue adivinhar o que há neste embrulho? — disse ela, com uma expressão constrangida.

— Por nada deste mundo. Ele chegou a lhe dar alguma coisa?

— Não. Não posso chamá-los de presentes, mas são coisas que estimei muito.

Ela estendeu o embrulho, e Emma leu as palavras Tesouros mais preciosos na parte de cima. Sua curiosidade estava bastante atiçada. Harriet abriu o embrulho enquanto ela olhava com impaciência. Em meio a uma abundância de papel prateado havia uma pequena caixa de madeira incrustada de Turnbridge, a qual Harriet abriu; era forrada com o algodão mais macio; mas, com exceção do algodão, Emma viu somente um pequeno pedaço de emplastro.

— Agora — disse Harriet —, você deve se lembrar.

— Não, realmente não me lembro.

— Por Deus! Eu não achava que seria possível que você se esquecesse do que aconteceu nesta mesma sala, envolvendo um emplastro, numa das últimas vezes em que nos encontramos aqui! Foi apenas alguns dias antes de eu ter a minha dor de garganta; logo antes da chegada do Sr. e da Sra. John Knightley. Acho que foi na mesma noite. Não se lembra de que ele cortou o dedo com o seu novo canivete, e que você lhe recomendou um emplastro? Mas como você não tinha nenhum, e sabia que eu tinha, pediu que eu desse a ele; e, assim, peguei o meu e cortei-lhe um pedaço. Mas era grande demais, e ele cortou um pedaço menor, e ficou brincando por algum tempo com o que havia restado antes de devolvê-lo a mim. E foi então que, em minha tolice, não consegui evitar transformar o emplastro em um tesouro. Assim, eu o guardei para que jamais fosse usado, e olhava-o de quando em quando como se fosse um grande presente.

— Minha caríssima Harriet! — exclamou Emma, levando a mão ao rosto e erguendo-se com um salto. — Você me causa mais vergonha do que posso suportar! Se me lembro? Sim, lembro-me de tudo agora; tudo, exceto você ter guardado essa relíquia. Não sabia de nada até este momento, mas o corte no dedo, e a minha recomendação de um emplastro, e dizer que não tinha nenhum comigo! Oh! Meus pecados, os meus pecados! E eu tinha bastante, nessa mesma ocasião, em meus bolsos! Um dos meus truques disparatados! Eu realmente mereço exibir um rubor contínuo pelo resto da vida. Bem... (sentando-se outra vez)... prossiga. O que mais?

— E você realmente tinha emplastros à mão? Eu certamente nunca suspeitei. Você o disse com tanta naturalidade.

— E então, você realmente guardou esse pedaço de emplastro por causa dele! — disse Emma, recuperando-se do estado de constrangimento e sentindo-se dividida entre o espanto e o humor. E secretamente, acrescentou para si: "Que Deus me abençoe! Quando eu pensaria em guardar um pedaço de emplastro que Frank Churchill tinha nas mãos! Nunca fiz nada como isso".

— Aqui — continuou Harriet, voltando-se para a sua caixa outra vez. — Aqui está algo ainda mais valioso. Digo que foi mais valioso porque isso é algo que realmente pertenceu a ele outrora, diferente do emplastro.

Emma estava muito ansiosa em ver esse tesouro superior. Era a ponta de um velho lápis, a parte sem o grafite.

— Isto realmente pertenceu a ele — disse Harriet. — Não se lembra em uma manhã? Não, ouso dizer que não se lembra. Mas houve uma manhã... Esqueci-me do dia exato, mas talvez fosse a terça ou quarta-feira, antes daquela noite, ele queria fazer uma anotação em sua caderneta. Alguma coisa sobre cerveja de espruce. O Sr. Knightley estava lhe falando alguma coisa sobre a fabricação de cerveja de espruce e ele queria anotar, mas, quando pegou o seu lápis, restava tão pouco grafite que ele logo o esgotou, e não foi o bastante, então você lhe emprestou outro; e este foi deixado sobre a mesa, pois não servia para mais nada. Mas eu fixei os olhos nele; e, assim que me atrevi, peguei-o e jamais me separei dele novamente, desde aquele momento.

— Eu me lembro! — exclamou Emma. — Lembro-me perfeitamente. A conversa sobre cerveja de espruce. Oh! Sim; o Sr. Knightley e eu dizendo que gostávamos da bebida, e o Sr. Elton aparentemente decidido a aprender a apreciá-la também. Lembro-me perfeitamente. Ah! Pare. O Sr. Knightley estava logo aqui, não é mesmo? Tenho uma ideia de que ele estava exatamente aqui.

— Ah! Não sei. Não consigo recordar. É muito estranho, mas não consigo recordar. O Sr. Elton estava sentado aqui, eu me lembro, neste lugar onde estou agora.

— Bem, continue.

— Oh! Isso é tudo. Não tenho nada mais para lhe mostrar, ou para dizer; exceto que agora vou jogar os dois no fogo, e desejo que você me veja fazendo isso.

— Minha pobre e querida Harriet! E você chegou a encontrar a felicidade ao estimar tanto essas coisas?

— Sim, simplória que sou! Mas sinto muita vergonha disso agora, e queria poder esquecer tão facilmente quanto posso queimá-los. Foi muito errado da minha parte, como sabe, guardar essas lembranças depois que ele se casou. Eu sabia que o era, mas não tive a coragem suficiente para me separar delas.

— Mas, Harriet, é mesmo necessário queimar o emplastro? Não tenho qualquer palavra em defesa do pedaço de lápis, mas o emplastro pode ser útil.

— Ficarei mais feliz se o queimar — respondeu Harriet. — Tem uma aparência desagradável para mim. Devo me livrar de tudo. Aqui vai, e aqui está o fim, graças aos céus, do Sr. Elton!

"E quando", pensou Emma, "haverá um início do Sr. Churchill?".

Logo depois ela teve razões para acreditar que o início já estava feito, e não conseguia evitar nutrir esperanças de que a cigana, embora não tivesse lido a sua mão, poderia ter atraído a fortuna de Harriet. Cerca de uma quinzena depois do susto, eles chegaram a uma explicação satisfatória, e de maneira bastante inesperada. Emma não estava pensando no assunto naquele momento, o que fez com que a informação que recebeu fosse ainda mais valiosa. Meramente disse, no decurso de alguma conversa trivial: "Bem, Harriet, quando você se casar, eu a aconselharia a fazer tal e tal coisa" e não pensou mais no assunto, até que, depois de um minuto de silêncio, ela ouviu Harriet dizer em um tom muito sério:

— Jamais irei me casar.

Emma ergueu o rosto e, imediatamente, percebeu o que estava acontecendo; e, após debater por um momento sobre se deixaria aquilo passar despercebido ou não, respondeu:

— Jamais irá se casar! Essa é uma nova resolução.

— Uma que jamais pretendo mudar, entretanto.

Depois de outra breve hesitação:

— Espero que isso não advenha de... Espero que isso não seja um elogio ao Sr. Elton.

— Ao Sr. Elton! — exclamou Harriet, indignada. — Oh! Não. — E Emma ainda conseguiu perceber as palavras. — Tão superior ao Sr. Elton!

Ela, então, considerou a questão por um tempo ainda maior. Deveria evitar insistir no assunto? Deveria deixar passar e parecer que não suspeitava de nada? Talvez Harriet acabasse por achá-la fria ou irritada se o fizesse; ou talvez, se ficasse totalmente silenciosa, poderia simplesmente estimular Harriet a pedi-la que ouvisse mais; e contra qualquer coisa que tal falta de reserva pudesse ter sido, uma discussão tão franca e frequente sobre esperanças e possibilidades, ela se decidiu perfeitamente. Acreditava que seria melhor dizer e saber imediatamente tudo que desejava dizer e saber. Agir às claras era sempre o melhor. Havia determinado anteriormente até onde procederia, em qualquer aplicação do tipo; e seria mais seguro para ambas ter a lei judiciosa de seu cérebro exposta com rapidez. Assim ela decidiu, e falou:

— Harriet, não fingirei que tenho dúvidas sobre o que você quer dizer. Sua resolução, ou melhor, sua expectativa de nunca se casar resulta de uma ideia de que a pessoa que você prefere teria uma situação muito superior à sua para considerá-la. Não é assim?

— Oh! Srta. Woodhouse, acredite-me, não tenho a presunção de supor. Realmente, não sou tão louca. Mas é um prazer para mim admirá-lo à distância; e pensar em sua infinita superioridade a todo o resto do mundo, com a gratidão, o fascínio e a veneração que são tão apropriadas, especialmente em mim.

— Não estou tão surpresa com você, Harriet. O serviço que ele lhe prestou foi o bastante para aquecer seu coração.

— Serviço! Oh! Foi uma gentileza inexpressável. A própria lembrança daquilo, e tudo que eu senti durante todo o tempo, quando o vi chegando, sua aparência nobre, e todo o infortúnio no qual eu me encontrava antes. Que mudança! Em um momento, que mudança! Da perfeita miséria para a perfeita felicidade!

— É muito natural. É natural e é honroso. Sim, honroso, eu creio, escolher tão bem e tão graciosamente. Mas que isso será uma preferência afortunada, é mais do que eu posso prometer. Não a aconselho a ceder, Harriet. De maneira alguma imagino que será retribuída. Considere como você está. Talvez será melhor para você verificar seus sentimentos enquanto pode; de qualquer maneira, não se deixe levar para muito longe, a menos que esteja persuadida de que ele gosta de você. Observe-o. Permita que o comportamento dele seja o guia para as sensações que você tem. Dou-lhe esse aviso agora, porque jamais voltarei a lhe falar novamente sobre esse assunto. Estou determinada a não fazer nenhuma interferência. Daqui por diante, não sei nada sobre a questão. Que nenhum nome passe por nossos lábios. Estivemos muito erradas antes; seremos cautelosas agora. Ele é superior a você, sem dúvida, e parece haver objeções e obstáculos de uma natureza muito séria; mas ainda assim, Harriet, outras coisas maravilhosas aconteceram, e houve casais formados por pessoas com uma disparidade maior. Mas cuide de si mesma. Eu não gostaria que fosse tão otimista; embora, seja lá como isso acabe, tenha a certeza de que elevar seus pensamentos a ele é uma marca de bom gosto, a qual eu sempre saberei valorizar.

Harriet beijou-lhe a mão em uma gratidão silenciosa e submissa. Emma estava bastante decidida em pensar que tal atração não seria ruim para a amiga. A tendência seria de elevar e refinar sua mente, e acabaria por salvá-la dos perigos da degradação.

V

Neste estado de planos, esperanças e conivência, o mês de junho se abriu sobre Hartfield. Para Highbury, em geral, não houve qualquer mudança material. Os Eltons ainda falavam sobre uma visita dos Sucklings e do uso que seria feito do seu barouche-landau; e Jane Fairfax ainda estava na casa da sua avó; e como o retorno dos Campbells da viagem à Irlanda fora novamente adiado, e agosto, em vez do meio do verão, fora fixado para sua ocorrência, ela provavelmente ficaria na cidade por mais dois meses inteiros, desde que conseguisse ao menos derrotar a atividade da Sra. Elton a seu serviço, e salvar-se de ser incluída às pressas em uma situação encantadora contra a sua vontade.

O Sr. Knightley, que, por alguma razão conhecida somente por ele, adquirira uma antipatia desde muito cedo por Frank Churchill, só fazia antipatizar ainda mais com o rapaz. Começou a suspeitar que ele estivesse agindo de maneira escusa em relação ao interesse que tinha por Emma. O fato de Emma ser o seu objeto de afeição parecia indisputável. Tudo servia para declarar aquilo; suas próprias atenções, as insinuações de seu pai, o silêncio reservado da madrasta; tudo ocorria em uníssono: palavras, conduta, discrição e indiscrição, todas contavam a mesma história. Mas enquanto todos o imaginavam com Emma, e a própria Emma o imaginava com Harriet, o Sr. Knightley começou a desconfiar que haveria alguma inclinação de sua parte em relação a Jane Fairfax. Não conseguia entender aquilo, mas havia sintomas de cumplicidade entre os dois — era o que ele pensava, pelo menos; sintomas de admiração da parte dele, os quais, após observar uma vez, não conseguia se convencer de que eram inteiramente vazios de significado, por mais que desejasse escapar de quaisquer erros advindos da imaginação típicos de Emma. Ela não estava presente na primeira ocasião em que a suspeita se fez presente. Ele estava jantando com a família de Randalls e Jane na residência dos Eltons; e viu um olhar, mais do que um simples olhar, para a Srta. Fairfax, o qual, vindo do admirador da Srta. Woodhouse, parecia um pouco despropositado. Quando novamente estava em sua companhia, não conseguiu evitar se lembrar do que vira; não conseguiu também evitar observações que, a menos que fossem como Cowper e sua lareira ao cair da noite:

Eu, criando o que vi...

trouxe-lhe suspeitas ainda mais fortes de que havia um toque de afeição privativa, até mesmo de um entendimento privativo, entre Frank Churchill e Jane.

Ele havia saído certo dia, após o jantar, como sempre fazia, para passar o início da noite em Hartfield. Emma e Harriet iriam sair para uma caminhada; ele se juntou a elas; e, ao retornar, mesclaram-se com um grupo maior que, como eles mesmos, julgou que seria melhor fazer seu exercício mais cedo, pois ameaçava chover; o Sr. e a Sra. Weston e seu filho, a Srta. Bates e sua sobrinha, que haviam se esbarrado acidentalmente. Todos se uniram e, ao chegarem aos portões de Hartfield, Emma, que sabia exatamente o tipo de visitação que agradava ao seu pai, insistiu para que todos entrassem e tomassem chá com ele. O grupo de Randalls concordou imediatamente; e depois de um longo discurso da Srta. Bates, ao qual poucas pessoas prestaram atenção, ela também achou que seria possível aceitar tão gentil convite da querida Srta. Woodhouse.

Enquanto estavam entrando nos jardins, o Sr. Perry passou a cavalo. Os cavalheiros falaram sobre a montaria:

— Ora, ora — disse Frank Churchill à Sra. Weston. — O que houve com o plano do Sr. Perry de adquirir uma carruagem?

A Sra. Weston pareceu ficar surpresa e disse:

— Eu não sabia que ele tinha tal plano.

— Ouvi-o de você mesma. Você me escreveu a respeito três meses atrás.

— Eu? Impossível!

— Tenho certeza de que escreveu. Lembro-me perfeitamente. Mencionou que certamente isso haveria de ocorrer muito breve. A Sra. Perry contou a alguém, e estava extremamente feliz. Devia-se à sua persuasão, pois ela pensava que estar ao ar livre durante o mau tempo lhe faria muito mal. Lembra-se, agora?

— Dou-lhe a minha palavra de que nunca ouvi falar de tal coisa até este momento.

— Nunca? Realmente, nunca? Que Deus me abençoe! Como pode ser? Então eu devo ter sonhado com isso. Mas eu estava completamente persuadido... Srta. Smith, você anda como se estivesse cansada. Não vai lamentar estar em casa.

— O que é isso? O que é isso? — exclamou o Sr. Weston. — Sobre Perry e uma carruagem? Perry vai adquirir uma carruagem, Frank? Fico feliz por ele ter condições de adquirir uma. Você ouviu isso dele mesmo, não foi?

— Não, senhor — respondeu o seu filho, rindo. — Parece que não ouvi isso de ninguém. Muito estranho! Eu realmente estava persuadido de que a Sra. Weston o havia mencionado em uma de suas cartas a Enscombe, muitas semanas atrás, com todos os detalhes, mas ela declara que nunca ouviu uma única sílaba sobre o assunto antes. É claro que deve ter sido um sonho. Sou um grande sonhador. Sonho com todas as pessoas de Highbury quando estou longe; e, depois de passar pelos meus amigos particulares, começo a sonhar com o Sr. e a Sra. Perry.

— É estranho — observou o seu pai — que você tenha tido um sonho tão detalhado sobre pessoas com as quais não seria muito provável que estivesse pensando em Enscombe. Perry com uma carruagem! E sua esposa persuadindo-o a fazê-lo, para cuidar da própria saúde. É exatamente o que vai acontecer, não tenho dúvidas, uma hora ou outra; apenas um pouco prematuro. Que ar de probabilidade, às vezes, transcorre num sonho! E noutros, que monte de absurdos! Bem, Frank, seu sonho certamente mostra que Highbury continua em seus pensamentos quando você está ausente. Emma, você é uma grande sonhadora, eu imagino?

Emma estava longe dali para ouvir a pergunta. Havia entrado na casa às pressas para preparar seu pai para a aparição deles, e estava além do alcance da insinuação do Sr. Weston.

— Ora, para dizer a verdade — exclamou a Srta. Bates, que estava tentando em vão ser ouvida durante os dois últimos minutos — se eu devesse falar sobre esse assunto, não há como negar que o Sr. Frank Churchill pode ter... Não quero dizer que ele não sonhou com o fato; tenho certeza de que, às vezes, eu tenho os sonhos mais estranhos do mundo. Mas, se for questionada a respeito, devo reconhecer que se ouviu essa ideia na primavera passada, pois a própria Sra. Perry mencionou-a à minha mãe, e os Coles sabiam disso tanto quanto nós, mas era realmente um segredo, desconhecido de todas as outras pessoas, e no qual se pensou apenas durante cerca de três dias. A Sra. Perry estava muito ansiosa para que ele tivesse uma carruagem e veio até a minha mãe, muito animada em determinada manhã, porque achava que havia prevalecido. Jane, não se lembra da vovó nos falando a respeito quando voltamos para casa? Esqueço-me do lugar para onde estávamos indo; provavelmente para Randalls. Sim, acho que era para Randalls. A Sra. Perry sempre foi particularmente afeiçoada à minha mãe — eu realmente não conheço quem não o seja — e mencionou-lhe o assunto em confidência. Não fez nenhuma objeção para que ela nos contasse, é claro, mas não era algo que se devia espalhar; e, desde aquele dia até hoje, nunca mencionei o assunto a nenhuma outra alma que conheço. Ao mesmo tempo, não vou afirmar com convicção que nunca fiz qualquer insinuação a respeito, porque sei que, às vezes, alguma coisa me escapole antes que eu perceba. Sou uma falastrona, vocês sabem; sou bastante falastrona; e de quando em quando eu deixei alguma coisa me escapulir, que não devia haver deixado. Não sou como Jane; adoraria ser. Digo que ela nunca traiu qualquer detalhe ao mundo. Onde ela está? Oh! Aqui atrás. Ele se lembra perfeitamente da chegada da Sra. Perry. Um sonho extraordinário, com certeza!

Estavam entrando no vestíbulo. Os olhos do Sr. Knightley precederam os da Srta. Bates em um olhar na direção de Jane. Do rosto de Frank Churchill, onde ele pensou que viu uma confusão reprimida ou dispensada com uma risada, havia involuntariamente se virado para ela, mas ela estava realmente para trás e ocupada demais com o seu xale. O Sr. Weston havia passado diante dela. Os dois outros cavalheiros esperavam ao lado da porta para deixá-la passar. O Sr. Knightley suspeitou em Frank Churchill a determinação de atrair o olhar da moça — parecia observá-la atentamente — em vão, entretanto, se assim o foi. Jane passou entre os dois para entrar no vestíbulo, sem olhar para nenhum dos dois.

Não havia tempo para fazer mais comentários ou uma explicação. O sonho deveria ser aceito, e o Sr. Knightley deveria tomar seu assento com o restante do grupo ao redor da grande e moderna mesa redonda que Emma havia trazido a Hartfield, e a qual ninguém além de Emma teria o poder de colocá-la ali e persuadir seu pai a usá-la, em vez da pequena mesa em estilo Pembroke, sobre a qual duas de suas refeições diárias, durante quarenta anos, ocorreram de maneira bastante apinhada. O chá passou agradavelmente e ninguém parecia ter pressa de ir embora.

— Srta. Woodhouse — disse Frank Churchill, depois de examinar uma mesa por trás de si, à qual ele podia alcançar de onde estava sentado. — Seus sobrinhos levaram seus alfabetos? A caixa de letras? Ela costumava ficar aqui. Onde está? Esta é uma daquelas noites enfadonhas que deveria ser tratada como se fosse de inverno, em vez de verão. Divertimo-nos muito com aquelas letras certa manhã. Quero lhe propor enigmas outra vez.

Emma ficou contente com a ideia; e, buscando a caixa, a mesa logo ficou cheia de alfabetos, os quais ninguém parecia muito disposto a usar além dos dois. Estavam rapidamente formando palavras um para o outro, ou para qualquer outra pessoa disposta a resolver os enigmas. O silêncio do jogo o tornou particularmente agradável para o Sr. Woodhouse, que sempre ficava incomodado com atividades mais ruidosas, ocasionalmente apresentadas pelo Sr. Weston, e que agora se ocupava alegremente, lamentando com uma sentida melancolia pela partida dos "pobres menininhos", ou carinhosamente mencionando, quando pegava qualquer letra que caísse perto de si, o quão lindamente Emma a escrevera.

Frank Churchill colocou uma palavra diante da Srta. Fairfax. Ela deu uma rápida olhada ao redor da mesa e debruçou-se sobre ela. Frank estava ao lado de Emma, e Jane estava diante dos dois — e o Sr. Knightley posicionado de maneira que poderia enxergar a todos; e era a sua intenção ver o máximo que podia, com uma observação aparentemente discreta. A palavra foi descoberta e, com um sorriso sutil, afastada. Se a intenção fosse misturá-la imediatamente com as outras e escondê-la das vistas dos outros, devia ter olhado para a mesa em vez de olhar através dela, pois a palavra não foi misturada; e Harriet, ansiosa após cada palavra nova, e sem descobrir nenhuma, pegou-a diretamente e pôs se em ação. Estava sentada ao lado do Sr. Knightley e pediu sua ajuda. A palavra era estupidez; e, quando Harriet exultantemente a proclamou, um rubor se formou nas faces de Jane, o que deu à palavra uma conotação que não ficaria explícita de outra forma. O Sr. Knightley a conectou com o sonho, mas como isso poderia se encaixar estava além da sua compreensão. Como a delicadeza, a discrição de sua favorita poderia estar tão adormecida! Ele receava que deveria haver um envolvimento mais sólido. A dissimulação e a desonestidade pareciam acossá-lo a cada curva. Essas letras eram apenas o veículo para galanteios e artimanhas. Era uma brincadeira de crianças, escolhida para disfarçar um jogo mais sofisticado pela parte de Frank Churchill.

Com grande indignação, ele continuou a observá-lo; com grande alarme e desconfiança, a observar também suas duas acompanhantes cegadas. Viu uma palavra curta preparada para Emma, e dada a ela com um olhar matreiro e recatado. Percebeu que Emma logo a descobriu e achou-a muito divertida, embora fosse algo que ela julgou mais adequado dar a impressão de que censurava, pois disse:

— Bobagem! Que vergonha!

Ele ouviu Frank Churchill dizer a seguir, olhando na direção de Jane:

— Vou dar esta palavra a ela. Posso? — e com a mesma clareza ouviu Emma se opondo à ideia com um pronto afeto risonho.

— Não, não, não deve fazê-lo; de maneira alguma.

Tal coisa acabou por ser feita, entretanto. Esse jovem galante, que parecia amar sem sentimento, e recomendar a si mesmo sem complacência, entregou a palavra diretamente à Srta. Fairfax, e, com uma civilidade particularmente sedada, pediu-lhe que a estudasse. A excessiva curiosidade do Sr. Knightley em saber que palavra poderia ser fez com que ele aproveitasse cada momento possível para correr os olhos na direção dela, e não demorou muito até ver que era Dixon. A percepção de Jane Fairfax pareceu acompanhar a dele; sua compreensão certamente estava à altura do significado disfarçado, o segredo superior, daquelas cinco letras assim dispostas. Ela ficou evidentemente contrariada. Ergueu os olhos e, vendo que era observada, enrubesceu mais profundamente do que ele jamais vira lhe acontecer antes, e dizendo apenas:

— Eu não sabia que nomes próprios eram permitidos.

Afastou as letras com irritação, parecendo decidida a não se deixar engajar por qualquer outra palavra que lhe fosse oferecida. Seu rosto evitou aqueles que haviam feito o ataque, e voltou-se para a tia.

— Sim, é bem verdade, minha querida — exclamou esta última, embora Jane não houvesse dito uma palavra. — Era exatamente isso que eu ia dizer. É hora de irmos, realmente. A noite está caindo e a vovó vai procurar por nós. Meu caro senhor, você é gentil ao extremo. Realmente precisamos lhe desejar boa noite.

A prontidão de Jane em ir embora provou que ela estava tão pronta quanto sua tia previra. Ela se levantou imediatamente, e desejosa de se afastar da mesa, mas tantos outros estavam também se movendo que ela não conseguiu se afastar; e o Sr. Knightley pensou ter visto outro agrupamento de letras ser ansiosamente empurrado na direção de Jane, e resolutamente afastado por ela, sem se dar ao trabalho de examiná-lo. Em seguida, começou a procurar por seu xale — Frank Churchill também estava à sua procura —, o entardecer caía e a sala estava imersa em uma confusão; e como eles se separaram, o Sr. Knightley não veio a saber.

Ele permaneceu em Hartfield depois que todos se foram, com os pensamentos cheios do que havia visto; tão cheios que, quando as velas chegaram para auxiliar suas observações, ele teve — sim, certamente teve, como amigo, um amigo ansioso

— que dar alguns indícios a Emma, fazer-lhe algumas perguntas. Não conseguia vê-la em uma situação de tamanho perigo sem tentar protegê-la. Era o seu dever.

— Por favor, Emma — disse ele. — Posso perguntar qual era o motivo de tanta diversão, de tamanha alfinetada naquela última palavra dada a você e à Srta. Fairfax? Eu vi a palavra e estou curioso por saber como pode ser tão divertida a uma e tão perturbadora à outra.

Emma ficou extremamente confusa. Não conseguia suportar a ideia de lhe dar verdadeira explicação; pois, embora suas suspeitas não houvessem sido removidas, ela estava realmente constrangida por tê-las compartilhado.

— Oh! — exclamou ela, com evidente embaraço. — Tudo aquilo não teve significado algum. Uma mera piada entre nós.

— Essa piada — retrucou ele gravemente — parecia estar confinada a você e ao Sr. Churchill.

Ele esperava que ela fosse falar novamente, mas não foi o que aconteceu. Emma não desejava se ocupar com qualquer coisa do que falar. Ele ficou sentado por algum tempo, em dúvida. Uma miríade de males passou-lhe pela mente. Interferência — interferência infrutífera. A confusão de Emma e a intimidade reconhecida pareciam declarar que suas afeições estavam envolvidas. Mesmo assim, ele se dispôs a falar. Devia isso a ela, para arriscar qualquer coisa que pudesse estar envolvida em uma interferência indesejada, em vez do bem-estar de Emma; a encontrar qualquer coisa em vez da lembrança da negligência em tal causa.

— Minha querida Emma — disse ele finalmente, com uma gentileza cuidadosa. — Você acha que entende perfeitamente o grau de intimidade entre o cavalheiro e a dama sobre os quais estivemos conversando?

— Entre o Sr. Frank Churchill e a Srta. Fairfax? Oh! Sim, perfeitamente. Por que duvidar disso?

— Nunca, a qualquer momento, você teve razões para pensar que ele a admirava, ou que ela o admirava?

— Nunca, jamais! — exclamou ela com uma ansiedade muito franca. — Nunca, nem pela vigésima parte de um momento, tal ideia me ocorreu. E como foi possível que isso lhe entrasse na cabeça?

— Recentemente, imaginei ter visto sintomas de uma ligação entre eles. Certos olhares expressivos, os quais eu não acredito que estavam destinados a serem públicos.

— Oh! Você me diverte demais. Estou encantada em descobrir que você pode admitir que deixa a sua imaginação divagar, mas isso não será o bastante. Lamento por ter que corrigi-lo em sua primeira tentativa, mas realmente não será o bastante. Não há admiração entre eles, garanto-lhe; e as aparências que atraíram sua atenção surgiram de algumas circunstâncias peculiares, sentimentos de uma natureza totalmente diferente. É impossível explicar exatamente; há uma boa quantidade de bobagens nisso, mas a parte que é capaz de ser expressada, a que faz sentido, é que eles têm algo tão diferente de uma atração ou ligação um pelo outro quanto quaisquer outros dois seres no mundo podem ter. Ou seja, eu presumo que isso vem da parte dela, e posso afirmar que é assim da parte dele. Posso responder pela indiferença do cavalheiro.

Ela falou com tanta confidência que abalou, com tanta satisfação que silenciou, o Sr. Knightley. Estava bastante animada e teria prolongado a conversação, querendo ouvir os detalhes das desconfianças dele, que cada olhar fosse descrito, e todos os ondes e comos de uma circunstância que muito a divertia, mas a alegria dele não era igual à dela. Descobrira que não podia ser útil, e seus sentimentos estavam irritados demais para conversar. Para que sua irritação não se transformasse numa febre absoluta, devido ao fogo da lareira que os hábitos sensíveis do Sr. Woodhouse requeriam durante quase todas as noites do ano, ele não demorou a sair rapidamente do local e voltou para o seu lar, para o frescor e a solidão de Donwell Abbey.

VI

Depois de serem alimentados por muito tempo com esperanças de uma iminente visita do Sr. e da Sra. Suckling, o mundo de Highbury foi obrigado a suportar a mortificação de ouvir que eles não teriam qualquer possibilidade de vir até ali até o outono. Nenhuma importação de novidades era capaz de enriquecer suas reservas intelectuais no momento. No intercâmbio diário de notícias, as pessoas deviam novamente ficar restritas aos outros tópicos aos quais, durante algum tempo, a vinda dos Sucklings estava unida, tais como os últimos relatos sobre a Sra. Churchill, cuja saúde parecia a cada dia trazer um diagnóstico diferente, e a situação da Sra. Weston, cuja felicidade se esperava que aumentasse bastante pela chegada de um filho, assim como a de todos os seus vizinhos pela proximidade do fato.

A Sra. Elton estava muito desapontada. Aquilo era o adiamento de um enorme prazer e ostentação. Suas apresentações e recomendações deveriam esperar, e todas as festas planejadas continuariam apenas a ser objeto de conversas. Foi o que ela pensou a princípio, mas um pouco de consideração a convenceu de que nem tudo precisaria ser adiado. Por que não poderiam explorar a região de Box Hill, mesmo que os Sucklings não houvessem vindo? Poderiam ir novamente com eles no outono. Foi decidido então que iriam a Box Hill. Que uma reunião deveria ocorrer ali já se sabia há muito tempo; a ideia havia até mesmo gerado outra. Emma nunca estivera em Box Hill; desejava ver o que todos achavam tão atraente no lugar, e ela e o Sr. Weston concordaram em escolher uma bela manhã para irem até lá. Admitiriam somente mais duas ou três pessoas escolhidas a dedo, e tudo deveria ser feito de uma maneira discreta, despretensiosa e elegante, infinitamente superior ao alvoroço e à preparação, à comilança e à bebedeira regular, e aos piqueniques ostentadores dos Eltons e dos Sucklings.

Tudo isso estava tão bem acertado entre eles que Emma não conseguiu evitar sentir certa surpresa, assim como certo desprazer, quando ouviu do Sr. Elton que ele havia proposto à Sra. Elton que, como seu cunhado e a esposa haviam falhado com ela, os dois grupos deviam se unir e ir juntos; e que a Sra. Elton muito prontamente aceitara a oferta, e assim seria, se ela não tivesse objeção. Como sua objeção não era nada além de sua grande ojeriza pela Sra. Elton, da qual o Sr. Weston já devia estar perfeitamente ciente, não valia a pena tocar no assunto outra vez; não poderia fazê-lo sem censurá-lo, o que causaria dor à sua esposa; e acabou por ver-se obrigada a consentir com um arranjo que tentaria a todo custo evitar; um arranjo que provavelmente a exporia ainda até mesmo à degradação de que as pessoas pudessem dizer que ela fazia parte do grupo da Sra. Elton! Todos os sentimentos estavam ofendidos; e a indulgência da sua aparente submissão causava um represamento enorme da severidade secreta em suas reflexões sobre a boa vontade indômita do temperamento do Sr. Weston.

— Fico feliz que aprove o que fiz — disse ele, muito confortavelmente. — Mas pensei que você o faria. Planos como esse não são nada sem uma boa quantidade de pessoas. É impossível que um grupo seja grande demais. Um grupo grande garante sua própria diversão. E ela é uma mulher de boa índole, afinal de contas. Não se pode deixá-la de fora.

Emma não negou nada disso publicamente, mas não concordou com uma única palavra privadamente.

Estavam agora no meio de junho, e o tempo estava bom; e a Sra. Elton estava ficando impaciente para marcar o dia e acertar com o Sr. Weston os preparativos para fazer as tortas de carne de pombo e cortes de carneiro, quando um dos cavalos de tração da carruagem se feriu e deixou tudo muito incerto.

Poderia levar semanas, ou poderia levar apenas alguns dias, até que o cavalo estivesse em condições de ser usado novamente, mas era impossível dar início a qualquer preparativo, e tudo se transformou numa estagnação melancólica. Os recursos da Sra. Elton eram inadequados para um ataque como esse.

— Não é uma vexação enorme, Knightley? — exclamou ela. — E com esse tempo para explorar! Esses atrasos e decepções são totalmente odiosos. O que vamos fazer? O ano vai se esgotar desse jeito, e nada será feito. Antes desta época, no ano passado, garanto-lhe que fizemos uma excursão de exploração encantadora de Maple Grove até Kings Weston.

— É melhor explorar a área de Donwell — respondeu o Sr. Knightley. — Isso pode ser feito sem cavalos. Venha e coma os meus morangos. Eles estão amadurecendo rapidamente.

Se o Sr. Knightley não estava falando sério a princípio, foi obrigado a proceder dessa forma, pois sua proposta foi aceita com entusiasmo; e o "Oh! Eu gostaria muito, dentre todas as coisas" não ficou mais explícito em palavras do que em maneirismos. Donwell era famosa por seus campos de morangos, que pareciam implorar por uma visita. Mas não foi preciso implorar; canteiros de morangos seriam o suficiente para tentar a dama, que queria simplesmente ir a algum lugar. Prometeu-lhe várias vezes que iria — com uma frequência muito maior do que ele duvidava — e ficou extremamente gratificada com tal prova de intimidade, um distinto elogio, como ela decidiu considerar a questão.

— Pode confiar em mim — disse ela. — Certamente irei. Marque o dia e eu irei. Permite que eu leve Jane Fairfax comigo?

— Não posso marcar o dia — disse ele — até conversar com alguns outros com os quais eu gostaria que a encontrassem.

— Oh! Deixe tudo isso comigo. Basta me dar carta branca. Sou uma Dama Mecenas, como sabe. Esse é o meu grupo. Trarei amigos comigo.

— Espero que traga Elton — disse ele. — Mas não vou incomodá-la em pedir que convide qualquer outra pessoa.

— Oh! Agora você está sendo muito astuto. Mas considere; não precisa ter medo de delegar o poder para mim. Não sou uma jovem em termos de preferências. Mulheres casadas, como sabe, podem ser autorizadas com segurança. Esse é o meu grupo. Deixe tudo comigo. Eu mesma vou chamar os seus convidados.

— Não — respondeu ele calmamente. — Há somente uma mulher casada em todo o mundo que eu permitiria convidar as pessoas que quisesse para vir a Donwell, e ela é...

— A Sra. Weston, eu suponho — interrompeu a Sra. Elton, mortificada.

— Não; a Sra. Knightley. E até que ela esteja aqui, eu mesmo vou cuidar desses assuntos.

— Ah! Você é uma criatura ímpar! — exclamou ela, satisfeita por não haver ninguém que fosse preferível a ela. — É um humorista e pode dizer o que quiser. Realmente um humorista. Bem, vou trazer Jane comigo; Jane e sua tia. O restante, deixo a seu critério. Não tenho qualquer objeção a encontrar a família de Hartfield. Não tenha escrúpulos. Sei que você é ligado a eles.

— Você certamente os encontrará se eu puder prevalecer; e eu conversarei com a Srta. Bates quando estiver a caminho de casa.

— Isso será desnecessário; converso com Jane todos os dias. Mas faça como quiser. Deverá ser um plano para a manhã, Knightley; algo bem simples. Usarei uma touca com aba larga e trarei uma das minhas cestas no braço. Aqui, provavelmente essa cesta, com a fita cor-de-rosa. Nada pode ser mais simples, como sabe. E Jane terá uma igual. Não é preciso haver nenhum tipo de formalidade ou ostentação; algo como um grupo de ciganos. Vamos caminhar pelos seus jardins e colher os morangos nós mesmas, e sentar sob as árvores, e qualquer outra coisa que você deseje prover, já que tudo acontecerá ao ar livre. Uma mesa posta à sombra, como sabe. Tudo tão natural e simples quanto possível. Não é essa a sua ideia?

— Não exatamente. Minha ideia sobre o simples e natural é ter a mesa posta na sala de jantar. A natureza e a simplicidade dos cavalheiros e damas, com seus criados e mobília, eu creio que é melhor observada em refeições a portas fechadas. Quando estiverem cansadas de comer morangos no jardim, haverá pratos com carne dentro da casa.

— Bem, como quiser; apenas peço que não haja uma mesa muito grande. E, já que tocamos no assunto, será que eu ou a minha arrumadeira poderíamos lhe ajudar com alguma opinião? Rogo-lhe que seja sincero, Knightley. Se desejar que eu converse com a Sra. Hodges, ou que inspecione qualquer coisa...

— Não tenho o menor desejo de que isso aconteça, obrigado.

— Bem, mas se surgirem quaisquer dificuldades, minha arrumadeira é extremamente inteligente.

— Não tenho o menor desejo de que isso aconteça, obrigado.

— Posso responder por isso, pois a minha se julga tão inteligente quanto e refutaria a assistência de qualquer pessoa.

— Gostaria de ter um jumento. Seria desejável que todos chegássemos montadas em jumentos, Jane, a Srta. Bates e eu — e o meu caro sposo caminhando ao lado. Eu realmente preciso convencê-lo a comprar um jumento. Na vida rural, concebo que isso deve ser uma espécie de necessidade; pois, mesmo que uma mulher tenha tantos recursos, não é possível que ela fique sempre enfurnada em casa; e em relação a caminhadas muito longas, você sabe, no verão há poeira, e no inverno, sujeira.

— Não encontrará nem uma nem outra entre Donwell e Highbury. Donwell Lane nunca fica empoeirada e agora está perfeitamente seca. Venha montada em um jumento, entretanto, se preferir. Você pode pedir emprestado o animal da Sra. Cole. Gostaria que tudo estivesse ao seu gosto, se possível.

— Tenho certeza disso. Realmente eu lhe faço justiça, meu bom amigo. Debaixo desses modos secos e obtusos, sei que tem um coração muito afável. Como eu digo ao Sr. E., você é um grande humorista. Sim, creia-me, Knightley, eu estou totalmente ciente da atenção que você dispensa a mim em todo esse plano. Você sabe exatamente como me agradar.

O Sr. Knightley tinha outro motivo para querer evitar que uma mesa fosse posta à sombra de uma árvore. Desejava persuadir o Sr. Woodhouse, juntamente com Emma, a se juntar ao grupo; e sabia que pedir a qualquer um deles que se sentasse ao ar livre para comer inevitavelmente o faria passar mal. O Sr. Woodhouse não devia, sob a pretensão capciosa de um passeio matinal, e de passar uma hora ou duas em Donwell, ceder à tentação de algo que lhe causaria infortúnio.

Ele foi convidado com toda a boa-fé. Nenhum horror oculto deveria afrontá-lo, devido à sua bondosa credulidade. Ele consentiu. Fazia dois anos que não ia a Donwell. — Numa bela manhã, ele, Emma e Harriet poderiam muito bem ir; e ele poderia sentar-se tranquilamente com a Sra. Weston enquanto as queridas moças caminhavam pelos jardins. Não supunha que haveria umidade agora, no meio do dia. Gostaria muito de ver a velha casa outra vez, e ficaria muito feliz em encontrar o Sr. e a Sra. Elton, e qualquer outro de seus vizinhos. Não foi capaz de fazer nenhuma objeção à sua ida, nem à de Emma ou a de Harriet, em uma bela e agradável manhã. Pensou que foi muito gentil da parte do Sr. Knightley de convidá-los; muito gentil e sensato, muito mais inteligente do que jantar fora. Não era afeito a jantar fora.

O Sr. Knightley teve a felicidade de contar com a pronta aceitação de todos. O convite foi tão bem recebido em toda parte que deu a impressão de que, assim como a Sra. Elton, todos encaravam o plano como um elogio particular a si mesmos. Emma e Harriet professaram um enorme entusiasmo pela ocasião; e o Sr. Weston, embora ninguém o pedisse, prometeu levar Frank para se juntar a eles, se possível; uma prova de aprovação e gratidão que poderia ser dispensada. O Sr. Knightley foi então obrigado a dizer que ficaria feliz em vê-lo; e o Sr. Weston não perdeu tempo para escrever e não poupou argumentos para induzi-lo a vir.

Nesse meio-tempo, o cavalo ferido se recuperou tão rapidamente que a excursão a Box Hill voltou alegremente a ser motivo de consideração; e, finalmente, a visita a Donwell foi marcada para um dia e a viagem a Box Hill para o seguinte; o tempo estava muito favorável.

Sob um brilhante sol do meio-dia, quase no meio do verão, o Sr. Woodhouse foi levado em sua carruagem, com uma janela aberta, para participar dessa reunião al-fresco; e, em uma das mais confortáveis salas da propriedade, especialmente preparada, com uma lareira acesa que ficara acesa durante toda a manhã, ele ficou alegremente alojado, bastante tranquilo, pronto para falar com prazer sobre o que havia sido conquistado e aconselhar a todas as pessoas a entrarem e sentarem-se, e a não se deixarem afetar pelo calor. A Sra. Weston, que parecia ter caminhado até ali de propósito para ficar cansada e sentar-se o tempo inteiro em sua companhia, foi, quando todos os outros foram convidados ou persuadidos a sair, sua paciente ouvinte e simpatizante.

Fazia tanto tempo desde que Emma estivera em Donwell Abbey que, assim que se deu por satisfeita com o conforto de seu pai, ficou feliz em deixá-lo e olhar ao redor; ansiosa para renovar e corrigir sua memória com uma observação mais particular, e uma compreensão mais exata da casa e das adjacências que sempre foram tão interessantes para ela e toda a sua família.

Ela sentia todo o orgulho e complacência honestos que sua aliança com o presente e o futuro proprietário podiam lhe garantir de maneira justa, enquanto observava o tamanho respeitável e o estilo do prédio, sua situação adequada, atraente e característica, baixa e bem abrigada; seus jardins amplos, que se estendiam por campinas drenadas por um riacho, o qual, quando na abadia, com todo o velho descuido de prospectos, mal se conseguia avistar; e sua abundância de árvores de madeira de lei em fileiras e avenidas, que nem os modismos nem a extravagância haviam erradicado. A casa era maior do que Hartfield e totalmente diferente, cobrindo uma área considerável, grande e irregular, com muitos cômodos confortáveis e uma ou duas salas muito bonitas. Era exatamente o que devia ser, e parecia exatamente assim; e Emma sentiu um respeito cada vez maior por ela, como a residência de uma família de verdadeira nobreza, cujo sangue e inteligência não haviam sido manchados. John Knightley tinha alguns defeitos de temperamento; mas Isabella havia se ligado àquela família de maneira irrepreensível. Não havia lhe dado homens, nem nomes, nem lugares que pudessem causar um rubor. Eram sentimentos agradáveis, e ela caminhou e desfrutou deles até que foi necessário fazer o mesmo que os outros faziam; e ela foi até os canteiros de morangos. O grupo inteiro estava reunido, com exceção de Frank Churchill, cuja chegada era esperada a qualquer momento, vindo de Richmond; e a Sra. Elton, com todo o seu aparato de felicidade, sua touca de aba larga e sua cesta, estava muito pronta para liderar as atividades, colhendo, aceitando ou conversando; morangos, e apenas morangos, poderiam estar nos pensamentos ou nas conversas. — As melhores frutas da Inglaterra — as favoritas de todos — sempre saudáveis — são os mais belos canteiros e mais belas espécies — encantador poder colher diretamente — a única maneira de poder realmente aproveitar — a manhã, decididamente, era o melhor momento — nunca se cansava — todo tipo é bom — os da espécie hautboy são infinitamente superiores — não há comparação — outros nem sequer são comestíveis — os hautboys são muito escassos — com molho picante — os silvestres têm o melhor sabor de todos — preço dos morangos em Londres — abundância nas adjacências de Bristol — Maple Grove — cultivo — quando os canteiros serão renovados — plantadores pensam exatamente o contrário — não há regra geral — plantadores nunca mudarão seus costumes — frutas deliciosas — só fazem mal quando se comem em excesso — inferiores às cerejas — groselhas são mais refrescantes — única objeção a colher morangos é a necessidade de se curvar — sol abrasador — morta de cansaço — impossível suportar por mais tempo — preciso sentar-me à sombra.

Essa, durante meia hora, foi a conversa, interrompida somente uma vez pela Sra. Weston, que saiu, em sua solicitude pelo enteado, para inquirir se ele havia chegado; e estava um pouco inquieta. Tinha alguns temores pelo seu cavalo.

Lugares para sentar, toleravelmente à sombra das árvores, foram encontrados; e agora Emma era obrigada a ouvir o que a Sra. Elton e Jane Fairfax estavam conversando. Uma situação, uma situação muito desejável, estava em questão. A Sra. Elton recebera notícias a respeito naquela manhã e estava em êxtase. Não por causa da Sra. Suckling, nem por causa da Sra. Bragge, mas a felicidade e o esplendor da novidade só perdiam para essas duas pessoas; era uma prima da Sra. Bragge, amiga da Sra. Suckling, uma dama conhecida em Maple Grove. Esplendorosa, encantadora, superior, pertencente às altas rodas, esferas, linhas, níveis e tudo mais; e a Sra. Elton estava louca para que a oferta fosse aceita imediatamente. Por seu lado, tudo era calor, energia e triunfo; e ela positivamente se recusava a aceitar um não por parte da amiga, embora a Srta. Fairfax continuasse a garantir que no momento não estava disposta a se empenhar com coisa alguma, repetindo os mesmos motivos que fora ouvida proferir antes. Ainda assim, a Sra. Elton insistia em que ela a autorizasse a escrever um pedido na carta da manhã seguinte. Como Jane era capaz de suportar aquilo era algo que deixava Emma espantada. Parecia realmente estar contrariada, falava de forma muito clara; e finalmente, com uma decisão de ação que lhe era incomum, propôs que saíssem daquele lugar. — Não seria melhor caminharem? O Sr. Knightley não faria a gentileza de mostrar-lhes os jardins — todos os jardins? Ela desejava ver toda a extensão. A obstinação da sua amiga parecia mais do que ela era capaz de suportar.

Fazia calor; e depois de caminharem por algum tempo pelos jardins de maneira espalhada e dispersa, raramente se juntando em grupos de três ou mais pessoas, eles insensivelmente se enfileiraram e foram até a deliciosa sombra de uma avenida ampla e curta ladeada por limeiras, que, estendendo-se para além do jardim a uma distância igual à do riacho, parecia apontar o fim do terreno bem cuidado. Não levava a lugar algum; nada além de uma vista, ao final, de um muro de pedra baixo com pilares altos, que, em sua estrutura, pareciam servir para dar a aparência de que se aproximavam de uma casa que nunca se erguera ali. Por mais discutível, entretanto, que fosse o gosto de tal término, era em si um passeio encantador, e a vista com a qual ele se encerrava, extremamente bonita. A encosta considerável, quase ao pé da colina sobre a qual a propriedade se erguia, gradualmente ia ficando mais íngreme além de seus limites; e, a cerca de oitocentos metros de distância, havia uma ribanceira de considerável abrupção e grandeza, muito bem protegida com madeira; e na parte de baixo dessa ribanceira, localizada e abrigada favoravelmente, erguia-se a fazenda de Abbey Mill, com campos na frente e o rio que fazia uma curva elegante ao seu redor, nas proximidades.

Era uma visão doce — doce aos olhos e à mente. Vegetação inglesa, cultura inglesa, conforto inglês, vistos sob um sol brilhante que não era abrasador.

Nessa caminhada, Emma e o Sr. Weston encontraram todos os outros reunidos; e, indo em direção a essa vista, ela imediatamente percebeu que o Sr. Knightley e Harriet haviam se afastado do restante, discretamente na dianteira. O Sr. Knightley e Harriet! Era um tête-à-tête estranho, mas ela ficou feliz em vê-lo. Houve uma época em que ele a desprezaria como companhia e lhe daria as costas sem qualquer cerimônia. Agora, pareciam estar engajados numa conversa agradável. Houve uma época, também, em que Emma lamentaria ver Harriet em um local tão próximo da fazenda de Abbey Mill, mas, agora, não mais o temia. O lugar poderia ser observado em segurança, com todos os seus apêndices de prosperidade e beleza, seus ricos pastos, vastos rebanhos, o pomar em flor, e uma discreta coluna de fumaça ascendendo. Juntou-se a eles na paliçada e percebeu que eles estavam mais envolvidos em sua conversa do que em olhar ao redor. Ele estava dando informações a Harriet sobre modos de agricultura etc. e Emma recebeu um sorriso que parecia dizer: "Esses são meus próprios assuntos. Tenho o direito de falar sobre essas coisas, sem que suspeitem que estou mencionando Robert Martin". Ela não suspeitou dele. Era uma história velha demais. Robert Martin provavelmente cessara de pensar em Harriet. Eles deram mais algumas voltas no passeio. A sombra era muito refrescante, e Emma achou que aquela foi a parte mais agradável do dia.

O próximo destino foi a casa; todos iriam se sentar e comer; e, mesmo com todos sentados e ocupados, ainda assim Frank Churchill não chegara. A Sra. Weston procurava e procurava em vão. Seu pai não admitiria estar inquieto e riu dos medos da esposa, mas ela não conseguia afastar o desejo de que ele se desfizesse de sua égua negra. Havia expressado que viria, com mais do que uma certeza comum. — Sua tia estava tão melhor que ele não teve qualquer dúvida de que conseguiria deixá-los. — O estado da Sra. Churchill, entretanto, como muitos faziam questão de lembrá-la prontamente, era dado a variações tão súbitas que poderiam decepcionar seu sobrinho, mesmo com a mais razoável certeza — e a Sra. Weston finalmente foi persuadida a acreditar, ou a dizer, que devia ter sido devido a algum ataque da Sra. Churchill que ele fora impedido de vir. Emma olhou para Harriet enquanto a questão estava sob consideração; ela se comportou muito bem e não traiu qualquer emoção.

O repasto frio estava terminado, e o grupo iria sair mais uma vez para ver o que ainda não havia sido visto, as velhas lagoas de criação de peixes; talvez pudessem chegar até os trevos, que começariam a ser cortados na manhã seguinte, ou, de qualquer maneira, terem o prazer de sentirem o calor para se refrescar outra vez. O Sr. Woodhouse, que já havia feito seu pequeno passeio na parte mais alta dos jardins, onde nem mesmo ele conseguiria imaginar que a umidade do rio chegaria, não voltou a se mover; e sua filha decidiu permanecer com ele, de modo que a Sra. Weston pudesse ser persuadida pelo marido a acompanhá-lo com o exercício e a variedade que seu estado de espírito parecia necessitar.

O Sr. Knightley fizera tudo que estava em seu poder para garantir o entretenimento do Sr. Woodhouse. Livros com gravuras, gavetas com medalhas, camafeus, corais, conchas e toda a sorte de coleções familiares em seus armários foi preparada para o velho amigo, para passar a manhã; e a gentileza fora perfeitamente aceita. O Sr. Woodhouse divertiu-se excessivamente. A Sra. Weston estava lhe mostrando todas as coisas, e agora ele as mostraria a Emma; feliz por não ter nada que lembrasse uma criança além da total falta de gosto pelo que via, pois ele era vagaroso, constante e metódico. Antes que o seu segundo repasse houvesse começado, entretanto, Emma foi até o vestíbulo para aproveitar alguns poucos momentos de livre observação da entrada e adjacências da casa; e mal chegou até ali quando Jane Fairfax apareceu, entrando rapidamente após deixar o jardim, e com uma expressão de fuga. Sem esperar encontrar a Srta. Fairfax tão brevemente, houve um leve susto no início, mas a Srta. Woodhouse era exatamente a pessoa que ela buscava.

— Faria a enorme gentileza — disse ela — de, quando sentirem a minha falta, dizer que fui para casa? Vou neste momento. Minha tia não faz ideia de que já é tarde, nem de quanto tempo estivemos ausentes; mas tenho certeza de que hão de querer a nossa presença, e estou determinada a ir diretamente. Não falei nada a respeito para ninguém. Só causaria preocupação e incômodo. Alguns foram para a lagoa e outros foram para a ruela das limeiras. Até que todos voltem, não sentirão a minha falta; e, quando voltarem, pode fazer a gentileza de dizer que fui embora?

— Certamente, se é o que deseja. Mas vai voltar a Highbury sozinha?

— Sim. Que mal pode haver? Eu caminho com rapidez. Devo chegar em casa em vinte minutos.

— Mas é muito distante, realmente o é, para que você ande até lá sozinha. Deixe que o criado do meu pai a acompanhe. Permita que eu chame a carruagem. Ela pode fazer o percurso em cinco minutos.

— Obrigada, obrigada, mas de maneira alguma. Prefiro caminhar. E eu, ter medo de andar sozinha! Eu, que em breve poderei ter de proteger outros!

Ela falava com grande agitação; e Emma, muito sensivelmente, respondeu:

— Isso não pode ser motivo para que você se exponha a perigos agora. Vou chamar a carruagem. Até mesmo o calor seria um perigo. E você já está fadigada.

— Estou — respondeu ela. — Estou fadigada, mas não é o mesmo tipo de fadiga. Uma caminhada rápida vai me aliviar. Srta. Woodhouse, nós todos sabemos, às vezes, o que é estar com o humor esgotado. O meu, confesso-lhe, está exaurido. A maior gentileza que você pode fazer por mim será deixar que eu aja como desejar, e dizer somente que fui embora quando se fizer necessário.

Emma não teve outra palavra para opor. Ela via tudo; e, entrando em seus sentimentos, fez com que ela deixasse a casa imediatamente, e observou-a ir embora com o zelo de uma amiga. Sua expressão ao partir era de gratidão; e suas palavras de despedida, "Oh! Srta. Woodhouse, o conforto de estar sozinha, às vezes!", pareceram explodir de um coração abarrotado e descrever algo da resistência constante que ela precisava praticar, até mesmo em relação a algumas das pessoas que mais a amavam.

— Que família, realmente! Que tia! — disse Emma quando se virou para o interior do vestíbulo outra vez. — Realmente me apiedo. E, quanto maior for a sensatez com a qual você trair seus horrores, mais eu vou gostar de você.

Jane não havia partido há um quarto de hora, e eles mal haviam terminado de admirar algumas gravuras da Praça de São Marcos, em Veneza, quando Frank Churchill entrou na sala. Emma não estava pensando nele; esquecera-se de pensar nele, mas estava muito feliz em vê-lo. A Sra. Weston agora ficaria tranquila. A égua negra não tinha culpa; eles tinham razão em apontar a Sra. Churchill como a causa. Ele fora retido por um aumento temporário da doença dela; uma convulsão nervosa, que durou algumas horas — e ele havia até mesmo desistido de qualquer ideia de ir, até bem recentemente; e se soubesse o calor que faria durante a cavalgada, e o quanto se atrasaria, mesmo com toda a sua pressa, acreditava que não deveria ter ido, afinal de contas. O calor estava excessivo; e ele nunca sofrera daquela maneira antes; quase desejava ter ficado em casa. Nada o afrontava como o calor; era capaz de suportar qualquer frio, mas o calor era intolerável. Sentou-se, à maior distância possível do que restava da lareira acesa para o Sr. Woodhouse, com uma aparência bastante deplorável.

— Você logo vai conseguir se refrescar, se ficar sentado quieto — disse Emma.

— Assim que eu me refrescar, pretendo sair outra vez. Eu podia me poupar disso, mas fizeram tanta questão que eu viesse! Vocês todos logo irão embora, eu suponho; o grupo vai se dissolver. Encontrei uma no caminho. Uma loucura, neste tempo! Loucura absoluta!

Emma escutou, e olhou, e logo percebeu que o estado de Frank Churchill seria melhor definido pela descrição expressiva de que estava de mau humor. Algumas pessoas sempre ficavam irritadas quando acometidas pelo calor. Talvez essa fosse a sua constituição; e, como ela sabia que comida e bebida frequentemente eram a cura dessas queixas incidentais, recomendou que pegasse alguns aperitivos. Encontraria tudo em abundância na sala de jantar, e humanamente apontou para a porta.

— Não, seria melhor não comer; não estava com fome, e isso apenas lhe faria sentir mais calor. — Em dois minutos, entretanto, ele acabou se rendendo; e, resmungando alguma coisa sobre cerveja de espruce, saiu da sala. Emma voltou a dedicar toda a sua atenção ao seu pai, dizendo-lhe em segredo:

— Estou feliz por não estar mais apaixonada por ele. Não gostaria de um homem que ficasse descomposto tão rapidamente devido a uma manhã quente. O temperamento doce e tranquilo de Harriet não vai se importar com isso.

Ele ficou fora por tempo suficiente para fazer uma refeição bastante confortável e voltou com uma disposição bem melhor — após haver se refrescado — e, com boas maneiras, parecendo-se mais consigo mesmo, conseguiu puxar uma cadeira para perto deles e se interessar pelo que estavam fazendo; e arrependeu-se, de modo bastante arrazoado, por haver chegado tão tarde. Não estava com o melhor dos humores, mas parecia estar tentando melhorar; e, finalmente, forçou-se a falar de amenidades, muito agradavelmente. Estavam observando paisagens da Suíça.

— Assim que a minha tia melhorar irei ao estrangeiro — disse ele. — Nunca ficarei tranquilo até ver alguns desses lugares. Vocês receberão os meus desenhos, em algum momento ou outro, para observar; ou o meu relato para ler, ou o meu poema. Farei algo para me expor.

— Pode ser que sim, mas não por meio de desenhos que retratem a Suíça. Você nunca irá à Suíça. Seu tio e sua tia jamais permitirão que você saia da Inglaterra.

— Eles podem ser induzidos a ir também. Um clima quente pode ser recomendado a ela. Tenho uma boa expectativa de que todos nós poderemos ir ao estrangeiro. Garanto-lhe que tenho. Senti uma forte convicção, nesta manhã, de que logo eu devo estar no estrangeiro. De que devo viajar. Estou cansado de não fazer nada. Quero uma mudança. Falo sério, Srta. Woodhouse, seja lá o que seus olhos penetrantes estejam pensando. Estou farto da Inglaterra. E partiria amanhã mesmo, se pudesse.

— Você está farto de prosperidade e indulgências. Não consegue inventar algumas dificuldades para si mesmo e contentar-se em ficar?

— Eu, farto de prosperidade e indulgências! Está muito enganada. Não me vejo como alguém que é próspero ou que goza de indulgências. Sou frustrado com tudo que há de material. Não me considero realmente uma pessoa afortunada.

— Você não está tão mal, entretanto, quanto estava ao chegar. Vá comer e beber um pouco mais e acabará por sentir-se melhor. Mais uma fatia de carne fria, outro gole de vinho Madeira e água o deixarão quase como o restante de nós.

— Não. Não pretendo me mover. Vou ficar sentado com você. Você é a melhor cura para mim.

— Vamos a Box Hill amanhã; e você irá conosco. Não é a Suíça, mas será algo para um rapaz que quer mudanças com tanto fervor. Você irá ficar por aqui, e ir conosco?

— Não, certamente que não; voltarei para casa sob o frescor da noite.

— Mas você pode voltar amanhã sob o frescor da manhã.

— Não. Não valerá a pena. Se eu vier, ficarei contrariado.

— Então, rogo-lhe que fique em Richmond.

— Mas, se eu o fizer, ficarei ainda mais contrariado. Jamais consigo suportar a ideia de que vocês todos estarão lá sem mim.

— Essas são dificuldades que você precisa resolver sozinho. Escolha o quanto quer ficar contrariado. Não irei mais pressioná-lo.

O restante do grupo estava retornando, e logo todos estavam reunidos. Com alguns, houve uma grande alegria ao verem Frank Churchill; outros o receberam de maneira bastante composta, mas havia um incômodo generalizado e perplexidade com a explicação pelo desaparecimento da Srta. Fairfax. Era hora de todos partirem, e isso encerrou a questão; e, com um último e breve debate sobre os planos do dia seguinte, eles se despediram. A pouca inclinação de Frank Churchill para se excluir aumentou tanto que suas últimas palavras para Emma foram:

— Bem, se você deseja que eu fique e me junte à excursão, é o que farei.

Ela aceitou com um sorriso; e nada menos do que um chamado de Richmond o levaria de volta antes da noite seguinte.

VII

O dia estava muito agradável para o passeio a Box Hill; e todas as outras circunstâncias externas do planejamento, acomodação e pontualidade foram favoráveis a uma excursão agradável. O Sr. Weston coordenou tudo, intermediando com segurança os trâmites entre Hartfield e o Presbitério, e todos partiram no horário marcado. Emma e Harriet foram juntas; a Srta. Bates e sua sobrinha, com os Eltons; os cavalheiros foram a cavalo. A Sra. Weston ficou com o Sr. Woodhouse. Nada faltava, exceto serem felizes, quando lá chegaram. Viajaram por doze quilômetros na expectativa de haver diversão e todos tiveram uma explosão de admiração assim que chegaram, mas, no apanhado geral do dia, houve deficiência. Havia uma languidez, um desânimo, uma falta de união que não conseguiu ser superada. As pessoas se separaram em vários pequenos grupos. Os Eltons caminhavam juntos; o Sr. Knightley se encarregou da Srta. Bates e Jane; e Emma e Harriet pertenciam a Frank Churchill. E o Sr. Weston tentava, em vão, fazer com que se harmonizassem melhor. Parecia inicialmente ser uma divisão acidental, mas nunca concretamente variada. O Sr. e a Sra. Elton, por sua vez, não mostravam qualquer indisposição para se misturar aos outros e para serem tão agradáveis quanto possível; mas, durante as duas horas que foram passadas na colina, parecia haver um princípio de separação entre os outros grupos, forte demais para que quaisquer perspectivas mais refinadas, qualquer aproximação mais fria ou qualquer Sr. Weston mais otimista conseguissem remover.

No início, a situação era de um tédio implacável para Emma. Nunca vira Frank Churchill tão silencioso e ignóbil. Não dizia nada que valesse a pena ouvir; olhava sem ver; admirava sem inteligência; escutava sem compreender o que ela dizia. Enquanto ele agisse de forma tão enfadonha, não era de se espantar que Harriet fosse tão enfadonha quanto; e os dois estavam insuportáveis.

Quando todos se sentaram, a situação ficou melhor; e, para o gosto de Emma, muito melhor, pois Frank Churchill ficou mais falante e desinibido, fazendo dela sua primeira interlocutora. Toda atenção que pudesse ser dispensada, a ela foi dispensada. Diverti-la e ser agradável a seus olhos parecia que tudo com o qual ele se importava; e Emma, feliz por ser reavivada, e sem lamentar ser o alvo de lisonjas, estava alegre e tranquila também, dando-lhe todos os estímulos amistosos; a permissão para ser galante, que ela lhe havia dado no primeiro e mais animador período de sua amizade, mas que agora, em sua própria estimativa, não significava nada, embora o julgamento da maioria das pessoas que observasse diria que a aparência daquilo era tal que nenhuma palavra em inglês além de "flerte" poderia descrever adequadamente. "O Sr. Frank Churchill e a Srta. Woodhouse flertavam excessivamente". Eles estavam se abrindo exatamente a essa expressão, e à possibilidade de que o fato fosse comunicado por meio de uma carta a Maple Grove por uma das damas presentes e à Irlanda por outra. Não que Emma fosse descompromissada e imprudente em relação a qualquer felicidade verdadeira; em vez disso, era porque ela se sentia menos feliz do que esperava. Riu porque estava decepcionada; e embora gostasse dele pelas atenções que recebia, e pensava que todas elas, ou em tom de amizade, admiração ou mesmo brincadeira, eram extremamente judiciosas, não estavam conquistando seu coração outra vez. Ela ainda pretendia que ele fosse apenas seu amigo.

— Sou-lhe muito agradecido — disse ele — por me chamar para vir hoje! Se não fosse por você, eu certamente teria perdido toda a felicidade desta excursão. Havia determinado a ir embora outra vez.

— Sim, você estava bastante irritado; e não sei por qual motivo, exceto por haver chegado atrasado para aproveitar os melhores morangos. Fui uma amiga mais gentil do que você merecia. Mas você foi humilde. Implorou muito para que eu lhe ordenasse que viesse.

— Não diga que eu estava irritado. Eu estava fadigado. O calor acabou comigo.

— Está mais quente hoje.

— Não pelo que sinto. Estou perfeitamente confortável hoje.

— Você se sente confortável porque está recebendo ordens.

— Ordens suas? Sim.

— Talvez eu quisesse que você dissesse isso, mas referia-me a uma capacidade de dar suas próprias ordens. Você, de um modo ou outro, quebrou limites ontem e fugiu da sua própria tutela, mas hoje você voltou novamente. E, como não posso estar sempre com você, é melhor acreditar no seu temperamento sob seu próprio domínio do que sob o meu.

— O resultado é o mesmo. Não posso ter autodomínio sem uma razão. É você quem me dá ordens, falando ou não. E você sempre pode estar comigo. Você está sempre comigo.

— Desde as três horas da tarde de ontem. Minha perpétua influência não poderia ter começado mais cedo, ou você não estaria com um humor tão ruim antes.

— Três da tarde de ontem! Essa é a sua data. Achei que eu a houvesse visto pela primeira vez em fevereiro.

— Seus galanteios realmente são impossíveis de responder. Mas... (baixando a voz)... ninguém fala além de nós, e é excessivo falar bobagens para entreter apenas sete pessoas silenciosas.

— Não digo nada do que me envergonhe — respondeu ele, com uma imprudência vivaz. — Vi você pela primeira vez em fevereiro. Que todas as pessoas em Box Hill me ouçam, se quiserem. Que a minha voz vá de Mickleham, em um lado, até Dorking do outro. Eu a vi pela primeira vez em fevereiro. — E em seguida, sussurrando:

— Nossos companheiros estão excessivamente estúpidos. O que faremos para animá-los? Qualquer bobagem vai servir. Elas devem falar. Senhoras e senhores, tenho ordens da Srta. Woodhouse (que, onde quer que esteja, é quem preside a situação) de dizer que ela deseja saber: o que vocês todos estão pensando?

Alguns riram e responderam de maneira bem-humorada. A Srta. Bates falou bastante; a Sra. Elton insuflou-se com a ideia de que a Srta. Woodhouse era quem presidia a situação; a resposta do Sr. Knightley foi a mais distinta.

— A Srta. Woodhouse tem certeza de que gostaria de ouvir o que todos nós estamos pensando?

— Oh! Não, não — exclamou Emma, rindo tão descuidadamente quanto podia. — De maneira alguma, jamais. É a última coisa que eu suportaria agora. Façam-me ouvir qualquer outra coisa ao invés do que todos vocês estão pensando. Não me refiro a todos. Há uma ou duas pessoas, talvez (olhando rapidamente para o Sr. Weston e Harriet) cujos pensamentos eu não recearia ouvir.

— É o tipo de coisa — exclamou a Sra. Elton enfaticamente — que eu não deveria pensar que tenho o privilégio de inquirir a respeito. Embora, talvez, como a chefe da excursão — nunca estive em nenhum círculo — excursões exploratórias — jovens moças — mulheres casadas...

Seus murmúrios eram direcionados principalmente ao marido; e ele murmurou em resposta:

— É bem verdade, meu amor, é bem verdade. Exatamente assim, realmente; jamais se ouviu algo similar, mas as moças dizem qualquer coisa. É melhor achar que isso é uma piada. Todos sabem muito bem quem é você.

— Não será o suficiente — sussurrou Frank para Emma. — A maioria deles está afrontada. Vou atacá-los com mais vontade. Senhoras e senhores! Tenho ordens da Srta. Woodhouse para dizer que ela abre mão do direito de saber exatamente o que todos vocês possam estar pensando e requer somente algo muito divertido de cada um de vocês, de maneira bem geral. Aqui estão sete de vocês, além de mim (que, como ela ficará contente em dizer, já sou bastante divertido). E ela requer de cada um de vocês algo muito inteligente, seja em prosa ou verso, original ou repetido; ou duas coisas moderadamente inteligentes; ou três coisas muito enfadonhas, realmente, e compromete-se a rir bastante de cada uma delas.

— Oh! Muito bem — exclamou a Srta. Bates. — Não preciso ficar desassossegada, então. Três coisas bastante enfadonhas, então! Isso será o bastante para mim, como sabem. Tenho certeza de que conseguirei dizer três coisas muito enfadonhas assim que abrir a boca, não é? (olhando ao redor com a mais bem-humorada confiança de que todos assentiriam). Não acham que consigo?

— Ah! Senhora, mas pode haver uma dificuldade. Perdoe-me, mas você será limitada em relação à quantidade. Apenas três de uma vez.

A Srta. Bates, enganada pela cerimoniosidade zombeteira dos modos de Emma, não percebeu imediatamente suas intenções; mas, quando finalmente se deu conta, não foi capaz de irritá-la, embora um discreto rubor tenha mostrado que aquilo seria capaz de magoá-la.

— Ah! Bem, com certeza. Sim, percebo o que ela quer dizer (virando-se para o Sr. Knightley) e vou tentar segurar a língua. Devo estar agindo de maneira muito desagradável, ou ela jamais diria tal coisa a uma velha amiga.

— Gosto do seu plano — exclamou o Sr. Weston. — De acordo, de acordo. Farei o melhor que puder. Estou pensando em um enigma. O que acham de um enigma?

— Seria pouco, eu receio, senhor, muito pouco — respondeu o seu filho. — Mas seremos indulgentes. Especialmente a qualquer um que se proponha a ser o primeiro.

— Não, não — disse Emma. — Não será pouco. O enigma do Sr. Weston será o suficiente para ele e para o seu vizinho. Vamos, senhor, peço-lhe que nos conte.

— Duvido que seja algo inteligente demais — disse o Sr. Weston. — É algo muito comum, mas aqui está. Quais são as duas letras do alfabeto que expressam a perfeição?

— Quais duas letras! Que expressam a perfeição! Tenho certeza de que não sei.

— Ah! Você jamais vai adivinhar. Você (dirigindo-se a Emma), tenho certeza que jamais vai adivinhar. Vou lhe dizer. "M" e "A". Em-ma. Entendeu?

A compreensão e a gratificação vieram juntas. Poderia ser uma demonstração muito insignificante de inteligência, mas Emma encontrou muitos motivos para rir e apreciá-la — assim como Frank e Harriet. Não pareceu tocar o restante do grupo igualmente; alguns pareciam ter ficado muito embasbacados, e o Sr. Knightley disse:

— Isso explica o tipo de coisas inteligentes que se quer, e o Sr. Weston conseguiu um resultado muito bom para si, mas deve ter acabado com as chances de todos. A perfeição não deveria ter sido mencionada tão rapidamente.

— Oh! Por mim, eu protesto; e digo que devo ser dispensada — disse a Sra. Elton. — Eu realmente não consigo tentar... Não sou afeita a esse tipo de coisa. Certa vez recebi um acróstico feito com meu próprio nome, do qual não gostei nada. Eu sabia quem o enviara. Um rapazola abominável. Você sabe de quem estou falando (fazendo um meneio de cabeça na direção do marido). Esse é o tipo de coisa que fica muito bem no Natal, quando as pessoas estão sentadas diante da lareira, mas muito despropositadas, em minha opinião, quando se explora o campo no verão. A Srta. Woodhouse vai me desculpar. Não sou uma pessoa que tem coisas inteligentes a serviço de todos. Não tenho a pretensão de parecer inteligente. Tenho muita vivacidade a meu próprio modo, mas realmente devo poder julgar entre quando falar e quando calar. Passe-nos, por gentileza, Sr. Churchill. Passe o Sr. E., Knightley, Jane e a mim. Não temos nada de inteligente a dizer. Nenhum de nós.

— Sim, sim, por favor, passe-me — emendou o marido, com uma espécie de acanhamento zombeteiro. — Eu não tenho nada a dizer que possa entreter a Srta. Woodhouse, ou qualquer outra moça. Um velho casado, sem serventia alguma. Vamos dar uma volta, Augusta?

— Com todo o meu coração. Estou realmente cansada de explorar um só lugar por tanto tempo. Vamos, Jane, tome meu outro braço.

Jane recusou a oferta, entretanto, e o marido e a esposa foram embora. — Que casal feliz! — disse Frank Churchill, assim que eles haviam se afastado o bastante para não ouvir. — Como combinam bem um com o outro! É muita sorte. Casarem-se como fizeram, após serem apresentados em um lugar público! Conheceram-se apenas, eu creio, durante algumas semanas em Bath! Peculiarmente afortunados! Pois, como qualquer conhecimento verdadeiro da disposição de uma pessoa que Bath, ou qualquer outro local público, possa dar, tudo isso se resume a nada; não pode haver nenhum conhecimento. É somente após ver as mulheres em suas próprias casas, entre seus pares, como sempre estão, que se pode formar qualquer julgamento. Caso contrário, tudo se resume a adivinhações e sorte; e geralmente será má-sorte. Quantos homens se comprometeram após uma curta apresentação e arruinaram tudo que restava de suas vidas!

A Srta. Fairfax, que pouco falara antes, exceto entre seus próprios confederados, falou agora.

— Tais coisas realmente ocorrem, indubitavelmente. — Ela foi interrompida por uma tosse. Frank Churchill se voltou para ela.

— Você dizia... — comentou ele, gravemente. Ela recuperou a voz.

— Eu ia apenas observar que, embora tais circunstâncias infelizes aconteçam às vezes, tanto com homens quanto com mulheres, não consigo imaginar que sejam muito frequentes. Uma ligação apressada e imprudente por surgir, mas geralmente há tempo para se recuperar disso posteriormente. Eu entenderia que isso significa que são apenas os caráteres fracos e irresolutos (cuja felicidade deve estar sempre à mercê do acaso) que tolerariam que um conhecido infeliz se tornasse uma inconveniência, uma opressão para sempre.

Ele não fez menção de responder; meramente observou e baixou a cabeça em submissão e, logo em seguida, disse em um tom mais vivaz:

— Bem, tenho tão pouca confiança em meu próprio discernimento que espero que, quando me casar, alguém escolha a esposa para mim. Poderia fazer isso? (olhando para Emma).

Pode escolher uma esposa para mim? Tenho certeza de que gostarei de qualquer pessoa que você indicar. Você sustenta a família, como sabe (com um sorriso para o seu pai). Encontre alguém para mim. Não tenho pressa. Adote-a, eduque-a.

— E farei com que ela seja como eu.

— Absolutamente. Se puder.

— Muito bem. Aceito a incumbência. Você terá uma esposa encantadora.

— Ela deve ser muito vivaz e ter olhos cor de avelã. Não me importo com nada além disso. Ficarei dois anos no estrangeiro; e, quando retornar, virei até você para encontrar a minha esposa. Lembre-se.

Emma não corria o risco de esquecer. Era uma incumbência que tocava cada um de seus sentimentos favoritos. Não seria Harriet exatamente a criatura descrita? Com exceção dos olhos cor de avelã, dois anos seriam mais do que suficientes para transformá-la em tudo que ele desejava. Ele poderia até mesmo estar com Harriet em seus pensamentos nesse momento; quem poderia saber com certeza? Referindo-se à educação formal para ela pareceu deixar a situação implícita.

— Agora, senhora — disse Jane à sua tia. — Vamos nos juntar à Sra. Elton?

— Se assim o quiser, minha querida. Com todo o meu coração. Estou pronta. Estava pronta para ir com ela, mas ir agora nos servirá bem. Logo a alcançaremos. Ali está ela... Não, aquela é outra pessoa. É uma das damas que veio no grupo do carro irlandês, nem um pouco como ela. Bem, eu declaro...

As duas saíram em caminhada, seguidas após meio minuto pelo Sr. Knightley. O Sr. Weston, seu filho, Emma e Harriet, apenas, ficaram; e os ânimos do rapaz agora estavam exaltados quase a ponto de serem desagradáveis. Até Emma finalmente se cansou de toda a bajulação e comédia e desejou poder caminhar tranquilamente com praticamente qualquer um dos outros, ou ficar sentada sozinha, desacompanhada, em uma observação tranquila das belas paisagens abaixo de si. O surgimento dos criados que vieram procurá-los para falar sobre as carruagens foi uma visão alegre; e mesmo o alvoroço de se levantar e preparar para partir e a solicitude da Sra. Elton em ser a primeira a embarcar em sua carruagem foram alegremente suportados, com a expectativa de um regresso tranquilo para casa que fecharia as questionáveis alegrias daquele dia de lazer. Outro plano como aquele, composto por tantas pessoas tão mal dispostas, ela esperava nunca ser convencida a participar outra vez.

Enquanto esperava pela carruagem, ela viu que o Sr. Knightley estava ao seu lado. Ele olhou ao redor, como se quisesse se certificar de que não havia ninguém por perto, e então disse:

— Emma, devo novamente lhe falar como estou acostumado a fazer: um privilégio que é tolerado em vez de permitido, talvez, mas ainda devo usá-lo. Não consigo vê-la agir de maneira tão errada sem repreendê-la. Como foi capaz de agir de maneira tão insensível em relação à Srta. Bates? Como pôde ser tão insolente em seus comentários para com uma mulher com o caráter, idade e situação que ela tem? Emma, eu nunca imaginaria que isso seria possível.

Emma rememorou a ocasião, enrubesceu, lamentou-se, mas tentou afastar aquilo com uma risada.

— Não, como eu poderia evitar dizer o que disse? Ninguém poderia evitar. Não foi tão ruim. Eu ousaria até mesmo dizer que ela não me compreendeu.

— Garanto-lhe que ela compreendeu. Entendeu inteiramente o que você quis dizer. Falou a respeito desde então. Gostaria que você pudesse ter ouvido como ela falou a respeito, com que candor e generosidade. Gostaria que você pudesse havê-la ouvido honrar a sua paciência, sua capacidade de lhe dar atenção, como ela sempre recebeu de você e do seu pai, quando sua companhia deve ser tão irritante.

— Oh! — Exclamou Emma. — Sei que não há uma criatura no mundo que seja melhor, mas você deve admitir que tudo que há de bom, assim como tudo que há de ridículo no mundo, infelizmente estão misturados nela.

— Estão misturados — disse ele. — Eu reconheço; e, se ela fosse próspera, eu poderia permitir com frequência a prevalência ocasional do ridículo sobre o bom. Se ela fosse uma mulher de fortuna, eu deixaria todo o absurdo inofensivo ao sabor do acaso, e não discutiria com você quaisquer liberdades em termos de comportamento. Se ela lhe fosse igual em situação; mas, Emma, considere como isso está longe de ser o caso. Ela é pobre; perdeu todos os confortos em meio aos quais nascera; e, se viver até a velhice, provavelmente perderá ainda mais. A situação dela deveria ser o bastante para garantir que você lhe tivesse compaixão. Foi muito inapropriado, com certeza! Você, que ela conhece desde que era bebê, que ela viu crescer desde a época em que sua percepção era considerada uma honra, para agora, num momento destemperado, e no orgulho do momento, rir dela, humilhá-la — e diante da própria sobrinha, também; e diante de outros, dos quais muitos (e certamente alguns) seriam inteiramente guiados pelo tratamento que você dispensou a ela. Isso não é agradável para você, Emma, e está muito longe de ser agradável para mim, mas eu devo, e irei, contar-lhe verdades enquanto puder; ficarei satisfeito em provar que sou seu amigo, dando-lhe conselhos bastante fiéis, e confiando que você, cedo ou tarde, farar-me-á a devida justiça que não pode fazer agora.

Enquanto conversavam, os dois avançavam rumo à carruagem. Ela estava pronta; e, antes que ela pudesse falar novamente, ele lhe deu a mão para entrar. Interpretara erroneamente os sentimentos que a faziam manter o rosto virado e a língua imóvel. Eram uma combinação apenas de raiva contra si mesma, mortificação e uma profunda preocupação. Não fora capaz de falar e, ao entrar na carruagem, recostou-se no assento por um momento, sobrepujada — e em seguida, repreendendo a si mesma por não haver se despedido, por não reconhecer coisa alguma, indo embora em meio a uma irritação aparente, olhou para fora com voz e acenos ansiosos por fazer a diferença, mas já era tarde demais. Ele já havia virado de costas e os cavalos estavam em movimento. Ela continuou a olhar para trás, mas em vão; e logo, com o que parecia ser uma velocidade pouco usual, já havia descido metade da colina, e tudo havia ficado muito para trás. Estava vexada além de qualquer coisa que pudesse ser expressada — quase além do que era capaz de encobrir. Nunca se sentira tão agitada, mortificada, entristecida, em nenhuma outra circunstância de sua vida. Estava forçosamente abalada. Não havia como negar a verdade dessa representação. Sentia-a em seu coração. Como ela pudera ser tão brutal, tão cruel com a Srta. Bates? E como poderia ter se exposto a opiniões tão ruins entre aqueles que valorizava? E como suportá-lo, deixando-a partir sem dizer uma palavra de gratidão, de concordância, de gentileza?

O tempo não a recompôs. Quanto mais refletia a respeito, mais intensamente parecia sentir. Nunca ficara tão deprimida. Felizmente, não foi necessário falar. Havia somente Harriet, que parecia não estar muito animada também, exausta e muito disposta em manter o silêncio; e Emma sentiu as lágrimas rolando pelo rosto durante quase todo o trajeto para casa, sem se incomodar em enxugá-las, por mais extraordinárias que fossem.

VIII

O infortúnio do plano da excursão a Box Hill permaneceu nos pensamentos de Emma durante a noite inteira. Como aquilo seria considerado pelo resto do grupo, ela não sabia dizer. Eles, em suas respectivas casas, e com seus respectivos hábitos, poderiam estar rememorando a ocasião com prazer; mas, de acordo com ela, aquela foi uma manhã mais completamente desperdiçada, mais totalmente desnuda de qualquer satisfação racional na época, e mais abominável em retrospecto do que qualquer outra que jamais tivera. Uma noite inteira jogando gamão com o seu pai seria a felicidade se comparada ao passeio. Ali sim, havia um verdadeiro prazer, pois ela dedicaria as mais doces das vinte e quatro horas ao conforto dele; e sentindo que, por mais que não merecesse a afeição e estima do pai, ela não podia, em sua conduta geral, abrir-se a qualquer reprovação severa. Como filha, esperava não ser uma pessoa sem coração. Esperava que ninguém pudesse lhe ter dito: "Como foi capaz de agir de maneira tão insensível em relação ao seu pai? Eu devo, e irei, contar-lhe verdades enquanto puder". A Srta. Bates jamais poderia ser... não, nunca! Se a atenção, no futuro, for capaz de enterrar o passado, ela poderia nutrir a esperança de ser perdoada. Frequentemente fora desleixada, e sua consciência assim o dizia; desleixada, talvez, mais em pensamento do que em fato; escarnecedora, displicente. Mas aquilo não mais deveria acontecer. No calor da verdadeira contrição, ela a visitaria na manhã seguinte, e seria o começo, de sua parte, de uma relação regular, igual e gentil.

Estava com a mesma determinação quando a manhã chegou e saiu cedo, de modo que nada pudesse impedi-la. Não era improvável, pensou, que acabasse vendo o Sr. Knightley no caminho; ou, talvez, ele pudesse chegar enquanto ela estivesse fazendo sua visita. Não tinha objeção. Não teria vergonha da aparência da penitência, tão justa e verdadeiramente sua. Seus olhos estavam apontados na direção de Donwell quando caminhava, mas ela não o viu.

"As damas estavam todas em casa". Ela jamais sentiu alegria ao ouvir aquele som antes e nunca antes entrara pela passagem, nem subira as escadas, com qualquer desejo de dar prazer, e sim em cumprir com uma obrigação, ou de consegui-lo, exceto com uma ridicularização subsequente.

Houve um alvoroço quando ela se aproximou; sons de movimentação e conversas. Ela ouviu a voz da Srta. Bates; algo deveria ser feito às pressas. A arrumadeira parecia estar assustada e desajeitada; esperava que ela não se incomodasse em esperar um momento, e, em seguida, levou-a para dentro brevemente demais. A tia e a sobrinha pareciam estar escapando para o quarto adjacente. Jane, ela conseguiu vislumbrar de maneira distinta, com uma aparência extremamente doente; e, antes que a porta se fechasse por trás delas, ela ouviu a Srta. Bates dizendo:

— Bem, minha querida, devo dizer que você deve se deitar na cama, e tenho certeza de que está suficientemente doente.

A pobre e velha Sra. Bates, cortês e humilde como de costume, parecia não estar realmente entendendo o que se passava.

— Receio que Jane não esteja muito bem — disse ela. — Mas não sei; elas me dizem que Jane está bem. Ouso dizer que a minha filha estará aqui em pouco tempo, Srta. Woodhouse. Espero que encontre uma cadeira. Gostaria que Hetty não houvesse ido embora. Não consigo... Já encontrou uma cadeira, senhora? Sente-se onde quiser. Estou certa de que ela estará aqui prontamente.

Emma esperava seriamente que ela viesse. Tivera um momento de receio, imaginando que a Srta. Bates desejaria ficar longe dela. Mas a Srta. Bates logo chegou. — Muito feliz e agradecida! — Mas a consciência de Emma lhe disse que não era a mesma volubilidade alegre de antes; havia menos tranquilidade na voz e nos modos. Uma pergunta bastante amigável sobre o estado da Srta. Fairfax, esperava ela, poderia conduzir a um retorno dos velhos sentimentos. O toque pareceu imediato.

— Ah! Srta. Woodhouse, como é gentil! Suponho que tenha ouvido falar, e veio aqui para nos trazer alegria. Não parece haver muita alegria, realmente, em mim (piscando para afastar uma lágrima ou duas), mas será muito doloroso nos separarmos dela, depois de desfrutarmos de sua presença por tanto tempo, e ela está com uma dor de cabeça terrível agora, após passar a manhã inteira escrevendo. Cartas muito longas, como sabe, para serem escritas ao coronel Campbell e à Sra. Dixon. "Minha querida", eu disse, "você vai acabar ficando cega", pois as lágrimas estavam em seus olhos perpetuamente. Não é de se espantar, não é de se espantar. É uma grande mudança, e embora ela seja incrivelmente afortunada — uma situação, eu suponho, como nenhuma outra moça antes teve em sua primeira saída; não pense que somos ingratas, Srta. Woodhouse, por uma tamanha e surpreendente boa fortuna — (novamente afastando as lágrimas), mas, pobre alma! Se você visse a dor de cabeça que a acometeu! Quando alguém está tomado por uma grande dor, você sabe que é impossível sentir quaisquer bênçãos, mesmo que merecidas. Ela está tão mal quanto possível. Se alguém a visse, jamais saberia o quão encantada e feliz ela está por ter conseguido tal situação. Você a perdoará por não estar aqui para vê-la; ela não é capaz. Foi para seu próprio quarto. Quero que ela se deite na cama. "Minha querida", eu disse. "Devo dizer que você deveria estar deitada na cama", mas, mesmo assim, ela não está. Está andando pelo quarto. Mas, agora que escreveu suas cartas, diz que logo vai estar bem. Lamentará muito por não vê-la, Srta. Woodhouse, mas a sua gentileza vai perdoá-la. Você teve que ficar esperando diante da porta — o que me deixou muito constrangida, mas de algum modo houve certo alvoroço — pois aconteceu de não a ouvirmos bater, e, até que estivesse na escada, não sabíamos que havia alguém a caminho. "É somente a Sra. Cole", eu disse. "Podem acreditar nisso. Ninguém mais viria tão cedo". "Bem,", disse ela, "isso terá que ser enfrentado mais cedo ou mais tarde, e pode muito bem sê-lo agora". Mas então Patty entrou e disse que era você. "Oh!", eu disse. "É a Srta. Woodhouse; tenho certeza de que você gostaria de vê-la". "Não estou em condições de ver ninguém", disse ela; e levantou-se e retirou-se; e foi isso que nos fez deixá-la esperando; e ficamos extremamente arrependidas e constrangidas por isso. "Se precisa ir, minha querida", eu disse, "então vá, e eu direi que você está deitada na cama".

Emma estava muito sinceramente interessada. Seu coração vinha ficando mais gentil em relação a Jane; e essa imagem de seus sofrimentos presentes agiu como uma cura para todas as suspeitas pouco generosas anteriores e não lhe deixou nada a não ser pena; e a lembrança das sensações menos justas e menos gentis do passado obrigaram-na a admitir que Jane poderia muito naturalmente decidir receber a Sra. Cole ou qualquer outra amizade mais firme, mesmo que não pudesse suportar ver a própria Emma. Ela dizia o que sentia, com bastante arrependimento e solicitude, sinceramente desejando que as circunstâncias que havia compreendido com a Srta. Bates, que agora estavam determinadas, pudessem agir em favor da Srta. Fairfax tanto quanto possível. — Deve ser muito difícil para todos. Ela entendera que isso seria posposto até o retorno do Coronel Campbell.

— Que gentil! — respondeu a Srta. Bates. — Mas você é sempre gentil.

Não havia como suportar tal "sempre"; e, para romper aquela pavorosa gratidão, Emma fez uma pergunta direta:

— Aonde, se posso perguntar, a Srta. Fairfax irá?

— Empregar-se com uma certa Srta. Smallridge; mulher encantadora, muito superior, para cuidar de suas três garotinhas; crianças agradabilíssimas. Seria impossível que qualquer situação pudesse ser ainda mais repleta de confortos; se excetuarmos, talvez, a família da Sra. Suckling e a da Sra. Bragge; mas a Sra. Smallridge é íntima de ambas e vive na mesma vizinhança, a apenas seis quilômetros de Maple Grove. Jane ficará a seis quilômetros de Maple Grove.

— A Sra. Elton, eu suponho, é a pessoa a quem a Srta. Fairfax deve...

— Sim, nossa boa Sra. Elton. A mais infatigável e verdadeira amiga. Não aceitou uma negativa. Não deixou Jane dizer "não", pois, quando Jane ouviu a respeito pela primeira vez (foi no dia antes de ontem, na exata manhã em que estávamos em Donwell), quando Jane ouviu a respeito pela primeira vez, ficou muito decidida a aceitar a oferta, e pelas razões que você menciona; exatamente como você disse, ela havia se decido a não fechar com nada até o retorno do Coronel Campbell, e nada deveria induzi-la a assumir qualquer compromisso no momento — e foi isso que ela disse à Sra. Elton, várias e várias vezes; e tenho a certeza de que não fazia a mínima ideia de que ela fosse mudar de ideia! Mas a boa Sra. Elton, cujo bom julgamento nunca lhe falha, viu mais além do que eu. Não é todo mundo que agiria de maneira tão gentil quanto ela, recusando-se a aceitar a resposta de Jane, mas ela positivamente declarou que não iria escrever uma negativa ontem, como Jane desejava; iria esperar. E, com certeza, ontem à noite, tudo estava acertado, e Jane deveria ir. Uma enorme surpresa para mim! Eu não fazia a mínima ideia! Jane chamou a Sra. Elton de lado e disse-lhe que, ao pensar nas vantagens da situação da Sra. Smallridge, tomara a decisão de aceitá-la. Eu não soube de uma palavra até que tudo estivesse acertado.

— Vocês passaram a noite com a Sra. Elton?

— Sim, todas nós; a Sra. Elton nos convidou. Foi decidido, então, na colina, enquanto estávamos caminhando com o Sr. Knightley. "Vocês todos devem vir passar o início da noite conosco", disse ela. "Eu insisto para que todos vocês venham".

— O Sr. Knightley estava lá também?

— Não, não o Sr. Knightley; ele recusou o convite desde o início; e embora eu pensasse que ele fosse comparecer, porque a Sra. Elton declarou que não permitiria que ele recusasse seu chamado, ele não foi, mas minha mãe, Jane e eu, todas nós estávamos lá e tivemos uma noite muito agradável. Amigos tão gentis, como sabe, Srta. Woodhouse, sempre pensamos que são agradáveis, embora todos parecessem um pouco exaustos após a excursão da manhã. Até mesmo o prazer, como sabe, é cansativo; e não posso dizer que qualquer pessoa ali parecia haver gostado do que se passou. Entretanto, eu sempre pensarei que foi uma excursão muito agradável, e sinto-me extremamente agradecida aos gentis amigos que me incluíram no passeio.

— A Srta. Fairfax, eu suponho, embora você não estivesse ciente disso, passou o dia inteiro se decidindo a respeito?

— Atrevo-me a dizer que sim.

— Quando o dia da partida chegar, será muito triste para ela e todos os seus amigos, mas espero que seu compromisso tenha toda a tranquilidade que seja possível. Refiro-me ao caráter e aos modos da família.

— Obrigada, querida Srta. Woodhouse. Sim, realmente, há tudo no mundo que pode fazê-la feliz. Com exceção dos Sucklings e dos Bragges, não há outra pessoa que possa oferecer um emprego como governanta, tão liberal e tão elegante, em todo o círculo de amizades da Sra. Elton. Sra. Smallridge, uma mulher tão encantadora! Um estilo de vida quase igual ao de Maple Grove; e quanto às crianças, com exceção dos pequenos Sucklings e dos pequenos Bragges, não há crianças tão doces e elegantes em qualquer outro lugar. Jane será tratada com todo respeito e gentileza. Não será nada além de prazer, uma vida de prazeres. E o salário! Eu realmente não posso revelar o valor do salário dela a você, Srta. Woodhouse. Até mesmo você, acostumada como está a somas grandiosas, dificilmente conseguiria acreditar que tal soma poderia ser dada a uma pessoa jovem como Jane.

— Ah! Senhora — exclamou Emma. — Se as outras crianças forem como eu me lembro de haver sido, pensaria que cinco vezes a quantia que já ouvi mencionarem à guisa de salário em tais ocasiões seria muito merecida.

— Você é tão nobre em suas ideias!

— E quando a Srta. Fairfax partirá?

— Em breve, muito em breve. Isso é o pior; dentro de uma quinzena. A Sra. Smallridge tem muita pressa. Minha pobre mãe não sabe como vai suportar. Assim, eu tento tirar isso dos seus pensamentos e digo: "Venha, senhora, não havemos de pensar mais nisso".

— Os amigos dela ficarão tristes em perdê-la; e o Coronel e a Sra. Campbell não lamentarão descobrir que ela assumiu um compromisso antes que eles retornem?

— Sim. Jane diz que eles certamente lamentarão. Mas, mesmo assim, essa é uma situação tal que ela não pode sentir que pode justificar a recusa. Fiquei muito espantada quando ela me falou sobre o que estivera conversando com a Sra. Elton, e quando a Sra. Elton, no mesmo momento, veio me parabenizar! Foi antes do chá... Não, não pode ter sido antes do chá, pois estávamos indo para a mesa de carteado... E mesmo assim foi antes do chá, porque eu me lembro de pensar... Oh! Não, agora eu me recordo, agora me sobreveio; alguma coisa aconteceu antes do chá, mas não foi isso. O Sr. Elton foi chamado para fora da sala antes do chá, pois o filho do velho Sr. John Abdy queria lhe falar. Pobre e velho John, tenho-lhe grande respeito; foi funcionário do meu pobre pai durante vinte e sete anos; e agora, pobre homem, está acamado e muito doente, com gota reumática nas juntas. Preciso ir visitá-lo hoje. E Jane o fará também, estou certa, se chegar a sair de casa. E o filho do pobre John foi conversar com o Sr. Elton sobre receber algum auxílio da paróquia. Ele está muito bem de vida, pois é um dos principais funcionários do Crown, o chefe do estábulo, mas ainda assim não consegue sustentar o pai sem alguma ajuda; e assim, quando o Sr. Elton voltou, contou-nos sobre o que John dos estábulos lhe havia falado e disse que o cabriolé havia sido enviado a Randalls para levar o Sr. Frank Churchill a Richmond. Foi isso que aconteceu antes do chá. Foi depois do chá que Jane falou com a Sra. Elton.

A Srta. Bates quase não deu tempo para que Emma comentasse o quanto essa nova circunstância era perfeita para si; mas, sem supor que fosse possível que ela fosse ignorar qualquer detalhe da ida do Sr. Frank Churchill, ela passou a relatar todos eles, pois não lhe seria um incômodo.

O que o Sr. Elton soube a respeito da viagem pelo homem dos estábulos, por ser o acúmulo do próprio conhecimento do profissional e do conhecimento dos criados de Randalls, era que um mensageiro de Richmond havia chegado logo após o grupo retornar de Box Hill; e tal mensageiro, entretanto, não trouxe nada que já não fosse esperado; e que o Sr. Churchill enviara ao sobrinho algumas linhas que continham, de maneira geral, um relato tolerável sobre a Sra. Churchill, e pedindo-lhe a que não demorasse a voltar além da manhã seguinte; mas o Sr. Frank Churchill decidira-se a partir diretamente, sem esperar, e seu cavalo parecia ter pegado um resfriado; Tom fora enviado imediatamente para buscar o cabriolé do Crown, e o homem dos estábulos estava na rua e o viu passar, num bom passo, e conduzindo a charrete com bastante firmeza.

Não havia nada nisso que causasse espanto ou interesse, e atraiu a atenção de Emma somente quando se uniu ao assunto que já envolvia a sua mente. O contraste entre a importância da Sra. Churchill no mundo e a de Jane Fairfax fez com que ela caísse em si: uma era tudo, e a outra, nada; e ela ficou sentada, ruminando sobre a diferença do destino da mulher, sem se dar conta daquilo em que seus olhos estavam fixados, até que fora despertada pela Srta. Bates, que disse:

— Ah, vejo que está pensando sobre o piano. O que vai ser dele? É bem verdade. A pobre Jane estava falando sobre isso agora mesmo. "Você deve ir", disse ela. "Você e eu devemos nos separar. Não vai ter motivos para ficar aqui. Deixe que fique, entretanto", disse ela. "Dê-lhe acolhida até que o Coronel Campbell volte. Conversarei a respeito com ele; ele irá tomar as devidas providências por mim; vai me ajudar com todas as minhas dificuldades". E até hoje, eu creio, ela não sabe se o presente veio dele ou de sua filha.

Agora, Emma viu-se obrigada a pensar sobre o piano; e a lembrança de todas as suas conjecturas prévias, caprichosas e injustas, foi tão pouco agradável que ela logo se permitiu acreditar que a visita havia se alongado o bastante; e, com uma repetição de tudo que podia se aventurar a dizer sobre os bons desejos que realmente sentia, despediu-se.

IX

As meditações tristes de Emma, enquanto caminhava de volta para casa, não foram interrompidas; mas, ao entrar no salão, ela encontrou aqueles que deveriam despertá-la. O Sr. Knightley e Harriet haviam chegado durante sua ausência e estavam sentados, conversando com o seu pai. O Sr. Knightley imediatamente se levantou e, de uma maneira decididamente mais grave do que o habitual, disse:

— Eu não iria embora sem vê-la, mas não tenho muito tempo e, portanto, preciso sair diretamente. Estou de partida para Londres, para passar alguns dias com John e Isabella. Tem alguma coisa para enviar ou dizer a eles, além do "amor", que ninguém leva?

— Nada, absolutamente. Mas isso não é um plano muito súbito?

— Sim; porém, estive pensando a respeito há algum tempo.

Emma estava convicta de que ele não a havia perdoado; parecia diferente. O tempo, entretanto, pensou ela, dir-lhe-ia que eles deviam voltar a ser amigos. Enquanto ele estava em pé, como se quisesse ir, mas sem de fato ir, seu pai começou a fazer suas perguntas.

— Bem, minha querida, e você chegou até lá em segurança? E como encontrou a minha boa e velha amiga e sua filha? Ouso dizer que elas devem ter ficado muito agradecidas a você pela visita. A querida Emma foi visitar a Sra. e a Srta. Bates, Sr.

Knightley, como eu lhe disse antes. Ela sempre lhes dá muita atenção!

O rubor de Emma ficou mais intenso com aquele elogio injusto; e, com um sorriso e um balançar de cabeça que disse muito, ela olhou para o Sr. Knightley. Pareceu haver uma impressão instantânea em seu favor, como se os olhos dele recebessem a verdade dos dela, e tudo que passara de bom em seus sentimentos fossem, de uma só vez, recebidos e honrados. Ele a encarou com um brilho respeitoso. Emma sentiu-se gratificada; e em outro momento ainda mais, por um pequeno movimento que indicava mais do que uma amizade comum da parte dele. Ele lhe tomou a mão; se foi ela ou não quem fez o primeiro movimento, não era capaz de dizer; poderia, talvez, havê-la oferecido. Mas ele lhe tomou a mão, apertou-a, e certamente estava a ponto de levá-la aos lábios — quando, por algum capricho ou outro, repentinamente a soltou. O motivo pelo qual ele sentiria tal escrúpulo, por que mudaria de ideia quando tudo estava quase concluído, ela não foi capaz de perceber. Ele teria julgado melhor a situação, pensou ela, se não houvesse parado. A intenção, entretanto, era indubitável; e se foi pelo fato de que seus modos tinham em geral tão pouco galanteio ou, independentemente de como isso houvesse acontecido; mas ela pensou que nada mais o tornava tão atraente. Era algo que havia nele, de uma natureza tão simples, mas ao mesmo tempo tão digna. Não conseguia evitar se recordar daquela tentativa com grande satisfação. Transmitia uma amizade perfeita. Ele os deixou imediatamente depois; foi-se em um momento. Sempre agia com a prontidão de uma mente que nunca se deixava ser indecisa ou vagarosa, mas agora ele parecia mais súbito do que o habitual em seu desaparecimento.

Emma não conseguiu se arrepender de ter ido à casa da Srta. Bates, mas desejou que houvesse saído dez minutos mais cedo; seria um enorme prazer discutir a situação de Jane Fairfax com o Sr. Knightley. Não lamentava também que ele estivesse indo a Brunswick Square, pois sabia o quanto sua visita seria apreciada, mas isso poderia ter acontecido num momento melhor, e saber sobre o plano com antecedência seria mais agradável. Despediram-se como grandes amigos, entretanto; ela não foi enganada em relação ao significado da expressão que ele tinha no rosto, assim como seu galanteio incompleto. Tudo foi feito para garantir que ela havia recuperado a boa opinião que ele lhe tinha. Ele estivera com seu pai e com Harriet por meia hora, ela descobriu. Uma pena que ela não houvesse voltado mais cedo!

Na esperança de desviar os pensamentos do pai sobre a imprudência da ida do Sr. Knightley para Londres, e por partir tão rapidamente, e por ir a cavalo, o que ela sabia que seria muito ruim, Emma repassou as notícias sobre Jane Fairfax e sua confiança em seu efeito se justificou; levou ao seu pai um assunto muito útil, deixando-o interessado, sem perturbá-lo. Ele havia se conformado há muito tempo sobre a partida de Jane Fairfax a outro lugar para trabalhar como governanta, e podia falar sobre o assunto alegremente, mas a viagem do Sr. Knightley a Londres foi um golpe inesperado.

— Fico muito feliz, realmente, minha querida, em ouvir que ela foi tão confortavelmente acomodada. A Sra. Elton é uma pessoa de natureza muito boa e agradável, e ouso dizer que a pessoa com quem ela tem amizade é exatamente quem deveria ser. Espero que seja um lugar seco e que cuidem bem de sua saúde. Seria a principal coisa com que se preocupar, como estou certo de que a saúde da pobre Sra. Taylor sempre foi para mim. Você sabe, minha querida, que ela será para essa nova dama o que a Srta. Taylor foi para nós. E espero que fique ainda melhor em um aspecto: que não seja induzida a ir embora depois que o lugar foi o seu lar durante tanto tempo.

O dia seguinte trouxe notícias de Richmond que serviram para colocar tudo aquilo em segundo plano. Um mensageiro expresso chegou em Randalls para anunciar a morte da Sra. Churchill! Embora seu sobrinho não tivesse qualquer razão para apressar a viagem por causa dela, ela não viveu por mais do que seis horas e meia após o seu regresso. Uma convulsão súbita, de uma natureza diferente de qualquer coisa indicada por seu estado geral, acabou por levá-la após uma breve luta. A grande Sra. Churchill já não mais vivia.

A notícia foi sentida assim como tais coisas devem ser sentidas. Todos tinham certo grau de gravidade e lamentação; apreço por quem partiu, solicitude pelos amigos que ficaram; e, após um tempo razoável, curiosidade sobre onde seria enterrada. Goldsmith nos diz que, quando uma mulher amável se curva à tolice, não tem mais nada a fazer senão morrer; e, quando se curva a ser desagradável, recomenda-se igualmente como algo que vai limpar sua má-fama. A Sra. Churchill, após ser o motivo de desgosto geral por pelo menos vinte e cinco anos, agora era lembrada com certas liberdades motivadas pela compaixão. Em um aspecto, suas ações eram completamente justificadas. Nunca havia admitido antes estar seriamente doente. O evento a absolveu de todos os caprichos e todo o egoísmo de suas queixas imaginárias.

— Pobre Sra. Churchill! Sem dúvida, estava sofrendo demais; mais do que qualquer pessoa jamais imaginou; e uma dor constante afeta o temperamento. Foi um evento triste, um grande choque. Mesmo com todos os seus defeitos, o que o Sr. Churchill fará sem ela? A perda do Sr. Churchill seria acachapante, sem dúvida. O Sr. Churchill jamais conseguirá superar a situação.

Até mesmo o Sr. Weston balançou negativamente a cabeça e disse:

— Ah! Pobre mulher! Quem imaginaria? — E decidiu que seu luto deveria ser tão elegante quanto possível; e sua esposa sentou-se, suspirando e moralizando sobre as grandes barras do seu vestido com comiseração e bom-senso, sincera e firme. Como a ocasião afetaria Frank era algo que estava entre os primeiros pensamentos de ambos. Foi também uma das primeiras especulações de Emma. O caráter da Sra. Churchill, o pesar de seu marido — sua mente refletiu sobre os dois com admiração e compaixão — e, em seguida, descansou com sentimentos mais leves sobre como Frank poderia ser afetado pelo evento, o quão benéfico e libertador aquilo lhe seria. Viu em um momento tudo de bom que poderia advir dali. Agora, uma aproximação com Harriet Smith não encontraria qualquer obstáculo. O Sr. Churchill, independentemente de sua esposa, não era temido por ninguém; um homem fácil e coercível, a ser persuadido a qualquer coisa pelo sobrinho. Tudo que ainda poderia se desejar era que o sobrinho formasse a ligação, como, com toda a sua boa vontade pela causa, Emma não conseguia sentir a certeza de que já estava sendo formada.

Harriet portou-se extremamente bem na ocasião, com muito autocontrole. O que quer que sentisse em termos de esperança, não traiu nada. Emma sentiu-se gratificada em observar tamanha prova de força de caráter e resistiu a fazer qualquer alusão que pudesse colocar sua manutenção em perigo. Elas falaram, então, da morte da Sra. Churchill com uma tolerância mútua.

Cartas breves de Frank foram recebidas em Randalls, comunicando tudo que era imediatamente importante sobre seu estado e planos. O Sr. Churchill estava melhor do que se poderia esperar; e sua primeira mudança, ao partir para o funeral em Yorkshire, seria para a casa de um amigo de longa data em Windsor, a quem o Sr. Churchill vinha prometendo uma visita nos últimos dez anos. No momento, não havia nada que pudesse ser feito por Harriet; bons desejos para o futuro eram tudo que ainda poderia ser feito por Emma.

Uma preocupação mais urgente era dar atenção a Jane Fairfax, cujos prospectos estavam se fechando enquanto os de Harriet se abriam e cujos compromissos agora não permitiam atrasos a ninguém em Highbury que desejava lhe mostrar gentileza; e com Emma, isso havia se tornado um desejo prioritário.

Mal chegava a ter um arrependimento mais forte do que pela frieza que demonstrara no passado; e a pessoa, a quem ela vinha há tantos meses negligenciando, agora era aquela à qual ela teria concedido toda a distinção, respeito ou simpatia. Queria ser-lhe útil; queria demonstrar que dava valor à sua sociedade e tornar público seu respeito e consideração. Resolveu convidá-la a passar um dia em Hartfield. Uma nota foi escrita para formalizar a intenção. O convite foi recusado, e por meio de uma mensagem verbal. "A Srta. Fairfax não estava suficientemente bem para escrever". E quando o Sr. Perry veio a Hartfield, na mesma manhã, parecia que ela estava tão indisposta que teve que ser visitada, embora não o consentisse, por ele mesmo, e que estava sofrendo de dores de cabeça severas, e tinha também uma febre nervosa, o que o fez duvidar que ela teria a possibilidade de partir para a casa da Sra. Smallridge na época acertada. Sua saúde parecia, no momento, estar completamente desarranjada; sem qualquer apetite, e embora não houvesse absolutamente nenhum sintoma alarmante, nada que chegasse a ser uma queixa pulmonar, que era a constante apreensão da família, o Sr. Perry estava perplexo a seu respeito. Pensava que havia feito mais do que teria a capacidade de suportar, e que o sentia, embora não admitisse. Sua disposição parecia estar abalada. Seu lar atual, ele não pôde deixar de observar, era desfavorável para uma doença nervosa; confinada sempre a um único quarto; ele poderia ter recomendado que fosse de outra forma. E a boa tia, embora fosse uma velha e boa amiga, ele tinha que reconhecer que não era a melhor companhia para alguém que estivesse inválida, em tais condições. Seus cuidados e atenção não podiam ser questionados; eram, de fato, grandes demais. Ele temia que fizessem mais mal do que bem à Srta. Fairfax. Emma escutou com a maior das preocupações; sofreu por ela cada vez mais e olhou à sua volta, ansiosa em descobrir uma maneira de ser útil. Tirá-la — mesmo que apenas por uma hora ou duas — de perto da tia, dar-lhe uma mudança de ares e cenário, e uma conversa tranquila e racional, mesmo por uma hora ou duas, poderiam lhe fazer bem; e na manhã seguinte ela escreveu novamente para dizer, com a linguagem mais sensível que conseguiu redigir, que a visitaria em uma carruagem a qualquer hora que fosse conveniente a Jane — mencionando que tinha a opinião decidida do Sr. Perry em favor desse tipo de exercício para a sua paciente. A resposta veio apenas por meio de uma curta nota:

"A Srta. Fairfax a saúda e agradece, mas está muito indisposta a qualquer tipo de exercício".

Emma sentiu que sua própria nota merecia algo melhor, mas era impossível brigar com palavras, cuja trêmula desigualdade mostrava a indisposição de maneira tão explícita, e pensou somente em como poderia revidar essa falta de vontade de ser vista ou auxiliada. Apesar da resposta, então, ela mandou vir a carruagem e foi até a casa da Sra. Bates, na esperança de que Jane pudesse ser induzida a se juntar a ela — mas de nada adiantou. A Srta. Bates foi até a porta da carruagem, toda gratidão, e concordando muito sinceramente com ela que um pouco de ar fresco faria muito bem à moça — e tudo que a mensagem poderia fazer foi tentado —, mas tudo em vão. A Srta. Bates foi obrigada a retornar sem sucesso; Jane estava irredutível; o mero convite para sair pareceu deixá-la pior. Emma desejou poder vê-la, e tentou usar seus próprios poderes, mas, logo antes que pudesse insinuar seu desejo, a Srta. Bates deixou a impressão de que prometera à sobrinha não deixar que a Srta. Woodhouse entrasse, sob qualquer hipótese. — De fato, a verdade era que a pobre e querida Jane não consegue suportar a ideia de ver ninguém, absolutamente ninguém. A Srta. Elton, é claro, não aceitou essa negativa, e a Sra. Cole também insistiu muito, e a Sra. Perry disse muitas coisas. Mas, com exceção delas, Jane não receberia ninguém.

Emma não queria ser rotulada como as Sras. Eltons, as Sras. Perrys e as Sras. Coles, que forçavam sua entrada em qualquer lugar; e também não conseguia sentir que tinha qualquer direito à prioridade. Deu-se por vencida, portanto, e apenas continuou a questionar a Sra. Bates sobre o apetite e a dieta da sobrinha, que desejava poder auxiliar. Sobre esse assunto, a pobre Sra. Bates estava muito infeliz e foi bastante comunicativa; Jane dificilmente comia alguma coisa; o Sr. Perry recomendou alimentos nutritivos, mas tudo que conseguiam oferecer (e nunca ninguém teve vizinhos tão bons) lhe causava repulsa.

Emma, ao voltar para casa, chamou a arrumadeira diretamente, para que examinasse o que tinham na despensa; e algumas ararutas de qualidade muito superior foram rapidamente enviadas à Srta. Bates, com uma mensagem bastante amistosa. Em meia hora as ararutas foram devolvidas, com milhares de agradecimentos por parte da Srta. Bates, mas "a querida Jane não ficaria satisfeita se não fossem enviadas de volta; era algo que não poderia aceitar. E, além disso, ela insistiu que fosse dito que não carecia de coisa alguma".

Quando Emma soube algum tempo depois que Jane Fairfax fora vista perambulando pelas campinas, a alguma distância de Highbury, na tarde do mesmo dia em que, com a justificativa de sentir-se indisposta a qualquer tipo de exercício, tão peremptoriamente recusou-se a sair com ela na carruagem, não lhe restaram mais dúvidas — juntando todas as peças — de que Jane estava decidida a não receber nenhuma gentileza de sua parte. Lamentou, lamentou muito. Seu coração se entristeceu de uma maneira que parecia ainda mais digna de pena por esse tipo de irritação dos ânimos, da inconsistência de ação e desigualdade de poder; e mortificava-a o fato de que lhe era dado tão pouco crédito em termos de sentimentos, ou que não recebia a mesma estima da qual uma amiga seria digna, mas ela tinha o consolo de saber que suas intenções eram boas, e de poder dizer a si mesma que, se o Sr. Knightley soubesse de todas as suas tentativas de ajudar Jane Fairfax, se conseguisse ver isso em seu coração, não conseguiria encontrar, nessa ocasião, qualquer coisa que fosse motivo de reprovação.

X

Certa manhã, cerca de dez dias após o falecimento da Sra. Churchill, Emma foi chamada ao andar de baixo para receber o Sr. Weston, que "não podia ficar nem por cinco minutos e queria particularmente lhe falar". Ele a encontrou à porta da sala de estar e, sem sequer perguntar como estava, como era natural ao tom da sua voz, baixou-o imediatamente para dizer, sem que seu pai o ouvisse:

— Pode vir a Randalls a qualquer momento nesta manhã? Faça-o, se for possível. A Sra. Weston quer vê-la. Ela precisa vê-la.

— Ela está mal?

— Não, de maneira alguma; apenas um pouco agitada. Ela teria mandado que a carruagem viesse até você, mas quer lhe falar a sós, e você sabe (indicando o seu pai com um meneio de cabeça). Humpf! Pode vir?

— Certamente. Neste exato momento, se quiser. É impossível recusar o que você pede de tal maneira. Mas qual pode ser o motivo? Ela realmente está bem?

— Pode confiar em mim. Mas não faça mais perguntas. Saberá de tudo no devido tempo. Assuntos completamente inexplicáveis! Mas... silêncio, silêncio.

Adivinhar o que tudo isso significava era impossível até mesmo para Emma. Algo realmente importante parecia anunciado pela aparência do cavalheiro, mas, como sua amiga estava bem, ela se resignou a não perder a calma, e, dizendo ao pai que faria sua caminhada agora, ela e o Sr. Weston logo saíram da casa juntos e foram a caminho de Randalls a passos ligeiros.

— Agora — disse Emma, quando eles já estavam a uma boa distância dos portões. — Agora, Sr. Weston, conte-me o que aconteceu.

— Não, não — respondeu ele. — Não me pergunte. Prometi à minha esposa que eu a deixaria contar tudo. Ela vai lhe dar a notícia melhor do que eu. Não seja impaciente, Emma; tudo será revelado muito em breve.

— Diga-me o que está havendo — exclamou Emma, paralisada pelo terror. — Por Deus! Sr. Weston, diga-me de uma vez. Alguma coisa aconteceu em Brunswick Square. Eu sei que foi isso. Diga-me; ordeno-lhe que me diga neste momento o que houve.

— Não, pode ter certeza de que está enganada...

— Sr. Weston, não brinque comigo. Considere quantos dos meus mais queridos amigos estão agora em Brunswick Square. Com qual deles ocorreu? Ordeno-lhe, por tudo que é mais sagrado, não tente me esconder nada.

— Dou-lhe a minha palavra, Emma...

— Sua palavra! Por que não jura por sua honra? Por que não dizer que jura por sua honra, que não tem nada a ver com eles? Céus! O que poderia ser revelado a mim que não tem a ver com alguém dessa família?

— Juro-lhe, pela minha honra — disse ele, muito seriamente —, que não é nada disso. Não há nada, por menor que seja, que esteja ligado a qualquer ser humano com o sobrenome Knightley.

A coragem de Emma retornou, e ela voltou a caminhar.

— Eu errei — prosseguiu — em dizer que lhe seria revelado. Não devia ter usado essa expressão. Na verdade, não é algo que tem relação com você; tem relação apenas comigo; é o que esperamos. Humpf! Em resumo, minha querida Emma, não há motivo para ficar tão alarmada a respeito. Não digo que não seja algo desagradável, mas as coisas poderiam ser muito piores. Se caminharmos rapidamente, logo estaremos em Randalls.

Emma percebeu que teria que esperar; e agora isso requeria pouco esforço. Não fez mais perguntas, e meramente se utilizou da própria imaginação; e logo isso lhe indicou que havia a probabilidade de que fosse algum assunto relacionado a dinheiro — alguma coisa que acabara de vir à luz, de natureza desagradável nas circunstâncias da família; algo que o evento recente em Richmond colocara em evidência. Sua imaginação estava bastante ativa. Meia dúzia de filhos naturais, talvez — e o próprio Frank, excluído da herança! Isso, embora bastante indesejável, não lhe causaria agonia. E inspirava pouco mais do que uma curiosidade bastante animada.

— Quem é aquele cavalheiro que está a cavalo? — disse ela enquanto eles caminhavam, falando mais para auxiliar o Sr. Weston a guardar seu segredo do que por qualquer outra razão.

— Não sei. Um dos Otways. Não é Frank; não é Frank, garanto-lhe. Você não irá vê-lo. Ele está a meio caminho de Windsor a esta altura.

— Seu filho esteve com vocês, então?

— Oh! Sim. Você não soube? Bem, não tem importância.

Por um momento, ele ficou em silêncio; e, em seguida, acrescentou, em um tom muito mais reservado e discreto:

— Sim. Frank veio até nós na manhã de hoje, apenas para perguntar como estávamos.

Eles se apressaram e rapidamente estavam em Randalls.

— Bem, minha querida — disse ele, quando entraram na sala. — Eu a trouxe, e agora espero que você logo esteja melhor. Vou deixá-las a sós. Não há razão para esperar. Não estarei longe, se precisarem de mim. — E Emma ouviu distintamente quando ele disse, em voz baixa, antes de deixar a sala: — Cumpri com a minha palavra. Ela não faz a menor ideia.

A Sra. Weston parecia estar tão mal, e tinha um ar de tanta perturbação, que a inquietação de Emma cresceu; e, no momento em que estavam a sós, ela prontamente falou:

— O que houve, minha querida amiga? Algo de natureza muito desagradável, eu imagino, ocorreu; diga-me imediatamente o que é. Vim andando até aqui nesse suspense completo. Nós duas temos asco a suspense. Não permita que o meu continue por mais tempo. Vai lhe fazer bem falar do que a incomoda, seja o que for.

— Você realmente não faz ideia? — disse a Sra. Weston, com a voz trêmula. — Não consegue, minha querida Emma... Não é capaz de tentar adivinhar o que está prestes a ouvir?

— Deve estar relacionado ao Sr. Frank Churchill, eu imagino.

— Tem razão. Está relacionado a ele, e vou lhe contar imediatamente. (voltando a ocupar-se com o seu trabalho, e parecendo decidida a não erguer os olhos). Ele esteve aqui esta manhã, cumprindo com uma tarefa bastante extraordinária. É impossível expressar a nossa surpresa. Ele veio contar ao seu pai sobre um assunto; anunciar uma ligação...

Ela parou para respirar. Emma pensou primeiro em si mesma, e em seguida, em Harriet.

— Mais do que uma ligação, na verdade — prosseguiu a Sra. Weston. — Um noivado. Positivamente, um noivado. O que dirá você, Emma? O que qualquer pessoa dirá, quando vier a público que Frank Churchill e a Srta. Fairfax estão noivos; não, que estão noivos já há muito tempo!

Emma chegou até mesmo a saltar com a surpresa; e, aterrorizada, exclamou:

— Jane Fairfax! Por Deus! Não está falando sério! Você não quis dizer isso!

— Você pode muito bem ficar surpresa — redarguiu a Sra. Weston, ainda sem encará-la nos olhos, e falando com avidez para que Emma tivesse tempo de se recuperar. — Você pode muito bem ficar surpresa. Mas esse é o fato. Há um noivado solene entre eles desde outubro, formado em Weymouth e mantido em segredo perante todos. Nenhuma criatura sabia a respeito além deles; nem os Campbells, nem a família dela, nem a dele. É maravilhoso; embora esteja perfeitamente convencida da veracidade, ainda assim é quase inacreditável para mim. Mal consigo crer nisso. Eu achava que o conhecia.

Emma sequer ouviu o que foi dito. Sua mente estava dividida entre duas ideias; suas próprias conversas anteriores com ele a respeito da Srta. Fairfax, e a pobre Harriet; e durante algum tempo, ela conseguiu somente exclamar e pedir confirmações, repetidas confirmações.

— Bem — disse ela finalmente, tentando se recuperar. — Essa é uma circunstância sobre a qual preciso pensar pelo menos por metade de um dia antes que consiga compreendê-la. Quê! Noivos durante todo o inverno, antes que viessem a Highbury?

— Noivos desde outubro; um noivado secreto. Isso me magoou, Emma, demais. Magoou o pai dele igualmente. Uma parte da sua conduta que não podemos perdoar.

Emma ponderou por um momento e depois respondeu:

— Não vou fingir que não a entendo; e, para lhe dar todo o alívio que eu puder, tenha a certeza de que nenhum desses efeitos seguiu as atenções que ele me deu, sobre as quais você está apreensiva.

A Sra. Weston ergueu o rosto, temendo acreditar, mas o semblante de Emma estava tão firme quanto suas palavras.

— Para que você não tenha dificuldades em acreditar no que digo, na minha perfeita indiferença neste momento — prosseguiu ela —, vou lhe dizer, também, que houve um período no início da nossa amizade, quando realmente cheguei a gostar dele, quando estava muito disposta a me sentir atraída por ele... Não, quando estava atraída; e como isso veio a cessar, talvez, seja algo a se admirar. Felizmente, entretanto, cessou. Durante um bom tempo no passado, por pelo menos esses três meses, eu pouco me importei com ele. Você pode acreditar em mim, Sra. Weston. Essa é a pura verdade.

A Sra. Weston a beijou com lágrimas de alegria; e, quando conseguiu encontrar a voz, garantiu que tais protestos lhe haviam sido mais benéficos do que qualquer outra coisa no mundo poderia ser.

— O Sr. Weston vai ficar quase tão aliviado quanto eu — disse ela. — Sobre esse assunto, estávamos nos sentindo muito infelizes. Era o nosso grande desejo que vocês pudessem se sentir atraídos um pelo outro, e fomos persuadidos de que isso era verdade. Imagine o que estávamos sentindo por sua causa.

— Eu escapei; e, por haver escapado, isso pode ser uma questão de grata surpresa para você e para mim. Mas isso não o exime, Sra. Weston; e devo dizer que acho que ele tem muita culpa. Que direito ele tinha de vir entre nós com a afeição e fé engajadas, e com modos tão descompromissados? Que direito ele tinha de querer agradar, como certamente o fez — de distinguir qualquer moça com uma atenção perseverada, como certamente o fez — enquanto, na realidade, já pertencia a outra? Como ele seria capaz de identificar o tumulto que poderia causar? Como ele poderia saber que não estaria fazendo com que eu me apaixonasse por ele? Muito errado, certamente muito errado.

— Depois de algo que ele disse, minha querida Emma, eu imagino que...

— E como ela pôde suportar tal comportamento! Compostura com uma testemunha! Observar enquanto repetidas atenções eram dadas a outra mulher, diante de seu rosto, sem se ressentir? Isso é um grau de placidez que eu não sou capaz de compreender nem respeitar.

— Houve mal-entendidos entre eles, Emma; ele o disse expressamente. Não teve tempo de dar muitas explicações. Ficou aqui apenas por um quarto de hora, e em um estado de agitação que não permitiu o uso pleno de todo o tempo em que podia ficar; mas que houve mal-entendidos, ele decididamente o disse. A crise atual, realmente, pareceu ter sido causada por eles;

e esses mal-entendidos podem ter surgido da impropriedade da conduta dele.

— Impropriedade! Oh! Sra. Weston, essa é uma censura muito branda. Muito, muito além de impropriedade! Isso o fez afundar, não sei dizer o quanto. Mas o fez afundar muito, em minha opinião. Muito diferente de como um homem deveria agir! Nem um pouco daquela integridade arraigada, a aderência estrita à verdade e bons princípios, o desdém por trapaças e pela mesquinhez que um homem deve demonstrar em toda transação de sua vida.

— Não, querida Emma; agora, eu devo ficar ao lado dele; pois, embora ele esteja errado nesse caso, eu o conheço há tempo suficiente para dizer que ele tem muitas, inúmeras, boas qualidades; e...

— Por Deus! — exclamou Emma, sem prestar-lhe atenção. — E a Sra. Smallridge também! Jane chegou ao ponto de ir até lá como governanta! Quais seriam as intenções dele com uma indelicadeza tão horrível?

— Ele não sabia de nada a respeito disso, Emma. Nesse caso, eu posso eximi-lo totalmente de qualquer culpa. Foi uma decisão privada dela, não comunicada a ele; ou, pelo menos, não lhe foi comunicada de maneira que trouxesse convicção. Até ontem, pelo que sei, ele disse que estava no escuro em relação aos planos dela. Tais planos explodiram diante dele, não sei como, por meio de alguma carta ou mensagem; e foi a descoberta do que ela estava fazendo, desse exato projeto dela, que determinou que ele resolvesse revelar tudo imediatamente, admitir tudo ao seu tio, prostrar-se à sua gentileza e, em resumo, dar fim no estado miserável de dissimulação que vinha ocorrendo há tanto tempo.

Emma começou a escutar com mais atenção.

— Devo receber notícias dele em breve — continuou a Sra. Weston. — Ele me disse, ao se despedir, que logo escreveria; e falou de uma maneira em que parecia prometer-me contar muitos dos detalhes que não podiam ser revelados agora. Esperemos, portanto, por essa carta. Ela pode trazer muitas extenuações. Pode fazer com que muitas coisas tornem-se inteligíveis e perdoáveis, mas que agora não são entendidas. Não sejamos severas, e não tenhamos pressa em condená-lo. Tenhamos paciência. Eu devo amá-lo; e agora que estou satisfeita em um aspecto, o único que realmente importa, estou sinceramente ansiosa para que tudo isso termine bem, e pronta para esperar que assim seja. Os dois devem ter sofrido muito sob todo esse sistema de segredos e dissimulação.

— Os sofrimentos pelos quais ele passou — respondeu Emma, secamente — não parecem lhe haver causado muito mal. Bem, e como o Sr. Churchill recebeu a notícia?

— Muito favoravelmente, em favor do sobrinho; deu seu consentimento sem qualquer dificuldade. Conceba o que os eventos da semana fizeram com aquela família! Enquanto a pobre Sra. Churchill era viva, suponho que não pudesse haver uma esperança, uma chance, uma possibilidade; mas seus restos mortais nem sequer foram colocados para repousar na cripta da família e o marido foi persuadido a agir exatamente da maneira oposta à que ela desejaria. É uma bênção quando as influências indevidas não sobrevivem à sepultura! Ele deu seu consentimento com muito pouca convicção.

"Ah!", pensou Emma. "Ele teria feito o mesmo por Harriet".

— Isso foi acertado na noite passada, e Frank partiu assim que o dia de hoje raiou. Parou em Highbury, na casa das Bates, por algum tempo; e depois veio até aqui; mas tinha tanta pressa para voltar até o seu tio, a quem ele é agora mais necessário do que nunca, que, como eu lhe disse, só pôde ficar conosco por um quarto de hora. Estava muito agitado; realmente agitado demais, num grau que o fazia parecer uma criatura muito diferente de qualquer coisa que eu já havia visto nele antes. Além de todo o resto, houve o choque de encontrá-la tão adoentada, algo sobre o qual ele não tinha nenhuma desconfiança — e houve toda a evidência de que isso o deixou muito sentido.

— E você realmente acredita que o caso transcorreu em perfeito sigilo? Os Campbells, os Dixons, ninguém sabia sobre o noivado?

Emma não foi capaz de falar o nome de Dixon sem enrubescer um pouco.

— Ninguém; absolutamente ninguém. Ele disse positivamente que a situação não era conhecida por nenhum outro ser no mundo além dos dois.

— Bem — disse Emma. — Suponho que gradualmente iremos nos reconciliar com a ideia, e desejo que ambos sejam muito felizes. Mas sempre pensarei que esse tipo de procedimento é muito abominável. O que foi, senão um sistema de hipocrisia e mentiras, espionagem e traição? Chegar até nós com afirmações de franqueza e simplicidade; e uma aliança secreta para julgar a todos nós! Aqui estávamos, durante todo o inverno e a primavera, completamente iludidos. Imagino que estávamos todos em pé de igualdade com relação à sinceridade e honra, com duas pessoas no meio de nós que poderiam estar agindo às escondidas, comparando e sentando-se em julgamento de sentimentos e palavras que nunca foram expressas para que os dois ouvissem. Eles devem enfrentar as consequências, se um ouviu falar a respeito do outro de maneira que não era perfeitamente agradável!

— Estou muito tranquila em relação a isso — respondeu a Sra. Weston. — Tenho plena certeza de que nunca disse nada sobre um ao outro, que ambos não pudessem ter ouvido.

— Você tem sorte. Seu único deslize foi confinado ao meu ouvido, quando imaginou que certo amigo nosso estava apaixonado pela moça.

— É verdade. Mas como sempre tive uma opinião muito boa a respeito da Sra. Fairfax, eu jamais seria capaz, mesmo devido a algum deslize, de maldizê-la; e em relação a maldizer o rapaz, creio que eu não deva temer.

Neste momento, o Sr. Weston apareceu, a certa distância da janela, evidentemente de prontidão. Sua esposa lhe lançou um olhar que o convidou a entrar; e, enquanto ele vinha, acrescentou:

— Agora, queridíssima Emma, permita-me rogar-lhe que diga e demonstre tudo que possa deixar o coração dele em paz, e incliná-lo a ficar satisfeito com o noivado. Vamos fazer o melhor que pudermos; e, na realidade, pode-se dizer quase de tudo em favor dela não é uma ligação para gratificar; mas, se o Sr. Churchill não sente isso, por que nós deveríamos sentir? E pode ser uma circunstância deveras afortunada para ele; refiro-me a Frank. Ligar-se a uma garota de tanta firmeza de caráter e bom juízo, como eu sempre a considerei, e ainda estou disposta a considerá-la, apesar desse grande desvio das regras sobre o que é certo. E quanto pode ser dito por ela, mesmo cometendo esse erro!

— Muito, com efeito! — exclamou Emma, emotivamente. — Se uma mulher puder ser perdoada por pensar apenas em si mesma, será em uma situação como a de Jane Fairfax. Sobre isso, quase poder-se-ia dizer que "o mundo não é delas, nem as leis do mundo".

Ela encarou o Sr. Weston quando ele entrou, com um semblante sorridente, exclamando:

— Uma bela peça você pregou em mim, dou-lhe a minha palavra! Foi uma tramoia para atiçar a minha curiosidade e exercitar o meu talento em adivinhar. Mas você realmente me assustou. Pensei que houvesse perdido metade das suas propriedades, pelo menos. E aqui, em vez de ser uma questão de condolências, acabou se tornando uma de congratulações. Eu o congratulo, Sr. Weston, com todo o meu coração, pela perspectiva de ter uma das mais amáveis e talentosas moças na Inglaterra como sua nora.

Um olhar ou dois entre ele e a esposa o convenceram de que tudo era exatamente como esse discurso proclamava; e seu efeito feliz no ânimo do Sr. Weston foi imediato. Seu ar e sua voz recuperaram a vivacidade habitual; ele a cumprimentou carinhosa e agradecidamente pela mão, e entrou no assunto de modo a provar que agora queria somente tempo e persuasão para pensar que o noivado não era uma coisa muito ruim. Suas companhias sugeriram apenas o que poderia paliar a imprudência, ou objeções sutis; e quando haviam discutido todo o assunto juntos, e ele havia falado sobre tudo mais uma vez com Emma, ao acompanhá-la no caminho de volta para Hartfield, ele acabou se reconciliando perfeitamente, e não estava longe de pensar que fora a melhor coisa que Frank poderia ter feito.

XI

"Harriet, pobre Harriet!. Estas foram as palavras; nela se agrupavam ideias tormentosas das quais Emma não conseguia se livrar e que constituíam o verdadeiro infortúnio da situação para ela. Frank Churchill havia se portado de maneira muito ruim em relação a ela — muito ruim de várias maneiras; mas não era tanto a maneira de se portar dele quanto sua própria que a contrariava tanto. Era a rusga para a qual ele a atraiu por causa de Harriet que causava a maior mágoa devido a tal ofensa. Pobre Harriet! Ser, pela segunda vez, iludida por causa da má percepção e das lisonjas da própria Emma. O Sr. Knightley havia falado profeticamente, quando disse certa vez: "Emma, você não agiu como amiga de Harriet Smith". Receava que não havia lhe feito nada além de desserviços. Era bem verdade que ela não assumia a responsabilidade, nesta instância ou na anterior, por ser a única e original mentora de toda a trapalhada; por haver sugerido sentimentos que, de outra forma, talvez jamais houvessem entrado na imaginação de Harriet;

pois Harriet reconhecera sua admiração e preferência por Frank Churchill antes mesmo que Emma lhe fizesse qualquer insinuação sobre o assunto, mas sentia-se completamente culpada por haver encorajado o que podia haver reprimido. Poderia haver impedido a indulgência e o crescimento de tais sentimentos. Sua influência seria o bastante. E agora ela estava bastante ciente de que devia tê-los impedido. Sentia que havia arriscado a felicidade da amiga por motivos muito incertos. O bom-senso a faria dizer a Harriet que não devia se permitir pensar nele, e que havia quinhentas chances contra uma de que ele pudesse vir a se importar com ela. — Mas, com o bom-senso — emendou ela —, eu receio que não tive muito contato.

Estava extremamente irritada consigo mesma. Se não pudesse estar irritada com Frank Churchill, também, seria algo terrível. Em relação à Jane Fairfax, ela poderia pelo menos aliviar seus sentimentos de qualquer solicitude presente pela moça. Harriet já lhe seria ansiedade o bastante; não precisava ficar infeliz por conta de Jane, cujos problemas e cuja saúde frágil tinham, é claro, a mesma origem, deviam igualmente estar prestes a se curar. Seus dias de insignificância e crueldade estavam terminados. Ela logo ficaria bem, seria feliz e próspera. Emma agora conseguia imaginar por que suas próprias atenções haviam sido recusadas. Essa descoberta deixava muitas questões menores em aberto. Sem dúvida aquilo se deu por causa de ciúmes. Aos olhos de Jane, ela era uma rival; e assim, qualquer coisa que pudesse oferecer à guisa de assistência ou respeito poderia ser repelida. Um passeio na carruagem de Hartfield seria uma tortura, e araruta das despensas de Hartfield poderia ser um veneno. Ela entendia tudo; e, quando sua mente conseguiu se desprender da injustiça e do egoísmo de sentimentos irritadiços, reconheceu que Jane Fairfax não teria qualquer dignidade ou alegria além de suas recusas. Mas a pobre Harriet era uma responsabilidade tão opressiva! Havia pouca simpatia que pudesse ser dada a qualquer outra pessoa. Emma ficou tristemente temerosa de que essa segunda decepção viesse a ser ainda mais severa do que a primeira. Considerando a posição tão superior do seu objeto de afeição, era quase certo que assim seria; e, a julgar pelo efeito aparentemente mais forte sobre a mente de Harriet, produzindo reservas e autocontrole, era o que aconteceria. Teria que comunicar a verdade dolorosa, entretanto, e assim que fosse possível. Uma insinuação de sigilo estava entre as palavras de despedida do Sr. Weston:

— Por enquanto, todo o caso deveria ficar em completo segredo. O Sr. Churchill fez questão disso, como demonstração de respeito pela esposa que ele perdeu tão recentemente. E todos admitiam que isso não seria nada além do devido decoro. Emma prometeu, mas ainda assim teria que fazer uma exceção por Harriet. Era o seu dever como pessoa superior.

Apesar de vexação, não conseguia evitar sentir que aquilo beirava o ridículo, que teria que executar novamente o mesmo ofício delicado e incômodo diante de Harriet que a Sra. Weston acabara de fazer. O segredo, que lhe fora tão ansiosamente anunciado, ela agora tinha que anunciar ansiosamente a outra. Seu coração bateu rapidamente ao ouvir os passos e a voz de Harriet; foi isso, ela supôs, que a pobre Sra. Weston sentiu quando se aproximava de Randalls. O evento da revelação poderia até mesmo lembrar o anterior! Mas não haveria a menor chance de que isso acontecesse.

— Bem, Srta. Woodhouse! — exclamou Harriet, entrando apressadamente na sala. — Não foi a notícia mais estranha que você já ouviu?

— A qual notícia você se refere? — respondeu Emma, incapaz de adivinhar, pela aparência ou pela voz, se Harriet poderia haver realmente recebido algum indício.

— Sobre Jane Fairfax. Alguma vez já ouviu algo tão estranho? Oh! Não precisa recear admiti-lo para mim, pois o próprio Sr. Weston me contou. Encontrei-o agora há pouco. Disse-me que era um grande segredo e, portanto, eu não devia cogitar mencioná-lo a qualquer pessoa além de você, mas ele disse que você já sabia.

— O que o Sr. Weston lhe disse? — perguntou Emma, ainda perplexa.

— Oh! Ele me falou tudo. Que Jane Fairfax e o Sr. Frank Churchill vão se casar, e que estavam noivos secretamente durante todo esse tempo. Que estranho!

Era, realmente, muito estranho; o comportamento de Harriet era tão extremamente estranho que Emma não soube como compreendê-lo. Seu caráter parecia estar absolutamente transformado. Parecia não demonstrar qualquer agitação, ou decepção, ou preocupação peculiar nessa descoberta. Emma a observou, incapaz de falar.

— Você fazia alguma ideia — disse Harriet — de que ele estava apaixonado por ela? Você, talvez, poderia haver descoberto. Você (enrubescendo enquanto falava), que é capaz de enxergar o coração de todas as pessoas. Mais ninguém.

— Dou-lhe a minha palavra — disse Emma. — Começo a duvidar de que tenho tal talento. Você é capaz de me perguntar seriamente, Harriet, se eu imaginei que ele estivesse ligado à outra mulher ao mesmo tempo em que eu estava — tacitamente, se não abertamente — encorajando você a dar vazão a seus próprios sentimentos? Eu nunca tive a menor desconfiança, até a última hora, de que Frank Churchill nutria o mínimo interesse por Jane Fairfax. Você pode ter certeza de que, se eu tivesse, haveria de acautelá-la de acordo.

— Eu! — exclamou Harriet, enrubescendo, espantada. — Por que você haveria de me acautelar? Você não acha que eu me importo com o Sr. Frank Churchill...

— Fico encantada em ouvi-la falar com tanta robustez sobre o assunto — respondeu Emma, sorrindo. — Mas não negue que houve um tempo, e não tão distante, em que você me deu razões para entender que se importava com ele.

— Com ele! Nunca, jamais. Querida Srta. Woodhouse, como pôde se enganar tanto a meu respeito? — ela virou-se para o outro lado, incomodada.

— Harriet! — exclamou Emma, após deter-se por um momento. — O que quer dizer com isso? Enganar-me em relação a você? Por acaso eu devo supor que...

Ela não foi capaz de dizer qualquer outra palavra. Havia perdido a voz; e ela se sentou, esperando, tomada por um terror imenso, até que Harriet respondesse.

Harriet, que continuava em pé a alguma distância, com o rosto virado para o outro lado, não disse coisa alguma imediatamente; e, quando falou, fê-lo com uma voz quase tão agitada quanto a de Emma.

— Eu não devia pensar que isso seria possível — começou ela. — Que você pudesse me compreender mal! Sei que concordamos em jamais dizer seu nome; mas, considerando o quanto ele é infinitamente superior a todas as outras pessoas, eu não pensei que seria possível que pudesse indicar qualquer outra pessoa. O Sr. Frank Churchill, francamente! Não sei quem olharia para ele quando em companhia do outro. Espero ter o gosto para pensar em alguém melhor do que o Sr. Frank Churchill, que não é ninguém quando está ao lado dele. E que você tenha se enganado tanto, é espantoso! Tenho certeza, mas por acreditar que você aprovava inteiramente e queria me encorajar em minha ligação, que deveria ter considerado inicialmente que não passava de uma grande presunção ousar pensar nele. No início, se você não houvesse me dito que coisas ainda mais maravilhosas haviam acontecido; que já houve casais formados por pessoas com uma disparidade maior (essas foram as suas próprias palavras); eu não me atreveria a dar vazão a... não pensaria que seria possível... mas se você, que sempre foi conhecida dele...

— Harriet! — exclamou Emma, recompondo-se resolutamente. — Vamos nos entender agora, sem a possibilidade de que haja mais enganos. Você está falando do... Sr. Knightley?

— Certamente que estou. Jamais poderia ter essa ideia sobre qualquer outra pessoa. E, por isso, pensei que você soubesse. Quando conversávamos sobre ele, não podia haver nada mais claro.

— Não exatamente — retrucou Emma, com uma tranquilidade forçada. — Pois tudo que você disse parecia referir-se a uma pessoa diferente. Eu quase pude ter certeza de que você havia citado o nome do Sr. Frank Churchill. Estou certa de que o serviço que o Sr. Frank Churchill lhe prestou, ao protegê-la dos ciganos, foi comentado.

— Oh! Srta. Woodhouse, como pôde se esquecer!

— Minha querida Harriet, lembro-me perfeitamente da essência do que disse na ocasião. Eu lhe disse que não me espantava a sua ligação; e que, considerando o serviço que ele havia lhe prestado, era algo extremamente natural; e você concordou, expressando-se muito carinhosamente em relação ao que sentia por tal serviço, mencionando até mesmo quais foram as suas sensações ao vê-lo vindo em seu socorro. A impressão disso é muito forte em minha memória.

— Oh, por Deus — exclamou Harriet. — Agora eu me recordo do que você diz, mas eu estava pensando em algo muito diferente naquele momento. Não era aos ciganos, não era ao Sr. Frank Churchill que eu me referia. Não! (com um ar um pouco mais sonhador). Eu estava pensando na circunstância bem mais preciosa na qual o Sr. Knightley veio e me tirou para dançar quando o Sr. Elton se recusou a fazê-lo; e quando não havia nenhum outro par no salão. Essa foi a ação gentil; essa foi a nobre benevolência e generosidade; esse foi o serviço que fez com que eu começasse a sentir o quão superior ele era em relação a qualquer outro ser que há na Terra.

— Por Deus! — exclamou Emma. — Isso foi um erro muito infeliz. Muito deplorável! O que se há de fazer?

— Você não haveria me encorajado, então, se houvesse me compreendido? Pelo menos, no entanto, eu não posso estar numa situação pior do que estaria, se a pessoa em questão fosse o outro. E agora, é possível.

Ela se deteve por alguns momentos. Emma não conseguia falar.

— Não me espanta, Srta. Woodhouse — continuou ela — que você sente que há uma enorme diferença entre os dois, em relação a mim ou a qualquer outra pessoa. Deve pensar que um deles está quinhentos milhões de vezes mais acima de mim do que o outro. Mas eu espero, Srta. Woodhouse, que supor... que se, por mais estranhas que as coisas pareçam ser... mas você sabe que, nas suas próprias palavras, coisas ainda mais maravilhosas haviam acontecido; que já houve casais formados por pessoas com uma disparidade maior do que entre o Sr. Frank Churchill e eu; e, portanto, parece como se tal coisa, mesmo com todas essas características, pode haver ocorrido antes; e se eu tivesse toda essa boa fortuna, além de qualquer expressão... se o Sr. Knightley realmente... se ele não se importa com a disparidade, eu espero, querida Srta. Woodhouse, que você não irá se opor a isso, nem tentar colocar quaisquer dificuldades entre nós. Mas você é boa demais para fazer algo assim, tenho certeza.

Harriet estava diante de uma das janelas. Emma virou-se para olhar para ela em consternação e disse apressadamente:

— Você faz alguma ideia se o Sr. Knightley retribui sua afeição?

— Sim — respondeu Harriet, muito modestamente, mas sem demonstrar temores. — Devo dizer que faço, sim.

Os olhos de Emma se recolheram instantaneamente; e ela ficou sentada, meditando silenciosamente, em uma atitude fixa, por alguns minutos. Alguns minutos foram suficientes para fazer com que ela fosse apresentada aos sentimentos de seu próprio coração. Uma mente como a dela, uma vez aberta a suspeitas, fazia progressos rápidos. Ela tocou — admitiu — reconheceu toda a verdade. Por que era tão pior para Harriet estar apaixonada pelo Sr. Knightley do que pelo Sr. Frank Churchill? Por que o mal aumentava tanto pela esperança que Harriet tinha sobre uma possível retribuição? Atravessou-lhe furiosamente, com a velocidade de uma flecha, a ideia de que o Sr. Knightley não deveria se casar com ninguém além dela própria!

Sua própria conduta, assim como a de seu próprio coração, desfraldaram-se diante de seus olhos durante os mesmos poucos minutos. Ela viu tudo com uma clareza que jamais a havia abençoado antes. Tamanha era a impropriedade com a qual agira em relação a Harriet! Quão desconsiderada, quão indelicada, quão irracional, quão insensível fora sua conduta! Qual foi a cegueira, qual foi a loucura que a levou a agir assim! Tudo aquilo a atingiu com uma força pavorosa, e ela estava pronta para descrevê-la com todas as palavras ruins do mundo. Alguma porção de respeito por si mesma, entretanto, a despeito de todos esses deméritos — alguma preocupação com a própria aparência e um forte senso de justiça por Harriet (não haveria necessidade de sentir compaixão pela garota que acreditava ser amada pelo Sr. Knightley, mas a justiça exigia que ela não tivesse motivos para se sentir infeliz devido a qualquer frieza, agora) deram a Emma a resolução necessária para sentar-se e continuar resistindo com tranquilidade, até mesmo com uma gentileza aparente. Em seu próprio benefício, era adequado que toda a extensão das esperanças de Harriet fossem averiguadas; e Harriet não fizera nada para abdicar do respeito e interesse que fora tão voluntariamente formado e mantido — ou para merecer ser ofendida pela pessoa cujos conselhos nunca lhe fizeram bem. Despertando do devaneio, portanto, e encobrindo sua emoção, ela encarou Harriet novamente e, com um tom mais convidativo, renovou a conversa, pois o assunto que servira para iniciá-la a princípio, a maravilhosa história de Jane

Fairfax, estava bastante ultrapassado e perdido. Nenhuma dela pensava em mais nada além do Sr. Knightley e nelas próprias.

Harriet, que estava perdida em um devaneio pouco infeliz, ficou muito contente em ter sua atenção desviada pelos modos encorajadores de uma pessoa de tão bom juízo, e uma amiga tão boa quanto a Srta. Woodhouse, e queria apenas uma abertura para relatar a histórias de suas esperanças com grande, embora trêmulo, prazer. Os tremores de Emma enquanto perguntava, e enquanto escutava, eram melhor disfarçados do que os de Harriet, mas não eram menos intensos. Sua voz não recalcitrava, mas sua mente estava imersa em toda perturbação que o desenrolar da situação, que a explosão da ameaça do mal, que a confusão de tão súbitas e acachapantes emoções deveria criar. Escutou com muito sofrimento interior, mas com muita paciência exterior, a descrição de Harriet. Metódica, ou bem organizada, ou bem expressada, não era apenas o que se esperaria; mas ela continha, quando separada de toda a fraqueza e tautologia da narrativa, uma essência capaz de fazer afundar seu espírito — especialmente com as circunstâncias que corroboravam, que suas próprias lembranças traziam em favor da opinião do Sr. Knightley haver melhorado tanto em relação a Harriet.

Harriet percebera uma diferença no comportamento dele desde aquelas duas danças decisivas. Emma sabia que ele havia, naquela ocasião, achado que Harriet era muito superior em relação às suas expectativas anteriores. Desde aquela noite, ou pelo menos desde quando a Srta. Woodhouse a encorajou a pensar nele, Harriet começou a perceber que ele vinha lhe falar com muito mais frequência do que costumava fazer, e demonstrar modos muito diferentes em relação a ela; modos de ternura e gentileza! Posteriormente, ficou muito mais ciente disso. Quando todos estavam caminhando juntos, ele sempre se aproximava para caminhar ao seu lado, e conversava de maneira tão aprazível! Parecia querer fazer amizade com ela. Emma sabia que a situação fora exatamente essa. Frequentemente observara a mudança, quase tanto quanto a amiga. Harriet repetiu expressões de aprovação e elogios que ele proferiu, e Emma sentiu que essas palavras estavam em forte acordo com o que sabia ser a opinião dele em relação a Harriet. Ele a elogiava por sua ingenuidade e naturalidade, por ter sentimentos simples, honestos e generosos. Ela sabia que ele via tais qualidades em Harriet; havia comentado a respeito com Emma mais de uma vez. Muito daquilo vivia na memória de Harriet, muitos pequenos detalhes sobre as atenções que recebera dele, um olhar, uma frase, o afastar de uma cadeira ou outra, um elogio implícito, uma preferência descoberta, que passara despercebida, porque Emma não suspeitara. Circunstâncias que poderiam crescer em um diálogo de meia hora e que continham provas múltiplas para ela, que as havia visto, passaram sem que fossem discernidas por ela, que agora ouvia tudo; mas as duas ocorrências mais recentes a serem mencionadas, as duas mais promissoras para Harriet, não passaram sem certo grau de testemunho da parte da própria Emma. A primeira foi quando caminhava com ela, longe dos outros, no caminho ladeado por limeiras em Donwell, onde estavam caminhando durante algum tempo antes que Emma chegasse, e ele havia se esforçado (como ela mesma parecia estar convencida) em atraí-la para longe dos outros e perto de si; e, a princípio, conversara com ela de uma maneira mais particular do que jamais fizera antes, uma maneira muito particular, realmente! (Harriet não conseguia se lembrar da ocasião sem enrubescer). Pareceu quase estar perguntando-lhe se suas afeições estavam dedicadas a alguém. Mas assim que ela (a Srta. Woodhouse) parecia estar prestes a se juntar a eles, o Sr. Knightley mudou de assunto e começou a falar sobre agricultura. A segunda ocorreu quando ele passou meia hora sentado, conversando com ela antes que Emma voltasse de sua visita, na última manhã em que ele estivera em Hartfield — embora ele, ao entrar, houvesse dito que não podia ficar por mais do que cinco minutos — e, após lhe dizer, durante a conversa, que, embora devesse ir a Londres, viajaria muito contrariado por ter que sair de casa, o que foi muito mais (conforme Emma o sentiu) do que ele havia admitido para ela. A maior cumplicidade com Harriet, marcada por este episódio, causou-lhe uma dor severa.

Sobre o assunto da primeira das duas circunstâncias, ela ousou, após alguma reflexão, arriscar a seguinte questão.

— Será que não poderia? Não seria possível que, ao perguntar, como você pensou, sobre se suas afeições estavam dedicadas a alguém, estivesse aludindo ao Sr. Martin? Talvez tivesse os interesses do Sr. Martin em vista.

Mas Harriet refutou a suspeita com veemência.

— O Sr. Martin! Não, com certeza não! Não houve qualquer menção ao Sr. Martin. Espero saber melhor das coisas agora para não me importar com o Sr. Martin, ou para que não suspeitem que o faço.

Quando Harriet encerrou suas evidências, ela apelou à sua querida Srta. Woodhouse para dizer se não tinha bons indícios para nutrir esperanças.

— Eu nunca deveria haver presumido pensar nisso, a princípio — disse ela — se não fosse por você. Você me disse para observá-lo com cuidado e deixar que seu comportamento fosse a regra para o meu; e foi o que fiz. Mas agora eu pareço sentir que posso merecê-lo; e que, se ele realmente escolher a mim, nada haverá de ser mais maravilhoso.

Os sentimentos amargos ocasionados por essas frases, os muitos sentimentos amargos, fizeram com que fosse necessário empreender o maior de todos os esforços, por parte de Emma, para que conseguisse responder:

— Harriet, a única coisa que me aventuro a declarar é que o Sr. Knightley é o último homem do mundo que daria intencionalmente a qualquer mulher a ideia de que sente por ela mais do que aquilo que realmente sente.

Harriet parecia estar pronta para venerar a amiga por uma sentença tão satisfatória; e Emma somente foi salva dos êxtases e afeições, que naquele momento seriam uma penitência pavorosa, pelo som dos passos de seu pai. Ele estava vindo pelo corredor. Harriet estava agitada demais para encontrá-lo. — Não conseguiria se compor. O Sr. Woodhouse ficaria alarmado. Seria melhor se fosse embora. — Com o mais pronto encorajamento da amiga, portanto, ela passou por outra porta; e, no momento em que ela se foi, esta foi a explosão dos sentimentos de Emma: "Oh, Deus! Que eu nunca a houvesse visto!".

O restante do dia e a noite seguinte nem sequer foram o bastante para seus pensamentos. Estava embasbacada em meio à confusão de tudo que lhe sobreviera nas últimas horas. Cada momento trazia uma nova surpresa; e cada surpresa devia ser motivo de humilhação para ela. Como compreender tudo aquilo? Como compreender os engodos que vinha praticando em si mesma e sob os quais vivia? Os equívocos, a cegueira de sua própria cabeça e do coração! Ela ficou sentada, ela caminhou pela casa, tentou ficar em seu quarto, tentou ir até os arbustos; em cada local, em cada postura, percebeu que havia agido de maneira muito débil; que se deixara iludir por outros de maneira extremamente mortificante; que iludira a si mesma de maneira ainda mais mortificante; que era uma infeliz, e que deveria considerar que esse dia provavelmente seria apenas o início de toda a sua infelicidade.

Compreender, compreender completamente o próprio coração, era a primeira tarefa a fazer. Para esse fim foi dedicado cada momento de lazer que as necessidades de seu pai podiam permitir, e cada momento de desatenção involuntária.

Há quanto tempo o Sr. Knightley lhe era tão querido quanto cada sentimento declarava que agora ele o era? Quando sua influência, tamanha influência, começara? Quando ele conseguiu alcançar esse lugar em suas afeições, o mesmo que Frank Churchill, por um curto período de tempo, ocupara? Ela rememorou; comparou os dois; comparou-os como sempre estiveram em sua estima, desde a época em que o segundo lhe foi apresentado; e, como os dois deviam, a qualquer momento, ser comparados por ela... oh! Por qualquer felicidade abençoada, ocorreu-lhe instituir a comparação. Ela viu que nunca houve um momento em que não considerara que o Sr. Knightley fosse infinitamente superior à sua contraparte, ou quando seu respeito por ela não foi infinitamente mais afável. Ela viu que, ao persuadir-se, ao fantasiar, ao agir de maneira contrária, estivera sempre sob uma ilusão, totalmente ignorante em relação ao seu próprio coração; e, em resumo, que nunca havia se importado realmente com Frank Churchill, jamais!

Essa foi a conclusão da primeira série de reflexões. Esse foi o conhecimento sobre si mesma, a primeira questão do inquérito que ela alcançou; e não demorou muito a alcançá-lo. Ficou muito, e tristemente, indignada; envergonhada de todas as sensações além daquela que lhe foi revelada — sua afeição pelo Sr. Knightley. Todas as outras partes de sua mente eram repulsivas.

Com uma vaidade insuportável, ela acreditou saber dos segredos dos sentimentos de todas as pessoas; com uma arrogância imperdoável, propôs cuidar dos destinos de todas as pessoas. Comprovou-se que estava universalmente enganada; e que não havia realmente deixado de causar alguma coisa — pois havia causado malefícios. Havia trazido o mal sobre Harriet, sobre si mesma e, como muito temia, sobre o Sr. Knightley. Se aquela conexão tão desigual chegasse por acontecer, nela deveria repousar toda a responsabilidade por haver lhe dado um princípio, pois a atração que ele sentia, ela devia acreditar que houvesse sido produzida apenas por um acanhamento de Harriet; e, se esse não fosse o caso, ele nunca haveria de notar Harriet, se não fosse por suas tolices.

O Sr. Knightley e Harriet Smith! Era uma união capaz de deixar para trás qualquer maravilha de sua espécie. A relação entre Frank Churchill e Jane Fairfax se transformava em um lugar-comum, uma coisa puída e insossa em comparação, que não causava surpresa alguma, não apresentava disparidade alguma, não gerava nada sobre o qual se pudesse pensar ou falar. O Sr. Knightley e Harriet Smith! Uma elevação enorme da parte dela! Um rebaixamento enorme, pelo lado dele! Era horrível para Emma pensar como ele iria afundar na opinião geral, prever os sorrisos, as zombarias, as milhares de inconveniências que ele teria. Seria possível? Não; era impossível. E, mesmo assim, era algo que estava muito, muito longe de ser impossível. Seria uma nova circunstância para um homem de tantos talentos tão refinados, ser cativado por poderes tão inferiores? Seria novidade para que ele, que talvez estivesse ocupado demais para procurar, ser o prêmio de uma garota que fosse à sua procura? Seria novidade, por qualquer motivo neste mundo, ser desigual, inconsistente, incongruente — ou que o acaso e as circunstâncias (como segundas causas) guiassem o destino humano?

Oh! Quiçá ela jamais houvesse trazido Harriet para o seu círculo! Se a houvesse deixado onde devia, e onde ele havia lhe dito que devia deixá-la! Não foi ela mesma, com uma insensatez que nenhuma língua seria capaz de expressar, que a impediu de se casar com o homem irrepreensível que a tornaria feliz e respeitável no nível de vida ao qual ela pertencia — tudo estaria a salvo; nada nessa sequência horrenda haveria de acontecer.

Como Harriet fora capaz de ter a presunção de elevar seus pensamentos ao Sr. Knightley? Como ela poderia se atrever a imaginar que era a escolhida de tal homem, até ter certeza disso? Mas Harriet era menos humilde e tinha menos escrúpulos do que antigamente. Sua inferioridade, fosse de mente ou de situação, parecia pouco lhe importar. Parecera ser mais sensível à ideia de que o Sr. Elton desejava se casar com ela do que agora à do Sr. Knightley. Miséria! Não era isso obra de Emma também? Quem se esforçou tanto para dar a Harriet noções sobre a própria importância do que ela? Quem, senão ela, a ensinara que deveria se elevar, se possível, e que tinha todo o direito de buscar uma condição mundana melhor? Se Harriet, que deixou de ser humilde, passou a ser vaidosa, isso também acontecera por culpa de Emma.

XII

Até esse momento, quando se sentiu ameaçada pela perda, Emma jamais soubera o quanto de sua felicidade dependia de ser a primeira com o Sr. Knightley, a primeira em termos de interesse e afeição. Satisfeita por assim ser, e sentindo que aquilo era seu por direito, ela o desfrutou sem reflexão; e foi somente pelo medo de ser suplantada que descobriu o quão inexprimivelmente importante aquilo era. Por muito, muito tempo, ela sentira que era a primeira; pois, como não tinha suas próprias conexões com mulheres, havia apenas Isabella com a qual ela podia se comparar, e ela sempre soube exatamente o quanto ele amava e estimava Isabella. A própria Emma fora a primeira com ele durante muitos anos, no passado. Não o merecera; frequentemente fora negligente ou perversa, ignorando seus conselhos, ou mesmo se opondo premeditadamente a ele, insensível à metade de seus méritos e discutindo porque ele se recusava a reconhecer sua falsa e insolente estimativa sobre os seus próprios; mas, ainda assim, devido à ligação familiar e aos hábitos, e a uma incrível excelência da mente, ele a amara, e cuidara dela desde que era criança, com vistas a torná-la uma pessoa melhor e anseio para que fizesse sempre a coisa certa, algo que nenhuma outra criatura jamais houvera compartilhado. Apesar de todos os seus defeitos, ela sabia que lhe era benquista; não poderia dizer que lhe era muito benquista? Quando as sugestões de esperança, entretanto, que deviam surgir neste ponto, apresentaram-se, Emma não pôde ter a presunção de se render à indulgência. Harriet Smith poderia pensar que não era indigna de ser peculiarmente, exclusivamente, apaixonadamente amada pelo Sr. Knightley. Ela não podia. Não podia bajular a si mesma com qualquer ideia de cegueira na ligação que ele teria com ela. Recebera uma prova muito recente de sua imparcialidade. Quão chocado ele ficou com as atitudes de Emma em relação à Srta. Bates! Quão diretamente, quão fortemente ele se expressara para ela sobre aquele assunto! Não fortemente o bastante para causar ofensa, mas muito, muito mais fortemente para expressar qualquer outro sentimento mais suave do que uma justiça ética e uma clara boa vontade. Ela não tinha esperanças, nada que merecesse o nome de esperança, de que ele pudesse ter esse tipo de afeição por ela que agora estava em questão; mas havia uma esperança (por vezes muito sutil, outras vezes muito mais forte) de que Harriet pudesse haver se enganado, e que estivesse exagerando na consideração que ele sentia por ela. Era o que Emma desejava, pensando no bem dele; a consequência disso não lhe seria nada, além do fato de que ele permaneceria solteiro pelo resto da vida. Se realmente pudesse ter certeza disso, de que ele nunca se casaria, ela acreditava que ficaria perfeitamente satisfeita. Que ele continuasse sendo o mesmo Sr. Knightley para ela e para o seu pai, o mesmo Sr. Knightley para todo mundo; que Donwell e Hartfield não perdessem sua preciosa aliança de amizade e confiança, e a paz de Emma estaria em perfeita segurança. O casamento, de fato, não lhe seria o suficiente. Seria incompatível com o que ela devia ao seu pai, e com o que sentia por ele. Nada deveria separá-la de seu pai. Jamais se casaria, mesmo se o Sr. Knightley pedisse a sua mão.

Ela deveria ter um ardente desejo de que Harriet pudesse ficar decepcionada; e esperava que, quando fosse capaz de vê-los juntos outra vez, pudesse ao menos ter condições de avaliar quais eram as chances de que isso ocorresse. Dali por diante, devia vê-los com a mais apurada observação; e, por mais que houvesse compreendido erroneamente até mesmo aquelas que esteve observando, não sabia como admitir que podia estar agindo às cegas aqui. Esperava-se que ele retornasse a qualquer dia. O poder da observação logo lhe seria dado; não tardaria a aparecer, quando seus pensamentos estivessem concentrados em outro assunto. Nesse ínterim, decidiu não mais ver Harriet. Não faria bem a nenhuma das duas, não faria bem ao assunto em questão conversar ainda mais a respeito. Decidiu que não se daria por convencida, desde que pudesse duvidar, e mesmo assim não tinha autoridade para se opor à confiança de Harriet. Conversar serviria apenas para irritar. Escreveu-lhe, entretanto, de maneira gentil, mas decisiva, para rogar-lhe que não viesse a Hartfield por ora; reconhecendo que essa era a sua convicção, de que seria melhor se quaisquer discussões confidenciais sobre certo assunto fossem evitadas; e esperando que, se alguns dias pudessem passar antes que elas se encontrassem outra vez, exceto na companhia de outras — ela se opunha unicamente a um tête-à-tête — elas poderiam agir como se houvessem se esquecido do diálogo de ontem. Harriet concordou, aprovou e sentiu-se grata.

Isso havia acabado de ser acertado quando uma visitante chegou para arrancar um pouco os pensamentos de Emma do único assunto que os envolvia, adormecida ou desperta, durante as últimas vinte e quatro horas — a Sra. Weston, que estivera visitando sua futura nora e viera até Hartfield no caminho de volta para casa, quase tanto para cumprir com o dever que tinha com Emma quanto para o próprio prazer, para relatar todos os detalhes de tão interessante conversa.

O Sr. Weston a acompanhara até a casa da Sra. Bates e cumprira com sua parte dessa atenção essencial de maneira muito encantadora; mas, após induzir a Srta. Fairfax a se juntar a ela em um passeio ao ar livre, agora retornava com muito mais a dizer, e muito mais a dizer com satisfação, do que um quarto de hora passado na sala de estar da Sra. Bates, com todo o volume de sentimentos embaraçosos, podia haver lhe proporcionado.

Emma tinha um quê de curiosidade a respeito e saciou-a ao máximo enquanto sua amiga relatava. A Sra. Weston saíra para fazer sua visita com bastante agitação de sua parte e, em primeiro lugar, não desejava ir naquele momento; apenas escrever à Srta. Fairfax e adiar essa visita cerimoniosa até que algum tempo houvesse passado e o Sr. Churchill pudesse estar reconciliado com o fato de que o noivado se tornara conhecido; pois, considerando tudo que ocorrera, ela achava que tal visita não poderia ser feita sem gerar comentários. Mas o Sr. Weston pensava de maneira diversa; estava extremamente ansioso para demonstrar sua aprovação à Srta. Fairfax e sua família e não concebia que qualquer suspeita pudesse surgir; ou, se o fosse, que teria qualquer consequência, porque "tais coisas", observou ele, "sempre acabam se espalhando". Emma sorriu e sentiu que o Sr. Weston tinha razões muito boas para dizer isso. Eles foram, sem demora; e muito grande era a evidente inquietação e confusão da moça. Ela mal fora capaz de dizer uma palavra, e todo gesso e ação mostrara o quão profundamente ela estava sofrendo com a consciência. A satisfação tranquila e amorosa da velha senhora e o prazer arrebatador de sua filha — que se mostrava ainda mais alegre e disposta a falar do que o habitual — foram uma cena gratificante, embora quase artificial. Ambas eram tão respeitáveis em sua felicidade, tão desinteressadas em todas as suas sensações; pensavam muito em Jane; pensavam muito em todas as pessoas, e tão pouco em si mesmas, que todos os sentimentos mais gentis agiam em seu favor. A recente doença da Srta. Fairfax servira como um justo motivo para que ela a convidasse para um passeio; havia se retraído e recusado a princípio, mas cedera ao ser pressionada; e, no decorrer do passeio, a Sra. Weston, com estímulos gentis, conseguiu superar muito do seu acanhamento e levar a conversa até o assunto importante. Desculpas por seu silêncio aparentemente pouco gracioso em sua primeira recepção, e as expressões mais carinhosas sobre a gratidão que ela sempre sentia por ela e pelo Sr.

Weston, deviam necessariamente abrir a causa; mas, depois que essas efusões foram feitas, elas conversavam bastante sobre o estado presente e o futuro do noivado. A Sra. Weston ficou convencida de que tal conversação foi um grande alívio para a sua companheira, que estava abarrotada com as próprias preocupações da maneira com que tudo vinha acontecendo, e ficou muito contente com tudo que foi dito sobre o assunto.

— Sobre o infortúnio que ela sofrera, durante o sigilo de tantos meses — prosseguiu a Sra. Weston —, ela foi bastante enérgica. Essa foi uma de suas expressões: "Não direi que, desde que entrei no noivado, não tive momentos muito felizes; mas posso dizer que nunca conheci a bênção de uma hora tranquila". E o lábio trêmulo, Emma, que a proferiu, foi um atestado que senti em meu próprio coração.

— Pobre garota! — disse Emma. — Ela acha que agiu erradamente, então, por haver consentido com um noivado secreto?

— Erradamente! Ninguém, eu creio, pode culpá-la mais do que ela está disposta a culpar a si mesma. "A consequência", disse ela, "está sendo um estado de perpétuo sofrimento para mim; e assim devia sê-lo. Mas depois de todo o castigo que a má conduta pode trazer, ainda assim não deixa de ser má conduta. A dor não é capaz de expiá-la. Jamais poderei me livrar da culpa. Venho agindo de maneira contrária a toda a minha noção sobre o que é direito; e a virada fortuita que ocorreu, e as gentilezas que agora estou recebendo, são o que a minha consciência diz que não devia ocorrer". "Não imagine, senhora", continuou ela, "que me ensinaram a fazer o que é errado. Não permita que qualquer reflexão caia sobre os princípios ou os cuidados das amigas que me criaram. O erro foi todo e completamente meu; e eu lhe asseguro que, com todas as justificativas que as presentes circunstâncias pareçam dar, ainda assim eu temo em relatar essa história ao Coronel Campbell.

— Pobre garota! — disse Emma outra vez. — Ela o ama excessivamente, então, eu suponho. Deve ter sido por causa da atração, somente, que ela foi conduzida até a forma do noivado. Sua afeição deve ter lhe sobrepujado o juízo.

— Sim, não tenho dúvida de que ela está extremamente ligada a ele.

— Eu receio — respondeu Emma, suspirando — que devo ter contribuído frequentemente para que ela se sentisse infeliz.

— Da sua parte, meu bem, tudo foi feito de maneira muito inocente. Mas ela provavelmente tinha algo do tipo em seus pensamentos, quando aludiu aos mal-entendidos sobre os quais ele nos fez insinuações antes. Uma consequência natural do mal no qual ela se envolveu — disse ela — foi o de ficar desarrazoada. A consciência de haver agido de maneira inidônea a expôs a milhares de inquietudes, e tornou-a capciosa e irritável a tal ponto que deve ter sido... que foi... difícil para ele suportar. "Não tive a tolerância", disse ela, "que devia ter tido pelo seu temperamento e personalidade, sua personalidade encantadora, e aquela galhardice, a disposição brincalhona, as quais, sob quaisquer outras circunstâncias, seriam, estou certa, tão constantemente encantadoras a mim como eram a princípio". Ela começou então a falar sobre você e de toda a gentileza que você lhe demonstrou durante sua doença, e, com um rubor que me demonstrou como tudo estava conectado, pediu-me que, assim que tivesse uma oportunidade, a agradecesse — e eu jamais poderia agradecê-la o suficiente — por todo o desejo e todo o esforço de lhe fazer bem. Jane sabia que você jamais recebeu nenhum reconhecimento adequado da parte dela.

— Se eu não soubesse que ela está feliz agora — disse Emma, seriamente — pois, a despeito de todos os pequenos obstáculos que advêm do seu escrupuloso acanhamento, ela deve estar, não seria capaz de tolerar esses agradecimentos; pois, oh! Sra. Weston, se houvesse algum relato feito do mal e do bem que eu causei à Srta. Fairfax! Bem... (recompondo-se, tentando ser mais vivaz) isso tudo deve ser esquecido. Foi muito gentil da sua parte me trazer esses detalhes interessantes. Mostram que ela recebeu uma enorme vantagem. Tenho certeza de que ela está muito bem; espero que seja muito feliz. É adequado que a boa fortuna esteja aliada a ele, pois eu creio que o mérito todo estará com ela.

Tal conclusão não poderia passar sem resposta pela Sra. Weston. Tinha uma boa opinião sobre Frank em quase todos os aspectos; e, além disso, ela o amava sobremaneira, e sua defesa foi, dessa forma, sincera. Falou com bastante razão, e com uma afeição que era no mínimo igual, mas tinha coisas demais a urgir para a atenção de Emma; logo o assunto passou para Brunswick Square ou Donwell; ela se esqueceu de tentar escutar; e quando a Sra. Weston terminou com "Ainda não recebemos a carta pela qual tanto ansiávamos, como sabe, mas espero que ela chegue brevemente", foi obrigada a deter-se antes de responder, e finalmente obrigada a responder algo ao acaso antes que conseguisse recordar-se da carta pela qual eles tanto ansiavam.

— Você está bem, Emma? — foi a pergunta que a Sra. Weston lhe fez ao despedir-se.

— Oh! Perfeitamente. Sempre estou bem, como sabe. Não se esqueça de me contar sobre a carta assim que for possível.

As comunicações da Sra. Weston deram a Emma mais material para reflexões desagradáveis, estimando sua estima e compaixão e seu senso de injustiças passadas feitas contra a Srta. Fairfax. Arrependeu-se amargamente de não ter buscado uma amizade mais próxima com ela e enrubesceu pelos sentimentos de inveja que certamente foram, de certa forma, a causa. Se houvesse seguido os desejos conhecidos do Sr. Knightley e dado atenção à Srta. Fairfax, algo que lhe era completamente devido; se houvesse tentado conhecê-la melhor; se houvesse feito sua parte para estabelecer a intimidade; se houvesse se esforçado para encontrar uma amiga nela, em vez de fazê-lo com Harriet Smith; ela seria, com toda a probabilidade, poupada de toda a dor que lhe acossava agora. Nascimento, talentos e educação igualmente a marcavam como alguém a quem Emma devia se associar, a receber com gratidão; e a outra... quem era ela? Supondo até mesmo que nunca chegassem a se tornar amigas íntimas; que ela nunca houvesse sido admitida no círculo de confidências da Srta. Fairfax no que tange a essa questão importante — o que era o mais provável —, ainda assim, se a conhecesse como devia, e como poderia, talvez conseguisse ser preservada das suspeitas abomináveis sobre uma ligação inapropriada com o Sr. Dixon, o que ela agora não havia apenas criado e ampliado de maneira tola por conta própria, mas que havia tão imperdoavelmente insinuado; uma ideia que ela muito temia haver se tornado a causa dos sofrimentos de Jane, pela leviandade ou imprudência dos sentimentos de Frank Churchill. Entre todas as fontes de males que cercavam a primeira, desde que chegara a Highbury, ela estava persuadida de que era a pior. Deve ter sido uma inimiga perpétua. Nunca podiam estar os três juntos sem que ela apunhalasse a paz de Jane Fairfax mil vezes; e em Box Hill, talvez, foi a agonia de uma mente que não conseguiria suportar mais nada.

O anoitecer desse dia foi muito longo e melancólico em Hartfield. O tempo acrescentou o que pôde de sombras. Uma chuva fria e tempestuosa caiu, e nenhum aspecto de julho apareceu senão nas árvores e moitas, as quais o vento estava desfolhando, e a extensão do dia, que fazia somente com que as imagens cruéis ficassem muito mais visíveis.

O tempo afetou o Sr. Woodhouse, e ele conseguiu apenas ser mantido num conforto tolerável pelas atenções quase incessantes da parte de sua filha, e por esforços que jamais lhe haviam custado tanto anteriormente. Aquilo a fez lembrar do seu primeiro tête à tête tristonho, na noite em que ocorrera o casamento da Sra. Weston; mas o Sr. Knightley entrou na casa naquela ocasião, logo depois do chá, e dissipou toda e qualquer divagação melancólica. Ah! Provas tão encantadoras da atração de Hartfield, trazidas por visitas como essas, logo cessariam de existir. O retrato que ela então criara sobre as privações do inverno que se aproximava se mostrara errônea; seus amigos não os abandonaram e os prazeres não foram perdidos. Mas, com os presentes maus pressentimentos, ela temia que não teria uma contradição similar. A perspectiva diante de si, agora, era ameaçador a tal ponto que não poderia ser inteiramente dissipado; e não poderia ser nem mesmo parcialmente aliviado. Se tudo que haveria de acontecer entre o seu círculo de amigos houvesse realmente acontecido, Hartfield ficaria comparativamente deserta; e ela seria deixada para alegrar o pai com o ânimo apenas de uma felicidade arruinada.

A criança que nascesse em Randalls seria um laço, ali, ainda mais querido do que ela mesma; e o coração e o tempo da Sra. Weston ficariam ocupados por ela. Iriam perdê-la e, provavelmente, com a mesma intensidade, também perderiam seu marido. Frank Churchill não mais retornaria para eles; e a Srta. Fairfax, como era razoável supor, logo deixaria de pertencer a Highbury. Eles se casariam e se mudariam para Enscombe ou para algum lugar nas proximidades. Tudo que havia de bom lhes seria retirado; e se, a essas perdas, a perda de Donwell fosse acrescentada, o que sobraria de alegria ou de uma sociedade racional dentro de seu alcance? O Sr. Knightley não mais viria até lá para o seu conforto noturno! Não mais visitaria Hartfield a todo momento, como se estivesse disposto a trocar sua própria casa pela deles! Como seria possível suportar algo assim? E se eles o perdessem por causa de Harriet; se imaginassem que, dali por diante, ele dissesse que a sociedade de Harriet era tudo que desejava; se Harriet fosse a escolhida, a primeira, a mais querida, a amiga, a esposa em quem ele encontrasse todas as bênçãos da existência; o que poderia ampliar a miséria de Emma além da reflexão não tão distante da sua mente de que tudo isso aconteceu por causa de suas próprias ações?

Quando sua tristeza chegava a tal intensidade, ela não era capaz de reprimir um soluço ou um profundo suspiro, ou até mesmo de caminhar pela sala por alguns segundos — e a única fonte de onde qualquer coisa parecida com consolo ou compostura pudesse ser extraída era a sua própria resolução de que teria uma conduta melhor, e a esperança de que, por mais inferior em espírito ou alegria que pudesse ser o próximo e todos os futuros invernos da sua vida, ainda assim eles a encontrariam mais racional, mais ciente de si mesma, e lhe deixariam menos arrependimentos quando chegassem ao fim.

XIII

O tempo continuou igual na manhã seguinte; e a mesma solidão, e a mesma melancolia pareciam reinar em Hartfield; mas, à tarde, o tempo clareou; o vento se transformou em uma brisa mais suave; as nuvens foram afastadas; o sol apareceu; era verão outra vez. Com toda a ansiedade que tal transição traz, Emma decidiu estar fora de casa assim que fosse possível. Nunca as belas visões, sensações e odores de uma natureza, tranquilas, mornas e brilhantes após uma tempestade, foram-lhe tão atraentes. Ansiava pela serenidade que elas podiam gradualmente trazer; e, com a vinda do Sr. Perry logo após o jantar, com uma hora descompromissada para conceder ao seu pai, ela não perdeu tempo em ir até os arbustos. Ali, com o ânimo renovado e pensamentos um pouco aliviados, ela deu algumas voltas, quando viu o Sr. Knightley passar pelo portão do jardim e vir em sua direção. Foi a primeira visita após retornar de Londres. Ela estava pensando nele naquele exato momento, imaginando-o inquestionavelmente a vinte e cinco quilômetros de distância. Houve tempo somente para uma ligeira reorganização de seus pensamentos. Devia manter a compostura e a calma. Em meio minuto estavam juntos. Os "como vais" foram discretos e restritos de ambos os lados. Ela perguntou sobre os amigos mútuos; estavam todos bem. — Quando os havia deixado? — Hoje, ainda pela manhã. — Deve ter se molhado durante a cavalgada. — Sim. — Ele queria caminhar em sua companhia, ela descobriu. Havia acabado de perguntar na sala de jantar, e, como sua presença não era necessária ali, preferiu ficar ao ar livre. Ela teve a impressão de que sua aparência e seu modo de falar não transmitiam cordialidade; e a primeira causa possível para isso, sugerida pelos medos que ela nutria, era que ele talvez houvesse comunicado seus planos ao irmão, e estivesse entristecido pela maneira com a qual foram recebidos.

Os dois caminharam juntos. Ele estava em silêncio. Ela pensou que ele frequentemente olhava para ela e que tentava enxergar-lhe o rosto de maneira mais abrangente do que ela o permitia. E essa impressão produziu outro medo. Talvez ele quisesse lhe falar sobre a atração que sentia por Harriet; poderia estar em busca de algum estímulo para começar. Ela não foi capaz, não se sentiu à altura de iniciar qualquer assunto. Ele devia fazer aquilo por conta própria. Mesmo assim, ela não era capaz de suportar tal silêncio. Com ele, era algo muito estranho. Ela considerou — decidiu — e tentando sorrir, começou:

— Você tem algumas notícias para ouvir, agora que voltou, que vão surpreendê-lo bastante.

— Tenho? — disse ele em voz baixa, e olhando para ela. — De qual natureza?

— Oh! A melhor natureza do mundo. Um casamento.

Depois de esperar um momento, como se quisesse ter certeza de que ela não tinha a intenção de dizer mais nada, ele respondeu:

— Se você se refere à Srta. Fairfax e a Frank Churchill, eu já sei do que se trata.

— Como isso é possível? — exclamou Emma, virando as faces ardentes na direção dele; pois, enquanto falava, ocorreu-lhe que ele poderia ter parado na casa da Sra. Goddard no caminho.

— Recebi algumas linhas sobre os assuntos da paróquia, enviadas pelo Sr. Weston esta manhã, e, ao final da mensagem, ele fez um breve relato do que acontecera.

Emma ficou bastante aliviada e foi capaz de dizer no momento, com um pouco mais de compostura:

— Você provavelmente ficou menos surpreso do que qualquer um de nós, pois já tinha suas suspeitas. Não me esqueci que você, certa vez, tentou me acautelar. Gostaria de ter prestado atenção. Mas (com uma voz que se apequenava e um forte suspiro) parece que estou condenada à cegueira.

Por um momento ou dois, nada foi dito, e ela não suspeitou que havia provocado qualquer interesse em particular, até perceber que o seu braço fora enlaçado com o dele, pressionado contra o seu coração, e o ouviu dizer assim, num tom de grande sensibilidade, com a voz baixa.

O tempo, minha querida Emma, o tempo vai curar a ferida. Sua própria excelente sensatez; seus esforços em prol do bem de seu pai; sei que não irá se permitir. — O braço dela foi pressionado outra vez, conforme ele acrescentava, com a voz mais entrecortada e discreta. — Sensações da mais estimada amizade — indignação — canalha abominável! — E, num tom mais forte e mais firme, concluiu com: — Ele logo irá embora. Logo eles estarão em Yorkshire. Lamento por ela. Ela merece um destino melhor.

Emma o compreendia; e assim que conseguiu se recuperar das palpitações de prazer, animada por uma consideração tão carinhosa, respondeu:

— Você é muito gentil, mas está enganado; e preciso corrigi-lo. Não estou em busca desse tipo de compaixão. Minha cegueira ao que estava ocorrendo me levou a agir em relação a eles de uma maneira que sempre me causará vergonha, e caí estupidamente na tentação de dizer e fazer muitas coisas que me deixarão aberta a conjecturas desagradáveis. Mas não tenho qualquer outra razão para lamentar o fato de não saber do segredo antes.

— Emma! — exclamou ele, olhando-a com intensidade. — Tem certeza? — e logo se recompondo. — Não, não, eu a entendo. Perdoe-me. Fico contente que você seja capaz de dizer algo assim. Ele não é digno de lamentações, com certeza! E não levará muito tempo, eu espero, até que isso se torne o reconhecimento de mais do que a sua razão. Feliz, pois suas afeições não ficaram ainda mais emaranhadas! Eu jamais, confesso-lhe, pelos seus modos, imaginei saber o que você sentia. Só podia ter certeza de que havia uma preferência; e uma preferência a qual eu jamais imaginei que ele merecia. Ele é uma desgraça para o nome do homem. E ainda assim é recompensado com aquela doce moça? Jane, Jane, você terá uma vida miserável.

— Sr. Knightley — disse Emma, tentando parecer vivaz, mas verdadeiramente confusa. — Estou em uma situação deveras extraordinária. Não posso deixar que continue nesse engano; e ainda assim, talvez, como meus modos lhe causaram tal impressão, tenho tanta razão em ficar constrangida ao confessar que jamais cheguei a me sentir atraída pela pessoa de quem estamos falando, como seria natural que uma mulher sentisse se confessasse exatamente o oposto. Mas nunca estive.

Ele a escutou em completo silêncio. Ela desejou que ele falasse, mas ele não o fez. Ela supôs que devia dizer mais antes que tivesse o direito à sua clemência, mas era grande a possibilidade de ficar ainda mais diminuída na opinião dele.

— Tenho muito pouco de bom a dizer sobre a minha própria conduta. Fiquei tentada pelas atenções dele e me permiti parecer satisfeita. Uma história velha, provavelmente; um caso comum, e não mais do que aconteceu a centenas de outras do meu sexo antes; mesmo assim, talvez não seja mais perdoável naquela que se oferece, como eu faço, à compreensão. Muitas circunstâncias auxiliaram a tentação. Ele era o filho do Sr. Weston; estava continuamente por aqui; sempre o achei muito agradável e, em resumo (com um suspiro), por haver me permitido divagar sobre as causas tão engenhosamente, todas ficaram centradas nisso finalmente. Minha vaidade foi bajulada e eu permiti suas atenções. Ultimamente, entretanto — por algum tempo, na verdade —, eu não fazia a menor ideia sobre o seu significado, qualquer que fosse. Pensei que fossem um hábito, um truque, nada que requeresse seriedade da minha parte. Ele se impôs sobre mim, mas não me feriu. Nunca me senti ligada a ele. E, agora, posso compreender toleravelmente o seu comportamento. Ele nunca desejou que eu me ligasse. Foi apenas uma distração para disfarçar sua verdadeira situação com outra mulher. Seu objetivo era que todos ficassem cegos a seu respeito; e ninguém, tenho certeza, poderia ser mais efetivamente cega do que eu; exceto pelo fato de que eu não fui cegada; essa foi a minha boa fortuna. De uma forma ou de outra, eu fiquei a salvo dele.

Ela esperou por uma resposta nesse momento; por algumas palavras que dissessem que sua conduta foi inteligível, pelo menos, mas ele continuou em silêncio; e, até onde ela foi capaz de julgar, estava imerso em pensamentos. Até que finalmente, e toleravelmente, com seu tom de voz habitual, ele disse:

— Nunca tive uma opinião muito boa sobre Frank Churchill. Posso supor, entretanto, que talvez eu o tenha subestimado. Minha amizade com ele não foi mais do que uma trivialidade. E, mesmo se eu não o houvesse subestimado até aqui, ele ainda pode melhorar. Com uma mulher como aquela, ele tem uma chance. Não tenho motivos para lhe querer mal; e, para o bem dela, cuja felicidade estará envolvida com o bom caráter e conduta do Sr. Frank Churchill, eu certamente devo desejar ao rapaz toda a sorte do mundo.

— Não tenho dúvidas de que eles serão muito felizes juntos — disse Emma. — Acredito que eles estão muito mutuamente e muito sinceramente ligados.

— Ele é um homem muito afortunado! — redarguiu o Sr. Knightley, com energia. — Tão cedo na vida; aos vinte e três, um período no qual, se um homem escolhe uma esposa, geralmente escolhe mal. Aos vinte e três anos, conseguir tal prêmio! Quantos anos de felicidade esse homem, em todos os cálculos humanos, tem diante de si! A garantia do amor de uma mulher como Jane; o amor desinteressado, pois o caráter de Jane Fairfax preza o desinteresse. Tudo em seu favor: a igualdade de situação; pois, até onde a sociedade tem o direito de opinar, e todos os hábitos e modos que são importantes; igualdade em todos os aspectos, exceto um; e este, já que a pureza do coração dela jamais será posta em dúvida, da mesma forma irá aumentar a felicidade do rapaz, pois será seu dever conceder as únicas vantagens das quais ela carece. Um homem sempre deseja dar a uma mulher um lar melhor do que aquele de onde a tira; e aquele que pôde fazê-lo, onde não há dúvidas a respeito dela, deve, eu creio, ser o mais feliz dos mortais. Frank Churchill é, realmente, abençoado pela boa fortuna. Tudo acontece em seu favor. Conhece uma jovem à beira-mar, ganha sua afeição e não consegue nem mesmo afastá-la por conta de um tratamento negligente — e, mesmo que ele e toda a sua família houvessem procurado por todo o mundo por aquela que lhe seria a esposa perfeita, não encontrariam alguém que fosse superior a ela. Sua tia é um obstáculo. A tia morre. Ele só precisa falar. Seus amigos estão ansiosos para promover sua felicidade. Usou a todos para fins escusos. E todos ficam encantados em poder perdoá-lo. É um homem muito afortunado, com certeza!

— Você fala como se o invejasse.

— E eu realmente o invejo, Emma. Em um aspecto, ele é o objeto da minha inveja.

Emma não conseguiu dizer mais nada. Pareciam estar a meia sentença de Harriet, e seu desejo imediato era evitar o assunto, se possível. Criou seu plano; falaria sobre algo totalmente diferente: as crianças em Brunswick Square. E esperava apenas terminar de respirar para começar, quando o Sr. Knightley a assustou, dizendo:

— Você não vai me perguntar qual é o aspecto que invejo? Está determinada, pelo que percebo, a não ter curiosidade. Você é sábia, mas eu não consigo ser sábio. Emma, preciso lhe dizer aquilo que você não vai perguntar, embora talvez eu deseje não haver falado nada no momento seguinte.

— Oh! Então não fale, não fale — exclamou ela, ansiosamente. — Não tenha pressa, considere, e não se comprometa.

— Obrigado — disse ele, com a voz tomada por uma profunda mortificação, e nenhuma outra sílaba seguiu.

Emma não conseguia suportar a ideia de lhe causar dor. Ele desejava lhe confiar alguma coisa; talvez, consultá-la. Qualquer que fosse o custo, ela o escutaria. Poderia ajudá-lo em sua resolução, ou reconciliá-lo com a ideia; poderia fazer um elogio justo a Harriet, ou, representando-lhe sua própria independência, aliviá-lo daquele estado de indecisão, que devia ser mais intolerável do que qualquer alternativa para uma mente como a dele. Haviam alcançado a casa.

— Você vai entrar, eu imagino — disse ele.

— Não — respondeu Emma, o que foi confirmado pela maneira deprimida com a qual ele falava. — Gostaria de dar mais uma volta pelo jardim. O Sr. Perry ainda não se foi. — E, após dar alguns passos, emendou: — Eu o interrompi de maneira muito deselegante agora há pouco, Sr. Knightley, e, receio, causei-lhe dor. Mas se tiver qualquer desejo de falar abertamente comigo como amigo, ou pedir a minha opinião sobre qualquer coisa que tenha sob contemplação — como sua amiga, realmente, pode falar francamente. — Ouvirei qualquer coisa que deseje. E lhe direi exatamente o que penso.

— Como amiga! — repetiu o Sr. Knightley. — Emma, o que eu temo é uma palavra. Não, não tenho desejo... Fique, fique sim; por que eu deveria hesitar? Já fui longe demais para encobrir. Emma, eu aceito sua oferta; por mais extraordinária que possa parecer, eu a aceito, e refiro-me a mim mesmo, perante você, como amigo. Diga-me, então, será que jamais terei a oportunidade de ter sucesso?

Ele se deteve em sua seriedade para enfatizar a pergunta, e a expressão dos seus olhos a sobrepujou.

— Minha caríssima Emma — disse ele —, pois caríssima você sempre me será, qualquer que seja o evento da conversa desta hora, minha caríssima, amantíssima Emma. Diga-me de uma vez. Diga "não", se isso é o que deve ser dito. — Ela não foi capaz realmente de dizer nada. — Você está em silêncio — exclamou ele, com grande animação. — Em absoluto silêncio! Por ora, não perguntarei mais nada.

Emma estava quase pronta a desabar sob a agitação do momento. O pavor de ser despertada de seu sonho mais feliz era, talvez, a sensação mais proeminente.

— Não sou capaz de fazer discursos, Emma — ele logo prosseguiu; e num tom de carinho tão sincero, decidido e inteligível quanto seria inteligível: — Se eu a amasse menos, talvez conseguisse falar mais sobre isso. Mas você sabe o que sou. Não ouve nada além da verdade vir de mim. Eu a culpei, eu ralhei com você, e você o suportou como nenhuma outra mulher na Inglaterra o faria. Suporte as verdades que lhe contarei agora, caríssima Emma, tão bem quanto você suportou as de antes. O modo, talvez, pode não ser o mais indicado para recomendá-las. Deus sabe que fui um amante bastante indiferente. Mas você me entende. Sim; como vê, você compreende os meus sentimentos; e irá retribuí-los se puder. No momento, peço apenas para ouvir, uma vez apenas ouvir a sua voz.

Enquanto ele falava, a mente de Emma estava muito ocupada e, com toda a maravilhosa velocidade do pensamento, fora capaz — e ainda assim sem perder uma palavra — de absorver e compreender a exata verdade de tudo; de ver que as esperanças de Harriet eram inteiramente desalicerçadas, um engano, uma ilusão, uma ilusão tão completa quanto qualquer uma das que a própria Emma tivera — e que Harriet não era nada; que ela era tudo; e que tudo que vinha dizendo em relação a Harriet fora tomado como a linguagem de seus próprios sentimentos; e que toda a sua agitação, suas dúvidas, sua relutância, seu desânimo, todas foram recebidas como um desânimo em relação a si mesma. E não somente havia tempo para essas convicções, com todo o seu brilho de felicidade conjunta; havia tempo também para se regozijar pelo fato de que o segredo de Harriet não havia lhe escapado, e resolver que isso não era preciso, nem devia acontecer. Era todo o favor que ela agora podia fazer à pobre amiga; pois, qualquer que fosse o heroísmo de sentimento que poderia havê-la encorajado a rogar-lhe que transferisse a afeição que sentia por ela para Harriet, como aquela que era infinitamente a mais digna das duas — ou mesmo a mais simples sublimidade de se decidir a rejeitá-lo de uma vez por todas, sem qualquer justificativa ou motivo, porque ele não poderia se casar com as duas, Emma não tinha. Sentiu pena de Harriet, com dor e contrição, mas nenhum arroubo de generosidade ensandecido, oposto a tudo que poderia ser provável ou razoável, entrou em seu cérebro. Havia enganado a amiga, e isso lhe seria algo digno de reprovação para sempre, mas sua capacidade de julgar era tão forte quanto seus sentimentos, e tão forte quanto jamais fora antes, para reprovar tal aliança com ele como algo enormemente desigual e degradante. Seu caminho estava limpo, embora não fosse suave. Ela falou, então, atendendo ao pedido. O que disse? Apenas o que devia, é claro. Uma dama sempre o faz. Disse o bastante para mostrar que não era necessário haver desespero e para convidá-lo a dizer mais. Ele havia se desesperado em dado momento; recebera tal injunção de cautela e silêncio que, por algum tempo, esmagara todas as esperanças; sua proposta de dar outra volta e de renovar o diálogo ao qual acabara de dar fim poderia ser um pouco extraordinária! Ela sentia sua inconsistência, mas o Sr.

Knightley foi muito gentil em tolerá-la, e não buscou qualquer outra explicação.

Raramente, muito raramente, a verdade completa surge em qualquer revelação humana; raramente pode acontecer que algo não esteja um pouco disfarçado, ou um pouco errado; mas onde, como neste caso, embora a conduta fosse errada, os sentimentos não o são, pode não ter muita importância. O Sr. Knightley não podia imputar a Emma um coração mais arrependido do que ela mesma o tinha, ou um coração mais disposto a aceitar o seu.

Ele, de fato, não estava nem um pouco ciente da própria influência. Seguiu-a para o meio dos arbustos sem qualquer intenção de tentá-lo. Viera, em sua ansiedade, para saber como ela havia assimilado o noivado de Frank Churchill, sem qualquer propósito egoísta, sem qualquer propósito além da própria vontade, se ela o permitisse ou desse abertura, de consolá-la ou aconselhá-la. O restante fora obra do momento, o efeito imediato do que ele ouviu, sobre seus sentimentos. A deliciosa garantia da total indiferença de Emma por Frank Churchill, de que seu coração se havia completamente desapegado dele, gerara a esperança de que, com o tempo, ele mesmo poderia conquistar sua afeição; mas aquilo não era uma esperança presente; ele apenas, na conquista momentânea da ansiedade sobre o juízo, desejou que ela lhe dissesse que não proibia sua tentativa de se ligar a ela. As esperanças superiores que gradualmente se abriam eram muito mais encantadoras. A afeição, que ele vinha pedindo para criar, se pudesse, já lhe pertencia! Em meia hora, ele passou de um estado mental de completo transtorno para algo tão parecido com a perfeita felicidade que não poderia ser chamado por qualquer outro nome.

A mudança nela foi igual. Essa meia hora dera a cada um a mesma certeza preciosa de ser amado, afastou de cada um a mesma medida de ignorância, ciúme ou desconfiança. Da parte dele, sempre houvera um ciúme, tão velho quanto a chegada, ou a expectativa da chegada, de Frank Churchill. Estava apaixonado por Emma e enciumado por causa de Frank Churchill, há aproximadamente o mesmo tempo, e um sentimento provavelmente o iluminara em relação ao outro. Foi o ciúme que sentira por causa de Frank Churchill que o tirara do campo. A excursão a Box Hill o fez decidir-se a partir. Iria se poupar de testemunhar novamente tais atenções, encorajadas e permitidas. Fora até lá para aprender a ser indiferente. Mas havia ido ao lugar errado. Havia felicidade doméstica em demasia na casa do seu irmão; a mulher a exibia de maneira muito afável; Isabella era muito parecida com Emma — diferente apenas nas mais visíveis inferioridades, as quais sempre faziam refletir a irmã em brilho diante dele, pois muito do que era necessário fazer, até mesmo dessa vez levou mais tempo. Lá ele permaneceu, entretanto, vigorosamente, dia após dia; até que o correio daquela manhã lhe trouxera a história de Jane Fairfax. — E então, com a alegria que devia ser sentida, não, com a que ele não teve escrúpulos em sentir, sem jamais haver acreditado que Frank Churchill fosse merecedor de Emma, houve tanta afeição e solicitude, tanta ansiedade por ela, de modo que não mais conseguiu ficar onde estava. Cavalgara de volta para casa sob a chuva, e foi diretamente até lá após o jantar, para ver como aquela que era a mais doce e melhor dentre todas as criaturas, perfeita apesar de todos os defeitos, recebera a descoberta.

Ele a encontrou agitada e deprimida. Frank Churchill era um vilão. Ouviu-a declarar que jamais o amara. O caráter de Frank Churchill não era tão atroz. Ela era a sua própria Emma, pela mão e pela palavra, quando voltaram a entrar na casa; e, se pudesse pensar em Frank Churchill então, poderia até mesmo considerá-lo um sujeito bastante agradável.

XIV

Que sentimentos totalmente diferentes Emma levou de volta para dentro de casa do que aqueles com os quais saíra! Naquele momento, ansiava somente por algum alívio para o sofrimento; estava tomada agora por uma breve palpitação de felicidade, e tal felicidade, além disso, como acreditava, deveria ser ainda maior quando a palpitação houvesse passado.

Eles se sentaram para tomar chá — o mesmo grupo ao redor da mesma mesa. Quantas vezes aquilo havia acontecido! E com quanta frequência seus olhos pousaram nos mesmos arbustos do jardim e observaram o mesmo belo efeito do sol poente! Mas nunca em tal estado de espírito, nunca em nada como agora; e foi com dificuldade que ela conseguiu reunir o suficiente do seu eu habitual para ser a cuidadosa senhora da casa, ou mesmo a cuidadosa filha.

O pobre Sr. Woodhouse pouco suspeitava o que estava sendo tramado contra ele no peito do homem a quem tão cordialmente dava as boas-vindas, e a quem tão ansiosamente esperava que não houvesse pegado um resfriado após sua cavalgada. Se pudesse ver-lhe o coração, não se importaria tanto com os pulmões, mas sem a mais distante imaginação sobre o mal que se avizinhava, sem a menor percepção de qualquer coisa extraordinária na aparência de um ou de outro, repetiu-lhes muito confortavelmente todas as notícias que recebera do Sr. Perry, e falou com muito contentamento, totalmente inocente sobre o que eles poderiam lhe contar por sua vez.

Enquanto o Sr. Knightley permaneceu com eles, a febre de Emma continuou; mas, quando ele se foi, ela começou a sentir que estava um pouco tranquilizada e arrefecida; e, no decorrer da noite insone, que foi o tributo por aquele fim de tarde, ela encontrou um ou dois pontos tão sérios a considerar que a fizeram sentir que até mesmo sua felicidade devia ter certa temperança. Seu pai — e Harriet. Não conseguia ficar sozinha sem sentir todo o peso das necessidades de cada um; e como resguardar o conforto de ambos ao máximo era a questão. Com respeito ao seu pai, era uma questão que logo foi respondida. Ela ainda não sabia o que o Sr. Knightley iria perguntar, mas um breve diálogo com o seu coração produziu a mais solene resolução de jamais abandonar seu pai. Chegou até mesmo a chorar por causa daquela ideia, como se fosse um pecado pensar a respeito. Enquanto ele vivesse, deveria ser apenas um noivado, mas ela se congratulou, pois, se evitasse o perigo de ser levada para longe, aquilo poderia se tornar um conforto ainda maior para ele. Como fazer coisas boas por Harriet era uma questão mais difícil; como poupá-la de dores desnecessárias; como lhe fazer qualquer possível expiação; como não parecer sua inimiga? Nesses aspectos, sua perplexidade e incômodo eram enormes; e sua mente teve que passar várias e várias vezes por toda reprovação amarga e arrependimento lamentoso que o problema causava. Ela podia apenas decidir, finalmente, que continuaria a evitar encontros com ela e comunicar tudo que precisava ser dito por meio de cartas; seria inexprimivelmente desejável que ela continuasse afastada de Highbury por algum tempo, e — cedendo a mais um plano — decidir que poderia ser viável conseguir um convite para que ela fosse a Brunswick Square. Isabella ficara contente com Harriet; e algumas semanas passadas em Londres a divertiriam. Não pensou que seria da índole de Harriet escapar dos benefícios trazidos por novidades e variedades, pelas ruas, as lojas e as crianças. De qualquer maneira, seria uma prova de atenção e gentileza da parte dela, a quem tudo era devido; uma separação no momento presente; e um adiamento do dia maligno, quando todos deveriam estar juntos outra vez.

Ela se levantou cedo e escreveu sua carta para Harriet; uma tarefa que a deixou muito séria, e quase tão triste, que o Sr. Knightley, ao chegar em Hartfield para o café da manhã, não chegou tão cedo; e meia hora roubada em seguida para percorrer o mesmo caminho com ele, literalmente e figurativamente, foi necessária para lhe restaurar uma porção adequada da mesma felicidade trazida na noite anterior.

Ele não a deixou por muito tempo, e de modo algum tempo o bastante para que ela tivesse a menor inclinação de pensar em qualquer outra pessoa, quando uma carta lhe foi trazida de Randalls — uma carta muito volumosa; ela imaginou o que a carta conteria e depreciou a necessidade de lê-la. Sentia-se agora em perfeita caridade para com Frank Churchill; não queria explicações. Queria apenas reservar seus pensamentos para si mesma — e, sobre entender qualquer coisa que ele escrevera, tinha certeza de que seria incapaz de fazê-lo. Devia atravessá-la, entretanto. Ela abriu o envelope; e foi exatamente assim. Um bilhete da Sra. Weston para ela, incluída na carta enviada por Frank à Sra. Weston.

Tenho o grande prazer, minha querida Emma, de enviar-lhe a carta anexa. Sei que vai lhe fazer toda a justiça possível, e não tenho qualquer dúvida de seu efeito feliz. Creio que nunca voltaremos a discordar essencialmente sobre o remetente; mas não vou atrasá-la com um longo prefácio. Estamos muito bem. Esta carta foi a cura de todo o pouco nervosismo que vim sentindo ultimamente. Não gostei muito da sua aparência na terça-feira, mas aquela foi uma manhã desagradável; e embora você nunca admita que é afetada pelo mau tempo, eu creio que todos sentem quando um vento de noroeste sopra. Preocupei-me muito com o seu querido pai durante a tempestade da tarde de terça-feira e ontem pela manhã, mas tive o conforto de saber ontem à noite, por meio do Sr. Perry, que a ocasião não o deixou enfermo.

Sinceramente, A. W.

[à Sra. Weston] — Windsor, julho.

MINHA ESTIMADA SENHORA,

Se me fiz entender ontem, esta carta será esperada; mas, esperada ou não, sei que será lida com candor e indulgência. Você é toda bondade e eu acredito que haverá necessidade até mesmo de toda a sua bondade para perdoar algumas partes da minha conduta recente. Mas fui perdoado por alguém que tinha ainda mais motivos para se ressentir. Minha coragem cresce enquanto escrevo. É muito difícil, para o próspero, ser humilde. Já tive sucesso em dois pedidos de perdão, e posso estar correndo o risco de pensar que tenho certeza demais de que vou obter o seu, e o das pessoas entre os seus amigos que tiveram qualquer motivo para se sentir ofendidos. Vocês todos devem tentar compreender a exata natureza da minha situação quando pisei em Randalls pela primeira vez; devem considerar que eu tinha um segredo que devia ser guardado a todo custo. Esse era o fato. Meu direito de me colocar em uma situação que requeria tamanho sigilo é outra questão. Não o discutirei aqui. Por minha tentação de pensar que é um direito, envio todas as dúvidas a uma casa de tijolos, com vidraças no andar de baixo e janelas com dobradiças no andar de cima, em Highbury. Não me atrevi a abordá-la abertamente, minhas dificuldades devido ao estado de Enscombe devem ser muito bem conhecidas para exigir uma definição; e tive a boa fortuna de prevalecer, antes de nos despedirmos em Weymouth, e de induzir a mais íntegra mente feminina em toda a criação a se curvar à caridade de um noivado secreto. Se ela houvesse recusado, eu enlouqueceria. Mas você pode querer perguntar: qual era a sua esperança ao fazer isso? O que ansiava conseguir? Qualquer coisa, todas as coisas; tempo, acaso, circunstância, efeitos vagarosos, súbitas explosões, perseverança e exaustão, saúde e doença. Toda possibilidade de coisas boas estava diante de mim e, com a primeira das bênçãos assegurada, ao conseguir promessas de fidelidade e correspondência. Se precisa de explicações mais aprofundadas, tenho a honra, minha cara senhora, de ser o filho do seu marido, e de ter a vantagem de haver herdado uma disposição a ter esperança por coisas boas, a qual nenhuma herança de casas ou terras jamais conseguirá se igualar em valor. Enxergue-me, portanto, sob essas circunstâncias, ao chegar para a minha primeira visita em Randalls; e aqui estou, ciente de haver agido errado, pois essa visita poderia ter sido feita anteriormente. Irá se lembrar de que não cheguei até que a Srta. Fairfax estivesse em Highbury; e, como você foi a pessoa ofendida, perdoar-me-á imediatamente; mas devo me esforçar pela compaixão do meu pai, ao lembrá-lo de que, enquanto me abstive de visitar sua casa, também me abstive de conhecer você. Meu comportamento, durante a quinzena muito feliz que passei em sua companhia, espero, não me deixou aberto a repreensões, exceto em uma ocasião. E agora chego ao principal, à única parte importante da minha conduta enquanto lhe pertenci, que incita a minha própria ansiedade, ou que requer uma explicação muito solícita. Com grande respeito, e a mais carinhosa amizade, menciono a Srta. Woodhouse; meu pai talvez pense que eu deveria acrescentar que o faço com a mais profunda humilhação. Algumas palavras que ele deixou escapar ontem deixaram explícita a sua opinião, e acredito que devo ser o alvo de alguma censura. Meu comportamento em relação à Srta. Woodhouse indicou, acredito, mais do que devia. Para auxiliar na manutenção de um segredo tão essencial para mim, fui levado a fazer mais do que um uso permissível do tipo de intimidade no qual fomos imediatamente lançados. Não posso negar que a Srta. Woodhouse foi o alvo ostensivo das minhas atenções; mas tenho certeza de que você acreditará na declaração de que, se eu não estivesse convencido de sua indiferença, não haveria de ser induzido por quaisquer perspectivas egoístas a continuar. Por mais afável e encantadora que a Srta. Woodhouse seja, ela nunca me deu a ideia ser uma jovem dama propensa a se ligar a alguém; e o fato de que ela era perfeitamente livre de qualquer tendência de se ligar a mim foi uma convicção suficiente para o meu desejo. Ela recebeu minhas atenções com uma jovialidade tranquila, amigável e bem-humorada, algo que era exatamente adequado ao que eu queria. Parecíamos compreender um ao outro. Por causa de nossas relativas situações, tais atenções lhe eram devidas, e assim foram sentidas. Se a Srta. Woodhouse realmente começou a me compreender antes do fim daquela quinzena, não sei dizer; quando fui me despedir dela, lembrei-me que estava prestes a confessar a verdade, e foi então que imaginei que ela tinha suas próprias suspeitas; mas não tenho dúvidas de que ela me detectou desde então, pelo menos até certo ponto. Ela pode não ter descoberto tudo, mas sua perspicácia deve ter descoberto uma parte. Não consigo duvidar disso. Você perceberá, assim que o assunto ficar livre de suas amarras presentes, que ela não foi apanhada totalmente de surpresa. Ela frequentemente fazia insinuações a respeito. Lembro-me de quando ela me disse, no baile, que eu devia agradecer a Sra. Elton pelas atenções que demonstrara à Srta. Fairfax. Espero que esse histórico da minha conduta em relação a ela seja admitido por você e pelo meu pai como uma grande extenuação do que percebeu não estar direito. Enquanto me considerava como alguém que havia pecado contra Emma Woodhouse, eu não merecia nada de uma parte ou de outra. Absolva-me aqui, e peça em meu nome, quando for permissível, a absolvição e bons desejos da supramencionada Emma Woodhouse, a quem respeito com tanta afeição fraternal que espero ver tão profunda e felizmente apaixonada quanto eu. Quaisquer coisas estranhas que eu disse ou fiz durante aquela noite, você agora tem a chave para sabê-lo. Meu coração estava em Highbury, e meu esforço era para deixar meu corpo por perto o máximo que pudesse, e com as menores suspeitas. Caso se lembre de qualquer suspeita, traga todas à luz correta. Sobre o piano que tanto se falou, sinto que é somente necessário dizer que a sua compra era absolutamente desconhecida à Srta. F.

— que nunca me permitiria enviá-lo, se lhe fosse dada qualquer escolha. A delicadeza de sua mente durante todo o noivado, minha cara senhora, está muito além do meu poder de lhe fazer justiça. Você em breve virá a conhecê-la completamente. Nenhuma descrição é capaz de descrevê-la. Ela deve lhe contar por conta própria quem é — embora não com palavras, pois nunca houve uma criatura humana que tão propositalmente suprimisse seus próprios méritos. Desde que comecei a escrever esta carta, que será mais longa do que antevi, recebi notícias dela. Ela faz um bom relato sobre a própria saúde; mas, como nunca se queixa, não ouso acreditar. Quero ter a sua opinião sobre como ela parece estar. Sei que logo irá visitá-la; ela vive apavorada com a expectativa da visita. Talvez já tenha sido feita. Mande-me notícias sem demora; estou impaciente por milhares de detalhes. Lembre-se dos poucos minutos nos quais estive em Randalls, e o meu estado embasbacado e enlouquecido; e ainda não estou muito melhor; ainda insano, seja pela felicidade ou pela tristeza. Quando penso na generosidade e nos favores que recebi, ou em sua excelência e paciência, e na generosidade do meu tio, fico louco de alegria; mas, quando me recordo de toda a inquietação que lhe ocasionei, e quão pouco mereço ser perdoado, fico louco de raiva. Se pudesse ao menos vê-la outra vez! Mas ainda não devo propor tal coisa. Meu tio vem sendo bom demais para mim para que eu me aproveite da situação. Assim, devo acrescentar ainda mais a esta longa carta. Você não ouviu tudo que devia ouvir. Não consegui lhe dar quaisquer detalhes encadeados ontem; mas a súbita velocidade e, de certo modo, a impraticabilidade com as quais o caso explodiu, precisa de explicações; pois, embora o evento do dia 26 passado, como você mesma irá concluir, imediatamente me abriu para perspectivas mais felizes, eu não devia haver presumido tal coisa tão cedo, exceto pelas circunstâncias muito particulares que não me deixaram sequer uma hora a perder. Eu devia ter me contido de qualquer coisa tão apressada, e ela teria sentido cada escrúpulo meu com força e refinamento multiplicados. Mas não tive escolha. O compromisso apressado no qual ela entrou com aquela mulher — e aqui, minha cara senhora, fui obrigado a parar abruptamente, para rememorar e me recompor. Estive andando pelo campo, e estou agora, espero, suficientemente racional para fazer com que o restante da minha carta seja como deve ser. De fato, esse é um retrospecto deveras mortificante para mim. Portei-me de maneira vergonhosa. E aqui eu posso admitir que meus modos em relação à Srta. W., ao agir de maneira desagradável para com a Srta. F., são altamente culpáveis. Ela os desaprovou, o que deveria ser o bastante. Ela não achou ser o suficiente minha súplica para manter a verdade em segredo Estava descontente; pensei desarrazoadamente assim: pensei que ela, em milhares de ocasiões, era desnecessariamente escrupulosa e cautelosa; pensei até mesmo que fosse fria. Mas ela estava sempre certa. Se eu houvesse seguido o seu julgamento e arrefecido meu ânimo a um nível que ela considerava apropriado, poderia ter escapado da maior infelicidade que já senti. Nós brigamos. Lembra-se da manhã que passamos em Donwell? Lá, cada pequena insatisfação que ocorrera antes se transformou em uma crise. Eu me atrasei; encontrei-a caminhando de volta para casa sozinha, e quis acompanhá-la, mas ela não se dignou a aceitar. Recusou-se terminantemente a permitir que eu a acompanhasse, algo que na época pensei ser muito pouco razoável. Agora, entretanto, não vejo nada na ocasião além de um grau muito natural e consistente de discrição. Enquanto eu, para cegar o mundo sobre o nosso noivado, estava me portando uma hora com uma particularidade questionável em relação à outra mulher, ela devia estar consentindo na hora seguinte a uma proposta que poderia fazer com que toda a cautela anterior se tornasse inútil? Se fôssemos vistos caminhando juntos entre Donwell e Highbury, certamente suspeitariam da verdade. Eu estava suficientemente ensandecido, entretanto, e fiquei ressentido. Duvidei de suas afeições.

Duvidei ainda mais no dia seguinte, em Box Hill; quando, provocada por tal conduta da minha parte, por uma negligência vergonhosa e insolente em relação a ela, e uma devoção tão aparente à Srta. W., que seria impossível para qualquer mulher de bom-senso suportar, ela expressou seu ressentimento com palavras que me foram perfeitamente inteligíveis. Em resumo, minha cara senhora, foi uma briga na qual não houve a menor culpa da parte dela, e um comportamento abominável da minha; e retornei na mesma noite a Richmond, embora pudesse ter ficado com você até a manhã seguinte, meramente porque estava tão furioso com ela quanto possível. Mesmo assim, fui um tolo por não querer me reconciliar a tempo; mas eu era a pessoa magoada, magoada pela sua frieza, e fui embora determinado de que ela seria quem devia fazer o primeiro contato. Sempre me congratulo por você não estar na excursão de Box Hill. Se houvesse testemunhado o meu comportamento lá, posso supor que dificilmente voltaria a pensar bem sobre a minha pessoa outra vez. O efeito da viagem nela aparece na resolução imediata que produziu; assim que descobriu que eu havia realmente partido de Randalls, ela aceitou a oferta daquela oficiosa Sra. Elton; cujo sistema de tratamento, como um todo, sempre me encheu de indignação e ódio. Não devo brigar com um espírito de indulgência que foi tão ricamente estendido a mim; mas, por outro lado, devo protestar veementemente contra a parte pela qual aquela mulher é conhecida. "Jane", francamente! Você irá observar que eu não cedi à indulgência de chamá-la por esse nome, mesmo para você. Pense, então, o que eu devo haver passado ao ouvi-lo, sendo jogado de um lado para outro entre os Eltons, com toda a vulgaridade da repetição desnecessária, e toda a insolência de uma superioridade imaginada. Tenha paciência comigo, logo vou terminar. Ela fechou a oferta, resolvida a romper inteiramente comigo, e escreveu no dia seguinte para me dizer que jamais deveríamos nos encontrar outra vez. Sentia que o noivado era uma fonte de arrependimento e infortúnio para ambos; e o dissolveu. Essa carta chegou até mim na exata manhã da morte da minha pobre tia. Eu a respondi na mesma hora; mas, devido à confusão em minha mente e a multiplicidade de assuntos que caiu sobre os meus ombros, a minha resposta, em vez de ser enviada com todas as muitas outras cartas daquele dia, ficou trancada na minha escrivaninha; e eu, confiando que havia escrito o suficiente, embora fossem apenas algumas linhas, para satisfazê-la, permaneci sem qualquer inquietude. Fiquei um pouco decepcionado por não receber notícias dela novamente, e rapidamente; mas encontrei alguma justificativa para isso, e estava ocupado demais, e — será que posso acrescentar? — alegre demais em minhas perspectivas para ser capcioso. Mudamo-nos para Windsor; e dois dias depois eu recebi um pacote enviado por ela, as minhas cartas, todas devolvidas! E algumas poucas linhas com a resma, afirmando sua surpresa em não haver recebido nem mesmo a menor resposta à sua última; e acrescentando que, como o silêncio diante de tal questão não poderia ser interpretado de outra forma, e que devia ser igualmente desejável a ambos para que todos os arranjos subordinados fossem concluídos assim que possível, ela agora me enviava, por um meio seguro, todas as minhas cartas, e pedia que, se eu não pudesse fazer diretamente o mesmo com as dela, enviando-as a Highbury dentro de uma semana, que eu as enviasse depois desse período para ela em... em resumo, todas as instruções para o envio à residência da Sra. Smallridge, perto de Bristol, estavam me encarando. Eu conhecia o nome, o lugar, sabia de tudo a respeito, e instantaneamente vi o que ela vinha fazendo. Estava perfeitamente de acordo com aquela resolução de caráter que eu sabia que ela possuía; e o sigilo que ela havia mantido, assim como qualquer desígnio em sua carta anterior, era igualmente descritivo dessa delicadeza ansiosa. Por qualquer coisa do mundo, ela jamais iria me ameaçar. Imagine o choque; imagine como, até que eu conseguisse perceber meu próprio equívoco, eu vociferei contra os equívocos daquela postagem. O que se poderia fazer? Apenas uma coisa. Eu teria que conversar com o meu tio. Sem a sua sanção, jamais poderia esperar que ela me ouvisse novamente. Eu falei; as circunstâncias estavam ao meu favor; o evento recente havia amaciado seu orgulho, e ele estava, mais cedo do que eu poderia ter antecipado, totalmente reconciliado e complacente; e pôde dizer, finalmente, pobre homem!, com um suspiro profundo, que desejava que eu pudesse encontrar tanta felicidade no matrimônio quanto ele encontrara. Eu senti que seria de um tipo diferente. Está disposta a sentir pena de mim pelo que devo ter sofrido ao abrir a causa a ele, por meu suspense enquanto tudo corria perigo? Não, não me perdoe antes de eu lhe contar o que senti ao voltar a Highbury e ver como a deixei doente. Cheguei a Highbury na hora do dia em que, pelo meu conhecimento dos hábitos de tomarem o desjejum mais tarde do que o habitual, eu tinha a certeza de que haveria uma boa chance de encontrá-la sozinha. Não me decepcionei; e, finalmente, não fiquei decepcionado com o objeto da minha jornada. Uma quantidade enorme de desprazeres muito razoáveis e muito justos eu tive que dissipar; mas está feito. Estamos reconciliados, mais unidos, ainda mais unidos do que jamais estivemos, e nenhuma inquietação momentânea poderá ocorrer entre nós outra vez. Agora, minha querida senhora, vou libertá-la; mas não podia concluir antes. Mil e mil obrigados por toda a gentileza que você demonstrou por mim, e dez mil pelas atenções que seu coração irá ditar por ela. Se pensa que estou mais feliz do que mereço estar, eu compartilho de sua opinião. A Srta. W. diz que eu sou um filho da boa fortuna. Espero que ela esteja certa. Em um aspecto, a minha boa fortuna é, sem dúvida, o de poder subscrever-me.

Seu agradecido e afetuoso filho,

F. C. WESTON CHURCHILL.

XV

Essa carta encontraria o caminho que levaria até os sentimentos de Emma. Ela foi obrigada, a despeito da determinação em fazer o contrário, a reconhecer toda a justiça que a Sra. Weston previra. Assim que chegou à menção de seu próprio nome, foi irresistível; cada linha que tratava dela era interessante, e quase toda linha era agradável; e, quando esse encanto cessou, o assunto ainda era capaz de se manter, pelo retorno natural do seu antigo respeito pelo escritor e a forte atração que qualquer retrato de amor devia ter por ela naquele momento. Não parou de ler até chegar ao fim; e, embora fosse impossível não sentir que ele nunca chegou a estar errado, ainda assim ele estava menos errado do que ela supusera; e ele havia sofrido, e lamentava-se muito; era muito grato à Sra. Weston e estava tão apaixonado pela Srta. Fairfax; e Emma, por sua vez, estava tão feliz que não havia como ser severa. Se ele entrasse na sala, ela o cumprimentaria com um aperto de mão tão carinhoso como sempre o fez.

Ficou com uma impressão tão boa da carta que, quando o Sr. Knightley voltou, ela quis que ele a lesse. Tinha certeza de que o desejo da Sra. Weston era que a mensagem fosse comunicada; especialmente a alguém que, como o Sr. Knightley, vira muito a culpar na conduta Frank.

— Ficarei muito feliz em dar uma olhada — disse ele. — Mas parece longa. Vou levá-la comigo para casa, à noite.

Mas isso não bastaria. O Sr. Weston a visitaria à noite, e Emma deveria devolvê-la pelas mãos dele.

— Eu preferiria estar conversando com você — respondeu ele. — Mas, como parece ser uma questão de justiça, assim será feito.

Ele começou — parando, entretanto, quase imediatamente para dizer:

— Se me fosse oferecida a oportunidade de ver uma das cartas desse cavalheiro para a sua madrasta há alguns meses, Emma, não a tomaria com tanta indiferença.

Ele prosseguiu mais um pouco, lendo silenciosamente para si; e em seguida, com um sorriso, observou:

— Humpf! Uma bela abertura elogiosa, mas é do feitio dele. O estilo de um homem não pode ser a regra de outro. Não sejamos severos.

— Será natural para mim — emendou ele, logo em seguida — dizer a minha opinião em voz alta conforme leio. Ao fazê-lo, vou sentir que estou perto de você. Não sentirei uma perda de tempo tão grande; mas, se você não gostar?

— De maneira alguma. É o que eu desejaria que ocorresse.

O Sr. Knightley voltou à leitura com maior alacridade.

— Ele faz um gracejo aqui — disse ele — quando se refere à tentação. Sabe que está errado, e não tem nada de racional a apresentar. É ruim. Não devia ter formado o noivado. "A disposição do seu pai"; ele é injusto, entretanto, para com o pai. O temperamento otimista do Sr. Weston foi uma bênção para todos os seus esforços meritórios e honrosos; mas o Sr. Weston mereceu cada um de seus presentes confortos antes de trabalhar para conquistá-los. É bem verdade; ele não veio até que a Srta. Fairfax estivesse aqui.

— E eu não me esqueci — disse Emma — da certeza que você tinha de que ele poderia ter vindo antes, se quisesse. Você deixou esse detalhe passar de maneira muito elegante, mas estava perfeitamente correto.

— Não fui tão imparcial em meu julgamento, Emma; mas, ainda assim, eu creio — se você não estivesse envolvida no caso — que ainda teria razão em desconfiar dele.

Quando chegou à parte que citava a Srta. Woodhouse, foi obrigado a lê-la em voz alta — tudo que se relacionava a ela, com um sorriso; uma olhada; um meneio de cabeça; uma palavra ou duas de concordância, ou desaprovação; ou meramente de amor, como o assunto requeria; concluindo, entretanto, seriamente, e após uma reflexão séria:

— É muito ruim, embora pudesse ser pior. Ele joga um jogo muito perigoso. Tem uma dívida muito grande para com o evento para sua própria absolvição. Não julga os modos que demonstrou para com você. Sempre enganado, de fato, por seus próprios desejos, e considerando pouco além da própria conveniência. Imaginando que você havia descoberto seu segredo. Natural o suficiente! Sua própria mente é tão cheia de intriga que ele deveria suspeitá-la em outras pessoas. Mistério; finesse; como pervertem a compreensão! Minha Emma, tudo isso não serve para provar cada vez mais a beleza da verdade e sinceridade em todas as nossas tratativas, um com o outro?

Emma concordou, e com um rubor de sensibilidade por causa de Heather, o qual ela não conseguia dar qualquer explicação sincera a respeito.

— É melhor continuar — disse ela.

Ele o fez, mas pouco tempo depois parou outra vez para dizer:

— O piano! Ah! Esse foi o ato de um homem muito, muito jovem, jovem demais para considerar se a inconveniência do presente não excederia demais o prazer. Um plano juvenil, realmente! Não consigo compreender o desejo de um homem de dar a uma mulher qualquer prova de afeição que saiba que ela possa dispensar; e ele sabia que ela teria impedido a chegada do instrumento, se pudesse.

Depois disso, ele fez alguns progressos sem qualquer pausa. A confissão de Frank Churchill sobre haver se portado vergonhosamente foi a primeira coisa que mereceu mais do que uma palavra ocasional.

— Concordo perfeitamente com você, senhor — foi o comentário que fez. Você se portou de maneira realmente muito vergonhosa. Jamais escreveu uma linha mais sincera. — E após passar pelo que imediatamente seguiu, a base de sua discordância, e sua persistência em agir de maneira diretamente oposta ao senso de justiça de Jane Fairfax, ele fez uma pausa mais longa para dizer: — Isso é muito ruim. Ele a induziu a se colocar, pensando apenas em seu próprio benefício, em uma situação de extrema dificuldade e inquietação, e sua prioridade deveria ter sido impedi-la de sofrer desnecessariamente. Provavelmente, teve que enfrentar muito mais problemas, ao prosseguir com a correspondência, do que ele. Ele devia ter respeitado até mesmo escrúpulos desarrazoados, se estes existiram, mas os dela foram todos razoáveis. Devemos considerar que ela tem um único defeito, e lembrar que ela fez algo errado ao consentir com o noivado, ao pensar que ela estava em tal estado de castigo.

Emma sabia que ele agora estava se aproximando do trecho sobre Box Hill e sentiu-se desconfortável. A maneira pela qual ela própria se portara havia sido tão inapropriada! Estava profundamente constrangida e um pouco receosa sobre a próxima expressão que surgiria no semblante dele. A carta foi toda lida, entretanto, firmemente, atentamente, e sem o menor comentário; e, com exceção de uma olhada momentânea para ela, e rapidamente recolhida, pelo medo de lhe causar dor, nenhuma lembrança de Box Hill parecia existir.

— Não há muito o que dizer sobre a delicadeza de nossos bons amigos, os Eltons — foi sua próxima observação. — Seus sentimentos são naturais. O quê! Realmente decidido a romper com eles inteiramente! Ela sentiu que o noivado era uma fonte de arrependimento e infortúnio para ambos. Ela o dissolveu. Que ideia isso dá sobre o senso que ela tinha em relação ao comportamento dele! Bem, ele deve ser um extraordinário...

— Não, não, continue a ler. Vai descobrir o quanto ele sofre.

— Espero que sofra mesmo — respondeu o Sr. Knightley friamente, e voltou a se ocupar com a carta. — Smallridge! O que significa isso? O que é tudo isso?

— Ela se comprometeu a ir trabalhar como governanta para as filhas da Sra. Smallridge, uma boa amiga da Sra. Elton;

vizinha de Maple Grove. E, por falar nisso, imagino como a Sra. Elton está encarando essa decepção.

— Não diga nada, minha querida Emma, enquanto me obriga a ler. Nem mesmo sobre a Sra. Elton. Apenas mais uma página. Logo haverei de terminar. Que carta o homem escreveu!

— Gostaria que você lesse com uma disposição mais gentil para com ele.

— Bem, há um sentimento aqui. Ele parece ter sofrido ao encontrá-la doente. Certamente, não posso ter dúvidas de que ele lhe tem afeição. "Ainda mais ligados do que jamais fomos". Espero que ele continue a sentir todo o valor de tal reconciliação. É alguém que agradece de forma muito liberal, com seus milhares e dezenas de milhares. "Mais feliz do que mereço", Bem, ele conhece a si mesmo, então. "A Srta. Woodhouse diz que sou filho da boa fortuna". Essas foram as palavras da Srta. Woodhouse, então? E uma bela conclusão; e aí está a carta. O filho da boa fortuna! Esse foi o nome que você deu a ele, não foi?

— Você não parece estar tão satisfeito com essa carta quanto eu, mas ainda assim você deve, e pelo menos eu espero que você deva ter uma opinião melhor sobre ele. Espero que a carta o coloque em mais alta conta com você.

— Sim, certamente. Ele cometeu grandes impropriedades, impropriedades de desconsideração e imprudência; e compartilho muito da sua opinião ao pensar que ele provavelmente será mais feliz do que merece; mas, por mais que ele seja, sem qualquer dúvida, realmente ligado à Srta. Fairfax, e irá em breve, como se espera, ter a felicidade de estar constantemente ao seu lado, sou muito dado a acreditar que seu caráter vai melhorar, e adquirir do dela a firmeza e a delicadeza de princípios que lhe faltam. E agora, permita-me falar-lhe sobre outra coisa. Tenho, no momento, os interesses de outra pessoa tão fortes em meu coração que não consigo mais pensar em Frank Churchill. Desde que eu a deixei na manhã de hoje, Emma, minha mente está bastante ocupada com um único assunto.

O assunto seguiu; foi exposto num inglês claro, natural e cavalheiresco, como o Sr. Knightley usava até mesmo com a mulher pela qual estava apaixonado: como poderia pedir-lhe que se casasse com ele sem atacar a felicidade de seu pai. A resposta de Emma já estava pronta assim que surgiu a primeira palavra. "Enquanto seu querido pai vivesse, qualquer mudança de condição lhe seria impossível. Jamais poderia abandoná-lo". — Apenas uma parte dessa resposta, entretanto, foi admitida. A impossibilidade de Emma abandonar seu pai, o Sr. Knightley sentia tão intensamente quanto ela; mas, com a inadmissibilidade de qualquer outra mudança, ele não era capaz de concordar. Estivera pensando naquilo muito profundamente, muito intensamente; a princípio, esperara induzir o Sr. Woodhouse a mudar-se com ela para Donwell; queria acreditar que aquilo era possível, mas seu conhecimento sobre o Sr. Woodhouse não o permitiria enganar-se por muito tempo. E agora ele confessava sua certeza de que tal mudança seria um risco ao conforto de seu pai, talvez até mesmo à sua vida, o que não devia ser tentado. O Sr. Woodhouse, tirado de Hartfield! Não, ele sentia que isso não devia ser tentado. Mas o plano que surgira para sacrificá-lo, ele confiava que sua amantíssima Emma não acharia repreensível de qualquer maneira; ele é quem deveria ser recebido em Hartfield; enquanto a felicidade de seu pai exigia que Hartfield continuasse a ser o lar de Emma, ela também considerava que este deveria ser o seu.

Emma já havia pensado algumas vezes sobre todos eles se mudarem para Donwell.. Como ele, testara o plano e o rejeitara, mas uma alternativa como essa não lhe havia ocorrido. Era sensível a toda a afeição que ele evidenciava. Sentia que, ao abrir mão de Donwell, ele acabaria por sacrificar uma grande parte de sua independência de horas e hábitos; e que, vivendo constantemente com o seu pai, e em uma casa que não era a sua própria, haveria muitas, muitíssimas coisas a suportar; ela prometeu pensar a respeito e aconselhou-o a pensar mais no caso; mas ele estava totalmente convencido de que nenhuma reflexão poderia alterar seus desejos ou sua opinião sobre o assunto. Ele poderia garantir que tivera uma consideração muito longa e calma ao assunto; passara a manhã toda evitando William Larkins para poder pensar consigo mesmo.

— Ah! Há uma dificuldade para a qual não haja solução! — exclamou Emma. — Tenho certeza de que William Larkins não irá gostar. Você deve pedir o consentimento dele antes de pedir o meu.

Ela prometeu, entretanto, pensar naquilo; e quase prometeu, ainda mais, pensar naquilo com a intenção de encontrar uma solução muito boa.

É notável que Emma, em meio aos muitos pontos de vista nos quais agora começava a considerar Donwell Abbey, jamais foi atingida por qualquer senso de injustiça ao sobrinho Henry, cujos direitos de herdeiro eram anteriormente considerados tão tenazmente prioritários. Devia pensar na possível diferença para o garotinho; e, mesmo assim, dera apenas um belo sorriso acanhado a respeito, divertindo-se ao perceber que a verdadeira causa daquela repulsa violenta sobre a ideia de que o Sr. Knightley se casaria com Jane Fairfax, ou qualquer outra pessoa, a qual, na época, ela imputara totalmente à afável solicitude da irmã e da tia.

A proposta que ele lhe fez, o plano de se casarem e continuarem em Hartfield — quanto mais ela o contemplava, mais agradável lhe parecia. Seus malefícios pareciam diminuir, as próprias vantagens para Emma pareciam crescer, o bem mútuo parecia afastar todos os obstáculos. Um companheiro como ele para si nos períodos de ansiedade e tristeza que estavam por vir! Um parceiro como ele em todas as tarefas e atenções às quais o tempo deve fazer crescer em melancolia!

Ela ficaria imensamente feliz, se não fosse pela pobre Harriet, mas cada bênção que recebia parecia envolver e aumentar os sofrimentos da amiga, que agora deveria ser até mesmo excluída de Hartfield. Do encantador grupo familiar que Emma estava garantindo para si, a pobre Harriet devia, por conta de uma cautela muito caridosa, ser mantida à distância. Ela sairia perdendo, de todas as maneiras. Emma não poderia deplorar sua futura ausência como uma dedução de seu próprio contentamento. Em tal grupo, Harriet seria mais um peso morto do que qualquer outra coisa; mas, para a pobre garota, parecia ser uma necessidade peculiarmente cruel de ser colocada em um estado de punição desmerecida.

Após algum tempo, é claro, o Sr. Knightley seria esquecido, ou suplantado, mas não se podia esperar que isso acontecesse tão cedo. O próprio Sr. Knightley não faria nada para auxiliar na cura; diferentemente do Sr. Elton, o Sr. Knightley, sempre tão gentil, tão sensível, tão verdadeiramente atencioso para com todas as pessoas, nunca mereceria ser menos adorado do que agora; e era realmente muito a se esperar de Harriet, que pudesse se apaixonar por mais de três homens em um ano.

XVI

Foi um grande alívio para Emma saber que Harriet estava tão desejosa quanto ela em evitar um encontro. O diálogo já era suficientemente doloroso por meio de carta. Quão pior seria se fossem obrigadas a se encontrar!

Harriet expressou-se da maneira esperada, sem reprovações ou uma aparente sensação de má-fé; e, mesmo assim, Emma perguntava-se se havia algum ressentimento, algo que aludia a isso em seu estilo, que aumentava o desejo para que ficassem separadas. Talvez fosse apenas sua própria consciência, mas parecia que somente um anjo poderia ignorar o ressentimento depois de um golpe tão duro.

Não teve dificuldades em conseguir que Isabella fizesse o convite; e sentiu-se afortunada em ter uma razão suficientemente boa para pedi-lo, sem precisar recorrer a invencionices. Faltava-lhe um dente; Harriet realmente desejava, e já desejava há um bom tempo, consultar um dentista. A Sra. John Knightley ficou encantada em poder servir; qualquer assunto que se referisse a problemas de saúde era algo com o qual ela podia ajudar; e, embora não fosse tão afeita a um dentista quanto a uma visita do Sr. Wingfield, ficou bastante empolgada em ter Harriet sob seus cuidados. Quando as coisas ficaram acertadas com a irmã, Emma fez a proposta à amiga e achou-a bastante persuadível. Harriet deveria ir; fora convidada a passar pelo menos uma quinzena; seria levada na carruagem do Sr. Woodhouse. Tudo foi organizado, tudo foi cumprido, e Harriet chegou a salvo em Brunswick Square.

Agora Emma poderia realmente aproveitar as visitas do Sr. Knightley; agora podia falar, e podia escutar com verdadeira felicidade, sem a sensação de injustiça, de culpa ou algo mais doloroso, que a assombrava quando se lembrava do quão decepcionado estava o coração que lhe era próximo, e o quanto, naquele momento, e a alguma distância, resistia às sensações que ela mesma tivera que suportar.

Não permitiria que qualquer outra ansiedade sucedesse em se colocar diretamente no lugar da sua mente que Harriet ocupara. Havia uma comunicação diante de si, que apenas ela seria competente para realizar; a confissão de seu noivado para o pai; mas não desejava fazer nada disso no momento. Decidira adiar a revelação até que a Sra. Weston estivesse bem e em segurança. Nenhuma agitação adicional deveria ser lançada nesse período entre aqueles que amava — e o mal não devia acossá-la por antecipação antes do tempo. Uma quinzena, pelo menos, de lazer e paz de espírito, para coroar cada deleite mais afável, embora mais agitado, deveria ser sua.

Ela logo resolveu, com algo que igualmente lhe era um dever e um prazer, empregar meia hora desse feriado de preocupações com uma visita à Srta. Fairfax. Tinha que ir; e estava desejosa em vê-la. A similaridade sobre suas situações presentes ampliava todos os outros motivos para demonstrar sua boa vontade. Seria uma satisfação secreta; mas a consciência de uma similaridade de prospectos certamente acrescentaria ao interesse com o qual ela deveria atender qualquer pedido que Jane fizesse.

Ela foi; dirigira-se com a carruagem uma vez sem sucesso até a porta, mas não ia até a casa desde a manhã seguinte à viagem a Box Hill, quando a pobre Jane estava tão abalada que a encheu de compaixão, embora a pior parte de seu sofrimento tenha passado sem levantar suspeitas. O medo de ainda não ser bem-vinda, determinou ela, embora certa de que estariam em casa, a esperar na passagem e mandar avisar que chegara. Ouviu Patty anunciá-la, mas nenhum alvoroço aconteceu, como a pobre Srta. Bates antes demonstrara de maneira tão alegremente inteligível. Não; ela não ouviu nada além da resposta instantânea: "Peça-lhe que suba". — E, um momento depois, foi recebida nas escadas por Jane em pessoa, vindo avidamente em sua direção, como se nenhuma outra recepção de sua parte fosse suficiente. Emma nunca a vira tão bem, tão amável, tão cativante; havia consciência, animação e afeto; havia tudo que já faltara em seu semblante ou em seus modos. Ela se aproximou com a mão estendida; e disse, com a voz baixa, mas bastante afável:

— Isso é uma enorme gentileza, de fato! Srta. Woodhouse, é impossível para mim expressar... espero que acredite... desculpe-me por estar tão inteiramente sem palavras.

Emma ficou gratificada, e logo demonstraria que não lhe faltavam palavras, se o som da voz da Sra. Elton, vindo da sala de estar, não a houvesse advertido e tornasse indispensável comprimir todas as suas sensações amistosas e congratulatórias em um aperto de mão muito, muito efusivo.

A Sra. Bates e a Sra. Elton estavam juntas. A Srta. Bates havia saído, o que explicava a tranquilidade prévia. Emma poderia desejar que a Sra. Elton estivesse em outro lugar, mas estava com humor suficiente para ter paciência com todos. E quando, a Sra. Elton a encontrou com sua graça pouco habitual, esperou que o reencontro não lhes causasse mal.

Ela logo se acreditou capaz de penetrar os pensamentos da Sra. Elton e compreender por que, assim como a própria Emma, ela estava tão animada; era porque estava entre os confidentes da Srta. Fairfax e imaginar-se ter algo que ainda era um segredo para outras pessoas. Emma viu sintomas disso imediatamente na expressão de seu rosto; e enquanto fazia seus próprios elogios à Sra. Bates, e parecia dar atenção às respostas da boa senhora, viu-a, com gestos atabalhoados e ansiosos, dobrar uma carta que aparentemente estivera lendo em voz alta à Srta. Fairfax e recolocá-la na bolsa roxa e dourada que tinha ao seu lado, dizendo e assentindo significativamente:

— Podemos terminar isto outra hora, como sabe. Não nos faltarão oportunidades. E, de fato, você já ouviu tudo que era essencial. Só queria lhe provar que a Sra. S. aceita as suas desculpas e não está ofendida. Você viu como ela escreve de maneira admirável! Oh! É uma criatura doce! Você a adoraria, se houvesse ido. Mas não diga mais uma palavra. Sejamos discretas, como exige o decoro e o bom comportamento. Silêncio! Você se lembra desses versos; esqueço-me do poema neste momento.

“Pois, quando uma dama está no caso, você sabe que todas as outras coisas lhe abrem espaço.”

Agora eu digo, minha cara, em nosso caso, em lugar de dama, leia-se... senhora! Um aviso. Estou com a corda toda hoje, não é mesmo? Mas quero apaziguar o seu coração em relação à Sra. S. A minha representação, como pode ver, deixou-a bastante contente.

E, novamente, quando Emma meramente virou a cabeça para olhar para o bordado da Sra. Bates, ela acrescentou, num sussurro à boca pequena:

— Não mencionei nenhum nome, como você perceberá; Oh! Não, fui cautelosa como um ministro de estado. Fiz isso extremamente bem.

Emma não pôde duvidar. Foi uma demonstração palpável, repetida em cada ocasião possível. Quando todas haviam conversado por algum tempo em harmonia sobre o tempo e a Sra. Weston, ela viu-se abruptamente abordada com:

— Não acha, Srta. Woodhouse, que a nossa encantadora e pequena amiga aqui está maravilhosamente recuperada? Não acha que sua cura é uma das maravilhas cujo crédito deve ser dado ao Sr. Perry? (aqui ela notou um olhar de soslaio de grande cumplicidade para Jane). Dou-lhe a minha palavra, Perry restaurou sua saúde em um prazo maravilhosamente curto! Oh! Se você a visse, como eu a vi, quando ela estava em seu pior momento! — E quando a Sra. Bates estava dizendo algo a Emma, sussurrou novamente: — Não diremos uma palavra sobre qualquer assistência que Perry tenha recebido; nenhuma palavra sobre certo jovem médico de Windsor. Oh! Não. Perry receberá todo o crédito.

— Nem sequer tive o prazer de vê-la, Srta. Woodhouse — começou ela, logo em seguida — desde a excursão a Box Hill. Agradabilíssima excursão. Mas eu ainda creio que faltou algo. As coisas não pareciam... isto é, parecia haver uma pequena nuvem negra sobre os ânimos de alguns. Assim me pareceu, pelo menos, mas eu posso estar enganada. Entretanto, creio que isso não impeça outras pessoas de quererem ir novamente. O que me diz de reunirmos o mesmo grupo e explorarmos Box Hill outra vez, enquanto o tempo bom durar? Deve ser o mesmo grupo, como sabe. Exatamente o mesmo grupo, sem nenhuma exceção.

Logo após isso, a Srta. Bates chegou, e Emma não conseguiu evitar ser distraída pela perplexidade da sua primeira resposta para si mesma, que resultava, supunha ela, de alguma dúvida sobre o que poderia ser dito, e a impaciência em dizer tudo.

— Obrigada, querida Srta. Woodhouse, você é toda gentilezas. É impossível dizer... Sim, realmente, eu entendo... os prospectos da queridíssima Jane... isto é, não digo que... Mas ela se recuperou de maneira encantadora. Como está o Sr. Woodhouse? Fico muito feliz. Está realmente fora das minhas possibilidades. Que círculo tão feliz a senhora encontra em nós, aqui. Sim, com certeza. Um rapaz encantador! Isto é, tão amistoso; refiro-me ao bom Sr. Perry! Tanta atenção deu a Jane! E pela grandiosa, sua mais do que usualmente agradecida atenção à Sra. Elton por estar ali, Emma imaginou que devia ter havido alguma pequena demonstração de ressentimento por Jane, vindo da vizinhança do presbitério, que agora fora graciosamente superada. Após alguns sussurros, realmente, que eliminaram qualquer suspeita da questão, a Sra. Elton, falando mais alto, disse:

— Sim, aqui estou, minha boa amiga; e estive aqui há muito mais tempo do que em qualquer outro lugar que eu pense ser necessário apresentar minhas desculpas, mas a verdade é que estou esperando pelo meu mestre e senhor. Ele prometeu me encontrar aqui, para lhe prestar seus respeitos.

— O quê? Teremos o prazer de uma visita do Sr. Elton? Isso será uma honra, com certeza! Pois eu sei que cavalheiros não gostam de visitas matinais, e o tempo do Sr. Elton é bastante exíguo.

— Dou-lhe a minha palavra que é, Srta. Bates. Ele realmente tem compromissos que vão da manhã até a noite. Não há fim o número de pessoas que vêm até ele, com algum pretexto ou outro. Os magistrados, os supervisores, os secretários das paróquias, sempre querem a sua opinião. Parecem não ser capazes de fazer coisa alguma sem ele. "Dou-lhe a minha palavra, Sr. E.", eu sempre digo, "antes você do que eu. Não sei o que seria dos meus lápis de cera e o meu instrumento se tivesse que dar atenção à metade das pessoas que vêm procurá-lo!". Já é ruim, pois eu absolutamente ignoro ambos de maneira imperdoável. Creio que não toquei um único compasso nesta última quinzena. Entretanto, ele está vindo, garanto-lhe; sim, com certeza, com o propósito de servir a todas vocês. — E, levando a mão ao rosto para que Emma não percebesse suas palavras. — Uma visita congratulatória, como sabem. Oh! Sim. Totalmente indispensável.

A Srta. Bates olhou ao redor de si, tão feliz!

— Ele prometeu que viria até mim assim que conseguisse se desengajar de Knightley. Mas ele e Knightley estão enclausurados, juntos, em uma profunda consulta. O Sr. E. é o braço direito de Knightley.

Emma não abriria um sorriso por nada deste mundo e disse simplesmente:

— O Sr. Elton foi até Donwell a pé? Será uma caminhada sob o sol quente.

— Oh! Não, é uma reunião no Crown, uma reunião regular. Weston e Cole estarão lá, também, mas só se pode falar àqueles que lideram. Presumo que o Sr. E. e Knightley farão tudo como bem entenderem.

— Você não confundiu as datas? — disse Emma. — Tenho quase certeza de que a reunião no Crown será amanhã. O Sr. Knightley esteve em Hartfield ontem e disse que ela fora agendada para o sábado.

— Oh! Não, a reunião certamente é hoje — foi a resposta abrupta, que denotava a impossibilidade de qualquer equívoco da parte da Sra. Elton. — Eu acredito — prosseguiu ela — que esta é a paróquia mais problemática onde ele já esteve. Nunca ouvimos tais coisas em Maple Grove.

— Sua paróquia lá era pequena — disse Jane.

— Tem a minha palavra, querida; não sei, pois jamais ouvi falar do assunto.

— Mas isso se comprova pela pequeneza da escola, da qual eu a ouvi falar, que funciona custeada pela sua irmã e a Sra. Bragge; a única escola com não mais de vinte e cinco crianças.

— Ah! Sua criatura inteligente, isso é bem verdade. Que cérebro pensante você tem! Digo-lhe, Jane, que formaríamos um personagem perfeito se pudéssemos ser misturadas. Minha vivacidade e a sua solidez produziriam a perfeição. Não que eu tenha a presunção de insinuar, entretanto, que algumas pessoas possam pensar que você já não é a perfeição. Mas, silêncio. Nem uma palavra, por favor.

Parecia ser uma cautela desnecessária; Jane queria dar algumas palavras, não à Sra. Elton, mas à Srta. Woodhouse, como esta última viu sem qualquer problema. O desejo de distingui-la, até onde a civilidade o permitisse, era muito evidente, embora não pudesse prosseguir para além de um olhar.

O Sr. Elton fez sua aparição. Sua esposa o recebeu com um pouco daquela vivacidade efervescente.

— Muito bonito, senhor, tem a minha palavra; mandar-me até aqui para ser um fardo às minhas amigas, muito tempo antes de o senhor se dignar a aparecer! Mas você sabe quem é a criatura obediente com a qual tem que lidar. Sabe que eu não me moveria até que o meu mestre e senhor aparecesse. Aqui estou eu, sentada até esta hora, dando a estas jovens uma amostra da verdadeira obediência conjugal — pois quem pode dizer por quanto tempo mais, como sabe, ela será desejada?

O Sr. Elton estava tão esbaforido e cansado que todo o seu bom humor parecia lhe ter sido arrancado. Suas civilidades deveriam ser demonstradas para as outras moças, mas sua ocupação subsequente foi lamentar-se pelo calor que o fazia sofrer e a caminhada que ele fizera a troco de nada.

— Quando cheguei a Donwell — disse ele — não consegui encontrar Knightley. Muito estranho! Muito irresponsável! Depois da mensagem que eu lhe enviei esta manhã, e da resposta que ele me enviou, de que certamente estaria em casa até a uma hora.

— Donwell! — exclamou a esposa. — Meu querido Sr. E., você não foi até Donwell! Refere-se ao Crown. Você veio da reunião no Crown.

— Não, não, isso será amanhã; e eu particularmente queria ver Knightley hoje, exatamente por causa desse assunto. Que manhã pavorosamente tórrida! Fui até os campos também (falando com um tom de bastante incômodo na voz), o que piorou ainda mais a situação. E depois, não encontrá-lo em casa! Garanto-lhe que não estou nada contente. E nenhum pedido de desculpas foi deixado, nenhuma mensagem para mim. A governanta declarou que não sabia nada sobre eu ser esperado. Muito extraordinário! E ninguém sabia do seu paradeiro. Talvez houvesse ido a Hartfield, talvez a Abbey Mill, talvez até o bosque. Srta. Woodhouse, isso não é do feitio do nosso amigo Knightley! Consegue explicar?

Emma divertiu-se, dizendo que aquilo era muito extraordinário, realmente, e que não tinha uma única sílaba para falar em favor dele.

— Não consigo imaginar — disse a Sra. Elton (sentindo a indignação, como uma esposa deve sentir). — Não consigo imaginar como ele poderia fazer tal coisa com você, entre todas as pessoas do mundo! A última pessoa que alguém esperaria que fosse esquecida. Meu querido Sr. E., ele deve ter deixado uma mensagem para você; tenho certeza de que deve tê-lo feito. Nem mesmo Knightley poderia ser tão excêntrico; e os criados a esqueceram. Pode confiar que esse foi o caso; e é muito provável que tenha acontecido com os criados de Donwell, que são todos, como frequentemente observei, extremamente desajeitados e omissos. Tenho certeza de que eu não aceitaria uma criatura como aquele Harry ao lado do nosso aparador para qualquer consideração. E em relação à Sra. Hodges, Wright a considera uma pessoa muito avarenta. Ela prometeu uma receita a Wright e nunca a enviou.

— Encontrei-me com William Larkins — prosseguiu o Sr. Elton — quando me aproximei da casa, e ele me disse que eu não encontraria o seu mestre ali, mas não acreditei nele. William parecia estar de mau humor. Não sabia o que havia dado em seu mestre ultimamente, pelo que disse, mas quase não conseguia conversar com ele. Não tenho nada a ver com os quereres de Williams, mas realmente é de extrema importância que eu converse com Knightley hoje; e será uma questão, portanto, de séria inconveniência se eu houver feito essa caminhada sob o calor sem qualquer propósito.

Emma sentia que não podia fazer nada melhor do que ir diretamente para casa. Com toda a probabilidade, ela estaria sendo esperada lá durante todo esse tempo; e o Sr. Knightley seria preservado de se afundar numa agressão mais profunda em relação ao Sr. Elton, para não mencionar William Larkins.

Ficou contente, ao sair, ao perceber que a Sra. Fairfax estava disposta a acompanhá-la para fora da sala, a ir com ela até o andar inferior; aquilo lhe dava uma oportunidade da qual ela rapidamente fez uso, para dizer:

— É melhor, talvez, que eu não tenha tido a possibilidade. Se você não estivesse cercada por outros amigos, talvez eu pudesse me sentir tentada a iniciar um assunto, a falar mais abertamente do que poderia ser estritamente correto. Sinto que certamente acabaria por ser impertinente.

— Oh! — exclamou Jane, com um rubor e uma hesitação que Emma achou ser infinitamente mais adequado do que toda a elegância da sua compostura habitual. — Não haveria perigo. O perigo seria que eu a exaurisse. Você não poderia me gratificar mais do que com a expressão de um interesse. Com certeza, Srta. Woodhouse (falando mais reservadamente), com a consciência que eu tenho sobre uma conduta errada, uma conduta muito errada, é particularmente consolador, para mim, saber que aqueles entre os meus amigos, cuja boa opinião mais vale a pena preservar, não ficaram desgostosos a ponto de... bem, não tenho tempo para metade das coisas que gostaria de dizer. Desejo apresentar minhas desculpas, justificativas, para falar algo em minha defesa. Sinto que devo fazer isso já há um bom tempo. Mas, infelizmente... em resumo, se a sua compaixão não suporta a minha amiga...

— Oh! Você é escrupulosa demais, com certeza — exclamou Emma carinhosamente, tomando-lhe a mão. — Não me deve qualquer pedido de desculpas; e todos a quem você supostamente os deve, estão tão perfeitamente satisfeitos, tão encantados...

— Você é muito gentil, mas eu sei o que os meus modos lhe causaram. Tão frios e artificiais! Eu sempre tinha um papel a representar. Era uma vida de mentiras! Sei que devo ter lhe causado desgosto.

— Rogo-lhe que não diga mais nada. Sinto que todos os pedidos de desculpas devam ser feitos por mim. Perdoemos uma à outra imediatamente. Devemos fazer o que for necessário, o mais rápido possível, e creio que nossos sentimentos não perderão tempo aqui. Creio que teve notícias agradáveis de Windsor?

— Muitíssimo.

— E as próximas notícias, eu suponho, serão de que iremos perdê-la. Logo quando comecei a conhecê-la melhor.

— Oh! Sobre isso, é claro, não se pode pensar em nada ainda. Até o momento, ainda pertenço ao Coronel e à Sra. Campbell.

— Nada pode estar realmente decidido ainda, talvez — respondeu Emma, sorrindo. — Mas, se me permite, é algo sobre o qual se pode pensar.

O sorriso foi retribuído quando Jane respondeu:

— Você está totalmente certa; já se pensou a respeito. E admito-lhe (pois tenho certeza de que será seguro) que, sobre residirmos em Enscombe com o Sr. Churchill, está decidido. Haverá três meses, pelo menos, de lamentações profundas; mas, quando terminarem, creio que não haverá mais nada a se esperar.

— Obrigada, obrigada. Essa é exatamente a garantia que eu gostaria de ter. Oh! Se você soubesse o quanto eu adoro tudo que foi decidido e franco! Adeus, adeus.

XVII

Os amigos da Sra. Weston ficaram muito felizes por ela estar em segurança, e, se a satisfação de seu bem-estar pudesse ser estendida a Emma, era por saber que ela era a mãe de uma garotinha. Decidira-se a desejar que viesse uma Srta. Weston. Não admitiria que tinha qualquer pretensão de que ela formasse um casal, no futuro, com um dos dois filhos de Isabella, mas estava convencida de que uma filha serviria melhor tanto ao pai quanto à mãe. Seria um grande conforto ao Sr. Weston, à medida que envelhecesse — e até mesmo o Sr. Weston envelheceria nos próximos dez anos — ver sua sala avivada pelo esporte e as bobagens, as aberrações e fantasias de uma criança jamais banida de casa; e a Sra. Weston — ninguém poderia duvidar de que uma filha seria o melhor para ela; e seria uma pena que alguém que soubesse ensinar tão bem não tivesse os poderes para fazê-lo outra vez.

— Ela tem a vantagem, como sabe, de haver praticado comigo — prosseguiu ela. — Como La Baronne d'Almane em La Comtesse d'Ostalis, em Adelaide e Theodore, de autoria de Madame de Genlis, agora veremos sua própria Adelaide educada em um plano ainda mais perfeito.

— Ou seja — respondeu o Sr. Knightley. — Ela irá mimá-la ainda mais do que fez com você e acreditar que não a está mimando de forma alguma. Será a única diferença.

— Pobre criança! — exclamou Emma. — Dessa forma, o que há de ser dela?

— Nada de muito ruim. O mesmo destino de milhares outras pessoas. Será desagradável na infância, e se corrigirá quando for mais velha. Estou perdendo toda a minha amargura com relação a crianças mimadas, minha queridíssima Emma. Eu, que lhe devo toda a minha felicidade, não seria uma ingratidão horrível se eu fosse severo com elas?

Emma riu e respondeu:

— Mas eu tive a assistência de todos os seus esforços para contrabalançar as indulgências de outras pessoas. Duvido que meu próprio bom-senso me corrigiria sem o seu auxílio.

— Teve? Não duvido. A natureza lhe deu a inteligência; a Srta. Taylor lhe deu os princípios. Você deve ter tido bons resultados. Minha interferência teve a mesma probabilidade de causar danos e benefícios. Foi muito natural para você dizer "Que direito ele tem de me dar esse sermão?", E receio que foi muito natural para você sentir que foi feito de uma maneira desagradável. Não acredito que lhe trouxe qualquer benefício. O benefício foi totalmente meu, ao torná-la o objeto da mais carinhosa afeição para mim. Não conseguia pensar em você sem criticá-la, com seus defeitos e tudo mais; e, por força de gostar de tantos erros, sou apaixonado por você desde os seus treze anos, pelo menos.

— Tenho certeza de que você me beneficiou — exclamou Emma. — Sempre fui corretamente influenciada por você, com mais frequência do que eu admitiria na época. Estou muito convicta de que você me fez bem. E se Anna Weston, pobrezinha, tiver que ser mimada, será um ato da maior humanidade da sua parte fazer tanto por ela quanto fez por mim, exceto se apaixonar pela menina quando ela tiver treze anos.

— Com que frequência, quando era menina, você me disse, com um dos seus olhares marotos: "Sr. Knightley, vou fazer tal e tal coisa; meu papai diz que eu posso, ou tenho a licença da Srta. Taylor"; algo que, como você sabia, eu não aprovava? Em tais casos, a minha interferência lhe causava dois sentimentos ruins em vez de um.

— Que criatura mais adorável eu era! Não me admira que você guarde lembranças tão afetuosas das minhas falas.

— "Sr. Knightley", você sempre me chamava. "Sr. Knightley"; e, pelo hábito, não é algo que soa tão formal. E ainda assim é formal. Quero que você me chame por alguma outra alcunha, mas ainda não sei qual.

— Lembro-me de chamá-lo de "George" em um dos meus adoráveis chiliques, há uns dez anos. Fiz isso porque achei que iria ofendê-lo, mas, como não houve qualquer objeção de sua parte, nunca mais o fiz.

— E não pode me chamar de "George" agora?

— Impossível! Jamais poderei chamá-lo de qualquer outra coisa além de "Sr. Knightley". Não prometerei ter o laconismo elegante da Sra. Elton e chamá-lo de Sr. K., mas prometo — acrescentou ela, rindo e enrubescendo — chamá-lo uma vez pelo seu nome cristão. Não direi quando, mas talvez você possa adivinhar onde; no lugar no qual N. recebe M., para o bem ou para o mal.

Emma sentia não poder por não ser mais abertamente justa com um serviço importante que faria em nome de seu bom-senso, e cujo conselho a teria salvado da pior de todas as suas tolices femininas: a intimidade que teve com Harriet Smith, mas era um assunto por demais delicado. Não podia abordá-lo. Harriet raramente era mencionada entre os dois. Isso, por parte dele, poderia ser simplesmente porque ele não pensava nela, mas Emma estava inclinada a atribuí-lo a uma delicadeza, e uma suspeita, pelas aparências, de que sua amizade estava declinando. Ela mesma já estava ciente de que, caso se separassem sob quaisquer outras circunstâncias, certamente iriam se corresponder mais, e que suas informações não dependeriam, como agora parecia ocorrer, das cartas de Isabella. Ele poderia observar que essa era a situação. A dor de ser obrigada a praticar aquele sigilo diante dele era pouco inferior à dor de causar a infelicidade de Harriet.

Isabella mandou um relato tão bom quanto se poderia esperar sobre sua visitante; quando da sua chegada, pensou que ela estivesse desanimada, o que pareceu-lhe perfeitamente natural, pois havia um dentista a consultar, mas, desde que esse assunto se encerrara, ela não parecia achar que Harriet estava diferente do que pensara anteriormente. Isabella, com certeza, não era uma observadora muito perspicaz; entretanto, se Harriet não estivesse disposta a brincar com as crianças, isso não lhe teria escapado. Os confortos e as esperanças de Emma prosseguiram de maneira muito agradável, já que Harriet dispôs-se a ficar hospedada ali por mais tempo; sua quinzena provavelmente duraria um mês inteiro, pelo menos. O Sr. e a Sra. John Knightley viriam a Hartfield em agosto, e ela foi convidada a permanecer com eles até que pudessem trazê-la de volta.

— John nem chega a mencionar a sua amiga — disse o Sr. Knightley. — Aqui está a resposta dele, se quiser vê-la.

Era a resposta à comunicação da sua intenção de se casar. Emma a ansiosamente, com uma impaciência bastante viva e desejosa de saber o que ele diria a respeito, e não tão incomodada por ouvir que sua amiga não fora mencionada.

— John entra como um irmão na minha felicidade — prosseguiu o Sr. Knightley. — Mas ele não é do tipo que faz elogios; e embora eu bem saiba que ele tem, da mesma forma, uma afeição muito fraterna por você, ele é tão pouco dado a fazer floreios que qualquer outra moça poderia pensar que ele é frio em seus elogios. Mas eu não tenho qualquer receio de que você veja o que ele escreve.

— Ele escreve como um homem sensato — respondeu Emma, quando leu a carta. — Honro sua sinceridade. Está bem claro que ele considera que a boa fortuna do noivado está toda do meu lado, mas ele não deixa de ter esperanças de que, com o tempo, eu me torne digna da sua afeição, como você já acha que eu sou. Se dissesse qualquer coisa diferente, eu não acreditaria nele.

— Minha Emma, não é isso que ele quer dizer. Ele expressa que...

— Ele e eu diferimos muito pouco em nossa estima um pelo outro — interrompeu ela com um tipo de sorriso mais sério. — Muito menos, talvez do que ele esteja ciente, se pudermos entrar sem cerimônia ou reserva no assunto.

— Emma, minha querida Emma...

— Oh! — exclamou ela com maior galhardice. — Se você imagina que o seu irmão não me faz justiça, espere apenas até que meu querido pai conheça o segredo, e ouça a sua opinião. Pode confiar que ele lhe ficará muito longe de lhe fazer justiça. Ele vai pensar que toda a felicidade e toda a vantagem estão do seu lado da equação; e todo o mérito, do meu. Gostaria de não cair no "pobre Emma" com ele tão rápido. Sua compaixão sensível pelo valor oprimido não pode ir muito mais longe.

— Ah! — exclamou ele. — Gostaria que eu pudesse ser convencido com a metade do esforço que será preciso para convencer John sobre termos todos os direitos, que um igual valor pode dar, de sermos felizes juntos. E nenhuma parte da carta de John me diverte. Você percebeu? Onde ele diz que a minha informação não o pegou inteiramente de surpresa, e que ele tinha até mesmo certa expectativa de ouvir algo do tipo.

— Se compreendo bem o seu irmão, ele indica apenas que fazia ideia de que você tinha planos de se casar. Não fazia ideia sobre mim. Parece estar perfeitamente despreparado para isso.

— Sim, sim; mas fico abismado por ele conseguir enxergar tão profundamente os meus sentimentos. Como ele conseguiu me julgar? Não estou ciente de qualquer diferença em minha disposição ou uma conversa que o preparasse, neste momento, para que eu me casasse, mais do que qualquer outro. Mas assim aconteceu, eu suponho. Ouso dizer que havia uma diferença enquanto fiquei hospedado com eles, há alguns dias. Acredito que não brinquei com as crianças tanto quanto habitualmente faço. Lembro-me de uma noite em que os pobres garotos disseram "o tio parece estar sempre cansado agora".

Estava chegando o momento em que as notícias deveriam se espalhar até mais longe e sua recepção por outras pessoas devia ser experimentada. Assim que a Sra. Weston estava suficientemente recuperada para receber as visitas do Sr. Woodhouse, Emma, percebendo que seu raciocínio gentil deveria ser incluído na causa, resolveu anunciá-lo primeiramente em sua própria casa, e depois em Randalls. Mas como finalmente revelar a notícia ao seu pai? Ela havia se comprometido a fazer isso, em uma hora em que o Sr. Knightley estivesse ausente, ou quando chegasse o momento em que seu coração lhe falhasse, e ela tivesse que adiar; mas o Sr. Knightley estaria por perto quando esse momento chegasse e prosseguiria com a explicação depois que ela a iniciasse. Emma foi forçada a falar, e a falar com alegria também. Não deveria permitir que aquilo se tornasse um assunto que causasse um infortúnio ainda mais intenso ao pai, usando um tom de voz melancólico. Não poderia dar a impressão de que pensava que aquilo seria um infortúnio. Com todo o ânimo que conseguiu reunir, ela o preparou primeiro para algo estranho; e depois, com algumas poucas palavras, disse que, se o consentimento e aprovação dele pudessem ser obtidos, algo que ela acreditava que seria concedido sem dificuldade, pois era um plano criado para promover a felicidade de todos, ela e o Sr. Knightley desejavam se casar; e assim Hartfield receberia a adição constante da companhia daquela pessoa, que ela sabia que o pai adorava, juntamente com as suas filhas e a Sra. Weston, as melhores do mundo.

Pobre homem! Inicialmente foi-lhe um choque considerável, e ele tentou com toda seriedade dissuadi-la da ideia. Ela foi lembrada, mais de uma vez, de que sempre dissera que jamais se casaria, e assegurada de que seria muito melhor que continuasse solteira; e relembrada sobre a pobre Isabella e a pobre Srta. Taylor. Mas não foi o suficiente. Emma o abraçou afetuosamente, sorriu e disse que era assim que deveria ser; e que ele não devia colocá-la no mesmo grupo em que estavam Isabella e a Srta. Weston, cujos casamentos, por tirarem-nas de Hartfield, realmente haviam provocado uma mudança melancólica. Mas não iria deixar Hartfield; sempre ficaria ali; não iria trazer uma mudança à quantidade de pessoas ou seus confortos que não fosse para melhor; e tinha toda a certeza de que ele ficaria muito mais feliz em ter o Sr. Knightley sempre por perto, quando se acostumasse com a ideia. Ele não amava tanto o Sr. Knightley? Ele não negaria isso, Emma bem o sabia. A quem ele sempre gostava de consultar sobre negócios, senão o Sr. Knightley? Quem lhe era tão útil, tão solícito em escrever suas cartas, e tão prontamente satisfeito em atendê-lo? Quem era tão alegre, tão atencioso e tão ligado a ele? Não gostaria de tê-lo sempre à disposição? Sim. Tudo isso era bastante verdadeiro. A presença do Sr. Knightley jamais seria excessiva ou intrusiva; ele ficaria feliz em vê-lo todos os dias. Mas eles já o viam todos os dias, ainda assim. Por que a situação não podia continuar sendo daquela maneira?

O Sr. Woodhouse não conseguiria se recuperar tão cedo, mas o pior já passara, a ideia fora dada; o tempo e a repetição contínua cuidariam do restante. Aos pedidos e garantias de Emma seguiram-se os do Sr. Knightley, cujos elogios afetuosos a ela davam ao assunto até mesmo uma espécie de receptividade; e ele logo se acostumou a ouvi-los de ambos, em todas as ocasiões. Eles tiveram toda a assistência que Isabella podia lhes dar, por meio de cartas pelas quais comunicava sua inabalável aprovação; e a Sra. Weston estava pronta, já no primeiro encontro, a considerar o assunto sob a luz mais favorável: primeiro, como algo já decidido, e segundo, como uma boa ideia. Sabia muito bem da importância quase igual que as duas recomendações tinham para a mente do Sr. Woodhouse. Concordou-se com tudo; era assim que as coisas deveriam ser. E todas as pessoas por quem ele costumava se deixar guiar garantiam-lhe que aquilo lhe traria felicidade; e, tendo seus próprios sentimentos a respeito, os quais quase admitiam aquilo, ele começou a pensar que, em algum momento ou outro — dali a um ou dois anos, talvez —, não seria tão ruim se o casamento acontecesse.

A Sra. Weston não estava interpretando nenhum papel, não estava fingindo ter qualquer sentimento em tudo que lhe dizia a favor do evento. Ficara extremamente surpresa, mais do que nunca, quando Emma tocou no assunto pela primeira vez, mas viu naquilo apenas o crescimento da felicidade para todos e não teve escrúpulos em estimulá-lo ao máximo. Nutria um respeito enorme pelo Sr. Knightley, a ponto de pensar que ele merecia até mesmo a sua caríssima Emma; E era, em todos os respeitos, uma ligação tão apropriada, adequada e irrepreensível, e em um aspecto, em um ponto da maior importância, tão peculiarmente elegível, tão singularmente afortunada, que agora parecia que Emma não podia se haver ligado com tanta segurança a qualquer outra criatura, e que a própria Sra. Weston fora a mais estúpida de todas as criaturas por não haver pensado naquilo e o desejado há um bom tempo. Quão poucos os homens nesse estágio da vida renunciariam à sua própria casa em troca de Hartfield! E quem, além do Sr. Knightley, poderia conhecer e tolerar o Sr. Woodhouse, de modo a tornar tal combinação desejável! A dificuldade de se afastar do Sr. Woodhouse sempre fora sentida nos planos do marido e nos dela para um possível casamento entre Frank e Emma. Como encontrar uma maneira de resolver as pendências entre Enscombe e Hartfield fora um impedimento constante, menos reconhecido pelo Sr. Weston do que por ela mesma; mas até mesmo ele nunca fora capaz de concluir o assunto melhor do que dizendo "Tais questões acabarão se resolvendo por si mesmas; os jovens sempre encontram uma maneira". Mas não havia nada que se pudesse tirar de uma especulação tão infundada sobre o futuro. Estava tudo certo, tudo aberto, tudo igual. Nenhum sacrifício de nenhum dos lados que valesse o nome. Era uma união com enormes promessas de felicidade em si, sem qualquer dificuldade real ou racional que se opusesse ou a atrasasse.

A Sra. Weston, com a filha sobre o colo, perdida em reflexões como essa, era uma das mulheres mais felizes do mundo. Se qualquer coisa pudesse aumentar sua felicidade, era perceber que a menininha logo estaria grande demais para o seu primeiro conjunto de toucas.

A novidade era uma surpresa universal onde quer que se espalhasse; e o Sr. Weston tinha seus cinco minutos de participação nela; mas cinco minutos eram o bastante para familiarizar a ideia com a sua rapidez de raciocínio. Ele via as vantagens do casamento e regozijava-se nelas com a mesma constância da esposa, mas o espanto da novidade logo se transformou em nada; e, ao final de uma hora, não estava muito longe de acreditar que sempre previra que aquilo haveria de acontecer.

— Há de ser um segredo, eu concluo — disse ele. — Tais questões são sempre um segredo, até que se descubra que todos as conhecem. Basta me dizer quando poderei falar abertamente a respeito. Imagino se Jane tem alguma suspeita.

Ele foi a Highbury na manhã seguinte e satisfez-se em relação àquele aspecto. Contou-lhe as notícias. Ela não era como uma filha, sua filha mais velha? Ele tinha que contar a ela; e, como a Srta. Bates estava presente, a notícia foi passada, é claro, para a Sra. Cole, a Sra. Perry e a Sra. Elton imediatamente depois. Não era mais do que aquilo que os principais envolvidos já estavam preparados para que acontecesse; haviam calculado que, a partir do momento em que a notícia fosse conhecida em Randalls, logo estaria espalhada por toda a Highbury; e já pensavam em si mesmos, conforme a noite caía e trazia a surpresa para muitos círculos familiares, como pessoas de grande sagacidade.

De maneira geral, era um casamento com grande aprovação. Alguns pensariam que ele, e outros pensariam que ela, era a pessoa de maior sorte. Um grupo poderia recomendar que todos se mudassem para Donwell e deixassem Hartfield para a família de John Knightley; e outros prediziam discordâncias entre os criados; mas, ainda assim, de maneira geral, nenhuma objeção séria foi suscitada, exceto em uma habitação: o presbitério. Ali, a surpresa não foi suavizada por qualquer satisfação. O Sr. Elton deu pouca importância à questão, se comparado à esposa; ele apenas esperava "que o orgulho da moça agora pudesse se dar por contentado"; e supunha que "ela sempre tivera a intenção de agarrar Knightley, se pudesse"; e, sobre morarem em Hartfield, exclamou audaciosamente: "Antes ele do que eu!". Mas a Sra. Elton ficou extremamente descomposta:

— Pobre Knightley! Pobre amigo! Uma situação muito ruim para ele.

Ela estava extremamente preocupada, pois, embora bastante excêntrico, ele tinha milhares de boas qualidades. Como se deixou arrebatar daquele jeito? Não achava que ele estivesse apaixonado; de maneira alguma. Pobre Knightley! Chegaria ao fim todo o agradável diálogo com ele. Logo ele, que era tão feliz em ir jantar com eles sempre que o convidavam! Mas tudo isso estaria acabado, agora. Pobre amigo! Nenhuma outra excursão exploratória a Donwell para ela. Oh! Não. Agora haveria uma Sra. Knightley para jogar baldes de água fria em tudo. Extremamente desagradável! Mas ela não lamentava tanto de haver abusado da governanta havia alguns dias. Um plano chocante viverem juntos. Nunca funcionaria. Ela conhecia uma família perto de Maple Grove que o havia tentado, e que foi obrigada a se separar antes do fim do primeiro trimestre.

XVIII

O tempo passou. Mais alguns amanhãs e o grupo de Londres chegaria. Era uma mudança alarmante; e Emma estava pensando a respeito certa manhã, sobre algo que lhe traria muita agitação e consternação, quando o Sr. Knightley chegou e os pensamentos incômodos foram deixados de lado. Depois da primeira conversa mais prazerosa, ele ficou em silêncio. Em seguida, com um tom mais grave, começou com:

— Tenho algo a lhe dizer, Emma; uma notícia.

— Boa ou ruim? — disse ela rapidamente, olhando-o no rosto.

— Não sei como deveria chamar isso.

— Oh! Boas, tenho certeza. Estou vendo em seu semblante. Você está tentando não sorrir.

Receio — disse ele, recompondo as feições. — Receio muito, minha querida Emma, que você não irá sorrir quando souber.

— Realmente? Mas por quê? Mal consigo imaginar que algo que o divirta ou que o faça feliz não irá me divertir ou me fazer feliz também.

— Há um assunto — respondeu ele. — Espero que seja apenas um, sobre o qual não pensamos da mesma forma. — Ele deteve-se por um momento, sorrindo novamente, com os olhos fixos em seu rosto. — Não lhe ocorre nada? Não se recorda? Harriet Smith.

As faces de Emma se ruborizaram ao ouvir aquele nome e ela sentiu medo de alguma coisa, embora não soubesse exatamente do quê.

— Recebeu notícias dela na manhã de hoje? — exclamou ele. — Você recebeu, eu creio, e já sabe de tudo.

— Não, não recebi nada. Não sei de nada. Por favor, diga-me.

— Você está preparada para o pior, pelo que vejo. E a notícia é muito ruim. Harriet Smith vai se casar com Robert Martin.

Emma sobressaltou-se, o que não indicava que ela estava preparada; e seus olhos, com um olhar ansioso, diziam: "Não, isso é impossível!", mas seus lábios estavam cerrados.

— É a verdade, com certeza — prosseguiu o Sr. Knightley. — Ouvi-o do próprio Robert Martin. Ele esteve comigo há menos de meia hora.

Ela ainda o estava olhando com um espanto indisfarçável.

— Você gostou dessa notícia, minha Emma, tão pouco quanto eu receava. Gostaria que nossas opiniões fossem as mesmas. Mas, com o tempo, serão. O tempo, pode ter certeza, fará com que um ou o outro entre nós pense diferentemente; e, nesse ínterim, não precisamos falar muito sobre o assunto.

— Você me compreende mal, você me compreende mal — respondeu ela, esforçando-se. — Não é que tal circunstância me deixe infeliz agora, mas não consigo acreditar. Parece-me uma impossibilidade! Você não pode estar dizendo que Harriet Smith aceitou Robert Martin. Não pode estar dizendo que ele pediu sua mão outra vez; pelo menos, não ainda. Você só pode estar dizendo que ele pretende fazê-lo.

— O que estou querendo dizer é que ele já o fez — respondeu o Sr. Knightley, sorrindo, mas com uma sólida determinação. — E o pedido foi aceito.

— Por Deus! — exclamou ela. — Bem! — Em seguida, tendo que recorrer ao seu cesto de costura, uma desculpa para baixar o rosto, e disfarçando todas as agradáveis sensações de prazer e entretenimento que sabia que devia estar expressando, ela acrescentou: — Bem, agora, conte-me tudo; torne isso mais claro para mim. Como, onde, quando? Detalhe todos os eventos. Nunca fiquei tão surpresa, mas isso não me deixa infeliz, garanto-lhe. Como? Como foi possível?

— É uma história muito simples. Ele foi até a cidade, a negócios, há três dias, e eu pedi que cuidasse de alguns papéis que eu tinha a intenção de enviar a John. Ele entregou os papéis a John, em seus aposentos, e foi convidado a se juntar ao grupo naquela mesma noite para um passeio ao Astley's. Eles planejavam levar os dois garotos mais velhos ao Astley's. O grupo seria composto pelo meu irmão e sua irmã, Henry, John e a Srta. Smith. Meu amigo Robert não conseguiu resistir. Eles o chamaram quando já estavam a caminho; todos se divertiram bastante, e meu irmão o convidou para jantar com eles no dia seguinte — o que ele fez — e, no decorrer dessa visita (pelo que entendi), ele encontrou uma oportunidade para conversar com Harriet; e certamente não falaram em vão. Com sua aceitação, Harriet o deixou tão feliz quanto ele merecia. Ele voltou com a carruagem de ontem e esteve comigo hoje pela manhã imediatamente após o desjejum para fazer um relato da viagem; primeiro, dos assuntos que pedi que cuidasse, e depois dos seus próprios. Isso é tudo que posso relatar sobre o como, onde e quando. Sua amiga Harriet lhe contará uma história muito mais longa quando você a vir. Ela lhe dará todas as minúcias, as quais somente a linguagem de uma mulher pode tornar interessante. Em nossas comunicações, lidamos apenas com as coisas grandes. Entretanto, devo dizer que o coração de Robert Martin parecia-lhe, e também a mim, estar transbordando; e que ele realmente mencionou, embora não fosse exatamente o assunto, que, ao saírem do seu camarote no Astley's, o meu irmão ficou encarregado da Sra. John Knightley e do pequeno John, e ele seguiu com a Srta. Smith e Henry; e que em dado momento todos estavam tão próximos que a Srta. Smith chegou a ficar um pouco incomodada.

Ele parou. Emma não se atreveu a tentar dar qualquer resposta imediata. Se falasse, ela tinha a certeza de que seria para trair uma quantidade muito desarrazoada de felicidade. Deveria esperar um momento, ou ele acharia que ela estava louca. O silêncio de Emma o perturbava; e, após observá-la por algum tempo, ele acrescentou:

— Emma, meu amor, você disse que essa circunstância não a deixaria infeliz agora, mas eu receio que lhe causa mais dor do que você esperava. Sua situação é um malefício, mas você deve considerar o que satisfaz a sua amiga. E vou responder, dizendo que você pensará nele de maneira cada vez melhor conforme vier a conhecê-lo. Seu bom-senso e bons princípios a encantariam. Até onde sei, você não poderia querer que sua amiga estivesse em melhores mãos. Eu alteraria o nível dele na sociedade se pudesse, e isso diz muito sobre o que penso dele, Emma. Você riu de mim por causa de William Larkins, mas eu poderia poupar Robert Martin dessa mesma situação.

Ele queria que ela erguesse o rosto e sorrisse; e, forçando-se agora a não sorrir muito abertamente — ela o fez — respondeu alegremente:

— Não precisa fazer qualquer esforço para me reconciliar com essa ideia. Acho que Harriet está indo muito bem. As ligações dela na sociedade podem ser piores do que as dele. Em respeitabilidade de caráter, não pode haver dúvida de que são. Fiquei em silêncio meramente por causa da surpresa, uma excessiva surpresa. Você não imagina o quão subitamente isso me sobreveio! O quão peculiarmente despreparada eu estava! Pois eu tinha razão para acreditar que ela estava mais determinada contra ele ultimamente, muito mais do que estivera antes.

— Você devia conhecer melhor a sua amiga — respondeu o Sr. Knightley. — Mas devo dizer que ela era uma garota de bom temperamento e coração afável, do tipo que provavelmente não seria muito determinada a dizer não a qualquer jovem que dissesse que a amava.

Emma não conseguiu evitar rir quando respondeu. — Dou-lhe a minha palavra, acredito que você a conhece quase tão bem quanto eu. Mas, Sr. Knightley, está perfeitamente convicto de que ela aceitou absolutamente e irrevogavelmente o pedido? Eu poderia supor que ela o faria, após algum tempo, mas será possível que já o tenha feito? Não o compreendeu erradamente? Vocês dois estavam falando sobre outras coisas; sobre negócios, sobre gado, sobre novos poços; e será que você não poderia, em meio à confusão de tantos assuntos, ter se enganado? Não era sobre a mão de Harriet que ele tinha certeza. Eram as dimensões de algum boi famoso.

O contraste entre o semblante e o ar do Sr. Knightley e o de Robert Martin era, nesse momento, muito forte perante os sentimentos de Emma, e muito forte era a lembrança de tudo que havia se passado com Harriet, muito recente o som daquelas palavras, faladas com tanta ênfase: "Espero saber melhor das coisas agora para não me importar com o Sr. Martin", que ela realmente esperava que aquelas informações se mostrassem, de certa maneira, prematuras. Não podia ser de outra maneira.

— Você se atreve a dizer isso? — exclamou o Sr. Knightley. — Atreve-se a supor que sou tão grande paspalho, a ponto de não saber do que um homem está falando? O que você merece?

— Oh! Eu sempre mereço o melhor tratamento, porque jamais me contento com qualquer outro; e, dessa forma, você deve me dar uma resposta simples e direta. Tem realmente certeza de que compreendeu os termos nos quais o Sr. Martin e Harriet agora se encontram?

— Tenho certeza— respondeu ele, falando de maneira muito distinta — de que ele me disse que ela o aceitara; e que não houve obscuridade, nada que fosse dúbio, nas palavras que ele usou; e creio que eu posso lhe dar uma prova de que tudo aconteceu exatamente assim. Ele pediu a minha opinião sobre o que deveria fazer agora. Não conhecia ninguém além da Sra. Goddard a quem pudesse pedir informações sobre as relações ou amigos da moça. Será que eu podia mencionar algo mais apropriado a ser feito do que ir ter com a Sra. Goddard? Garanti a ele que não poderia. Então, disse ele, iria se esforçar para ir vê-la no decorrer deste dia.

— Estou perfeitamente satisfeita — respondeu Emma, com o mais brilhante dos sorrisos. — E desejo muito sinceramente que os dois sejam muito felizes.

— Você mudou radicalmente desde que conversamos sobre este assunto, antes.

— Espero que sim. Pois, naquela época, eu era uma tola.

— E eu estou mudado, também, pois agora estou muito disposto a concordar com todas as boas qualidades que você diz que Harriet tem. Tive que me esforçar, pensando no seu bem e no de Robert Martin (a quem eu sempre tive razões para acreditar que continuava tão apaixonado por ela quanto sempre esteve) para fazer amizade com ela. Com frequência, conversei bastante com ela. Você há de ter percebido. Às vezes, realmente, eu pensei que você estivesse quase suspeitando que eu estivesse falando a ela sobre Martin, o que nunca foi o caso; mas, depois de todas as minhas observações, estou convencido de que ela é uma garota ingênua e afável, com noções muito boas, princípios muito sérios e bons, e que colocava a própria felicidade nas afeições e na utilidade da vida doméstica. Por uma grande parte disso, não tenho dúvidas, ela pode agradecer a você.

— A mim! — exclamou Emma, balançando negativamente a cabeça. — Ah! Pobre Harriet!

Ela deu-se conta do que estava fazendo, entretanto, e submeteu-se discretamente a uma quantidade um pouco maior de elogios do que merecia.

A conversa foi interrompida quando seu pai entrou. Ela não lamentou. Ela queria ficar sozinha. Sua mente estava num estado de palpitação e espanto, o que fazia com que fosse impossível agir de maneira mais reservada. Sentia anseios de dançar, cantar e exclamar; e até que não andasse um pouco, e conversasse consigo mesmo, e risse e refletisse, não conseguiria fazer nada que fosse racional.

O desejo de seu pai era anunciar que James havia saído para preparar os cavalos para aquele que agora era o seu passeio diário até Randalls; e ela teve, portanto, uma desculpa imediata para desaparecer.

A alegria, a gratidão e o delicioso prazer de suas sensações poderiam ser imaginados. Com o único motivo de tristeza assim removido da perspectiva do bem-estar de Harriet, ela estava realmente correndo o risco de ficar feliz demais. O que mais podia desejar? Nada além de ser cada vez mais digna dele, cujas intenções e perspicácia sempre foram muito superiores às da própria Emma. Nada, exceto o fato de que as lições das suas tolices passadas pudessem ensiná-la a ter humildade e circunspecção no futuro.

Estava séria, muito séria em sua gratidão e em suas resoluções; e, ainda assim, não houve como conter uma risada, às vezes bem no meio de um gargalhar. Ela devia rir com tal finitude! Que desfecho para a dolorosa decepção de cinco semanas atrás! Que coração! Típico de Harriet!

Agora haveria prazer quando ela retornasse; tudo seria prazer. Seria um grande prazer conhecer Robert Martin.

Elevada em todas as suas felicidades mais sérias e sentimentais estava a reflexão de que toda a necessidade de sigilo perante o Sr. Knightley logo chegaria ao fim. O disfarce, a dissimulação, o mistério que lhe eram tão odiosos a praticar poderiam logo chegar ao fim. Ela agora podia ansiar em lhe dar aquelas confidências tão plenas e perfeitas que sua disposição estava bastante disposta a reconhecer como o dever.

Com o espírito mais animado e feliz, ela partiu com o pai; nem sempre escutando, mas sempre concordando com o que ele dizia; e, fosse na fala ou no silêncio, conivente com a confortável convicção de que ele era obrigado a ir a Randalls todos os dias, ou acabaria por deixar a Sra. Weston decepcionada.

Eles chegaram. A Sra. Weston estava sozinha na sala de estar, mas nem sequer eles ouviram falar da recém-nascida, e o Sr. Woodhouse recebeu os agradecimentos por vir, os quais ele pedia, quando um vislumbre foi percebido, pelas persianas, de duas figuras que passavam perto da janela.

— São Frank e a Srta. Fairfax — disse a Sra. Weston. — Eu já ia lhe falar sobre a nossa agradável surpresa em vê-lo chegar esta manhã. Ele ficará até amanhã, e a Srta. Fairfax foi persuadida a vir passar o dia conosco. Eles irão entrar, eu espero.

Em meio minuto. eles estavam na sala. Emma ficou extremamente feliz em vê-lo; mas havia um quê de confusão, uma boa quantidade de lembranças embaraçosas de ambos os lados. Eles se encontraram prontamente, sorrindo, mas com um acanhamento que permitiu que pouca coisa fosse dita a princípio; e, após todos se sentarem outra vez, houve por algum tempo um espaço em branco no círculo, que Emma começou a duvidar se o desejo agora realizado, que ela sentia havia um bom tempo, de ver Frank Churchill uma vez mais, e de vê-lo com Jane, concederia sua proporção de prazer. Quando o Sr. Weston se juntou ao grupo, entretanto, e quando a bebê foi trazida, não houve mais qualquer falta de assunto ou animação — ou de coragem e oportunidade para que Frank Churchill se aproximasse dela e dissesse:

— Preciso agradecer a você, Srta. Woodhouse, por uma mensagem de perdão muito gentil em uma das cartas da Sra. Weston. Espero que não tenha a intenção de se retratar sobre o que disse na ocasião.

— Certamente que não — exclamou Emma, muito feliz para começar. — Nem um pouco. Estou particularmente feliz em vê-lo e em cumprimentá-lo com um aperto de mão. E por lhe proporcionar alegria em pessoa.

Ele a agradeceu de todo coração e continuou por algum tempo a falar com bastante sentimento sobre a sua gratidão e felicidade.

— Ela não parece estar ótima? — disse ele, virando os olhos na direção de Jane. — Melhor do que jamais esteve? Você viu como o meu pai e a Sra. Weston a adoram.

Mas seu ânimo logo estava melhorando novamente, e com olhos risonhos, após mencionar o esperado retorno dos Campbells, ele mencionou o nome Dixon. Emma enrubesceu e proibiu que fosse mencionado onde pudesse ouvir.

— Nunca consigo pensar nele — exclamou — sem sentir uma vergonha extrema.

— A vergonha — respondeu ele — é toda minha, ou deveria ser. Mas seria possível que você não tinha nenhuma suspeita? Refiro-me ao que houve mais recentemente. No começo, eu sei, você não tinha nenhuma.

— Nunca tive a menor suspeita, garanto-lhe.

— Isso parece ser maravilhoso. Certa vez eu estive tão perto — e desejava poder estar — que teria sido melhor. Mas, embora eu sempre fizesse coisas erradas, essas eram coisas muito ruins e erradas e, portanto, não me serviram de nada. Seria uma transgressão muito melhor se eu houvesse quebrado o juramento de sigilo e lhe contado tudo.

— Não é algo pelo qual valha se arrepender agora — disse Emma.

— Tenho alguma esperança — prosseguiu ele — de que meu tio seja convencido a fazer uma visita a Randalls; ele quer ser apresentado a ela. Quando os Campbells retornarem, vamos nos encontrar com eles em Londres, e continuar ali, imagino, até que possamos levá-la para o norte. Mas agora, estou a uma distância tão grande dela... Não é difícil, Srta. Woodhouse? Até esta manhã, não nos havíamos encontrado uma única vez desde o dia da reconciliação. Não tem piedade de mim?

Emma expressou sua piedade com tanta gentileza que, com um súbito acesso de pensamentos alegres, ele exclamou:

— Ah! Muito gentil. — Em seguida, baixando a voz e com uma expressão mais tímida para o momento. — Espero que o Sr. Knightley esteja bem. — Ele fez uma pausa. — Ela enrubesceu e riu. — Sei que você viu a minha carta e acho que deve se lembrar dos meus desejos em seu favor. Permita-me retribuir as suas congratulações. Garanto-lhe que ouvi a notícia com o maior interesse e satisfação. Ele é um homem a quem eu jamais teria qualquer presunção a elogiar.

Emma estava encantada e queria simplesmente que ele continuasse agindo da mesma forma, mas sua mente, no momento seguinte, já estava concentrada em seus próprios assuntos e em sua própria Jane, e suas palavras seguintes foram:

— Já viu uma pele como aquela? Tamanha maciez! Tamanha delicadeza! E, mesmo assim, sem ser realmente tão clara. Não se pode dizer que ela é clara. É uma compleição muito incomum, com aqueles cabelos e cílios escuros. Uma compleição muito distinta! Tão peculiar é a dama que a tem. Com apenas um toque suficiente de cor para lhe dar a beleza.

— Sempre admirei sua compleição — respondeu Emma, maliciosamente. — Mas não é que me lembro da primeira vez em que você a criticou por ser tão pálida? Na primeira vez em que começamos a falar sobre ela. Já se esqueceu?

— Oh! Não. Que cão mais descarado eu fui! Como pude me atrever...

Mas ele riu tão sinceramente da lembrança que Emma não conseguiu evitar dizer:

— Suspeito que, no meio das suas perplexidades na época, você se divertiu muito ao tentar nos lograr. Tenho certeza de que se divertiu. Tenho certeza de que isso foi um grande consolo para você.

— Oh, não, não, não. Como você foi capaz de suspeitar tal coisa a meu respeito? Eu me sentia tão miseravelmente desafortunado!

— Não tão desafortunado que pudesse ser insensível ao bom humor. Tenho certeza de que foi uma fonte de enorme entretenimento para você sentir que estava enganando a todos. Talvez eu esteja ainda mais propensa a suspeitar disso porque, para dizer a verdade, creio que possa ter me divertido com a mesma situação. Acredito que há certa similaridade entre nós.

Ele se curvou, respeitosamente.

— Se não em nossas disposições — acrescentou ela naquele momento, com uma expressão de verdadeira sensibilidade — há uma similaridade em nosso destino; o destino que achou justo nos conectar com dois caráteres muito superiores aos nossos próprios.

— É verdade, é verdade — respondeu ele, afetuosamente. — Não, não é verdade no que diz respeito a você. É impossível haver alguém que lhe seja superior, mas é verdade em relação a mim. Ela é um verdadeiro anjo. Olhe para ela. Não é um anjo em cada gesto? Observe a curva do pescoço. Observe os seus olhos, quando ela olha para o meu pai. Você ficará feliz em saber (inclinando a cabeça e sussurrando com uma expressão séria) que o meu tio quer presenteá-la com todas as joias da minha tia. Vão todas ser ajustadas. E estou decidido a colocar algumas em um ornamento para a cabeça. Não acha que vai ficar bonito com os cabelos escuros dela?

— Muito bonito, certamente — respondeu Emma; e falou com tanta gentileza que ele comentou, com gratidão:

— Estou tão encantado em vê-la novamente, Emma! E por vê-la com uma aparência tão excelente! Eu não perderia este encontro por nada deste mundo. Eu certamente faria questão de ir até Hartfield se você não pudesse ter vindo.

Os outros estavam falando da criança, a Sra. Weston fazendo um relato de um pequeno alarme que sofrera na noite anterior, já que a criança não parecia estar muito bem. Acreditava que estava sendo tola, mas isso a alarmou, e estivera a meio minuto de chamar o Sr. Perry. Talvez devesse se sentir envergonhada, mas o Sr. Weston ficou quase tão agitado quanto ela. Em dez minutos, entretanto, a criança estava perfeitamente bem outra vez. Essa era a sua história; e foi algo de particular interesse ao Sr. Woodhouse, que a elogiou bastante por pensar em mandar chamar Perry, lamentando-se apenas por não chegar realmente a fazê-lo. — Sempre devia chamar o Sr. Perry, se a criança parecesse estar minimamente fora do normal, mesmo se apenas por um momento. Jamais poderia se considerar pouco alarmada, ou achar que seria um exagero chamar Perry a qualquer momento. Foi uma pena, talvez, que ele não houvesse vindo na noite anterior; pois, embora a criança parecesse estar bem agora, muito bem, considerando, provavelmente seria melhor se Perry tivesse vê-la ido.

Frank Churchill percebeu o nome.

— Perry! — disse ele a Emma, e tentando, enquanto falava, atrair o olhar da Srta. Fairfax. — Meu amigo, o Sr. Perry!

O que eles estão dizendo sobre o Sr. Perry? Ele esteve aqui na manhã de hoje? E como ele está viajando agora? Conseguiu a carruagem dele?

Emma logo se recordou e compreendeu o que ele dizia; e, embora se unisse a ele na risada, ficou evidente pelo semblante de Jane que ela também o ouvia, embora tentasse parecer surda.

— Que sonho extraordinário esse meu! — exclamou ele. — Jamais consigo pensar nisso sem rir. Ela nos ouve, ela nos ouve, Srta. Woodhouse. Vejo isso em sua bochecha, em seu sorriso, em sua vã tentativa de franzir o cenho. Olhe para ela. Não percebe que, neste instante, a própria passagem de sua carta, que me informou a respeito, está passando sob seus olhos — que todo o equívoco está espalhado diante dela — que não consegue dar atenção a mais nada, embora finja estar prestando atenção nos outros?

Jane foi forçada a sorrir plenamente, por um momento; e o sorriso continuou parcialmente quando ela se virou para ele e disse com uma voz reservada, baixa, mas ainda assim firme:

— Como você consegue suportar tais recordações é espantoso para mim! Às vezes, elas se tornam inconvenientes, mas como você consegue desejá-las?

Ele tinha muitas cosias para dizer em resposta, e muito divertidamente; mas os sentimentos de Emma estavam predominantemente em consonância com os de Jane, na questão; e, a deixar Randalls, e entregando-se naturalmente a uma comparação entre os dois homens, ela sentiu que, por mais contente que ficara em ver Frank Churchill, e por respeitá-lo como um amigo, ela nunca esteve tão ciente da grande superioridade de caráter do Sr. Knightley. A felicidade desse dia tão feliz ficou completa com a contemplação animada do seu valor, que tal comparação produziu.

XIX

Se Emma ainda tivesse, de tempos em tempos, uma sensação de ansiedade por causa de Harriet, alguma dúvida momentânea sobre se seria possível que ela pudesse ser realmente curada de sua atração pelo Sr. Knightley e realmente capaz de aceitar outro homem com uma inclinação sem vieses, não teria que sofrer devido à recorrência de qualquer incerteza do tipo. Alguns poucos dias trouxeram o grupo de Londres, e ela não demorou tanto para conseguir a oportunidade de passar uma hora a sós com Harriet até ficar perfeitamente satisfeita — por mais incompreensível que isso fosse! — de que Robert Martin havia completamente substituído o Sr. Knightley e era agora responsável por toda a sua perspectiva de felicidade.

Harriet estava um pouco incomodada; parecia até mesmo um pouco tola a princípio; mas, após haver admitido que fora presunçosa e tola, e que havia se enganado anteriormente, sua dor e confusão pareceram se dissolver com as palavras, fazer com que não desse tanta importância ao passado e com a maior exultação no presente e no futuro; pois, em relação à aprovação da amiga, Emma removera instantaneamente todo o temor dessa natureza, ao encontrá-la com as mais desqualificadas congratulações. Harriet ficou muito feliz em revelar todos os detalhes sobre a noite no Astley's e também do jantar no dia seguinte; foi capaz de conversar a respeito com enorme deleite. Mas o que tais detalhes explicavam? O fato era, como Emma agora podia reconhecer, que Harriet sempre gostara de Robert Martin; e ele ter continuado a amá-la fora irresistível. Além disso, qualquer coisa seria ininteligível para Emma.

O evento, entretanto, foi muito alegre; e todos os dias traziam novas razões para pensar assim. Os pais de Harriet vieram a ser conhecidos; comprovou-se que ela era a filha de um comerciante, suficientemente rico para lhe garantir uma manutenção confortável que sempre fora dela, e decente o bastante por haver sempre desejado tal sigilo. Assim era o sangue do cavalheirismo, ao qual Emma antigamente sempre estivera pronta para respaldar! Provavelmente, seria algo que seria tão puro, talvez, quanto o sangue de vários cavalheiros; mas a conexão que ela vinha preparando para o Sr. Knightley — ou para os Churchills — ou até mesmo para o Sr. Elton! A mácula da ilegitimidade, impossível de ser apagada pela nobreza ou pela riqueza, seria uma mancha realmente indelével.

Não houve nenhuma objeção pela parte do pai; o jovem era tratado de maneira bastante liberal; tudo correu como deveria; e à medida que Emma veio a conhecer melhor Robert Martin, que agora havia sido convidado a conhecer Hartfield, ela reconheceu totalmente nele a aparência de bom-senso e valor que traria tudo de melhor para a sua pequena amiga. Não tinha dúvidas sobre a felicidade de Harriet com qualquer homem de bom temperamento; mas, com ele, e no lar que ele oferecia, haveria a esperança de mais, de segurança, estabilidade e aperfeiçoamento. Seria colocada entre aqueles que a amavam e que tinham um bom-senso melhor do que o dela; suficientemente afastada para ter segurança e suficientemente ocupada para ser feliz. Jamais seria induzida à tentação, nem negligenciada para que esta a pudesse encontrar. Seria respeitável e feliz; e Emma admitiu que ela seria uma das criaturas mais afortunadas do mundo, por haver criado uma afeição tão forte e perseverante naquele homem — ou, se não fosse exatamente a mais afortunada de todas, aquela que haveria de submeter-se apenas a si mesma.

Harriet, necessariamente afastada por seus compromissos com os Martins, veio cada vez menos a Hartfield, o que não foi motivo de arrependimento. A intimidade entre ela e Emma deveria arrefecer; sua amizade deveria se transformar em uma espécie mais calma de boa vontade; e, felizmente, o que devia ser, e deveria ser, parecia já estar começando, e da maneira mais gradual e natural possível.

Antes do fim de setembro, Emma acompanhou Harriet até a igreja e viu sua mão ser entregue a Robert Martin com uma satisfação tão completa que nenhuma lembrança, até mesmo aquelas que a conectavam com o Sr. Elton enquanto ele estava diante do casal, poderia prejudicar. Talvez, realmente, naquela época, ela mal visse o Sr. Elton, mas sim o clérigo cuja bênção no altar logo lhe seria concedida. Robert Martin e Harriet, o casal mais recente a noivar, foram os primeiros a se casar.

Jane Fairfax já havia saído de Highbury e fora restaurada aos confortos de seu amado lar com os Campbells. Os Srs. Churchills também estavam na cidade e estavam apenas esperando a chegada do mês de novembro.

O mês intermediário fora aquele escolhido, até onde ousaram fazê-lo, por Emma e pelo Sr. Knightley. Haviam determinado que seu casamento teria que ser concluído enquanto John e Isabella ainda estivessem em Hartfield, para que lhes fosse permitida a quinzena de ausência em um passeio ao litoral, que era o seu plano. John e Isabella, e todos os outros amigos, concordaram em aprová-lo. Mas o Sr. Woodhouse — como o Sr. Woodhouse seria induzido a consentir? Ele, que jamais mencionava o casamento, exceto como um evento distante.

Na primeira vez em que foi sondado sobre o assunto, ele ficou tão abatido que eles quase perderam a esperança de conseguir levar o plano adiante. Uma segunda alusão, entretanto, causou menos dor. Ele começou a pensar que deveria ser assim e que não poderia impedir; seria um passo muito promissor da mente, a caminho da resignação. Ainda assim, entretanto, ele não estava feliz. Não. Parecia estar tão contrariado que a coragem da filha vacilou. Não conseguia suportar a ideia de vê-lo sofrer, de saber que ele se via como uma vítima da negligência; e, embora sua mente houvesse quase aquiescido à garantia de ambos os Srs. Knightleys de que, uma vez que o evento houvesse passado, sua angústia logo chegaria ao fim também, ela hesitou; não podia continuar.

Nesse estado de suspense, eles foram unidos, não por qualquer iluminação súbita da mente do Sr. Woodhouse, ou por qualquer mudança em seu sistema nervoso, mas pela operação do mesmo sistema de outra maneira. O galinheiro da Sra. Weston foi assaltado certa noite, e todos os seus perus foram subtraídos — evidentemente pela engenhosidade dos homens. Outros galinheiros na vizinhança também sofreram; roubos eram algo acachapante para os temores do Sr. Woodhouse. Ele ficou muito inquieto; e, se não fosse pelo senso de proteção causado pela presença de seu genro, passaria todas as noites da sua vida mortalmente alarmado. A força, a resolução e a racionalidade dos Srs. Knightleys garantiam a sua plena confiança. Enquanto qualquer um deles o protegesse e aos seus, Hartfield estaria segura. Mas o Sr. John Knightley teria que estar em Londres novamente até o final da primeira semana de novembro.

O resultado desse infortúnio foi que, com um consentimento muito mais voluntário e alegre do que sua filha jamais presumira esperar para o momento, ela foi capaz de marcar a data do seu casamento — e o Sr. Elton foi chamado, antes que um mês houvesse passado após o casamento do Sr. e da Sra. Robert Martin, para unir as mãos do Sr. Knightley e da Srta. Woodhouse.

O dia do casamento foi muito parecido com outros casamentos, em que as partes não têm qualquer interesse por elegância ou ostentação; e a Sra. Elton, pelos detalhes revelados por seu marido, achou tudo aquilo extremamente simples e modesto, muito inferior ao seu próprio. — Muito pouco cetim branco, muito poucos véus rendados; um evento digno de pena! Selina a olhou chocada enquanto ouvia. — Mas, a despeito dessas deficiências, os desejos, as esperanças, a confiança, as previsões do pequeno grupo de verdadeiros amigos que testemunhou a cerimônia, sentiram-se plenamente atendidos com a perfeita felicidade da união.

A autora. Jane Austen nasceu no dia 16 de dezembro de 1775, no condado inglês de Hampshire, e morreu no ano de 1817, com 41 anos, de causas desconhecidas. Muitos acreditam que tenha sido pela doença de Addison, um problema de insuficiência hormonal nas glândulas adrenais, ou de linfoma de Hodgkin. Alguns até acreditam, com base em nova evidência, que possa ter sido envenenada. Fato é que Jane Austen não foi conhecida devidamente por seus romances quando estava viva, alcançando a fama apenas depois de sua morte. Publicou algumas noveletas curtas, cerca de seis romances, e o sétimo estava sendo escrito quando faleceu. Após Orgulho e Preconceito, as obras mais famosas de Austen são Razão e Sensibilidade, Emma e Persuasão.